Christine Liebsch Waldbach

Bitteres Schweigen

Christine Liebsch Waldbach

Bitteres Schweigen

Kleine Seelen,
in wehrlosen Körpern,
zerbrochen
unter schmerzlicher Gewalt,
finden keinen Halt
in diesem Leben.

Orientierungslos
und tief verletzt,
sind sie ruhelos
auf der Suche
nach dem Vertrauen,
das man ihnen
nahm.

                              Anita Otto

Vorwort

Es heißt, das Leben schreibe die besten Geschichten.
Auch diese Geschichte ist vom wahren Leben inspiriert. Ein Bericht in der Magdeburger Zeitung über eine Familientragödie war es, der mich fesselte und mich nicht mehr losließ. Ein Geschehnis, das mich bis ins tiefste Innere berührte.
Ich ließ meine Vorstellungskraft spielen und versuchte zu enträtseln, was die Fünfzehnjährige zu dieser Verzweiflungstat trieb.
Fragen stiegen auf: Wäre das Geschehen zu verhindern gewesen? Hatte niemand den Kummer und die seelischen Qualen des Mädchens bemerkt? Hatte niemand in sie hinein geschaut?
Ich suchte Antworten.
Dabei tauchte ich hinein in eine Welt, die mich nach und nach gefangen nahm. Ich senkte mich in die Charaktere meiner fiktiven Figuren, die mich allmählich führten, um ihre Geschichten zu erzählen.

                Christine Liebsch Waldbach

In dem sonnendurchfluteten Kauf-Center in der City am nahegelegenen Stadtpark herrscht in diesen Tagen Hochbetrieb. Die Schnäppchenjagd ist in vollem Gange. Aus diesem Grund hat Ellen für ihre Einkäufe die Mittagsstunden vorgezogen, da sie hofft, dass der Andrang während dieser Zeit nachlässt.

Dass ausgerechnet an diesem hellen Spätsommertag das Vergangene sie hier wie ein Blitz aus heiterem Himmel einholen wird, kann sie nicht ahnen.

Ellen, eine junge Frau von fünfundzwanzig Jahren, groß und schlank, mit braunen Lockenhaaren, die ihr auf die Schulter fallen, verharrt noch für wenige Sekunden am Geldautomaten und beobachtet das Treiben. Sie hat ein schmales ovales Gesicht mit weichen Zügen, vollen Lippen und Grübchen in den Wangen, wenn sie lacht. Ihre dunklen mandelförmigen Augen blicken meist mit einem kleinen rätselhaften Lächeln.

Zielgerichtet arbeitet sie sich durch den Kundenstrom hindurch. Gemächlich durch die Passagen zu schlendern, wie sie es so gern tut, vorbei an den strahlenden Schaufenstern, das kann sie sich heute aus dem Kopf schlagen.

Sie weicht den Hastenden, mit ihren neugierigen, gehetzten Blicken, die irgendetwas in der Ferne zu suchen scheinen, aus. Klänge aus Lautsprechern übertönen die Geräusche der Schritte und Stimmen. Irgendwo am Rande ihres Bewusstseins dringt ein Song von David Bowie ein. Sie kennt ihn gut. Sie hatte ihn bei Pia oft gehört.

Eine Gruppe junger Leute kommt ihr mit lautem Gelächter entgegen. Sie kann gerade noch ausweichen. Eine Colabüchse scheppert auf dem Boden und rollt zur Seite.

Sie blickt sich um. In dem Moment fällt ihr in dem Seitengang eine zierliche alte Frau auf. Sie läuft mit einer Leichtigkeit, berührt den Boden kaum, als würde sie schweben. Jetzt verschwindet sie. Ellen lächelt mit einem unmerklichen Kopfschütteln und denkt an ihre Großmutter, die sich ebenso leicht und geschmeidig, mit einem Lächeln auf den Lippen, durch das Haus bewegt hatte.

Sie erreicht jetzt den Bereich, der zum Ausruhen einlädt, zwischen üppigen Pflanzen und bequemen Bänken, und steuert auf die Rolltreppe zu. In diesem Moment schreit plötzlich jemand mit vor Angst schriller Stimme auf. Sie schaut sich erschrocken um. Von oben kam der Schrei. Klingt wie von einem Kind, so schien es ihr. Auf der Rolltreppe entsteht augenblicklich ein heilloses Durcheinander. Etliche versuchen, weiter nach oben zu drängen. Ringsum wogt Stimmengewirr.

„Die Treppe muss abgestellt werden!", hört Ellen einen Mann laut rufen. „Sofort abstellen!", brüllt er noch einmal.

„Was ist denn bloß los?", sind jetzt Stimmen von unten zu vernehmen. Eine ältere Frau mit dunkelrotem Hut und braunem Wollmantel dreht sich zu Ellen um.

„Ein Kind hat sich wohl dort drüben auf der anderen Seite an der Rolltreppe verletzt. Seine Hand ist irgendwo dazwischen geraten, hörte ich eben. Es scheint aber nichts Schlimmes passiert zu sein. Na, bloß gut." Sie nickt Ellen noch zu, greift an das Geländer und dreht sich wieder um. Tatsächlich hatte sich die allgemeine Aufregung schnell wieder gelegt.

Dieser spitze Schrei hat augenblicklich in Ellen eine Erinnerung geweckt. Ihre Freundin Pia war es. Damals. Im Sportunterricht. Sie hatte sich am Barren beim Verstellen der Holme den Finger eingeklemmt. Ganz deutlich sieht sie Pias schmerzverzerrtes Gesicht in ihrem Inneren. Ihre Augen suchen auf der anderen Seite nach dem Kind, das geschrien hat. Sie entdeckt es nicht.

Noch immer in Gedanken bei dem Kind, wendet sie sich noch einmal hinüber und beobachtet die Herunterkommenden auf der anderen Seite der Rolltreppe. Da spürt sie deutlich Blicke. Ihre Augen suchen. Sie erstarrt. Er ist es, sie hat ihn sofort wiedererkannt. Ihre Augen begegnen sich für einen winzigen Moment. Als sie die Treppe verlassen hat, bleibt sie nach wenigen Schritten wie angewurzelt stehen. Sie reckt sich, um besser hinunter sehen zu können. Und wirklich entdeckt sie sein Gesicht. Er schaut zurück, bevor er im Menschengewimmel untergeht.

Ellen rührt sich nicht von der Stelle, obwohl sie von den Vorbeihastenden unwirsche Blicke erntet und von einem Ehepaar beinahe umgerissen wird.

„Die weeß wohl nich, wo se hin will", hört sie die Frau mürrisch sagen. Doch Ellen regt sich nicht, wartet, den Blick starr auf die Treppe gerichtet. Noch zögert sie und sie spürt eine Reihe widerstreitender Gefühle in sich aufsteigen. Ihre Gedanken überschlagen sich. Ob er zurückkommt? Und dann? Sollte sie ihm lieber ausweichen? Er würde Fragen stellen. Sie müsste erklären.

Ein Ruck geht durch ihren Körper, als sie nach wenigen Sekunden sieht, wie er die Rolltreppe verlässt und auf sie zukommt. Es ist für sie ein Moment, der sie erschauern lässt. Sie nimmt um sich herum nichts mehr wahr.

Für einen Augenblick stehen sie sich stumm gegenüber. Sie stellt fest, dass er immer noch sportlich aussieht und mit ebenso jungenhaftem Schalk im Gesicht, wie sie ihn in Erinnerung hatte. Er hat sich seine strahlendblauen Augen bewahrt, und sein blondes Haar leuchtet immer noch wie Sommerweizen. Sein Lächeln ist so attraktiv wie eh und je, nur ist es jetzt mit feinen Linien eingerahmt. Mit kurzen Blicken tasten sie einander ab. Und schließlich begrüßen sie sich etwas scheu mit einem unbeholfenen Händedruck. Sie bemerkt dabei ein leichtes Zittern in ihrer Hand. Dann stehen sie nur so da. Ellen schaut hinunter auf ihre Schuhe.

„Wie geht es dir?", fragen sie endlich wie aus einem Munde. Sie lassen sich vom Menschenstrom treiben und streben dann, wie nach einem stillschweigenden Übereinkommen, dem Ausgang zu. Draußen atmet Ellen die frische Luft tief ein und knöpft ihre hellbraune Lederjacke zu, die so ihre schlanke Gestalt noch schmaler erscheinen lässt.

Unschlüssig verharren sie noch, dann löst er das Schweigen: „Gleich dort drüben habe ich mein Auto geparkt. Kann ich dich mitnehmen?"

Ellen ist noch immer von ihren Gedanken in Anspruch genommen, so dass sie ihn nur wortlos anstarrt. Er hat den Eindruck, als hätte sie gar nichts gehört. Die Sekunden scheinen sich zu Minuten zu dehnen. Einen Herzschlag lang zögert sie noch. Dann bemerkt er ein leichtes Zucken in ihren Augen. Sie vermittelt den Eindruck, aus einer fernen Welt aufzutauchen, doch sie versucht, sich ihre wachsende Beklommenheit nicht anmerken zu lassen. Ein winziges Lächeln huscht über ihr Gesicht. Und wie befreit sagt sie:

„Doch, doch, ja, gern würde ich mitfahren." Beide sind seltsam verlegen.

Er gleitet geschickt in den Verkehr hinein. Der Strom der beginnenden Rushhour saugt sie auf.

Etwas steif sitzt sie neben ihm, ihren Blick starr nach draußen in den pulsierenden Verkehr gerichtet. Dabei dreht sie mit hastigen Bewegungen unentwegt die Ledergurte ihrer Schultertasche. Als sie es bemerkt, befreit sie ihre Hände, streicht die braunen Locken aus der Stirn. Nach Sekunden, die ihr wie eine Ewigkeit vorkommen, wendet sie sich ihm zu. Verlegen sucht sie nach Worten.

„Dein Wagen fährt ja super leise. Ist wohl noch ziemlich neu. Na ja, für mich ist ein Auto unerreichbar. Steht vorläufig noch in den Sternen." Sie winkt dabei mit der Hand ab. „Ich muss mich mit dem Bus begnügen. Aber auch daran habe ich mich recht schnell gewöhnt. Wie an vieles", setzt sie noch hinzu. Er nickt nur stumm und scheint angestrengt zu überlegen. Er schafft es nicht, jetzt über Belangloses zu sprechen. In seinem Kopf arbeitet es. Und schließlich siegt in ihm die Neugier über alle Vorsicht. Seine Worte gleichen einem Sprung über einen tiefen Graben.

„Sag mal Ellen, - wie lange ist es her? - Zehn Jahre, - zwölf Jahre?", fragt er gedehnt. Er reibt sich am Kinn und versucht, sich die Erinnerungen wieder ins Gedächtnis zu rufen.
Sie lässt ihre Tasche hinuntergleiten, schweigt noch, wie um ihre Gedanken zu ordnen.

„Nein, fast acht sind es - nur", erwidert sie schließlich mit leiser, hauchiger Stimme und schaut angestrengt nach draußen, als suche sie etwas. Sie halten, die Ampel zeigt rot. – „Ja, so lange schon. Ich glaube es manchmal selbst nicht". Sie atmet tief und wendet sich ihm zu. Und was sie befürchtete, sollte auch so kommen. Fragen. Fragen über das Vergangene.
Ein Blick auf ihr Gesicht verrät ihm, wie aufgewühlt sie plötzlich ist. Tiefe Röte bedeckt ihr schmales Gesicht. Die Lippen ein Strich. Er kann sich dennoch nicht zurückhalten und entgegnet: „Oh, Ellen, ich fass es immer noch nicht." Er schlägt mit der Hand aufs Lenkrad und schüttelt energisch den Kopf. „Wieso das alles damals. Wie konnte das nur passieren. Diese Tragödie", er hält für einen Moment inne, „ … in deiner Familie", drängt es aus ihm heraus. „Ich konnte es nie verstehen. Die ganzen Jahre habe ich mir darüber den Kopf zermartert."
Sein Ausatmen gleicht einem Stoßseufzer. Mit besorgter Anteilnahme sieht er in ihre dunklen Augen. Er ist versucht, nach ihrer Hand zu greifen, scheut aber davor zurück.
Da – ein Hupkonzert reißt ihn aus seinen Gedanken. Die Ampel zeigt grün, sie rollen weiter.
Als er Ellens schockierten Blick bemerkt, bemüht er sich um einen sanften Plauderton.

„Gleich dort vorn neben der Tankstelle ist ein Café. Wollen wir halten?" Sie hebt nur die Schultern.

„Was meinst du?", hakt er nach. „Hältst du das für eine gute Idee?" Ellen schüttelt den Kopf, denn sie weiß, sie würden über Vergangenes sprechen.

„Ach, eigentlich nicht, Frank. Mir wäre es schon lieber, wir würden zu mir fahren. Es ist gar nicht mehr weit."

„Na, klar", stimmt er zu. „Die Idee ist noch viel besser." Ellen sieht flüchtig auf ihre Uhr. Dann blickt sie auf und weist in die rechte Straße. Sie ist gesäumt mit mächtigen Linden.

„Hier kannst du jetzt abbiegen. Schau, da vorn ist sogar eine Parklücke." Sie führt ihn auf ein großes helles Gebäude aus der Gründerzeit zu. „Ich wohne ganz oben." Er blickt hinauf, nickt anerkennend.

„Von da oben hast du ja sicher einen fantastischen Blick über die Stadt. Muss wunderschön sein."

Er meint, jetzt wieder ein winziges Lächeln in ihrem Gesicht zu sehen. Auch ihre Grübchen zeigen sich. Sein Blick streichelt ihre Wangen.

Wann hatte das letzte Mal ein Gast ihre kleine Wohnung betreten? Es muss eine halbe Ewigkeit her sein, so empfindet sie es jetzt. Sie hängt ihre Jacke an den messingfarbenen Garderobenständer. Dabei bemerkt sie im Spiegel ihre unruhig blickenden Augen. Weshalb denn, denkt sie und fährt sich mit den Händen über das Gesicht.

Sie wendet sich um und öffnet die mittlere Tür.

„Das ist also mein Reich, nicht allzu groß wie du siehst, aber für meine Ansprüche gerade richtig. Hier lebe ich nun." Sie runzelt die Stirn, als überlege sie angestrengt. „Seit fast fünf Jahren. Ja, so lange ist es schon her, als man mich wieder in das freie Leben hinausgelassen hat." Sie schließt die Tür. „Sieh dich ruhig überall um. Ich mache uns jetzt den Kaffee." Damit verschwindet sie nach nebenan in ihre winzige Küche. Frank betritt den hellen Wohnraum. Ihn umfängt augenblicklich Wärme und Behaglichkeit. Die zierlichen Korbmöbel passen gut zur gelbgetünchten Wand. Zwei schmale mahagonifarbene Bücherregale ziehen seine Blicke an. Es gibt über und über Reisebeschreibungen. Doch ein

Regalbrett wird von der Psychologie beansprucht. Seine Blicke wandern über die Buchrücken. Er lächelt. Schließlich wendet er sich wieder um. Die Fenster, mit dunklen Sprossen und Rundbögen, zeigen nach Westen. Er tritt an das Rechte heran und ist beeindruckt.

„Der Blick von hier auf die Stadt ist wirklich fantastisch", ruft er ihr zu. „Hier würde ich oft sitzen, mit einem Buch oder mit der Zeitung." Ellen balanciert das Tablett herein.

„Den Sonnenuntergang müsstest du hier erleben. Da sitze ich gern dort, direkt vor dem Fenster, manchmal einfach nur so. Nur um zu schauen. Es sieht jedes Mal aus, als würde die Stadt glühen. Vielleicht können wir es heute sogar erleben, falls sich die Wolkenbänke wieder auflösen."

Sie setzt sich zu ihm auf das kleine rot- und gelbgestreifte Sofa mit den Korblehnen. Der Kaffeeduft breitet sich aus. Sie sitzen nebeneinander, ohne sich zu berühren. Sie spürt, dass er ebenso unsicher ist wie sie. Sie neigt ihren Kopf zur Seite, schaut flüchtig auf die Uhr - eine Angewohnheit, seitdem sie wieder in Freiheit war. Mit langsamen Bewegungen streicht sie über die Korblehne. Dann wendet sie sich zu ihm hin.

„Ich wohnte zunächst ein paar Wochen in einem gemieteten Zimmer. Als ich endlich die Wohnung fand, die meinen Vorstellungen entsprach, du verstehst, Größe und Miete, besorgte ich ein paar Möbel, legte eine Matratze ins Schlafzimmer und zog ein. Allmählich wuchs die Wohnung um mich herum."

Frank will zur Kaffeetasse greifen, lässt die Hand aber wieder sinken.

„Seit fünf Jahren lebst du also hier, allein. Der Anfang war sicher nicht leicht für dich." Sie nickt lächelnd.

„Oh ja, wie recht du hast. Ich hatte das Plaudern verlernt. Wenn ich Menschen begegnete, antwortete ich entweder gar nichts oder das Falsche. Trotzdem wünschte ich mir Worte und Sätze, die mich wärmten, aufmunterten. Dann wiederum ertrug ich sie nicht, wie die sinnlose Musik in Kaufhäusern, Toiletten und Marktplätzen. Wie oft hörte ich: Die Zeit heilt

Wunden. So was gibt sich irgendwann. Ich glaubte es nicht. Was ist schon Zeit. Ein trügerisches Heilmittel ist die Zeit. Ich fühlte mich einsam. Suchte jedoch Gesellschaft. Aber schließlich nur die von Fremden." Sie hält die Tasse in beiden Händen, als wollte sie sich wärmen. „Oft stand ich stundenlang am Fenster und sah den Nachbarn beim Leben zu", beginnt sie von Neuem. „Ich beneidete sie um ihre Aufgaben, die sie zu erledigen hatten: den Hund zum Tierarzt bringen, den Fernseher aus der Werkstatt holen, den Garten in Ordnung halten. Ich machte mir Gedanken über die entlegensten Dinge. Dann geriet ich in Panik und ging ins Kino, ins Museum oder in die Bibliothek."

Als sie die Kerze anzündet, gleitet ihr Blick über sein Gesicht. Seine Augenbrauen sind jetzt zusammengezogen. Dazwischen eine kleine senkrechte Falte. Sie bemerkt, wie er grübelt und errät seine Gedanken. Und damals? Was passierte damals? Erzählst du mir das auch?, gibt er ihr mit den Augen deutlich zu verstehen und sitzt jetzt da, wie auf dem Sprung. Als hätte er etwas Entscheidendes vor. Jedoch, er fragt nicht. Er sieht sie aber mit Augen an, die sie auffordern, ja direkt ermuntern, nun doch endlich zu sprechen, wohl wissend, dass er Schreckliches erfahren würde.
Unruhe und Unsicherheit überfallen sie. Wie gern würde sie sprechen. Doch eine Ahnung sagt ihr, es würde einem Dammbruch gleichkommen, wenn sie es täte. Wo war der Anfang? Wie sollte sie beginnen? Sie findet die Worte nicht. Sie kehrt in Gedanken noch einmal zu dem Tag zurück, nach dem nichts mehr so war wie vorher. Jener Tag steigt wieder in solcher Klarheit vor ihr auf, dass sie erschauert.
Sie schweigt noch und streicht mit dem Finger über die Lippen, als suche sie nach einem geeigneten Anfang. Dabei starrt sie in die Kerzenflamme, die jetzt schon einen zarten Schein verbreitet. Noch überlegt sie, zögert, dann kommt sie zu dem Schluss und sie erkennt ganz deutlich, wenn die Bilder der Vergangenheit sie wieder bestürmten, dann ist es besser, sich ihnen zu stellen. Die Wahrheit nicht zu

verstecken, sondern, sie aus dem Dunkel hervorzuholen. Noch immer zögert sie. Weiß einfach nicht, wo sie nach Antworten auf seine Fragen, die sie in seinen Augen liest, suchen sollte. Sie lehnt sich zurück, atmet tief und beginnt schließlich.

„Mein Tagebuch, ich hatte dir damals ein paar Mal davon erzählt, hat mir sehr geholfen. Ihm hatte ich alles anvertraut. Vor allem die Dinge, über die ich nicht sprechen konnte, nicht sprechen durfte. Alle meine Gefühle und Gedanken schrieb ich hinein."

Mit einem Ruck steht sie auf und geht auf das Bücherregal zu. Sie greift nach einem kleinen Buch mit blauem Einband. Mit einem scheuen Lächeln im Gesicht kommt sie zurück und legt es vor ihn auf den Tisch.

„Aus meinem Tagebuch ist dieses kleine Buch entstanden. Ich habe es vor zwei Jahren geschrieben. Nur für mich. Und es war gut für mich. Die Schrecken der Vergangenheit hatten durch das Schreiben an manchen Tagen ein wenig von ihrer Macht verloren." Sie hält inne und mit brüchiger Stimme fügt sie hinzu: „Darin steckt alles, die ganze Wahrheit. Alles so, wie ich es erlebt habe. Ehrlich und schonungslos." Sie nimmt das Buch, hält es noch für einen Moment in ihrer Hand, bevor sie es ihm reicht.

„Lies es!" In ihrer Stimme klingt jetzt eine Spur von Erleichterung, gleichwohl ist ihr zumute, als hielte eine Faust ihr Herz umklammert und drückte zu. Ein Windhauch aus der Vergangenheit weht herein, der sie frösteln lässt.

Frank schlägt das Buch auf. Noch zögernd sieht er zu ihr hin.

„Du meinst, ich soll es lesen? Bist du sicher?" Ellen nickt heftig und legt ihre Hand auf seinen Arm, wie um ihm Mut zu machen.

„Ganz sicher. Du bist der Erste, der es lesen wird."

Ihr Blick gleitet zum Fenster und scheint irgendetwas am Horizont zu suchen.

Frank senkt den Kopf, schlägt das Buch auf und blättert in den Seiten. Er sieht noch einmal mit hochgezogenen Augenbrauen zu Ellen hin, mit seinem breiten Lächeln, noch abwartend. Und beginnt schließlich, sich in ihr Buch zu versenken.

*

Hass brannte

Die Reitstunde war wieder wie im Fluge vergangen. Für heute reichte es mir. Ich beugte mich nach vorn, klopfte und streichelte meinem Pferd den Nacken. Im leichten Galopp verließen wir die Koppel.
Beim Überqueren des Reiterhofes drehte ich mich um und bemerkte, wie dunkle Wolken mit einem gelblichen Schimmer am Rand vom Westen heranzogen. Es sah nach Gewitter aus. Leichter Wind war aufgekommen. Die hohen Pappeln neben der Koppel schwankten träge.

Meine Gedanken schweiften zurück.
Seit meinem fünfzehnten Geburtstag vor einem knappen halben Jahr besaß ich ein neues Pferd. Endlich ein Großes. Davor gehörte mir ein geschecktes Pony, das nun einen neuen Besitzer gefunden hatte. Mir gehörte jetzt ein brauner Wallach. Mein sehnlichster Wunsch war mir erfüllt worden. Die Überraschung - einfach riesig. Meine Freude war kaum zu beschreiben. Im Überschwang meiner Gefühle taufte ich ihn sofort Cäsar, weil er auf mich so majestätisch wirkte.
„Ich bin der glücklichste Mensch auf Erden! Ein eigenes großes Pferd! Ganz für mich allein. Das ist das schönste Geschenk", rief ich voller Begeisterung und fiel meinen Eltern stürmisch um den Hals. Doch ich werde aber auch Großvaters griesgrämiges Gesicht nicht vergessen. Sehe noch, wie er sofort den Mund aufriss, für Spitzen, die mich stechen sollten. Es musste ja wieder etwas von ihm kommen.

„Nun ein großes Pferd! Und deine Arbeit im Ponystall? Die Ponypflege und die Koppel? Na, daraus wird ja dann wohl nichts mehr. Sehe ich doch jetzt schon. Dann wird nur noch geritten." Er räusperte sich. „Und, hm, Klavier gespielt. Das musste auch sein. Ich war ja dagegen. Aber das Klavier musste damals unbedingt gekauft werden. Hm, alles nur Firlefanz. Man wird's beobachten!", sagte er mit gepresster Stimme vor den Gästen, als er nach der Geburtstagsfeier in sein Zimmer verschwand. Noch lange Zeit später hallten seine Worte in meinen Ohren.

Nur so kannte ich meinen Großvater. Nie hatte ich ihn anders erlebt. Der Großvater, mittelgroß und mit gedrungener Statur, Schnauzbart, mit kräftiger Kinnpartie, die Entschlossenheit und Willensstärke ausdrückte und dichten weißen Haaren im Bürstenschnitt, führte das Regime im Haus. Sein Bestreben war Dominanz und Macht auszuüben. Es passierte gewöhnlich nur das, was er sagte. Er duldete keinen Widerspruch. Missachtete andere Meinungen. Solange ich denken konnte, fürchtete ich ihn. Er erstickte alles, was ihm missfiel. Und so hatte er auch meine Freude an diesem Geburtstag erstickt.

Doch wie wohltuend war es, und ich konnte auch das nicht vergessen, wie meine beste Freundin Pia ihren Arm tröstend um meine Schulter gelegt hatte, als mir nach Großvaters Worten die Augen schwammen.

Bevor ich das Licht löschte, holte ich mein Tagebuch hervor. Schon beim Aufschlagen formulierte ich im Inneren die ersten Sätze. Und dann flossen die Worte hinein, pausenlos. Ich erzählte von der unglaublichen Freude über das Pferd, mein schönstes Geburtstagsgeschenk. Aber auch vom düsteren Ausklang des Tages.

Sogar an diesem Tag heute musste er mir wieder giftige Bemerkungen und bösartige Unterstellungen an den Kopf werfen. Warum bloß? Warum? Warum musste das wieder sein. Wenn er's doch mal lassen könnte. ... Aber nein, es macht ihm Spaß, andere zu quälen.

Ich lehnte mich zurück, sah versonnen auf die Sätze, die mir aus dem Stift geflossen waren, bevor ich das Tagebuch wieder zurücklegte.

Ich blinzelte und schüttelte den Kopf, um meine Gedanken wieder in die Gegenwart zurückzuholen und klopfte noch einmal Cäsars Nacken.

Gut einen Monat später war es, als ich wieder, immer auf meine Uhr blickend, zum Reiterhof hastete.
Vor dem schneeweiß getünchten Reitstall stand Frank mit einem Sattel und Zaumzeug im Arm. Ich bewunderte wie jedes Mal seine sportliche Figur, groß und breitschultrig. In dem gebräunten Gesicht leuchteten seine blauen Augen besonders.

Schon seit etlichen Jahren arbeitete er hier auf dem Reiterhof. Am Anfang nur gelegentlich. Seit einem Jahr nun ständig. Er absolvierte hier sein Vorpraktikum für das Veterinärstudium. Auf dem Reiterhof war er „Mädchen für alles". Er liebte die Arbeit mit den Pferden. Selbst in seiner Freizeit war er hier oft anzutreffen. Manchmal ritt er auch selbst oder schaute mir beim Reiten zu. Dann beobachtete er Pferd und Reiter mit kritischem Blick. Ich bemerkte es wohl, aber es störte mich nicht, wenn er meine Haltung korrigierte oder auf Reitfehler hinwies. Im Gegenteil, ich war ihm dankbar dafür. Wir verstanden uns, wurden mit der Zeit gute Freunde. Ich half ihm auch gelegentlich im Büro bei dem „verflixten Schreibkram", wie er es immer nannte.

„Hallo, Ellen! Na, machst du schon Schluss für heute?" rief er mir zu. Er schaute mir mit seinem typischen breiten Lächeln ins Gesicht, wandte sich daraufhin um und hängte das Zaumzeug an einen Haken neben die Stalltür.

„Ich muss noch Klavier üben. Du weißt ja, wie verbissen mein Großvater das sieht. Er wollte kein Klavier in unserem Haus, auf gar keinen Fall. Hab ich dir doch damals gleich erzählt. Aber nun kontrolliert er ständig, und es ist für ihn wichtig, außerordentlich wichtig, ob ich jeden Tag davor sitze. Pünktlich. Und wehe, wenn nicht, obwohl es in seinen Augen nur eine unnütze Klimperei ist."

Ich schwang mich vom Pferd herunter und führte es in seine Box hinein.

„Ja, ja, dein Großvater. Immer dasselbe Lied. Ich weiß", hörte ich ihn noch durch die offene Stalltür. Dabei sah ich im Inneren sein breites Lächeln.

In der Box lag frisches Stroh, goldgelb und duftend. Auch der große Trog war mit frischem Wasser gefüllt. Ach, Frank ist ein Schatz, auf ihn ist Verlass, dachte ich und zog den Sattel herunter. Heute nahm ich mir für die anschließende Pflege meines Pferdes nicht so viel Zeit.
Alles musste jetzt schnell gehen. Ein paar Schwalben flogen wie Pfeile an mir vorbei, als ich durch den langen Stall an den anderen Boxen vorbei nach hinten lief, um von dem Holzregal an der Wand eine Kardätsche und einen wollenen Lappen zu holen.

„So, Cäsar, nur noch ein bisschen bürsten und trocken reiben. Das ist dann alles für heute." Mit derben gleichmäßigen Strichen rieb ich das Fell ab. Dabei musste ich an Frank denken. Wenn er mich jetzt beobachtete, würde er bestimmt wieder zu mir sagen: „Neben dem Pferd wirkst du direkt zierlich und zart. Aber ich weiß, du zeigst dich kräftig beim Reiten, wenn es darauf ankommt. Und das ist wichtig. Beweist du ja auch jedes Mal." Wie seltsam, denn plötzlich war seine Stimme in dem Moment tatsächlich hinter mir.

„Du arbeitest ja wie ein Profi, muss ich schon sagen."
Ich wandte mich zu ihm um.
„Na, na, lobe mich nur nicht zu sehr."
„Doch, und du hast wirklich enorme Fortschritte gemacht", meinte er noch, dann verschwand er wieder.

Cäsar stupste mich mit seinen weichen Nüstern an die Schulter. Sein warmer Atem strich mein Gesicht.
Ich verabschiedete mich von meinem Braunen mit einem Klaps auf den kräftigen Hals, klopfte mit den Händen den Staub aus den Reithosen und lief zurück auf den Hof.
Die Wolken waren inzwischen noch einmal aufgerissen. Letzte Sonnenstrahlen umfingen mich.
Frank war jetzt am Stall gegenüber mit dem Satteln eines Rappen beschäftigt. Mit seinen braunen muskulösen Armen packte er kräftig zu. Eilig überquerte ich den Hof und bewunderte beim Näherkommen das tiefschwarze Fell des Pferdes, dessen Muskeln geschmeidig und kraftvoll glänzten. Pferde übten auf mich immer wieder aufs Neue eine magische Wirkung aus. Gern hätte ich noch einen Moment zugeschaut, doch ich hatte es nun schrecklich eilig.
„Ich gehe jetzt", rief ich Frank im Vorbeigehen zu und stürmte los. Ein Blick auf meine Armbanduhr versetzte mir einen Stich. Eigentlich wollte ich um sechs zu Hause sein. Das schaffte ich nun nicht mehr, das war mir bewusst. Zu blöd, dachte ich und gleich machte sich Unruhe in mir breit. Ich kannte dieses Gefühl gut, diese beklemmende Enge auf einmal in der Brust, die Stiche in der Magengegend.
Ich sauste vorbei an blühenden Gärten. Übermütige Kinderstimmen drangen zu mir. Fast eine Viertelstunde brauchte ich noch bis nach Hause. „Verdammt noch mal", murmelte ich. Mir wurde heiß und ich riss meine Jacke auf.
Beim nächsten Mal würde ich auf jeden Fall wieder mit dem Fahrrad zum Reiterhof fahren, nahm ich mir fest vor.
Die Luft war schwül, drückend, schwer wie Blei. Als könnte man sie schneiden, dachte ich beim Laufen. Ein leichtes Brummeln in der Ferne war zu hören. Kurze Zeit später klatschten die ersten großen Tropfen herab. Auf meinem erhitzten Gesicht empfand ich sie wohltuend. Wie große Tränen rannen sie herunter. Am liebsten wäre ich weiter im Regen herumgelaufen. Nur so. Jetzt konnte ich schon unser Haus sehen, das von Weitem durch die Bäume schimmerte.

Es war aus hellem Backstein errichtet, wirkte massig und strahlte Sachlichkeit aus. Ausdruck des energischen Erbauers. „Mein Haus, ohne Firlefanz", so hatte es Großvater oft betont.
Als ich mich dem Haus näherte, kam es mir vor, als stünde Großvater hinter der Gardine am Erkerfenster. Natürlich, er wartete schon, mit der Uhr in der Hand. Die Gardine bewegte sich.
Mit raschen Schritten ging ich auf das Haus zu. Kämpfte mit ganzem Willen gegen meine Unruhe an.
Der Aufgang zum Haus war mit kleinen Buchsbäumen gesäumt, in denen Regentropfen glitzerten. Mit einem Seufzer angelte ich den Schlüssel aus meiner Hosentasche hervor und öffnete die breite Eichentür, die sich mit einem dumpfen Geräusch wieder schloss. In der geräumigen Diele empfing mich angenehme Kühle. Am liebsten wäre ich hier geblieben, hätte mich in den Schaukelstuhl gesetzt und mich von der kühlen Luft streicheln lassen.
In meinem Zimmer aber war es stickig warm. Ich verschloss die Tür und lehnte mich, hier in meinem kleinen Reich ein wenig träumend, dagegen. Meine Blicke wanderten zur blauen Kommode mit dem Spiegel darüber, zum Schreibtisch, zum weißlackierten Kleiderschrank und schließlich zum mahagonibraunen Klavier. Wie auffordernd es dastand. Als lockte es mich.
Bevor ich mich an das Klavier setzte, schloss ich die Tür wieder auf, aber wie ungern. Ich öffnete das Fenster und lehnte mich einen Augenblick hinaus. Danach zog ich mich eilig um.
Heute nahm ich mir die „Mazurka" von Chopin vor. Beim Blättern im Notenheft fielen mir die Haare ins Gesicht. „Mist", sagte ich vor mich hin. In der Eile hatte ich vergessen, sie zusammenzubinden, wie ich es sonst tat. Na gut, okay, sagte ich mir, nun muss es eben so gehen.
    Ich schlug die ersten Töne an. Es vergingen nur wenige Minuten, da passierte es auch schon, wie ich es befürchtet hatte. Ich hörte mit Unbehagen, wie plötzlich hinter mir die

Tür geöffnet und schließlich geschlossen wurde. Dann Stille. In dieser Stille lag jetzt etwas Atemloses, Lauerndes. Angespannt spielte ich weiter und versuchte mich zu konzentrieren. Hinter meinem Rücken ein paar Schritte. Sein typischer Gang. Ich wusste, er war es, wie fast jedes Mal.
Meine Hände wurden sogleich unruhig. Energisch blies ich beim Spielen die Haare aus der Stirn. Ich wusste nur zu gut, in der nächsten Minute würde Großvater mir über die Schulter sehen. Und wie es kommen musste, ausgerechnet jetzt verspielte ich mich, holte tief Luft und fing noch einmal von vorn an. Ein Räuspern hinter meinem Rücken. Oh, jetzt hätte ich ihn gern sonst wohin gewünscht. Doch er stand hinter mir, ich spürte ihn im Nacken. Und wie immer, wenn etwas daneben ging, wurde ich so unruhig, dass es schmerzte. Denn tief in meinem Inneren wusste ich genau, was er dachte. Vorwürfe würden es sein. Und sie würden mich mit einer Wucht treffen, die mir den Atem nahm. Meine Finger wollten mir nicht mehr gehorchen. „Mein Gott!", schrie es in mir. Und prompt ging das Donnerwetter los.

„Das kommt eben davon, wenn man nur Flausen im Kopf hat, nur Flausen und unsinniges Zeug. So kann das ja nichts werden! Nie! Hab ich doch gleich gesagt." Er schnaufte hörbar. Dann setzte er wieder an. „Das Eine sag ich dir: Schluss mit den Flausen! Zu Hausarrest müsste man dich verdonnern, damit du ordentlich übst, wenn es schon sein muss. Außerdem", dabei stampfte er mit dem Fuß auf, „hast du in erster Linie auf dem Reiterhof und im Garten zu arbeiten. Punktum!"
Ich hatte das Gefühl, unter seiner Stimme buchstäblich kleiner zu werden, so als schrumpfe ich in mich zusammen. Wütend kämpfte ich gegen die verräterischen Tränen.
Als er wieder durch die Tür verschwand, merkte ich, dass ich den Atem angehalten hatte. Alleingelassen gelang es mir, mich wieder zu sammeln. Ich schlug die nächste Seite in meinem Notenalbum auf. Dabei vernahm ich aus dem Zimmer nebenan

Großvaters Schritte. Seine energischen, polternden Schritte, wie stets, wenn er aufgebracht war.

#

Das holzgetäfelte, mit einem dunkelgrünen Teppich ausgestattete Arbeitszimmer im unteren Geschoss war ein gemütlicher Raum, der Ruhe ausstrahlte. Hier fühlte ich mich wohl. Die wenigen Möbel waren gut platziert. Der dunkelbraune eichene Bücherschrank, ein Erbstück von Mutters Familie, stand an der Wand gegenüber dem breiten Fenster. Er beherrschte den Raum. Die mittlere breite Glastür des Schrankes gab den Blick frei auf wertvolle ledergebundene Bücher. Vom zierlichen Schreibtisch aus blickte man in den Garten. Im Frühling, aber vor allem im Sommer, wenn alles grünte und blühte, bot sich dann ein fantastischer Ausblick.
Den Schreibtisch zierten zwei gerahmte Fotos von meinen Eltern. Es zeigte sie am Meer, die Augen vor der Sonne schützend. Daneben ein Bild von mir, aufgenommen an dem Tag, als ich zusammen mit den Eltern im Garten ein Bäumchen einpflanzte. Ich war sieben in jenem Frühjahr.
Die übrigen Möbel waren ein niedriges Tischchen und zwei kleine gelb- und braungemusterte Sessel. Daneben breitete ein Philodendron seine vielfingrigen Blätter aus.

An einem sonnigen Samstagvormittag lehnte ich neben meiner Mutter am Schreibtisch. Sie blickte fragend auf, als ich mich an ihre Schulter schmiegte.
„Mam, kannst du mich heute mit dem Auto mitnehmen?"
In diesem Moment klingelte das Telefon. Meine Mutter legte den Kugelschreiber neben den Schreibblock, beugte sich über den Schreibtisch und griff zum Hörer. Es wurde ein längeres

Gespräch. Ich entdeckte währenddessen auf dem Schreibtisch einen Brief. Er war an Mutters Schwester Elvira gerichtet. Das Licht der Schreibtischlampe fiel auf die angefangene Seite. Ihre Worte „diese ewige Tyrannei" stachen mir sofort in die Augen und machten mich sogleich stutzig. Die Zeilen ließen mich jetzt nicht mehr los. Neugier packte mich und ich begann fieberhaft zu lesen.

Nicht nur Ellen, auch wir müssen uns seinem Willen beugen, immer noch, schon die ganzen Jahre. Du weißt es ja. Er umgibt sich mit unbeugsamer Art und ist ein strenges Muster an Vollkommenheit, so meint er und versucht es auch ständig, uns zu beweisen. Es macht ihm Spaß, Macht auszuüben. Besonders über Ellen und mich. Ich weiß nicht, wie lange ich diese ewige Tyrannei noch ertrage. Er schreibt uns sogar die Uhrzeit für die Mahlzeiten vor. Passt auf, dass sie auf den Punkt eingehalten werden. Ewig Vorschriften und Kontrollen. Er lässt sich ständig etwas einfallen. Alles muss nach seinem Kopf gehen. Er herrscht schon allein durch sein Dasein. Man spürt ihn überall. Ich habe ohnehin nichts zu sagen. In diesem Haus komme ich mir nur geduldet vor. Stefan tritt ihm leider nicht energisch genug gegenüber. Noch immer nicht. Da hat sich nichts geändert. Er hat sich eben an diesen Zustand gewöhnt. Er kennt seinen Vater nicht anders. Doch ich fühle mich hilflos und bin oft restlos verzweifelt. Ich komme mir so ohnmächtig vor, dass ich an manchen Tagen die Flucht ergreifen möchte. Manchmal wünsche ich mir, dass etwas geschehen müsste, und alles ein Ende hätte.

Als meine Mutter diesen Verzweiflungsruf geschrieben hatte, konnte sie nicht ahnen, wie bald sich ihr Wunsch auf eine Weise erfüllen würde, die für uns alle unvorstellbar war.

Meine Mutter legte den Hörer auf. Ich blickte erschreckt hoch. Fühlte mich ertappt.

„Ach, Mam", stieß ich hervor. Zu mehr Worten war ich nicht in der Lage. Umarmte sie nur, bevor ich zur Tür stürzte, wobei ich noch einmal kurz zu ihr zurückblickte.

Sie drehte sich zu mir um. „Natürlich kann ich dich mitnehmen." Verwundert sah sie noch einen Augenblick zur Tür, durch die ich nun davon stürmte.

Ich musste weg, schnell weg, irgendwohin. In meinem Kopf brannten die verzweifelten Worte aus dem Brief. Wie hilflos meine Mutter wirkte, meine Mam, die ich liebte und bewunderte, diese kluge und attraktive Frau mit ihrer aufrechten Haltung und ihrem zurückhaltenden Wesen. In diesem Moment der totalen Mutlosigkeit tat sie mir unendlich leid.

Als ich durch die Diele hastete, begegnete ich für Sekunden meiner verstörten Miene im Wandspiegel. Dann hatte ich nur noch die Tür im Blick. Den Schirmständer beachtete ich nicht. Krachend fiel er zu Boden.

Erst im Garten kam ich allmählich zu mir. Ich lehnte mich an die Wand des Gartenhäuschens, mit dem Blick zum Haus. Ich musste jetzt ungestört mit meinen Gedanken sein. Die kummervollen Worte meiner Mutter machten mich wieder einmal ratlos.

Ringsum ein Blütenmeer. Die Blumen kletterten die Pergolen empor, überwucherten die mit Ziegelsteinen eingefassten Beete und Rabatten. Die Luft war erfüllt vom Duft der Levkojen, Gardenien, Nelken und Rosen. Ich bemerkte jetzt nichts von dieser Pracht. Hinter meiner Stirn arbeitete es und ich war mir darüber im Klaren, dass etwas geschehen müsste. Aber wie konnten wir meiner Mutter helfen? Konnte ich etwas tun? Seltsame Gedanken tauchten auf.

In meinem ganzen Körper schrie es: Widerstand? Sich auflehnen? Mam schützen? Aber wie denn? Oder erst

mit Vater sprechen? Sicher zwecklos. Aber schließlich muss doch endlich die Tyrannei ein Ende haben. Mam wird sonst noch kranker. Wahrscheinlich muss ich mich starkmachen. Ja, das müsste ich.
Ich muss etwas tun! Unbedingt muss ich etwas tun, wenn Vater sich nicht stark macht. Aber was? Was? Was kann ich tun? Ich verzweifle noch.

Diese Gedanken vertraute ich noch wenige Minuten vor dem Abendessen meinem Tagebuch an.

Der heftige Regen war in ein sanftes Nieseln übergegangen. Die Wanduhr in der geräumigen Küche zeigte wenige Minuten vor sieben.
„Vergiss nicht Großvaters marinierte Heringe", erinnerte die Mutter mich beim Decken des Abendbrottisches. „Ach, und denke auch an die Anchovispaste, das war sein ausdrücklicher Wunsch." Ich sah sie mit einem wissenden Lächeln an und nickte.
Die Mutter massierte sich den Hals, wirkte sehr abgespannt. Ihre Bewegungen waren fahrig. Als ihr zum wiederholten Mal beim Salatzubereiten das Messer herunterfiel, vernahm ich einen Seufzer. Ich stutzte, sah ihr einen Moment ins Gesicht. Dann bückte ich mich, hob das Messer auf und legte es auf den Tisch.
„Lass es, Mam. Ich mache den Salat fertig", sagte ich, schaute dabei zur Uhr. Mit einem kurzen Blick bemerkte ich, dass meine Mutter tief atmete, mit der Hand auf dem Herzen.

Wenig später. – Nur gedämpfte Radiomusik und das leise Klappern des Besteckes waren zu hören. Nach einer recht gedehnten Spanne des Schweigens unterbrach mein Vater die Stille.

„Ach Beate, heute war es ja wieder mal ganz verrückt in der Stadt. Ständig Staus, kein Vorwärtskommen. Und das bei der Hitze! Zu dumm, dass ich aber auch ausgerechnet heute die Medikamente liefern musste. Tja, da half aber nichts, es musste sein." Er reichte meiner Mutter die Salatschüssel.

„Sicher wirst du schon gedacht haben, ich schaffe es heute überhaupt nicht mehr, in die Apotheke zurückzukommen." Er lächelte sie an, dann beugte er sich über den Teller. Meine Mutter schüttelte unmerklich den Kopf.

„Ach nein, Stefan, hab ich nicht gedacht."
Daraufhin wieder bedrückendes Schweigen, wie so oft bei den gemeinsamen Mahlzeiten. Die Uhr tickte, der Kühlschrank summte leise vor sich hin. Die Klänge aus dem Radio waren versickert.
Jetzt blickte Großvater, der mit äußerster Konzentration seinen Hering sorgfältig nach Gräten durchsuchte, auf.

„Ihr habt es doch leicht heutzutage, erledigt alles mit dem Auto. Zu meiner Zeit ist man gelaufen, oder bestenfalls mit dem Fahrrad gefahren. So war das. Habe auch alles geschafft. Und habe mir mühsam mit meiner Hände Arbeit so den Reiterhof aufgebaut und später sogar noch das Haus. Sollte man immer bedenken. Und Jammern gab's überhaupt nicht."
Er musterte alle mit bedeutungsvollem Blick, rückte seine Serviette zurecht und griff wieder zum Messer.
Einen kurzen Moment hatte ich verstohlen auf seine Hände geblickt. Arbeitshände, wie Großvater sie selbst nannte. Derb, wuchtig, breit. Mein Vater erzählte mir einmal, dass Großvater unglaubliche Kraft in seinen Händen hätte. Er hätte es sogar fertiggebracht, mit der Hand eine rohe Kartoffel zu zerdrücken, so, wie er es einmal in einem Film gesehen hatte. Ich schaute zu meinem Vater, in seine großen dunklen Augen, die meinem Blick auswichen, dann zur Mutter. Sie hantierte mit ihrem Besteck, schluckte.

„Da könnte man schon etwas mehr Dankbarkeit erwarten", fuhr der Großvater betont fort.

Und das alles für euch, kommt jetzt, wie jedes Mal, dachte ich im Stillen.

„Und schließlich hat man das alles für euch gemacht. Diese jahrelange Schinderei", waren seine letzten Worte.

Gesenkte Köpfe. Wie so oft. Großvater hatte allem wieder den Punkt aufgesetzt. Ich hoffte, dass das alles war und der Kelch diesmal an mir vorüber ging. Aber, oh nein. Ich hatte vergeblich gehofft.

Als er sein Besteck auf dem Teller abgelegt und seinen Mund mit der Serviette abgetupft hatte, richtete sich sein Blick zu mir, bohrend. Er lehnte sich zurück und verschränkte die Arme. Sein Blick hielt mich fest. Sein Blick – wie eine Zange. Ich schrak sofort zusammen. So, und nun bin ich dran, blitzte es durch meinen Kopf. Ich sah krampfhaft hinüber zum Radio, doch das Unbehagen stand mir sicherlich ins Gesicht geschrieben.

„Das war heute wohl mal wieder nichts", er machte eine wirkungsvolle Pause, wie er es gern tat, wenn seine Worte einschlagen sollten, „mit der Klavierspielerei. Ich frage mich, wie das weitergehen soll." Dabei blickte er zu meinen Eltern, räusperte sich, dann wieder zu mir. „Macht es dir gar nichts aus, dass wir das Geld für den Unterricht", wieder eine Pause, „man kann sagen, aus dem Fenster schmeißen? Du bist doch schließlich alt genug, um zu wissen, dass man Verantwortung hat. Punktum! Auch du, vergiss das ja nicht. Zu meiner Zeit wäre so ein", er stockte, überlegte, „egoistisches Verhalten undenkbar gewesen."

Am liebsten hätte ich jetzt gekontert, mich mit energischen Worten gewehrt. Die Worte lagen schon fertig geformt auf meiner Zunge: „Lass mich in Ruhe! Was verstehst du schon. Du und Musik? – Hast doch keine Ahnung davon. Keinen blassen Schimmer." Aber ich presste die Lippen zusammen, senkte den Blick auf den Tisch. Schluckte meine Wut wieder mal hinunter.

Meine Mutter legte nun das Besteck ab. Es klirrte auf dem Tellerrand. Sie schaute auf und fuhr sich mit den Händen durch ihr kurzes blondes Haar. Ich sah, wie ihre Augen ratlos umherwanderten. Schließlich wandte sie sich dem Großvater zu.

„Aus dem Fenster schmeißen behauptest du?! Wir schmeißen nichts aus dem Fenster. Ellen übt regelmäßig. Und es klappt, wird sogar immer besser. Etwas Freizeit muss ihr bleiben." Dabei blickte sie ihm fest in die Augen. Atmete hörbar aus. Vater runzelte besorgt die Stirn.

Doch so leicht ließ Großvater sie nicht entkommen.

„Das sind doch nur Ausreden, billige. Ja, billige Ausreden. Kennt man doch."

So formulierte er es stets. Und solche „Ausreden" duldete er nie. Nach kurzem Schweigen begann er von Neuem: „Liebe Schwiegertochter", höhnte er jetzt, klopfte dabei mit der Schuhspitze auf den Fußboden, „du müsstest dich einfach mehr um das Mädel kümmern. Das ist es."

Da tat Mutter etwas Alarmierendes. Sie beugte sich vor, während ihre Oberlippe in einer Weise zitterte, die den unausweichlichen Ausbruch von Tränen der Frustration oder von Aggression ankündigt. Aber keines von beiden trat ein. Nur ihre Stimme ertönte, um Fassung ringend.

„Ich tue mein Bestes, und das weißt du genau", entgegnete sie energisch. Ihr Blick verriet helle Empörung. Ihre linke Hand zuckte. Sie presste sie zur Faust.

Ich sah überrascht zu ihr hin und wunderte mich sehr, denn so couragiert hatte ich sie noch nie erlebt.

Großvater winkte nur verächtlich mit der Hand ab. Seine Augen nahmen einen abweisenden Ausdruck an.

„Nein. Das tust du nicht, eben nicht. Du glaubst es nur, aber du tust es nicht. Ich frage mich überhaupt, was du den ganzen Tag machst. Das bisschen Apotheke? Da machst du dich doch nicht tot."

Mein Vater riss empört den Kopf hoch. Mir schien, als wollte er etwas erwidern. Doch dazu kam es mal wieder nicht. „Ach,

Mensch Paps, wieder wie immer. Tu doch etwas. Sag etwas. Verteidige uns vor ihm!", schrie es in meinem Inneren.
Mutter griff mit einer blitzschnellen Handbewegung zum Herzen. Ich wusste, wie es wieder um sie bestellt war.
Wie um seine Worte zu unterstreichen, klopfte der Großvater mit beiden Handflächen kurz auf die Tischplatte, erhob sich, stellte seinen Stuhl an den Tisch heran, ordentlich und korrekt, strich mit der Hand schwungvoll über die Lehne, blickte uns noch einmal alle der Reihe nach an und ging betont langsam zur Tür. Jedoch, er wandte sich um und kehrte an den Tisch zurück. Jetzt fasste er seinen Sohn ins Auge.

„Vielleicht müsstest du mal aufmerksamer verfolgen, was hier im Hause so geschieht. Sonst", - er hob die Schultern, spreizte seine Hände, „sonst muss ich mir eben was einfallen lassen. Punktum." Er wartete auf keine Antwort, ging wieder zur Tür und schloss sie geräuschvoll.
Ich bemerkte, dass mein Vater unmerklich den Kopf schüttelte. Er ergriff Mutters Hand. Kaum hörbar waren ihre Worte.

„Wenn das doch nur mal ein Ende hätte. Ich finde, es wird immer schlimmer."
Ich sah die Verzweiflung meiner Mutter und die Hilflosigkeit meines Vaters. Und ich war wieder maßlos enttäuscht. Enttäuscht und unzufrieden. Wird es immer so enden, fragte ich mich bitter. Warum duldete Vater stets diese Angriffe auf meine Mutter. Jedes Mal geschieht das Gleiche: Er sitzt nur ohnmächtig da. Und nichts passiert. Warum lassen sie sich diese ständigen Angriffe gefallen. Werden sie sich nie wehren. Dann geht das also ewig so. Ewig diese verdammte Hölle. Es war mir unmöglich, mich an diesen Gedanken zu gewöhnen. Für die Gesundheit meiner Mutter waren diese ständigen Aufregungen Gift. Irgendetwas musste geschehen.
Mit diesen Gedanken beschäftigt, beobachtete ich meine Mutter. Das leise Zittern ihrer Hand, mit der sie ihr Glas hielt, weckte Besorgnis in mir.

Mein Vater drückte noch einmal Mutters Hand, hob die Schultern, ließ sie resigniert fallen. Sein Blick verriet Ratlosigkeit.
„Ich werde wieder mit ihm reden. Ich verspreche es dir. Aber ob es Sinn hat? Du weißt ja, dass man bei ihm gegen Mauern anrennt." Er stöhnte merklich, die Lippen zusammengepresst.
Mich zerriss die innere Anspannung fast. Ich öffnete den Mund, wollte schon etwas entgegnen, entschied mich im letzten Moment aber dagegen.
Meine Mutter sah Vater mit feuchten Augen an. Schwieg. Zorn schnürte ihr die Kehle zu. Zweimal musste sie schlucken, ehe sie hervorbrachte: „Ob es Sinn hat?, sagst du." Und noch einmal, nun um einiges energischer: „Ob es Sinn hat? Stefan, ich halte das nicht mehr aus! Begreife das doch endlich! Diese bösartigen Angriffe und Beleidigungen! Das ist einfach unerträglich."
Ich griff nach dem Spültuch, um mir die Hände abzutrocknen. Ließ meine Eltern aber nicht aus den Augen.
Vater hob beide Hände, drehte die Handflächen nach oben, atmete langsam aus. Ich sah mit Enttäuschung, es war eine Geste der Hilflosigkeit.
Mutter verharrte noch. Wartete. Schließlich platzte es erneut aus ihr heraus: „Du weißt genau, weil er noch Geld von uns bekommt, meint er das Recht zu haben, uns schikanieren zu können, wann es ihm in den Sinn kommt. Das ist es doch." Sie sprang vom Stuhl auf, lief zum Fenster, schlang die Arme um sich. Ihre Lippen zuckten.
Vater murmelte mit gesenktem Kopf und einer Stimme, die direkt aus einem Grab zu kommen schien: „Ich verstehe dich doch. Aber bitte sei vernünftig, beruhige dich wieder. Es quält mich doch auch, wenn ich sehe, wie du leidest. Ich würde gern alles tun, um unser Zusammenleben erträglicher zu machen. Doch was? Hm. Das Schlimme ist, er wird sich nicht ändern. Nie!" Es schien, als wollte er noch etwas hinzufügen. Aber

stattdessen erhob er sich, ging zum Radio. Mutter starrte ihm hinterher.
„Tu etwas, endlich!", setzte sie noch einmal an. „Handle. Es muss doch einen Ausweg geben, damit wir hier in Frieden leben können."
Mutter und ich wechselten Blicke. Wir wussten, dass ihre Forderung nie in Erfüllung gehen würde. Sie zuckte die Schultern, kam mit langsamen Schritten zum Tisch zurück. Nach einem langen Moment stieß sie hervor: „Und das Schlimmste ist, jedes Mal nach seinen Angriffen bekomme ich diese beängstigenden Herzschmerzen. Das ist unerträglich. Nein, Stefan, so geht das nicht mehr weiter. Das halte ich nicht länger aus." Sie atmete mit einem tiefen Seufzer aus.
Es herrschte beklommene Stimmung, die zentnerschwer auf uns lastete.

Beim Abräumen sprachen wir nur wenig. Jeder hing seinen Gedanken nach. Mechanisch führten wir die Handgriffe aus. Die Stille wurde nur vom Klappern des Geschirrs und der Schranktüren, von den Schritten auf dem Fußboden unterbrochen.

Ich hielt es nicht mehr aus. In mir brodelte es. Nachdem ich die Teller in den Geschirrspüler gestellt hatte, lehnte ich mich an den Schrank, verschränkte die Arme. Als ich meine Eltern jetzt so vor mir sah, völlig zerknirscht, am Ende, wurde meine innere Stimme rebellisch. „Los, jetzt sag was du denkst. Na, los, rede." Aber ich konnte nicht. Ich brachte die Lippen nicht auseinander. Doch dann befahl ich mir erneut: „Rede, jetzt!" Noch zögerte ich. Schließlich gab ich mir einen Ruck und es brach aus mir heraus: „Könnt ihr mir mal sagen, wie lange das noch so weitergehen soll? Darf Großvater uns ewig bevormunden, nur an uns herumnörgeln? Mit beißenden Gehässigkeiten?" Ich hielt kurz die Luft an und zwang mich, meine Gedanken zu ordnen.

„Also, ich verstehe das alles nicht. Immer kuschen, alles schlucken. Diese ewige Tortur ewig hinnehmen. Wie kann man so leben." Ich schluckte. „Nein, so kann man nicht leben." Meine Lippen bebten, so dass ich Mühe hatte, die nächsten Worte herauszubekommen: „Ich kann das jedenfalls nicht! Und ich will es auch nicht! So!" In meinem Hals würgte es. „Ich nicht!", stieß ich noch heraus. Ich war jetzt völlig aus dem Gleichgewicht geraten. Doch ich war froh darüber. War es mir doch zum ersten Mal gelungen, energisch mein Inneres nach außen zu kehren.

Ich sah genau, Dass meine Eltern ihr Erstaunen über meinen Ausbruch nicht verhehlen konnten. Sprachlos verfolgten sie, wie ich aufgebracht mit den Händen herumfuchtelte, mein Haar zurückwarf.

Jetzt kam Leben in Mutters Gesicht.

„Sie hat vollkommen Recht. Ja, Stefan, du musst was tun, bevor es zu spät ist! So kann man nicht leben. So darf es nicht weitergehen", meinte sie mit einer Entschlossenheit, die mich aufhorchen ließ.

Mein Vater saß zusammengesunken im Korbsessel. Seine Verzweiflung, seine Ohnmacht waren ihm deutlich anzusehen. Unsere Worte hatten ihn getroffen. Tief getroffen. Meine Mutter legte ihre Hand auf seine Schulter. Er sah zu ihr auf.

„Ich bin in einer verzweifelten Lage. Ich weiß nicht, wie ich dieses Problem lösen soll. Es hilft doch nichts. Wie oft habe ich schon mit ihm gesprochen. Du weißt es. Er ist eben so." Er hob den Kopf, strich sich gedankenvoll über die Stirn. „Wenn uns bei ihm keine Schulden mehr belasten, ja Beate, dann werden wir weiter sehen." Er hob die Arme, ließ sie resigniert auf die Schenkel fallen.

Beide waren wieder einmal ratlos. Auch ich. Von dem aufkommenden Widerstand blieb nichts außer dumpfer Aussichtslosigkeit. Und ich war mir sicher, das Dilemma, in dem wir steckten, würde uns weiter verfolgen. Mit hängenden Köpfen wandten wir uns zur Tür. Vater löschte das Licht.

... So war es eben. Und alles war wieder dunkel. - Damit endete meine letzte Zeile im Tagebuch.

Der Tag ging zu Ende.
Ich schaute zum offenen Fenster hin. Mein Blick wanderte hinaus zu den Bäumen, die sich träge im sanften Wind wiegten. Draußen hatte es sich ein wenig abgekühlt. Frische Luft füllte den Raum. Ich lag mit offenen Augen, grübelte und konnte nicht einschlafen. Meine Gedanken wanderten weit zurück, in großen Sprüngen.

An Großmutter erinnerte ich mich jetzt. Großmutter mit den schneeweißen Lockenhaaren, den lustigen blauen Augen und den tiefen Grübchen, wenn sie lachte. Sie lachte sehr gern. Die großen Blumenschürzen, die sie in der Küche und im Garten trug, schmiegten sich fest um ihre rundliche Figur. Mit Großmutter spielte ich oft im Garten am Haus. Der Garten, mit den großen Bäumen und den dichten Hecken, den langen bunten Blumenrabatten und dem wilden Wein, der üppig an Mauern und Zäunen rankte, war mein Paradies, geheimnisvoll, voller Wunder und Abenteuer. Ich durfte sogar Großmutter bei der Blumenpflege helfen. Sie zeigte mir die Vogelnester in ihren Verstecken. Und wie fantastisch war es, dass sie die Schmetterlinge so gut kannte und mir von jedem den Namen nennen konnte.
Immer weiter schien die Zeit rückwärts zu stürzen.
Ich erinnerte mich noch genau an einen warmen Sommertag.
Ich wusste sogar noch Großmutters Worte.
„Sieh doch mal Ellen, was wir heute für ein Glück haben! Auf der Hortensie hier sitzt ein Schwalbenschwanz, dieser seltene Schmetterling." Ich sah mich suchend um. „Langsam Ellen, geh ganz langsam, sonst fliegt er davon." Sie nahm mich an die Hand. „So, schau ihn dir an", flüsterte sie mir zu. „Hat er nicht wunderschöne Flügel?"
Ich weiß auch noch, wie ich ein anderes Mal einem Pfauenauge übermütig hinterher gejagt bin. Pfauenaugen kannte ich schon.
„Großmutter, der Schmetterling neckt mich. Jedes Mal, wenn ich ihn fast erwischt habe, fliegt er weg", rief ich ihr zu.

„Guck mal, jetzt sitzt er auf dem Sommerflieder bei den anderen Schmetterlingen." Die Großmutter stellte die beiden Gießkannen ab und wandte sich um. Ich sprang auf sie zu.

„Ömchen, dort sitzen bestimmt tausend Pfauenaugen. Es sind so viele, die kann man gar nicht zählen."

In diesem Augenblick zuckte ich jedoch zusammen. Ich hörte Großvaters barsche Stimme.

„Muss das Mädel immer herumschreien? Zum Donnerwetter, pass doch besser auf sie auf! Hält ja keiner aus!" Jetzt lehnte er sich noch weiter aus dem Fenster heraus. „Ellen, tritt bloß nicht bei deiner ewigen Herumrennerei auf die Beete! Wie oft habe ich das schon gesagt. Auch im Garten muss Ordnung herrschen. Wisst ihr doch ganz genau. Aber man kann ja Ermahnungen getrost außer Acht lassen", fügte er noch zornig an. Mit hochrotem Gesicht stand er am Fenster.

Wenig später erschien er im Garten. Blickte sich in alle Richtungen um. Suchte. Mit messerscharfen Blicken suchte er, ob doch irgendetwas nicht in Ordnung war.

„Natürlich, wusste ich's doch. Hier ist schon eine Dahlie umgeknickt. Ach, und dort noch eine!" Er stemmte die Arme in die Hüften, stampfte um die Rabatten herum. Sein Blick wurde schärfer. Ich war darauf bedacht, seinem Blick auszuweichen und presste mich an Großmutters Arm. Mein Herz klopfte wild, als er wieder auf uns zukam.

„Du solltest mit der Göre auf den Spielplatz gehen. Dort kann sie von mir aus herumtoben. Hier im Garten jedenfalls nicht." Er stand jetzt säbelbeinig vor uns, mit glühendem Gesicht, den Zeigefinger auf mich gerichtet.

Ich entsann mich auch gut, dass Großmutter nur stumm dastand und ihre Augen zornfunkelnd nach oben gerichtet waren. Dann meinte sie und streifte mich mit kurzem Blick: „Die waren doch schon umgeknickt. Wahrscheinlich vom Platzregen gestern am späten Abend."

Mir fiel ein Stein vom Herzen. Ich wusste längst, man musste immer wachsam sein. Großvater hatte das Haus in einen Ort der Angst verwandelt.

Einmal fand ich eine kaputte Puppe. Ihre Haare waren zerzaust, schwarz und kurz geschnitten, und sie hatte nur noch eine Hand. Die Arme hingen schlaff herunter. Sie tat mir leid. Ich wickelte sie in ein Tuch und versteckte sie im Gartenhäuschen. Eines Tages war sie verschwunden. Großvater hatte sie weggeworfen. „Die ist doch kaputt", hatte er geschimpft. Unvollkommenheit und Unordnung waren ihm zuwider.
Damals war ich erst vier Jahre alt, aber es hatte sich tief eingebrannt.
So wie die Puppe verschwunden war, so war eines Tages auch mein Kätzchen verschwunden.

Ich stand auf und stellte mich ans weit geöffnete Fenster. Atmete die milde Nachtluft tief ein. Meine Gedanken wanderten weiter. Einen kurzen Moment schloss ich die Augen. Längst vergangene Bilder blitzten unaufhörlich auf.

An einem Apriltag suchte ich voller Aufregung mein Kätzchen, meine kleine schwarze Molli mit dem weißen Lätzchen, die Großvater von Anfang an ein Dorn im Auge war. Das wusste ich nur zu gut, denn wie erschrak ich, als ich an einem sonnigen Nachmittag seine drohenden Worte hörte: „Hier hat doch die verdammte Katze schon wieder herumgekratzt. Wenn ich das Vieh erwische..... !"
An jenem Apriltag lief ich später durch das ganze Haus. Durchsuchte fieberhaft alle Räume. Gleich unten das große Wohnzimmer, dann die Küche, gegenüber das Arbeitszimmer und sogar das Esszimmer. Dann stürzte ich die Treppe nach oben, rannte ins Schlafzimmer, in die abgelegenen Gästezimmer, auch in mein Zimmer. Hier drinnen schöpfte ich Atem und sah mich suchend um. Sekunden, die endlos schienen, lauschte ich. Auch hier kein Kätzchen.
Dann stand ich mit klopfendem Herzen vor Großvaters Zimmertür. Ich rätselte, war er noch im Garten oder vielleicht schon in seinem Zimmer? Vorsichtshalber schlich ich auf Zehenspitzen an der Tür vorbei, mit der Angst im Herzen, was

mit meiner Molli passiert sein mochte. Es ließ mir keine Ruhe. Es nagte und bohrte in mir. Auch die nächsten Stunden konnte ich an nichts anderes denken. Ich lauschte auf jedes Rascheln, beobachtete jede Bewegung im Garten. Selbst als es schon zu dunkeln begann, stand ich noch am Fenster, horchte hinaus und lockte das Kätzchen. Jedoch vergeblich. Mit hängendem Kopf schlich ich traurig zu meinem Bett.

Am nächsten Tag irrte ich immer noch suchend durch das Haus, auch durch den Garten.

„Molli, wo bist du? Molliiii!", rief ich verzweifelt und schlich in alle Ecken und Winkel. „Vielleicht im Gartenhäuschen.", schoss es mir durch den Kopf. „Natürlich, im Gartenhäuschen wird sie sein. Vielleicht eingesperrt", sprach ich laut vor mich hin, als ich durch die Rabatten huschte.

Das sechseckige Gartenhäuschen, mit den Bogenfenstern und dem glockenförmigen Dach, mit kleinen blaugrauen Schindeln, bestand aus zwei Räumen. In dem Rechten wurden die Gartengeräte aufbewahrt. Der andere war ein kleiner gemütlicher Wohnraum mit zierlichen hellen Möbeln. Hierher flüchtete ich gern. Oft auch mit der Großmutter. Manchmal bettelte ich dann: „Ömchen, erzähl mir was."

Meine Großmutter war für mich immer die allerbeste Geschichtenerzählerin. Sie malte mir Bilder ins Ohr und schloss mir eine Welt der Fantasie auf.

An einem milden regnerischen Herbsttag war es. – Wir beobachteten gerade die Regentropfen, die an den Scheiben herunterrollten. Auf einmal klammerte ich mich an Großmutter.

„Ömchen, warum ist Großvater immer so – so böse? Wir tun ihm doch gar nichts." Großmutter fuhr erschrocken herum. Griff sich an das Kinn, dann legte sie wieder den Arm um mich.

„Ach, Ellen, ... weißt du. Das war vor vielen Jahren." Sie verharrte, als suchte sie in ihrem Gedächtnis. „Da ist Großvater auf dem Reiterhof gestürzt, weißt du? Vom Pferd.

Ja. Sein linkes Bein war sehr verletzt. Lange Zeit konnte er nicht laufen. Das Bein ist wieder geheilt, aber es ist steif geblieben."

„Dann konnte er wohl nicht mehr reiten?"

„Nein, damit war es vorbei. Das war schlimm für ihn. Ganz schlimm. Manchmal dachte ich schon, er geht nie wieder auf den Reiterhof. Ja, so war das damals. Seitdem ist er eben manchmal ein bisschen grimmig. Weißt du, damit müssen wir zurecht kommen. Aber Ellenkind, wir beide schaffen das schon." Sie drückte mit der Hand meine Schulter. Dabei tauschten wir ein verschwörerisches Lächeln. Es war wie ein Bündnis gegen die Welt.

Später sollte ich erfahren, dass es in Großvaters Familie noch eine Schattenseite gab. Oft dachte ich darüber nach. Malte mir alle möglichen Geschichten aus.

Einmal saß ich im Gartenhäuschen am Fenster, als es regnete. Ich fuhr an der Scheibe mit dem Finger den Tropfen entlang, die wie Tränen herunter rollten. Da sah ich Großvater plötzlich ins Haus verschwinden. Wie Molli, dachte ich dabei. So geschwind huschte Molli gern ins Gartenhäuschen.

Die Bilder sprangen auseinander, kreuzten sich, fanden zusammen.

Da sah ich das Kätzchen wieder. Wie grenzenlos enttäuscht war ich, als ich auch im Gartenhäuschen mein Kätzchen nicht fand.

Am Abend verriet mir meine Mutter endlich das Geheimnis.

„Ellen, hör mal, es ist so", begann sie, strich über meinen Kopf, „Großvater hat Molli zu einem Bauernhof gebracht. Dort kann sie mit anderen Katzen spielen und herumtollen. Das wird ihr bestimmt gut gefallen. Meinst du nicht auch?"

„Hier konnte Molli auch spielen", schluchzte ich. Dabei presste ich meine Hände zusammen, als wollte ich meinen Schmerz erdrücken.

Die Mutter zog mich auf ihren Schoß.

„Weil die Katze bei uns im Garten so viel Schaden angerichtet hat. Deshalb musste es sein, hat Großvater gesagt", hauchte sie mir ins Ohr.
Ich hielt den Atem an. Blinzelte die Tränen weg. Mutters Stimme klang nicht echt, nicht wie sonst. Jahre voller Furcht und Spannungen hatten mich argwöhnisch gemacht.

Deutlich flammten immer mehr Erinnerungen auf. Und sie waren wieder gegenwärtig.
Wenn ich an Großmutter dachte, spürte ich den Drang, wieder klein zu sein und kuschelte mich auf eigentümliche Art unter der Decke zusammen, wie wenn ich mich zärtlich an sie anschmiegte. Ich spürte ihren Arm schützend um mich und war wieder Kind.

Ich lag lange wach, schaute in die Sommernacht hinaus. Von Minute zu Minute wurde ich unruhiger. Meine Finger trommelten auf das Bett, meine Gedanken irrten in alle Richtungen. Plötzlich spürte ich einen Stich in der Magengegend. Wie ein Blitz schoss es mir durch den Kopf. Was meinte Großvater beim Abendbrot mit der rätselhaften Andeutung: Sonst muss ich mir was einfallen lassen. – Um Himmels willen, was hat er sich bloß wieder ausgedacht. Doch nicht etwa noch mehr Kontrolle beim Klavierüben, oder noch mehr arbeiten im Garten und auf dem Reiterhof. Mein Gott, oder gar etwas mit Cäsar? - Und bei diesen Gedanken entsann ich mich, dass ich mir meine ganze Kindheit hindurch vorgestellt hatte, wie es wäre, wenn es Großvater nicht mehr gäbe.
Das war meine letzte Erinnerung vor dem Einschlafen.

#

Der Herbst war immer noch mild. Vom Blattwerk der Bäume wurde die Umgebung in ein leuchtendes Flammenmeer getaucht.

Als ich am Morgen die Vorhänge auseinander zog, sah ich einen strahlend blauen Himmel. Der Tag würde sicher schön werden. Wir hatten verabredet, uns um drei am bronzenen Denkmal neben dem Rathaus zu treffen. Ich wartete schon ungeduldig seit etlichen Minuten. Dann sah ich sie endlich mit flatternden Haaren heranhasten. Meine beste Freundin Pia, hochgewachsen und schmal, immer fröhlich und gut drauf. Nur mit der Pünktlichkeit hatte sie ständig ein Problem. Aber das kannte ich. Ihre gelbe Jacke leuchtete von Weitem. Wir stürmten auf einander zu, schauten nicht nach links und rechts.

„Hoppla", ich stolperte. Beinah wäre ich über den kleinen Pudel gestürzt. Ein quietschendes Bellen übertönte den Straßenlärm.

„Kannst du nicht aufpassen?", rief die Hundebesitzerin und warf mir einen wütenden Blick zu.

„Verzeihung, wollte ich nicht, habe ich gar nicht gesehen", stammelte ich. Ein paar Schritte weiter mussten wir beide dann aber doch kichern. Dieses Kichern war jedes Mal so eine herrliche Befreiung für uns. Es geschah auch manchmal, dass wir gar nicht mehr herauskamen. Pia verstand es fantastisch, dieses Kichern wie ein Flämmchen immer wieder aufs Neue zu entfachen.

„Nun aber los!", drängte sie jetzt. Wir liefen über den Marktplatz zu meinen Eltern in die Apotheke. „Meine Mutter braucht wieder dringend ihre Kopfschmerztabletten. Vergiss es nicht, ohne die bin ich kein Mensch, hatte sie mir früh noch zugerufen", erzählte mir Pia, als wir schon die Apotheke erreicht hatten.

„Ihr habt es ja mächtig eilig", sagte mein Vater, grinste dabei, als wir gleich wieder zur Tür stürmten, nachdem Pia die gelbe Packung mit den Kopfschmerztabletten eingesteckt hatte.

„Das haben wir auch. Tschüss!", riefen wir fast gleichzeitig. Die Tür schloss sich hinter uns geräuschlos.

„In seinem langen weißen Kittel sieht dein Vater noch riesiger aus", meinte Pia, als wir wieder auf der Straße standen. „So, und jetzt ab zum Kaufhaus. So viel Zeit muss noch sein. Wir beeilen uns auch." Sie war schon einen Schritt voraus. Drehte sich um. „Nun guck nicht so entsetzt. Los komm!" Sie fasste mich am Arm und riss mich mit sich fort. „Ich brenne schon auf die neue CD von Shania Twain. Die muss ich unbedingt haben. Gestern habe ich sie bei Claudia gehört. Ich kann dir sagen: super, einfach super." Dabei hob sie die Augenbrauen, rollte mit den Augen. Pia konnte immer unglaublich schwärmen.

Wenig später hörten wir uns in Pias Mansardenzimmer die Twain-CD an.
Wir machten es uns zwischen etlichen Plüschtieren auf der kleinen buntgemusterten Couch mit angezogenen Beinen bequem. Ich fühlte mich bei Pia immer ungemein wohl. In dieser Familie ging alles so unbeschwert und leicht zu. Hier gab es keinen Zwang, kein Belauern. Und wie schön, hier konnte ich Musik in voller Lautstärke hören.
Wir gaben uns den Klängen hin, sogen sie förmlich in uns hinein. Die rockig popigen Rhythmen tosten durch den Raum.
„Einfach große Klasse", meinte Pia ganz hingerissen. Sie griff nach der CD. Ihre langen blonden Haare fielen ihr ins Gesicht. Sie stieß mich an. „Na, was sagst du?"
„Na klar, Klasse, finde ich doch auch", erwiderte ich, nachdem Pia die CD-Hülle wieder zurückgelegt hatte.
In dem Moment ging die Tür einen Spalt breit auf. Pias Mutter steckte den Kopf herein.
„Na ihr zwei, da schmachtet ihr wohl wieder bei eurer Musik?" Pia beugte sich nach vorn.
„Klar. Das war eben die neue CD, von der ich erzählte. Komm doch rein." Die Mutter schloss die Tür, kam auf uns zu und quetschte sich neben mich auf die kleine Couch.
„Schön, dass du mal wieder da bist." Sie strich kurz über meine Wange. Dann ruhte ihre Hand auf meinem Arm. Sie sah

zur Uhr. „Hör mal Ellen, bleib doch noch zum Abendessen da. Ja? Was meinst du. Ich würde mich freuen und Pia auf jeden Fall auch." Sie neigte sich zu Pia hin, nickte ihr zu.
Ich mochte Frau Neubert sehr. Sie war äußerst hilfsbereit, unvoreingenommen, für alles zugänglich. Sie zeigte viel Verständnis und sprach auch alles offen an. Man wusste bei ihr immer, woran man war.
Ich strich mir die Haare aus der Stirn und schaute auf meine Armbanduhr. Überlegte kurz. Pias Mutter bemerkte mein Zögern.

„Ruf deine Eltern an. Sag ihnen Bescheid. Nach dem Essen fahren wir dich nach Hause. Na?"

„Ach ja, ich würde schon gern bleiben. Aber vielleicht doch lieber ein andermal. Dann spreche ich es vorher mit meinen Eltern ab." Pias Mutter stemmte sich wieder hoch.

„Na, schön, wie du meinst. Du bist uns jedenfalls immer willkommen, das weißt du ja. So, und jetzt werde ich mich wieder hinunter in die Küche begeben. Die hungrigen Mäuler wollen schließlich gestopft werden."
Damit verschwand sie. Sie ließ die Tür angelehnt.

Toll, dachte ich, wie locker Pias Mutter wieder ist. Ich hätte direkt ein bisschen neidisch werden können.

Pia schob den kleinen Tisch zurück, stand auf und holte die CD.

„Auf jeden Fall ist die unglaublich gut. Nimm sie doch mit und hör sie dir noch mal an." Sie hielt sie mir hin.

„Ach, Mensch, so richtig kann ich sie mir bei uns doch nicht anhören, und wenn, dann nur leise." Ich stützte den Kopf in die Hände, verzog das Gesicht. „Du weißt doch, sobald mein Großvater aus meinem Zimmer solche Musik hört, spielt er verrückt. Das nervt, sag ich dir. Ach, überhaupt, - wenn du wüsstest! Ein einziges Dilemma ist das bei uns. Mir reicht's bald, das kann ich dir sagen." Obwohl ich leise gesprochen hatte, schien es mir, als klangen die Worte in der stillen Enge des Raumes unnatürlich laut. Ich verstummte augenblicklich wieder. Ich wollte es unterdrücken, doch

plötzlich würgte es im Hals. Und ohne es zu wollen, schluchzte ich auf einmal vor mich hin. Pia sah mich verdutzt an. Fuhr sich mit der Zunge über die Lippen. Sprachlos saßen wir jetzt nebeneinander. Starrten Löcher in die Wand. Sogar Pia fand keine Worte.
Nach langen Sekunden klopfte sie mir jedoch unvermittelt auf die Schulter.
„Na dann, rede doch, Ellen. Was meinst du mit ‚wenn du wüsstest'. Sag mir doch, was los ist, dann weiß ich es auch. Na, komm schon, sag, was gibt's denn noch. Sag's mir einfach." Sie packte mich am Arm, nickte mir energisch zu. Sie ließ nicht locker. „Na, raus mit der Sprache."
Endlich war ich so weit und stieß hervor:
„In Großvaters Augen mache ich prinzipiell alles falsch, verstehst du, alles. An allem hat er was auszusetzen. Ich merke ständig, ich bin ihm ein Dorn im Auge. Wirklich. Wenn es ginge, würde er mich einsperren, mich festbinden, oder mich den ganzen Tag unter seiner Knute arbeiten lassen. Glaub mir", stöhnte ich, „das wäre ihm am liebsten. Und was am schlimmsten ist, meine Mutter behandelt er genauso." Ich holte tief Luft. „Ich sage dir, bei uns passieren schon seltsame Dinge, nein, eigentlich grausame Dinge."
Pia schaute mich ernst an. Doch ich bemerkte, hinter ihrer Stirn rumorte es. Und im nächsten Moment siegte wieder ihr unbeschwertes Temperament.
Sie hob die Arme, spreizte die Finger.
„Ein Geisterhaus bei euch, wirklich, ein G e i i s t e r h a u s ! M i t   s e e e l t s a m e n   D i n g e n !", sagte sie gedehnt, mit gruseligem Ton.
„Ja, ja, du hast gut Lachen." Mein Gesicht versteinerte. „Wenn du das mal miterleben würdest! Ich könnte ihn manchmal umbringen. Ja, tatsächlich. Umbringen, damit endlich Schluss ist."
Ich saß jetzt reglos da, schaute zu Pia und bemerkte, wie jetzt auch über ihr Gesicht ein Schatten glitt und sie nachdenklich wurde.

„Mein Gott, sag bloß nicht so was. Klingt ja ätzend. Jetzt krieg dich wieder ein." Pia sah mich entsetzt an. Gleichwohl, sie kannte meinen Kummer, meine Probleme obwohl ich mich immer wie in einer Ringmauer befand, über die ich nicht hinweg kam. Manchmal jedoch, wenn ich es gar nicht mehr aushielt, und sie mich bedrängte zu reden, kamen einige Brocken über meine Lippen. Und Pia konnte so gut trösten.

Jetzt beugte sie sich zu mir, drückte mich heftig. Ich zog mein Taschentuch heraus. Knetete es in den Händen.

„Manchmal möchte ich nicht mehr nach Hause. Das kannst du mir glauben. Wenn meine Eltern nicht wären, hm, ich weiß nicht... ", brach es aus mir heraus.

„Ihr könnt doch ausziehen", wandte Pia ein. Ich schüttelte mit dem Kopf.

„Wieso denn nicht? Dann hättet ihr wenigstens keinen Ärger mehr mit dem Alten."

Ich presste die Lippen zusammen, schüttelte jetzt energischer den Kopf. Schob meine Ärmel nach oben, zog sie sogleich wieder herunter. Atmete tief.

„Geht nicht", gab ich nach einer langen Weile entschieden zurück. Ich fuhr mir mit dem Handrücken übers Gesicht. Pia stieß mich an.

„Quatsch!", entgegnete sie, schnippte mit den Fingern in meine Richtung. „Warum geht das nicht? Kannst du mir das mal sagen? Also, meine Eltern würden sich das bestimmt nicht bieten lassen. Auf keinen Fall. Das ist doch kein Leben. Wenn ich mir vorstelle, dass ich immer Angst und Panik zu Hause erleben müsste. Also, nee!" Pia machte eine energische Bewegung mit dem Arm. „Das würde ich nicht mitmachen, meine Eltern auch nicht. Wir würden ausziehen. Schluss."

„Klar, du hast recht", erwiderte ich. „Müssten wir machen. Können wir aber nicht. Das ist es ja. Das ist alles ein verdammter Teufelskreis. Wenn wir aus dem Haus gehen, enterbt er meinen Vater, gnadenlos. Das ist auch so ein Ding."

Ich schluckte. „Außerdem muss mein Vater an ihn noch etliches Geld zurückzahlen. Du weißt doch, für die Apotheke.

Wir hängen fest in seiner Hand. Damit erpresst er uns förmlich", stieß ich aufgebracht hervor und sah Pia mit aufgerissenen Augen an.
„In seinen Krallen." Pia hob dabei die Hände mit gekrümmten Fingern. „Da sitzt ihr ja wirklich ganz schön in der Klemme. Tja, hm." Sie zuckte mit den Achseln. „Ja, dann weiß ich auch nicht…, hm." Sie legte mir die Hand auf die Schulter. „Ganz schön beschissen, die Kiste, eh. Da könnt ihr einem leidtun. Ehrlich."
„Das kann ich dir sagen. Aber wiederum habe ich manchmal das Gefühl, mein Vater möchte gar nicht aus dem Haus", fuhr ich fort. „Wütend macht mich auch jedes Mal", dabei ballte ich meine Hände zu Fäusten, presste sie auf die Schenkel, „wenn mein Großvater meine Mutter so gehässig angreift und schlechtmacht: Von Haushalt keine Ahnung, wichtig ist nur Firlefanz, von Erziehung keine Ahnung und noch mehr. Und dabei sein hämisches Grinsen. Einfach widerlich ist das". Ich verstummte und versank in mich hinein. Plötzlich bemerkte ich, dass ich mit den Zähnen knirschte.
Als Pia mich ansah, erschrak sie, ich bemerkte es deutlich. Was las sie in meinem Gesicht, fragte ich mich.
Durch das angelehnte Fenster wehte kühle Luft herein.
Pia sprang auf. Ganz spontan schoss es aus ihr heraus:
„Irgendwann findet doch das Schulfest statt. Also, ich weiß nicht, was ich anziehen soll." Ihre Stimme wurde bei jedem Wort lauter. Sie riss die Schranktür auf. „Die Jeansbluse und die schwarze Hose? Oder hier, den khakifarbenen Overall?"
Hatte sie es doch wieder geschafft. Hatte geschickt das Ruder herumgerissen. Eigentlich gut so, dachte ich.
Vom Erdgeschoss rief die Mutter nach oben, dass Pia selbst mit einem Nachttopf auf dem Kopf immer noch gut aussehen würde.
„Hast du gehört?", fragte ich Pia. „Deine Mutter hat gesagt, dass du sogar mit ..."
„Ja, ja, ich weiß. Hab's gehört. Aber das hilft mir überhaupt nicht. Ich glaube, ich kriege noch die Krise",

stöhnte sie und schob dabei scheinbar genervt die Bügel energisch zur Seite.

Mit einem hektischen Ruck stand ich auf, holte meine Jacke, schlüpfte hinein und schlang mir das Tuch um den Hals.

„Jetzt muss ich aber wirklich los."

Es war wenige Minuten nach sechs. Die Sonne verschwand hinter den Dächern.

„Beim nächsten Mal hören wir wieder bei mir Musik, okay? Und in voller Lautstärke, klar", ermunterte Pia mich, als wir uns an der Haustür verabschiedeten. Ich brachte mit Mühe ein Lächeln zustande, umarmte meine Freundin heftig, bevor ich davonging. Ein kurzes Winken noch, dann verschwand ich um die Häuserecke.

*

Seit ihrem ersten zufälligen Wiedersehen treffen Ellen und Frank sich regelmäßig.
Ellen hat sich mit genügend Büchern aus der Bibliothek eingedeckt. Wenn Frank bei ihr ist, lesen sie von nun an gemeinsam. Ein wunderschönes Ritual, so empfindet sie es jedes Mal.
Auch an diesem späten Abend sind sie wieder in ihre Lektüre vertieft.
Sie lehnt sich zurück. Noch während ihr Blick über die Bilder huscht, klappt sie die Reisebeschreibung über Marrakesch zu. Ihre Gedanken weilen jetzt anderswo. Sie stellt die Broschüre auf das Regal zu den Übrigen.
Dann geht sie auf Frank zu und nimmt auch ihm mit einer raschen Bewegung das Buch aus den Händen und legt es auf den Tisch. Überrascht sieht er sie an.

„Ich glaube, das reicht für heute, meinst du nicht auch? Sonst bleibt uns keine Zeit mehr zum Unterhalten. Mir sind eben beim Lesen so sonderbare Gedanken gekommen."

„Sonderbare? Wieso, was heißt das", fragt Frank, lehnt sich in die Kissen hinein, verschränkt die Arme. „Sonderbare Gedanken machen mich neugierig. Ja, dann verrate sie mir doch mal."

„Na, so sonderbar sind sie nun auch wieder nicht. Eigentlich sind sie ganz normal. Weißt du, mir ist gerade wieder so einiges durch den Kopf gegangen. Und daran denke ich oft. Aber wie soll ich es dir sagen?" Sie macht eine etwas hilflose Geste. „Ich möchte mal sagen können, ich bin glücklich. Verstehst du das? Rundum glücklich und zufrieden. Verlange ich da zu viel?"

Frank beugt sich wieder nach vorn, greift in die Schale mit den Crackern. Auf dem Weg zum Mund stoppt seine Hand.

„Ich kenne keine geheime Glücksformel. Was heißt schon Glück? Man bekommt ja schon ein Problem, wenn man es definieren will. Rundum glücklich sein – hm – das gibt's eigentlich gar nicht. Glückliche Momente vielleicht, ja, die gibt es. Ich fühle mich glücklich, wenn ich bei dir bin." Dabei streicht er ihr über die Wange. „Ich bin auch glücklich, wenn meine Praxis funktioniert, wenn ich durch einen gelungenen Eingriff ein Leben retten kann. Aber völlig glücklich, rundherum?" Er wiegt den Kopf, verzieht den Mund. „Nein Ellen, das gibt's wohl nicht. Wäre ja zu schön." Er hebt mit einem Augenzwinkern den Zeigefinger. „Wichtig ist, dass man dafür etwas tut. Denn von allein – hm – kann man es wohl nicht erwarten."

Ellen lacht ihn von der Seite an und zieht seine erhobene Hand herunter.

„Dass es ein vollkommenes Glück nicht geben kann, das weiß ich. Dennoch denke ich oft darüber nach. Kürzlich las ich einen Artikel in der Illustrierten über das Thema Glück. Der Verfasser meinte, dass es Glück sei, wenn man eine Tätigkeit ausübt, die einen ausfüllt, oder wenn man mit Menschen zusammen ist, die man liebt. Glück sei auch, wenn man spürt, dass man anderen nützlich ist, für andere da sein kann und an das Glück der Menschen denkt, die man liebt. Ich denke, er hat recht. Stell dir vor, das träfe alles zusammen, dann wäre man doch glücklich. Oder?"

Er heftet den Blick auf das Grübchen in ihrer Wange, dann auf ihre dunkel schimmernden Augen.

„Na gut, ein bisschen hast du mich überzeugt." Mehr sagt er nicht dazu, aber sie merkt, dass es ihn nun doch zum Nachdenken bringt. Sie kennt es. Wenn sie mit ihm spricht, wirkt er immer so, als würde er viel nachdenken über das, was sie ihm erzählt.

„Glück ist auch eine Sichtweise auf die Dinge", merkt er nach einer kurzen Weile an.

„Eine Sichtweise?", fragt Ellen ungläubig. „Nun wird es wohl philosophisch."

Frank entgegnet darauf: „Ja, mehr oder weniger, das siehst du richtig. Stell dir vor, eine junge Frau hatte einen schweren Autounfall und ist seitdem an den Rollstuhl gefesselt. Vor dem Rollstuhl läuft ihr Kind, gesund und munter, das bei dem

Unfall neben ihr saß. Meinst du nicht, dass die Frau trotz allem glücklich sein könnte?"

Ellen neigt den Kopf, kneift ihm in den Arm. Er hat es wieder mal getroffen, denkt sie im Stillen.

Fast unmerklich ist in der Zwischenzeit die Abenddämmerung hereingebrochen.

Sie beobachten, wie die Stadt allmählich zu funkeln beginnt.

Am Himmel ziehen Wildgänse nach Süden.

*

# #

Die allerersten Vögel riefen schon nach der Morgendämmerung, als ich erwachte. An Schlaf wollte ich nicht mehr denken. Heute, so hatte ich mir vorgenommen, wollte ich besonders früh zum Reiterhof fahren.
Die Luft war kühl, ich fröstelte.
Als ich den warmen Stall betrat, flüsterte ich noch etwas verschlafen „Guten Morgen".
Ich legte den Sattel auf und trenste den Hengst. Dabei sah ich noch einmal auf meine Uhr. Es war gerade halb sieben. Ich führte Cäsar aus dem Stall und schwang mich in den Sattel. Am Horizont ging die Sonne auf, als ich mit dem Pferd den Hof in Richtung Koppel überquerte. Ich schaute noch einmal zurück und winkte Frank zu.
Er stand, auf die Forke gestützt, breitbeinig da. Mit einem Stirnrunzeln blickte er mir verwundert hinterher.
„Nanu, so früh heute?", rief er mir zu und wandte sich aber sogleich um. Jetzt war es für ihn Zeit zum Ausmisten. Das kannte ich genau. Der frühe Morgen war für ihn immer mit reichlich Arbeit ausgefüllt. Später verteilte er noch den Hafer in die Boxen, versorgte die Pferde und trieb sie auf die Koppeln. Frank scheute keine Arbeit. Das fand ich so großartig an ihm.
Es war nur wenig später. Das plötzliche Wiehern ließ ihn auffahren. Ich zwang Cäsar, stehen zu bleiben. Frank hob die Brauen und blickte fragend.
„Es ist besser, ich höre auf. Das Pferd ist heute zu unruhig." Er half mir aus dem Sattel. Ich klopfte Cäsar auf den Nacken, tätschelte seine Flanke. „Was ist heute nur mit dir los? Hm? Na, mein Guter, dann eben ab in den Stall. Morgen wieder", beruhigte ich ihn und versetzte ihm einen Klaps. Mit hängendem Zügel trottete Cäsar zurück zum Stall.
„Unruhig war er? So? Habe ich beim Füttern nicht bemerkt", meinte Frank skeptisch und warf einen kurzen Blick zum Stall. „Vielleicht liegt es an dir. Vielleicht bist du heute

unruhig", fing er das Gespräch wieder an. Dabei war ihm wohl meine zerknirschte Miene aufgefallen. Ich winkte nur ab, knöpfte meine Jacke auf, lockerte das Tuch am Hals. Stöberte nach einer Antwort.

„Kann schon sein. Wäre auch kein Wunder bei dem ewigen blöden Ärger zu Hause. Das ist echt hart. Kannste mir glauben." Mit einem tiefen Seufzer strich ich mir die Haare aus der Stirn.

„Na, na, na", er klopfte mir auf die Schulter. „Nun lass mal ja nicht den Kopf hängen. So kennt man dich doch gar nicht. Bist doch sonst immer gut drauf." Ich schaute mit einem dünnen Lächeln vor mich hin und sog die frische Luft ein. Zum ersten Mal in diesem Jahr hatte ich das Gefühl, dass Herbst in der Luft lag.

Frank stand jetzt dicht neben mir, berührte meine Schulter.

„Wenn du noch Zeit hast, kannste mir ja im Büro helfen. Machst du das? Du weißt doch, dieser Schreibkram, meine schwache Seite." Aufmunternd zwinkerte er mir zu. „Diesmal geht es um die Futterbestellung."

Wir überquerten den Hof und betraten den kleinen Raum, Franks Domizil.

„Mal sehen, vielleicht schaffe ich es", antwortete ich und schloss die Tür. Ich ging zum Tisch, rückte den Stuhl zurück und hängte meine Jacke über die Lehne.

Franks Büro war ein kleiner, hellgrün getünchter Raum neben der Scheune. Ein brauner Holztisch, zwei Stühle, ein Spind und ein Metallregal, auf dem ein Schränkchen in Form eines Tresors stand, bildeten das Inventar.

Frank holte aus dem Spind ein kleines Schlüsselbund und öffnete den Tresor.

„Schau mal, diese Liste muss ausgefüllt werden. Du kennst sie ja." Er legte das Formular vor mir auf den Tisch hin. Dann verschloss er sofort wieder das Tresorschränkchen. Ich beobachtete ihn aufmerksam.

„Ja, ja, mach ihn schnell wieder zu", ulkte ich, „sonst klaue ich noch das viele Geld."

„Ach, was du denkst, Geld ist da keins." Er winkte mit der Hand ab und wandte sich wieder zu mir um. „Aber die Flasche mit dem giftigen Zeug muss immer gut unter Verschluss sein."
Ich kniff die Augen zusammen. Musterte ihn scharf.
„Was denn, giftiges Zeug?", fragte ich ungläubig, schnalzte mit der Zunge. „Ist das dein Ernst, oder ist das wieder einer deiner üblichen Witze."
„Nee, ein Witz ist das nicht. Aber frag mich nicht. Eben so eine giftige Substanz. So genau weiß ich das selbst nicht. Hat mich auch nie interessiert."
„Aber wozu denn das?"
„Das Zeug hat dein Großvater hier irgendwann mal deponiert. Weiß der Teufel wozu. Er hat doch immer so eigenartige Ideen. Du kennst ihn doch. Jedenfalls soll ich es gut unter Verschluss halten."
Ich blickte immer noch fragend. Dann steuerte ich auf das Schränkchen zu, schloss es auf und spähte neugierig hinein.
„Davon habe ich noch nie etwas mitbekommen. Und, ist das gefährlich?" Ich richtete mich wieder auf.
„Na klar. Damit kannst du einen Elefanten umhauen", meinte er mit einem Grinsen. „Ich denke, man muss schon vorsichtig damit umgehen. Na, ich merke, das scheint wohl interessant für dich zu sein. Hab ich recht? Ich weiß doch, du liebst Geheimnisse. Und wenn ich ganz ehrlich bin, Ellen, du umgibst dich ja auch gern mit Geheimnissen. Hab ich schon oft bemerkt."
Ich starrte ihn verwundert an.
„Ach? Manchmal ist das vielleicht ganz gut so, Geheimnisse zu haben. Meinst du nicht?"
Er zwickte mich in die Wange.
„Kommt darauf an, was es für Geheimnisse sind", fügte er mit seinem breiten Lächeln an.
Meine Gedanken waren inzwischen anderswo. Ich wandte mich wieder zum Tresorschränkchen um. Es zog mich auf einmal magisch an. Seltsam. Unwillkürlich musste ich in dem Augenblick an den Giftschrank in unserer Apotheke denken.

Noch immer grübelnd meinte ich: „Zeig's mir doch mal, dieses giftige Zeug."
Frank griff in das Schränkchen hinein. Dann hielt er mir eine kleine grüne Flasche hin.
„Dich plagt aber die Neugier. Willst du's vielleicht kosten? Würde ich dir nicht empfehlen."
Ich schüttelte das Fläschchen mit dem weißen Pulver sacht hin und her. Deutete mit dem Zeigefinger auf das Zeichen mit dem Totenkopf.
„Aha, nun glaub ich's dir. Na, dann nimm es wieder und verschließe es gut." Ich zwinkerte ihm zu, sah flüchtig noch einmal auf meine Uhr und ging zurück zum Tisch. Frank folgte mir. Er stemmte die Hände auf die Tischplatte.
„So, nun leg mal los mit der Schreiberei, damit du mit dem Formular fertig wirst. Wäre schön. Der Dank des Vaterlandes ist dir auch gewiss."
„Oh, dein Lieblingszitat mal wieder." Ich musste lachen. Dabei streifte ich meine Ärmel zurück, beugte mich über das Blatt.
„Ach, nun sieh mal einer an, du kannst ja doch noch lachen. Na, siehst du, es geht doch." Ich nickte ihm zu.
„Ja, bei dir eben manchmal", kokettierte ich mit einem schelmischen Blick, griff zum Kugelschreiber und begann unverzüglich mit den Eintragungen.
Durch das Fenster schimmerte die Morgensonne. Ein seidiges Licht breitete sich im Raum aus. Eine wohlige Stimmung. Ich empfand Wärme.
Minuten später legte Frank das ausgefüllte Formular wieder zurück. Er half mir in die Jacke. Seine Hände auf meinen Schultern waren behutsam.
Später musste ich immer wieder an das eigenartige Fläschchen denken. Wie merkwürdig, ich konnte es nicht aus meinem Kopf verdrängen. Und jedes Mal, wenn es auftauchte, erinnerte es mich an die kleinen braunen Fläschchen in unserer Apotheke.

#

Am geöffneten Fenster summte eine Biene. Sonnenstrahlen ließen die Früchte in der Obstschale leuchten wie auf einem Gemälde von Jakob Bogdani. - Mittag. Im Haus Ruhe.
Ich stellte das Geschirr in den Spüler. Mutter brachte auf einem Tablett die Gläser herein. So verrichteten wir an den Wochenenden die Hausarbeiten Hand in Hand.
„Heute wird es Zeit, dass wir uns mal intensiv um unsere Zimmerpflanzen kümmern. Am besten ist es, wir tragen sie alle in den Garten hinaus", sagte Mutter und stellte das Tablett ab. „Sie müssen unbedingt abgesprüht und gedüngt werden. Aber jetzt", dabei dehnte sie sich kräftig, „nehme ich mir erst einmal die Zeitung vor." Sie machte es sich im Korbsessel bequem, faltete die Zeitung auseinander.
Vater war im Arbeitszimmer am Computer beschäftigt. Großvater hielt bereits seinen Mittagsschlaf. Nachdem ich auch die Gläser vorsichtig in den Geschirrspüler gestellt hatte, griff ich ebenfalls nach einer Illustrierten und setzte mich neben Mutter. Im Grunde interessierte mich die Zeitung nicht allzu sehr. Doch es gefiel mir einfach, in ihrer Nähe zu sein. Diese Momente waren so selten.
Langsam schlug ich Seite für Seite um, betrachtete die Bilder vom Wiener Opernball, von Boris Beckers neuester Freundin, die aktuellsten Modetrends, überflog lange Artikel über gesunde Ernährung. Dann stieß ich auf einen Bericht mit dem Titel „Sohn zerrüttete Familie".
Nach den ersten Sätzen ließ ich die Zeitung sinken. Beim Lesen dieses Berichtes war mir etwas eingefallen. Ich sah zu Mutter hin. Sie legte in dem Moment gerade ihre Zeitung zusammen. Ich griff nach ihrem Arm.
„Mir fiel eben etwas ein. Großmutter hatte dir einmal von Großvaters Familie erzählt. Ich entsinne mich noch ganz genau, dass euer Gespräch sehr geheimnisvoll klang, und

Großmutter dabei ein düsteres Gesicht hatte. Erzähl mir doch von Großvaters Familie."

„Ach Ellen, jetzt doch nicht. Ausgerechnet jetzt, wo wir uns so viel vorgenommen haben. Ein andermal können wir ja darüber reden."

Mutter wollte sich erheben. Ich hielt sie am Arm fest.

„Doch bitte, erzähl es mir jetzt. Ich wollte es schon immer wissen."

Mutter legte die Zeitung beiseite, lehnte sich zurück.

„Hm, da weiß ich gar nicht so recht, womit ich beginnen soll. Ja, das war so: Damals wollte deine Großmutter zunächst mit der Wahrheit nicht so recht heraus. Sie erzählte nur Bruchstücke. Aber so nach und nach kam sie doch ins Erzählen." Mutter strich sich mit der Hand über die Stirn, als sammelte sie ihre Gedanken. „Tja, also, Großvaters Schwester Ruth war fünf Jahre älter als er. In der Schule galt sie stets als die Klassenbeste. Sie war das große Vorbild für ihren Bruder. Die Eltern betonten es auch allzu sehr. Er wurde mit aller Strenge erzogen, besonders vom Vater. Ihm wurde von Kindheit an bewiesen, dass er für die groben Arbeiten im Haus, Hof und Garten geeignet war. Du wirst mal Maurer. Und du wirst dein Haus mal selber bauen, hatte ihm der Vater oft klargemacht. An diesen Kindheitserinnerungen hielt Großvater fest."

Ich deutete mit dem Arm nach oben.

„Das Haus hat er ja dann auch gebaut."

„Das Haus für die Familie, hat er immer betont."

Ich lehnte mich an ihre Schulter.

„Und wie ging es damals weiter?"

„Mit den Jahren wurde ihm immer mehr bewusst, dass in der Familie nur die Schwester etwas galt. Als die Eltern sie wieder einmal über die Maßen lobten und bewunderten, hielt er sich die Ohren zu. Das ging natürlich nicht gut. Der Schlag, den ihm sein Vater versetzte, ließ ihn zu Boden fallen."

Wieder fuhr sich meine Mutter über die Stirn, den Blick aus dem Fenster gerichtet, als suchte sie noch mehr Erinnerungen.

„Ja, schließlich kam es so weit, dass der Großvater nur noch Hassgefühle gegen alles und jeden hatte."

„Aha, so war das also", sagte ich gedehnt und strich mir eine Locke aus der Stirn.

„Ach wo, es kam noch ganz anders. Als die Schwester anfing Geige zu spielen, bedeutete er überhaupt nichts mehr. Er musste ständig Rücksicht auf sie nehmen. Stör nicht, beweg dich leise im Haus, Ruth übt, hörte er dann ständig. Die Schwester ließ ihn auch spüren, dass er ihr nicht das Wasser reichen konnte. Die Eltern erwarteten, dass auch er sie bewunderte. Na, das tat er natürlich nicht. Im Gegenteil. Wenn sich irgendeine Gelegenheit ergab, wischte er ihr eins aus. Großmutter erzählte mit einem Schmunzeln, wie er einmal ihre Noten versteckte, und sie lange verzweifelt nach ihnen suchen musste. Ein andermal riss er bei Sturm ihr Fenster auf, so dass von ihrem Schreibtisch die Schulsachen umher flogen. Dass er dann bestraft wurde, störte ihn gar nicht."

„Das kann ich mir gut vorstellen", meinte ich heftig mit dem Kopf nickend.

Mutter hob den Zeigefinger, deutete mit dem Blick zur Uhr.

„Nun pass auf. Dann die Krönung: Die Schwester begann ein Philosophiestudium."

„Oh, lala."

„Ja, nun war sie in der Familie und in der ganzen Verwandtschaft die absolut Größte. Er verschanzte sich immer mehr hinter seinem Hass und seinem Neid. Eines Tages musste er Holz hacken, wie schon öfter. Ruth kam zu der Zeit gerade von der Uni zurück. Als er sie von Weitem kommen sah, schlug er in seiner Wut so wild auf den Holzklotz ein, dass die Scheite wie Geschosse durch die Gegend wirbelten. Ein Scheit traf ihre Hand. Sie schrie auf. Zwei Finger waren so verletzt, dass es mit dem Geigespielen für längere Zeit vorbei war. Großmutter erzählte, dass der Vater ihn in seiner Wut fast halb tot geprügelt hätte. Die Mutter sprang dazwischen und konnte gerade noch das Schlimmste verhindern. Kurze Zeit später verließ dein Großvater die Familie."

Als wir uns danach im Garten die Zimmerpflanzen vornahmen, sie verschnitten, düngten, einige mussten wir auch umtopfen, waren meine Gedanken noch immer so intensiv bei Mutters Erzählung, dass sie mich einige Male an die Arbeit erinnern musste.

# #

Mit der hellen Morgensonne kam Behaglichkeit in das Esszimmer.
Der Großvater machte keine Anstalten, mit dem Frühstücken zu beginnen. Völlig teilnahmslos saß er in seinem Armlehnstuhl, den Blick provozierend auf seinen Teller gerichtet.
Meine Mutter rückte den Kerzenleuchter zurecht und sah noch einmal prüfend über den gedeckten Tisch. Ich beobachtete schon die ganze Zeit, wie sich die Sonnenstrahlen in der geschliffenen Konfitürenschale brachen und leuchtende Regenbogenfarben hervorzauberten. Mein Vater rückte näher an den Tisch heran. Rieb sich mit zufriedener Miene die Hände.
„So ein geruhsames Sonntagsfrühstück hat schon was", sagte er schmunzelnd und griff in den Brötchenkorb hinein. Großvater saß immer noch bewegungslos da, stierte auf den Tisch, die Lippen zusammengepresst. Mein Vater, ihm gegenüber, hob den Kopf.
„Nanu, Vater, du langst ja gar nicht zu."
Ein durchdringender Blick traf ihn.
„Kann ich doch nicht, das müsstest du doch sehen. Wo ist denn mein Pflaumenmus? Aber kein Wunder, ist doch klar, an mich denkt man natürlich nicht. Hauptsache es stehen Kerzen auf dem Tisch. Das ist doch immer dasselbe. Jeder hat hier nur Flausen im Kopf. Aber was wirklich wichtig ist... ". Er schlug

dabei, wie so oft, mit der flachen Hand auf die Tischplatte, sodass der Kerzenleuchter umzufallen drohte.
Ich war inzwischen aufgesprungen und kam mit dem Pflaumenmus an den Tisch zurück.
Jetzt reagierte Großvater ganz unvermittelt, wie er es gern tat.
„Ja, vorher dran denken, das ist es. Aber was rede ich. Hier ist doch alles Reden vergeblich." Herausfordernd sah er zum Vater, dann wieder zur Mutter hin. „Einer richtigen Hausfrau würde das gar nicht passieren." Sein Zeigefinger war erhoben. Er machte eine Pause. Es sollte wirken. „Aber wenn man studiert hat", sagte er betont langsam, „ist man ja für etwas Höheres da", stieß er hervor und grinste dabei höhnisch meine Mutter an.
Er verstand es immer wieder zu gut, die Worte so zu setzen, dass es schmerzte.
Ich presste die Fäuste so fest zusammen, dass meine Knöchel weiß hervortraten. Ich hielt es auf meinem Stuhl kaum noch aus. In mir kochte es. Ich sah, wie meine Mutter sich rasch eine Träne wegwischte. Dann wanderte mein Blick zum Vater. Er hatte aufgehorcht. Hielt inne, sah seinen Vater nur verständnislos an.
Warum sagt er nichts. Warum immer nur dieses Schweigen? Immer nur dulden, hämmerte es in meinem Kopf. Seine Stirn ist zwar zornig gerunzelt, stellte ich fest, aber das hilft ja nichts.
Mutters Gesicht war ausdruckslos und gab ihre Gedanken nicht preis. Nur ihr Blick schweifte ins Leere.
Ach ja, so war es wieder einmal. Die Köpfe waren nun wieder gesenkt. Düsternis breitete sich aus. Der Sonntagmorgen - zerbrochen.

Der Nachmittag sollte entschädigen, die trübe Stimmung wieder aufheitern.
Ich spazierte mit den Eltern durch den nahe gelegenen Park, danach am Flussufer entlang. Die Sonne glitzerte auf dem Wasser. Der laue Wind trieb kleine Wellen ans Ufer. Als ich

auf dem Steinwall balancierte, musste ich daran denken, wie ich vor Jahren hier ganz in der Nähe zusammen mit Pia eine Wasserratte beobachtet hatte, die auf der Suche nach Abfällen am Ufer hin und her gerannt war.

Die Landschaft ringsum bestand aus weiten Wiesen, die gelegentlich von Baumgruppen durchsetzt waren. Kleine Weidenzäune umgrenzten weitläufige Koppeln, auf denen Pferde grasten. Auf den Wiesen wogte das hohe Junigras, verblühte der letzte Löwenzahn.

Wir liefen geruhsam, genossen die frische Luft. Unser Ziel war der Reiterhof. Mein Vorschlag.

„Ich befürchte, Cäsar kennt mich gar nicht mehr", sagte meine Mutter und ließ ihren Blick hinüber zu den großen Weiden schweifen. „Ich war mindestens ein halbes Jahr nicht mehr auf dem Reiterhof, oder gar länger? Ich habe schon so lange keine Stallluft gerochen. Das war eine gute Idee von dir, Ellen." Sie zog mich zärtlich an sich heran. „Und hier am Fluss waren wir auch schon seit einer Ewigkeit nicht mehr. Dabei ist es hier doch immer wieder so erholsam. Ach wisst ihr, eigentlich könnte alles rundherum wundervoll sein, wenn doch bloß nicht...". Sie zuckte mit den Achseln und schaute zum Vater hinüber. Er kannte ihre Gedanken, die sie ständig belasteten, sie verfolgten: Die ewige Tyrannei zu Hause durch den Großvater. Er legte seinen Arm um ihre Schultern, nickte zustimmend. Dann fasste er auch nach meinem Arm.

„Ich weiß ja, es ist nicht einfach mit ihm. Aber ich denke, manchmal meint er vielleicht die Worte nicht so, wie sie ihm herausplatzen. Er kann einfach nicht anders. Vielleicht verteidigt er mit seinen tyrannischen Wutausbrüchen verbittert sein Innerstes. Ich habe hin und wieder beobachtet, dass er nach so einer Attacke manchmal plötzlich nachdenklich wirkte. Wer weiß, was da in ihm auftaucht."

Als ich das hörte, musste ich an Mutters Erzählung denken. An die Schattenseiten in Großvaters Familie.

Wir liefen jetzt vorbei an Fliedersträuchern, an dichten Hecken und frisch gemähten Wiesen. Jeder war mit seinen Gedanken beschäftigt.
Mit einem Mal zog Vater uns fest an sich. Ich sah zu ihm auf mit einem Lächeln, das gleich wieder erstarb. Doch er schaute mich mit einem aufmunternden Blick an.
„Wir müssen stark sein, und das schaffen wir schon, glaubt mir."
Wie zuversichtlich er sich jetzt anhörte. Ich wandte mich ihm zu, wollte etwas erwidern und es gelang mir sogar, einen kurzen Augenblick aus meiner Mauer herauszubrechen.
„Ja, meinst du? - Wirklich? - Ich glaube es oft nicht. Nein. - Nicht mehr."
„Freilich, Ellen, du hast ja recht. Mir reicht es oft auch. Vor allem, wenn ich immer wieder erlebe, wie ungerecht er mit euch umgeht. Aber meinen Vater können wir nicht ändern. Das wisst ihr so gut wie ich." Dabei sah er jetzt Mutter mit Nachdruck in die Augen. „Vor allem müsst ihr daran denken, wir haben doch uns. Das ist gut zu wissen. Verzagen gilt deshalb überhaupt nicht. Nein, nein, meine Lieben, immer den Kopf hoch. An diesem sonnigen Nachmittag wollen wir keinen trüben Gedanken nachhängen. - Und jetzt erst mal auf zum Reiterhof!"

Doch ich brütete weiter vor mich hin. Für mich war es damit nicht erledigt. Denn wenn die Gedanken aufgetaucht waren, bohrten sie, unerbittlich. Hakten sich fest, und ließen sich nicht vertreiben. Ich kannte dieses quälende Kreisen der Gedanken. „Er spürt einfach nicht, wohin uns dieser Zustand treiben kann. Wie immer versucht er, das Unerträgliche mit gut gemeinten Worten zu lindern. Mir hilft das aber nicht. Mutter auch nicht. Ich verstehe das nicht. Ich drehe noch mal durch.", wirbelte es in meinem Kopf weiter.

Das Hoftor stand offen. Über den Hof führten Reiter ihre Pferde zur Koppel.
Zielstrebig drängte ich mit den Eltern gleich zu meinem Cäsar hin. Als hätte er schon gewartet, streckte er seinen Kopf weit

aus der Box heraus, rollte mit seinen schwarzen klugen Augen und ließ sich von uns geduldig streicheln. Geschickt griff er mit seinen Lippen das Stück Zucker von meiner flachen Hand.
„Heute mal, Cäsar, ausnahmsweise", sagte ich und klopfte zärtlich seinen Hals.

Der Großvater war schon wesentlich früher auf dem Reiterhof erschienen.
Am Mittag hatte er angekündigt, dass er sich eingehend die Ställe vornehmen wolle, alles kontrollieren, bis in die hintersten Winkel, wie er immer sagte.
Von Weitem beobachtete ich, wie er jetzt in den äußeren Stall, in dem die Stuten mit ihren Fohlen untergebracht waren, verschwand. Ich hörte auch gleich von dort Franks ruhige Stimme.

Reglos stand ich in der Nähe und spannte angestrengt auf jedes Wort, während die Eltern sich in den anderen Ställen umsahen. Ich vernahm ein kurzes Wortgefecht, konnte die einzelnen Worte aber nur mit Mühe verstehen. Ich lief näher an den Stall heran. Jetzt hörte ich Großvaters Stimme deutlicher.

„Wann wurde der Stall ausgemistet, frisches Stroh geschüttet?"
„Gestern, ja gestern früh. Uwe hat geholfen. Sie wissen doch, wie hilfsbereit er oft ist. Ihm gehört die Schimmelstute. Er packt hier gelegentlich mit an, wenn Not am Mann ist. Aus reiner Gefälligkeit. So haben wir alles an einem Tag geschafft."
„Aha, so. Und vor allem, ist nun endlich die Tür von der mittleren Box repariert worden? Ich will doch hoffen."
„Freilich, gleich zu Beginn der Woche", antwortete Frank, pustete laut vernehmlich die Luft aus.
„Aha, na also", reagierte der Großvater prompt.
Das Gespräch verebbte. Nur ein metallenes Klappern vernahm ich jetzt nur. Schritte. Großvater räusperte sich.

Ich spitzte die Ohren. Von Frank hörte ich jetzt nichts. Plötzlich stupste mich jemand in den Rücken. Mit einem spitzen „Huch" drehte ich mich um. Mein geschecktes Pony stand hinter mir.

„Ach, Flori, du bist es." Ich strich zärtlich über seine Mähne. Verharrte noch kurz, bevor ich mich wieder zum Stall hinwand. Großvaters Stimme, nun schon herrischer, ließ mich wieder aufhorchen.

„Haste den Tierarzt angerufen? Ja, und, wann kommt er?"
„Morgen Abend. Dr. Wilms will es jedenfalls versuchen, versprach er gestern."

Großvater räusperte sich. Jetzt war einige Augenblicke lang nichts zu hören. Dann wieder der Großvater: „Die Schimmelstute, macht se noch Probleme? Du weißt genau, wie wichtig mir das ist."

Wieso, dachte ich. Die Schimmelstute? Die war doch in Ordnung. Ich spannte jetzt noch mehr und hoffte, dass es keinen Zank gibt.

„Die Schimmelstute? Nee, seit gestern ist mir nichts mehr aufgefallen. Sie frisst wieder. Ihre Temperatur ist auch normal." Gott sei Dank, dachte ich erleichtert.

Die Stimmen verschwammen. Ich wandte mich ab und wollte mich gerade den Eltern zuwenden, da hörte ich noch einmal den Großvater deutlich, jetzt in herablassendem Ton: „Ja ja, schon gut, schon gut. Das reicht." Sekunden versickerten. Dann noch ein kurzes höhnisches Gebell von Lachen.

Es ging wohl mal glimpflich ab, stellte ich beruhigt fest. Zufrieden steuerte ich auf die Eltern zu. Als wir den Reiterhof verließen, bereitete ich in meinem Inneren Sätze vor, die ich später ins Tagebuch schreiben wollte.

Den Heimweg mussten wir kürzen. Der Himmel hing tief. Es fing an zu nieseln.

Zu Hause vergrub ich mich gleich fürs Erste in mein Zimmer. Ich holte das Tagebuch aus der untersten Schublade der Kommode, setzte mich an den Schreibtisch und schlug das lederne Büchlein auf.

...Ich bin ja so froh. Heute schien mit der Kontrolle der Ställe alles gut gegangen zu sein. Vielleicht hat mein Daumendrücken Frank geholfen. Gott sei Dank gab es keinen Krach - waren meine letzten Worte. Ich ließ den Stift sinken.

Meine Blicke wanderten nach draußen. Ich träumte vor mich hin.
Mächtige Wolken ballten sich über dem Garten zusammen. Ein Luftzug drang durch den Fensterspalt und schickte einen Kälteschauer über meinen Rücken. Ich stand auf und schloss das Fenster. Danach verstaute ich mein Tagebuch.
In großen Sprüngen lief ich die Treppe hinunter.
Ich helfe heute noch im Garten, hatte ich beim Nachmittagsspaziergang meinen Eltern versprochen. Ich schaute auf meine Uhr. Zehn Minuten nach sechs. Dann kann ich bis zum Abendessen noch einiges schaffen, sagte ich mir.
„Nur gut, noch regnet es nicht", murmelte ich, als ich hinaus in den Garten kam, den Blick nach oben gerichtet.
Ich beeilte mich beim Hacken der langen Rabatten. Kopfüber bearbeitete ich den Boden. Beeilte mich. Sicher wird Großvater mich beobachten, mutmaßte ich. Das tat er doch stets vom Podest an seinem Fenster.
Meine Gedanken wurden von einem Geräusch unterbrochen, dicht hinter mir, so vermutete ich und drehte mich um, aber nichts war da. Vielleicht das Rauschen meines Blutes dicht am Trommelfell vorbei. Passierte mir schon einige Male beim Bücken.
Danach schnippelte ich rasch an den Rosen herum. Dabei kam mir Großmutter in den Sinn. Sie hatte immer mit den Blumen gesprochen und behauptet, dies sei außerordentlich wichtig. „Sie brauchen Zuwendung. Sie spüren genau, wenn man es gut mit ihnen meint", hatte sie ein ums andere Mal mit geheimnisvollem Unterton zu mir gesagt. Ich hatte damals diesen Worten andächtig gelauscht.

# #

Mit größter Energie und Ausdauer übte ich schon seit Wochen täglich für das bevorstehende Vorspiel. Frau Wagner, meine Klavierlehrerin, sie mochte Mitte vierzig sein, hatte mir immer wieder Mut gemacht und es schließlich gut verstanden, mir Ängste und Unsicherheiten zu nehmen.
Nachdem ich die Arbeiten im Haus erledigt hatte, ging ich hinauf in mein Zimmer. Es war aufgeräumt, gut gelüftet. Mit ruhigem Gefühl setzte ich mich ans Klavier.
Beim Aufschlagen des Notenalbums musste ich wieder an Frau Wagners Worte denken. „Lass dich nicht von deinem Großvater einschüchtern. Du musst Ruhe bewahren, denke dran. Spiele einfach. Du weißt, du kannst es. Du brauchst bloß mehr Selbstvertrauen." Sie betonte ihre Worte eindringlich, indem sie dabei die Arme hob und senkte, als würde sie dirigieren.
Ich blätterte in den Noten, bis ich die Seite fand und strich sie glatt. Die Mazurka hatte ich unzählige Male geübt.
„Das musst du wie im Schlaf spielen können.", waren Frau Wagners Worte.
Mit Leichtigkeit glitten meine Finger über die Tasten, griffen über. Nun das energische Stakkato, dann das sanfte Piano. Die Töne wurden weich und leicht.
Plötzlich schreckte ich hoch. Waren da eben stampfende Schritte im Flur? Mir wurde es augenblicklich siedend heiß. Und was ich befürchtet hatte, geschah. Die Tür wurde geöffnet. Sofort begannen meine Hände unruhig zu werden. Verdammt noch mal, schrillte es hinter meiner Stirn. Ich wurde wütend auf mich selbst. Töne gingen daneben. Ich hasste meine Ängstlichkeit. Aber ich konnte dagegen nichts tun. Und nun wusste ich, was jetzt wieder auf mich zukommen würde.

Großvater kam dicht heran. Ich wich auf meinem Hocker zur Seite. Und richtig, das Sturmgewitter brach los.

„Die verdammte Klimperei klappt doch schon wieder nicht", behauptete er rundheraus.

„Herrgott noch mal, wenn ich das schon höre. Aber so ist das mit diesen Flausen." Er schlug sich mit der Faust in die Hand, dass es knallte. „Arbeite mal lieber richtig. Da unten im Garten. Da gibt's genug Arbeit. Und auf dem Reiterhof erst." Dann, im höhnischen Ton: „Aber nein, man könnte sich ja die Hände schmutzig machen. Immer große Dame, wie deine Mutter." Er kniff die Augen zusammen. „Arbeiten können ja andere." Hass klang in seiner Stimme. Dabei holte er mit den Armen aus, gestikulierte wild herum.

Ich zuckte zusammen. Ein kurzer Augenblick verstrich. Dann hob ich energisch den Kopf. Betone jedes Wort ausdrücklich.

„Ich habe am Sonntag im Garten gearbeitet. Ja, und gründlich", stieß ich hervor. Ich wollte mich stark zeigen, bemerkte aber sogleich, dass meine Stimme fern und dünn klang in der Luft des Zimmers.

„Was denn, nun auch noch widersprechen, frech werden?", fauchte er. Musterte mich. Scharfe Blicke wanderten an mir auf und ab. Das waren die Blicke, die ich fürchtete, die ich hasste, die ich so widerlich fand. Ich spürte die stechenden Blicke an meinen Brüsten, an meinen Schenkeln. Wenn ich Stunden später darüber nachdachte, kamen mir ganz abscheuliche Vorstellungen.

...Ob er das wirklich machen würde?... fragte ich einmal in meinem Tagebuch.

Sein Atem ging heftig. Sein Gesicht war puterrot angelaufen. Jetzt stemmte er die Hände in die Hüften, wippte auf und nieder und prustete los. „Zum Donnerwetter noch mal, und heute warst du doch bestimmt wieder bei dieser Pia, oder wo sonst noch. Immer dasselbe. Aber ich warne dich", drohte er mir mit erhobener Hand.

Die Minuten schienen dahinzuschleichen. Ein Hauch von dumpfer Schwüle lag in der Luft, die mir das Atmen schwer machte. Es war wie verteufelt. Ich wollte es nicht, aber Angst und Unsicherheit stiegen nun doch wieder in mir auf, lähmten mich. Ich schlug die nächste Seite des Notenheftes auf. Dann drehte ich mich aber doch mit einem Ruck zu ihm herum. Zwang mich, etwas zu erwidern.

„Wir haben für die Englischarbeit gelernt", murmelte ich und starrte wieder auf die aufgeschlagenen Seiten. Und noch einmal riss ich meinen ganzen Mut zusammen.

„Das ist wichtig. Zu zweit lernt es sich besser. Ihr erwartet schließlich immer gute Noten", brachte ich mühevoll zustande. Ich spürte, wie in meiner Halsader das Blut klopfte.

Für einen Moment schwieg der Großvater, schnappte hörbar nach Luft. Doch schon Sekunden später platzte er heraus: „Erzähl mir nichts. Das ist wieder eine deiner fadenscheinigen Ausreden. Kenn ich doch. Das Eine will ich dir sagen, ein für alle Mal, Reiten u n d Klavier geht nicht, war von Anfang an mein Wille." Er drängte sich noch dichter heran, räusperte sich. Ich spürte seinen Atem. Heiß und widerlich.

Ich strich mir die Haare aus der Stirn. Meine Hände waren feucht. Wenn er doch bloß aufhören würde. Aber nein. Es genügte ihm noch nicht. Erneut setzte er an und ließ seine Faust aufs Klavier fallen.

„Es geht nur eins und das verlange ich: Auf dem Reiterhof arbeiten, wie es sich versteht. Die Pferde pflegen, um den Ponystall und die Ponys kümmern. Das habe ich damals extra betont, bevor das Klavier unbedingt gekauft werden musste. Alles andere ..." Er machte eine wegwerfende Handbewegung. „Aber auf mich hört ja keiner. Wie immer." Er redete sich in Rage. Die Töne schwollen an. Sein Gesicht glühte. Auf seiner Stirn glitzerten kleine Tropfen. Er schnappte wieder nach Luft und gleich ging es weiter. „Sie wird schon ihre Arbeit auf dem Reiterhof nicht vernachlässigen, und trotzdem auch regelmäßig Klavier spielen und weiter Fortschritte machen, haben damals deine Eltern viel versprechend erklärt." Ein höhnisches Lachen. „Tja, aber! Man sieht's ja, was dabei rauskommt! Die Mutter hat Klavier gespielt, dann muss selbstverständlich die Tochter auch spielen. Ja, ja, die feinen Töchter."

Ich starrte unverwandt auf die Noten. Nimmt das heute gar kein Ende, hätte ich am liebsten herausgeschrieen.

Wieder wippte er auf und nieder. Finstere Blicke bohrten sich in mein Gesicht, tasteten über meinen Körper und schließlich wieder in mein Gesicht zurück. Seine Augen ließen mich nicht einen Augenblick los, packten mich wie Zangen, wie jedes Mal. „Und merk' dir das eine, mich lügst du nicht an. Mich nicht. Ist das klar? Ich dulde keine faulen Ausreden. Das solltest du wissen. Punktum." Ich zuckte erschrocken zurück, als er die Hand aufs Klavier knallte.

Bloß keine Schwäche zeigen, keine Tränen, dachte ich. Aber mein Herz hämmerte. Ich wusste, dass er Schwäche bestrafte, sich auf Schwache stürzte. Das kannte ich nur zu genau. Ich versuchte krampfhaft, mir mein Unbehagen nicht anmerken zu lassen. Schluckte und schluckte und die Tränen blieben aus.

Wie immer hatte er mir bewiesen, dass er seiner Umgebung ständig Furcht einflößen wollte und man wusste nie, welche Gedanken hinter seiner Stirn vorgingen. Die Sekunden schienen sich zu Minuten zu dehnen, während ich den Atem anhielt. Ich hörte sein gepresstes Räuspern. Er fuchtelte mit den Händen und suchte nach passenden Worten. Da kam schon die nächste rätselhafte Andeutung.

„Wenn das so weiter geht... ", eine wirkungsvolle Pause. Diesmal schien sich die Pause unendlich hinzuziehen. Dabei wiegte er den Kopf hin und her. „Dann wundere dich nicht. Von nun an werden andere Saiten aufgezogen! Dafür werde ich sorgen. Darauf kannste dich verlassen. Punktum!"

Die Worte trafen mich wie Schläge. Sein Ton war bedrohlich, genau daraufhin kalkuliert, dass der Sünder sich krümmte. Und ich zuckte zusammen.

Für mich dehnte sich die Zeit.

Er trommelte mit den Fingern auf das Klavier. Ich spürte, wie er mich dabei fixierte.

Noch mal ein Räuspern. Mit stampfenden Schritten verließ er mein Zimmer.

Der Nachhall der Worte hing im Raum. Schwer. Worte, die schmerzten und die mich lähmten, die sich durch mein Inneres wühlten.

Abrupt hob ich den Kopf. Der Gedanke stach mich.

Was meinte er? Etwa das Pferd? Meint er Cäsar mit seiner Androhung „Wundere dich nicht.", „Andere Saiten", schoss es mir durch den Kopf. In mir breitete sich ein eisiges, undefinierbares Gefühl aus. Es war für mich so erschreckend, dass es mir wildes Herzklopfen verursachte. Ich richtete die Augen zornfunkelnd zur Tür, durch die er verschwunden war.

Eine Zeit lang saß ich reglos vor dem Klavier. Die Noten verschwammen vor meinen Augen. Über die Seiten legte sich ein zarter Schleier. Meine Hände waren wie Blei. In meinem Unterbewusstsein begann etwas zu rumoren. Meine Gefühle wechselten zwischen Hass und Angst. Ich hob den Kopf und von blindwütigem Zorn getrieben, schlug ich auf die Tasten ein.

Auf einmal bemerkte ich, dass die Wand vor mir rotgolden schimmerte. Ich wandte mich um zum Fenster. Die Sonne hing als feuerrote Kugel am Horizont und breitete über die Landschaft ein überirdisch schönes Leuchten.

Ich legte das Notenalbum zurück, schloss mit müden Bewegungen das Klavier und ging zum Fenster. Draußen segelte eine Fledermaus durch das gelbe Zwielicht. Ich sah zu, wie die Fledermaus umherhuschte. Sie gibt keinen Laut von sich, man hört ihren Flügelschlag nicht, dachte ich, als sie plötzlich verschwunden war.

Ich hob den Blick in den Abendhimmel. Dann öffnete ich das Fenster, setzte mich auf die weißlackierte Fensterbank und lehnte mich an. Die abendliche Stille empfand ich wohltuend. Versonnen betrachtete ich die rotgoldenen Wolken, die am Himmel entlang zogen.

Für einen Augenblick schloss ich die Augen. Spürte die Stille am ganzen Körper. Unendlich angenehm. Ich genoss sie. Sie beruhigte mich, tröstete mich.
Doch die Ruhe und die Leichtigkeit, die ich eben noch empfunden hatte, hielten nicht lange an. Unruhe meldete sich wieder. Großvaters Worte hörte ich ganz tief in meinem Inneren.
„Das lass ich mir nicht länger gefallen. Nein. Irgendwas muss passieren." Ich erschrak, denn ich hatte bemerkt, dass ich die Sätze laut vor mich hingesprochen hatte. Ich presste die Lippen zusammen, doch in mir arbeitete es weiter.
Plötzlich stieg ein finsterer Gedanke in mir auf. Und blieb haften. Und ich sollte mich noch oft an ihn erinnern.
Sekunden später öffnete ich wieder die Augen. Die Sonne war weitergewandert.

# #

Wenige Tage danach geschah das Unvorstellbare.
Der Nachmittag war nicht mehr so kristallklar, sondern diesig durchsetzt. Leichter Wind war aufgekommen.
Ich saß unschlüssig da. Den Kugelschreiber hielt ich noch in der Hand. Sah zum Fenster und beobachtete abwesend ein paar Spatzen, die sich um irgendetwas zankten.
Ich hatte mir wieder den Kummer von der Seele geschrieben.

... Zwänge, und immer wieder Zwänge. Drohungen. Seine Macht ist so absolut, weil er weiß, dass ich völlig hilflos, völlig wehrlos und ihm ausgeliefert bin. Er hasst mich, ich weiß es, mich und auch Mam. Jeden einzelnen Tag mit einem Hass leben zu müssen, den man nie abwenden kann, egal was man macht - das ist einfach unerträglich. Und grausam. Das

kann so nicht weitergehen. Und ich glaube, ich tue etwas dagegen. Das muss ich. Irgendetwas.

Oh, jetzt erschrecke ich, denn während ich schreibe, taucht unentwegt das Giftfläschchen vor meinem inneren Auge auf. Ich beende besser meine Zeilen.

Ich überflog noch einmal die Seite, bevor ich das Tagebuch zuschlug. Als ich das Schubfach schloss, spürte ich meinen Magen. Ich hatte seit dem Morgen nichts gegessen.
Hatte es da eben wieder mahnend an die Wand geklopft? Ich hob den Kopf. Horchte. Kaute am Daumen. Spannte angestrengt, mit dem Blick zur Wand. Doch das war nicht möglich. Ich hatte den CD-Player extra besonders leise eingestellt. „Nein, das kann nun wirklich nicht sein. Ich höre wohl schon Gespenster", murmelte ich, sprang auf und schaltete den Player aus. Vielleicht kamen die Geräusche von unten. Ich beschloss, nachzuschauen, ob meine Mutter schon daheim war.
Ich öffnete geräuschlos die Tür einen Spalt breit, lauschte. Als im Flur nichts zu hören war, huschte ich aus meinem Zimmer und sprang die Treppe hinunter.
Die Küchentür stand offen. Ich hörte Geschirr klappern. Mutter war also heute schon früher nach Hause gekommen. Ich war froh und betrat eiligst die Küche.
   „Nanu, Mam, schon da? So früh?"
Ich begrüßte meine Mutter mit einem Kuss auf die Wange, trat dann einen Schritt zurück, neigte den Kopf ein wenig zur Seite. Wie elegant sie in ihrem anliegenden schlichten Wollkleid wieder aussieht, stellte ich erfreut fest. Ihre vornehme Erscheinung, auch ihre anmutigen Bewegungen bewunderte ich wie schon so oft. Ich lächelte sie an. War stolz auf meine Mutter. Wie stets, wenn ich sie beobachtete, wünschte ich mir, ihr ähnlich sein zu können.

Sie hantierte am Kaffeeautomaten weiter. Dann wandte sie sich zu mir um.

„Ja, Überraschungen müssen auch mal sein. Heute gönnen wir beide uns eine gemütliche Kaffeestunde, mal in aller Ruhe."

Ich verharrte, schwieg. Auffordernd sah die Mutter mich an.

„Was ist, freust du dich nicht? Ich habe Kuchen mitgebracht. Deinen Lieblingskuchen sogar. Den saftigen Bienenstich vom Bäcker Großmann. Den magst du doch so. Na, war doch eine gute Idee, nicht?" Sie strahlte mich an. Richtig übermütig wirkte sie.

„Stell doch schon das Geschirr auf das Tablett. Heute benutzen wir mal die Wildrose."

Ich sah sie etwas ratlos an.

„Das ist wirklich eine gelungene Überraschung, Mam, aber..." Meine Mutter unterbrach mich.

„Und decke den kleinen Tisch im Esszimmer."

Ich holte zögernd das Geschirr aus dem Schrank. Derweil drehte Mutter sich um und machte sich am Kuchenpaket zu schaffen. Mit einem spitzen Seufzer hob ich das Tablett vom Küchentisch. Eigentlich wollte ich meine Mutter nicht enttäuschen. Rätselte noch. Aber dann meinte ich: „Ich muss doch heute zum Reiterhof. Hast du daran nicht gedacht? Das wird zu spät", erklärte ich ihr nun schon etwas besorgt.

„Du schaffst doch immer alles." Mutter lachte mich an, wandte sich darauf wieder um und legte die Kuchenstücke auf den Teller.

Alles schien ganz friedlich.

Als wir uns am gedeckten Tisch gegenüber saßen, ruhten ihre Blicke forschend auf meinem Gesicht. Ich merkte es deutlich. Was hat Mam?, fragte ich mich im Stillen. Jedoch bevor ich etwas zu ihr sagen konnte, stellte sie plötzlich mitten in der Bewegung ihre Kaffeetasse ab.

„Und wenn du heute mal nicht zum Reiten gehst? Das wäre doch auch kein Beinbruch."

Ich schüttelte energisch den Kopf.

„Nein, nein, damit möchte ich gar nicht erst anfangen. Dann reite ich eben nur ne halbe Stunde." Hastig biss ich in mein Kuchenstück, mit dem Blick zur Uhr.

Mutter wurde zusehends unruhiger, schluckte und sah dann zu mir auf.

„Ja, Ellen, hm... ", begann sie mit einem sonderbaren Zögern, als könne sie nur mühsam die Worte formulieren. „Ich weiß gar nicht wie ich es dir sagen soll." Sie hielt lange inne, atmete tief. Und dann, nach einiger Überwindung, sprach sie schließlich mit gepresster Stimme: „Geh nicht zum Reiterhof. Bitte!" Und noch einmal, Sorge schwang in ihrer Stimme. „Geh nicht!" Ihre Worte klangen geradezu beschwörend. Ich stutzte. Versteinerte augenblicklich. Böse Ahnungen befielen mich Ich hielt inne. Grübelte. Ein dunkler Gedanke beschlich mich. Doch nein, das konnte nicht sein. Ich schob sogleich den Gedanken wieder von mir und beeilte mich zu sagen: „Doch, doch, ich gehe jetzt."

Unvermutet sprang die Mutter auf und griff nach meinem Arm.

„Bleib da, es ist besser so. Ellen, dein Pferd ist nicht... " Weiter kam sie nicht. Ich riss mich los, schüttelte nur heftig den Kopf. Dann rannte ich wortlos davon. Riss mein Fahrrad aus der Garage und sauste wie wild und gehetzt los. Eine dunkle Wolke hing in meinem Hinterkopf und ein schrecklicher Gedanke spukte darin. „Ob der Mistkerl wirklich etwas mit Cäsar... ?" Ich wagte nicht, weiter zu denken. Spürte einen engen Ring um meine Kehle.

Der Wind hatte beträchtlich zugenommen. Die Haare schlugen mir ins Gesicht, als ich zum Reiterhof abbog. Ich sprang vom Rad, lehnte es an die Wand und stürzte in Panik in den Stall, die Augen aufgerissen. Was ich sah, konnte ich nicht glauben. Ich presste meine Fäuste an den Mund, um nicht zu schreien. Der Anblick der leeren Box drohte mir die Luft abzuschnüren. Fassungslos verharrte ich. Also doch! Ich lief an den anderen Boxen vorbei. Suchte. Nichts.

Auf dem Hof gingen meine Blicke wild nach allen Seiten. Jetzt erst bemerkte ich Bonny, den kleinen Dackel, den „Wachhund" vom Reiterhof, wie alle ihn scherzhaft nannten. Wachsam schaute er zu mir hoch.
„Ach Bonny, du hilfst mir wohl beim Suchen?", seufzte ich. Bückte mich und fuhr ihm übers Fell. Ich merkte dabei, dass meine Hand zitterte.
Einen Moment lang stand ich unentschlossen und wie angewurzelt neben der Stalltür. Was sollte ich nur tun?
Ich war froh, als ich Sven entdeckte. Sven, den „Hünen vom Reiterhof". Er war groß, muskelbepackt und immer zu unbändigem Lachen aufgelegt. Er reparierte wieder einmal seinen Sulky. Dabei fluchte er lautstark, wie immer, wenn etwas nicht klappte.
„Verdammte Scheißkarre!", knurrte er vor sich hin. Jetzt bemerkte er mich.
„Mensch, guck dir das an. Ich krieg die Räder nicht hin. Bloß gut, dass es nur zwei sind." Er warf den Schraubenschlüssel auf die schmale lederne Bank des Wagens. Wandte sich um und sah mir erschrocken ins Gesicht. „Wie siehst du denn aus. Was is'n los? Ne Laus über die Leber gelaufen?"
„Ich suche Cäsar. Er ist weg. Weg! Einfach weg. Verstehst du das?" Er schüttelte unmerklich den Kopf. Ich sah in seinem Gesicht ein schiefes Grinsen. „Ja, seine Box ist leer", stieß ich wütend heraus.
Sven richtete sich auf.
„Quatsch, der ist sicher in einen anderen Stall gebracht worden. Nun reg dich doch nicht gleich auf. Such in den anderen Ställen. Wirst sehen, der ist schon da. Bis jetzt ist von hier noch nie ein Pferd verschwunden."
Ich hob die Arme, ließ sie fallen. Und wie von wilden Furien getrieben, raste ich wieder los, durch sämtliche Ställe. An allen Boxen blieb ich für Sekunden lauernd stehen. Nichts. Die Ahnung, die ich mit mir herumgetragen hatte, schien sich als richtig zu erweisen. „Also tatsächlich. Dieser elende Mistkerl,

dieser verdammte", brüllte ich. Und es war mir egal, ob es jemand hörte. Dabei hieb ich mit der Faust in die Luft. Meine Schläfen pochten.

„Wo ist denn Frank bloß?", rief ich auf dem Hof einem jüngeren Mann zu, der gerade mit geübten Griffen seinen Schimmel sattelte.

„Meinst du den auf der Koppel?", rief er mir zu und wies mit einer Kopfbewegung in die Richtung. Aber ich war schon wieder in Bewegung, hetzte jetzt in meiner Ratlosigkeit zum hintersten Stall, den mit den Stuten und ihren Fohlen. Natürlich, welch ein Unsinn, hier konnte Cäsar nicht sein. Das war mir klar, als ich in der offenen Stalltür stand. Dennoch irrten meine Blicke suchend umher. Meine Gedanken drehten sich nur noch im Kreis. Ich war in Rage. In mir tobte es. Irgendetwas musste ich jetzt tun. Ich griff nach der Forke und warf Heu in jede Box. Hantierte mit der Forke wie mit einem Schwert. Wild und verzweifelt waren meine Bewegungen. Ich atmete heftig die warme Stallluft.

Erschöpft lehnte ich mich danach an die Stallwand. Blickte, ohne wirklich zu sehen.

Jedoch trieb es mich wieder fort. Nur fort. In meiner Hast wäre ich beinahe draußen über Bonny gestolpert. Bellend sprang er zurück. Am Zaun der Koppel blieb ich stehen, um zu Atem zu kommen. Der Wind riss an meinen Haaren. Erste Regentropfen fielen. Ein gleichmäßiges Rauschen war zu hören. Es waren die Pappeln, die sich im Wind bogen. Bonny war wieder da, wich mir nicht von der Seite.

Jetzt entdeckte ich endlich Frank weit draußen auf der Koppel. Er hantierte am Zaun, umringt von den Pferden. Ich wollte rufen, doch dazu war er zu weit entfernt. Ich stürmte auf die Koppel hinaus. Schrie gegen den Wind. Der Wind riss mir die Worte vom Mund. Meine Arme wirbelten wild.

Endlich! Er wandte sich um, verharrte einen Moment, als überlegte er noch, und kam zurück. Die Pferde liefen mit ihm mit. Ich hastete ihm in Panik entgegen, schmiss die Arme in die Höhe und winkte wie wild. Als Frank sich näherte, schrie

ich ihm zu: „Wo ist Cäsar!?" Mein Schrei durchschnitt die Luft. „Mensch, Frank, wo ist Cäsar!? Wo ist er bloß!" Keuchend verharrte ich. „Wo? Ich habe überall gesucht. Nirgends …" Ich schrie, bis meine Stimme versagte.
Frank verlangsamte seine letzten Schritte. Musterte mich eigenartig, unsicher. Wie sag ich's ihr nur, las ich in seinem Blick. Da wusste ich Bescheid.
Dann stand er vor mir, nach einer Erklärung suchend. Er legte seine Hand auf meinen Arm und blickte mich ratlos an. Doch aus mir brach es schon heraus.
„Wo ist mein Pferd, sag's mir. Du weißt es. Sag es mir, jetzt!"
Bei meinen letzten Worten trommelte ich mit den Fäusten auf die Latten des Zaunes. Gleich wirbelte ich wieder zu ihm herum.
Frank versuchte sein breites Lächeln. Es missglückte. Er schob die Hände in die Hosentaschen. Noch schien er zu zögern. Doch dann entschied er sich wohl, die Wahrheit zu sagen. Ich forschte in seinen Augen. Er bringt es doch nicht übers Herz, mich mit einer Lüge zu beruhigen, mutmaßte ich.
An seinem Zögern merkte ich, dass ihm das Sprechen schwerfiel, denn er wusste nur zu genau, was er mir mit seinen Worten antun würde. Er ergriff meine Hand, suchte meinen Blick und hielt ihn fest. Ich sah ihn nicht an, sondern durch ihn hindurch.
„Ellen, Cäsar ist – weißt du, es ist so. Gestern kam dein Großvater her und..."
Augenblicklich unterbrach ich ihn, riss meine Hand wieder los.
„Ich weiß, Cäsar ist nicht mehr hier. Warum? Wo ist er jetzt? Ich will das wissen." Zornbebend stieß ich mit dem Fuß einen Erdklumpen weg. „Das ist mein Pferd. Mir gehört es. Er kann doch nicht einfach ... " Meine Stimme überschlug sich. Ich war völlig außer mir.
Wieder ergriff er meine Hand, fest und energisch, drehte sich um und zog mich mit sich fort. Apathisch trabte ich mit.

„Dein Großvater hat dein Pferd in einen anderen Reiterhof bringen lassen. Für unbestimmte Zeit", begann er von Neuem. „Mehr hat er mir nicht dazu gesagt. Ja, Ellen, glaub mir, mehr kann ich dir nicht sagen. Tut mir leid. Ich weiß, dass es für dich ein Schock ist. Aber ich bin sicher, bald wird dein Pferd wieder hier sein. Bestimmt."
Jetzt, als ich seine Worte mit stummem Entsetzen wahrnahm, verhärteten meine Züge noch mehr. „Wusste ich's doch", schrie es in mir. Verbittert schüttelte ich den Kopf, zu keinem Wort mehr fähig. Vor dem Stall riss ich mich wieder los. Mir war bewusst, seine Antwort ließ keinen Zweifel daran. Mein Pferd würde ich so bald nicht wiedersehen. Mein Herz tat einen wehen Satz. Hass stieg in mir auf. Wilder Hass. Und in mir wuchs ein steinernes Herz, kalt und verschlossen.
Jetzt wollte ich nur eins: Fort von hier. Frank hielt mich mit einer Frage zurück.
„Wirst du dich in der nächsten Zeit, wenn du mit deiner Arbeit im Ponystall fertig bist, trotzdem noch in den anderen Ställen sehen lassen?" Tränen traten jetzt in meine Augen, als hätten sie schon dort gelauert. Die Tränen rannen über meine Wangen und linderten ein wenig mit ihrer Wärme die Schmerzen, die ich in mir trug.
Frank kam auf mich zu, hob seine Arme und ich hatte das Gefühl, er wollte meinen bebenden Körper an sich drücken. Es hätte mir gutgetan. Er sah mir fragend in die Augen, in denen er gewiss nur Empörung und Verzweiflung sah.
„Na, wirst du dich hin und wieder mal sehen lassen?", hakte er nach.
Ich nickte nur. Dann raste ich davon, wie ein fliehendes Pferd.
Schwere, unheilverkündende schwarze Wolken ballten sich am westlichen Himmel. Der Wind hatte kräftig zugenommen. Ich hatte Mühe, mit den zittrigen Händen das Fahrrad zu lenken. Um mich herum nahm ich nichts wahr. Im Inneren sah ich nur ein Bild. Es verfolgte mich. Ich sah es deutlich vor mir. Sah wie Großvater meinen Cäsar mit barschen Handgriffen

aus der Box holt und das Pferd mit stampfenden Schritten aus dem Stall führt. Mit einem hämischen Grinsen.

Ich fuhr wie in Trance. Der Wind trieb eine leere Plastikbüchse über die Straße. Das Geräusch ließ mich aufhorchen.

Nachdem ich das Fahrrad in die Garage gebracht hatte, stürmte ich in das Haus und wäre beinah in der Diele mit dem Großvater zusammengeprallt. Ich kam nicht umhin, sein Grinsen wahrzunehmen, das sich auf seinem Gesicht entfaltete. Machte er sich lustig über mich? Angewidert drehte ich mich zur Seite. Riss mich zusammen. Biss die Zähne aufeinander. Am liebsten wäre ich auf ihn losgegangen, hätte geschrien: Wo ist mein Pferd! Bring es wieder zurück, los!

Ich vernahm die Eltern im Wohnzimmer und stürmte hinein.

„Cäsar ist nicht mehr im Reiterhof! Stellt euch vor, er ist nicht mehr da. Die Box ist leer!", schrie ich in heller Empörung in den Raum. Doch sogleich versteinerte ich, schaute sie nur noch verständnislos an.

War das möglich? Es schien, als glitt mein alarmierender Aufschrei an ihnen ab. Sie reagierten nicht. Sie mussten doch wissen, wie sehr ich jetzt ihr Verständnis brauchte, ihren Trost, ihre Hilfe in meiner Verzweiflung. Jedoch ich wartete vergeblich darauf.

Stumm standen sie vor mir. Meine Mutter strich mir kurz über den Kopf, dann ein gepresstes Stöhnen. Ich sah nur Achselzucken.

„Beruhige dich doch, Ellen, das kriegen wir schon wieder hin. Am Wochenende, wenn Zeit ist, sprechen wir in Ruhe darüber", hörte ich meinen Vater, als ich kopflos die Tür hinter mir schloss und hinauf rannte. Ich konnte nicht glauben, was ich eben erlebt hatte. „Keine Zeit, keine Zeit", stöhnte ich mit erstickter Stimme bei den letzten Stufen. Ich kaute am Daumen. Ich fühlte mich im Stich gelassen. Enttäuschung breitete sich wie Fieber in meinem Körper aus. Es war ein Strom von Gefühlen, der drohte, alles mit sich zu reißen. Dann war in meinem Kopf dumpfe, gedankenlose Stille. Und wie so oft in meinem Kummer, erinnerte ich mich jetzt an

Großmutter. Sie war wieder ganz lebhaft bei mir. Eine tiefe Wehmut ergriff von mir Besitz. Und gleich blitzte wieder längst Vergangenes auf.

Es war ein trüber regnerischer Nachmittag im Herbst. Wir saßen wie oft an solchen Tagen im Gartenhäuschen auf dem kleinen Sofa dicht nebeneinander. Tante Elvira war da. Sie hatte sich uns gegenüber den Sessel zurechtgerückt. Ich war völlig in mein neues Buch, das sie mir mitgebracht hatte, vertieft, und bewunderte die großen bunten Tierbilder. Sie faszinierten mich. Ich strich über die glatten glänzenden Seiten, als wollte ich die Tiere streicheln.

Mit einem Mal bemerkte ich das Flüstern. Großmutter und Tante Elvira waren näher zusammengerückt. Ihre Köpfe dicht nebeneinander. Plötzlich vernahm ich neben mir einen langen, tiefen Seufzer, dann ein dunkles Murmeln.

„Armes Ding, eigentlich fehlt es ihr an nichts. Ach ja, und trotzdem, ich weiß, das Wichtigste vermisst sie." Wieder ein langer Seufzer. „Das ist es eben, die Eltern meinen es gut mit ihr, aber sie haben zu wenig Zeit für sie. Ich weiß nicht was wäre, wenn sie mich nicht hätte. Glaub mir Elvira, ich mach mir Sorgen. Ich meine die Seele, verstehst du? Ellens Seele. Ich glaube, Ellens Seele leidet manchmal." Großmutter murmelte noch weiter. Doch die Worte wurden undeutlich, verschwammen dann gänzlich.

Dem Anschein nach war ich tief in mein Buch versunken. Großmutter strich mir übers Haar. Ihre Worte wurden wieder ein bisschen deutlicher. „Und das Schlimme ist, sie merken es nicht. Denken, sie tun alles für das Kind."

„Natürlich, das wollen sie doch auch", hörte ich Tante Elvira.

„Ja, ja, das wollen sie schon, aber sie bemerken bei ihrer Arbeit nicht, wie Ellen dabei zu kurz kommt." Beide tauschten einen besorgten Blick.

Ich merkte, wie Großmutter unruhig wurde. Ihre Hände bewegten sich auf ihrem Schoß, als suchten sie etwas.

Weiter versank ich in Erinnerungen an Großmutter.

Das war wieder so ein früher Morgen, wie ich viele mit Großmutter im Garten erlebt hatte. Sie bewegte sich wieselflink zwischen der Pumpe und den Beeten. Ich tat es ihr mit meiner kleinen Gießkanne gleich. Danach ließen wir uns auf die Gartenbank fallen, streckten die Beine und ruhten uns eine kurze Zeit aus, bevor wir die Rabatten vom Unkraut befreiten.

Großmutter legte die Hacke neben den Dahlien ab. Sie zupfte mich am Ärmel.

„Ellen, guck doch mal, ob du wieder Schmetterlinge auf dem Sommerflieder siehst", sagte sie, wandte sich um und ging zum Zaun. Dort begrüßte sie die Nachbarin. Ich bewegte mich vorsichtig zwischen den Sträuchern auf der Suche nach Schmetterlingen und kam dabei allmählich näher an den Zaun heran.

„Ja, ja, so ist es. Sie haben recht. Heutzutage bekommen die Kinder alles, aber wissen Sie, das Wichtigste fehlt ihnen trotzdem oft", vernahm ich Großmutter. „Die Eltern sehen in erster Linie ihre Arbeit. Das ist es eben. Muss ja wohl auch sein, aber... hm... ist eben nicht gut, wissen Sie?"

„Ja, ja, und vor allem das liebe Geld. So ist es doch."

Dann hörte ich Schritte. Die Nachbarin ging weiter.

Lange Zeit später verstand ich, was Großmutter damals meinte. So war es auch tatsächlich. Wie oft hörte ich von den Eltern: „Ach Ellen, jetzt nicht. Am Wochenende, wenn wir etwas Zeit haben. Dann können wir darüber reden."

Und schließlich geschah es allmählich so, dass ich dann die Worte nicht mehr über meine Lippen brachte. Alles war einfach inzwischen versiegt. Zu spät.

Wie entsetzlich, und kaum zu ertragen war es für mich, als Großmutter eines Tages nicht mehr aufgewacht war. Ich hatte

Mühe mich zurechtzufinden, als ich es erfuhr. Lange saß ich reglos in meinem Bett, den Kopf in meinen Händen vergraben. Meine Tränen liefen. Ein riesengroßes Loch war auf einmal da. Und mir war manchmal, als würde ich da hineinstürzen, allein, verlassen. Wer las jetzt den Kummer von meinen Augen ab?
Ich vermisste sie so, dass es schmerzte. Ich vermisste sie überall, im Haus, im Garten. Am Gartenhäuschen schlich ich vorbei. Mied es. Da waren Erinnerungen, die wehtaten. Ich brauchte lange, sehr lange um die Tatsache, dass Großmutter nicht mehr bei mir sein konnte, zu begreifen und zu akzeptieren.
Und immer öfter geschah es, wenn ich mein Herz ausschütten wollte, dass ich mit meinem Tagebuch sprach. Und mit jedem Wort das ich schrieb, schien der Raum dunkler zu werden.

Spät abends kam ich wie gelähmt in mein Zimmer zurück. Ich ließ mich auf meinen Stuhl fallen, saß da, untätig und hilflos. Die dunklen Gedanken, die sich um den Großvater wanden, loderten wieder auf, dehnten sich in mir aus und drohten in mir zu explodieren.
Ich musste meine Gedanken wieder zur Ruhe bringen. Deshalb stand ich auf, holte mein Buch vom Schreibtisch. Ich las und stellte fest, dass es mir nicht gelang, auch nur einen einzigen Satz richtig aufzunehmen, obwohl „Effi Briest" von Fontane mein Lieblingsbuch war.
  Beim Abendbrot hatte ich keinen Bissen herunterbekommen. Dem Großvater war es nicht entgangen. Er hatte mich lauernd beobachtet. Zwei Spitzen hatte er wieder für mich bereit.
  „Keine Lust zum Essen? Wieder was auszusetzen?" Mein Blick richtete sich zu den Eltern.
Meine Mutter sah mich wissend an, legte ihre Hand auf meine. Diese kleine Geste. Sie half mir nur wenig. Langsam zog ich meine Hand zurück.

Es fielen am Tisch nur wenige Worte. Wie meist war nur das Summen des Kühlschrankes zu hören und sanfte Töne aus dem Radio.

Von Minute zu Minute nahm die Dunkelheit zu. Die Lampe warf gespenstische Schatten an die Zimmerdecke.
Ich saß da, presste die Fäuste an die Schläfen, grübelte. Mit einem Stoßseufzer stand ich schließlich auf. War noch unschlüssig, griff jedoch abermals nach „Effi Briest", schlug das Buch auf, fand die Zeilen und las sie wieder und wieder.

„…dann ist etwas nicht in Ordnung in meiner Seele, dann fehlt mir das richtige Gefühl. Und das hat mir der alte Niemeyer in seinen guten Tagen noch, als ich noch ein halbes Kind war, mal gesagt: auf ein richtiges Gefühl, darauf käme es an, und wenn man es habe, dann könne einem das Schlimmste nicht passieren, du wenn man es nicht habe, dann sei man in einer ewigen Gefahr, und das, was man den Teufel nenne, das habe dann eine sichere Macht über uns". Um Gottes Barmherzigkeit willen, steht es so mit mir? Und sie legte den Kopf in ihre Arme und weinte bitterlich.

Grübelnd schlug ich das Buch wieder zu. Noch aufgewühlt schob ich es zur Seite. Und wie steht es mit mir? Ist in meiner Seele etwas nicht in Ordnung? Fehlt mir das richtige Gefühl? Hat der Teufel Macht über mich? Ömchen hätte darauf gewiss eine Antwort.
  Schließlich löschte ich das Licht. Das Halbdunkel löste die Linien und Kanten des Raumes auf.
Innerlich war ich am Ertrinken, aber nach außen hin war ich jetzt ruhig und still.
Ich stützte den Kopf in die Hände, schloss die Augen. Wollte die Erinnerung an den Anblick der leeren Box und die Schrecken auf dem Reiterhof verjagen. Wollte mich zwingen, an etwas Schönes zu denken: An den Gesang der Vögel im

Garten, an eine Wiese voller Sommerblumen, an den purpurroten Himmel beim Sonnenuntergang. Aber es gelang mir nicht. Die Bilder zerrannen sogleich.
Ich ging zum Fenster und öffnete einen Flügel so weit, dass ich Kopf und Schulter hinausstrecken konnte. Frische Luft drang herein. Mit tiefen Atemzügen füllte ich meine Lunge. Horchte in die Dunkelheit.
Plötzlich schreckte mich ein Geräusch auf. Eine Tür ging und ich hörte stampfende Schritte. Gleich war ich wieder hellwach und augenblicklich tauchte der Reiterhof gespensterhaft in meinem Bewusstsein auf. Wieder erschien vor meinem geistigen Auge Cäsars leere Box. Ich hörte Franks Stimme. Seine Worte schmerzten mich wie ein tiefer Schnitt über meine Brust. Es blutete nach innen, statt nach außen. Unstillbar.
Abrupt wandte ich mich ab, ließ das Fenster angelehnt und wanderte ruhelos umher. Dann jedoch verharrte ich endlich. Nein! Ruhe! befahl ich mir. Jetzt bloß nicht mehr grübeln. Wenn es doch endlich still in mir würde, wünschte ich mir. Noch einmal lehnte ich mich ans Fenster. Sog die frische Luft tief ein. Herbstliche Kühle streifte mein Gesicht. Ich drückte die Stirn, die sich heiß anfühlte, gegen die kühle Scheibe.

Im Zimmer lastete Schwärze. Ich lag wach im Bett. Die Uhr zeigte wenige Minuten nach Mitternacht. Ich fühlte Verlassenheit und schreiende Leere. Aufgepeitscht von Hassgefühlen starrte ich zur Decke. Wer würde mir helfen? Niemand? fragte ich mich. Diese Ohnmacht und Hilflosigkeit waren unerträglich. Meine Kraft reichte nicht mehr aus, davon loszukommen. Wie gelähmt fühlte ich mich. Ich presste die Decke mit den Fäusten zusammen. So fest, als hätte ich seinen Hals in den Händen.
„Dieses Scheusal! Dieses elende verdammte Scheusal", stieß ich wieder und wieder hervor. Ich biss die Zähne zusammen, dass die Kiefer schmerzten, um den Schrei zu ersticken.

Verzweifelt versuchte ich, Schlaf zu finden. Schlaf, vor dem mir graute. Mit dem Schlaf kamen Träume. Er war kein Segen. Nach Stunden endlich übermannte er mich.

# #

Die Nacht war zerflossen. Die Sterne glommen matt durch den morgendlichen Dunst.
Langsam dämmerte der Novembertag herauf. Ich war nach einer unruhigen Nacht, in der schlechte Träume in meinem Unterbewusstsein rumort hatten, früh am Morgen aufgewacht. Ich wachte auf, mit der Gewissheit, dass etwas passieren würde. Das konnte kein guter Tag werden. Dieser Tag mit düsteren Gedanken, die voller Tücke und Hinterlist mit mir mit schlichen, mich nicht losließen und schwer auf mir lasteten. Gedanken, die lange genug im Inneren begraben lagen.
Die Musik im Radio verschwand. Eine sonore Männerstimme informierte über die neuesten Ereignisse in Palästina. Die Nachrichten verfolgte ich gewöhnlich interessiert. Doch jetzt hörte ich darüber hinweg.
Ich saß auf der Bettkante und starrte ohne zu denken vor mich hin. In meinem Kopf war Leere. Nicht einmal an meine Träume konnte ich mich erinnern. Mein Haar war zerzaust, da ich mich in meinem kurzen unruhigen Schlaf ständig herumgeworfen hatte. Ich ließ den Kamm in den Schoß sinken.

Der November war für mich der Monat der Trostlosigkeit. Alles war grau.
Am frühen Nachmittag gelang es der Sonne, sich durch die Wolken hindurch zu zwängen. Das Herbstlicht füllte den Raum. Ich öffnete den Schrank und nahm den warmen, dunkelroten Rollkragenpullover heraus, streifte ihn über. Mein Lieblingspullover. Noch neu. Meine Mutter hatte ihn mir beim

letzten gemeinsamen Stadtbummel gekauft. Es war damals ein besonders trüber und nasskalter Novembertag. Die Temperatur war in den Keller gefallen. Es stürmte. Du brauchst etwas Warmes, hatte Mutter gesagt und mich dabei in das Geschäft hineingedrängt.

Mit kritischen Blicken musterte ich mich im Spiegel, zupfte an den Ärmeln, krempelte den Rollkragen um. Im gleichen Moment beschloss ich, mich bei Pia zu melden. Ich würde ihr vom Verschwinden Cäsars erzählen. Und ich wusste, dass ich wieder ins Dunkle stürzte. Doch wie würde Pia es aufnehmen? Würde sie meinen Kummer lächerlich finden?

Auf einmal waren meine Bewegungen fahrig. Ich räumte den Schreibtisch ab, packte meine Tasche. Dabei kreisten die Gedanken. Geisterten tückisch um mich herum. Gaben keine Ruhe. Sie lockten mich, denn ich hatte es beschlossen. Ich wollte endlich etwas tun. Und da war er, der Plan. Dieser Plan, an dem ich schon lange Zeit schmiedete. Tief im Inneren schwelte er, wuchs heran. Doch ich musste es irgendwie anders einfädeln. Ich wusste nur noch nicht wie.

Es war kurz nach vier. Wir saßen dicht nebeneinander auf dem kleinen Sofa. Pia strich mit den Fingern durch ihr Haar, blickte dabei zu mir. Mich interessierte heute die CD von Madonna überhaupt nicht. Pia beobachtete mich verwundert. Teilnahmslos sah ich vor mich hin.

„Soll ich lauter stellen?", fragte Pia und schubste mich dabei an. Ich reagierte nicht, denn ich war in meinem Inneren woanders. Weit weg. Ich bemerkte sie in dem Moment gar nicht. Und es fiel mir nicht auf, dass sich die Minuten leer dahinschleppten. Dagegen redete und redete Pia nur. Doch die Worte, die von ihren Lippen kamen, drangen nicht bis zu mir. Wieder stieß mich Pia mit dem Arm an.

„Hallo Ellen, was denn, bist du noch da?"
Ich erschrak, sah sie an, als wüsste ich gar nicht, was sie von mir wollte.

„Soll ich vielleicht lauter stellen?", drängte sie noch einmal.

„Nein, lass mal, wieso denn. Ist schon laut genug." Ich zupfte an meinem Pullover herum, blickte auf die Uhr, dann zu Pia hin. Zuckte mit den Schultern. Mit einem leisen Stöhnen reckte sich Pia und ließ sich nach hinten fallen.

„Ich weiß nicht, also, ich hab den Eindruck, hm... " Sie sah mich forschend an. Zwischen ihren Augen stand eine kleine Falte. „Also, irgendwie bist du heute komisch. Das fiel mir eigentlich schon in der Mathestunde auf. Wie du plötzlich so erschrocken aufgesprungen bist, als dich der Herr Franke angesprochen hat. Also, sag mal, was ist denn? Du bist doch sonst nicht so, - ja, hm – eben so", sie reckte ihre Hände nach oben, als wollte sie von dort die passenden Worte auffangen, „so – na ja, eigenartig schreckhaft. Sag doch endlich mal was mit dir wieder los ist."

Ich krampfte die Hände um die Colaflasche. Spürte, wie es in meinem Gesicht zuckte.

„Ach, gar nichts weiter. Ich weiß selbst nicht, was mit mir los ist", leugnete ich schwach.

Doch Pia ließ sich nicht täuschen.

„Du bist eine miserable Lügnerin. Komm, das kannst du mir doch nicht erzählen. Hat's bei euch zu Hause wieder Rabatz gegeben? Mensch, sag doch schon, was los ist. Reeede! Hau's raus, dann bist du es los".

Ich sprang wie elektrisiert auf, lief zum Fenster, lehnte mich dagegen, verschränkte die Arme. Ich war zum Zerreißen angespannt und fuhr mir mit der Zunge unentwegt über die Lippen. Es fiel mir wieder so unendlich schwer zu reden. Aber warum denn nur? Hatte ich es mir doch fest vorgenommen. Ich verstand mich selbst nicht.

Mit aller Gewalt überwand ich mich schließlich.

„Ich hab's richtig satt", brach es aus mir heraus. „Satt bis oben hin, das kannst du mir glauben." Sofort stiegen Tränen auf. Ich schluckte und setzte wieder an. „Ich weiß einfach

nicht mehr..." Weiter kam ich nicht. Die Worte erstickten nun doch im plötzlichen Tränenstrom. Ich knabberte am Daumen. Pia blickte ratlos. Sie kam auf mich zu, berührte meinen Arm. In ihren Mundwinkeln bemerkte ich ein leises Zucken. Ich tat ihr wohl in meiner Verzweiflung doch unendlich leid. Sie kannte mich gut genug, um zu wissen, dass ich nicht grundlos jammerte. Sie wusste auch genau, wie schwer mir jedes Mal das Sprechen fiel, wenn ich mein Innerstes nach außen kehren wollte.
„Mach keinen Quatsch. Halt dich einfach aus allem raus. Versuchs doch mal. Mein Gott, das muss doch möglich sein. Was nützt dir das Heulen." Dabei schüttelte sie mich an den Schultern, als wollte sie mich wachrütteln.
Ich sah sie mit großen Augen an. Abrupt schob ich ihre Arme zurück.
„Pia, du kannst dir ja nicht vorstellen, was wieder passiert ist, gestern auf dem Reiterhof." Ich atmete tief, ließ den Kopf hängen. „Dieses verdammte Scheusal. Dieser Dreckskerl, dieser gemeine. Der hat sich wieder was einfallen lassen. Stell dir vor", ich schluckte, zögerte noch, „er hat Cäsar in einen anderen Reiterhof bringen lassen. Kannst du dir das vorstellen?" Pia zog die Mundwinkel nach unten, schüttelte den Kopf. „Ja, tatsächlich. Als ich gestern auf den Reiterhof kam, wollte wie immer das Futter für die Pferde bereitstellen und die Ponys versorgen", ich hielt inne, pustete die Luft aus, „ging ich wie immer gleich erst zu Cäsar. Aber die Box war leer. Du kannst mir glauben, ich war total geschockt. Hatte es ja schon geahnt, aber doch nicht für möglich gehalten. In Panik rannte ich durch sämtliche Ställe. Cäsar fand ich nirgends, auch nicht auf den Koppeln. Kannst du dir vorstellen, was da in mir vorging? Dieses Ekel, er weiß genau, wie sehr er mich damit trifft. Aber das will er ja gerade."
Pia zog die Stirn kraus, schüttelte den Kopf. Fasste mich um die Schulter und zog mich zurück zum Sofa.

„Was denn. Ich verstehe nicht. Dein Pferd – einfach weg? Wieso?" Ich winkte mit der Hand ab, sank in mich zusammen. Nach einem Seufzer sah ich wieder auf.
„Ich verstehe es ja auch nicht."
„Und was sagen deine Eltern dazu?"
„Ach, nicht viel. Er hat sie sicher auch völlig überrumpelt. In aller Heimlichkeit hat er das Pferd wegbringen lassen. Und außerdem, gegen seinen Willen ist man sowieso machtlos, das weißt du doch." Ich beugte mich zum Tisch, stützte den Kopf in die Hände. „Das halte ich jedenfalls nicht länger aus. Irgendetwas muss passieren." Fahrig rieb ich mit der Hand über die Tischkante. Schüttelte mein Haar zurück und stieß heraus: „Ach, ich weiß einfach nicht mehr, was ich...". Ich knabberte am Daumen. In meinen Augen zuckte es.
Pia presste die Lippen zusammen, sah mich kurz an. Trank einen Schluck Cola und setzte den Becher wieder ab.
„Nun mach dich um Himmels Willen nicht verrückt", unterstrich sie mit einer energischen Handbewegung.
„Das sagst du so einfach, aber so einfach ist das nicht. Er quält mich, wo er nur kann. Er hasst mich und meine Mutter hasst er genauso!", schrie ich heraus. Aber es war eher ein lautes Schluchzen als ein Schrei. „Am besten wäre wohl, ich würde ... " Ich stockte, rang nach Worten. „Weißt du was, ich glaube ich verliere noch völlig den Verstand. Am besten wäre, ich würde nicht mehr leben."
„Ellen! Nun hör aber auf! Sag mal, wie kannst du denn...! Also, ich hab ja wohl nicht richtig gehört!", entsetzte sich Pia. Sie krallte ihre Hand in meinen Arm. „Was soll das? Also wirklich, wie kannst du nur so einen Blödsinn reden. Mensch, Ellen. Es gibt immer einen Ausweg, man muss ihn nur suchen. Sagt mein Vater immer. Und außerdem, deine Eltern werden doch was unternehmen." Ich presste die Hände fest an die Schläfen. Mein Kopf drohte zu zerspringen.
„Ich halte das wirklich nicht mehr aus. Und einen Ausweg? Hm. Es gibt wahrscheinlich keinen. Da hofft man vergebens. Und meine Eltern – hm... ." Ich sprang auf, fuhr mit den

Händen über mein Gesicht. Abrupt drehte ich mich um, beugte mich dicht zu Pia hin und hauchte mit verschwörerischem Ton: „Du, das sag ich dir, irgendetwas lasse ich mir einfallen. Ganz bestimmt. Wenn meine Eltern sich nicht wehren, dann ..." Ich hob die Schultern, ballte die Hände zu Fäusten. „Dann muss ich eben etwas finden."
Pia wich zurück. Erschrocken streckte sie den Arm aus, zog mich mit einem Ruck wieder neben sich, und sah mich eindringlich an.
„Mensch, Ellen. Das klingt ja geradezu zum Fürchten. Hör auf mit dem Quatsch. Der Alte, der ist doch komplett durchgeknallt, das weißt du doch. Ich verstehe dich ja, aber übertreibe nichts. Steigere dich nicht so in deinen, ja... in deinen Hass und in deine Wut hinein. Das bringt nichts, denke ich."
„Quatsch nennst du das? Weißt du, was du da sagst? Ich denke, es ist wohl doch besser, ich erzähle nichts mehr."
„Na hör mal, ich hab's nicht böse gemeint, wirklich nicht", lenkte Pia ein, klopfte mir auf die Schulter. „Aber irgendwie musst du damit fertig werden."
„Ja, fertig werden muss ich damit, du hast recht." Ich knabberte an den Fingern. „Ich denke, irgendwann und irgendwie werde ich auch damit fertig werden." Im Inneren erschrak ich über meine Worte, denn der Plan blitzte in dem Moment auf. Ich spürte den Abgrund.
Pia zuckte mit den Schultern, rückte zur Seite.
„Ach, weißt du, ", sagte ich resigniert und fuhr mit der Hand über die Stirn. „Jetzt wird's wirklich höchste Zeit. Am besten ist, wir machen nur noch die Englischaufgaben fertig. Dann verdufte ich."
„Von mir aus, wenn du meinst." Pia stand auf, holte ihre Tasche.
Es war bereits kurz nach fünf. Die bleiche Herbstsonne warf lange Schatten. Durch das Fenster drang diffuses Licht. Pia schaltete die Lampe an.

„Der Wandertag morgen wird dich bestimmt wieder aufmöbeln", meinte sie lächelnd, nachdem wir die Aufgaben geschafft hatten. „Nun mach nicht so ein skeptisches Gesicht, Ellen. Morgen sieht bestimmt der ganze Schlamassel schon nicht mehr so schlimm aus. Und ich denke, dein Pferd siehst du sicher bald wieder. Wäre ja noch schöner", munterte sie mich auf, während ich in meine Jacke schlüpfte. Nun zwang ich mir auch ein mattes Lächeln ab. Hatte sie's doch wieder mal geschafft. Pia, die ewig Unbekümmerte, die Taffere.
Auf der Straße knöpfte ich die Jacke zu. Sah hinauf in den stürmischen Himmel, der schon das kühle Blau des Herbstes angenommen hatte.

Zu Hause holte ich das Puzzle mit der Tower-Bridge aus meiner Kommode, aber es gelang mir nicht, die Teile richtig zusammenzusetzen. Ich gab es schließlich auf.

# #

Nur gut, ich war mit dem Rad gefahren. So würde ich es noch bequem zum Reiterhof schaffen. Kühle Luft wehte mir beim Fahren entgegen. Ich zog den Reißverschluss meiner Jacke bis oben zu und trat kräftig in die Pedalen. Ich fuhr vorbei an prachtvollen Häusern mit gepflegten Gärten. Mit starrem Blick sah ich geradeaus. Meine Gedanken wirbelten. Der Plan blitzte wieder mahnend auf. Und die innere Stimme ließ nicht locker: „Mach es! Mach es endlich!"
„Tag Ellen!" Etwas verschreckt blickte ich zur Seite. Ich hatte die Nachbarin, die mir auf dem Fußweg entgegenkam, überhaupt nicht gesehen. Entschuldigend winkte ich kurz zurück. Mich hatten meine Gedanken wieder allzu sehr in Anspruch genommen. Ich hatte nur den Reiterhof und das Tresorschränkchen vor Augen. Hinter meiner Stirn keimte eine Idee auf und ich beschleunigte mein Tempo noch mehr. In Rekordzeit war ich am Reiterhof angekommen. Von Weiten

sah ich den Schmied, der gerade aus seinem Kofferraum einige Werkzeuge hervorholte.
    Mit einem Schwung lehnte ich mein Rad an die Stallwand.
Frank stand vor dem Tresor, als ich hereinkam. Wärme umhüllte mich. Es roch nach Farbe.
    „Hallo!", sagte ich mit unsicherer Stimme und ging langsam auf ihn zu.
Er fuhr herum, schob sein Basecap aus der Stirn.
    „Ellen, da bist du ja! Ich hätte nicht gedacht, dass du heute schon kommst."
Das Leuchten in seinen Augen entging mir nicht.
    „Ich wollte nur mal kurz, ja, eben nur mal so vorbeischauen."
    „Eine fantastische Idee, finde ich schon." Er legte seine Hand auf meine Schulter. „Na, dann erzähl mal. Was hast du denn in den letzten Tagen so angestellt? Und zu Hause, alles in Ordnung?"
Augenblicklich verharrte ich. Mit dieser Frage hatte ich gerechnet. Trotzdem war ich verwirrt und brachte wieder keinen Ton heraus.
    „Zieh deine Jacke aus. Setz dich doch."
Ich nahm die Hände aus den Taschen, zog hastig am Reißverschluss herum. Er hakte beharrlich. Ich zerrte noch ungeduldiger. Frank schmunzelte.
    „Was bist du denn so ungeduldig? Soll ich helfen? Übrigens, hast du auf dem Hof den Schmied gesehen? Er wollte heute zum Beschlagen kommen." Ich rieb meine Hände, wollte am Daumen knabbern, jedoch ich ließ es.
    „Der Schmied ist da. Ich bin eben an ihm vorbeigelaufen", gab ich kurz zurück. Verzog dabei keine Miene. Mir war unbehaglich zumute. Ich wich seinem Blick aus und zerrte weiter am Reißverschluss.
    „Was denn? Heute so kurz angebunden?"
Er trat dicht auf mich zu. Sah mir forschend in die Augen und hielt meinen Blick fest.

„Also, Ellen, nun sag mal, ist etwas nicht in Ordnung? Ist wieder was passiert? Oder bist du eben einfach nicht gut drauf?" Er musterte mich einen langen Augenblick, dann wandte er sich schließlich um und schloss nachdenklich den Spind. Noch einmal zu mir blickend warf er seine Jacke über die Schulter.

„Stimmt, ich bin nicht gut drauf. Hat aber nichts zu bedeuten", erwiderte ich jetzt möglichst unbefangen.

„Dann geh ich mal schnell zum Schmied raus. Warte auf mich. Es wird nicht lange dauern", sagte er und ging zur Tür. Doch er drehte sich noch einmal um, nickte mir lächelnd zu. „Lies doch inzwischen den Artikel über das letzte Turnier. Die Zeitung liegt dort oben auf dem Regal." Damit verschwand er. Augenblicklich riss er die Tür noch einmal auf, ergriff die Farbbüchse, die neben der Tür stand und schon war er wieder draußen. Er schloss die Tür mit einem energischen Ruck.

Ich stand unschlüssig neben dem Tisch. Die Jacke hatte ich noch an. Nur mit meinen Gedanken beschäftigt, sah ich mich im Raum um. Die Zeitung interessierte mich jetzt nicht. Aber das Tresorschränkchen. Es zog mich unglaublich magisch an. Ich konnte den Blick nicht abwenden.

Der Schlüssel steckte auffordernd. In meinem Kopf hämmerte es: Ob ich's versuche? Werde ich es schaffen, bevor Frank zurückkommt? Doch, ich mach's, beschloss ich jetzt. „Nein, tu das bloß nicht", warnte diesmal die innere Stimme.

Ruckartig wandte ich mich zum Fenster um. In der Scheibe spiegelte sich mein Gesicht, starr wie eine Maske. Dann starrte ich wieder den Schlüssel an. Er lockte mich. Jetzt noch mehr. Noch verharrte ich unsicher. Dann aber durchzuckte es mich und wie in Trance hob ich die Hand, fasste den kleinen, silbrig glänzenden Schlüssel, drehte vorsichtig. Ganz leicht ließ er sich bewegen. Mein Herz klopfte wild. Ich sah noch einmal kurz zum Fenster hin, lauschte in alle Richtungen, dann zog ich am Schlüssel. Ich hielt den Atem an. Die Tür bewegte sich mit einem leisen, quietschenden Geräusch. Ich presste die Lippen zusammen, als sich meine Hand in das Innere

hineintastete. Ganz hinten stieß ich an etwas Glattes, Kaltes. Meine Finger strichen über eine kleine Flasche. Das musste sie sein. Sollte ich? Doch schon der Gedanke bedeutete mir schlechtes Gewissen. Sogleich zuckte meine Hand wieder zurück. Blitzschnell verschloss ich das Schränkchen. Erschauerte. Fast hätte ich es getan. Ich atmete durch. Dann hatte ich es eilig, nur noch eilig und stürmte hinaus.
Der Himmel war jetzt völlig bedeckt. Der Wind hatte zugenommen. Zerrte und rüttelte an den Bäumen. Meine Hände steckten fest in meinen Taschen, als ich über den Hof stürmte, hin zum Ponystall. Heute freute ich mich besonders auf die Arbeit mit meinen Ponys. Bei ihnen würde es mir wieder leichter werden.

„Ich fahre los!", rief ich später Frank von der Stalltür aus zu. Als ich mich bückte, um meinen Schuh zuzubinden, flogen zwei Krähen dicht an mir vorüber. Sie waren so nahe, dass ich die kleinen schwarzen Knopfaugen der krächzenden Vögel erkennen konnte.
Frank stand noch beim Schmied an der Stallwand. Mit geübten Handbewegungen half er ihm beim Anpassen der Eisen.

„Bis bald!", rief ich noch einmal, „ich habe es eilig!" Während Frank sich umdrehte und seine Hand hob, stieg ich auf mein Rad. Nach wenigen Augenblicken verschwand ich durch das große Hoftor hinaus auf die Straße.

An diesem Abend stand ich lange wie gebannt am Fenster. Öffnete die Fensterflügel, schließlich schloss ich sie wieder. Ich starrte hinaus in die Dunkelheit. Die Sterne hingen an einem kalten schwarzen Himmel.
In meinem Kopf spukte das Fläschchen herum. Verschwand – tauchte wieder auf. – Ließ mich nicht zur Ruhe kommen. Meine Hände spürten es noch. Ich überlegte fieberhaft: Hätte ich die Flasche doch mitnehmen sollen?
In jener Nacht träumte ich von schwarzen Vögeln, die sich kreischend auf mich herabstürzten.

Hass und Beklemmungen trieben mich fortan. Und ich geriet in einen Strudel, der mich mitzureißen drohte.
Immer wieder tauchte vor meinem inneren Auge das Tresorschränkchen vom Reiterhof auf, mit dem Fläschchen darin. Das Bild blitzte auf, verblasste zuweilen, blitzte erneut auf, als wollte es mahnen, mich erinnern, mir ein Zeichen geben. Ein Zeichen? - Die Apotheke? War das etwa die Lösung?
Ich hüllte mich von Tag zu Tag mehr ein in meinen verschwiegenen Plan. Der Gedanke daran verfolgte mich unentwegt, nistete sich noch tiefer ein, ließ mich nicht mehr los. Wurde unerträglich. Wie eine Gewalt, die mich bedrängte. Endlich hielt ich es nicht mehr aus. „Ich muss es versuchen.", hämmerte es in meinen Kopf. Und ich sah den Reagenziensatz in der Apotheke meiner Eltern deutlich vor mir.

# #

Trüb graute der Morgen.
Von einer unbekannten Kraft gedrängt, lief ich durch die Straßen, vorbei an Gartenzäunen und Häuserwänden, an Schaufenstern, an Menschen, die mir entgegenkamen. Wie gehetzt überquerte ich den weiträumigen Platz im Zentrum, der ringsum von Arkaden umsäumt war.
Tauben flatterten an mir vorbei, ließen sich am Springbrunnen nieder.
Zielstrebig lief ich auf unsere Apotheke zu. Eine ältere Frau in einem dunkelblauen Mantel, der ihr fast bis auf die Schuhe reichte, kam gerade mit trippelnden Schritten heraus und bog links an der Hausecke ab.
Bei meinen letzten Schritten arbeitete es fieberhaft in meinem Kopf. Schon drohte ich wieder zusammenzusinken. Wieder Aufzugeben. Wenige Sekunden hielt ich inne.
Dann aber straffte ich mich, hob die Schultern und öffnete langsam die Eingangstür, trat hinein und schloss sie behutsam.

Das kurze Türläuten versiegte schnell. War kaum zu vernehmen.
Als ich durch das Offizin schaute, das ein sehr geräumiger und modern eingerichteter Verkaufsraum war, bemerkte ich gleich, dass die Tür des Labors geöffnet war. Feine Geräusche drangen heraus. Dann klapperte etwas Metallenes. Hier kannte ich mich gut aus.
Schon häufig war es vorgekommen, dass ich mich für eine Zeit allein im Labor befand, wenn meine Eltern in der Rezeptur oder im Verkaufsraum mit Kunden beschäftigt waren. Dann bewegte ich mich neugierig an den Gläsern und Fläschchen vorbei, tippte auf die Analysenwaage, studierte interessiert die Zettel an der Pinwand. Vielleicht würde es heute auch so geschehen. Darauf hoffte ich. Ich lehnte mich an die Glasvitrine, die mit Salben und Tuben gefüllt war. Hastig atmend zögerte ich noch einen langen Moment. Schließlich strebte ich entschlossen zum Labor hin. Heute nahm ich den vertrauten Geruch nicht wahr, den ich sonst so mochte.
Mein Vater hantierte, mit dem Rücken mir zugewandt, an der Analysenwaage. Augenblicke später wandte er sich zum Reagenzienschrank um, der gut gehütet und immer sicher verschlossen wurde. Im Inneren standen auf Glasscheiben unzählige kleine braune Fläschchen in dichten Reihen. Die Glastüren waren jetzt weit geöffnet.
Ich stand noch in der Tür, war vollkommen im Bann der braunen Fläschchen, mit weißen Schildchen und einem Totenkopf darauf. Ich hielt die Augen offen, fühlte mich klar und geistesgegenwärtig.
Vater schien jetzt etwas zu suchen. Plötzlich holte er eine von den Flaschen aus dem Reagenzienschrank heraus, behielt sie einen Moment prüfend in der Hand, bevor er sie wieder zurückstellte. Griff nach einer zweiten, stellte auch diese mit einem nervösen Kopfschütteln wieder in den Reagenziensatz zurück.

Ich verhielt mich noch immer still an der Tür, knabberte am Daumen, die Augen auf die Fläschchen gerichtet. Er hatte mich noch nicht bemerkt.
Das energische Läuten der Eingangstür zerriss die Stille. Als er sich umwandte und mich entdeckte, hob er mit erstauntem Lächeln die Brauen.
„Ach, Ellen. Nanu, ich hab dich gar nicht kommen gehört. Bist du hereingeschwebt? Warte, bis ich die Kunden bedient habe. Dann habe ich vielleicht Zeit für dich. Ein bisschen", fügte er mit erhobenem Zeigefinger an. Dabei lief er mit raschen Schritten an mir vorbei. Der Luftzug brachte die Balkenwaage, die auf dem Labortisch stand, zum Pendeln. Ich streckte den Arm aus und hielt sie an.
Nun war ich allein im Labor. Ist das die Chance?, wirbelte es sofort durch meinen Kopf.
Den Reagenzienschrank hatte Vater offen gelassen. Ich wagte es kaum zu glauben. So hatte ich es mir vorgestellt. Noch einmal läutete die Eingangstür. Ich vernahm verschiedene Stimmen. Fußgetrappel.
Ich bewegte mich lautlos, mit angehaltenem Atem zum Reagenzienschrank hin. Wollte schon nach einem Fläschchen in der oberen Reihe greifen. Auf einmal Vaters Schritte. Ich zuckte zusammen. Zog blitzartig die Hand zurück, wandte mich um. Horchte. Die Schritte entfernten sich zur Rezeptur hin. Ich atmete aus. So, jetzt!, befahl ich mir und langte in den Schrank hinein. Dabei zitterte ich so heftig, dass ich fürchtete, meine Beute, mit dem weißen Pulver darin, fallen zu lassen. Ich blickte in Sekundenschnelle auf das Etikett des Fläschchens und übersah dabei geflissentlich die warnenden Hinweise. Ganz vorsichtig ließ ich ein wenig von dem Pulver in mein Taschentuch rieseln. Vergrub es rasch in meine Jackentasche und stellte das Fläschchen an seinen Platz zurück.
Du hast es tatsächlich geschafft, sagte ich mir, als ich die Apotheke verließ. Schweißgebadet, immer noch mit zittrigen

Beinen. Meine Hände hatte ich in meinen Taschen fest zu Fäusten geballt.

Draußen atmete ich tief durch. Mein schlechtes Gewissen meldete sich sofort. Ich spürte kalten Schweiß auf meiner Stirn.

Als ich über den Marktplatz lief, sah ich im Inneren Vaters überraschten Blick, nachdem ich ihn nur kurz gedrückt und mich aber sofort abgewandt hatte. Es war mir nicht möglich, ihm in die Augen sehen.

Mit den Worten: „Ich muss gehen, hab's eilig. Wollte nur mal kurz vorbeischauen", lief ich davon.

Den ganzen Abend hatte ich keinen einzigen ruhigen Gedanken. In mir würgte es. Ich spürte ein Brodeln und Schlingern aufsteigender Übelkeit. Alles in mir krampfte sich zusammen. Noch nie hatte mich schlechtes Gewissen so entsetzlich gemartert. Ich hatte es wahr gemacht, hinter dem Rücken meines Vaters. Das war eine Last, die mich niederdrückte.

Das Pulver, in einer Schachtel gut verwahrt, verstaute ich tief unten in meiner Kommode. Ein Schatz. Endlich besaß ich ihn. Gleichwohl hielt mich der Gedanke daran vom Schlaf ab. Ich zog die Decke über den Kopf. Verkroch mich in die Dunkelheit, die mich schützen sollte. Ich glaubte, so in Schlaf fallen zu können.

Gegen Morgen träumte ich von Wasser. Nicht von plätscherndem, kristallklarem, sondern von eklig schwarzem brodelndem Wasser. Ich schwamm. Jedoch meine Muskeln verkrampften sich schmerzend. Wie erstarrt versank ich in die Tiefe. Wuchernde Ranken schlangen sich wie Tentakel um Arme und Beine. Hielten mich fest. – Wachte auf und die Bettdecke war zu einem feuchten Knäuel zusammengeknüllt.

*

Draußen schwindet der Tag. Der bleigraue Himmel ist jetzt am Horizont mit dunklen Wolken verhangen.
Ellen hat die Stehlampe angeschaltet und rückt sie näher heran. Die Kerze ist schon weit heruntergebrannt.
Frank ist tief ins Lesen versunken. Sie beobachtet ihn schon eine lange Weile. Plötzlich richtet er sich auf. Entsetzen funkelt in seinen Augen.
Er legt das Buch aufgeschlagen auf den Tisch und fährt sich mit den Händen durch die Haare. Kopfschüttelnd starrt er in die Kerze, die im Luftzug flackert. Es hat ihn mit Wucht getroffen, bemerkt Ellen. Sie hatte es geahnt. Er schlägt sich unvermittelt mit der Hand an die Stirn.

„Ellen! Nein, ich fasse es nicht. Du hast also damals tatsächlich etwas von dem giftigen Mittel aus eurer Apotheke mitgenommen", sagt er gedehnt, lässt sich zurückfallen. „Mein Gott, wenn ich davon bloß gewusst hätte." Er sprach die Worte mit Nachdruck, presste seine Hände aneinander. „Was hattest du um Himmels willen damit vor?"
Noch nie hatte sie so einen unbeschreiblichen Ernst in seinem Gesicht entdeckt. Er sieht Ellen an mit Augen, die sie durchdringen wollen. Er wird in ihr zum Richter, zumindest einem Richter, um dessen Verständnis sie hoffen und den sie für sich gewinnen kann.
Einen Herzschlag lang zögert sie. Sie greift zu ihrem Glas, weicht seinem Blick aus. Bei seinen Worten hat sie gespürt, wie ihr das Blut gefror. Sie stellt ihr Glas ab, als wäre es zu schwer geworden, es zu halten. Er hatte sie mit dieser Frage aus dem Gleichgewicht gebracht. Am liebsten wäre sie jetzt davongerannt. Verlegen lächelnd wendet sie sich ihm zu.

„Ich hatte doch - mit aller Vorsicht - habe ich es getan", stammelt sie. „Nur ein bisschen von dem Pulver hatte ich in mein Taschentuch geschüttet. Glaub es, mir war nicht wohl dabei. Aber ich musste es einfach tun. Ich hatte einen Entschluss gefasst, und somit trieb es mich dazu." Sie atmet mit einem Seufzer aus. „Den Gedanken trug ich damals schon lange in mir." Sie schaut von ihm weg zur Decke hoch. In

Gedanken kehrt sie augenblicklich zurück und sieht alles genau vor sich, wie es damals geschehen war. Die Erinnerung bricht mit Gewalt über sie herein. Und das schlechte Gewissen kommt angeschlichen. Und sofort erhebt sich vor ihr dieser Berg von Schuld und Kummer. Es schmerzt wieder unsagbar. Sie schließt für einen Moment die Augen, versucht die Bilder zu verjagen.
Sie schweigen lange. Ein unbehagliches Schweigen. Er rührt nachdenklich in seiner Kaffeetasse. Zwischen seinen Augen steht noch immer eine sorgenvolle Furche. Lastende Stille umhüllt sie beide.
Plötzlich ein Klappern. Sie sieht nach draußen. Windböen lassen das geöffnete Fenster erzittern. Sie schließt das Fenster mit raschen Bewegungen, kommt zurück, legt ihre Hand auf den Sessel, als müsse sie sich stützen. Sie kämpft gegen das Verlangen, sich ihm in die Arme zu werfen. Doch ihr Mut ist wieder aufgezehrt. Nach diesen Worten muss sie ringen:
„Mein Leben zerbrach in tausend Stücke", haucht sie. „Alles war kaputt. Meine Familie, meine Freundschaften, ich selbst. Um mich herum war nur noch Kälte und Einsamkeit. Ich wusste nicht mehr, was ich mit meinem Leben anfangen sollte. Irgendwie bin ich aus meiner Jugend hervorgegangen, ohne ein Beweisstück, dass ich je dort war."
Sie dreht sich abrupt um, geht ein paar Schritte auf ihn zu und zeigt ein unsicheres Lächeln.
„Kannst du dir vorstellen, wie es ist, wenn man sich ständig verfolgt und bedroht fühlt? Wenn man nur von Ängsten bedrängt wird bis in die Träume hinein?" Frank wiegt den Kopf, nickt schließlich.
Ellen hat den brennenden Wunsch, ihn vom Gegenteil zu überzeugen. Das ist ihr ungemein wichtig. Sie weiß, das kann sie nur mit ihrer Geschichte.
„Nein, das kannst du nicht. Nimm das Buch mit und lies es in Ruhe zu Ende."
„Ich möchte es nur bei dir lesen. Wenn du in meiner Nähe bist, werde ich es besser verstehen können." Er hebt die Arme,

als wollte er sie an sich drücken. Aber so weit kommt es nicht.
In diesem Moment läutet das Telefon. Ellen sieht auf ihre Uhr.
„Ach, das ist vielleicht meine Nachbarin. Sie möchte sich von mir ein Buch leihen."
Mit einem matten Seufzer verlässt sie den Raum. Er streicht nachdenklich über das Buch, das noch immer aufgeschlagen vor ihm liegt. Sein Blick geht nach draußen.
Der Himmel hat sich inzwischen völlig zugezogen. Die Häuser verschwimmen in der Dämmerung.
„Heute erleben wir nun leider kein Abendrot mehr. Vielleicht beim nächsten Mal", sagt Ellen, als sie wieder hereinkommt und sich zu ihm setzt. Dabei zeigt sich wieder ihr winziges Lächeln. Sie sorgt dafür, dass ihre Hand die seine berührt.
Sein Blick richtet sich noch einmal zu ihrem Buch hin. Im flackernden Kerzenschimmer scheint es zu brennen.
„Ich versichere dir, ich besuche dich ganz gewiss bald wieder. Deine Geschichte hat mich neugierig gemacht. Du, ich muss schon sagen, zum Zerreißen neugierig. Ja, ich sehe schon, sie lässt mich nun nicht mehr los. Und außerdem", dabei streicht er ihr über die Wange, „habe ich mich bei dir sehr wohl gefühlt." Wieder bemerkt er, wie ein winziges Lächeln über ihr Gesicht huscht.
Sie erwidert nichts. Etwas in ihr bricht auf einmal ins Dunkle. Plötzlich schmiegt sie sich an ihn, beginnt zu weinen, heftig und immer heftiger, bis das Schluchzen ihren Körper schüttelt. Er legt die Arme um sie, zieht mit seinen Fingern Spuren über ihren Rücken, hinauf zum Hals, in ihre Haare. Er hält sie fest in seinen Armen. Dabei erinnert er sich an den Tag, als sie verzweifelt ihr Pferd suchte und wie gern er sie damals in die Arme geschlossen hätte, um sie zu trösten.
Seine Nähe tut ihr unglaublich wohl und sie versucht zu enträtseln, was in ihrem Herzen vorgeht.
Ruckartig löst sich Ellen wieder aus seinen Armen und stürzt hinüber in die Küche.

„Ich bringe etwas Frisches zu trinken", ruft sie zurück. In ihrer Stimme steckte noch ein Schluchzen. An der Tür zögert sie einen Moment, wendet sich kurz um. Dann ist sie draußen.
Er lässt sich auf das Sofa fallen, beugt sich über den Tisch. Seine Augen gleiten über die Seiten des Buches, bevor er es wieder in die Hände nimmt.
Schon nach den ersten Zeilen lässt ihn ein Knallen aus der Küche hochfahren. Er springt auf, saust hinüber, stolpert erschrocken über die Schwelle, als er Ellen auf den Fliesen liegen sieht. Neben ihr unzählige Scherben und Splitter von der zersprungenen Grapefruitflasche, die aus ihren Händen gerutscht war.
„Du meine Güte! Was ist los? Ist dir was passiert?"
„Ach nein, so ein Mist, ich bin ausgerutscht", stöhnt sie. Mit einem verkrampften Lächeln will sie sich hochrappeln. Er bückt sich, hilft ihr auf, zwinkert ihr dabei zu. Gemeinsam beseitigen sie die Scherben, bevor sie ins Zimmer zurückgehen. Helles Licht empfängt sie jetzt. Am Himmel ist der graue Vorhang an einigen Stellen aufgerissen.
Frank verschränkt die Arme hinter dem Kopf.
„Ein paar Seiten gestattest du mir noch, ja?" Seine großen blauen Augen sehen sie lange an und nehmen dann ihr Buch ins Visier. Er dehnt sich, streicht sich über die Haare, greift nach dem Buch, und sofort ist er wieder mitten drin. Das Geräusch, wenn er die Seiten blättert, erinnert sie an das Rascheln von Laub im Spätherbst. Einen Moment beobachtet sie ihn noch. Dann wendet sie sich zum Fenster und sieht zu, wie der Staub in einem Sonnenstrahl schwebt.
Schließlich vergräbt auch sie sich in ihren Sessel und schlägt die Illustrierte auf. Doch sie überschaut die Seiten nur flüchtig. Nach wenigen Minuten hält sie inne. Sie blickt zu Frank, und versucht sich vorzustellen, wie es wäre, wenn er immer bei ihr bliebe. Doch das Bild flackert nur kurz und verschwindet.
Als er weg ist, fühlt sich ihre Wohnung leer an.

Am folgenden Tag, es ist ein sonniger Freitagnachmittag, stellt Ellen gerade ihre vollen Einkaufsbeutel auf dem Küchentisch ab, als das Schrillen des Telefons sie zusammenfahren lässt. Als sie seine Stimme hört, durchzucken sie elektrische Ströme.

„Hallo Ellen! Wenn es dich nicht allzu sehr stört, bin ich heute schon früher bei dir. Einverstanden?"

„Fantastisch, Frank. Wieder mal eine deiner besten Ideen. Ich freue mich. Dann also bis gleich."

Als sie sich am Tisch gegenübersitzen, findet Ellen, dass er wieder sehr gut aussieht, mit seiner gebräunten Haut, dem hellen Hemd, die oberen Knöpfe geöffnet.

Ein Sonnenstrahl wandert über den Tisch, zwischen den Tassen hindurch.

„Zucker?" Lächelnd schüttelt er den Kopf.

Sie setzt die Kaffeetasse ab. Plötzlich breitet sich ein Schmunzeln über ihr Gesicht aus.

„Hatte ich doch diese Nacht einen seltsamen Traum. Du standest auf einem Bahnsteig. Ich war in einem abfahrenden Zug und versuchte, dir durchs Fenster etwas zu sagen. Aber du konntest mich nicht hören. Du wolltest auf den Zug aufspringen. Ranntest nebenher. Doch er fuhr schon zu schnell."

Frank hebt mit neugierigem Blick die Augenbrauen.

„Und dann?"

„Dann bin ich aufgewacht. - Und du bist nun neugierig, was ich dir sagen wollte. Na, gut, dann sag ich's dir eben jetzt." Ihre Worte locken sein breites Lächeln hervor.

„Ich bin schon mächtig gespannt."

Sie legt ihr Kuchenstück auf den Teller, lehnt sich zurück. Ihre Augen wandern zur Decke, dann zu ihm. Sie kneift die Augen ein wenig zusammen.

„Tja, ich habe gesagt, warum bist du nicht bei mir? Komm mit, sonst bin ich fort."

Später, im Auto, beschäftigen ihn Ellens Worte: „Komm mit, sonst bin ich fort."
„Das hat sie gut gesagt, richtig witzig. Vielleicht hat sie's auch tiefsinnig gemeint", murmelt er schmunzelnd vor sich hin. Die Ampel schaltet auf grün. Er fährt weiter, noch in Gedanken bei Ellen.
Am späten Abend sitzt er mit ausgestreckten Beinen in seinem dunkelbraunen Fernsehsessel, legt das lederne Lesezeichen beiseite. Heute, so hatte er sich vorgenommen, wollte er in Ellens Buch weit vorankommen. Ich muss es endlich wissen, warum sie so verzweifelt gehandelt hat. Vor allem muss ich sie verstehen können, sagt er sich, als er das Radio leiser stellt.
„Ich muss dich ganz und gar verstehen können", hatte er schon vor Tagen am Telefon zu ihr gesagt. „In manchen Menschen kann man lesen wie in einem aufgeschlagenen Buch. Nicht in dir. Dich muss man entschlüsseln."
Er hofft, dass ihre Zeilen bald das Rätsel lösen werden. Denn Ellen gibt ihm immer wieder erneut Rätsel auf. Ich brauche Klarheit, endlich, denkt er, versinkt in den Sessel und blättert weiter.
Wenig später geht er mit entschlossenen Schritten zum Fenster hin, lässt die Jalousien herunter. Nichts soll ihn stören. Das ist ihm jetzt wichtig. Er schaut noch einmal mit kurzem Blick zur Uhr, bevor er sich erneut in Ellens Geschichte vertieft.

*

# #

Die Monate waren wie im Flug vergangen. Die endlos trüben Tage endlich vorbei.
Ich hoffte auf Sonne und Wärme und wünschte mir, dass helle Tage mich wieder ins Gleichgewicht bringen.
Es war ein Sommerabend Mitte Juni, aber die Sommerwärme ließ noch auf sich warten.
Leise Klänge aus dem Radio schwangen im Raum.
Ich stand vor dem geöffneten Schrank. Reckte mich, wollte die T-Shirts in das obere Fach hineinlegen. Dabei summte ich meine Lieblingsmelodie der Beach Boys mit. Diese Melodie ging mir heute nicht aus dem Kopf. Sie verfolgte mich geradezu.
Pia war es wohl ebenso ergangen. In der Schule und auf dem gemeinsamen Heimweg war bei uns beiden der Hit bei jeder Gelegenheit, die sich bot, auf unseren Lippen.
„Zu Hause höre ich mir gleich erst einmal die CD an", rief Pia von der anderen Straßenseite mir noch zu, als wir uns schon getrennt hatten.
Vor dem Schrank begegnete ich meinem Spiegelbild. Ich hielt in der Bewegung inne, betrachtete prüfend die kurzen Shorts, drehte mich nach rechts, nach links und stellte zufrieden fest, dass sie wie angegossen saßen. Pia hatte mit ihrer Bemerkung recht: Knalleng und die richtige Länge. So müssen sie sein. Das schmale kurze Oberteil passte fantastisch dazu. Ich wirbelte vor dem Spiegel, besah mich kritisch von allen Seiten, trällerte dabei den Song „California Girls" der Beach Boys.
Ich hörte nicht, als er in mein Zimmer kam. Plötzlich war er da, stand hinter mir. Als ich sein Räuspern hörte, fuhr ich wie vom Blitz getroffen zusammen, zuckte erschrocken herum, den Stapel T-Shirts immer noch in den Händen haltend. Ich sah nur sein breites Grinsen, seine fixierenden Augen. Er sagte kein Wort, beobachtete mich nur lauernd. Angst, unheimliche

Angst kroch wie eine kalte Schlange in mir hoch. Und eine böse Ahnung befiel mich. Ich erstarrte augenblicklich.

„Erschrickst du", er machte eine Pause, „etwa vor mir?", setzte er betont hinzu. Jetzt stampfte er einen Schritt zurück. Baute sich vor mir auf. Ein wuchtiger Fels. Er starrte mich unverwandt an. „Was is'n, was guckste mich denn so an, wie so'n aufgeschrecktes Huhn? Bin ich vielleicht der Heilige Geist, ein Schreckgespenst, oder was?", keuchte er mir ins Gesicht. Ich spürte seinen widerlichen Atem.

Gleich kam er wieder auf mich zu.

Als ich ihn so bedrohlich nah vor mir sah, mit diesem Blick, den ich zutiefst verabscheute, hätte ich am liebsten diesen Blick in seine Augen zurückgestoßen, bis er erlöschen müsste. Es schrillte in meinem Inneren: Mein Gott, was will er! Warum baut er sich so provokant vor mir auf. Wenn er doch bloß schon wieder draußen wäre! Nachdem ich zitternd durchgeatmet hatte, stieß ich hervor:

„Was ist denn, was zum Teufel willst du hier? Mach dich raus!", schrie ich außer mir.

Sein Arm schnellte nach vorn. Ich zuckte zur Seite. Mit der einen Hand hielt ich die T-Shirts wie ein Schild gegen meine Brust, mit der anderen klammerte ich mich an die Schranktür. Ich spürte seine Nähe geradezu schmerzhaft. Gänsehaut überlief mich.

Er hob seine Arme, reckte die Schultern. Er blähte sich förmlich auf. Fixierte mich in einer Art, die abscheulich war.

„Was soll denn das! Hab dich bloß nicht so. Was versteckste denn deine Titten? Lässt doch wohl andere Kerle auch ran." In dem Moment packte er die T-Shirts und schleuderte sie auf den Boden. Ich stand auf einmal auf wackligen Beinen und fühlte mich wehrlos.

Ich sah, er weidete sich an dem Bild, das ich ihm bot. Ein verängstigtes zitterndes Wesen, das hilflos vor ihm stand. Ihm ausgeliefert. Ich machte einen Satz zur Seite, als würde der Boden unter meinen Füßen brennen. Mit schnellem Griff packte er mich.

„Was soll das! Lass mich los! Geh weg!" Ich zog und zerrte an seinen Armen. So sehr ich mich wehrte, ich kam nicht von ihm los. Das Grinsen auf seinem Gesicht wurde breiter.
„Du siehst aus, als hättste wieder schlechtes Gewissen. Musste auch haben." Er drängte sich dicht an mich heran. „Deswegen komme ich." Seine Stimme klang jetzt heiser, bedrohlicher. „Man muss ja hier immer alles unter Kontrolle haben. So, und nun höre gefälligst zu: Du hast seit Tagen so gut wie nichts im Garten gemacht. Ist dir das klar? Und im Reiterhof ist wohl auch nicht viel passiert, was?" Dann in voller Lautstärke, seine Mundwinkel hämisch verzogen. „Wahrscheinlich wieder nur dumme Flausen im Kopf. Denke ja nicht, dass ich das nicht merke. Mir entgeht nichts. Solltest du wissen." Dabei zerrte er mich so heran, dass er meine Brust berührte. Ich hatte das Gefühl, als würden die Wände des Zimmers schwanken.
Er presste sich mit Gewalt an mich. Krebsrot. Keuchte mir ins Gesicht. Ekelhaft! Ich versuchte, mich mit meinen Armen zu schützen. Doch sofort riss er mit Gewalt meine Arme zur Seite. Mit einer Hand hielt er mich mit seinem Schraubstockgriff fest, mit der anderen packte er meine Brust. Seine Pranke, rau und schwielig und verrückt vor Lüsternheit. Schwindel erfasste mich. Ich spürte den Magen.
„So will ich das! Ein für alle Mal." Sein Gesicht jetzt ganz nah vor meinem. Ich atmete beißenden Schweißgeruch und glaubte ersticken zu müssen. Ekel und Abscheu stiegen in mir hoch. Mir wurde schwindlig, und ich hatte das Gefühl hinabzustürzen. Ich sah seine Augen, jene winzigen schwarzen Pforten der Grausamkeit, dicht vor mir. Es gelang mir nicht, mich loszureißen. Verzweifelt riss ich den Mund auf, zum Schrei. Seine Hand schnellte nach oben. Doch ich riss den Kopf zur Seite, schrie in Panik.
„Lass mich in Ruhe! Los, verschwinde! Lass mich! Hau endlich ab!" Meine Stimme überschlug sich. Die Haare hingen

mir wirr ins Gesicht. Mein Blick war hilfesuchend zum Fenster gerichtet. Es war nur angelehnt.
Die Spatzen auf dem Fensterbrett waren bei meinem Schrei verstört aufgeflogen.
Wütend stieß er mich mit einer gewaltigen Bewegung von sich, als wollte er etwas Lästiges wegwerfen. Ich prallte gegen die Schranktür. Er machte aber gleich wieder einen Schritt auf mich zu. Hob drohend seinen Arm, die Hand zur Faust geballt.
„Und das eine will ich dir raten", er setzte betont eine Pause. Seine Augen waren zu schmalen Schlitzen zusammengezogen. „Sei ja ruhig. Kein Ton, merk dir das. Verstanden. Kein Ton. Punktum! Sonst passiert was. Darauf kannste Gift nehmen."
Im Inneren wusste er genau, ich würde nicht sprechen. Er kannte mich zu gut.
Der Ausdruck seines Gesichtes mit dem harten Zug um den Mund, den tiefe Falten begrenzten, wurde kalt und verächtlich. Seine stechenden Blicke strichen über meinen Körper, bevor er sich abrupt abwandte. Er wischte sich den Schweiß mit der Hand von der Stirn und vom Hals. Dann vergrub er die Fäuste in den Hosentaschen. An der Tür verharrte er, drehte er sich noch einmal um.
„Du hast hoffentlich verstanden. Kein Ton! Das rat ich dir. Sonst... ." Eine drohende Geste folgte. „Und jetzt machst du dich runter in den Garten. Auf der Stelle! Tu gefälligst was!" Er stampfte noch einmal dicht auf mich zu. „Kein Wort, rat ich dir! Denk an deine Eltern. Wenn du redest, wär's für sie nicht gut. Also, merk dir's", drohte er mit einem Ton in der Stimme, der mich erstarren ließ. Dann krachte die Tür so heftig zu, dass sie fast aus den Angeln sprang.
Ich sank in die Knie. Vor meinen Blicken verschwamm alles wie im Nebel. Alles verlor seine festen Umrisse, zerfloss. Mir war, als würde ich ohnmächtig. Ich presste die Fäuste gegen die Augen, und fühlte, meine Seele hatte einen Knacks bekommen.

Es dauerte endlose Minuten, bis ich endlich die T-Shirts zusammengesucht hatte. Wieder und wieder dröhnte es in meinen Ohren: „So will ich das! Ein für alle Mal!"
„Das kann nicht sein! Nein! Das machst du nicht noch mal mit mir!", keuchte ich und rappelte mich hoch.
Ich floh aus meinem Zimmer, aus dem Haus. Musste irgendwo hin. Nur weg. Bloß weit weg. Nie wieder zurück, wünschte ich mir. Ich rannte ziellos in die Stadt, die mich mit kalter Gleichgültigkeit empfing.
Der Himmel war jetzt wolkenverhangen. Die Luft kühl. Ich fror. Meine Hände waren kalt. Ich rieb sie aneinander.
Nachdem ich ziellos umhergeirrt war, kehrte ich um.
Die ersten schweren Regentropfen fielen, klatschten auf das Pflaster.

# #

Die Uhr zeigte halb sechs. An diesem Nachmittag war ich allein im Haus. Gerade hatte ich das Klavier geschlossen, da horchte ich auf.
Hatte das Telefon geläutet? Vielleicht Pia? Ich sprang die Treppe hinunter.
Ja, sie war es. Trifft sich gut, dachte ich erleichtert.
Ich presste den Hörer ans Ohr, setzte schon an, bevor Pia ins Reden kam. Diese Gelegenheit wollte ich schnell nutzen. Jetzt sollten die Worte heraus. Ich musste mir das Unglaubliche von der Seele reden. Vielleicht würde es mir danach ein bisschen leichter. Aber ich merkte gleich, wie schwer es mir fiel. Schon nach dem ersten Versuch stockte ich. Da begann Pia, und sie war nicht zu bremsen. Doch ich musste reden. Es muss jetzt heraus, befahl ich mir. Nun galt es nur, Pias Redeschwall zu unterbrechen. Mir gelang es schließlich tatsächlich, jedoch sie war wohl ohnehin mit ihrer Filmerzählung am Ende. Gerade als sie ankündigte aufzulegen, legte ich los, den Tränen nah, Großvaters Abscheulichkeiten zu erzählen.

„Und soll ich dir was sagen", ich zögerte, atmete, „was am schlimmsten ist?"

„Du, Ellen, hör mal, ich muss jetzt ... "

„Bitte, Pia, das muss ich dir jetzt unbedingt sagen", begann ich wieder, fuhr mit der Zunge über meine trockenen Lippen. „Weißt du was am schlimmsten ist? Immer und bei jeder Gelegenheit seine Blicke, diese miesen ekelhaften Blicke. Das wird immer unerträglicher, wirklich. Ich fühle mich dann, als wäre ich nackt. So würde er es gern ... "

„Ellen, wirklich, ich muss jetzt ..."

„Also, jetzt lass mich doch mal aussprechen. Ich weiß ja, ich nerv dich bestimmt mit meiner Jammerei. Aber ich muss dir schnell erzählen, was gestern passiert ist." Nun zögerte ich doch, holte tief Luft. Presste die Worte heraus. „Diese Blicke sind so fürchterlich, das kannst du mir glauben. Die stechen, tun richtig weh auf der Haut. Aber - das ist ja noch gar nichts." Ich vernahm im Hörer ein leichtes Stöhnen.

„Kannst du mir das nicht alles, ich meine..."

Mir platzte fast der Kragen. Ich musste es doch unbedingt loswerden.

„Mensch Pia", dabei nahm ich ungeduldig den Hörer in die andere Hand. „Nu hör doch mal zu. Es kommt nämlich noch schlimmer. Viel schlimmer. Halt dich fest." Ich atmete tief, wischte mir eine Träne weg. „Gestern belästigte er mich sogar. Ganz brutal, dieser Hund, dieser elende. Es war widerlich!"

„Was? Wie meinst du das."

Jetzt schossen die Sätze aus mir heraus, als wäre ein Damm gebrochen.

„Ja, er belästigte mich. Du hast richtig gehört. In meinem Zimmer passierte es. Er war einfach plötzlich da. Und dann ging es los. Er presste sich an mich, so eng, ich bekam fast keine Luft. Und dann packte er mich an der Brust. Drückte und quetschte meine Brust. Du müsstest die Flecke sehn." Ich stöhnte auf, schluckte, und meine Augen schwammen.

Jetzt vernahm ich ein Geräusch von draußen. War es die Gartentür? Was denn, kommt er etwa schon? Mir nahm es fast die Luft.
„Warte mal", hauchte ich ins Telefon. Sofort peinigte mich wilde Angst. Ich behielt den Hörer fest in der Hand, schlich zur Haustür, warf einen Blick durch die Sprossenfenster. „Ach, Gott sei Dank, nichts", flüsterte ich in den Hörer. Erleichtert ging ich wieder zurück.
„Ist das nicht alles abscheulich, ganz widerlich. Dieser eklige Mistkerl!" Begann ich wieder. Es kam etwas schrill heraus. Dann schwieg ich, erschöpft. Atemzüge verstrichen. Ich gab noch nicht auf. Noch etwas musste heraus.
„Ich muss ihm aus dem Weg gehen, wo ich nur kann. Er verfolgt mich buchstäblich, drangsaliert mich auf abscheuliche Weise. Und nun auch noch dieser Überfall gestern in meinem Zimmer. Ich bin vor ihm nicht mehr sicher. Du kannst dir nicht vorstellen, wie furchtbar das ist!"
Ich vernahm im Hörer, wie Pia entsetzt nach Luft schnappte.
„Ich fass es nicht. So ein altes Ekel! Muss ja wirklich widerlich sein. Wieso traut er sich das eigentlich. Dem würde ich einen Tritt versetzen, dass er genug hat."
„Ja, müsste ich. Was glaubst du, wie ich mich gewehrt habe. Das nützte nichts. Er hatte mich so fest gepackt, dass ich kaum Luft bekam. Diese Qual – nein, ich sage dir, mir wird es jetzt noch schwindlig, wenn ich daran denke."
Mein Blick ging unruhig zum Regulator. Er zeigte fünf Minuten vor 18 Uhr. Die Pendel schwangen ruhig und gleichmäßig. Doch in mir zuckte es vor Unruhe. Sicher wird er bald kommen. Das ist seine Zeit, ging es mir bange durch den Kopf.
„Entschuldige, dass ich so ungeduldig war", setzte Pia wieder an. „Ich verstehe dich gut, wirklich. Glaub mir das. Und du tust mir echt leid. Aber ich bin wirklich in Zeitdruck. Kannst mir alles noch genauer erzählen, wenn wir morgen für Englisch lernen. Ich muss jetzt unbedingt zum Supermarkt. Meine Mutter hat mir einen langen Zettel hingelegt. Ja, bist du

einverstanden?" Sie wartete. „Wollen wir morgen weiter reden?"
Ich sah wieder zur Uhr hin.
„Na gut, ich muss jetzt sowieso noch im Garten die Rabatten jäten. Jedenfalls, ganz toll, das du mir zugehört hast. Ich musste es loswerden."
„Ist doch schon gut", kam es von Pia. „Und das nervt mich überhaupt nicht. Ich erzähle dir doch auch, wenn mich was drückt. Hab's eben bloß gerade fürchterlich eilig. Also bis dann, und pass auf dich auf", waren ihre letzten Worte.
Mit einem Seufzer legte ich leise auf, als könnte man mich bei etwas Verbotenem ertappen. In dem Moment schlug der Regulator sechs Mal.
Ich eilte in den Garten. Arbeitete in wilder Hast.
Als ich das Gartenhäuschen wieder schloss, fuhr mir der Schreck wie ein Stromschlag durch die Glieder. Ich ließ die Hacke fallen, griff mir mit beiden Händen an den Kopf. Du meine Güte, ich habe doch ganz vergessen Pia zu sagen, dass sie auf keinen Fall darüber sprechen darf, mit niemandem, blitzte es im Hinterkopf. „Was mach ich jetzt? Ruf ich noch mal an? Aber Pia ist ja sicher schon unterwegs", murmelte ich vor mich hin, bückte mich und hob die Hacke wieder auf. „Aber ich müsste sie noch mal anrufen. Vielleicht später. Und wenn es nicht klappt? Herrgott, was mach ich bloß."
Ich knabberte am Daumen. Meine Augen irrten in alle Richtungen. Aber meine Bewegungen beim Hacken und Grubbern waren energisch, als müsste ich Kraft sammeln, um den Ängsten zu trotzen. Die Zweige der Büsche kratzten an Armen und Beinen.
Als ich meine Arbeit geschafft hatte, war ich immer noch voller Unruhe. Und diese Unruhe verfolgte mich auch später den ganzen Abend. Unentwegt hörte ich seine Drohungen.
Doch bei Pia mich noch einmal zu melden, dazu konnte ich mich nicht entschließen. Es war bereits schon etwas spät. Also hoffte ich, dass es gut ginge und sie mein Problem für sich behalten würde.

#

In der Nacht zum Dienstag träumte ich von einem Mohnblumenfeld. Es breitete sich am Ende unserer Straße aus. Mit langsamen Schritten lief ich hindurch. Fast schwebend. Streifte mit den Händen über die leuchtend roten Blüten. Sie waren samtig weich. Während ich hindurch lief, wurde das Mohnblumenfeld immer riesiger. Schließlich reichte es bis zum Horizont. Plötzlich versank die glutrote Sonne in den Mohnblumen. Als die Sonne untergegangen war, wurden die Blüten schwarz. Ich empfand die Blumen so wirklich, dass ich beim Aufwachen glaubte, ich sei im Freien gewesen.
Am späten Abend hatte ich den Traum aufgeschrieben und zu einer kleinen Geschichte ausgeschmückt. Wieder und wieder las ich sie in geheimnisvollem Ton mir vor.
Mein Tagebuch war mein ständiger Begleiter. Ich schrieb fast täglich meine Erlebnisse und Gedanken, auch meine Träume hinein. Ich hatte Freude am Formulieren. Das verdanke ich meiner Deutschlehrerin Frau Grabow. Sie hatte sich damals in aller Strenge vor meiner Klasse aufgebaut und kategorisch erklärt: „Ihr werdet lernen müssen, ein sauberes, korrektes und halbwegs stilgerechtes Deutsch zu schreiben." Ich wusste nie so recht, ob ich Frau Grabow wegen ihrer Strenge hasste oder bewunderte, aber in ihrem Unterricht hatte ich gelernt, meine Muttersprache in Wort und Schrift zu beherrschen.

Dieser Tag war besonders heiß und schwül. Ein Sommertag, wie schon lange nicht.
Trotzdem hatte ich im Garten viel geschafft. Ich war froh und fühlte mich leicht. Mit den Gartengeräten in den Armen, ging ich zwischen den Rabatten hindurch zum Gartenhaus zurück. Schaute zufrieden über die prächtigen Dahlien und Gladiolen. Dabei fiel mir das rote Mohnblumenfeld ein.
Ich ging zum Gartenhaus. Noch ahnte ich nicht, was in wenigen Minuten passieren würde.
Die Tür ließ ich angelehnt.

Ich hatte schon die Gartengeräte an die Hakenleiste gehängt und wollte eigentlich nur noch auf dem Regal die Samentütchen ordnen, da wurde die Tür aufgerissen. Er kam herein, hochrot im Gesicht. Sofort sah er sich prüfend um, kniff die Lippen zusammen und grinste mich an.

„Na, endlich mal was gemacht? Wurde auch Zeit." Sein Blick ging zur Hakenleiste. Die Hacke baumelte noch ein wenig. Er stellte den blauen Plastikeimer in die Ecke.

Ich wollte gleich die Gelegenheit nutzen und unbemerkt hinaushuschen. Doch er war schneller und kam blitzartig auf mich zu. Seine Blicke wanderten gierig über meinen Körper. In Panik wandte ich mich um, wollte zur Tür flüchten, aber schon stand er dicht vor mir. Stellte ein Bein vor meine Füße. Seine Gegenwart hier in dem kleinen Raum war für mich unerträglich, beklemmend. Ein Albtraum. „Um Himmelswillen.", schrie es in mir. „Wie komme ich hier raus." Mein Kopf flog herum, ich blickte zur Tür. Sie war jetzt geschlossen.

In dem Moment riss er sein Hemd auf, zerrte an seinem Gürtel herum. Drückte mich gewaltsam gegen die Wand. Ich fühlte mich auf einmal wie gelähmt, schwach, hilflos. Und es war, als wartete ich auf etwas, das bald passieren würde, vor dem ich mich jetzt schon fürchtete.

Ich starrte, die Augen vor Entsetzen aufgerissen, in sein schweißnasses Gesicht. Seine Hände zuckten, wollten schon zupacken. Ich krümmte mich zusammen, wie ein Tier, das angegriffen wird. Doch breitbeinig zerrte er mich nach oben und presste mich noch fester gegen die Wand. Ich roch seinen keuchenden Atem. Mit einer wilden Bewegung stieß er seine Pranke in mein T-Shirt. Ich riss den Mund auf.

„Lass mich! Weg, lass mich los! Du tust mir weh!", brüllte ich. Seine Hand schnellte nach oben und verschloss mir den Mund. Mit grober Gewalt drückte er sich an mich. Ich wehrte mich verzweifelt. Trommelte mit den Fäusten auf seine Arme, wand mich mit all meiner Kraft. Doch umso mehr presste er

sich gegen mich. Mir stockte der Atem. Mein Herz klopfte wild, als wollte es jeden Moment zerspringen.
Plötzlich spürte ich etwas Hartes an meinen Schenkeln. Seine raue Pranke quetschte meine Brust. Ich kniff vor Schmerzen und Ekel die Augen zusammen. Schrie abermals laut auf. Sofort verschloss er wieder meinen Mund. Wild schlug ich mit meinen Armen um mich. Wand mich verzweifelt. Vergeblich. Seine groben Hände quälten mich weiter.
Die Luft war stickig. Es roch nach Schweiß. Schwärze umgab mich plötzlich. Mit zittrigen Händen versuchte ich, an der rauen Wand Halt zu finden. Alles Leben schien aus mir gewichen.
Nach qualvollen Minuten, die nicht enden wollten, ließ er keuchend von mir ab. Doch seine Hand verschloss meinen Mund immer noch. Die Augen zusammen gekniffen, mit einem Blick, der mich stach, drohte er:
„Du weißt Bescheid. Ich warne dich! Wage es nicht, mit irgendjemandem zu sprechen. Quatsche ja nicht mit dieser Pia, oder sonst mit wem. Wehe! Ein Wort von dir, und du sollst mich kennen lernen." Dabei hob er die Faust dicht an meinen Kopf. „So, und nun raus. Verschwinde schleunigst", fauchte er, während er mich unverhohlen musterte.
Ich stolperte völlig aufgelöst davon. Tränen schossen mir aus den Augen. Ich presste die Hände an die Brust, die immer noch schmerzte. „Dieses Ekel, so ein gemeines widerliches Scheusal", keuchte ich mit erstickter Stimme. Auf nichts achtend taumelte ich quer durch den Garten. Schwäche lähmte mich. Ich stolperte weiter, fiel ins Blumenbeet. Meine Beine trugen mich nicht mehr. Ich blieb sitzen, zog die Beine an und ließ den Kopf auf die Knie sinken. Presste die Hände an die Schläfen. „Warum macht er so was. Mit mir! Ausgerechnet mit mir! Ein Verbrechen ist das. Ein ganz abscheuliches, gemeines", dröhnte es in meinem Kopf.
Als ich kurz darauf ein Geräusch vom Gartenhäuschen hörte, raffte ich mich auf und schleppte mich weiter zum

Haus. Wie von Sinnen stürzte ich in mein Zimmer, verschloss die Tür und lehnte mich mit der Stirn dagegen. Mein verschlossenes Zimmer – meine Rettung – meine Insel. Ich wartete darauf, dass sich mein flatternder Atem und die Panik in meiner Brust beruhigten.

Doch in meinem Kopf wirbelte es. Wörter brodelten in mir hoch und bahnten sich ihren Weg nach draußen.

„So ein elendes mieses Dreckschwein!", schrie ich voller Hass. „Verdammter Misthund, widerlicher Scheißkerl!" Voller Wut platzte jetzt alles aus mir heraus. Jetzt endlich wagte ich es, meine Gefühle hemmungslos herauszuschreien. „Elender Teufel. Ich hasse ihn, ich hasse ihn!" Ich warf mich auf mein Bett und der Schmerz löste sich in einem Tränenstrom.

Wilde Panik überfiel mich erneut, von der ich nicht wusste, wie sie enden würde. Die dunklen Gedanken tauchten wieder auf. Und in meinem Inneren sah ich den Abgrund. Verbarg den Kopf in meinen Armen und schluchzte laut.

„Wenn er doch bloß bald ... ". Die anderen Worte erstickten im Kissen, in das ich sank.

Minuten verrannen. Ich hob den Kopf. Dachte jetzt verzweifelt an die Eltern. „Helft mir doch! Bitte, bitte helft mir!" rief ich mit der ganzen Kraft meiner Gedanken.

Stille lastete im Raum. Im zunehmenden Dämmerlicht stand ich am Fenster, schlang die Arme um mich, und versuchte die Stimmen in meinem Kopf abzuwehren. Doch die innere Stimme meldete sich wieder: „Sag es den Eltern, unbedingt. Er wird es wieder tun. Du hast keine Ruhe vor ihm." Die Gedanken kreuzten in meinem Kopf in alle Richtungen. Er hat doch gedroht, sagte ich mir hilflos. Ich spürte im Kopf ein unerträgliches dumpfes Dröhnen.

Dann meldete sich wieder die innere Stimme: „Sag es. Sag es ihnen. Sie müssen dir helfen." „Helfen?", überlegte ich. „Wer? Mutter? Sie leidet selbst. Und jede Aufregung ist für sie gefährlich. Vater? Würde er sich trauen? Und was würde Großvater dann tun?" Der Kloß im Hals drückte. Ich presste

die heiße Stirn gegen die Scheibe, biss in die Nägel. Der Knacks in meiner Seele – er wurde unendlich tief.
Später kramte ich mein Tagebuch hervor. Zittrig schrieb ich meinen Ekel von der Seele.

> ...und sein Gesicht schwebte dicht vor mir, während ein durchtriebenes Grinsen um seinen Mund spielte. Dann kam die Gewalt. Brutal und grausam. Quälen ist für ihn eine Genugtuung. Herrgott noch mal, ich halte das nicht aus. Warum tut er das.
> Warum? Ich hasse ihn. Wenn ihn doch mein Hass umbringen würde! ...

Meine Worte krochen die Zeilen entlang, eng und krakelig.
　In einem unruhigen Halbschlaf trieb ich langsam dem Morgen entgegen. Nur widerwillig verließ ich den Raum und schlich nach unten. Der Tag war für mich eine Tortur. Ich musste das Geschehene schweigend mit mir herumtragen. Hätte es gern verdrängt und wusste nicht wie.

# #

　An den nächsten Tagen verkroch ich mich in mein Zimmer, wann immer es ging. Der Gedanke, ihm zu begegnen, war für mich unerträglich.
　Es war etwa vier Uhr am Nachmittag. Ich ging mit zögernden Schritten den kiesbestreuten Weg entlang, in Gedanken anderswo. Für einen Augenblick war ich versucht, umzukehren. Denn heute musste ich unbedingt zu Pia wegen der Literaturaufgaben. Aber nein, ich erinnerte mich. Mutter wollte zum Kaffeetrinken nach Hause kommen. Nur gut, dann

war ich mit dem Großvater nicht allein im Haus. Mit ihm allein zu sein, glich für mich von nun an einem Horror.
Ich griff in die Jackentasche und angelte den Haustürschlüssel hervor. Kaum hatte ich das Haus betreten, rief mir Mutter, an der offenen Küchentür stehend, zu: „Geh gleich nach oben und wecke Großvater." Dann verschwand sie wieder in die Küche. Geschirr klapperte.
Ich glaubte, nicht richtig gehört zu haben. Der Schreck traf mich wie ein Stromschlag.
„Ich?", rief ich gedehnt. Stöhnte vernehmlich und spürte augenblicklich ein Zittern in den Knien. „Ich?, zu Großvater, in sein Zimmer? Nein Mam, will ich nicht." Ich klammerte mich an das Treppengeländer.
In der Küche Schritte, dann Mutters Stimme: „Na Ellen, wieso denn das? Nun geh mal hinauf. Es wird Zeit. Sonst gibt's wieder Krach."
„Ach nein, möchte ich nicht", wehrte ich mich.
Jetzt trat meine Mutter an die geöffnete Küchentür.
„Also Ellen, nun geh' endlich nach oben. Ich verstehe dich nicht." Sie schüttelte den Kopf. „Mach schon! Beeil dich", betonte sie nochmals.
Mit dem größten Widerwillen fügte ich mich. Was sollte ich tun.
Vielleicht ist er schon wach. Hoffentlich, schoss es mir durch den Kopf. Dann könnte ich gleich wieder verschwinden. Aber wenn nicht? Was dann?
Ich stolperte die Treppe nach oben. Bei jeder Stufe hämmerte es hinter meiner Stirn: Wenn Mutter wüsste. Meine Gedanken wirbelten. Ich allein in seinem Zimmer! Oh, wenn sie bloß wüsste, warum ich nicht zu ihm in sein Zimmer will. Widerwille und Ekel stiegen in mir auf. Und Angst, abscheuliche Angst. Und die Angst brannte wie Feuer. Die Vorstellung, er käme wieder auf mich zu, mit seinen gewaltsamen Pranken, würgte mich. Doch Mam ist im Hause, versuchte ich mich zu beruhigen.

Mit schweren Schritten ging ich hinauf und hörte, wie sein Schnarchen durch das Haus rollte. Im gleichmäßigen Takt, wie ich es kannte. Als wäre alles in bester Ordnung. Ich presste die Hände an den Kopf. In meinen Schläfen pochte es.
Die Nachmittagssonne warf durch das schräge Fenster ein gleißendes Licht auf die Stufen. Bei meinen letzten Schritten hatte ich das Gefühl, meine Beine seien aus Blei.
Vor seiner Tür blieb ich stehen, horchte. Es kostete mich riesige Überwindung, die Hand auf die Klinke zu legen. Ich lauschte angespannt, bevor ich die Tür sacht öffnete. Ich ließ sie angelehnt. Gleich umgab mich warme, etwas muffige Luft. Seit Großmutter nicht mehr lebte, roch es hier so anders. Nur wenige Schritte bewegte ich mich auf leisen Sohlen hinein. Auf dem flachen Podest vor dem Fenster zuckten schmale Sonnenstrahlen. Dieses Podest musste Vater vor einiger Zeit dort errichten. Nun konnte Großvater den Garten und die Straße besser beobachten. Besser kontrollieren. Dann stellte er sich auf seine Aussichtsplattform, den Blick bohrend nach draußen gerichtet.
Jetzt schnarchte er nicht. Die Stille war so intensiv, dass sie zu dröhnen schien. An der Lampe spielten ein paar Fliegen Fangen. Flogen in spitzen Winkeln hin und her.
Schon seit langem war ich nicht in diesem Raum gewesen.
    Mein Blick richtete sich wieder zum Bett. Die Sonne, die durch das halbgeöffnete Rollo schien, warf Lichtstreifen auf sein Gesicht, das jetzt so starr wie eine Holzmaske war. Wie tot, dachte ich. Mit geöffnetem Mund und ohne Gebiss sah er älter aus. Ein grusliger Schauer lief über meinen Rücken. Als ich ihn so liegen sah, wurde ich von den schwärzesten Gefühlen bestürmt.
Reglos verharrte ich noch. Hörte nur das gleichmäßige Atmen. Jetzt entdeckte ich eine Fliege, die auf seinem Arm ungeniert herumkrabbelte. Vielleicht wird er davon wach, wünschte ich mir. Ich beobachtete ihn wachsam. Versuchte meinen Blick auf seinem Gesicht verweilen zu lassen. Dann endlich gab ich mir einen Ruck.

„Großvater, es ist vier Uhr", hörte ich mich sagen. Die Hand an den Mund gelegt hielt ich den Atem an.
Er lag da in seiner Starrheit, regte sich nicht. Atmete jetzt schwer, als hätte er sich immer noch nicht entschieden, wach zu werden.
„Es ist jetzt um vier", setzte ich noch einmal an, etwas lauter. Wachrütteln mochte ich ihn auf keinen Fall. Ich blieb wie angewurzelt stehen.
Plötzlich hob er die Augenbrauen und riss die Augen auf. Augenblicklich flog sein Kopf zur Seite, mit dem Blick zur Uhr. Er achtete verbissen auf Pünktlichkeit, auch bei den Mahlzeiten. Dann musterte er mich.
„Ach, wieder mal im letzten Moment. Typisch. Hatse wieder nur Flausen im Kopf." Blicke stachen meinen Körper.
Ich stand noch immer unbeweglich in der Nähe der Tür, bereit, jeden Moment hinauszustürzen. Ein kurzer Augenblick versickerte. Dann geriet er in Bewegung. Er schleuderte die Decke weg, drehte sich mit einem grunzenden Laut um und setzte sich an den Bettrand, stemmte die Fäuste auf seine Oberschenkel.
„Na, dalli, dalli, beweg dich, steh nicht rum. Hast doch wohl noch was zu tun. Aber Arbeit siehst du ja nicht. Du nicht", höhnte er und schnellte in die Höhe. Ich würgte Angst und Wut herunter. Schluckte. War es ihm wieder gelungen. War ich wieder für ihn Zielscheibe mit dem schwarzen Zentrum darin. Er fand immer einen Grund. Und immer Worte, die schmerzten.
„Der Kaffee ist schon fertig", stieß ich hervor und stürmte davon.

Gerade erklang fünf Mal das sanfte Schlagen des alten Regulators.
Meine Mutter drehte sich an der geöffneten Haustür noch einmal um.

„Zum Abendbrot bin ich wieder da. Also tschüss dann."
Mit schnellen Schritten hastete sie durch den Garten zur Straße, wo ihr Auto stand.
„Ich gehe noch zu Pia!", rief ich ihr nach. Aus der Küche hörte ich in dem Moment ein Stuhlrücken.
Als ich die Haustür geschlossen hatte, und mich schon der Treppe näherte, kam er hinter der halbgeöffneten Küchentür hervor, wo er wohl schon gelauert hatte. Stellte sich mir breitbeinig in den Weg. Ein mächtiger Klotz. Zu Tode erschrocken blickte ich auf, wich zurück. Er musterte mich mit diesen Blicken, die ich kaum ertragen konnte. Was will er, schrie es in mir. Sofort überfiel mich eine fiebrige Angst. Am liebsten hätte ich um Hilfe geschrieen, wie ich ihn jetzt so vor mir sah, allein mit ihm im Haus.
„Du bleibst gefälligst hier. Nichts mit Pia, das rat ich dir."
Ich wagte es. Schüttelte den Kopf.
„Du bleibst hier, hab ich gesagt!"
„Ich muss, - wir wollen doch... "
„Zum Donnerwetter! Ich sagte, du bleibst. Hast du verstanden! Punktum!" Er ballte seine Hände zu Fäusten. Bewies mir drohend seine Macht. Ich wich noch weiter zurück, starrte ihn an. Fühlte mich gefangen. Irgendwo in meinem Kopf schlug eine Tür zu.
Eine halbe Minute, die sich mir zur Ewigkeit zu dehnen schien, verging. Ich kämpfte in meinem Inneren. Kämpfte gegen die aufwallende Angst, gegen die Mutlosigkeit. Und tatsächlich stieß ich mit wilder Entschlossenheit hervor:
„Du kannst mir nichts befehlen! Wenn ich gehen will, dann gehe ich!", erwiderte ich entschieden, aber mit einem Beben in der Stimme. In meinem Inneren tobte es wie eine wilde Brandung. Ich hob den Kopf, mein Körper straffte sich. Nie gekannter Mut beherrschte mich auf einmal. Ich stand vor ihm, die Hände fest in die Hüften gestemmt. Alles egal! Jetzt sag ich's, hämmerte es hinter meiner Stirn.
„Und übrigens will ich wissen, wann bekomme ich mein Pferd wieder. Ich will es endlich wieder haben!" Dabei trat ich

energisch mit dem Fuß auf. „Du hast überhaupt kein Recht... " weiter kam ich nicht. Der Schlag traf mich blitzartig. Und mit solcher Gewalt, dass ich taumelte und fiel. Ich lag auf dem Boden mit schlaffen Gliedern, wie eine hingeworfene Puppe. Sein Blick traf mich mit voller Verachtung.

„So, nun weißt du hoffentlich ein für allemal, wo der Hammer hängt. Wage es nicht noch mal, dich zu widersetzen. Es wird immer noch gemacht, was ich sage. Und das Pferd – das kannste erst mal vergessen. Jetzt verschwinde nach oben! Ab!" Ich rappelte mich hoch. War wieder wie gelähmt. Spürte keine Kraft, keinen Mut mehr. Er hatte wieder alles in mir zerschlagen.

Und doch, sagte mir meine innere Stimme, du bist ihm entgegengetreten, hast Mut bewiesen, ihm die Stirn geboten. Zum ersten Mal.

Ich schlich hinauf, schloss mich in mein Zimmer ein. Den Schlüssel hatte ich bis zum Anschlag herumgedreht. Nun erst fühlte ich mich sicher. Er hatte mir wieder einmal eine „Lektion" verpasst. Bei diesem Gedanken verspürte ich den Schrecken aus meiner Kindheit. Auch damals hatte er mir eine Lektion verpasst.

Ich war gerade sechs Jahre alt. An einem sonnigen Frühlingstag beobachtete ich, wie die Spatzenjungen nach Futter piepten. Und ich schaute interessiert zu, wie die Spatzeneltern ihre Kleinen unentwegt mit Futter versorgten. Eine ganze Weile schon lehnte ich am Kirschbaumstamm und bewunderte dieses kleine Schauspiel.

Der Großvater kam mit einer Leiter aus dem Gartenhäuschen. Mit finsterer Miene und entschlossenen Schritten kam er auf das Haus zu und lehnte die Leiter an die Wand. Ich beobachtete jeden seiner Handgriffe. Er hob den Kopf, sah hinauf zu den Nestern, in denen die Spatzenjungen mit weitgeöffneten Schnäbeln bettelten. Ich erschrak. Ich ahnte, was er wohl vorhatte. Mit aufgerissenen Augen verfolgte ich, wie er hinaufkletterte. Ich presste die Lippen zusammen, tat ein paar Schritte auf die Leiter zu. Flehend rief ich hinauf.

„Lass doch die kleinen Vögelchen! Bitte, bitte. Lass sie doch! Sie haben doch gar nichts getan. Tu ihnen nichts!" Aber er griff schon mit seinen riesigen Pranken nach einem Nest mit den jungen Spatzen und kletterte damit die Leiter wieder hinunter. Ich hielt den Atem an. Und es war grausam für mich, was ich sah.

Die Vögel schilpten laut, heftig mit den Flügeln schlagend, um das Leben ihrer Kinder. Das Nest steckte fest in seinen Händen, wie in einem Schraubstock.

Drohend, mit erhobenem Zeigefinger, baute er sich vor mir auf. Er sah mein Entsetzen. Da hob er die Hand mit dem Vogelnest darin und hielt sie mir dicht vors Gesicht.

„Jetzt hör mir gut zu", sagte er betont langsam, „die hier fressen weg" – er machte eine Pause – „was ich mit meiner Hände Arbeit mühsam gesät habe." Er betonte jedes Wort mit einem energischen Kopfnicken. „So was muss fort. Punktum! Ein für alle Mal."

Der Großvater riss erneut den Mund auf, seine Augen blitzten.

„Wer hier lebt, soll nützlich sein und muss arbeiten. Ja, arbeiten, was tun. Punktum! Und darf vor allem keinen Schaden anrichten. Schreib dir das hinter die Ohren." Seine Stimme war drohend. Er holte aus und schleuderte die jungen Spatzen gegen die Wand. Mein Körper zuckte. Ich presste die Hand an den Mund, als ich die leblosen Vögelchen auf dem Boden liegen sah.

„Du bist gemein", schluchzte ich. Der Schlag traf mich, als ich mich zu den Vögelchen hinunterbeugen wollte.

Der Großvater genoss es, wie ich litt. Er hatte eine tiefe Lust an Grausamkeit. Auf ewig sollte in meinem Hirn eingebrannt sein, wo der Hammer hängt. Seine Worte. Er hatte mir eine Lektion erteilt, auf dass ich die Angst schmeckte und das Fürchten lernte.

Er drehte sich um, griff nach der Leiter und lief wie ein Sieger zurück.

Auch in den folgenden Jahren hatte ich jedes Mal gebettelt, die Vögel zu verschonen. Später wandte ich mich traurig ab, biss die Zähne zusammen und schwieg nur noch.

Meine Gesichtszüge verhärteten sich jedes Mal nach diesem grausigen Erlebnis. Manchmal für Tage. Wie gut erinnerte ich mich aber auch, als ich mit bittendem Gesicht auf meinen Vater zu rannte, ihn anflehte, das Grausame zu verhindern. Und wie enttäuscht ich war, als er nur mit den Schultern zuckte und schnell ins Haus verschwand.

*

Frank hält das Buch in seinen Händen, hebt den Kopf, schaut für einen Moment zum Fenster hin, als suche er etwas am Horizont. Schließlich senkt er den Blick wieder auf die Zeilen.
Ellen hat die Tür einen Spalt weit geöffnet und ihn in seiner Versunkenheit betrachtet, umgeben von einer Stille, die nur vom Geräusch des Umblätterns der Seiten unterbrochen wird. Mit leichten Schritten bewegt sie sich auf ihn zu. Verschränkt die Arme und sieht ihn mit etwas zusammengekniffenen Augen an.
„Kannst du dir vorstellen, ein Kamikaze-Flieger zu sein?", fragt sie ganz unvermittelt. „Mir ist das total unbegreiflich."
Frank sieht sie entgeistert an. Die kleine senkrechte Falte zwischen seinen Augen erscheint. Dann breitet sich ein überraschtes Lächeln über sein Gesicht.
„Was meinst du? Ein Kamikazeflieger? Hab ich dich richtig verstanden? Ob ich? - Doch", gibt er nach einigem Überlegen zurück. „Wenn man sich's traut, wär's die beste Art zu sterben. Einfach nur ein Ziel, eine Überzeugung, keine Abwege." Er füllt sich ein Glas mit Wasser und stürzt es in einem Zug hinunter. Ellen sieht ihn völlig überrascht an.
„Wie, Frank, ich verstehe nicht. Du hättest wirklich dafür Verständnis?"
Er lacht, klopft sich auf die Schenkel.
„Keinesfalls. Wo denkst du hin. Aber, um alles in der Welt, nun verrate mir bloß, wie kommst du jetzt plötzlich darauf?"
Sie streckt sich, gähnt, dann beugt sie sich nach vorn.
„Ein Buch, das ich zurzeit lese. Es wühlt auf. Ich weiß nicht, ob ich es zu Ende lesen werde. Du weißt ja, Bücher sind eigentlich meine Leidenschaft. Eine meiner Leidenschaften." Sie blinzelt ihm schelmisch zu. „Aber dieses Buch – ich weiß nicht. Einfach unvorstellbar."
„Ein Buch also, aha. Na, dann bin ich ja beruhigt. Übrigens, dein Buch ist mindestens ebenso aufregend. Wühlt auch auf." Er langt über den Tisch, ergreift ihre Hand. Er spürt die zerbrechlichen Finger, die sich unter seinem Griff

ineinander verschieben. Und diese winzige Bewegung löste einen Schwall zärtlicher Gefühle in ihm aus. Er wirft ihr einen Blick zu, den sie nicht so recht zu deuten weiß. „Aber eigentlich wollte ich darüber jetzt gar nicht sprechen."
Ellen zieht ihre Hand zurück.
„Macht nichts. Ist auch nicht wichtig", entschuldigt sie lächelnd, steht auf, bedient den CD-Player.
Jetzt ist es Frank, der wie aus dem Nichts nach dieser Frage greift.
„Sag mal Ellen, was ist eigentlich aus deinem Tagebuch geworden. Hast du es noch?"
„Ja - mein Tagebuch", sagt sie gedehnt mit einem Seufzen in der Stimme. „Ich habe es noch. Ich kann aber nur mit Überwindung darin lesen. Nur hin und wieder. Eigentlich besser gar nicht. Aus vielen Seiten schreit mir dann der Schmerz entgegen. Oft ist die Schrift fast unleserlich. Worte sind verschwommen. Dennoch werden mich diese Seiten aber mein ganzes Leben begleiten." Sie nickt ihm vielsagend zu. Macht eine hilflose Handbewegung.
„Ja, das kann ich gut verstehen. Ich weiß doch, deinem Tagebuch hattest du immer alles anvertraut."
Er bemüht sich heftig, seine Gesichtsmuskeln zu beherrschen. Und es gelingt ihm auch, einigermaßen teilnahmslos vor sich hinzuschauen. Aber seine Körpersprache verrät ihn. Ellen sieht es deutlich. Ihre Gedanken machen einen Sprung.
„Aber sollten wir nicht langsam mit unserer Schachpartie beginnen?"
Als er zustimmend nickt, holt sie das hölzerne Schachbrett aus dem oberen Kommodenkasten, rückt den Sessel dichter ihm gegenüber, und hilft ihm dann, die Figuren aufzustellen. Dabei fallen ihr die Schachpartien mit ihrem Vater ein. Wehmut überfällt sie. Und ein Windhauch aus der Vergangenheit weht herein.
Franks Stimme reißt sie aus ihren Gedanken.
„Du hast ja den Läufer mit dem Turm verwechselt. Ich sehe schon, wir müssen öfter spielen." Als er ihr die Fäuste

hinstreckt, mit der Frage: „Na, Schwarz oder Weiß?", wirft sie die Haare zurück. Mit ihrem hellen Lachen tippt sie auf die rechte Faust.

Es ist schon fast Mitternacht.
Das Schachspiel hatte so geistig angeregt und munter gehalten, und wenn sie sich jetzt hinlegte, würde sie sich bestimmt die halbe Nacht unruhig im Bett wälzen. Vielleicht zwischendurch immer mal kurz einnicken, und am nächsten Morgen zerschlagener sein, als wenn sie überhaupt nicht geschlafen hätte.
Sie holt deshalb ihre warme Jacke aus dem Schrank, löscht das Licht und tritt an das geöffnete Fenster. Die Nachtluft duftet frisch. Es ist eine laue Nacht.
Ellen fühlt sich leicht. Sie lehnt sich gegen das Fensterbrett, beugt sich ein wenig nach vorn. Über der Stadt hängt ein tiefliegendes Wolkenband. Nach wenigen Minuten teilen sich die Wolken langsam vor ihren Augen und sie erblickt den klaren schwarzblauen Nachthimmel. Ausgerollt wie ein endloser schwarzer Teppich, mit einer Vielzahl glänzender und funkelnder Sterne.

Es sind einige Wochen vergangen. Endlich hat Frank sich wieder gemeldet. Wichtige Tagungen hatten ihn ferngehalten. Sie hatte die Tage gezählt. Die Zeit erschien ihr endlos. Der Augenblick, als er wieder vor ihr stand, war elektrisierend, und sie spürte ihn durch jede Pore ihres Körpers.
Die Sonne, die sich seit Tagen nicht mehr hatte blicken lassen, ist tief am Horizont durch die Wolken gebrochen. Sie überzieht die Häuser der Stadt mit einem leuchtend karminroten Schleier.
Ellen wendet ihren Blick wieder vom Fenster ab und sieht, wie Frank sein Lächeln über ihr Buch breitet. Worüber er jetzt wohl lächeln mag, denkt sie. Sie legt ihre Hand auf seinen Arm, schmiegt sich für einen kurzen Moment an seine

Schulter. Er lässt das Buch sinken, als er ihr helles Lachen hört.

„Ich möchte dich nicht stören, aber ich hatte mich eben über dein Mienenspiel gewundert. Eigentlich ist dein Gesicht immer todernst beim Lesen", flüstert sie ihm ins Ohr, beugt sich sogleich wieder nach vorn und greift nach der Zeitung, die noch ungelesen neben dem CD-Player liegt. Am Morgen wollte sie unbedingt pünktlich zum Yoga-Training erscheinen. Deshalb hatte sie auf das Zeitunglesen verzichtet.

Beim Umblättern lauscht sie auf die Gitarrenklänge der ersten Takte von „Stairway to Heaven". Diese CD hatte Frank ihr beim letzten Zusammensein geschenkt. „Damit du mich nicht vergisst", hatte er ihr ins Ohr geflüstert.

Hin und wieder blickt sie auf und beobachtet ihn, sein Mienenspiel, seine Körperhaltung, sein Atmen. Sie hält Ausschau nach Anzeichen, wie er jetzt ihre Zeilen aufnimmt. Nach etlichen Minuten faltet sie die Zeitung, noch immer fast ungelesen, zusammen und legt sie beiseite. Ihre Augen wandern jetzt ausgerechnet zur Spieluhr hin, die auf dem Bücherregal neben Reisebeschreibungen ihren Platz gefunden hat. Sie würde sie jetzt in diesem Moment gern erklingen lassen. Aber warum? Warum ausgerechnet jetzt? Sie weiß es nicht. Sie schüttelt unmerklich den Kopf. Hatte es mit dem Buch zu tun? Oder mit Großmutter? Und da war sie mit einem Mal wieder mittendrin in ihrem Haus, in ihrem Zimmer. Bilder blitzten auf. Nach langen Minuten verweilen ihre Augen noch immer auf der Spieluhr.

Das Rascheln der Buchseiten holt sie wieder in die Gegenwart zurück.

Abrupt springt sie auf, verschwindet in die Küche. Einen kleinen Imbiss will sie vorbereiten.

„Das weckt natürlich meine Lebensgeister", ruft Frank ihr zu, als sie nach einer kurzen Zeit mit dem vollen Tablett zurückkommt. „Da bin ich wohl gezwungen, dein Buch zu schließen."

Er steht auf, geht auf sie zu und nimmt ihr das Tablett ab. Sie lassen sich bei munterem Plaudern über die letzten Ereignisse in Franks Praxis, über die Musical-Aufführung im Theater, über allerhand Neues aus dem aktuellen Weltgeschehen den appetitlichen Imbiss schmecken.
Danach greift Frank noch einmal zu ihrem Buch.

*

#

Vorsichtig drückte ich die Türklinke nach unten, lauschte. Dann öffnete ich die Tür und trat auf Zehenspitzen hinein. Er lag im Bett, reglos, schlief. Leise schlich ich mich heran. Dicht an das Bett. Die rechte Hand umklammerte das Messer fest. Mit einem mächtigen Satz sprang ich auf das Bett. Ich sah auf sein Gesicht, den offenen Mund, die geschlossenen Augen. Verharrte noch. Doch ich war entschlossen.
Plötzlich keuchte er und zuckte mit den Armen. Ich presste ihn mit Macht nach unten. Blitzschnell beugte ich mich über ihn, hob die rechte Hand mit dem blitzenden Messer und schnitt mit einer wuchtigen Bewegung Großvaters Kehle durch. Er schrie auf, dann war er ruhig. Starr. Dunkles Blut schoss aus der Wunde.

Schweißgebadet wachte ich auf. Ich brauchte endlose Minuten, um mich in meiner Welt wieder zurechtzufinden. Mir war übel. Ich zitterte, als ich zum Fenster lief, um es zu öffnen. Gerade in diesem Moment stieg leuchtend die Sonne auf und ergoss sich golden über die Dächer. Mit langen Atemzügen sog ich die kühle Morgenluft ein. Sie tat mir wohl. So verharrte ich noch wenige Augenblicke, bis ich mich beruhigt hatte. Ich schaute nach draußen zu den Bäumen, die sich sanft wiegten.
Aber es gelang mir nicht, den Traum abzuschütteln.
Noch immer verharrte ich am Fenster in der morgendlichen Kühle.
Doch dann verspürte ich ein nagendes Hungergefühl. Ich hatte mich am Tag zuvor, ebenso wie damals nach dem schrecklichen Erlebnis im Gartenhäuschen, in meinem Zimmer verschanzt. Auf das Abendbrot hatte ich keinen Appetit. Noch Stunden später hatte ich den Schlag auf meinem Gesicht gespürt. Spürte schmerzend den Sturz auf den Boden.

Gleichwohl erfüllte es mich mit Genugtuung, dass ich es gewagt hatte, Großvater erbost entgegenzutreten.
Ich hasste und verachtete ihn nur noch. Auf keinen Fall wollte ich mit ihm an einem Tisch sitzen. Wenn ich seine Gegenwart spüren müsste, würden Ekel und Abscheu mich ersticken.
Am Abend saß ich im Bett, die Beine angezogen, starrte zum Fenster. Es war jetzt halb sieben. Die Sonne versank bereits hinter den Dächern. Es begann zu dämmern. Und die Dämmerung senkte sich überraschend schnell auf die Häuser und Straßen.
Jetzt vernahm ich Schritte im Korridor. Die Tür wurde geöffnet. Meine Mutter kam herein und setzte sich zu mir. Sie bat mich eindringlich, nun doch endlich zum Abendbrot hinunter zukommen. Ich schüttelte den Kopf und sah ihr nur stumm in die Augen. Und im Inneren kämpfte ich. Wie gern hätte ich jetzt gesprochen. Jetzt, mit ihr allein. Ihr meinen ganzen Kummer anvertraut. - Aber - ich schaffte es nicht. Und durfte es nicht. Denn seine Drohungen umschlichen mich. Wie böse Geister. Noch bevor ich den Mund aufmachen konnte, waren die Worte in meiner Kehle verkümmert. Irgendwann jedoch, das spürte ich, würde der Damm brechen. Und dann würden die Fluten alles mit sich fortreißen.
Ich sah vor mich hin. Nahm nichts wahr, als befände ich mich in einem kahlen Raum.
Noch war ich mit meinen Gedanken weit weg, da erschrak ich. Meine Mutter griff nach meinem Arm. Sie nickte auffordernd.
„Nun komm mit mir nach unten", sagte sie betont. Ihre Stimme erschien mir ungewohnt laut.
„Ich kann nicht. Ich kann auch nichts essen. Kann nicht. Nein, kann einfach nicht!"
Ich krümmte mich. Presste die Arme an den Leib. Wir sahen einander einen Augenblick schweigend an.
„Was hast du, bist du krank? Hast du Schmerzen?" Sie beugte sich zu mir. Strich mir über das Haar. Ich wehrte ihre Hand ab.

„Großvater ist meine Krankheit!", würgte ich und trommelte dabei mit den Fäusten auf mein Kopfkissen. - Warum begreifst du das nicht, hätte ich am liebsten noch herausgeschrien. Begreif es doch endlich und hilf mir. – Aber dazu würde es nicht kommen. Das wusste ich. Ich musste allein die Last tragen. Dazu hatte er mich verdammt. Das machte es noch schlimmer. Schweigend sah ich meine Mutter an, in ihre dunklen Augen, die jetzt voller Sorge waren. Doch es schmerzte mich zu sehen, wie auch sie nur mit Hilflosigkeit reagierte.
Aber in mir breitete sich unsäglicher Trotz aus. Stieg an wie ein Wall.
Ich schloss die Augen. Verzog schmerzlich das Gesicht. Drehte mich zur Wand.

Später schrieb ich in mein Tagebuch:

Warum sieht sie meine Not nicht. Warum liest sie in meinem Gesicht nicht, was mich verzweifeln lässt? Was mich zerstört. Warum bemerkt sie nicht, welchen Horror ich in diesem Haus erleiden muss. Versteht mich denn niemand?

Ich halte das nicht mehr aus!!!

#

Während des Frühstücks, ich hatte kaum etwas herunterbekommen, gingen meine Blicke ständig zur Uhr. Unruhe trieb mich. In der Magengegend ein abscheuliches Unbehagen.
Kurz nach sieben machte ich mich auf den Weg.

Der Morgen versprach einen schönen Tag. Die Sonne schien, es war warm und windstill. Auf dem Kiesweg tanzten Sonnenstrahlen. Auf einem hellen Stein am Wegrand wärmte sich eine Eidechse. Woran ich mich sonst erfreute, nahm ich jetzt nur gleichmütig wahr. Ich hatte das Gefühl, mich in einer schwerelosen Leere zu bewegen. Mein Gott, ausgerechnet heute ist mir so jämmerlich zumute, ging es mir durch den Kopf. Ich griff mir an den Leib. Mein Magen schmerzte. Meine Gedanken kreisten ängstlich. Ausgerechnet heute, wo doch endlich der Tag ist, von dem meine Mutter in der letzten Zeit so oft voller Stolz gesprochen hatte, hämmerte es hinter meiner Stirn. Es schmerzte, wenn ich daran dachte, dass mir das Vorspiel nicht gelingen könnte. Vielleicht flattern die Hände wieder, vielleicht tanzen die Noten vor den Augen. Ich war versucht, an dem Vorspiel nicht teilnehmen zu wollen. Suchte schon verzweifelt nach einem Vorwand.

Gepeinigt von diesen Gedanken, die wie aufgescheuchte Vögel über dem Abgrund schwebten, schloss ich energisch die Gartentür. Trotz der milden Luft war mir kalt. Allmählich wurden meine Schritte schneller. Jetzt nicht nachdenken, über nichts mehr grübeln. Bloß nicht, befahl ich mir.

Die morgendliche Betriebsamkeit auf den Straßen lenkte mich zum Glück ab. Auf dem Fußweg drängten sich die Menschen. Jeder hastete einem Ziel zu.
Die junge Frau mit dem Kinderwagen lief mir zu langsam. Ich beschloss, links an ihr vorbei zulaufen. War ich immer noch zu sehr mit meinen Gefühlen beschäftigt? Oder einfach nur unaufmerksam? Plötzlich spürte ich einen heftigen Stoß am linken Arm. Augenblicklich krachte es. Der Radfahrer, ein älterer Mann mit Schirmmütze, hatte noch Glück, dass er nicht auf die Straße gestürzt war. Einige Passanten blieben stehen, schauten. Auch ich stand da wie vom Blitz getroffen. Das hatte noch gefehlt. Mein Magen krampfte sich gleich wieder zusammen.

Ein jüngerer Mann hob das Fahrrad auf. Zwei Frauen bemühten sich um den Radfahrer, der am Boden lag. Sie stützten ihn und halfen ihm auf. Die eine etwas dickliche in der blauen Jacke, klopfte den Staub von seiner Jacke ab.
„Wie ist denn das passiert? Ist ihnen jemand reingelaufen?"
„Na klar, die dort, die mit der Jeansjacke war es." Er zeigte mit dem Arm zu mir hin. Zornige Blicke trafen mich.
„Vielleicht entschuldigst du dich wenigstens", rief jetzt die andere Frau zu mir hin. Darauf hob ich die Hand und legte die Finger an die Lippen. Ich rang nach passenden Worten und ging auf den alten Mann zu.
„Es tut mir leid, entschuldigen Sie bitte. Ich habe Sie nicht gesehen. Tut mir leid." Jetzt musste ich sogar gegen die Tränen ankämpfen.
„Du konntest mich auch nicht sehen", gab er zurück, stöhnte, griff sich an den Arm. „Ich kam ja von hinten. Aber du bist plötzlich auf den Radweg gelaufen. Das war es. Pass gefälligst in Zukunft auf, wohin du läufst", meinte er aufgebracht und rieb sich dabei den rechten Arm. Dann griff er zum Lenker.
Die Frau im blauen Mantel empörte sich weiter.
„Die jungen Leute heute. Wenn se dann auch noch diese Musikdinger in den Ohren stecken haben. Dann kriegen se überhaupt nischt mit." Die andere nickte zustimmend. „Na klar, so ist es." Beide drehten sich noch einmal zu mir um, dann liefen sie kopfschüttelnd weiter.
Ich musste jetzt bei meinen nächsten Schritten an Großmutter denken. Sie würde jetzt bestimmt sagen: Der Tag fängt ja gut an, hoffentlich endet er nicht auch so.
Und schon waren die quälenden Gedanken an das Vorspiel am Abend wieder da. Denn ein bisschen abergläubisch war ich manchmal doch. Der Zusammenprall mit dem Radfahrer - war er vielleicht ein schlechtes Vorzeichen? Gleich blitzte es in meinem Hinterkopfs: „Werde ich es schaffen? Wird es gut gehen? Und wenn nicht? Wenn ich mich verspiele? Was dann? Nicht auszudenken. Ich sollte es lassen."

Mir wurde siedend heiß. Meine innere Stimme sagte mir, vergrabe dich nicht in deiner Angst! Schüttle sie einfach ab. Aber wie sollte ich davon loskommen? Ich würde nicht davon loskommen. Das wusste ich. Ängste beherrschten mich.

Dünner Nebel legte sich um mich, während ich mit eiligen Schritten zum Konservatorium lief.
Ein feiner kühler Nieselregen fiel auf die Erde.
Drinnen empfing mich angenehme Wärme. Ich hängte meine Jeansjacke an den bronzenen Garderobenhaken. Aus dem Aufenthaltsraum drang aufgeregtes Stimmengewirr heraus. Ich öffnete die breite weiße Flügeltür und betrat den Raum. Blicke verfolgten mich. Die Mappe mit den Noten fest unter den Arm geklemmt, steuerte ich auf einen freien Stuhl zu. Während ich den Stuhl zurechtrückte, fiel mir die Mappe aus den kalten zittrigen Fingern. Ich hob sie auf, legte sie auf meinen Schoß. Der Magen verkrampfte. Augenblicklich verschwamm alles vor meinen Augen. So konnte ich unmöglich spielen. Mein Gott, werde ich es doch versuchen? Ich schwankte. Nein, mit dem Vorspiel, das wird nichts werden. Ich kann nicht. Aber Frau Wagner? Sie ist sich so sicher. Ich würde sie maßlos enttäuschen. Fahrig fuhr ich mir durch das Haar.
Blinde Panik kam über mich, als die Zeit des Beginns näher rückte.
Das Mädchen neben mir, mit der Klarinette in der Hand, beobachtete mich neugierig. Ich bemerkte es. Ich rieb aber weiter unentwegt meine Hände und verfolgte dabei die Regenperlen an den Fensterscheiben.
Alle Augen gingen zur Tür. Herr Weinhold erschien. Er leitete heute das Vorspiel. Ich kannte ihn. Freundlich und ermutigend nickte er uns Musikschülern zu. Als er mich entdeckte, kam er näher. Seine Brillengläser blitzten mich an. Er riss mich aus meinen Grübeleien.

„Schön Ellen, dass du heute mit dabei bist. Hast dich also durchgerungen. Na, wird schon gut gehen."

Seine Stimme klang weich und angenehm. Plötzlich verspürte ich Ruhe.
  Minuten, die endlos schienen, lauschte ich. Gespannt wartete ich auf meinen Auftritt. Ich kämpfte aber immer noch gegen das flaue Gefühl im Magen an.
Dann endlich. Die letzten Klänge des Violin-Duos schwangen noch. Während der Applaus verebbte, kamen die beiden Musikschüler lächelnd und erleichtert von ihrem Auftritt zurück.
Nun war ich an der Reihe. Mit höchster Entschlossenheit richtete ich meine Schritte zum Flügel hin. Ein paar tiefe Atemzüge verhalfen mir zu einem klaren Kopf. Als ich das Notenalbum aufschlug, fühlte ich mich auf einmal frei und ganz leicht, als hätten sich starre Fesseln von mir gelöst.
Ich strich mit den Händen über die Falten meines blauen Rockes, rückte den Haarreif zurecht, der mein Haar bändigte. Dann berührte ich die Tasten. Es würde mir bestimmt gelingen. Ich zwang mich, das zu glauben. Es muss mir gelingen, sagte ich mir, als ich die ersten Töne anschlug.
Noch bewegte ich die Finger wie in Trance. Dachte nichts, fühlte nichts. Alles war jetzt weit weg. Ich war völlig allein. Spielte nur. Meine Sinne waren jetzt hellwach. Schließlich trug ich die „Phantasie" von Mozart sicher und fehlerfrei vor. Ich hatte es geschafft.
Die erste Aufgabe war mir gelungen. Eine zentnerschwere Last fiel von mir und es machte mir Mut. Irgendwo am Rande meines Bewusstseins stieg ein bisschen Freude auf. Ich atmete noch einmal tief durch. Doch nun das zweite Stück. Wird alles gut gehen? Ein Seufzer befreite sich.
Ich beugte mich über die Tasten. Es war die „Süße Träumerei" von Tschaikowski. Beim Umblättern der Seiten zitterte ich nicht mehr. Die Hände bewegten sich ruhig. Sogar ein winziges Lächeln brachte ich zustande. Ein bisschen Freude fühlte ich nun doch.
Heute habe ich die „Träumerei" wohl etwas langsamer gespielt, vielleicht gefühlvoller, empfand ich, als ich die

Bühne verließ. Ob es richtig war? Wird Frau Wagner mit mir zufrieden sein? Meine Eltern auch? Ich wünschte es mir sehr.

Von meinem Missgeschick am Morgen konnte ich den Eltern erst am Abend im Auto erzählen, erst nachdem ich alles glücklich überstanden hatte, nachdem der entsetzliche Druck gewichen war. Wie befreit fühlte ich mich. Gelöst lehnte ich in meinem Sitz. Schaute gelassen nach draußen. Ließ das Vorspiel noch einmal in meinem Inneren vorüberziehen. Meine Mutter drehte sich zu mir um.

„Natürlich", begann sie noch einmal, „wenn ich mir das so vorstelle, hätte das für den Radfahrer noch schlimmer ausgehen können. Bedenke, bei dem dichten Verkehr in den Morgenstunden. Sei bloß froh, dass es noch so glimpflich ausgegangen ist." Sie lächelte mir zu. Mein Vater sah für Sekunden in den Rückspiegel.

„Das sage ich ja immer. Alle müssen aufpassen, die Augen offen halten. Dann würden viel weniger Unfälle passieren. Stimmt's?" Er blinzelte mir zu.

Ich nickte, lächelte zurück.

„Du hast ja recht", seufzte ich einsichtig.

Neben mir lag der Strauß duftender rosafarbener Nelken. Die vollen Blüten wippten beim Fahren. Versonnen beobachtete ich es. Ich empfand jetzt eine sonderbare Leichtigkeit. Blickte wieder nach draußen in den Verkehr und träumte vor mich hin. Abermals schweiften meine Gedanken zum Vorspiel. Es hatte mich ungemein beeindruckt. Nur gut, dass ich mich endlich dazu entschlossen habe, dachte ich zufrieden. Zum ersten Mal. Und meine Ängste? – Sie waren plötzlich verschwunden. Auch wurde mir jetzt erst bewusst, dass ich auf einem schwarzglänzenden Klavier gespielt hatte. Es war ein verrücktes Déjà-vu - Erlebnis. Ich erinnerte mich und auf einmal träumte ich mich Jahre zurück. Meine Erinnerungen waren stark; ich sank tief in sie hinein.

Es war ein Weihnachten, an das ich mich noch lange gern erinnerte. Ich war gerade erst fünf Jahre alt. Nachdem ich die Geschenke unter dem Tannenbaum bewundert hatte, kam Großmutter lächelnd auf mich zu. Sie hielt eine Schachtel in der Hand, die ein rotes Band zierte.

„Das ist noch für dich, Ellen", sagte sie geheimnisvoll, mit den Augen zwinkernd. Sie streichelte mich und reichte mir die Schachtel. Sie war nicht allzu schwer. Etwas klirrte darin, als ich sie in die Hand nahm. Neugierig spähte ich beim Öffnen hinein. Ich wunderte mich, schürzte nachdenklich die Lippen. Dann hob ich das runde Ding vorsichtig heraus, reckte mich und stellte es auf den Tisch. Blickte fragend zu meinen Eltern.

„Das ist eine Spieluhr", erklärte mir Großmutter. „Wenn du sie aufziehst, erklingt eine Melodie."

Die Mutter griff nach dem winzigen Schlüssel. Als sich die Spieluhr drehte und die Melodie erklang, ganz zart und silberhell, fing mein Gesicht an zu glühen. Das Strahlen in meinen Augen wurde mit jedem Ton stärker.

„Weißt du wie viel Sternlein stehen", jubelte ich. „Das kenne ich doch!"

„Schöner Firlefanz", hörte ich jetzt vom Großvater, der ein wenig abseits neben der dunklen Vitrine stand und sich mit seiner Brille beschäftigte. „Was soll se denn mit dem Ding anfangen, frag ich mich." Er setzte seine Brille wieder auf, wandte sich mit einem Grienen gelangweilt ab.

Nun erst sah ich mir die Spieluhr genauer an und verharrte still davor. Ich war völlig verzaubert von dem runden Ding, das sich so gleichmäßig drehte und so wundervolle Töne hervorzauberte. Ich strahlte, wandte mich um und sah zu meinen Eltern, dann zur Großmutter.

„Seht doch mal! Das schwarze Klavier auf der Spieluhr dreht sich mit und auch das kleine Mädchen davor." Vor lauter Begeisterung sprang ich in die Höhe, klatschte in die Hände.

„Ach, ist das schön! Das gefällt mir. Ömchen, danke, danke!"

Als die Spieluhr wieder ruhig stand, und der letzte Klang verschwand, tastete ich mit den Fingern über das kleine schwarze Klavier. Dann zupfte ich die Mutter am Kleid.
„Wie das glänzt und es ist ganz glatt." Das kleine Wunder hielt meinen Blick gefangen. Die Lippen geöffnet, die Augen riesengroß, bestaunte ich es fasziniert.
Ich konnte vom Klang der Spieluhr nicht genug bekommen. Sie wurde an diesem Abend zu meiner riesen Freude noch mehrmals aufgezogen.
Meine Träume zerfielen wie ein Spuk. Ich tauchte aus meinen Erinnerungen wieder auf.
„Ach Ömchen", flüsterte ich, lächelte vor mich hin und rekelte mich. Jetzt wurde mir bewusst, dass ich die Spieluhr schon lange nicht mehr aufgezogen hatte. Beim Umräumen meines Zimmers hatte ich sie in meine Kommode gestellt. Ich werde sie wieder herausholen, nahm ich mir vor.
Als plötzlich das Auto hielt und darauf eine Tür klappte, wurde ich aus meinen Gedanken gerissen.
Mit leichten Schritten, die Mappe mit den Noten unter den Arm geklemmt, in der anderen Hand den Strauß, ging ich auf das Haus zu.
„Was ist denn jetzt los? Verdammt noch mal, ich bekomme die Tür nicht auf." Mein Vater hantierte mit energischen Bewegungen am Schloss herum. Das Schlüsselbund schlug klappernd gegen die Tür. Er versuchte noch etliche Male, den Schlüssel im Schloss herumzudrehen. Doch ohne Erfolg. Der Schlüssel ließ sich einfach nicht bewegen. Kopfschüttelnd trat er einen Schritt zurück.
„Versteh ich nicht. Das ist doch der richtige Schlüssel. Verdammt noch mal. Was ist denn mit dieser Tür los?" Missmutig hielt er den Schlüssel in der Hand, drehte ihn, besah ihn von allen Seiten, die Stirn kraus.
Mit einem tiefen Atemzug wollte er es noch einmal probieren. Doch in diesem Moment wurde plötzlich die Haustür geöffnet. Der Großvater erschien.

„Schon gut, schon gut. Nur ja keine Aufregung. Bin ja schon da. Hatte meinen Schlüssel von innen steckengelassen. Kann ja wohl schließlich mal passieren." Er trat zur Seite und ließ seinen Schlüssel in die Jackentasche gleiten. Beobachtete uns drei mit kritischem Blick. Neugier sprang aus seinem Gesicht. Er konnte es nicht verhehlen.

Mein Vater stellte seine Tasche neben der Tür ab. Dann richtete er sich auf, lächelte.

„Es hat gut geklappt, das Vorspiel meine ich. Wirklich. Ellen hat sich tapfer geschlagen. Mächtig stolz waren wir auf unsere Ellen." Er strahlte. „Wir haben ja auch die ganze Zeit die Daumen gedrückt, dass sie schon schmerzten, stimmt's Beate?" Meine Mutter nickte lächelnd. In ihren Augen lag ein Glanz, wie ich ihn schon lange nicht mehr gesehen hatte. Irgendetwas geschah mit mir. Ich stürzte auf sie zu und gab ihr einen stürmischen Kuss auf die Wange. Als ich mich wieder von ihr löste, entdeckte ich in ihrem Gesicht ein überraschtes Lächeln. Ihr Blick verweilte lange auf meinem Gesicht. Dann wandte sie sich Vater zu.

„Na freilich, das war erst eine riesen Spannung. Wird sie's schaffen? Wird alles klappen? Ich habe mehrmals Frau Wagners Gesicht beobachtet. Ich glaube, sie war recht zufrieden. Auch die anderen Schüler waren gut. Besonders hat mir das Gitarrenspiel von dem großen Blonden gefallen. Wie hieß er gleich?"

„Matthias, aus der Zehnten", erwiderte ich.

„Ach ja, er hat so temperamentvoll gespielt. Ich habe wie gebannt auf seine Hände sehen müssen."

Der Großvater wurde schon ungeduldig, betonte sein Räuspern besonders, trat von einem Fuß auf den anderen, bis sein Blick schließlich forschend an mir hängenblieb. Ich wandte mich um. Mutter zog derweil ihren Mantel aus. Hängte ihn in den Dielenschrank. Ich verharrte daneben, den duftenden Nelkenstrauß in der Hand haltend. Als ich mein Gesicht im Spiegel entdeckte, bemerkte ich gleich, dass es noch immer von der

Aufregung gerötet war, doch eher von der Freude über das bestandene Vorspiel. Ich fühlte mich unbeschreiblich gut.
Nun stemmte Großvater die Hände in die Hüften. Sein Grinsen verschwand.
„Tja, da ist die große Künstlerin also." Seine Mundwinkel verzogen sich. „Da muss man wohl gratulieren." Er sah mich an, noch immer forschend, belauerte neugierig meine Reaktion. Ich versuchte zu lächeln, aber ich spürte nur Zuckungen. Ich blickte weg, legte die Noten in den Schaukelstuhl und brachte die Blumen in die Küche.

# #

An diesem Tag machte ich eine seltsame Feststellung.
Es konnte nicht lange nach vier Uhr gewesen sein.
Als ich die Haustür öffnete und Pia ins Gesicht blickte, bemerkte ich sofort, Pia war wieder in Hochform. Sie stand mit sprühenden Augen vor mir, die Hände in den Hosentaschen, warf ihre Haare zurück.
„Na komm, hopp, los geht's."
Wir hatten uns für heute einen gemeinsamen Einkaufsbummel vorgenommen. „Für das Schulfest brauchen wir noch etwas, was Interessantes", meinte Pia vor einigen Tagen.
Ich griff ihren Arm, zog sie herein.
„Was heißt, los geht's. Komm erst mal mit nach oben".
In meinem Zimmer blieb Pia mitten im Raum stehen, sah sich um. Sie war schon lange nicht mehr hier.
„Hast du irgendwas Neues?" Sie sah sich forschend in alle Richtungen um. „Ach ja, die beiden Kunstdrucke dort neben dem Schrank. Ah, Renoir. Das ist ja wohl neuerdings dein Lieblingsmaler? Hab ich recht? An der Stelle hattest du doch das Poster von Bon Jovi."
„Das bringe ich über der Kommode an. Hast du deins noch hängen?"

„Klar, an der Tür. Weißt du doch." Nun entdeckte Pia die kleine gebogene Lampe auf dem Schreibtisch.
„Na, die habe ich auch noch nicht gesehen." Sie ging auf den Schreibtisch zu, knipste die Lampe an. „Hübsch. Ich kann mir vorstellen, die machst du immer an, wenn du deine Memoiren schreibst." Ich prustete los.
„Na klar, so verbringe ich meine Nächte. Was denkst du denn." Mit einem Grinsen sah Pia mich an, beugte sich herunter, schaltete die Lampe wieder aus. Die Haare verdeckten ihr Gesicht. Aus dem blonden Vorhang drang Kichern hervor. Sie steuerte auf den Tisch zu. Eine Pobacke auf dem Rand des Tisches, die Füße streiften leicht den Boden, das Kinn auf den Handballen gestützt. So saß sie da, in Denkerpose, beobachtete mich, wie ich aus dem Schrank meine Schultertasche hervorzukramen versuchte. Dabei nahm ich das Schachspiel heraus, legte es neben mich.
„Was wollen wir denn jetzt? Ich dachte, wir gehen gleich los. Oder hattest du vor, erst mit mir ne Partie Schach zu spielen? Du, daraus wird nichts. Das sage ich dir gleich."
„Freilich. Genau das hatte ich vor. Kannst wohl neuerdings Gedanken lesen", gab ich mit ironischem Lächeln zurück.
Plötzlich weiteten sich Pias Augen. Ich wusste gleich, sie führt wieder etwas im Schilde.
Sie rutschte von der Tischkante.
„Ich habe da eine Idee", sagte sie mit gewichtigem Ton. „Wir kaufen uns jeder einen Ring, den uns ein Freund geschenkt haben könnte. So tun wir eben. Ist das nicht genial? So einen riesigen Klunker, der richtig auffällt. Die Idee ist mir eben so gekommen. Na?" Sie trat dicht an mich heran, sah mir in die Augen. „Was sagst du dazu? Gut, was?"
Ich stützte die Hände in die Hüften. Versuchte ein Warum-nicht-Lächeln.
„Genial, wirklich. Wie kommt man nur auf so was?"
„Tja", Pia klatschte in die Hände, schwenkte herum. „Also gut, gehn wir los." Dabei ahnten wir nicht, wie abenteuerlich der Nachmittag noch werden sollte.

Wir wählten den kürzesten Weg in das Stadtzentrum. Unser Ziel war die Lessingstraße. Auf der belebten Einkaufsmeile arbeiteten wir uns mit flinken Schritten durch die Passanten hindurch, immer auf der Suche nach Schmuckgeschäften. Steuerten auf sie zu und musterten kritisch die Auslagen in den Schaufenstern. Alles nicht unsere Preisklasse, stellten wir ernüchtert fest. Pia stand die Enttäuschung ins Gesicht geschrieben.

Der Verkehr war inzwischen dichter geworden. Eben zog ein hell erleuchtetes Schaufenster meinen Blick an. In dem Moment wurde ich so gewaltsam angerempelt, dass ich stürzte. Pia zog mich hoch.

„War der bescheuert? Was sollte denn das?" Ich schob den Riemen meiner Schultertasche nach oben.

Wir drehten uns abrupt um. Zwei junge Männer mit schwarzen Sporttaschen stürmten durch die Menschen hindurch auf die Straße zu, warteten eine Lücke im Verkehr ab, liefen auf die andere Straßenseite und verschwanden in einem weißen Lieferwagen.

Ich säuberte meine Jeans, massierte das Knie mit leichtem Stöhnen.

„Tut verdammt weh. So ein blöder Idiot", maulte ich mit schmerzverzerrtem Gesicht. Als ich mich noch einmal umdrehte, war der Lieferwagen bereits verschwunden. Etwas langsamer gingen wir weiter, bis ein Menschenknäuel uns aufhielt. Die Leute sprachen durcheinander, laut und sichtlich aufgeregt. Wir drängelten uns nach vorn durch. Schließlich bemerkten wir an der offenstehenden Tür des Antiquitätengeschäftes den Inhaber mit dem Handy in der Hand. Sein Gesicht total entsetzt, seine Gesten aufgebracht. Wir verstanden nur einige Brocken: „Vor wenigen Minuten – in meinem Geschäft – zwei junge Männer – wertvolle Sachen gestohlen". Jetzt erschien auch eine Frau gestikulierend in der Tür. Ihre Augen waren geweitet. Sie ruderte mit den Armen. Ihre Bewegungen waren seltsam ungelenk, als würde sie an unsichtbaren Fäden hängen. Sie sprach heftig auf den Mann ein. Ihre zittrige Stimme klang vorwurfsvoll.

„Was will die denn von dem. Der Mann kann doch für den Einbruch nichts. Sicher wird gleich die Polizei da sein", meinte Pia und zerrte mich mit sich fort.

Ich hakte mich bei ihr ein, humpelte noch etwas bei den nächsten Schritten. Und es war schon merkwürdig, denn dabei fiel mir ausgerechnet die Truhe ein. Wie kam es nur? Sicher durch das Antiquitätengeschäft, reimte ich mir zusammen.

„Auf unserem Boden steht eine Truhe. Meine Eltern machen aus ihr immer ein Geheimnis. Sie gehört meiner Mutter. Sachen von früher sind drin. Bestimmt auch alter Schmuck."

„Den alten Kram wirst du ja wohl nicht tragen wollen", höhnte Pia mit sarkastischem Grinsen. Ich schüttelte den Kopf.

„Nein, natürlich nicht. Aber ich musste eben daran denken."

Wir schlängelten uns durch die Passanten. Plötzlich wirbelten unsere Köpfe herum. Wir schauten auf die rotierenden Blaulichter, die sich in den Fenstern der Häuser spiegelten. Pia deutete in die Richtung.

„Na siehst du, da ist ja schon die Polizei. Hoffentlich erwischen sie die beiden noch."

Nach wenigen Minuten stoppte sie, hielt mich am Ärmel fest und deutete über die Straße.

„Da gegenüber können wir es noch mal versuchen. Dort gibt es auch Modeschmuck, und nicht so teuren. Das weiß ich."

Die Glastür öffnete sich mit einem leisen Klicken. Helles Licht brach sich in gläsernen Vitrinen. Wir schauten uns neugierig um.

„Ringe sucht ihr?" Mit gewandten Bewegungen präsentierte uns die Verkäuferin eine Unmenge Ringe in großen, mit schwarzem Samt ausgeschlagenen Kästen. Ein emsiges Suchen und Aufprobieren begann. Ich entschied mich schließlich für einen türkisfarbenen Ring. Pia gefiel der Ring

mit dem schwarzen Stein. Beim Kaufen wusste ich schon, dass der Ring bestimmt bald in den Samtbeutel zu den anderen Ringen und Ketten wandert.
Vor dem Geschäft hielten wir unsere beringten Hände in die Höhe, bestaunten sie und platzten fast vor Lachen. Neugierige Blicke trafen uns. Plötzlich riss ich an Pias Ärmel.
„Du, wenn ich mir das vorstelle", ich hielt inne, den Mund ein wenig geöffnet, als ließe ich mir etwas auf der Zunge zergehen, „ich zu Hause mit diesem Ring. Und dann mein Großvater. Ich höre ihn förmlich: „Nur Flausen, Firlefanz. Sonst nichts im Kopf. Nun auch noch solcher Modekram. Aber damit ist Schluss. Punktum!" Und wieder konnten wir uns vor Lachen nicht halten.
Auf einmal wurde ich todernst. Mir war gerade etwas Außergewöhnliches bewusst geworden.
„Weißt du was, Pia", ich sah sie mit aufgerissenen Augen an. „Ich fass es nicht. Eben habe ich zum ersten Mal über meinen Großvater gelacht. Ja, also das ist mir noch nie passiert."
„Na, das meine ich doch immer. Ist bestimmt besser so. Lieber lachen als heulen." Pia klopfte anerkennend auf meinen Arm.
Später stöberten wir noch im Karstadt-Kaufhaus. Pia meinte plötzlich, unbedingt einen Rock zu brauchen. Nach langem Hin und Her fand sie einen Jeansrock, so wie sie sich ihn vorgestellt hatte. Jedoch, sie versank darin. Schließlich gab sie den Plan mit dem Rock enttäuscht auf. Als wir das Kaufhaus verließen, maulte sie wütend vor sich hin.
„Da gefällt mir endlich einer, dann ist er zu groß. Verdammt noch mal, ich krieg noch die Krise." Ich streifte den Riemen meiner Schultertasche nach oben.
„Nun sei doch nicht sauer. Du hast doch einen."
„Du hast vielleicht nen Knall. Der ist zu kurz. Weißt du doch", gab Pia zurück.
Ihre missmutige Stimmung hielt jedoch nicht allzu lange an. Auf dem Heimweg kicherten und lachten wir bei jeder

Gelegenheit, die sich uns bot. Gern gaben wir uns unserem Mädchengegacker hin. Alles fanden wir über die Maßen komisch. Machten uns lustig über „doofe" Hüte, schlapprige Hosen, den Dicken neben uns an der Ampel mit dem Dreifachkinn. Wie er mit den Armen rudernd die Straße überquerte. Gut gelaunte Gesichter sahen wir kaum.
Beim neuen Bistro an der Bushaltestelle verabschiedeten wir uns. Nach ein paar Schritten hielten wir die Hand mit dem Ring nach oben, wie nach einer Vereinbarung und winkten, ohne uns umzudrehen.
Gerade wollte ich um die Ecke biegen, da erreichte mich plötzlich Pias tönende Stimme.
„Und vergiss nicht: Lachen! Immer lachen!" Das konnte sie sich mal wieder nicht verkneifen.

*

Ellen taucht allzu gern in andere Welten ein. Heute hat sie sich erneut für Marokko entschieden. Eines ihrer Traumziele. Die Reisebeschreibung von Agadir über das Atlasgebirge zu der orientalischen Stadt Marrakesch liegt schon bereit.
Sie hat sich den ganzen Tag auf das gemeinsame Schmökern gefreut. Aber noch mehr auf Franks Nähe. Wenn er sie beim Lesen hin und wieder mit einem raschen Blick streift, fragend, manchmal auch schelmisch, oder sie sacht an sich zieht, sie tröstend streichelt, wird es ihr warm und leicht. Dann fällt ihr auf, wie unbeschwert sie sich plötzlich fühlt. Unbeschreiblich leicht. Und wenn sie sich nicht vergewissern könnte, dass ihre Füße in ihren Schuhen festgebunden sind, dann würde es sie nicht wundern, wenn sie einfach abheben und entschweben würde.

„Frank, ich muss dich kurz unterbrechen. Sind das nicht wunderschöne Aufnahmen?" Sie hält ihm das Buch mit den fantastischen Reisebeschreibungen hin. „Schau mal, Ziegen in den Wipfeln der Bäume. Unter dem Bild steht: An der gut ausgebauten Autostraße von Agadir Richtung Marrakesch gehören Ziegen in den Arganbäumen zur Normalität. Oder hier dieses Bild: Über Bananen- und Orangenplantagen hinweg fesselt der Blick auf den schneebedeckten Hohen Atlas. Hier siehst du Marrakesch. Diese schöne Stadt ist von einer acht Kilometer langen und bis zu sechs Meter hohen mittelalterlichen Lehmmauer umgeben. Der traditionelle Markt wird hier Souk genannt. Mehrmals am Tag ertönt hoch über den Mauern die Stimme des Muezzins, der lauthals zum Gebet ruft", liest sie ihm begeistert vor.

„Ach, es wäre fantastisch, wenn ich das mal wirklich sehen könnte."

„Glaub an deinen Traum, dann wird er auch wahr." Sie lächeln sich zu, dann vertiefen sie sich wieder in ihren Lesestoff.

Beim Umblättern der nächsten Seite streift ihr Blick die gelben Teerosen, die Lieblingsrosen ihrer Mutter. Als ihr Blick in den Blüten verweilt, verschwindet die Welt einen Moment.

Die Blüten verströmen einen süßen sinnlichen Duft. Frank hat ihr den kleinen Rosenstrauß mit einem freudigen „Hallo, da bin ich", an der Tür überreicht.
Der herrliche Anblick der Teerosen erweckt augenblicklich Erinnerungen: Ihr Garten am Haus. Und sie sieht vor ihren inneren Augen einen Garten voller Rosen. Sie erinnert sich genau an ihren Duft, ebenso an den Duft des Jasmins und der Küchenkräuter unter dem Fenster.
Während sie später ins Gespräch vertieft sind, greift sie sich plötzlich an die Stirn. Den Tee wollte sie noch hereinholen. Das hatte sie ganz vergessen.
Mit einem Ruck will sie aufstehen. Frank beugt sich zu ihrem Sessel, hält sie am Arm fest und deutet zum Fenster hin. Sie lässt sich zurücksinken. Die feuerroten Strahlen der Sonne haben das Fenster erreicht, flammen herein, färben die Wände orange. Ein paar Minuten noch, dann würde die Sonne untergehen. Das sanfte dämmrige Licht des Spätsommerabends würde sich ausbreiten.
Fasziniert beobachten sie beide das Leuchten am Himmel, bis es allmählich verschwindet.
„So, jetzt werde ich endlich den Tee holen", flüstert sie ihm ins Ohr und versucht erneut, sich hochzurappeln. Frank drückt sie sanft zurück. Mit einem kräftigen Ruck wehrt sie sich. Springt auf.
Er sieht ihr eindringlich in die Augen. Ihr Buch hält er noch in der Hand.
„Bleib noch einen Moment hier. Ich muss dir etwas Wichtiges sagen." Er legt seine Hand auf Ellens Schulter. Dann streichelt er ihre Wange. Seine Augen – vielsagend. Sie sieht in sein ernstes Gesicht und tritt einen Schritt zurück, als wollte sie ausweichen. „Es ist gut, dass du die Wahrheit aufgeschrieben hast. Mit jeder Seite verstehe ich deine Gefühle besser und weiß, wie es in dir aussah. Das ist wichtig für mich, Ellen." Bei seinen letzten Worten bewegt er sich durchs Zimmer, als wollte er ein Maximum an Raum ausfüllen. Sie sieht ein Leuchten in seinen Augen, das ihr Herz

schneller schlagen lässt. Er geht auf sie zu und streckt ihr die Arme entgegen, und sie kommt lächelnd zu ihm.
Aber genau so plötzlich verschwindet das Lächeln wieder, und verwirrt senkt sie den Blick.
Er versteht nicht, was so plötzlich in ihr vorgeht und lässt die Arme wieder sinken. Etwas ratlos steht er vor ihr, die Brauen zusammengezogen.
Stille lastet im Raum. Sein tiefes Atmen reißt sie aus ihren Gedanken.
„Ach Frank, ja, die Wahrheit. Du hast wieder einmal das Richtige getroffen. Aber wenn ich doch bloß diese ewigen inneren Vorwürfe, die quälenden Gedanken abstellen könnte. Doch ich glaube, das wird noch eine Weile dauern. Deine gut gemeinten Worte und deine Ratschläge, die du mir vor Tagen gabst, ich habe sie nicht vergessen. Ich versuche auch, sie zu beherzigen. Ganz bestimmt. Aber es klappt noch nicht so recht." Sie beißt sich auf die Lippen. Sie sieht mit einem Lächeln zu ihm auf, das ihr nicht so recht gelingen will. Er schließt sie in die Arme. Die Wärme ihrer Haut gleitet über seine eigene. So verharren sie schweigend. Jeder in den anderen versunken. Augenblicke später löst sich Ellen, schaltet die Lampe an.
Frank sieht indessen auf die Stadt.
„Sag mal", jetzt wendet er sich zu Ellen um, „seit wann lebt deine Familie schon in dieser Stadt?" Ellen sieht ihn verblüfft an, hebt die Arme, verschränkt sie hinter dem Kopf.
„Jaaa", sie überlegt eine Weile, zieht die Stirn in Falten, „schon seit Urzeiten. Meine Urgroßeltern haben hier schon gewohnt. Mein Vater erzählte mir, unsere Familie hat sich hier wohlgefühlt. Die Stadt hat genau die richtige Größe, so meinte er. Klein genug, damit man weiß, was los ist, aber nicht so klein, dass sie nicht auch ihre Geheimnisse hätte. Zu Beginn des Jahrhunderts hatten sich hier reiche Familien angesiedelt. Eine von ihnen hatte sogar das Theater errichten lassen, eine andere ein Kaufhaus. Die Leute mochten den Ort, weil es hier keine Fabriken gab."

Das Rot am Himmel ist schon lange verschwunden. Langsam wird es dunkel im Zimmer. Draußen gehen die Laternen an. Ellen holt die Stehlampe an den Tisch heran.

„So, etwas Licht in das Dunkel meiner Geschichte, damit du sie weiter durchforschen kannst." Als ihre Augen seinem kritischen Blick begegnen, muss sie gegen ihren Willen lachen.

„Ahnst du, was ich jetzt mache? Du wirst es nicht glauben. Ich hole endlich den Tee herein."

Dann verschwindet sie. Ihr helles Lachen füllt noch den Raum.

*

# #

In den nächsten Wochen war die Hitze oft unerträglich. Die Sonne stach auf der Haut wie Nadeln. Die Luft flimmerte. Jeder suchte den Schatten.
Der Großvater hielt sich meist nur noch im Haus auf. Den Garten mied er. Nur vom Fenster aus beobachtete er kritisch den Zustand der Rabatten, der Hecken und vor allem der Gemüsebeete. Das Wässern am frühen Morgen und am Abend verfolgte er genau. Dann hallten seine Kommandos.
 Der nahende Abend machte jetzt die Temperatur in meinem Zimmer etwas erträglicher. Ich blickte hinaus. Mich überraschte der Himmel mit seinen leuchtenden Pfirsichfarben.
Kurze Zeit später sammelte ich meine Hefte und Bücher vom Tisch zusammen. Ich fühlte mich außerordentlich gut. Hatte ich doch von meinen Aufgaben mehr erledigt, als ich mir eigentlich vorgenommen hatte. Ich wunderte mich selbst. Alles gelang mir heute so leicht, so mühelos, wie schon lange nicht. Nicht eine einzige Aufgabe hatte mir Kopfzerbrechen bereitet. Ich schwang meine Tasche vom Sessel und stellte sie neben den Schrank.
Ich horchte an der Tür. Im Flur war alles ruhig.
Ich lief die Treppen hinunter in die Diele zum Telefon, nahm den Hörer und wählte Pias Nummer. Es dauerte. Und wie es der Teufel wollte, erschien gerade jetzt Großvater. Er lief durch die Diele zur Küche, tat so, als würde er mich nicht sehen. Trotzdem schoss mir sofort das Blut in den Kopf. Hatte er mich doch wieder am Telefon erwischt. Und ich bedauerte, dass ich nicht in meinem Zimmer geblieben war.
Derweil wandte ich mich noch einmal mit einem scheuen Blick zur Küchentür um. Ich presste den Hörer ans Ohr. Jetzt meldete sich Pias Mutter.
 „Ach, Ellen, du bist es. Na, du willst sicher mit Pia sprechen. Warte einen Moment, ich hole sie." Nach wenigen

Sekunden vernahm ich ein Knacken im Telefon. Pia meldete sich.

„Hallo! Ja, was gibt's denn?" Ich blickte dabei gespannt zur Küchentür.

„Ach, einfach nur so. Ich bin mit meinen Aufgaben fertig und da dachte ich eben... " Ich sprach gedämpft, gerade so, dass Pia mich verstehen konnte. Die Küchentür ließ ich nicht aus den Augen. Ich stutzte. Von drinnen hörte ich polternde Geräusche. Schranktüren klappten, Kästen wurden auf und zu geschoben, Geschirr klapperte.

„Du bist schon mit allem fertig?", staunte Pia. „Auch mit diesen blöden Formelberechnungen in Chemie?"

Großvater kam jetzt aus der Küche heraus und bewegte sich ins Wohnzimmer hinüber. Ich sah ihm verwundert hinterher, während Pia sprach.

„Dann sag mir die Ergebnisse doch mal durch. Machst du das? Du, das wär prima. Dann hätte ich noch etwas Zeit fürs Training."

„Na klar, kann ich schon machen. Warte einen Moment, ich hole meinen Hefter." Ich legte den Hörer zurück auf das Schränkchen und eilte hinauf.

Pia ist sicher heilfroh, die Lösungen so unerwartet zu bekommen, dachte ich, als ich wieder zurückkam und zum Hörer griff.

Wenige Minuten waren verstrichen. Meine Augen richteten sich jetzt zur Wohnzimmertür.

„Hast du nun alles?", fragte ich noch einmal. „Dann mache ich Schluss. Muss noch Klavier üben. Also, dann mach's gut."
Ich legte auf.

Großvater kam zurück in die Diele.

„Heute Abend wird gründlich gegossen, klar", sagte er im üblichen Kommandoton. Dabei trug er sein Kinn energisch gereckt.

„Ich übe jetzt nur noch Klavier, danach gehe ich noch einmal in den Garten", betonte ich mit fester Stimme, erschrak jedoch sogleich darüber. Ich lief, immer zwei Stufen auf einmal nehmend, die Treppe hinauf.

„Hättst schon früher anfangen können, statt zu telefonieren", rief er mir hinterher. Ich blieb am Treppenabsatz stehen, sah hinunter. Seinem Blick hielt ich stand. Eine Antwort verkniff ich mir. Lief weiter nach oben.

Es war etwa fünf Uhr am Nachmittag. Eine halbe Stunde hatte ich schon gespielt. Die Mazurka beherrschte ich jetzt gut. Ich spielte sie, ohne einen Blick auf die Noten werfen zu müssen. Doch dann hielt ich inne, stutzte. Das Klappern der Fensterflügel störte mich.

Ein leichter Wind war aufgekommen. Ich ging zum Fenster und schloss es. Dabei blickte ich nach unten.

Vor dem Gartenzaun stand ein älteres Ehepaar. Sie schauten hinauf, lächelten. Die alte Frau lehnte an der Schulter des Mannes. Sie haben mir sicher zugehört, sagte ich mir. Und es hat ihnen wohl auch gefallen, spann ich den Gedanken weiter, als ich in die lächelnden Gesichter blickte. Jetzt entsann ich mich, dass ich die beiden Alten vor Tagen schon einmal dort unten gesehen hatte. Ich kannte sie nicht. Aber sicher waren sie aus der Nachbarschaft, überlegte ich. Als ich mich aus dem Fenster beugte, sah ich, dass die beiden Alten Arm in Arm langsam weiter gingen.

Ich wartete schon auf dem obersten Treppenabsatz auf die Mutter. Spannte. Achtete auf jedes Geräusch, das von unten heraufdrang.

Endlich hörte ich, wie sich die schwere Haustür mit einem dumpfen Ruck schloss. Sogleich sprang ich die Treppe hinunter.

Meine Mutter verweilte noch mitten in der Diele, senkte den Kopf und massierte mit kreisenden Bewegungen ihren Nacken.

„Ach, mein Genick. Heute schmerzt es wieder entsetzlich", murmelte sie vor sich hin, mit einem Seufzen in der Stimme. „Und ich hab mir ausgerechnet heute noch so viel vorgenommen", stöhnte sie leise vor sich hin, strich abermals

über ihren Nacken. Ich war heilfroh, dass es nicht wieder das Herz war, das ihr schmerzte. Das jagte mir stets Ängste ein.
    Großvater kam aus dem Keller. Er lehnte die Tür nur an. Bewegte sich vorsichtig, sorgfältig darauf bedacht, so wenig Geräusche wie möglich zu machen.
    Mutter hatte ihn noch nicht bemerkt. Erst als er auf sie zukam, wirbelte sie auf den Absätzen herum.
    „Ach, Vater", ihre Hände fielen herunter, „ich hatte dich gar nicht gehört."
    Er hob die Arme, die Handflächen nach oben. Grinste sie nur an.
    „Ja, ja, ich weiß schon. Ich bin für euch in diesem Haus nur ein geduldeter Geist", entgegnete er noch immer grinsend.
Mutter erwiderte nichts, warf mir nur einen kurzen Blick zu, öffnete den Schrank und stellte ihre Tasche hinein. Ich verweilte noch auf dem Treppenabsatz, in der Hoffnung, dass Großvater bald verschwinden würde. Als Mutter sich wieder aufrichtete, griff sie sich wieder an den Hals. Ihr Blick traf Großvater, der sie mit Augen ansah, denen jegliches Interesse zu fehlen schien. Sein Grinsen erlosch in dem Augenblick, als ich die Treppe herunterkam.
    Die letzten drei Stufen nahm ich in einem Sprung.
    „Hallo Mam!" Ich stürmte auf sie zu, sah in ihr angespanntes Gesicht. „Was ist denn? Wieder Schmerzen?"
Sie nickte mit einem gequälten Lächeln.
    Großvater stand reglos am Treppengeländer. Er beobachtete uns beide konzentriert wie ein Fakir. Mutter fasste meinen Arm und steuerte mit mir auf die Wohnzimmertür zu.
    „Übrigens, morgen bin ich mit Stefan in der Apotheke. Die Inventur drängt. Du weißt ja, was da jedes Mal auf uns zukommt. Ich befürchte, das wird wohl fast den ganzen Tag in Anspruch nehmen." Sie griff nach der Türklinke. „Hast du hier unten überall Staub gewischt? Das wäre ja... "
Großvater fiel ihr barsch ins Wort.

„Unsinn. Wie sollte sie denn das schaffen. Wo sie doch die langen Rabatten gejätet hat. Das war wichtig, jawohl. Und Klavier geübt hat sie außerdem auch."

Wir beide hielten verwirrt inne, sahen ihn mit einer Spur Verwunderung an. Ich verstand überhaupt nichts. Ist das möglich, ging es mir durch den Kopf. Was ist denn mit dem los? Auf einmal so - ungewohnt verständnisvoll. Ausgerechnet er? Ich witterte eine Falle.

Er stieg jetzt gemächlich die Treppe hinauf, blieb nach einigen Stufen stehen, drehte sich noch einmal zu uns um.

„Alles zu seiner Zeit! Punktum!" Er sah uns eindringlich an, dann ging er weiter hinauf.

Mutter und ich starrten ihm sprachlos hinterher.

„Verstehst du das?", flüsterte ich. „Was ist plötzlich in Großvater gefahren?" Wenn er nur immer so wäre, dachte ich. Warum verstellte er sich? Mich beschlich das Gefühl, dass er damit etwas bezweckte. Aber was? Führt er etwas im Schilde? Aber ich scheute davor zurück, weiter darüber nachzudenken. Trotzdem löste es einen inneren Alarm aus.

# #

Die Morgensonne verriet, dass es bis zum Mittag noch um einiges wärmer werden würde. Ich schob den lindgrünen Vorhang zur Seite und lehnte mich aus dem Fenster. Atmete tief die duftende Morgenluft. Schon lag ein goldener Glanz über Blumen und Büschen. Durch das Grün der Bäume drangen die Sonnenstrahlen wie schillernde Pfeile. Die Katze vom Nachbargrundstück rekelte sich am Wegrand neben den Dahlien. Ich lauschte in die Stille. Diese Stimmung liebte ich über alles. Einen Augenblick schien mein ganzer Körper zu schweben.

Ich freute mich auf diesen Tag besonders. „Wenn wir unsere Arbeit heute in der Apotheke schaffen, werden wir Sonntag endlich wieder eine Fahrt ins Grüne unternehmen",

hatte Vater beim Frühstück angekündigt. Ich dehnte mich, sog dabei noch einmal kräftig die frische Luft ein. Der flauschige Bademantel wärmte meine Haut.
Ich wandte mich ab und griff nach meiner Schultasche. Dabei summte ich die Melodie, die beim Frühstück im Radio erklungen war und mir nun den ganzen Morgen nicht aus dem Kopf ging.
In diesem Augenblick wurde die Tür aufgerissen. Er war es. Er erschien ohne Vorwarnung. Ich hatte keine Schritte gehört. Er schloss die Tür und drehte energisch den Schlüssel herum. Ich wurde zu Stein. Starrte ihn entgeistert an. Was denn, schoss es mir durch den Kopf, wieso schließt er die Tür ab? Was soll das? Was will er wieder hier? Und augenblicklich spürte ich, wie vor Angst mein Puls in die Höhe schnellte.
„Warum hast du die Tür zugeschlossen? Warum? Was soll das?", stieß ich heraus.
Er antwortete nicht. Nur seine Augen schossen im Raum umher.
Dann baute Großvater sich vor mir auf, breitbeinig, grinsend. Verzog die Stirn.
„Na, das war doch gestern nett von mir, oder? Wie ich dich verteidigt habe, als deine Mutter wieder mal so entsetzlich leidend nach Hause kam und gleich wissen wollte, ob du hier alles in Ordnung gebracht hast." Er wartete ab. Blickte mir nur herausfordernd ins Gesicht.
„Na, sag was! Sag schon, wie gut ich das gemacht habe. Na los, ich will was hören!"
Ich versuchte, meine Angst niederzukämpfen. Blitzschnell wollte ich mich abwenden. Zuckte zur Seite. Er hielt mich fest.
Sein Blick wurde jetzt schärfer. Mein Herz pochte bis zum Hals. Eine kalte Vorahnung stieg in mir auf und fürchterliche Angst nahm mir den Atem.
Gierige Blicke stachen mich. Dann ein vernehmliches Räuspern. Plötzlich polterte er im Raum hin und her.

Umkreiste mich wie ein Habicht. Dabei ließen seine Blicke mich nicht los. Hielten mich fest wie Zangen.
Ich halte das nicht aus! Wie brutal er mich ansieht! In meinem Kopf rasten die Gedanken wild und aufgescheucht. Ich klammerte mich an der Sessellehne fest. Und dann blitzte die grauenhafte Erinnerung auf: das Gartenhäuschen. Und diese Erinnerung brach in dem Moment mit solcher Wucht über mich herein, sodass ein Beben durch meinen Körper ging, wie eine wilde Brandung, die alles mit sich fortreißt. Meine Nerven begannen zu vibrieren.
Wieder ein Räuspern. Dann kam er auf mich zu.
„Ich höre ja immer noch nichts. Hat's dir die Sprache verschlagen?" Jetzt stand er wieder bedrohlich dicht vor mir und stieß mir seinen Atem ins Gesicht. „Ich hatte dich in Schutz genommen. Das wirst du ja wohl bemerkt haben. Du solltest dankbar sein. Ja, Dankbarkeit kann man wohl erwarten."
„Ja", „ja", hauchte ich. Die aufwallende Angst in meiner Brust nahm mir den Atem. Meine Knie zitterten und ich fühlte mich hilflos und wie gelähmt, zu keinem Wort, zu keiner Bewegung fähig. Ich spürte Übelkeit aufkommen und Schwindelgefühl. Werde ich jetzt ohnmächtig?, hämmerte es in meinem Kopf. Ich schwankte. Aber mit aller Energie fing ich mich wieder. Ich wollte meine Schwäche um keinen Preis zeigen.
Ich raffte den Bademantel fest zusammen. Schnell, flüchte!, befahl ich mir. Mit einem Satz war ich an der Tür. Riss und rüttelte verzweifelt. Vergeblich. Die Tür war ja verschlossen. Der Schlüssel steckte nicht mehr.
In dem Moment passierte das Unfassbare. Er packte mich, zerrte mich durch den Raum und warf mich auf das Bett. Vor Entsetzen presste ich die Arme an meinen Körper. Wollte aufspringen. Er reagierte schnell. Hielt mich mit rohem Griff fest. Hilflos war ich seiner Gewalt ausgeliefert.
„Hilfe! Hör auf! Lass mich!" Ich bäumte mich mit aller Kraft. „Ich sag's den Eltern. Los, scher dich raus! Lass mich

los!", schrie ich in panischer Verzweiflung. Mein Schrei beeindruckte ihn nicht.

Ich schlug wie wild zu, trat ihn. Doch er stürzte auf mich mit der Bewegung eines Raubvogels, der ein Beutetier ergreift. Ich geriet vollends in Panik. Trat wie von Sinnen um mich. Biss und kratzte.

„Miststück, elendes!" Ein heftiger Schlag traf mich. Ich konnte mich nicht mehr rühren. Er war über mir, erdrückte mich fast. Als er nach meinen Brüsten griff, wand ich mich verzweifelt. Vergrub meine Fingernägel in seine Arme und versuchte, seine Hände wegzureißen, aber er war zu stark für mich. Seine Pranken hielten mich wie ein Schraubstock. Ich spürte seine kräftigen Finger, die sich in mein Fleisch krallten, seine Knie, die meine Beine auseinander stemmten, sein hartes Geschlecht an meinem Bauch. Vor Schmerz und Todesangst war ich wie gelähmt. Ich riss den Mund zum Schrei auf. Sofort presste sich seine Faust auf meine Lippen, schnitt mir die Luft ab. Ich atmete widerlichen Schweißgeruch.

Mit wilden Bewegungen zerriss er meinen Slip. Riss seine Hose runter. Krebsrot im Gesicht. Er presste sich mit aller Gewalt auf meinen Körper.

„Lass mich, du elender ..., du Schwein, lass mich!", brüllte ich wie von Sinnen. Wehrte und bäumte mich so verzweifelt, dass mein Körper wie unter einer Folter schmerzte. Doch je mehr ich mit den Armen schlug, mit den Fäusten auf ihn eintrommelte, desto mehr presste er sich an mich. Mit einem gewaltsamen Stoß drang er in mich ein. Ich schrie vor Schmerz. Dann versank alles um mich.

Unter seinen wuchtigen Bewegungen erstickte ich fast. Ich rang nach Luft. Schmiss den Kopf hin und her.

Er keuchte und keuchte, wuchtete, stöhnte. Mir war, als rammte er ein glühendes Eisen in meinen Körper. Ich war halb ohnmächtig. Stürzte in die Dunkelheit. Und der Abgrund nahm kein Ende.

Es war die Hölle. Und es war der Anfang eines Albtraumes. Qualvolle Minuten, die mir endlos schienen.

Er richtete sich auf, schweißnass, wälzte sich von mir herunter. Sah mich an, mit Augen, die kalt flackerten. Er musterte mich ohne Mitleid, knöpfte sein Hemd zu, zog seine Hose mit verächtlichem Grinsen hoch. Dann riss er den Mund auf. Und sein warnender Blick traf mich.
„Du weißt Bescheid. – Wehe! – Kein Wort!", zischte er. Seine Augen schmale Schlitze, seine Lippen zusammen- gepresst. „Kein Wort, verstanden? Kein einziges Wort! Das rate ich dir. Ist das klar, sonst passiert was. Denk an deine Eltern", drohte er mit schneidender Stimme. Abrupt wandte er sich um, schloss die Tür auf. Er war schon halb aus der Tür, da drehte er sich noch einmal um. „Denke dran. Du weißt, das würde dir schlecht bekommen." Dann verschwand er. Das Plauzen der Tür ließ mich zusammenfahren.
Ich lag da wie tot. Die Beine gespreizt. Presste die Hände auf den Leib. Mein ganzer Körper schrie vor Schmerz. Auf meiner Stirn klebten Haarsträhnen. Meine Augen irrten umher. Ich rief die Wände zu Zeugen auf.
Erst das Dröhnen eines Motorrades ließ mich zu mir kommen.
Stöhnend richtete ich mich auf und erschrak, als ich auf meine blutverschmierten Schenkel sah. Meine Lippen bebten.
„Dreckschwein, mieses Dreckschwein!" Ich blickte zur Tür, durch die er mit schiefem Grinsen verschwunden war. „Ich hasse ihn! Umbringen müsste man ihn. Ja, umbringen! Umbringen, umbringen", schleuderte ich heraus. Wie einen Fluch.
Für mich war die Welt untergegangen. Und der Knacks in meiner Seele war unendlich tief. Mein Körper wurde missbraucht, zerstört, zerfetzt. Von einem wilden Tier. Es vergingen Minuten, bis mein Atem sich beruhigt hatte, bis der rasende Herzschlag nachließ. Ich war vollkommen leer. Kein Gefühl. Nur Leere. Mir war, als müsste der Himmel herunterstürzen.
Auf wackligen Beinen schleppte ich mich ins Bad, stellte die Dusche an, während meine Tränen liefen. Das Wasser wärmte mich, tröstete mich. Ich hob mein Gesicht in den

Wasserstrahl, kniff dabei die Augen fest zusammen. Endlos lange ließ ich das Wasser über meinen geschundenen Körper laufen.
Dann griff ich zur Seife, wusch meine Brüste, meine Schenkel mit einer Energie, als wollte ich mich für ewig von meiner beschmutzten Haut befreien.

Als ich aus dem Haus schlich, war ich nicht mehr dieselbe. Etwas in mir war zerbrochen. Ich strauchelte. Riss mich wieder hoch, taumelte ein paar Schritte weiter. Dann drehte ich mich um. Die Haustür stand sperrangelweit offen. Sollte ich noch einmal umkehren? Aber ich verwarf diesen Gedanken sofort und stolperte kopflos weiter.

Die Gartentür schlug hinter mir zu. Der Knall erschreckte die Vögel in den Bäumen. Kreischend flogen sie auf.

Ich taumelte blindlings davon. Nur von hier weg, war jetzt mein einziger Gedanke. Mir war, als würde der Großvater mich verfolgen. Deutlich sah ich sein Grinsen, sein breites gieriges Feixen, sein krebsrotes Gesicht, die brutalen Hände. Hörte sein ekelhaftes Keuchen. Ich fühlte jetzt noch seinen Schraubstockgriff. Es erfüllte mich mit Übelkeit und mir wurde schwindlig. Ich musste mich für einen Moment am Zaun festhalten. Dann war nur noch Nebel.

Um mich herum nahm ich nichts wahr. Ich schien mich zwischen Schatten zu bewegen, mit aufgerissenem Mund. Passanten blieben stehen. Ich merkte, dass ich schrie.

Meine Beine versagten fast. Krampfhaft hielt ich mich am messingfarbenen Türdrücker fest. Eine junge Frau mit einem Kind an der Hand, blieb neben mir stehen. Sie sah mich verwundert an, zögerte noch einen Moment, bevor sie kopfschüttelnd weiter ging. Als ich mich gegen die Eingangstür der Apotheke stemmte, sah ich, dass sie sich noch einmal kurz zu mir umdrehte.

Lautlos gab die Tür nach und schloss sich mit sanftem summendem Geräusch. Ich schleppte mich hinein. Hastig wischte ich die Tränen von meinem Gesicht. Mein Gott, was jetzt? Was soll ich ihnen sagen? Mein Atem ging stoßweise.

Ich blickte mich um. Ratlos und scheu zugleich, als wäre ich hier fremd. Nur gut, im Verkaufsraum waren in diesem Moment gerade keine Kunden. Bloß gut, stöhnte ich.

Meine Mutter war im Nebenraum an den Schubladenschränken beschäftigt. Als sie mich entdeckte, schob sie das geöffnete Fach zurück und kam mit schnellen Schritten durch die Glastür herein.

Ich stand mit starrem Gesicht ohne Regung mitten im Raum, die Arme fest um den Körper geschlungen. Versteinert. Meine verweinten Augen ließen alles verschwinden und meinen Blick nirgendwo mehr Halt finden. Die Sprache meines Körpers zeugte von Scham.

Ich schwankte. Konnte mich nur mit Mühe auf den Beinen halten.

„Ellen!", rief meine Mutter entsetzt, verstummte sogleich wieder für einen Augenblick. Dann stürzte sie auf mich zu, hielt mich fest und sah mich mit fragenden Augen an. „Mein Gott, Ellen, Kind, was hast du? Was ist denn mit dir los? Bist du krank?"

Ich schüttelte stumm den Kopf und rang nach Luft. Dabei seufzte ich so schwer, als drohte ich unter übermenschlicher Anstrengung zusammenzubrechen. Dann liefen die Tränen ungehindert. Mutter führte mich zu einem Stuhl im Nebenraum, nahm meinen Kopf in die Hände und sah mir voll Sorge tief in die Augen, als suchte sie in meinen Augen. Ich erwiderte ihren Blick ausdruckslos. Sie zog mich an sich, strich mit langsamen Bewegungen beruhigend über meinen Kopf, streichelte mein Gesicht.

„Du bist ganz heiß. Du hast Fieber! Das verstehe ich nicht. Heute früh warst du doch noch in Ordnung. Und jetzt auf einmal – plötzlich – so krank." Sie sah sich hilfesuchend zum Labor nach meinem Vater um.

„Ich habe Schmerzen, fürchterliche Schmerzen. Es ist alles so schrecklich, so furchtbar", flüsterte ich mit erstickter Stimme. Rieb mir die Kehle, als würden die Worte mich würgen. Ich klammerte mich noch fester an die Mutter. Und in

mir schrie es: Wenn du wüsstest! Spürst du nichts, Mam? Gar nichts? Wenn ich dir doch alles erzählen könnte!
Mutter hielt mich immer noch fest in den Armen.
„Wo hast du Schmerzen?"
„Überall. Alles tut mir weh, alles, alles!" stöhnte ich mit gebrochener Stimme. Das Atmen fiel mir schwer. Ich presste die Arme jetzt wieder fest an den Leib. Sah meine Mutter mit weit geöffneten Augen an. Ich hatte so sehr gehofft, sie würde etwas spüren. Sie musste doch etwas spüren. Jedoch - den wahren Grund meines Zustandes - sie entdeckte ihn nicht. Enttäuschung verschloss mir die Lippen.
„Was ist denn hier los?" Wir zuckten zusammen, hatten meinen Vater gar nicht bemerkt. Mutter wandte sich um.
„Ellen ist krank. Sie kann sich kaum auf den Beinen halten. Unverständlich. So plötzlich." Dabei hob sie ratlos die Schultern.
Vater zog die Stirn kraus, kam dicht zu mir heran und fühlte meine glühende Wange.
„Das kommt ja wie der Blitz aus heiterem Himmel. War wohl alles zu viel für dich in letzter Zeit. Du siehst ja wirklich elend aus." Er schüttelte mit hochgezogenen Brauen den Kopf. Knöpfte mit schnellen Griffen seinen Kittel auf und ging noch einmal zurück ins Labor. „Ich komme gleich", rief er von dort. „Ich will nur den Giftschrank verschließen." Nach wenigen Augenblicken stand er vor mir, griff nach meinen Händen und hielt sie fest umschlossen. „Ich fahre dich nach Hause. Dann werde ich gleich den Arzt verständigen."
Ich zuckte zurück, hob abwehrend die Hände.
„Den Arzt nicht. Nein, ist nicht nötig. Will ich nicht", presste ich mit höchster Entschiedenheit heraus. „Es wird mir bestimmt bald wieder besser gehen", fügte ich tonlos an. Widerstrebend erhob ich mich, sank in seine Arme und war bemüht, jetzt nicht in Tränen auszubrechen.
Die Vorstellung, dass ich wieder das Haus betreten muss, raubte mir fast den letzten Mut. Die Bilder würden wie eine

Flutwelle zurückkommen und schmerzen. Diese grässlichen Bilder, die in meinem Gedächtnis brannten.

Es war schon spät am Abend. Ich beugte mich noch immer über mein Tagebuch. Starrte auf die Zeilen:

Was habe ich ihm nur getan, diesem Ungeheuer, das meine Handgelenke mit Gewalt auf das Bett drückte, mir seinen ekelhaften Atem in den Mund blies, meinen Körper unter seinem zerquetschte, mir Schmerzen zufügte, die ich nicht beschreiben kann.
Und schließlich eine Flut von Drohungen ausstieß. Oh, ich hasse ihn! Ich möchte ihn umbringen. Ja, das möchte ich!

Dann stand ich vor meinem Bett. Schaudernd. Mir graute. In dieses Bett, in diese Kissen konnte ich mich nicht legen. Mein Körper wehrte sich vehement. Lange verharrte ich davor.
Der plötzliche Einfall war die Lösung. Ich entschloss mich, die Wolldecke aus dem Schrank zu holen. Danach vergewisserte ich mich, dass ich meine Zimmertür verschlossen hatte und löschte das Licht. Ich saß im Bett und die Wolldecke umhüllte mich wie ein schützender Kokon. Derweil flammten die Bilder dieses Tages erneut auf, brennend und stechend und ganz nah. Und wie sonderbar, ich hörte im Inneren Vaters Stimme: „Ich will nur noch den Giftschrank verschließen".

*

Das schwache Licht der Kerzen umspielt Ellens Gesicht. Sanftes gelbliches Licht, das eine milde Dämmerung schafft. Frank lässt das Buch auf den Tisch fallen, ergreift ihre Hände und hält sie fest. Ihm fehlen die Worte. Er schüttelt stumm den Kopf, holt tief Luft, stößt sie langsam wieder aus. Er blickt sie an und sieht Augen, die mit kummervollem Ausdruck ins Leere starren. Ellen ahnt, was ihn beschäftigt. Einen kurzen Augenblick sind sie eingehüllt in lastende Stille. Dann fasst sich Frank.

„Das ist unfassbar. Nein, einfach unfassbar. Was musstest du ertragen. Dann sogar noch diese brutale Misshandlung. Ellen, ich finde einfach keine Worte", sagte er mit tonloser Stimme. „Das ist, das ist - pervers! Ja, pervers! In der eigenen Familie! Unglaublich". Er zog ihre Hände an seinen Mund, küsste sie wieder und wieder. „Und durftest nicht einmal darüber sprechen. Wenn ich mir das vorstelle." Und er empfindet im tiefen Inneren, welch verzehrende Qual ein immerwährender Angstzustand sein muss. Er drückt ihre Hände und zieht sie an seinen Mund. „Ich finde keine Worte. Mein Verstand weigert sich, das zu begreifen, was ich eben las. Wie ist so was nur möglich? Ich verstehe es nicht. Und deine Eltern? Ist ihnen nichts merkwürdig vorgekommen bei deiner plötzlichen Krankheit?" Er drückt sie an sich, hält sie fest. Ein langes Schweigen umgibt sie beide. Dann befreit sich Ellen.

„Nein, sie ahnten nichts und ich hatte weiter geschwiegen, vor Angst. Er hatte mich total eingeschüchtert. Und ich wusste, wie grausam er sein konnte. Ja, grausam und brutal." Es scheint ihr, als käme ihre Stimme jetzt aus weiter Ferne. Aus den Augenwinkeln heraus sieht sie den verzweifelten Ausdruck auf seinem Gesicht. Und Mitleid.

Sie streicht wieder und wieder gedankenverloren über die Sofalehne. Öffnet den Mund. Dann beginnt sie aufs Neue.

„Ich hatte ihn nur noch verabscheut. War ihm aus dem Weg gegangen, wann immer es sich einrichten ließ. Ja, ich floh vor ihm. Wenn ich allein im Haus war, schloss ich mich in mein Zimmer ein. Aber wie sonderbar. Ich konnte meine Angst auf einmal besser beherrschen. Allmählich trat ich energischer auf, als wäre ich ein Stück aus meiner Verpuppung hervorgekrochen.

Wusste ich doch etwas über ihn. Etwas Verbotenes. Ich führte Listen in meinem Kopf über seine Bosheiten. Und nach und nach bewegte ich mich sicherer im Haus, das für mich an jenem Tag zur Folterkammer geworden war und seltsam fremd."

Frank mustert sie bei ihren letzten Worten angestrengt. Sie entdeckt ein Staunen in seinen Augen. Als wäre er zu einer Erkenntnis gelangt. Er steht auf, geht im Zimmer auf und ab, bleibt dann abrupt vor dem Regal stehen, auf dem das gerahmte Foto lehnt: Ellen mit ihrem Pferd. Er ballt die Hände zu Fäusten.

„Unglaublich. Mir will das alles nicht in den Kopf. Wieso hatte auch ich nichts bemerkt, obwohl du mir damals in der letzten Zeit oft eigenartig vorkamst. Wiederum wusste ich, dass du dich gern mit Geheimnissen umgabst, dich gern ins Schweigen verkrochst. Ich wusste wie unendlich schwer es dir fiel, über irgendwelche Probleme zu sprechen." Er presst die Hände zu Fäusten. Läuft abermals aufgebracht durch den Raum. Sein Gesicht ist angespannt. Er sucht erneut nach Worten.

„Ich wollte dich nicht bedrängen. Deshalb habe ich dich nicht eindringlich genug zum Sprechen aufgefordert, wenn mir deine fahrigen Bewegungen, deine gehetzten Blicke aufgefallen waren. Das war falsch. Ich hätte reagieren müssen. Ja, hätte ich." Seine Stimme klang gequält.

Sie kämpft jetzt gegen den Drang, ihn an sich zu ziehen und zu streicheln.

Schließlich setzt er sich wieder zu ihr. Während er jetzt schweigt und seine Gedanken zu ordnen scheint, legt sie ihre Hand auf seinen Arm.

„Ich werde es nie vergessen und sehe es immer noch ganz deutlich: Den unverhüllten Triumph in seinem Gesicht, damals, an diesem grausamen Vormittag. Diesen schwarzen Tag, wie er schwärzer nicht sein konnte." Sie atmet etwas tiefer ein und sehnt sich danach, das Gespräch zu beenden.

Wie er sie so sieht, in ihrem Zimmer, neben sich auf dem kleinen Sofa, wie sie so zart und verletzlich wirkt, da will er sie plötzlich nur noch beschützen. Er will sie in seine Arme nehmen und alles Böse von ihr fernhalten. Ob sie es spürt? Doch sie rückt ein Stück zur Seite, knetet die Hände. Er streckt seine Arme aus, streichelt beruhigend ihre Hände. Diese kleine Geste in diesem Moment ist wie ein Pflaster auf ihrer Seele.
Plötzlich reckt sich Frank, sein Blick ist zum Fenster gerichtet.

„Ellen, wir brauchen jetzt frische Luft. Ein Spaziergang würde uns bestimmt guttun. Meinst du nicht auch?" Ihr Lächeln und ihr munteres Kopfnicken zeigen ihm freudige Zustimmung.

Sie gehen in Richtung Theaterplatz, und kurz bevor sie da sind, sehen sie einen kleinen Menschenauflauf. Gebannt starren alle auf einen bärtigen Typen mit schwarzen Locken, zu einem Pferdeschwanz gebunden, der auf einem Hocker sitzt. Es ist ein Straßenmaler, der Kohlezeichnungen von Passanten macht.
Beide drängen sich nach vorn und stellen fest, dieser ist ein echtes Genie. Voller Bewunderung bleiben sie stehen und sehen ihm zu. Der Kohlestift huscht hin und her, zaubert mal mit lockeren, mal mit dichten Strichen schwarze und graue Schatten. In weniger als fünfzehn Minuten ist das Motiv auf das Papier gebannt.
Nach einer Weile will Frank weitergehen. Aber Ellen kann sich einfach nicht losreißen. Dieser Maler, der ein wenig abseits in einer Nebenstraße sitzt und dabei hoch zufrieden

aussieht, zieht sie in seinen Bann. Frank entgeht es nicht. Plötzlich spürt sie seinen Arm. Und da sitzt sie auf dem Malhocker. Der Maler lächelt in seinen Bart. Ihre Blicke begegnen sich. Er beginnt mit flinken, sicheren Strichen.

Später, als sie sich in Ellens Zimmer gegenübersitzen, hält Frank das Bild noch in der Hand, betrachtet es lächelnd, dann kritisch, die kleine senkrechte Falte auf der Stirn. Er schaut in ihr Gesicht, dann wieder auf das Bild. Seine Miene – zufrieden.
Ellen kriecht aus ihrem Sessel, neigt den Kopf.
„Das Bild gefällt mir auch. Ja, ich glaube schon, der Maler hat gut beobachtet. Und in welcher Geschwindigkeit er es hingezaubert hat. Einfach frappierend. Seine eindringlichen, forschenden Augen beim Malen werden mir wohl im Gedächtnis bleiben." Sie setzt sich jetzt neben Frank. „Weißt du was, das Bild ist für dich. Nimm es mit."
„Bist du sicher?"
„Natürlich, da bin ich ganz sicher", sagt sie und klopft dabei leicht auf den Tisch."
Er lehnt sich zurück.
„Ja, wenn du meinst. Ich freue mich darüber. Danke. Ich werde es rahmen und über meinen Schreibtisch hängen, dann habe ich dich immer gut im Blick. So wie jetzt." Dabei betrachtet er die Zeichnung mit ausgestrecktem Arm, lächelt, kräuselt die Stirn. Und seine ohnehin hellwachen Augen leuchten noch ein bisschen mehr.
„Himmel noch mal!", wettert er unvermittelt und legt die Zeichnung zur Seite. „Hätte ich doch jetzt fast dein Buch vergessen."

*

#

Ich schaute auf die Uhr.
Das Klavier spielen war für mich Befreiung wenn ich allein war. Beruhigung und Trost zugleich. Noch eine Viertelstunde wollte ich üben. Dann kommt endlich auch Mam nach Hause, dachte ich beim Blättern im Notenheft erleichtert. Die Tür hatte ich, wie immer seit jenem Tag, verschlossen. Wenn es möglich gewesen wäre, dann hätte ich mein Zimmer nie verlassen. Hätte mich nur noch eingeigelt.
Gerade schlug ich wieder die ersten Töne an, da hörte ich ihn auf einmal nebenan in seinem Zimmer. Alles klang lauter als gewöhnlich. Ich spitzte die Ohren. Ganz deutlich vernahm ich das geräuschvolle Öffnen und Schließen von Schranktüren und Schubfächern. Unentwegt. Ich hörte genauer hin. Merkwürdig kam es mir vor, diese wilde Geschäftigkeit. Ungewöhnlich. Räumt er etwa seine Kästen und Schränke um, rätselte ich.
Nun gingen seine Schritte nach unten. Geräuschvoll bewegte er sich auch dort. Türen gingen krachend auf und zu. Warum, hämmerte es hinter meiner Stirn. Was macht er bloß? Führt er wieder irgendetwas im Schilde? Ich empfand sofort Stiche.
Eben wollte ich das letzte Stück noch einmal wiederholen, da zuckte ich zusammen. Das Notenalbum fiel auf den Boden. Meine Augen waren blitzartig auf die Tür gerichtet. Der schrille spitze Schrei ließ mich hochfahren. Polternd kippte der Klavierhocker um. Was hatte ich da eben gehört? „War das Mam?", flüsterte ich. Ist was passiert?, schoss es mir durch den Kopf. Ich sprang zur Tür, drehte den Schlüssel, riss sie auf. Verharrte aber noch und horchte. Ob er etwa Mam etwas antut? Der Gedanke war entsetzlich.
Laute erregte Stimmen drangen jetzt von unten herauf. Wie ungewöhnlich. Das hatte ich noch nie erlebt. Es klang nach einem fürchterlichen Streit. Großvaters Brüllen füllte jetzt das Haus. Ich verstand nur die Worte: „Geld!", und immer wieder: „Geld! Mein Geld!" Du lieber Himmel, was war da unten nur

los? Kalte Angst befiel mich und ich malte mir alle möglichen Szenarien aus.
Einen Herzschlag lang zögerte ich noch, bevor ich mich langsam nach unten bewegte. Hinter der Küchentür blieb ich stehen. Lauschte zum Zerreißen angespannt. Jetzt vernahm ich die Stimme meiner Mutter. Diese Stimme kannte ich nicht. Meine Mutter war aufs äußerste erregt und völlig außer sich.
„Wir haben dein Geld nicht! Keiner von uns! Verstehst du! Keiner hat dein Geld genommen!"
„Aber es fehlt! Es ist weg! So einfach verschwunden!" Drohend klang es. „Vielleicht etwa von allein? Ein Fünfhunderter ist kein Pappenstiel. Das eine sag ich dir, ich jedenfalls halte mein Geld zusammen! Halte Ordnung! Weiß genau, was ich habe! Da kann mir keiner was vormachen!"
Bei den letzten Worten hörte ich einen mächtigen Plauz. Ich erschrak so gewaltig, dass ich mir beim Zusammenzucken auf die Zunge biss. Ich presste mich, die Hand auf dem Mund, gegen die Tür. Meine Beine zitterten.
Mutter geriet vollkommen aus der Fassung. Ich erkannte sie nicht wieder. Ihre Stimme klang völlig fremd, als sie empört schrie. Ja, sie schrie tatsächlich. „Wir haben dein Geld nicht. Wie kannst du nur so gemein denken! Schikane ist das, nichts anderes! Die eigene Familie zu verdächtigen! Das schreit zum Himmel!"
Ich nahm meinen ganzen Mut zusammen. Vorsichtig öffnete ich die Küchentür einen Spalt breit. Ich wurde von beiden, die völlig in Rage waren, nicht bemerkt.
„Das Geld ist jedenfalls weg und einer von euch muss es haben! Punktum! Stefan jedenfalls nicht", setzte er betont hinzu. Seine Nasenflügel bebten. Ich sah, er wollte sie mit Gewalt in die Enge treiben.
Die Wucht seiner Worte war für Mutter kaum zu ertragen. Ich bemerkte mit Entsetzen, wie die Aufregung ihr den Boden unter den Füßen wegriss.
Sie trommelte in ihrer Hilflosigkeit mit den Händen auf die Tischplatte, hob sogleich wieder den Kopf. Ihr Gesicht war

vor Empörung gerötet. Die Angst um Mutter überfiel mich so gewaltig, dass ich die Tür aufriss und zum Sprung bereit war.

„Willst du damit etwa sagen ich oder Ellen ...? Wie kannst du nur so etwas behaupten! Das ist, ja... ", sie rang nach Luft, presste die Hände an die Brust, „das ist eine riesengroße Ungeheuerlichkeit! Das ist", sie stockte, suchte hilflos nach Worten, „das ist die widerlichste Gemeinheit, die ich je erlebt habe. Jedenfalls, eins steht fest, wir haben dein verdammtes Geld nicht. Wir haben es nicht!" Bei jedem Wort schwoll ihre Stimme mehr an. Sie griff sich an den Hals. Ihre Stimme versagte.

Doch sie bäumte sich vergeblich auf. Gegen Großvater kam man nicht an.

„Weil in unserer Familie so etwas noch nie vorgekommen ist! Merke dir das!", donnerte er zurück. Dabei schwang er wütend die Arme. Seine Augen rollten.

Ich stand noch immer da wie erstarrt. Hatte es nicht fertig gebracht, hineinzustürmen.

Diese Szene, deren Zeuge ich soeben wurde, war unfassbar. Wie ich ihn hasste! Ich presste die Faust gegen die Lippen, um nicht zu schreien. Es stach in der Brust, als wären Glassplitter in meinem Herzen. Mit Entsetzen sah ich, wie meine Mutter jetzt taumelte und sich an der Tischkante festhielt. Dann sank sie erschöpft auf den Küchenstuhl. Sie brauchte ein paar Sekunden, bis sie in der Lage war, Luft zu holen. Erst jetzt erblickte sie mich in der geöffneten Tür.

„Mein Gott, Ellen, du bist ja hier", stöhnte sie mit schmerzverzerrtem Gesicht. „Nein, Ellen, du solltest das nicht erleben. Geh in den Garten, bitte", keuchte sie. Dabei presste sie die Hand mit angehaltenem Atem wieder an die Brust. In mir schrie es: Um Himmels willen, ihr Herz!

„Deine Tropfen! Ich hole deine Tropfen!", wagte ich nun doch zu rufen. Aber Mutter schüttelte den Kopf. Ich biss mir auf die Lippen und griff nach der Türklinke.

Großvater war von meiner Anwesenheit nicht beeindruckt. Donnerte weiter, als wäre ich Luft.

„Du kümmerst dich doch hier um gar nichts. Hier passieren die tollsten Sachen. Jeder macht was er will." Seine Augen verengten sich zu schmalen Schlitzen. „Aber dir ist doch alles einerlei! Richtig arbeiten kann hier auch keiner. Du am allerwenigsten. Bewegst dich beim Arbeiten wie ne Schnecke. Machst doch nur gezierte Fummelei. Wenn ich das schon sehe. Und Verantwortung – ha! – und dann nun auch noch diese Geldsache. Das schlägt dem Fass den Boden aus!", hörte ich noch, bevor ich die Haustür schloss.

Rastlos irrte ich im Garten umher. Aufgepeitscht von Hassgefühlen. Es war nicht nur Hass. Wut! Abscheu! Ekel! Angst! Es war alles zusammen.

Da hatte er wieder mal seine ganzen Boshaftigkeiten herausgeschleudert, um zu quälen. Ich hielt meine Wut nur mühsam im Zaum. Wie gern hätte ich ihm meine Abscheu ins Gesicht geschrien. Alles herausgeschrien. Alles, womit er mich gepeinigt hat, gedemütigt hat, die Schmerzen, die er mir zugefügt hat. Die Wunden, die kaum heilen werden.

Ich blieb jäh stehen. Nur mit äußerster Anstrengung gelang es mir, nicht wieder zurück ins Haus zu laufen.

Noch immer drang sein Brüllen bis zu mir. Gnadenlos hämmerte seine Stimme auf meine Mutter ein. Und als ich wie betäubt auf die Gartenbank sank, wurde mir jetzt erst bewusst, dass er auch mich verdächtigte. „Vielleicht gerade mich", sprach ich vor mich hin.

Ich sprang auf. In meinem Kopf wirbelte es: Wenn doch etwas geschehen würde, und ich ihn nie wieder sehen müsste. Nie wieder! Ich schlug mit der Hand gegen die Bank. Krank müsste er werden und – für lange Zeit im Krankenhaus liegen. Nein, sterben müsste er. Ja, augenblicklich tot umfallen. Dann wäre endlich Frieden im Haus. Eine Erlösung wäre es. Wenn er nicht mehr da wäre, ließe es sich leichter atmen.

Irgendwo, in einem Winkel meines Gehirns wusste ich, dass mein Plan Wirklichkeit werden würde.

Ich lehnte mich an den breiten Stamm der Linde. Meine Augen schweiften gehetzt durch den Garten, saugten sich dann am Hoftor fest. Missmutig schlug ich nach den lästigen Mücken. Da endlich vernahm ich das vertraute Motorengeräusch. Ich raste wie von Sinnen durch die Rabatten meinem Vater entgegen.

„Paps, gut dass du endlich da bist! Komm schnell, sonst passiert noch ein Unglück. Mam und Großvater... du kannst dir nicht vorstellen...", stammelte ich. Noch bevor er etwas fragen konnte, packte ich seine Hand und zog ihn mit mir fort zum Haus.

Mit energischen Schritten ging er auf Großvater zu.

„Um Geld geht es hier? Du vermisst Geld?"

Großvater riss schon den Mund auf, doch Vater kam ihm zuvor.

„Erinnere dich an die Rechnung vom Dachdecker, die du vor Wochen beglichen hast. Du zeigtest sie mir damals."

„So", sagte der Großvater nur. „So? Das habe ich?" Er verzog sein Gesicht ungläubig, verstummte, runzelte die Stirn, als wollte er Vaters Worte überprüfen. Dann sah er ihn mit forschendem Blick an.

„Das weißt du genau?"

„Natürlich Vater, wir haben doch noch darüber gesprochen. Du warst mit irgendetwas nicht einverstanden. Hast mir deshalb die Rechnung gezeigt."

„Ach, dann müsste sie ja zu finden sein, diese Rechnung." Abrupt drehte er sich um, winkte mit dem Arm ab. Stampfte durch die Diele davon.

Mutters Gesicht war kreidebleich. Sie hielt sich zitternd an der Sessellehne fest.

„Nein Stefan, das war zu viel, einfach zu viel." Ihre Stimme bebte. Wieder presste sie die Hand auf die Brust. „So ein teuflischer Verdacht. Und diese Beschimpfungen, diese Beleidigungen. Nein, Stefan! Nein! Ich ertrage das nicht mehr!", stieß sie wieder und wieder hervor, als wir drei uns im Wohnzimmer auf der Couch niederließen. Sie zitterte noch immer vor Aufregung, schüttelte fassungslos den Kopf. „So

eine Niedertracht! Mit so einem Menschen unter einem Dach. Ich kann nicht mehr!" Ein Zucken ging durch ihren Körper. „Die Herztropfen, Stefan! Bring sie mir, schnell." Ich bemerkte ein angstvolles Flackern in ihren Augen. Ihre Hand flatterte, als sie nach den Tropfen griff. Mein Vater legte den Arm fest um ihre Schulter, zog sie an sich. Er wusste, wie sie litt. Meine Augen bewegten sich prüfend zwischen den Eltern. Ich beobachtete schockiert, dass meine Mutter völlig am Boden war. Zusammengesunken und mit hängenden Schultern starrte sie auf ihre Hände. Wie gern hätte ich ihr geholfen. Ich streichelte ihren Kopf, ihre Wange. Worte fand ich nicht. Stumm verließ ich den Raum.
Mein Tagebuch half mir, die Worte zu finden. Nach langen qualvollen Grübeleien griff ich zum Kugelschreiber. Der bohrende Schmerz über das erlittene Unrecht rumorte in meinem Kopf. Die Gedanken zuckten wie Blitze. Ich hatte Mühe, sie zu ordnen. Dann füllte sich die leere Seite rasend schnell.

... Diebstahl! Nach allem, nun auch das noch! Er lässt nichts aus!

Das schrieb ich noch darunter, dann klappte ich das Tagebuch zu.
Und beim Schreiben keimte in meinem Inneren eine neue wilde Hoffnung auf, die zwar nur eine hauchdünne war. Aber dennoch zu spüren.

#

Die Luft stand still.
Es war ein heißer Sommertag, der nur durchbrochen wurde in seiner Ruhe durch das Schreien der Krähen und Geräusche der vorbeifahrenden Autos.
Als ich am späten Abend aus dem Fenster sah, bemerkte ich am Horizont drohende, dunkelgraue Wolkenbänke,

Wolken, mit einem Stich ins gelbliche. Es sah nach einem nahenden Gewitter aus. Gerade als ich mich abwenden wollte, leuchtete in der Ferne ein erster greller Blitz. Es dauerte nicht lange, und der Wind zerrte und rüttelte an den Bäumen. Ich ging zum Schreibtisch und schaltete die Lampe an.
Die Wolken erhoben sich jetzt wie Berge. Und der Himmel wurde tiefschwarz.
Mein Kopf wirbelte wieder zum Fenster herum. Ein gewaltiger Blitz zuckte jetzt nah. Und für einen winzigen Moment wurde der Himmel taghell. Ein tosender Donner folgte. Dann blitzte und krachte es unentwegt. Es schien, als wollte sich der Himmel mit aller Macht entladen. Von allen Seiten leuchtete das grelle Licht der Blitze und ein nicht enden wollendes Krachen folgte. Der Himmel tobte. Regen peitschte gegen die Scheiben. Bäche flossen herunter.
Ich beobachtete mit starrem Blick dieses Schauspiel. Das Gewitter kam mir gerade recht. Ja, es passte zu meinem Plan. Ich wusste, bei Gewitter konnte ich meist keinen Schlaf finden. Und schlafen wollte ich auch jetzt auf keinen Fall. Ich musste munter bleiben.
Mein Entschluss stand endlich fest. So hatte ich es auch in mein Tagebuch hineingeschrieben.

Es war schon fast Mitternacht. Das Gewitter war abgezogen, der Wind war eingeschlafen. Im Haus herrschte dumpfe Ruhe. Die kleine Schachtel fest in der Hand, lief ich geräuschlos die Treppe nach unten. Die Küchentür war angelehnt. Nach wenigen Schritten stand ich vor dem Kühlschrank. Noch einmal zögerte ich. Ich atmete tief ein und langsam aus. Dann fasste ich mich, presste die Lippen aufeinander und öffnete ihn. Ein kühler Hauch streifte mein Gesicht.
Die kleine Schachtel mit dem Pulver lag jetzt auf dem Kühlschrank. Ich bückte mich und schob Gläser und Dosen zur Seite. Und richtig. Da stand das Glas mit Großvaters Pflaumenmus. Vorsichtig holte ich es heraus und stellte es auf den Kühlschrank neben die kleine Schachtel. Meine

Bewegungen waren langsam und voller Bedacht. Einen kleinen Löffel brauchte ich noch.
Plötzlich zuckte ich zusammen und erschauerte. Ich hielt den Atem an. Horchte bis aufs Äußerste gespannt. Hatte ich da eben ein Geräusch im Haus gehört? Ein leises Knarren? Ich hielt inne. Wartete. Jetzt kam es mir so vor, als verflüchtigte es sich wieder wie eine boshafte Sinnestäuschung. Ich horchte – nichts. In meinem Kopf herrschte nun wieder geballte Entschlossenheit.
Dann ging alles sehr schnell. Nur wenige Augenblicke dauerte es. Noch einmal verrührte ich das Pflaumenmus, verschloss das Glas und stellte es zurück in den Kühlschrank. Genau an die gleiche Stelle. Mit einem kurzen dumpfen Geräusch klappte die Kühlschranktür zu.
Die Schachtel verschwand in meiner Hand. Und als ich die Hand fest zupresste, fühlte ich mich, als wäre ich einen Handel mit dem Teufel eingegangen. Hatte ich mir nun selbst eine Falle gebaut?, fragte ich mich. Aber es war doch meine feste Absicht, etwas zu tun, endlich. Es musste doch sein, beruhigte ich mich.
Ich biss die Zähne zusammen, als wollte ich ein verborgenes Geheimnis verschließen.
Lautlos sperrte ich hinter mir meine Zimmertür zu und lehnte mich dagegen, schloss die Augen. Hinter meiner Stirn explodierten Blitzlichter, und mir wurde bewusst, was ich getan hatte. Zweifel meldeten sich. Ich spürte Stiche im Magen. Krümmte mich. Vorn übergebeugt stolperte ich dem Tisch entgegen. Ich ließ mich kraftlos in den Sessel fallen. In meinem Kopf war auf einmal Leere.
In der Dunkelheit schienen die Minuten wie Stunden. Reglos saß ich da. Ich stützte die Arme auf den Tisch und legte den Kopf in die Hände. Es war schon weit nach Mitternacht, doch ich war noch immer hellwach. Etwas drückte bleischwer auf meinem Herzen. Ich wurde noch erbarmungsloser von den Zweifeln geplagt. Sie bohrten und stachen heimtückisch.

Ich schreckte hoch. Ein Käuzchen schrie durch die schwarze Unendlichkeit dieser Nacht. Durch das geöffnete Fenster strich die noch immer samtene Wärme der Augustnacht herein und eine eigentümliche Stille lag über dem Haus. Ich schloss das Fenster, legte mich ins Bett. Doch der befreiende Schlaf wollte sich lange Zeit nicht einstellen.

Der Tag begann mit schwebendem Nebel, der sich schnell auflöste und im Sonnenaufgang verschwand. Die Stadt erwachte gerade erst zum Leben.
Ich hastete durch die Straßen. Heute wollte ich so früh wie möglich fort von zu Hause. Unruhe drängte mich. Als ich gerade die Straße überqueren wollte, fiel mein Blick auf etwas Helles, das hinter dem Trafohäuschen lag. Ich stutzte und mir stockte der Atem. Unwillkürlich zuckte meine Hand in meiner Jackentasche. Wie denn? Konnte das sein? Das war doch unmöglich. Nur ein böser Spuk. Doch ich musste es wissen.
Mit langsamen Schritten näherte ich mich, trat mit dem Fuß gegen die weiße Schachtel, sodass sie gegen einen Stein rollte. Sie glich genau meiner, mit dem Pulver darin. Ich beugte mich noch tiefer hinunter und stellte fest, nein, sie war es nicht. Wie hätte meine Schachtel auch hierher gelangen sollen. Ich atmete durch. Lief weiter. Dabei spukte die Sinnestäuschung noch immer in meinem Kopf. Ständig tauchte sie auf, diese teuflische Schachtel. Ich ertappte mich dabei, wie ich, die Hände in den Taschen fest zu Fäusten geballt, mich in alle Richtungen umsah.

Die Stunden zogen sich endlos hin. Später in der Pause stand ich abseits, mit meinen Gedanken beschäftigt. Sie kreisten, unentwegt, gnadenlos. Ich sah den Kühlschrank, darin das Glas mit dem Pflaumenmus. Vor meinem inneren Auge wuchs das Glas, wurde beängstigend größer, schien mich erdrücken zu wollen. Es gelang mir nicht, das Bild wegzuschieben. Es blieb hinter meiner Stirn, als hätte es sich dort festgehakt.

Mein sonderbares Verhalten war Pia wohl schon aufgefallen, als wir uns früh getroffen hatten, denn sie musterte mich skeptisch, als wir uns begrüßten. Auch später wich ihr Blick nicht von mir. Ich war abwesend und wortkarg wie noch nie. Aber sonderbarerweise bestürmte sie mich nicht mit Fragen. Ich war froh darüber.
Doch allzu lange konnte sie ihre Neugier nicht verbergen. Jetzt stellte sie sich dicht neben mich und sah mich forschend an. Sie hob die Augenbrauen. Wartete. Musterte mich scharf. Ja geradezu misstrauisch. Etwas war auf einmal zwischen uns. Sie war mir plötzlich fremd. Ich wollte mich am liebsten von ihr abwenden. Da griff sie nach meinem Arm und brachte das hervor, was sie die ganze Zeit beschäftigt hatte.
„Was ist denn bloß mit dir los? Bist du krank? Oder ist was passiert? Wieder was Schlimmes?"
Ich runzelte die Stirn, überlegte angestrengt. Wie sollte ich mich herausreden? Ich biss mir auf die Lippe, wusste genau, Pia würde nicht locker lassen.
„Ach was." Ich schüttelte den Kopf. „Gar nichts ist mit mir." Ich wusste, es klang nicht überzeugend. Hinter meinen Augen begann es zu brennen.
„Was denn dann?", wollte Pia weiter wissen. „Du redest ja heute überhaupt nicht. Stehst stumm da wie eine Statue. Hm." Sie kam noch dichter heran, ich spürte einen winzigen Hauch ihres Atems auf meinem Gesicht. „War wieder was mit deinem Großvater?", flüsterte sie und funkelte mich herausfordernd an. Das kannte ich. Sie machte aus ihrer Neugier keinen Hehl.
Ich wollte es nicht, aber je mehr sie fragte, desto düsterer wurde meine Stimmung.
Ich strich mir die Haare aus der Stirn. Lächelte gequält. Und dann vernahm ich Pias Stimme nur noch wie durch einen Nebel. Mit Macht riss ich mich jetzt zusammen, stieß die angestaute Luft aus und antwortete ausweichend.
„Ach, Mensch, Pia, hör doch auf, mir Löcher in den Bauch zu fragen. Bin heute eben nicht gut drauf. Hab total schlecht

geschlafen, weiter nichts." Ich verschränkte die Arme vor der Brust. Verschloss mich wieder. Eine Zeit lang standen wir schweigend nebeneinander. Geistesabwesend zog ich mit dem Fuß kleine Kreise in den Erdboden.

Plötzlich drang lautes Gelächter zu uns herüber. Unsere Blicke wanderten zu den Mitschülern, die sich unter der Kastanie versammelt hatten. Pia stieß mich an.

„Jens hat wohl wieder was aus seiner Witzkiste gekramt. Das kann er ja wirklich gut. Muss man ihm lassen." Sie wandte sich mir zu. „Du verziehst ja gar keine Miene", bemerkte sie stirnrunzelnd, rollte mit den Augen.

„Ich glaube mit dir ist heute einfach nichts anzufangen", begann sie von neuem. Jetzt merkte ich an ihrer Art, sie war schon etwas ungehalten. Sie wandte sich ab und ihre Augen richteten sich zu unseren Mitschülern hin. Nun wollte ich doch wieder einlenken.

„Hast recht. Ist blöd von mir", sagte ich jetzt versöhnlich. „Aber ich kann heute einfach nicht... weißt du, versteh mich doch. Ich würde mich am liebsten verkriechen. Ja, einfach für immer verschwinden. Mich wie eine Schildkröte in den Panzer einziehen."

„Schildkröte? Hm." Pia grinste.

„Na ja, ist eben manchmal so." Ich legte den Arm um Pias Schultern. „Sei nicht böse, ja?" Ich zog meine Jacke aus und knotete sie um meine Hüften und bemerkte im Augenwinkel, wie Pia leicht die Lippen verzog. Und die Art, wie sie grinste, verriet, dass sie sich einen sarkastischen Kommentar verbiss. Wir hingen nun beide unseren Gedanken nach. Unsere Blicke verhakten sich, aber keiner sagte etwas.

Wenig später gingen wir Arm in Arm zurück ins Schulgebäude.

Mit einem Gefühl von Unbehagen dachte ich an zu Hause. Dachte an das Pflaumenmus. Es war bereits schon Großvaters Frühstückszeit. Eine wilde Hoffnung keimte in mir auf. Und ich versuchte, mich an diese Hoffnung zu klammern. Für einen Moment heftete sich mein Blick an die Schuluhr in dem kleinen Türmchen auf dem Dach. Ich zählte die Stunden. Starrte auf die Zeiger und überlegte fieberhaft. Vielleicht ist er schon fort, schon im Krankenhaus? Vielleicht muss ich ihn gar nicht mehr sehen. Nie wieder! Vielleicht ist er etwa... Meine Gedanken balancierten, jagten zwischen Hoffnung und Angst.

*

Ausgerechnet an jenem Tag hat Ellen besonders viel Sorgfalt für das Dekorieren des Tisches verwendet. Zwei bronzene Kerzenleuchter mit langen schlanken Kerzen stehen sich an den schmalen Seiten gegenüber. Die weißen, kunstvoll gefalteten Servietten auf der spiegelglatten Tischplatte gleichen schwimmenden Seerosen. Eine rosa Orchideenblüte ruht in einer flachen Schale.
Zufrieden betrachtet sie ihr gelungenes Arrangement. Sie freut sich wieder auf den gemeinsamen Abend mit Frank.

In immer kürzer werdenden Abständen schaut sie auf ihre Uhr, kritzelt kleine Bildchen auf das Papier und beobachtet dabei Frank verstohlen. Zum ersten Mal erwägt sie ernsthaft, ihm das Buch aus den Händen zu nehmen.
Frank hat wohl ihre Unruhe gespürt. Minuten später klappt er das Buch zu, legt es auf den Tisch. Einen langen Moment schweigt er nachdenklich. Seine Augen sind fest auf das Buch gerichtet. Er bedeckt es mit der Hand. In seinem Gesicht arbeitet es. Nach endlos langem Grübeln reicht er es schließlich Ellen. Die Sätze, die er gerade gelesen hatte, brachten ihn aus der Fassung. Er ist sprachlos.
Er schließt für einen kurzen Moment die Augen, als wollte er sich vor dem schützen, was noch folgen würde. Dann wendet er sich Ellen zu, streicht über ihren Kopf, lässt die Hand wieder fallen. Er sieht sie mit wachen Augen an. Eine ganze Weile verharrt er, sucht nach Worten. Doch Ellen unterbricht ihn in seinem Grübeln.
„Ich verstehe dich gut. Und mich bedrückt, dass ich damals nicht offen mit dir gesprochen habe. Ich hätte doch wissen müssen, dass ich dir alles anvertrauen konnte", sagt sie mit bekümmerter Miene. Sie drückt seine Hand. Ein trauriges Lächeln umspielt ihre Mundwinkel.
„Doch ich konnte nicht sprechen. Es funktionierte einfach nicht. So ging es mir doch immer. Außerdem wagte ich es nicht", sagt sie mit kläglich kleiner Stimme. Sie beginnt aufs Neue, Bildchen zu kritzeln.

Von der Straße dringt jetzt fröhliches Stimmengewirr herein. Frank schreckt aus seiner Versunkenheit auf.

„Ellen, es ist unfassbar, einfach unfassbar", seine Stimme vibriert, „wenn ich mir das vorstelle. Da hast du das Glas mit dem vergifteten Pflaumenmus in den Kühlschrank gestellt. Das war doch eine Gefahr für alle. Hast du daran nicht gedacht?"

Sie erkennt auf seinem Gesicht Schock und Ungläubigkeit. Sie sieht ihn flehend an. Ihre Augen bitten, nicht weiter zu fragen. In den Erinnerungen leben alte Schrecken wieder auf. Und sie haben bis zu diesem Tag nichts von ihrer Macht verloren.

„Ich muss die Vergangenheit abstreifen", würgt sie ausweichend heraus, wohl ahnend, dass ihr das nie gelingen würde. Sie greift an ihr Handgelenk, sieht dabei unbewusst auf die Uhr.

„Abstreifen, Ellen? Abstreifen?" Er spricht die Worte betont langsam, und sieht sie dabei prüfend an. Dann blickt er geradeaus zu dem Foto auf dem Regal, das bei ihm immer wieder die unterschiedlichsten Gefühle hervorruft: Ellen damals mit Cäsar auf dem Reiterhof. Auf ihrem Gesicht ein glückliches Lachen. Ihre Hand streichelnd auf dem Nacken des Pferdes.

Die nächsten Sätze durchdenkt er mehrmals, ehe er sie herauslässt.

„Du hast es getan. Das ist es eben. Dazu hätte es niemals kommen dürfen." Seine Stimme ist bedeutungsschwer. „Trotz allem, was geschehen war."

Sie seufzt und stellt ihr Glas ab, als wäre es zu schwer geworden, es zu halten. Auch Frank sitzt vornübergebeugt, in Gedanken versunken.

Sie sieht hilflos vor sich hin und legt sich im Inneren die Worte zurecht, die sie ihm sagen will. Nach langen Minuten des Zögerns beginnt sie schließlich. Verzweiflung und Enttäuschung klingen in der Stimme.

„Hast du nicht aufmerksam gelesen, was ich geschrieben habe. Ich war am Ende! Ich wusste mir nicht mehr zu helfen.

Es war die Hölle! Ich war lange Zeit am Abgrund balanciert, dann stürzte ich hinunter. Alle Brücken waren hinter mir abgebrochen. So hatte ich es auch in mein Tagebuch geschrieben. Und die Sätze waren wie Messerstiche, die sich den Weg über die Seiten bahnten."
Ihre letzten Worte sind kaum mehr als ein heiseres Flüstern. Beinahe hätte sie am Daumennagel gekaut. Doch sie zieht schnell die Hand wieder zurück. Unbewusst presst sie ihre Finger.
„Wahrscheinlich kannst du das gar nicht verstehen. Ich handelte aus großer Verzweiflung. Außerdem war ich mir sicher und hatte keinen Zweifel daran, dass diese kleine Menge Gift keine tödliche Wirkung haben kann." setzt sie noch an, dann ist in ihrem Kopf für wenige Augenblicke vollständige Leere. Stocksteif lehnt sie in ihrem Sessel.
Er trinkt noch einen Schluck von dem rubinroten Wein und lässt ihre Worte auf sich wirken. So leicht ist Frank nicht zu besänftigen. In ihm arbeitet es weiter. Sie schweigen. Die Pause ist endlos. Ellen zieht sich in ihre Vergangenheit zurück. Sie wartet darauf, dass er ihr das Buch gibt, doch er lässt es nicht aus den Fingern. Und es beschleicht sie das Gefühl, dass sie seinen bohrenden Fragen nicht standhalten wird.
„Da irrst du, Ellen. So ist es nicht. Ich verstehe alles sehr gut. Weiß jetzt, wie es um dich stand. Aber das vertrackte Problem so lösen zu wollen, nein Ellen, wie absonderlich, wie unbegreifbar. Total unverständlich, auch wenn du damals noch sehr jung warst. Das ist etwas, das bei Licht besehen, keinen Sinn ergibt. Verstehst du mich? Ich will deinen Schmerz nicht aufwühlen, aber einen Konflikt auf diese Art beseitigen zu wollen, das kann ich nur schwer begreifen. Nein Ellen, eigentlich gar nicht. Diese bittere Tatsache bleibt. Und ich fürchte schon, was die nächsten Seiten zutage bringen werden."
Wachsam schaut er sie an. Und in seinem Blick lauert die Frage, wie sie mit ihren Gewissensbissen umgegangen ist.
Ihre Lippen zucken. Sie erwidert in resolutem Ton:

„Ich entsinne mich. Schon einmal fragte ich dich, ob du eine Ahnung hast, wie es ist, wenn man in ständiger Angst und Panik leben muss. Und wieder muss ich dir sagen, nein, du hast keine Ahnung", ereifert sie sich. Sie beugt sich nach vorn, knetet ihre Finger. Nach einer Weile hebt sie den Kopf.
„Sonst würdest du nicht so reagieren."
Frank presst das Buch in seinen Händen, als koste es ihn Kraft, es weiter zu lesen. Sie spürt es.
„Du musst es nicht weiterlesen! Lass es! Erspar es dir."
Er sieht sie erschrocken an, legt das Buch auf den Tisch zurück, schiebt es zur Seite.
„Du hast recht, vielleicht ist es besser so." Er spricht mit todernster Miene, nickt, um seine Worte zu bekräftigen. „Vielleicht ist es überhaupt besser, ich lass dich jetzt allein."
Er zieht ein schmales Notizbuch aus seiner Aktentasche heraus, blättert, schlägt es wieder zu und steckt es zurück. Es geht wie ein Stromstoß durch sie hindurch. Sie sucht seine Augen. Endlose Sekunden starren sie sich wortlos an. Sie muss zweimal schlucken, ehe sie hervorbringt: „Das meinst du nicht so."
„Doch, ich meine es so", sagt er und erhebt sich resolut.
Sie sinkt zusammen. Die Enttäuschung ist wie ein Kübel mit eiskaltem Wasser, der sich über ihrem Kopf ergießt.
An der Tür macht er nur eine knappe Geste des Abschieds. Sie schaut ihm nach und haucht ein leises „Verlass-mich-nicht, bitte", als sie sich Halt suchend an die Tür lehnt.
Als er sie so abrupt verlässt und sie wieder allein ist, bricht etwas in ihr zusammen. Sie fühlt sich verlassen und verloren. Der Boden unter ihren Füßen ist plötzlich wacklig und schwach, als balancierte sie auf einem Balken. Und im Geist wiederholt sie ihr Mantra: Bitte, verlass mich nicht, bitte verlass mich nicht.
Wenige Augenblicke verweilt sie hilflos am Fenster. Eine schwere Stille legt sich über den Raum.

Am folgenden Tag fühlt sie sich noch wie benommen. Im Inneren weigert sie sich immer noch zu akzeptieren, was gestern geschehen war. Sie ringt mit vielen widerstreitenden Gefühlen. Denkt dabei an ihre erste Begegnung mit Frank im Kauf-Center. Damals spürte sie auch die unterschiedlichsten Gefühle. Aber es waren andere. Sie wünschte sich, sie könnte jetzt auch einfach nur den Notschalter betätigen, wie den an der Rolltreppe, und alles wäre wieder still und friedlich.

Die nächsten Tage verbringt sie wie im Dämmerzustand. Ruhelos bewegt sie sich in den Räumen. Selbst ihre Bücher können ihr nicht helfen, die Schwermut zu lindern.

Auch an diesem Nachmittag fühlt sie sich wie verloren. Das Buch legt sie zurück. Sie hat die Seiten nur überflogen. Ihre Gedanken sind wieder bei Frank. Ihr ist klar, warum sie die Erinnerung an ihr letztes Beisammensein so tief bewegt: Sie will Frank um keinen Preis verlieren.

Am Nachmittag schleicht sie am Telefon vorbei. Zögert noch – und lässt es.

Auch am nächsten Tag spielt sie unentwegt mit dem Gedanken, endlich mit ihm zu telefonieren. Dennoch steht sie wieder unschlüssig vor dem Telefon. Schließlich greift sie nach dem Hörer. Ihre Finger tasten. Jedoch, sie legt ihn rasch auf.

An diesem späten Abend rückt sie die Lampe näher heran. Greift nach dem leeren Blatt, auf das ihre Worte fließen.

Hallo Frank, ich möchte in diesem Brief mit dir sprechen. Du weißt ja, geschriebene Worte fließen bei mir leichter. Ich werde nicht vergessen, wie versteinert dein Gesicht war, während dein Blick über meine Zeilen glitt. Es musste die Festigkeit von Fels haben, dein Gesicht, um der Enttäuschung und der grausamen Wahrheit standhalten zu können.

Du fragtest einmal nach meinem Tagebuch, meinem geduldigen Zuhörer, dem ich alles mit Leichtigkeit anvertrauen konnte. Die Seiten riechen immer noch nach Angstschweiß, Tränen und Kummer, nach Schmerzen. Auch wenn ich noch so verzweifelt war, gelang es mir gut, meine Worte deutlich auf Papier zu bringen. Ach, ich merke, nun bin ich doch ein bisschen abgewichen.
Mein Tagebuch war stets für mich da. Es half mir, machte es mir für Augenblicke leichter. Immer dann, wenn ich nicht mehr aus noch ein wusste, völlig verzweifelt war, setzte ich mich an meinen Schreibtisch und stellte mir beim Schreiben vor, wie ich mich wehren muss, um leben zu können. Doch dabei hatte ich das Gefühl, zu ersticken.
Weißt du wie es ist, wenn man nur unter Ängsten lebt?
Weißt du wie es ist, wenn man sich bedroht und verfolgt fühlt?
Weißt du wie es ist, wenn man sich verschließen muss?
Weißt du wie es ist, wenn man keinen Ausweg sieht? Keine Hilfe erwarten kann?
Du weißt es nicht! Und doch verurteilst du mich. Die Hilflosigkeit, die Verzweiflung und schließlich der Hass, der mich nur noch beherrschte, trieben mich zu dieser irrsinnigen Tat.

Am ehesten wirst du mich vielleicht verstehen, wenn ich dir sage, dass ich nach den schrecklichen Ereignissen, den schrecklichsten und schmerzlichsten, die ich je erlebte, mich von meiner eigenen Seele verlassen fühlte. Ich war mir so fremd, wie jemand, der unter vollständiger Amnesie leidet. Hoffnung und Verzweiflung lagen dicht beieinander. Später, als ich mehr verstand, entwickelte ich einen sechsten Sinn. Versuchte so, mich zu schützen.

Ich vertrau auf dich!
Ellen

Sie liest die Sätze wieder und wieder. Mit einem matten Lächeln streicht sie gedankenvoll über die Seite. Sie legt den Stift zur Seite und faltet das Blatt und vergräbt es schließlich in ihr Tagebuch.

Das erste Licht eines strahlenden Morgens weckt sie.
Als sie kurz nach acht aus dem Küchenfenster sieht, läutet das Telefon. Ihr Herz macht einen Sprung. Aufgeregt und voller Erwartung hastet sie zu dem kleinen runden Tisch, reißt den Hörer an ihr Ohr, an ihren Mund.
„Ja, hier Ellen." Ein leises Schluchzen klingt in ihrer Stimme mit. Sie ist kaum in der Lage, seine Worte richtig zu verstehen. „Ja, gut, bis heute Abend", sagt sie noch, dann legt sie auf. Ihre Hände zittern so stark, dass ihr der Hörer aus der Hand gleitet. Ihre Finger hinterlassen Schweißspuren auf dem Hörer.
Alles was sie in den letzten Tagen beschäftigt und mit Sorge erfüllt hat, fällt im selben Moment von ihr ab, als sie ihn in der geöffneten Tür sieht.
Als hätten sie sich eine Ewigkeit nicht gesehen, stehen sie sich gegenüber. Sie reicht ihm die Hand und schenkt ihm ein

zurückhaltendes Lächeln. Frank holt die Weinflasche aus seiner Tasche hervor.
„Für uns, Ellen."
Wenig später sitzen sie sich gegenüber. Ein kurzes Schweigen und ein wenig Verlegenheit decken sich noch einen Moment lang über sie. Leise Klänge aus dem Radio schwingen im Raum, während er die Flasche entkorkt.
Ellen hält sich an ihrem Weinglas fest. Die Augen auf Frank gerichtet, nippt sie bedächtig. Auf ihren Lippen glänzt der rote Wein. Sie trinkt und spürt ihn an ihrer Seite. Ihre Gefühle pendeln zwischen Lachen und Weinen. Das Gespräch will noch nicht so recht in Gang kommen. Eine unsichtbare Grenze ist da, die sie überschreiten müssen. Doch es tut ihr gut, seine Nähe zu spüren. Sie hat sich geschworen, beim Wiedersehen tapfer zu sein. Kein Klagen, kein Jammern. Die dunklen Schatten unter ihren Augen hat sie geschickt mit kosmetischen Tricks versteckt.
Frank schwenkt die leuchtend rote Flüssigkeit. Er stellt das Glas jedoch wieder ab. Dann beugt er sich zu ihr, streichelt sanft ihre Wange.
„Ellen, es tut mir leid." Er senkt die Stimme. „ Ja, glaub mir, es tut mir wirklich sehr leid. Ich wollte dich nicht verletzen." Sie versucht in seinem Gesicht zu lesen. Er neigt den Kopf und spricht eindringlich weiter.
„Ich habe über deine Zeilen nachgedacht. Lange hatte ich mich den Tatsachen verschlossen. Ja, gewiss, verschlossen. Versuchte, dich immer so zu sehen, wie ich dich kannte. Damals." Dabei weist er zu dem Foto im Regal. Er kneift die Augen zusammen, als käme grelles Licht von dort. „Doch dann hielt ich mir immer wieder vor Augen, wie jung und hilflos du warst. Habe mir vorgestellt, wie schrecklich es sein musste, sich den Eltern nicht anvertrauen zu können. Es hat gedauert, bis ich diese Hürde überwunden hatte. Ich verstehe dich jetzt endlich besser", sagt er mit unmerklichem Nicken.
Sie hebt verwundert die Brauen. Plötzlich blüht ihr Lächeln auf. Seine Worte haben etwas Tröstliches, Friedliches, und sie

fühlt sich auf einmal nicht mehr ganz so verlassen. Sichtlich erleichtert steht sie auf, schaltet das Licht an, und die Schatten fliehen in die Ecken.

„Wir sollten jetzt einfach darauf ein Glas trinken", meint sie, als sie wieder auf Frank zukommt.
Sie greifen nach ihren Gläsern, stoßen an.
„Klingt wundervoll, so harmonisch." Frank zwinkert ihr zu. Wie kommt es? Plötzlich lachen sie beide wie befreit. Dabei mustert er sie. Er mag die Art, wie sie beim Lachen den Kopf zur Seite neigt, wie sie unbewusst an ihrem rechten Ohrring zupft. Mit einer abrupten Bewegung greift er nach ihrer Hand.
„Sag mal, übrigens, du hast mir noch nie etwas von Pia erzählt. Habt ihr euch nach all den Jahren wiedergesehen?"
„Nein, wir hatten später nie wieder Kontakt zueinander. Leider. Pia hat in London studiert und lebt dort, habe ich durch Zufall in der Bibliothek erfahren." Sie dreht ihr Glas in den Händen. Plötzlich stellt sie es ab.
„Frank, hörst du? Chris Rhea! Ach, ich liebe seine soulige Stimme."
Frank nickt ihr zu. Ganz unvermittelt zieht er sie zu sich heran. Doch sie schnellt hoch, geht zum Radio, stellt es lauter. Auf seinem Gesicht erscheint ein verständnisvolles Schmunzeln.
„So, liebe Ellen, nun möchte ich aber dein Buch nicht außer Acht lassen. Ich denke, ich möchte nun doch deine Geschichte wieder weiter verfolgen. Was meinst du?" Sie legt ihre Hand auf seine, blickt zu ihm auf.
„Oder beim nächsten Mal, ja?" Ihre Augen ruhen mit einem warmen Lächeln auf seinem Gesicht.
Er schaut auf ihre schmale Hand, streichelt sie, lehnt sich zurück.
„Dann schlage ich vor, am besten gleich morgen."
An diesem Abend sinkt sie leicht in den Schlaf.

Es ist ein Montag im September, ein Abend voller Wärme und Sonne. Und doch schon spürbar vom Nahen des Herbstes geprägt. Der Wind trägt einen herben Geruch heran.

Es ist bereits schon wenige Minuten nach sieben, als Frank sein Auto startet. Er fädelt sich zügig in den Verkehr ein und fährt mit rasantem Tempo. Je mehr er sich seinem Ziel nähert, desto mehr wirbeln seine Gedanken, voller Sorge und Neugier zugleich. Ellens Geschichte ist es, die ihm keine Ruhe lässt. Auf dem Weg zur Haustür werden seine Schritte schneller. Gleich zwei Stufen nehmend eilt er nach oben. Ellen erwartet ihn schon an der geöffneten Tür. Er schnappt nach Luft. Sein Gesicht ist gerötet.

„Entschuldige", stößt er hervor, „dass es heute etwas später geworden ist. Du wirst es nicht glauben, aber heute war in der Praxis der Teufel los." Er stellt seine Tasche ab. Noch etwas außer Atem umarmt er sie, streicht sanft über ihr Haar. Schwungvoll hängt er seine Jacke an den Garderobenhaken. Ellen schließt die Tür. Er atmet noch einmal tief und wendet sich ihr zu.

„Der letzte Patient, die Praxis hatte eigentlich schon geschlossen, war ein Cockerspaniel, total abgemagert. Er hatte schon seit vierzehn Tagen so gut wie nichts gefressen. Beim Röntgen stellte ich fest, dass sich in seinem Magen ein kleiner Ball oder eine Kugel befand. Jedenfalls muss ich ihn morgen operieren. So passierte das heute den ganzen Tag. Immer Notfälle. Ganz gleich ob Zwergkaninchen, Goldhamster, Katzen oder Hunde", erklärt er ihr, worauf er einen matten Seufzer ausstößt und sich in den Sessel fallen lässt, die Arme herunterhängend.

„Bei mir in der Bibliothek war es dagegen doch etwas weniger aufregend. Keine Katastrophen, keine Zwischenfälle. Die Leser verhielten sich wie gewöhnlich ruhig und friedlich. Tja aber", dabei zieht sie die Augenbrauen nach oben, kneift ihn in den Arm, „so ein Tierdoktor hat es eben gar nicht so leicht", meint sie und schaut ihn verschmitzt an.

„Das kann ich nicht leugnen. Und wenn ich den heutigen Tag überdenke, glaube ich, hast du sogar recht." In seinem Gesicht sein breites Lächeln, das Ellen so liebt.

Sie haben Glück. Auch an diesem Abend können sie beide den prächtigsten Sonnenuntergang bewundern. Der Himmel strahlt glutrot. Das Spiel der Farben von goldgelb bis dunkelrot ist einzigartig. Kleine Wolken färben sich violett bis schwarz.
Sie stehen am Fenster und können sich nicht satt sehen.

„Schau doch mal dort unten hin!" Ellen weist auf den Stamm der Linde auf der gegenüberliegenden Straßenseite, den das Abendleuchten in rotes Gold getaucht hat.
Allmählich verblassen die Farben. Die Sonne verschwindet hinter dem Horizont. Dämmerung breitet sich aus.
Er geht zurück zum Sofa, macht es sich zwischen den Kissen bequem. Ellen sorgt für leise, stimmungsvolle Musik. Im flackernden Kerzenschein funkelt der Rotwein, der nun für beide beim gemeinsamen Lesen zur Tradition geworden ist.
Sie lassen sich in die Musik fallen. Genießen die behagliche Stimmung.
Frank setzt sein Glas ab, dehnt sich, streckt die Beine.

„Ach herrlich. Endlich Ruhe. Tut wohl." Er reckt sich. Dann greift er noch einmal nach seinem Glas und lehrt es in einem Zug. Als er das Glas zurückstellt, holt er tief Luft, spitzt die Lippen, presst die Luft aus seinen Lungen und tritt energisch mit dem Fuß auf. „So, zum Faulenzen bin ich aber nicht gekommen. Hast du dir auch wieder interessante Lektüre bereitgelegt?" Seine Stimme klang jetzt gedämpft, fast schon wie ein verschwörerisches Flüstern. „Also, Ellen, nun bringe mir bitte deine Geschichte. Ich brenne schon darauf, wieder mehr von dir zu erfahren", sagt er nun ernst und sieht ihr dabei tief in die Augen. Und eine kalte Vorahnung steigt dabei doch wieder in ihm auf. Er ist versucht, es sich nicht anmerken zu lassen. Doch Ellen bemerkt es an seinen Gesten. Mit einem leichten Seufzer greift sie nach dem Buch, das hinter ihr auf der Kommode liegt. Noch einmal wandert ihr Blick zu ihm. Er blättert, scheint nun die richtige Seite gefunden zu haben. Und gleich ist er tief ins Lesen versunken.

Sie beobachtet ihn eine lange Weile. Blickt versonnen in sein kraftvolles Gesicht und spürt die wunderbare Geborgenheit in seiner Nähe.

*

# #

Ich öffnete das Gartentor. Die Stauden und Sträucher, die meine Großmutter vor Jahren gepflanzt hatte, standen so üppig wie noch nie. Eine bunte Farbenpracht strahlte mir entgegen. In diesem Spätsommer blühte alles besonders prächtig.
Es schien ganz friedlich, und doch beunruhigte mich etwas, ich spürte es, ohne zu wissen, was es war. Hastig lief ich auf das Haus zu. Und eine böse Ahnung war plötzlich da. Mein Atem ging auf einmal schwer.
Drinnen vernahm ich Geräusche aus der Küche. Meine Mutter war also schon zu Hause. Erleichtert stellte ich meine Tasche ab.
Als ich die Küche betrat, war sie am Fenster gerade mit dem Gießen der kleinen Kakteen beschäftigt. Ihre Bewegungen waren wie bei allen Arbeiten sorgsam und bedächtig. Die Kakteen pflegte sie mit besonderer Hingabe, gewissenhaft, wie alles, was sie tat. Und ihr ganzer Stolz war es, dass sie sogar zwei davon zum Blühen gebracht hatte.
Sonnenlicht fiel in ihre Haare, ließ sie golden schimmern.
„Hallo, na wie geht's deinen stachligen Lieblingen?", rief ich von der Tür herüber. Sie wandte sich um.
„Ach, Ellen, da bist du ja! Das ist schön. Ist das nicht ein wundervoller Sommertag heute? Ein Tag für Götter, hätte Oma jetzt gesagt."
„Oh, ja, das stimmt." Ich schmiegte mich an sie. Meine Mutter zuckte ein wenig zur Seite, griff sich an den Hals.
„Am liebsten wäre ich schon Mittag nach Hause gekommen. Aber das ließ sich leider nicht einrichten. Dieser Trubel heute bei uns in der Apotheke! Das kannst du dir nicht vorstellen. Wie in einem Bienenhaus, ständig Kunden, pausenlos. Die Eingangstür war nur in Bewegung. Sie stellte die Gießkanne ab, kam auf mich zu. „Ich war unentwegt auf den Beinen. Nur gut, dass ich trotzdem am Nachmittag etwas früher flüchten konnte. Stefan hatte bemerkt, dass mir das Arbeiten von Stunde zu Stunde schwerer fiel. Übrigens,

Großvater", sie deutete mit der Hand nach oben, „rührt sich heute gar nicht aus seinem Zimmer."
Meine Augen wanderten hinauf, dann starrte ich eine Weile ins Leere.
Sie drückte mich kurz an sich, löste sich, ging zum Radio und schaltete es an. Dann nahm sie vom Küchentisch das Glas mit dem Pflaumenmus und stellte es in den Kühlschrank hinein.
Mir stockte augenblicklich der Atem. Ich traute meinen Augen nicht. Es war wie ein Schlag. Ich versteinerte und mein Herz tat einen jähen Satz. Entsetzt sah ich zum Kühlschrank, dann zur Mutter. Wieso? Was hat sie denn mit dem Pflaumenmus gemacht? Der Gedanke traf mich mit Wucht. Augenblicklich waren meine Hände schweißnass. Ich sank entgeistert auf den Stuhl und hatte das Gefühl, dass alles vor meinen Augen zusammenstürzt.
Jeder Muskel in meinem Gesicht war verkrampft in dem Bemühen, das Zittern um Augen und Mund zu unterdrücken. Trotz der Nachmittagshitze war mir plötzlich kalt. Meine Gedanken rasten. Wieso hatte sie Großvaters Pflaumenmus in den Kühlschrank gestellt. Warum um Himmels willen?, fragte ich mich wieder und wieder. Zu welchem Zweck hat sie das Glas nur herausgeholt? Ich konnte es mir nicht erklären. Großvaters Pflaumenmus haben wir doch nie angerührt. Großer Gott, sie wird doch nicht etwa davon ... Ich wagte nicht weiterzudenken. Und ich hatte das Gefühl, jeden Moment zu Boden zu stürzen.
Als sich meine Mutter zu mir umdrehte, mir ins Gesicht sah, erschrak sie sichtlich.

„Ellen, was ist mit dir auf einmal? Geht es dir nicht gut? Du bist ja plötzlich kreideweiß."

„Nein, nein, Mam. Es, - ach, es ist nichts.", stammelte ich.

„Aber du siehst auf einmal ganz elend aus. Auf deiner Stirn sind Schweißperlen. Etwa Fieber? Du wirst doch nicht wieder krank werden." Ich rang nach Luft.

„Nein, es ist wirklich nichts", bekam ich nur mühsam über die Lippen. Doch meine Mutter gab sich noch nicht zufrieden.

„Ist etwas in der Schule vorgefallen? Sag's mir. Dich bedrückt etwas, ich sehe es doch." Sie kam an den Tisch und legte ihre Hand auf meinen Kopf, dann auf die Stirn. Mit Besorgnis in den Augen hielt sie einen Moment inne, fuhr sich mit der Zunge über die Lippen.
„Nun komm schon, erzähle."
Ich hatte alle Mühe, mit ruhiger Stimme ausweichend zu antworten. Ich fühlte mich entsetzlich schlecht dabei.
„Vielleicht liegt es an der Wärme heute, dass mir eben so komisch wurde."
„An der Wärme?" In Mutters Stimme schwangen Zweifel. „Das hat dich doch noch nie gestört." Ungläubig sah sie mir in die Augen. Ich wich ihrem Blick aus. Stand auf, schob den Stuhl zurück. Ich wusste nicht, wohin mit mir. Verharrte noch einen Moment unschlüssig. Meine Augen forschten ängstlich in ihrem Gesicht.
„Hast du ...", hauchte ich, „hast du etwa ...". Ich brachte es nicht heraus. Es schnürte mir die Kehle zu. Die Worte blieben mir im Hals stecken. Mein Blick wanderte zum Kühlschrank. Dann drehte ich mich zur Seite, blickte hinter mich, als wollte ich flüchten. In meinem Kopf hämmerte es: Ich muss sie noch mal fragen. Muss Gewissheit haben, unbedingt. Aber – ich schaffte es nicht. Wie verloren stand ich da. Kaute am Daumen.
„Ich geh nach oben", sagte ich mit leiser Stimme, zögerte noch, dann wandte mich schließlich zur Tür. Meine Mutter blickte mir verständnislos nach.
Auf der Treppe hatte ich das Gefühl, keinen Boden unter den Füßen zu haben. Mir war, als würde mein Kopf zerspringen. Quälende Gedanken überschlugen sich. Ob Mam etwa doch von dem Pflaumenmus gegessen hat? Der Gedanke traf mich mit voller Wucht. Sofort stach es in meiner Magengegend. Aber ich versuchte sogleich, die schreckliche Vermutung zu verdrängen. Nein, sicher nicht, versuchte ich mich zu beruhigen. Doch die Gedanken gaben nicht nach. Bohrten und

drängten. Aber wenn doch, was dann? Herrgott nochmal was dann?
Mein Herz schlug bis zum Hals, als ich den Klavierdeckel wieder schloss. Unmöglich. Ich konnte nicht üben. Dazu war ich jetzt nicht in der Lage.

Eine halbe Stunde später flüchtete ich aus dem Haus. Unschlüssig blieb ich auf der Straße stehen. Was sollte ich jetzt bloß tun. Irgendetwas musste geschehen. Augenblicke voll panischer Angst vergingen. Dann Endlich! Frank! schoss es mir durch den Kopf. Natürlich, Frank. Ihm könnte ich mich doch anvertrauen. Ich wusste, er durchschaute immer alles so klar. Konnte schwierige Situationen gut einschätzen. Und er hatte mir schon so manches Mal einen Rat gegeben. Und sein Rat war immer richtig. Ja, ihm konnte ich mein Inneres ausschütten. Vielleicht war das die Rettung. Ich stürmte los. Zurückgehen, um das Rad zu holen, wollte ich jetzt nicht. Ich jagte davon, als wäre der Teufel hinter mir her und hielt erst an, als ich keuchend auf dem Reiterhof landete. Ich spähte gleich in die Sattelkammer, denn ich vermutete, Frank hier zu treffen. Um diese Zeit kümmerte er sich meist um die Sättel und um das Zaumzeug. Doch hier war er nicht. „Mist!" zischte ich enttäuscht und raste weiter.
Vor Franks Bürotür verschnaufte ich kurz, lehnte mich dagegen, spannte und wie erleichtert war ich, als ich von innen Geräusche vernahm. Er war also da, stellte ich erleichtert fest. Mein Atem ging noch immer heftig.
Schon zuckte meine Hand zur Türklinke hin. Doch gleich meldeten sich wieder Unsicherheit und Angst. Und ich zögerte, traute mich nicht. Meine Beine, ja, mein ganzer Körper waren auf einmal wie Blei. Ich atmete mehrere Male tief durch. Ich muss mit ihm reden, machte ich mir Mut. Sekunden versickerten. Meine Gedanken arbeiteten fieberhaft. Dennoch schwankte ich wieder. War erneut unschlüssig. Sollte ich doch wieder umkehren? Diese Unschlüssigkeit zerrte an mir.

Endlich legte ich die Hand auf die Klinke, wartete noch einen Augenblick, bevor ich die Tür öffnete.
Frank stand am offenen Spind und zog sich seine Jacke an.
„Hallo, Frank, du willst gerade gehen? Ach, ich wollte nur, hm - weißt du..." Es war wie verteufelt, die Worte versiegten einfach. Mein Mund war wieder verschlossen. Was ich sagen wollte, brachte ich nicht heraus. Hilflosigkeit breitete sich wieder wie eine Krankheit in mir aus. Ich fühlte mich elend.
Er kam auf mich zu und fragte mit einer leichten Berührung an meiner Schulter. „Ellen, ist etwas mit dir? Ist alles in Ordnung? Oder?"
Als er mich so eindringlich ansah, hielt ich die Furcht nur mühsam im Zaum. Meine Hände zitterten so sehr, dass ich sie in den Taschen vergraben musste.
„Nein, ich wollte dich nur fragen...", ich rang nach Worten. „Ich wollte nur sagen", wieder stockte ich, verzweifelte fast und setzte wieder an, „weil meine Mutter..., hm, ach, ich weiß nicht. Sie hat vielleicht...", mehr brachte ich nicht hervor. Meine Stimme war so leise, als hätte sie Angst, von mir gehört zu werden.
Mein Tonfall ließ wohl nichts Gutes vermuten. Frank stutzte. Sah mir fragend in die Augen.
„Weißt du, ich habe...", setzte ich noch einmal mühsam an. - Aber es gelang mir nicht weiterzusprechen, und ich war kopflos. Um meinen Mund zuckte es. Schaffte ich es doch wieder nicht. Die Worte, die ich sagen wollte, kamen einfach nicht über meine Lippen. Sie waren wieder zugeschnürt. Mein Blick schien geradewegs durch ihn hindurchzugehen. Ich knabberte am Daumen. In dem Moment hätte ich mich selbst verfluchen können.
Frank sah mich ratlos an. Mit unmerklichem Kopfschütteln schürzte er nachdenklich die Lippen. Auf seiner Stirn erschien eine senkrechte Falte. Er legte seine Hand auf meinen Arm, öffnete den Mund, setzte zum Sprechen an - aber in dem Moment - eine leise klingende Melodie. Er zog sein Handy aus der Jackentasche hervor und blickte auf das Display.

„Mein Bruder, er will heute mit mir..." Ich schüttelte nur den Kopf, drehte mich um und eilte zur Tür.
„Warte doch Ellen! Warte! Warum läufst du denn weg?", rief er mir nach. Doch ich stürzte davon.
In Sekundenschnelle war mein leichtes T-Shirt schweißdurchtränkt. Herz und Puls rasten. Ich fing an zu frieren. Ein Frieren, das von innen kam. Es war nicht nur Angst. Es war ein Gefühl von Entsetzen. Von Panik. In diesem Zustand taumelte ich durch die letzten Stunden des Tages bis hin zur Nacht.
In jener Nacht träumte ich von riesigen schwarzen Spinnen. Ihr dicker, runder Leib pulsierte. Die Beine waren dicht behaart. Rote Augen funkelten. Mit schabendem Geräusch krochen sie an der Hauswand empor und spannen vor dem Fenster ein dichtes Netz.
Am Morgen ging mein erster Blick vorsichtig zum Fenster hin. Sogleich sah ich im Inneren die schwarzen behaarten Beine heran kriechen. Ein Schauer lief über meinen Rücken. Ich zog die Decke bis an mein Kinn herauf. Grübelte. War dieser gruselige Traum eine Warnung? Ein Zeichen etwa?
Den ganzen Vormittag beschäftigte mich dieser Traum. Ich konnte an nichts anderes denken. Der Traum verfolgte mich. Was wollte er mir sagen? Mein Grübeln ließ nicht nach.
Die nächsten Stunden erlebte ich wie in Trance. Ständig hatte ich die Uhr im Blick.
Endlich! Jetzt hörte ich Mutters Wagen. Ich wandte mich vom Fenster ab. Hinter der Tür verweilte ich, spitzte die Ohren, ob ich nicht doch das Echo von Schritten auf den Treppenabsätzen hörte. Seine Schritte. Ich hütete mich immer mehr davor, Großvater zu begegnen.
Ich lauschte, mit dem Blick zur Wand – doch von Großvaters Zimmer war nichts zu hören. Kein Ton. Ungewöhnlich für diese Zeit. Also doch krank? Meine Gedanken fielen übereinander.
Mit einer abrupten Bewegung öffnete ich die Tür, stürmte nach unten. Im Laufschritt erreichte ich die Diele.

„Ich nehm dir die Tasche ab, Mam."

„Na gut, sie ist aber gar nicht schwer", wunderte sich meine Mutter und lächelte mich überrascht an.

Ich wich ihr nicht von der Seite. Unablässig verfolgten meine Augen jede ihrer Bewegungen.

„Lass mal, ich mach schon." Flink hantierte ich mit dem Geschirr, brühte den Tee auf und wusch das Obst für den Nachtisch. Dabei wanderten meine Blicke forschend zu ihr. Sie öffnete gerade den Kühlschrank. Als sie sich wieder aufreckte, bemerkte ich ein leises Stöhnen.

„Ach, Mam, setz dich doch, ruh dich aus. Ich bin mit allem gleich fertig. Dann können wir essen."

„So, ich werde gar nicht gebraucht? Na gut, auch schön. Dann kann ich noch ein paar Minuten in die Zeitung sehen." Sie sank in den kleinen Korbsessel am Fenster, lächelte noch einmal zu mir hin, bevor sie sich in die Zeitung vertiefte. Aber es war ein mattes Lächeln, bemerkte ich.

Als ich später nach oben ging, mit langsamen Schritten und immer wieder auf der Treppe verharrend, ließen meine Gedanken mich nicht los. Ist mit Mam doch etwas nicht in Ordnung ist? Sie kam mir heute so anders vor. Ob es ihr nicht gut geht? Ein Albtraum wäre das, schrillte es in meinem Kopf. Ein entsetzlicher Albtraum. Und ich wusste nicht, wie er enden würde. Gleich quälten mich wieder die Gedanken: Das Stöhnen vorhin? Ihr bleiches Gesicht? Das Abendbrot hatte sie kaum angerührt.

Vielleicht bilde ich mir das alles auch nur ein, versuchte ich mich wieder zu beruhigen, als ich meine Tür schloss. Die Stille des Zimmers empfand ich auf einmal erdrückend. Meine Augen wanderten umher, als suchten sie etwas. Die Wände schwiegen.

Das Fenster war noch weit geöffnet. Die Wärme des Sommerabends flutete herein. Der Duft der Rosen, die unter dem Fenster wuchsen, breitete sich aus.

Ich lehnte mich gegen die Tür, atmete tief, mit einem Seufzer. Ich fand keine Ruhe. Ich presste die Hände an die pochenden

Schläfen und hielt eine innere Zwiesprache: Habe ich Mut? Werde ich Mutter sagen, was ich mit dem Pflaumenmus getan habe? Dass sie in Gefahr ist, wenn sie davon gegessen hat. Ja, ich müsste es. Auf jeden Fall muss ich es ihr sagen. Meine Gedanken überschlugen sich und ich hatte das Gefühl, dass mir der Kopf zersprang. Immer wieder hämmerte es: Was mache ich bloß? Ich kaute am Daumen. Ich fühlte mich auf einmal so ohnmächtig und schwach, mit solcher Beklemmung, dass ich zum Bett taumelte und in die Kissen sank.
Ich flüsterte wieder aufs Neue beschwörend: „Es kann nicht sein. Sie isst doch nie von Großvaters Pflaumenmus. Nie! Es darf nicht sein! Nein. Mutter kann nichts passiert sein. Sie sollte es doch nicht treffen. Und wenn doch?" Meine Gedanken sausten im Zickzack.

Endlich raffte ich mich auf und griff ich nach meiner Schultasche. Am Fenster wandte ich mich um. Meine Blicke zog es plötzlich hinunter. Ich sah meine Mutter. Sie war im Garten beschäftigt, obwohl es schon nach Regen aussah. Die Jeans und das gelbe T-Shirt verliehen ihr ein jugendliches Aussehen. Doch sie bewegte sich auffallend langsam, als bereite ihr jeder Handgriff Mühe.

Jetzt schnitt sie vorsichtig verblühte Rosen ab und ließ sie in einen Korb fallen.

Mir war es nicht möglich, mich meinen Mathematikaufgaben zuzuwenden. Ich verweilte noch am Fenster, presste wie beschwörend die Hände. „Es ist nichts, nein nichts", murmelte ich in die Stille hinein. Ich schüttelte den Kopf, atmete tief, zwang mich, es zu glauben. Und dann wieder: Aber wenn sie nun doch... ? Die Gedanken waren wie bösartige Dämonen, die mich erbarmungslos quälten und nicht losließen.

Der Abend schlich dahin. Es begann schon dunkel zu werden, als ich mich vor dem Spiegel mit langsamen Bewegungen auszog. Dann verharrte ich am geöffneten Fenster. Die Dämmerung hüllte den Garten ein. Die Abendluft legte sich wie ein kühler Wattebausch auf meine heißen Wangen.

In mir schwappten Schuldgefühle hoch, und Zweifel, die mich fast um den Verstand brachten. Ich klammerte mich am Fensterbrett fest.

„Was muss ich machen, damit Mam nichts passiert, falls sie doch davon gegessen hat", fragte ich nackt in den Himmel. Ich lauschte in die Dunkelheit. Von nirgend woher kam eine Antwort, keine Hilfe. Ein Gefühl des Verlassenseins überkam mich.

Wie endlose Gummibänder dehnten sich die späten Stunden. Die Idee kam mir ganz plötzlich. Wie ein Blitz in einem finsteren Tunnel. Das Glas musste fort. Auf der Stelle.

Ich warf mir die Jacke über und wartete, bis es im Haus dunkel und völlig ruhig war. Immer wieder lauschte ich an der Tür, bis ich überzeugt war, dass alle schliefen. Mein Entschluss stand fest. Ja, so wollte ich es machen. Behutsam zog ich das linke Kommodenfach auf und holte die Taschenlampe heraus. Ich hielt sie krampfhaft fest, als ich nach unten zur Küche schlich.

Das Ticken der Küchenuhr kam mir jetzt geisterhaft vor. Das Licht schaltete ich nicht an. Der Strahl der Taschenlampe zuckte auf dem Fußboden.

Vorsichtig nahm ich das Glas aus dem Kühlschrank. Ich ließ es in meine Jackentasche gleiten. Am nächsten Tag wollte ich es beseitigen. Vielleicht irgendwo vergraben. So hatte ich es mir vorgenommen.

Ich lehnte die Küchentür nur an, ging auf Zehenspitzen durch die Diele zur Kellertreppe. Wie ein Schatten schlich ich hinunter.

Die Luft im Keller war feucht und kühl. Strich über meine nackten Beine. Ich erschauerte. Das Licht der Taschenlampe warf gespenstische Schatten. Ich bewegte mich so geräuschlos wie möglich. Plötzlich stockte ich. Hielt den Atem an. Horchte angestrengt. Hatte hinter mir etwas geknarrt? Mein Kopf wirbelte zur Kellertreppe herum. Wenn jetzt Großvater käme, zuckte es hinter meiner Stirn. Nicht auszudenken. Und

augenblicklich fing mein Herz an, wie wild zu klopfen. Ich verharrte, bis das Hämmern in meiner Brust nachließ.
Noch immer hielt ich den Atem an. Meine Hände waren feucht. Ich spannte angestrengt. Im Inneren stieß ich ein Stoßgebet nach dem anderen aus. Nur gut, im Haus blieb es still.
Schon hatte ich mich beruhigt, da vernahm ich das Öffnen einer Tür im Haus. Dann ein Räuspern. Schleppende Schritte. Mir schoss es sofort durch den Kopf: Ungewöhnlich. Diese schleppenden Schritte. Großvater – also doch krank, wie ich es vermutet hatte.
Ich presste die Hände an den Mund und hielt den Atem an. Schleppt er sich etwa hier herunter? Wie gern wäre ich jetzt in den Boden versunken, einfach nicht mehr da, für niemanden sichtbar.
Nach einer Weile hörte ich Türenschließen. Erleichtert stieß ich die Luft aus, löste mich aus meiner Erstarrung.
Doch sogleich packte mich der nächste Schreck, als ich nach ein paar Schritten an etwas Metallenes stieß. Das scheppernde Geräusch ließ mich zusammenzucken. Wieder begann mein Herz wie wild zu hämmern. „Ausgerechnet. Zu blöd. Der Eimer steht doch nie hier", flüsterte ich vor mich hin und stellte ihn behutsam zur Seite.
An der hinteren Wand befand sich das Regal mit den Konserven. Sie standen auf den Brettern in dichten Reihen, sorgsam geordnet. Kleine Schildchen zeigten nach vorn. Ich leuchtete mit der Taschenlampe und suchte. Dann angelte ich ein Glas mit Pflaumenmus hervor, presste es fest an mich, wie eine wertvolle Beute. Lautlos schlich ich wieder zurück in die Küche, öffnete das Glas, tupfte mit dem Löffel in die glatte Oberfläche kleine Dellen hinein und stellte das Glas in den Kühlschrank. Geschafft! Bloß gut, es ist gelungen, dachte ich. Ich fühlte mich ein bisschen erlöst.
Als ich nach oben huschte, hatte ich das Gefühl zu schweben. In meinem Zimmer lehnte ich mich gegen die Tür, atmete erleichtert durch. „Es hat geklappt", flüsterte ich. Eine Last

war von mir gefallen. Mit schnellen Schritten durchquerte ich den Raum, öffnete meine Tasche und ließ das verteufelte Pflaumenmusglas hineingleiten.

#

Der Tag dämmerte frisch herauf. Der Morgen brach mit Farben von violett bis dunkelrot über den Häusern an.
Die Uhr zeigte wenige Minuten nach sieben.
Durch das angelehnte Küchenfenster drang munteres Vogelgezwitscher herein. Jetzt plötzlich ein durchdringendes Kreischen. Es war eine aufgeschreckte Amsel.
„Vielleicht strolcht wieder Nachbars Katze durch den Garten. Gestern war sie auch da", meinte ich und rückte meinen Stuhl am Tisch zurecht. Die Eltern hielten inne, schauten zum Fenster. Mein Vater wiegte den Kopf, lächelte.
Mit raschen Bewegungen deckten wir drei den Tisch für das Frühstück fertig. Auf den Großvater brauchten wir nicht zu warten. Er frühstückte an den Wochentagen gewöhnlich erst später. Ob er heute überhaupt frühstücken wird? Ich dachte an seine schleppenden Schritte.
Meine Mutter saß apathisch am Tisch. Ihre Hände waren in den Schoß gesunken. Sie rührte nichts vom Frühstück an. Ich schaute über den Rand meiner Tasse zur ihr. Sie hatte wohl meinen Blick bemerkt.
„Ich glaube, ich kann heute nicht mit in die Apotheke, Stefan. Diese Herzschmerzen! Auch in meinem Kopf hämmert es, als wollte er zerspringen. Schon gestern fingen die Schmerzen an." Sie schloss die Augen und drückte die Hände an die Schläfen. „Wenn mir nur nicht so schwindlig wäre. Ich glaube, es ist am besten, ich lege mich wieder hin."
Ich erschrak zu Tode. Alles um mich herum verlor seine Farbe. Mir fiel das Messer scheppernd auf den Teller.
Mein Vater rührte in seiner Tasse. Dann hob er den Kopf. Stirnrunzelnd blickte er zur Mutter.

„Na ja, du warst gestern spät abends noch im Garten. Sicher hast du dich verkühlt. Ich hatte ja gleich gesagt, zieh doch lieber eine warme Jacke über", erwiderte er nach einer nachdenklichen Pause. Griff wieder zu seiner Tasse und schaute Mutter dabei noch immer mit ernster Miene an. „Du siehst wirklich krank aus. Das ist mir gestern nicht aufgefallen. Aber so ist es eben, manchmal überfällt es einen plötzlich. Ellen ging es neulich ja auch so."
Sie stellte ihre Tasse ab und fuhr sich mit der Hand über die feuchte Stirn.
„Nun mach dir nicht so viele Sorgen, es wird schon wieder werden", sagte sie mit müdem Lächeln.
Ich glaube, dass ich in dem Moment vergessen hatte zu atmen. Ich legte mein Messer ab, schob den Teller zurück. Das Frühstück – es schmeckte nicht mehr. In meinem Magen stach es. Mit scheuen Blicken beobachtete ich meine Mutter.

Als Vater sie später nach oben begleitete, bemerkte ich, wie sie sich krampfhaft am Treppengeländer festhielt. So kannte ich sie nicht. Sie versuchte, nie Schwäche zu zeigen, selbst wenn sie krank war nicht.

Ich blieb an der offenen Küchentür stehen, mit starrem Blick zur Treppe. Unbeschreibliche Angst kroch in mir hoch. Schließlich schlich ich ebenfalls hinauf. Ich sah wie Vater im Schlafzimmer die Fenster schloss und die Vorhänge zuzog. Mit langsamen Schritten kam er zurück und setzte sich zu Mutter ans Bett. Mit besorgtem Blick strich er ihr die Haare aus der Stirn.

„Versuch zu schlafen. Das ist immer die beste Medizin. Wenn ich es schaffe, komme ich Mittag für kurze Zeit nach Hause und schaue nach dir. Hoffentlich geht es dir dann schon wieder etwas besser." Die Zärtlichkeit in seiner Stimme hatte einen schmerzlichen Unterton. Sie lächelte matt und schloss die Augen.
Vater nickte mir zu und verließ den Raum. Mit leisen Schritten ging ich zu meiner Mutter. Ihre Augen waren noch immer

geschlossen. Ich strich sanft über ihre Hand, die auf der Decke lag.
An der Tür drehte ich mich noch einmal um. Mutter schien schon zu schlafen.
Eine Stufe nach der anderen ging ich hinunter, und auf der letzten sank ich zusammen, legte die Arme um die Knie, die Angst schwoll an. Ich legte den Kopf auf meine Knie und das Tageslicht schien mir vor den Augen zu verlöschen.

Die Stunden dehnten sich endlos. Ich saß wie auf Kohlen.
Später trieb es mich nur noch nach Hause. Ich rannte wie von Sinnen. War in hellem Aufruhr vor Sorge.
Sofort eilte ich hinauf zu meiner Mutter ins Schlafzimmer. Leise öffnete ich die Tür. Im Raum war dämmriges Licht. Auf Zehenspitzen schlich ich hinein. Lange verweilte ich an ihrem Bett. Sie schlief. Atmete ruhig.
Vielleicht schläft sich Mutter gesund, wie Vater es vorausgesagt hatte, hoffte ich, als meine Augen auf ihrem Gesicht ruhten.
Dabei erinnerte ich mich an Vaters Erzählung. Als Student war er einmal sehr erkrankt. Da er allein wohnte, war keine Hilfe da. Er blieb im Bett und schlief drei Tage durch. Danach war er wieder völlig gesund. Wenn es doch bloß bei Mam ebenso wäre. Bei dem Gedanken bemerkte ich, dass ich meine Hände fest zusammengepresst hatte.

An diesem Nachmittag hatte ich ausgerechnet wieder Klavierunterricht Danach war mir heute überhaupt nicht zumute. Meine Stimmung war tief am Boden. Ich hätte mir deshalb sehr gewünscht, Frau Wagner hätte aus irgendeinem Grund den Unterricht absagen müssen. Ein Handwerker vielleicht, der eine wichtige Reparatur ausführen musste. Oder ein wichtiger Termin. Doch hoffte ich leider vergebens.
„Da werde ich heute besser nicht zum Klavierunterricht gehen", sagte ich am Telefon.
„Denn wenn Mam ..." Vater unterbrach mich jedoch.

„Nein, Ellen, geh zum Klavierunterricht. Zu dieser Zeit bin ich wieder daheim und kann mich um Beate kümmern."

Frau Wagner saß in ihrem dunkelblauen Kostüm und in der für sie so typisch aufrechten Haltung neben mir. Aufmerksam beobachtete sie mich. Meine Unruhe entging ihr nicht.
Ich blätterte im Notenalbum, fand jedoch die Seite mit dem Menuett von Mozart nicht. Mit fahrigen Bewegungen suchte ich. Blickte auf die Noten, ohne etwas zu sehen. Frau Wagner legte die Hand auf meinen Arm.
„Ja, Ellen, da war's doch eben. Nun hast du schon wieder zu weit geblättert. Was ist nur los mit dir?" Ich zuckte mit den Schultern.
Das gleichmäßige Ticken der Standuhr, die in der Ecke neben der reichverzierten dunklen Vitrine stand, füllte den Raum. Dieses dunkle, weiche Ticken der Uhr erinnerte mich an den Regulator daheim. Und wie grausam, es versetzte mich augenblicklich nach Hause. Sofort waren meine Gedanken bei meiner Mutter. In Sekundenschnelle wirbelte es in meinem Kopf. Vielleicht sollte ich tatsächlich Frau Wagner von dem schrecklichen Verhängnis mit dem Pflaumenmus erzählen. Sie hörte immer so ruhig und geduldig zu. Wenn ich aufgeregt war, tat mir ihre Gegenwart jedes Mal gut. Ob ich … ? Nein, unmöglich. Wie konnte ich ihr von dieser irrsinnigen Tat erzählen? Sie wäre entsetzt, geschockt. Oder sollte ich doch? Ich öffnete schon die Lippen. Und ohne es zu wollen, rollten auf einmal Worte von meinen Lippen.
„Frau Wagner, ich, ich wollte ihnen, ich – ich muss ihnen...", stammelte ich. Dann aber war mein Mund wieder verschlossen. Ich sah sie eine Zeit lang, nach Worten suchend, von der Seite an. Nein, es gelang mir nicht, ihr mein ganzes Elend zu offenbaren. Wieder nicht! Auch ihr nicht. Ebenso, wie es mir bei Frank erging. Meine Schultern sanken nach unten. Ich strich mit meinen feuchten Händen über den Pullover. Blätterte noch einmal hastig.

„Halt!", Frau Wagner hielt die Seite fest. „Da haben wir's doch. So, dann leg mal los. Beachte die Tempi und am Schluss etwas verhalten. Wie wir's geübt hatten." Dabei musterte sie mich wieder mit einem unmerklichen Kopfschütteln.
Für mich dehnte sich heute die Klavierstunde wie ein endloses Gummiband. Dennoch gab ich mir beim Spielen der Etüden die größte Mühe. Frau Wagner sollte von meinem inneren Durcheinander nichts bemerken. Jedoch mir wollten die Finger heute nicht so recht gehorchen. Zitterten ein wenig.
Als ich endlich am Ende der Stunde die Noten verstaute, seufzte ich erleichtert.
„Na, na", beruhigte Frau Wagner mich, beugte sich zu mir, strich mir über die Hand. Behutsam klappte sie den Flügel zu, mit einem fragenden Blick zu mir. „War's denn so schlimm? Es hat doch alles ganz gut geklappt. Aber trotzdem, übe das Menuett noch einmal gründlich, damit wir beim nächsten Mal wirklich mit dem Präludium von Bach beginnen können. Das war doch eigentlich dein Wunsch, nicht?" Sie nickte mir aufmunternd zu. „Du musst jetzt eisern dranbleiben. Dann schaffst du es. Ich merke ja, du wirst von Mal zu Mal sicherer. Du wirst sehen, dann macht dir das Vorspiel nichts mehr aus", sagte sie mit einem warmen Lächeln.
Verwirrt griff ich nach meiner Tasche, ließ sie jedoch wieder aus meiner Hand gleiten. Ich streifte Frau Wagner mit einem dankbaren Blick.
„Ja, wäre schön. Ich möchte es auch gern schaffen", gab ich zurück, „aber oft reicht meine Zeit für das Üben nicht aus." Dabei dachte ich an meine Mutter, die jetzt wohl besonders meine Hilfe brauchen wird.
Frau Wagner nahm meine Hand und hielt sie einen Moment lang fest. Sah mir dabei forschend in die Augen.
„Ellen, wenn du Kummer oder ein Problem hast, sag es mir ruhig. Du warst heute so fahrig und unkonzentriert. Ich merke doch, irgendetwas stimmt nicht mit dir." Sie ließ meine Hand los, ging zum Fenster, öffnete es einen Spalt breit.

Draußen gurrte eine Taube, flatterte am Fenster vorüber. Ich verharrte noch neben dem Flügel. Wartend verfolgte ich Frau Wagners Bewegungen. Sie kam vom Fenster zurück, schob den lederbezogenen Hocker dichter an den Flügel heran. Dann ergriff sie noch einmal meine Hand.

„Also, Ellen, du kannst mit mir sprechen, wenn du es möchtest. Das weißt du doch auch. Und ich helfe dir gern, wenn ich kann. Das weißt du auch." Ich nickte. „Leider erwarte ich jetzt die nächste Schülerin. Aber wenn du es schaffst, kannst du morgen Nachmittag zu mir kommen. Dann hätte ich Zeit für dich, und wir könnten uns in Ruhe unterhalten. Überleg es dir. Ich bin den ganzen Nachmittag anzutreffen", sagte sie nachdrücklich, drückte dabei meine Hand. Sie schaute mir in die Augen, als wollte sie herausfinden, was in mir vorging. Ich spürte es. Eine leichte Röte stieg mir ins Gesicht.

Gerade hatte ich wieder nach meiner Tasche gegriffen, als von der Straße ein heftiges Hupen ertönte, wie der Signalton eines Schiffes.

Ich verabschiedete mich mit einem kurzen Lächeln, das gleich wieder erlosch. Und trotzdem, Frau Wagners ruhige Freundlichkeit tat mir wohl, wie schon so oft.

Als ich das Haus verlassen hatte, schaute ich noch einmal nach oben. Das Fenster war jetzt ganz geöffnet. Ich meinte auch, Frau Wagner für einen Sekundenbruchteil in der Nähe des Fensters gesehen zu haben.

Ich drehte mich ganz langsam um, und ganz langsam ging ich. Sollte ich wirklich auf Frau Wagners Angebot eingehen? Ich war mir nicht im Klaren. Ich versuchte jetzt aber nicht, meine Gedanken zu sortieren, die von einem zum anderen sprangen, wie es meist bei mir war. Meine Schritte wurden noch langsamer. Und schließlich war ich mir ziemlich sicher, es wahrscheinlich nicht zu tun.

Die Sonne funkelte auf den Fenstern. Der laue Nachmittag ging unter dem Gesang der Amseln zu Ende.

Jetzt hastete ich durch die Straßen. Unruhe trieb mich vorwärts. Was wird mich zu Hause erwarten? Ich wand mich zwischen entgegenkommenden Passanten hindurch. Meine Gedanken eilten voraus, nach Hause, zur Mutter.

Es war kurz vor sieben. Die Sonne wich aus den Bäumen. Den Rettungswagen erblickte ich schon, als ich in die Straße einbog. Ich ließ ihn nicht aus den Augen. Doch ich war noch zu weit entfernt, um feststellen zu können, vor welchem Haus er hielt.

Ich raste. Mein Herz schlug bis zum Hals. Ein dumpfes Unbehagen machte sich breit.

Augenblicklich blieb ich stehen, traute meinen Augen nicht, als ich den Krankenwagen direkt vor unserem Haus stehen sah. Der Anblick löste Entsetzen in mir aus. Und ich spürte die Angst, die sich wie ein eisiger Schleier um mich legte.

„Was ist denn los?", rief ich, als könnte ich von irgendwoher eine Antwort erhalten. Ich stand noch immer wie versteinert da, riss meine Jacke auf. In Panik raste ich weiter. Die Vorstellung, der Krankenwagen bedeutete, meine Mutter war tatsächlich ernsthaft erkrankt, verfinsterte wie ein Schatten mein Inneres. Meine Beine waren auf einmal wie Blei. Es war, als würde eine doppelte Schwerkraft mich auf den Boden drücken. Meine letzten Schritte waren schleppend. Dicht hinter dem Krankenwagen blieb ich wie angewurzelt stehen. Ich entdeckte meinen Vater.

„Paps, was ist denn los?", schrie ich ihm entgegen. Sein Kopf zuckte herum. Ich blickte in sein angstverzerrtes Gesicht.

„Beate muss ins Krankenhaus. Ich fahre mit", erwiderte er nur kurz. Darauf schloss er die Tür des Krankenwagens. Ich zerrte an dem Griff, doch der Krankenwagen rollte schon davon. Mit aufgerissenem Mund hastete ich hinterher, stürmte vorbei an Passanten, die kopfschüttelnd auswichen. Meine Tasche schlug gegen mein Bein. Ich raste wie gehetzt. In meiner Brust schmerzte es. Es schien, als könnten meine Beine nicht mit mir mithalten und ich würde sie hinter mir lassen, als ich wie von Sinnen vorwärtsstürmte.

Wie lange ich gerannt war, wusste ich nicht. Ich war völlig außer Atem, als sich plötzlich vor mir das Krankenhaus auftürmte. Als ich die breite gläserne Eingangstür erspähte, kam mein Vater gerade heraus. Bedrückt gingen wir aufeinander zu. Der letzte Schritt, bevor ich ihm um den Hals fiel, war beinahe ein Sprung. Dann wich ich zurück.
„Und? Und was ist mit Mam?", rang ich hervor.
„Sie muss vorläufig im Krankenhaus bleiben", entgegnete er leise, wobei er meinen Arm leicht streifte. „Morgen dürfen wir sie noch nicht besuchen", fügte er noch mit heiserem Ton an, und seine Augen wurden bodenlos tief.
Der Heimweg nahm kein Ende. Schweigend liefen wir nebeneinander. Tief in Gedanken. Nachdem wir das Gartentor geschlossen hatten, taumelte ich zum Haus. Jetzt bloß nicht Großvater begegnen, schoss es mir durch den Kopf, als wir hineingingen.
Oben verschanzte ich mich in meinem Zimmer. Ich hörte mein Herz in der Stille. In meinem Kopf war Leere.
Ich ließ die Tasche fallen. Alle Energie schien mich zu verlassen, und ich glaubte vor Angst zu sterben. Ich holte mein Tagebuch aus dem Kommodenkasten und setzte mich an den Schreibtisch. Lange Minuten saß ich wie festgenagelt. Presste mein Tagebuch in den Händen. Wie in einer wilden Brandung rollten quälende Gedanken heran. Was war mit meiner Mutter passiert? Mein Gott, nicht etwa doch das Pflaumenmus? Ich wagte nicht weiter zu denken. Dieser Verdacht ließ mir das Blut in den Adern gefrieren. Grausame Schuldgefühle peinigten mich. Ich horchte in mein Inneres, das zu flattern begann. Meine Mutter hilflos im Krankenhaus! Durch dieses Bild hindurch schimmerte eine dunkle Ahnung. Ich spürte den Abgrund, schwarz und unendlich tief.
So saß ich, die Ellenbogen zu beiden Seiten des Tagebuches aufgestützt und mein Blick blieb schließlich an den Bäumen draußen haften. Dann stützte ich das Kinn schwer auf die Handflächen, stierte vor mich hin. Endlich nahm ich mein Buch wahr. Ich verspürte den Drang, dem Papier alles

anzuvertrauen. Doch sogar jetzt fehlten mir auf einmal die Worte. Sie versickerten einfach. Leere breitete sich wie eine öde Landschaft in mir aus. „Vielleicht morgen", murmelte ich mit einem Seufzer. „Ja, morgen schreibe ich, bestimmt." Ich schlug mein Tagebuch zu, und legte es an seinen Platz zurück.

Mein Blick wanderte zum Fenster. Eine Krähe krächzte im Wipfel der Kastanie und flatterte dann über die Dächer davon. Ich schaute ihr hinterher, bis ich sie nicht mehr sah. Dann legte ich den Kopf auf die Hände. Meine Schultern zuckten.

# #

Großvater, der vor Energie und Gesundheit zu bersten schien, hatte von nun an völlig das Regime im Haus an sich gerissen. Er überwachte alles mit Argwohn, besonders mich. „Pflichtbewusstsein", „keinen Firlefanz mehr", hörte ich bei jeder Gelegenheit. Er überhäufte mich mit Aufgaben. Beobachtete, kontrollierte, kritisierte. Mit jedem Tag steigerte er sich mehr in diese Rolle hinein. Feuerte mich an, als wollte er das ganze Haus auf den Kopf stellen lassen. Lauernd stand er in irgendwelchen Ecken und Winkeln, bereit zum Angriff. Er hatte die Instinkte einer Wildkatze, ihm entging nichts.

Wenn ich es gar nicht mehr ertragen konnte, flüchtete ich mich zu meinem Vater. Verzweifelt schüttete ich ihm mein Herz aus. Ich hoffte auf seine Unterstützung. Dann legte er seinen Arm um meine Schultern, streichelte mich.

So auch an diesem Tag. Ich lehnte mich an ihn, klagte ihm meinen Kummer.

„Ich glaube, ich halte das nicht mehr aus. Großvater behandelt mich wie eine – wie eine Sklavin. Ach, schlimmer noch."

Grübelnd strich er sich über die Stirn, hob die Augenbrauen.

„Er fühlt sich eben jetzt, da Beate im Krankenhaus ist, besonders für alles verantwortlich. Vielleicht müssen wir das verstehen", versuchte er mich zu beruhigen. Es half mir nicht.

Ich schaute ihn verständnislos an. Bemühte mich, in seinem Gesicht zu lesen. Wartete. Hoffte. Und war wieder einmal enttäuscht.
Doch sogleich flatterten die Gedanken wie Spruchbänder durch meinen Kopf. Tat ich meinem Vater Unrecht? Natürlich. Und ich begriff: Die Sorge um Mutter war jetzt vorrangig. Ich wusste, dass der Vater am frühen Nachmittag mehrmals nach dem Telefonhörer gegriffen hatte. Die Unruhe ließ ihn nicht los. Als endlich ein kurzes Gespräch mit dem Krankenhaus erfolgte, ging er mit schweren Schritten ins Wohnzimmer, die Schultern gebeugt.
Ich folgte ihm.
„Sag bitte endlich, was ist mit Mam. Was haben die Ärzte gesagt? Ich will unbedingt zu ihr." Er winkte nur ab und ließ sich schwer in den Sessel fallen, verdeckte sein Gesicht mit den Händen.
„Sie können noch nichts Genaues über ihre Krankheit sagen", stöhnte er, „ich weiß nur eins, ihr Zustand ist bedrohlich.", sprach er mit gebrochener Stimme vor sich hin. Er hob den Kopf und blickte mich mit solcher Angst in den Augen an, dass ich das Gefühl hatte, zusammenzubrechen. „Ist das nicht entsetzlich, Ellen?" Seine Schultern sanken herab, wie unter einem schweren Gewicht, und er sprach weiter mit gesenktem Kopf: „Dass man zur Hilflosigkeit verurteilt ist, nur abwarten muss, ist schwer zu ertragen. Kaum zu ertragen."
Etwas in seinem Tonfall traf mich tief. Der Kloß in meinem Hals drückte. Etwas Eisiges kroch in mir hoch. Und die Vorahnung durchfuhr mich wieder messerscharf..
Der Raum, der sonst immer ein Meer von Sonnenlicht war, war jetzt düster und es herrschte Stille wie in einem Mausoleum. Eine Fliege schwirrte durch das angelehnte Fenster herein. Ich war der Fliege dankbar. Wenigstens rettete sie uns vor der erdrückenden Stille, die uns sonst umgeben hätte.
In meinem Zimmer hüllte ich mich in die kornblumenblaue Wolldecke, denn ich fröstelte. Ich versuchte zu lesen. Es

gelang mir jedoch nicht, mich auf die Zeilen zu konzentrieren. Ich war nicht in der Lage, auch nur einen Satz in mich aufzunehmen. Die Wörter schwammen und schwirrten vor meinen Augen.

„Ich ging spät zu Bett, konnte nicht einschlafen, war noch wach, als in den Bäumen vor den Fenstern bereits die Vögel sangen und graues Licht durch die Vorhänge drang", erzählte mir mein Vater am nächsten Morgen beim Frühstück. Dabei sah er mich so eigentümlich an, als wollte er mir etwas Entscheidendes offenbaren. Doch er schwieg. Trank seinen Kaffee, hielt die leere Tasse abwesend. Stellte sie schließlich ab und erhob sich. „Ich fühle mich vollkommen zerschlagen", begann er erneut, als wir unser Geschirr abräumten.

„Ach, Paps", brachte ich nur heraus, reckte mich, schlang meine Arme um seinen Hals. Dabei bemerkte ich, wie schwer er schluckte. Eine lange Weile verharrten wir so, dann löste ich mich. Stand noch eine Zeit wie verloren da, bevor ich mich langsam zur Tür wandte.

An diesem warmen Sommerabend, die Sonne war gerade hinter den Bäumen versunken, setzten wir uns, nachdem wir mit dem Gießen im Garten fertig waren, auf die Gartenbank, die dicht neben dem Gartenhäuschen unter dem Kirschbaum stand. Wir saßen nah beieinander. Ich bemerkte in seinem Gesicht einen Ausdruck von Kummer und Müdigkeit. Er wirkte erschöpft. Seine Lider zuckten.
Ich wusste, was in meinem Vater vorging. Er sah stumpf vor sich hin. Dass ich ihn beobachtete, schien er nicht zu bemerken.
Mein Blick fiel jetzt auf die gelben Rosen, die meine Mutter mit so viel Liebe pflegte. Und bei diesem Gedanken stach es sofort in meiner Brust. Ich musste aussprechen, was mich bewegte.

„Wenn nun Mam etwas Ernstes zugestoßen ist? " Als ich zum Weitersprechen ansetzte, brachte er mich mit erhobener Hand zum Schweigen.

„Was Ernstes?! Ellen, nein, daran wollen wir nicht denken, bloß nicht. Um Gottes willen, nein! Das nicht. Schon der Gedanke ist unerträglich". Nach einem langen Augenblick ergriff er meine Hand. „Aber, Ellen, weißt du, - mich quälen nicht nur die Sorgen um Beate", er seufzte tief, drückte meine Hand. „Auch die Sorge um dich quält mich." Ich hob verwundert den Kopf, sah ihn erstaunt an. Begriff nicht. Was meint er damit, schoss es mir augenblicklich durch den Kopf. Unruhe und Unsicherheit überfielen mich. Fragend sah ich ihn an.

Dann brach es aus ihm heraus

„Ja, du hast richtig gehört. Wenn ich dich manchmal mit wachen Augen beobachte, dann sehe ich dein blasses gequältes Gesicht, als wärst du auch krank. Aber Ellen", dabei zog er mich an sich, „du musst gesund bleiben. Pass gut auf dich auf. Ich brauche dich jetzt, gerade jetzt. Ja, tatsächlich, ich brauche deine Hilfe. Und wenn Beate wieder gesund bei uns ist, du wirst sehen, dann wird auch für dich alles anders. Dafür werde ich sorgen."

Das zu hören berührte mich tief. Doch im selben Moment überfiel mich auch unendliches Mitleid. Ich spürte ein schwaches Klopfen in der Kehle. Als ich so dicht bei ihm saß, und den leichten Druck seiner Hand spürte, hätte ich mir sehr gewünscht, ihm seine Last abnehmen zu können.

Ich hob die Augen zu den langsam treibenden Wolken. Wir sprachen jetzt kein Wort. Jeder war mit seinen Gedanken beschäftigt. Das Schweigen zwischen uns zog sich in die Länge, bis er die Hand wieder zurücknahm.

Ich wandte mich ihm zu.

„Nein, so ist das nicht. Du brauchst dir meinetwegen keine Sorgen zu machen. Bitte nicht. Ich kann doch... " Er schnitt mir die Worte ab.

„Doch Ellen, es ist so. Ich hätte mehr auf dich achten müssen. Mir ist wahrscheinlich vieles entgangen, was dich gequält hat." Er sprach so leise, so dass ich Mühe hatte, ihn zu verstehen. Er versuchte sein Gesicht vor meinen Augen zu verbergen, in dem er seitlich zum Gartenhaus blickte.
Nach seinen einfühlsamen Worten empfand ich wohltuende Wärme. Und sie tat mir gut. Manches erschien mir in einem helleren Licht.

# #

Auf den Straßen wurde es schon ruhiger. Der Abend näherte sich. Plötzlich dröhnte ein Hubschrauber heran. Ich nahm den vollen Einkaufsbeutel in die linke Hand, bedeckte mit der rechten die Augen und blickte stirnrunzelnd zum Himmel auf. Ein Rettungshubschrauber war es. Er verschwand hinter den Dächern.
Ich lief nachdenklich weiter. In meinem Inneren tauchte sofort ein erschreckendes Bild auf: Meine Mutter im Krankenhausbett, matt und mit geschlossenen Augen. Und es war gleich wieder da, das schlechte Gewissen. Nagte, fraß und zerrte an mir. In diesem Augenblick, so schien es mir, war in der Luft ein Frösteln.
Die Sonne war schon längst hinter den Dächern versunken. Ich hatte in der Küche die weiße kugelförmige Lampe an der Wand neben dem Herd angeschaltet. Augenblicklich ging mein Blick aber noch einmal voller Unruhe zur Uhr. Mein Vater wollte am frühen Abend zum Krankenhaus fahren. Wenn er doch endlich zurückkäme, mit einer Nachricht, wie es meiner Mutter ging. Nur das hatte mich den ganzen Tag beschäftigt, bei allem was ich tat. Die Spannung war fast unerträglich. Und ich zitterte innerlich.
Zu allen Ängsten kam hinzu, dass ich die Zeit, die ich allein im Haus verbringen musste, allein mit dem Großvater, jedes Mal für mich eine Tortur war, die ich kaum ertragen konnte.

Sein selbstzufriedenes Auftreten, seine Herrschsucht empfand ich jetzt, nach all dem Schrecklichen, was geschehen war, noch abstoßender. Wieder und wieder bereute ich das launische Missglücken meines Planes.
Ich wendete die Bratkartoffeln in der Pfanne. Schön goldbraun und gut gewürzt sollten sie werden. Wie die Mutter sie immer zubereitet hat. So nahm ich es mir vor. Doch bei dem Gedanken an die Mutter überfiel mich sofort wieder wilde Panik. Meine Unterlippe begann zu zucken. Ich presste die Lippen zusammen.

„Das duftet ja wirklich fantastisch." Ich schreckte herum. Vater kam in die Küche, legte die Zeitung auf die Fensterbank. Eine Last fiel von mir. Endlich war er da! Ich hatte das Auto gar nicht gehört. Ich atmete auf. Er kam auf mich zu, legte seine Hand auf meine Schulter, zog sie aber gleich wieder weg und griff nach meiner Hand.

„Nanu, ein Pflaster?"
Ich lächelte ein bisschen verlegen.

„Na ja, nicht schlimm, ich habe mich eben in der Eile beim Zwiebelschneiden geschnitten." Mein Lächeln verschwand wieder, ich hielt inne und sah ihn bittend an.

„Und Mam? Was ist mit ihr. Erzähle doch. Wie geht es ihr heute?", stürzte es aus mir heraus. Ich brannte auf seine Nachricht.
Er atmete tief, presste seine Hand an die Stirn, schloss für einen Moment die Augen. Dann hob Vater seine Schultern. Schüttelte den Kopf. Stieß die Luft aus.

„Ihr Zustand hat sich nicht verbessert, im Gegenteil", antwortete er mit einem Stöhnen, sank auf den Stuhl und stützte die Arme auf den Tisch.

„Was ist es denn? Was hat Mam?", flüsterte ich. „Was sagen die Ärzte? Sie müssen doch inzwischen etwas festgestellt haben", bohrte ich mit einem Schluchzen in der Stimme.

„Die Ärzte konnten mir leider immer noch nichts Endgültiges sagen. Die Untersuchungen gehen weiter. Wir

müssen uns gedulden. So riet man mir. Tja, das ist alles, was ich dir sagen kann. Leider, Ellen. Leider."
Seine Antwort konnte mich nicht beruhigen. Die Ängste um meine Mutter peinigten mich nun noch mehr. Ich glaubte, sie nicht mehr ertragen zu können. Etwas in mir drohte zu zerspringen.
„Gedulden, gedulden. Was soll das?", entgegnete ich völlig außer mir. Tränen stürzten aus meinen Augen. „Und warst du bei ihr?", schluchzte ich und klammerte mich an seinen Arm.
„Ich habe lange an ihrem Bett verweilt. Sie hat überhaupt nicht reagiert. Lag stumm in ihren Kissen, die Augen geschlossen."
Nach seinen Worten wurde es mir schwindlig. Ich fühlte mich wie betäubt. Nur mit aller Mühe gelang es mir, beim Decken des Tisches vom Geschirr nichts fallen zu lassen. Plötzlich schoss das Blut in die Schläfen, meine Knie sackten weg. Ich schaffte es noch zu meinem Stuhl, sonst wäre ich auf dem Boden zusammengebrochen.
Beim Abendessen herrschte lange Zeit das übliche lastende Schweigen. Ich schob die Bratkartoffeln auf meinem Teller hin und her. Ich bekam keinen Bissen herunter. Zu aufgewühlt war ich innerlich, war umgeben von Ängsten.
Großvater hielt inne, die Gabel in der Hand haltend und blickte auf.
„So, und wie geht das nun weiter mit Krankenhaus und so?" Er wartete auf keine Antwort, schob sich seine Serviette zurecht und fuhr fort. „Also, wir haben früher fast alles zu Hause kuriert. Mit Krankenhaus war da so schnell nichts."
Wie herzlos, durchfuhr es mich. Ich warf ihm einen raschen Blick zu und bemerkte ein kurzes Aufflackern in seinen Augen, erbarmungslos und kalt.
Nach ausgiebigem Stirnrunzeln schob er das Kinn vor, zuckte mit den Schultern und aß in aller Ruhe weiter. Wenige Augenblicke später hielt er inne, räusperte sich betont, beugte

sich über den Tisch. Seine Blicke bohrten sich in meine Augen.

„Tja und du? Was hast du zu sagen? Wäre ja interessant." Mein Gesicht versteinerte. Was will er jetzt von mir, zuckte es hinter meiner Stirn. Was meint er mit, „hätte ich zu sagen", „wäre interessant". Gleich waren Unruhe und schlechtes Gewissen da. Ich starrte ratlos auf meinen Teller.

„Eins steht jedenfalls fest", er machte eine betont lange Pause, „du musst jetzt mehr an die Arbeit ran, hier im Haus und im Garten. Das versteht sich doch wohl." Seine Stimme wurde noch um einige Nuancen schärfer. „Nicht nur Klavierspielen, mit der Freundin telefonieren, Musik hören und was sonst noch. Kommt nicht in Frage. Das dürfte wohl klar sein", warf er mir hin, während er mich Zentimeter für Zentimeter mit den Augen abtastete, und sich dabei räusperte.

„Was willst du denn. Ich kümmere mich doch um alles, schon die ganze Zeit", entgegnete ich. „Du weißt doch selbst, dass du mir unentwegt Aufgaben verpasst und kontrollierst." Ich hatte die Worte so heiser herausgepresst, dass mein Hals schmerzte. Und doch sah ich ihm dabei tapfer und fest in die Augen.

In dem Moment krachten seine Hände auf den Tisch. Nun nahm er meinen Vater ins Visier.

Vater griff nach meiner Hand, legte seine Gabel ab und straffte seine Schultern.

„Natürlich, Vater, das ist doch klar. Ellen hat recht. Sie hilft doch, wo sie nur kann. Im Haus und auch im Garten. Nur die Schule sollte darunter nicht leiden." Er nickte mir mit einem winzigen Lächeln zu. Von Großvater kam wieder ein Räuspern. Schweigen. Wieder ein Räuspern. Ich spürte, dass Vaters Worte in ihm einen langen Weg nahmen.

„Ja, ja, das kenn ich, kenn ich genau, du findest ja immer Entschuldigungen. Pass nur gut auf, damit wir sie ja nicht überfordern. Wäre ja schlimm. Es ist schon besser, wenn sie sich träge in ihrem Zimmer herumdrückt".

Wut stieg in mir auf. Wut, die mich fast zerspringen ließ. Wie durch ein Tor das aufspringt, sausten jetzt meine Gedanken: Er kann doch froh sein, dass er nicht im Krankenhaus liegt. Kann froh sein, dass er nicht leiden muss.
Ich verkrampfte die Hände. Hielt an mich. Kämpfte aber schließlich doch ohne Erfolg gegen meine Tränen. Wie gern hätte ich jetzt weiter meine Gedanken herausgeschrien. Wenn er es doch einmal lassen könnte. Aber Recht will er haben, immer nur Recht haben, und quälen, quälen wo es nur geht. Sogar jetzt, wo die Sorge um Mam uns fast zur Verzweiflung treibt. Die kleinste Hoffnung will er ersticken. Spaß bereitet es ihm, mich auf Schritt und Tritt zu demütigen. Ich halte das nicht aus, tobte es in mir. Der Hass war wieder unendlich groß.
Ich löste meine Hände, wischte hastig die Tränen ab, stand auf und trug das Geschirr weg. Als ich die Küchentür hinter mir geschlossen hatte, hörte ich die Stimmen. Großvaters klang vorwurfsvoll.
„Er redet jetzt zweifellos über mich. Ja, über mich. Was sonst", flüsterte ich beim Hinaufgehen.
Später, als ich mich in meinem Zimmer verkrochen hatte, sprangen wie immer die gleichen Gedanken wie Funken in meinem Kopf herum. Und etwas zermürbte mich fast. Verzweifelt stammelte ich:
„Das Pflaumenmus – mir ist es nicht gelungen! Verdammt! Mir ist es nicht gelungen! Warum bloß? Warum musste es so kommen? Mein Plan – missglückt... Das ist das Schlimmste. Warum musste alles so anders kommen? Mein Gott, warum bloß?" Ich sank auf die Bettkante und presste die Fäuste an den Kopf.
Es war kurz vor dem Dunkelwerden. Trübes, undurchsichtiges Licht ließ alle Umrisse verschwommen erscheinen. Düstere Schatten umgaben mich. Sie schienen auf mich zu lauern. Mir graute vor dem Schlaf.
Plötzlich ging die Tür auf. In meiner Aufregung hatte ich vergessen, sie zu verschließen. Gleich stach es in der

Magengegend wie mit tausend Nadeln. Abrupt fuhr ich hoch. Ein riesen Stein fiel mir vom Herzen. Mein Vater kam herein. Er setzte sich neben mich und legte seinen Arm um meine Schultern.
„Nimm dir doch nicht alles so zu Herzen, Ellen. Das bringt nichts. Du kennst ihn doch. Er kann nicht anders."
„Ich ertrage das aber nicht!", rief ich mit Schluchzen in der Stimme. „Schon wenn ich ihn höre, fange ich an zu zittern und im Magen sticht es. In seinem Kopf ist kein Platz für Mitleid, für Verständnis. Er kann nur Gift und Galle spucken", platzte es aus mir heraus.
In diesem Moment schlug der Regulator neun Mal, ruhig, gleichmäßig.
Mein Vater sah mich mit besorgter Miene an. Er bekam deutlich sichtbar feuchte Augen. Ich bemerkte es. Er wandte sich von mir weg. Er konnte mir nicht in die Augen sehen, das jagte mir Angst ein. Sein Arm ruhte noch auf meiner Schulter. Ich spürte, dass seine Finger zuckten.
Die Sirene eines Rettungswagens ließ ihn wieder zu sich kommen.
„Ellen, und morgen gehen wir zusammen zu Beate ins Krankenhaus. Ja? Vielleicht geht es ihr schon etwas besser. Hoffentlich, Ellen, hoffentlich", er presste die Hände zusammen, „wenn es bloß so wäre!" Er sah mir jetzt aufmunternd ins Gesicht. „Vielleicht hilft mein Beten. Es ist so schrecklich, wenn man nichts tun kann. Völlig hilflos ist. Nur denken, ewig grübeln und hoffen." Er schloss für einige Sekunden die Augen, stieß die Luft langsam aus. Nach ein paar Augenblicken fasste er sich wieder. Strich mir über den Kopf und sah auf seine Uhr.
„Ich muss mich jetzt leider noch mit den Abrechnungen beschäftigen. Das wird wohl eine gute Stunde dauern, schätze ich. Aber danach, Ellen, vielleicht ist dann noch etwas Zeit und wir können es uns ein bisschen gemütlich machen. Vielleicht Musik hören, oder", er zögerte „oder vielleicht Schach spielen. Das wäre doch mal wieder angebracht. Meinst

du nicht? Ich glaube, es ist Jahre her, als wir das letzte Mal gespielt haben."
Es überraschte mich. Die Anspannung wich ein wenig aus meinen Gliedern.
Ich nickte lächelnd. Er gab mir einen Klaps auf die Schulter, erhob sich und schloss leise die Tür.

Ich schreckte aus dem Schlaf, weil mein neues Handy klingelte. Verdammt, wer ruft um diese Zeit an, dachte ich schlaftrunken, rieb mir die Augen und tastete mich zum Handy.
„Ja?", hauchte ich in den Hörer.
„Hallo! Sag mal, hast du vorhin versucht, mich auf dem Handy zu erreichen?", zwitscherte mir die putzmuntere Stimme Pias ins Ohr. Als ich noch zögerte, fragte sie nochmals: „Warst du's? Hast du mich angerufen?" Sie trällerte noch etwas ins Handy, was ich aber nicht verstand.
Ich gähnte, richtete mich auf.
„Ach Quatsch, nein, ich war das nicht. Hab doch schon im Bett gelegen."
„Na, sag mal, das ist ja das Neueste. Seit wann gehst du mit'n Hühnern schlafen?"
„Mir war eben so. Hat aber nichts zu bedeuten. Außerdem, so früh ist es nun auch wieder nicht."
„Und ich dachte schon an Schönheitsschlaf, oder halt, mir fällt noch was Besseres ein. Du willst sicher morgen bei den Leichtathletik-Wettkämpfen besonders glänzen. Wäre doch ein passabler Grund", quasselte sie unbeirrt drauf los.
„Jetzt hör aber auf", unterbrach ich sie. Ich wusste nur zu gut, wenn Pia einmal im Redefluss war, fand sie so schnell kein Ende.
„Oder bist du bloß wieder geflüchtet", hakte Pia nach.
„Hat's wieder Zoff gegeben?"
Warum lässt sie mich ausgerechnet jetzt damit nicht in Ruhe, dachte ich und stützte mich mit dem Arm auf. Ich verzog das Gesicht.

„Na ja, das Übliche eben. Kennst du doch. Großvater hat mir wieder so zugesetzt. Ausgerechnet beim Abendbrot. Ich hatte danach so ein Dröhnen im Kopf, und mein Magen, nicht zum aushalten. Deshalb hab ich mich eben so früh hingelegt", rang ich mir ab. „Und soll ich dir mal sagen, wie ich diese Mahlzeiten hasse! Bei seiner Anwesenheit habe ich die reinsten Erstickungsgefühle."
Stille.
„Pia, bist du noch dran?"
Offenbar ließ sie auf der Suche nach den richtigen Worten ein paar Sekunden verstreichen.
„Na klar. Mir ging nur so einiges durch den Kopf. Ich habe manchmal das Gefühl, der will dich einfach fertigmachen. Der Alte ist doch total durchgeknallt, sag ich dir doch immer. Verrecken müsste er. Ja, für immer und ewig. Das wär's."
Auf einmal hörte ich ein leises „Oh". Sicherlich war sie selbst über ihre Worte erschrocken. Von einer Sekunde auf die andere wurde sie still.
Pias Worte schossen wie Blitze durch meinen Kopf und beschworen eine sonderbare Vision herauf. Ich erschauerte und augenblicklich überfielen mich wieder die Gedanken an meinen missglückten Plan. Und an das Unbegreifliche, das er heraufbeschworen hatte. Diese Gedanken waren wie böse Geister. Verfolgten mich ständig und bei jeder Gelegenheit.
Jetzt Schluss mit der Rederei, sagte ich mir mit dem Handy in der Hand und sank in mein Kissen zurück. Pia würde kein Ende finden, dessen war ich mir sicher.
„Also, Pia, bis morgen." Doch Pia war schneller und begann schon, von ihrem letzten Wochenendausflug zu erzählen.
„Pia, ich bin müde, wirklich", unterbrach ich sie. „Ich möchte jetzt Schluss machen. Sei nicht böse, ja? Machs gut", sprach ich nun etwas resolut in das Handy und wollte schon auf den Knopf drücken, da setzte sie noch einmal an. Ihre Stimme klang jetzt ungewohnt ernst.

„Etwas Wichtiges noch. Beinah hätte ich es vergessen. Sag mal, wie geht es deiner Mutter? Warst du heute bei ihr im Krankenhaus?"
„Nein, war ich nicht. Ich weiß auch nicht, wie es ihr geht", rang ich mir ab. „Morgen besuch ich sie im Krankenhaus. Ja, morgen endlich." Mir wurde siedend heiß. Ich stöhnte ein leises „Bis dann also", und legte das Handy beiseite.

# #

Es war ein moderner Krankenhauskomplex aus Glas und Stahl.
Der Empfangsbereich war hell und modern eingerichtet. Wir gingen durch eine Flügeltür in den langen Gang hinein. Vor der Tür mit der Nummer 12 blieb mein Vater stehen.
„Hier drin?", flüsterte ich.
„Ja." Er wollte schon nach der Türklinke greifen, da meldete sich hinter uns eine energische Stimme.
„Jetzt können sie noch nicht rein. Sie müssen sich eine Weile gedulden."
Es war die Oberschwester. Vater wandte sich um.
„Warum?", fragte er mit Unruhe in der Stimme.
„Die Ärzte sind noch drin", antwortete sie kurz und knapp und verschwand.
„Wieso? Die Ärzte bei ihr um diese Zeit?", murmelte er kopfschüttelnd vor sich hin. Das machte ihn augenblicklich stutzig. Er warf den Kopf herum, doch die Schwester war bereits ins nächste Krankenzimmer hineingegangen.
Endlos lange Minuten vergingen. Dann wurde die Tür geöffnet und blassgrüne Kittel drängten heraus. Vater steuerte sofort auf Dr. Felsberg zu. Er war ein kleingewachsener, leise sprechender Mann mit sorgenvoll gefurchter Stirn.
Mein Vater reichte ihm stumm die Hand. Er versuchte, in seinem Gesicht zu lesen. Dann fragte er mit einer Stimme, in der Unruhe und Sorge schwang:

„Wie geht es meiner Frau?" Die Angst stand ihm ins Gesicht geschrieben.
Dr. Felsberg sah ihn mit seinen wasserklaren blauen Augen fest an.
„Ihr Zustand ist unverändert kritisch. Keinerlei Anzeichen dafür, dass sie auf dem Weg der Besserung ist. Ihr Blutdruck ist plötzlich abgesackt." Dann sprach er von dem gefährlichen Augenblick vor einer halben Stunde, als der Puls ausgesetzt hatte, bevor er durch Adrenalinspritzen wieder in Gang gebracht wurde. „Eine genaue Diagnose konnte noch nicht erstellt werden. Die bisherigen Tests haben noch nichts Eindeutiges ergeben. Ja, und dann vor allem ihr Herz. Tja", er hob die Schultern. „Vorläufig stehen wir immer noch vor einem Rätsel." Er gestikulierte mit den Armen, blickte nach oben.

Mein Vater tat einen Schritt auf ihn zu. Ich sah, wie es in ihm wühlte.

„Tun sie bitte alles Menschenmögliche, Herr Doktor. Alles!" Vaters Stimme klang heiser. Er hob die Arme, ließ sie fallen. In seinen Augen ein nervöses Flattern. Dr. Felsberg nickte langsam und mit erhobenen Augenbrauen.

„Wir versuchen selbstverständlich alles. Darauf können sie sich verlassen. Doch sie müssen sich gedulden. Vielleicht wissen wir morgen mehr."
Er nickte meinem Vater noch einmal eindringlich zu. Daraufhin wandte er sich um.

Meine Augen verfolgten den Arzt. Ich machte ein paar Schritte auf ihn zu. Verharrte wieder. Die innere Stimme befahl mir: Sprich mit dem Arzt. Jetzt! Auf der Stelle. Er muss wissen, was mit meiner Mutter passiert ist. Ich setzte noch einen Schritt. Mein linker Arm schnellte nach vorn, als wollte ich ihn festhalten. Ich öffnete den Mund. Doch meine Kehle - sie war wieder zugeschnürt. Auf meiner Brust lastete ein Stein. Entsetzt riss ich die Augen auf als ich sah, wie der Arzt durch die gläserne Zwischentür des Ganges verschwand.

Reglos starrte ich ihm hinterher. Ich stand da, wie von Nebel umwölkt. Um mich herum war alles getrübt, verhangen. Ich drehte mich um und schlich die wenigen Schritte zurück. Vater lehnte am Fenster. Die Stationsschwester trat jetzt näher an ihn heran. Sie sprachen gedämpft. Die Gesichter waren ernst. Ich blieb dicht vor ihnen stehen, blickte die Schwester unverwandt an. Sprich wenigstens mit ihr, blitzte es hinter meiner Stirn. Jedoch – ich schaffte es nicht. Kein Wort brachte heraus. Voll Zorn biss ich mir auf die Lippe.
Verdammt noch mal, ich muss es sagen. Wenigstens ihr, kämpfte ich im Inneren. Mein Blick suchte die Augen der Schwester. Endlos lange Sekunden verstrichen. Doch ich wandte mich resigniert ab.
An dem großen Fenster bewegten sich die Lamellen sacht und gleichmäßig, als wollten sie frische Luft zufächeln.

Mir versagten die Beine. Ich klammerte mich krampfhaft am Bettgestell fest, überzeugt, dass meine Knie nachgeben würden, wenn ich losließ.
Mein Atem stockte, als ich meine Mutter wie leblos und mit kalkweißem Gesicht hier liegen sah. So, wie ich sie oft vor meinem inneren Auge gesehen hatte. Sie lag in einem großen Bett in einem Einzelzimmer. Wie sie so ruhig da lag, traten ihre Gesichtszüge stärker hervor, ihre Haut spannte sich über ihre Wangenknochen und ihre Augen schienen in den Höhlen zu versinken.
Die schneeweiße Decke ließ Arme und Schultern frei. In ihren Armen steckten Kanülen, die mit Klebeband befestigt waren. Kabel, die an Aufzeichnungsgeräte angeschlossen waren, kamen unter der Decke hervor.

Die Augen hatte sie geschlossen. An einem Auge eine Träne. Dieses Bild schmerzte und bohrte sich in mich hinein.
Ich hatte das Gefühl, sie war fern und unerreichbar.
Schuldgefühle trafen mich mit Wucht, marterten mich grausam. Panische Schuldgefühle, die mich schon seit Tagen quälten. Ich spürte einen wehen Stich im Herzen und mir war, als fiele ich in einen dunklen, leeren Raum.

Ich spürte nichts, nur Leere. Ich löste meine Hände vom Bettgestell, die vom verkrampften Griff weiß geworden waren. Sogleich musste ich gegen den Taumel ankämpfen. Vater beugte sich über meine Mutter, nahm ihre kraftlose Hand. Mit sanften Bewegungen massierte er sie. Die Gefühle schmerzten sicher sehr, die er beim Halten ihrer Hand verspürte. Ich merkte, wie er litt. Er beugte sich noch tiefer zu ihr.

„Beate", flüsterte er, „Beate, werde wieder gesund. Bald. Komm wieder zu Kräften und werde gesund. Wir warten so sehr auf dich." Zärtlich streichelte er ihr Gesicht. Beugte sich noch tiefer. Flüsterte: „Schon die wenigen Tage, die du hier verbringen musstest, kommen mir wie eine Ewigkeit vor. Glaub mir." Seine Stimme wurde noch leiser mit einem geradezu beschwörenden Unterton. „Werde gesund. Völlig gesund und komm bald wieder zu uns nach Hause." Er wiederholte die gleichen Worte wieder und wieder. Strich dabei sanft über ihre Wangen, über ihr Haar. Seine Hand verweilte noch auf der feuchten Stirn.

Plötzlich öffnete sie einen winzigen Augenblick die Augen. Ihre Mundwinkel zuckten, als wollte sie lächeln oder etwas sagen. Jedoch, sie versank wieder.

Vater richtete sich zögernd auf, als hätte er eine Last nach oben zu stemmen. Er hielt inne. Seine Augen ruhten noch auf ihrem Gesicht. Er lauschte auf ihren Atem. Sie atmete kaum hörbar. Plötzlich ein Zucken ihrer Augen. Ein kurzes Stöhnen. Ich schlug mir mit der Hand an den Mund. Der Anblick war so unerträglich, dass mein Herz fast zersprang, weil es so heftig schlug, in seinem Rippenkäfig.

Vaters Gesicht glich einer steinernen Maske. Mit fahrigen Bewegungen strich er sich die Haare zurück. Schluckte. Nach wenigen Augenblicken drehte er sich um. Sein verzweifelter Blick auf mir.

„Ellen, möchtest du..." – Doch ich floh aus dem Raum. Sah nichts, hörte nichts. War wie von Sinnen.

Die junge Krankenschwester, die in diesem Augenblick heran kam, sah mich ein wenig mitleidig an, lächelte verständnisvoll.

Ich weiß nicht mehr, wie ich die nächsten Stunden verbrachte.

Den ganzen Tag war der Himmel von einem sanften freundlichen Blau. Nun brach die Dunkelheit herein. Diese Dunkelheit, vor der ich mich fürchtete.

Gähnend knipste ich das Licht aus. Schon nach wenigen Minuten aber war die Müdigkeit verflogen. Ich riss die Augen auf. Die quälenden Bilder dieses Tages erschienen bedrohend und anklagend: Meine Mutter im Krankenhausbett, bleich und wie leblos in den weißen Laken. Die Bilder wurden immer erschreckender.

Ich halte das nicht mehr aus! Es erdrückt mich!, schrie es in mir. Ich schnellte hoch. Zitternd saß ich da, das Gesicht in den Händen vergraben. Voller Angst und Ratlosigkeit.

Sie stachen auf mich ein, bedrängten mich und ließen nicht locker; die hartnäckigen Gedanken: Wenn die Mutter von dem Pflaumenmus gegessen hat, dann ist sie in schrecklicher Gefahr. In Lebensgefahr. – Ich schickte ein Flehen in die Dunkelheit: Alles, bitte nur das nicht. Nur das nicht!

In jener Nacht träumte ich, dass ich tot war. Meine Leiche lag im Garten, nicht weit vom Gartenhäuschen. Um mich herum im lehmigen Morast die Möbel meines Zimmers. Der Totengräber wühlte mit gewaltigen Pranken in meinen Sachen. Die Spieluhr, die Fotos und mein Tagebuch warf er achtlos zur Seite. – Als ich aufwachte, fühlte ich mich elend und krank. Ich versuchte, die Traumbilder abzuschütteln. Es gelang mir nur schwer.

Mir war, als würde ich in diesem Haus keine Ruhe mehr finden. Das Haus befand sich im Dämmerlicht. Oft lief ich ziellos durch die Räume, als sei mir etwas abhanden gekommen. Überall steckten Vorwürfe. Selbst in meinem Zimmer, in das ich mich doch immer so gern geflüchtet hatte. Die Fotos vom letzten Urlaub, das Poster von Madonna, die Bücher und Comichefte auf dem Regal und die zwei

Barbiepuppen daneben, die Stereoanlage, das CD-Regal, selbst das Klavier. In all diesen Gegenständen fand ich keinen Trost mehr. Sie erschienen mir stattdessen als stumme anklagende Zeugen meiner Schuld.

# #

Die Tage waren nur noch gespenstig trübe. So auch dieser. Ich ertrug es nicht mehr. Augenblicklich musste ich etwas tun, um den heißen Verdacht zu verjagen, der mich zu verbrennen drohte.
Ich warf die Decke zurück, stürzte zum Schrank, riss die Tür auf. Mein Atem ging heftig. Ich zerrte die blaue Schultertasche heraus und stopfte wahllos ein paar T-Shirts hinein.
Meine Schritte hallten laut in der Stille. Nachtfalter warfen sich gegen einsame Lampen. Leere dunkle Fenster starrten blind auf mich herab.
Wie benommen irrte ich durch nächtliche Straßen. Ich glich einer verlorenen Seele, die ziellos umher schwebt auf der Suche nach einem Ort, der ihr Geborgenheit verspricht. Ich lief davon. Lief wie von einer unsichtbaren Macht getrieben. Nur weg. Irgendwo hin.
Den nahenden LKW bemerkte ich nicht. Ich riss erst den Kopf herum, als er plötzlich dicht neben mir vorbeirollte. Dröhnend und erschreckend laut.
Ich hatte keinen Plan, keine Hoffnung, bewegte mich einfach nur vorwärts. Ein wenig gebeugt schlich ich vorbei an dunklen Fenstern, dunklen Türen. Die Straße wand sich durch eine Schlucht von Häuserfronten.
Allmählich verlangsamte ich meine Schritte. Meine Lippen bewegten sich. Ich sprach in mich hinein:
„Wohin? - Pia? - Aber was sage ich? Sie werden fragen. Ich müsste antworten. Nein. Wohin sonst? Zu Tante Elvira? Nein, geht auch nicht. Unmöglich. Zu Pia also. Eine andere Wahl

habe ich nicht." Mit einem Schlag dachte ich an meinen Vater. „Er wird mich verzweifelt suchen." Der Gedanke quälte mich. Nein, ich wollte ihm nicht noch mehr Sorgen aufladen. Gleichwohl hastete ich mit wirren Gedanken weiter. Weiter hinein in die Dunkelheit.
Eine Uhr schlug. Ich zählte. Zehn.
 Auf einmal Schritte. Ich hielt inne. Lauschte. Sah in die Richtung. Aus der Kirche strömten Menschen, kamen mir entgegen. Ich begegnete ihnen mit starren Augen. Senkte den Kopf, um die vergnügten Menschen um mich herum nicht wahrnehmen zu müssen.
 „Wo will die noch hin?", hörte ich eine Frau fragen. Einige jüngere Leute näherten sich. Inmitten der Gruppe ragte ein hochgewachsener, dunkelhaariger Typ heraus. Er blickte mich an. Dunkle Augen verfolgten mich.
Jetzt sah ich, dass das Portal der Kirche noch weit geöffnet war. Licht strömte heraus und ergoss sich auf das Straßenpflaster. Orgelklänge erfüllten noch das Innere, drangen volltönend heraus. Ich näherte mich, blieb wie berauscht stehen und genoss diese Sekunden, in denen die Klänge meine Ohren, mein Herz erreichten. Wie eine Welle erreichten sie mich. Ich griff in Gedanken die Töne am Klavier, trat das Pedal, um das Nachschwingen zu erhöhen. - Die Orgel verstummte.
Ein Paar kam auf mich zu. Der Mann neigte sich zu der zierlichen jungen Frau an seinem Arm.
 „Ein großartiges Konzert war das wieder. Meinst du nicht auch?" Sie nickte ihm lächelnd zu, schmiegte sich an ihn. Ihre Gesichter verrieten, sie waren glücklich, bemerkte ich. Dann verhallten ihre Schritte. Einen Moment schaute ich den beiden nach.
Die mächtige Kirche, ein gotischer Bau, thronte über den Dächern der Stadt. Ich sah empor. Vor der gewaltigen Höhe kam ich mir winzig vor. Meine Augen wanderten wieder nach unten zum reich verzierten Portal. Ausgerechnet jetzt beeindruckte mich dieser Anblick besonders. Sah ich die

Kirche mit anderen Augen? Fand ich hier Ruhe? Schutz? Vielleicht Hilfe!
Ich verharrte noch einen Moment, dann schritt ich durch das Portal hinein.
Ein älterer Mann kam mit schwerfälligem Gang auf den Ausgang zu, verschwand.
Die Kirche war nun menschenleer, die Orgel verstummt. Eine schwere Stille umgab mich. Mein Blick schweifte durch den Raum. Gewaltige steinerne Figuren blickten erhaben auf mich herab, als würden sie mich neugierig beobachten. Der Altar war mit Blumen bunt geschmückt, wie die Palette eines Malers. Der Geruch, eine Mischung aus Holz, altem Gemäuer, Weihrauch und Feuchtigkeit weckte in mir Erinnerungen. Verschwommene Bilder aus meiner Kindheit waren es. Ich mochte diesen Geruch.
Noch wartete ich und blickte über die leeren Bänke. Ich war müde und am liebsten wäre ich zu Boden gesunken und hätte für immer traumlos geschlafen.
Lautlos schritt ich auf den kühlen Steinplatten des Mittelgangs weiter, blieb zögernd stehen und wandte mich um. Die Tür war noch geöffnet. Dann ließ ich mich schwer am äußeren Rand der Bank fallen. Ich schloss die Augen. Mein Kopf sank herunter. Dabei fiel mein Haar wie ein dunkler Schleier über mein Gesicht und verbarg es.
Ich überließ mich der Flut meiner Empfindungen. Ich ließ es zu, dass sich das Gefühl der Einsamkeit in mir ausbreitete. Es erfüllte meinen ganzen Körper. Und ich versank darin. Gebete gingen mir durch den Kopf. Bitten um Hilfe, um ein Wunder. Meine innere Stimme schrie verzweifelt: Hilf meiner Mutter. Mach sie wieder gesund. Und gib mir Kraft. Hilf auch mir. Ich habe Schmerzen. Der Kummer erdrückt mich. Ich sterbe.

    Da schreckte mich ein Geräusch auf. Mein Herz pochte bis zum Hals. Ich hob den Kopf. Die Tür der Sakristei hatte sich mit einem dumpfen Klappen geschlossen.
Würdevoll schritt er durch das Mittelschiff. Schon wollte er sich dem Seitenaltar zuwenden, da entdeckte er mich. Er

stutzte, blieb einen Augenblick stehen. Dann kam er auf mich zu. Ich blickte ihn wie eine ertappte Sünderin an. Der Priester war noch jung und eine beeindruckende Erscheinung. Sein Priestergewand wirkte an seiner großen Statur elegant. Er hatte helle blaugraue Augen und feingeschnittene Gesichtszüge. Fragend sah er mich an. Wartete.

„Ich wollte mich nur", ich zögerte, atmete tief, „mich nur ausruhen", hauchte ich. Dabei presste ich meine Hände so fest zusammen, dass die Knöchel weiß hervortraten. Ich begann zu frösteln.

Der Priester trat noch einen Schritt näher. Musterte mich mit offenen Augen, forschte in meinem Gesicht, lächelte wissend. „Du hast ein Problem. Ich sehe es wohl. Erzähle, dann wird es dir leichter werden." Er nickte mir auffordernd zu. „Erzähle mir alles, was du mir erzählen möchtest", sagte er betont eindringlich, „und ich werde zuhören." Er faltete die Hände. „Fange an, ich höre."

Ich zwang mich zu einem Lächeln und hielt den Atem an. Ich hatte das Gefühl, er müsse meinen Herzschlag hören. In dem Moment zuckte der Entschluss hinter meiner Stirn. Ohne es recht zu wollen, kehrte ich erst zögerlich, dann allmählich mit aller Heftigkeit mein Innerstes nach außen. Es war wie ein Sturzbach. Alles, was mich zu erdrücken drohte, brach aus mir heraus. Ich wagte jetzt den Sprung in das Vergangene. Dabei hielt ich mich mit beiden Händen krampfhaft an der Bank fest, als suchte ich Halt. Tränen brannten in meinen Augen. Jetzt sollte es heraus. Alles. Die unerträgliche Tyrannei durch den Großvater, die panische Angst vor seinen Überfällen. Schließlich der bodenlose Hass.

Die letzten Sätze sprach ich mit erloschener Stimme. Verstummte. Nur ein langer Seufzer.

Ich wollte weinen, aber es waren keine Tränen da. Meine Hände lösten sich. Mir war, als wäre ein kleines Stück von der bleischweren Last von mir gefallen. Schließlich überwand ich mich und stieß hervor:

„Ich wünschte mir seinen Tod." Erschrocken stockte ich. Mehr durfte ich nicht sagen. Nicht die ganze Wahrheit. Der Priester hielt seine Hände fest zusammen. Ich konnte den Blick nicht von seinen Händen lösen. Sein Gesicht blieb ausdruckslos. Seine Miene verriet nichts. Schon glaubte ich, er würde sich wieder abwenden. Die Zeit dehnte sich. Doch dann wandte er sich mir mit ernstem Gesicht zu, sah mich mit erhobenen Augenbrauen an und hielt meinen Blick fest. Seine Stimme wurde ernster.

„Vertrau auf Gott. Hole dir Kraft und Zuversicht hier im Gotteshaus. Vertrau auf Gott und glaube."

Ich schüttelte den Kopf. Warf mit einer heftigen Bewegung meine Haare zurück.

„Nein", entgegnete ich entschieden, schwieg sogleich wieder, die Augen auf meine Hände gerichtet. Ich schluckte und versuchte, mich zusammenzunehmen. Endlose Sekunden vergingen. Doch dann sah ich ihn mit aufgerissenen Augen an. Zorn, Enttäuschung, Verzweiflung packten mich. Ich ballte die Fäuste, ließ sie auf die Bank fallen. Ich fühlte mich auch von ihm im Stich gelassen. Worte stiegen auf wie eine tobende Welle, die aus den Tiefen herauf dringt. Heißes Blut strömte durch mein Gesicht.

„Das hilft mir nicht." Und wieder, heftiger: „Das hilft mir nicht! Gar nichts hilft mir! Kein Mensch kann mir helfen und Gott auch nicht!", sprühte es verbittert aus mir heraus. Meine Stimme prallte gegen seinen Körper. Ich hatte auf seine rettenden Worte gehofft, auf Trost, auf Hilfe. Vergeblich. Meine Augen verengten sich. Ich schluckte die Enttäuschung herunter. Ich sank noch tiefer in die Bank, meine Hände umspannten die Knie, ließen sie wieder los. Jetzt wusste ich nicht, wohin mit den Händen. Die Hände griffen ins Leere.

Meine Worte waren längst verhallt. Schwere Stille lastete wieder.

Der Priester stand reglos vor mir, verströmte Ruhe und Gelassenheit, lächelte milde und verbindlich.

Dabei betrachtete er mich mit prüfender Sorgfalt.

Ich war außer mir. Wusste nicht, wie mir geschah. Mein Körper bebte vor innerem Aufruhr. Ich zerrte an meiner Jacke herum. Es gelang mir aber nicht, sie zu öffnen. Mit wilden Bewegungen tastete ich nach meiner Tasche, die heruntergerutscht war. Riss sie nach oben.

Er stand noch immer mit gefalteten Händen vor mir. Ich konnte den Blick nicht von seinen Händen wenden. Sein Lächeln war vieldeutig geworden. Seine hellen Augen hingen noch einen Moment lang an meinen Lippen, die gerade meinen inneren Aufruhr herausgesprudelt hatten. Er sah mich auf seltsame Weise an.

„Du darfst Gott nicht verantwortlich machen für deine Schmerzen", sagte er schließlich mit ruhiger Stimme. Die Worte hallten durch den hohen Raum.

Das tue ich aber. Er lässt es zu, dass meine Mutter leidet. Ich sprach die Worte nicht aus. Kniff die Lippen zusammen, sah ihn herausfordernd an.

Ich sah, wie er die Stirn runzelte und wie sein Lächeln verschwand.

Bleischwere Stille herrschte.

Seufzend ließ ich den Kopf fallen. Allmählich verblasste mein Zorn, er wurde müde. Ich fühlte mich klein, am Boden. Etwas Schweres, Dunkles senkte sich wieder auf mich.

Der Priester richtete seinen Blick nach oben, dann zu mir.

„Ich möchte dir schon helfen. Dich von deinen quälenden Schmerzen und von deinem Kummer befreien", sagte er mit weicher ruhiger Stimme. „Ich habe viel von dir erfahren. Und ich weiß, du hast große Not gelitten." Seine Stimme verriet jetzt eine Spur von Erregung. „Aber nun sage mir, wie reagierten deine Eltern?" Ich sah ihm stumm in die Augen. „Du hast ihnen doch gewiss von all dem Schrecklichen erzählt?"

Ich schüttelte den Kopf. Atmete tief. Schüttelte abermals energisch den Kopf.

„Ich konnte nicht. Er hat mir gedroht. Mich eingeschüchtert. Er hat mir verboten zu sprechen."

Er blickte mich mit Augen an, in denen Ungläubigkeit und Entsetzen dämmerten. Schweigend rieb er seine Hände aneinander, schließlich löste er sie, legte sie auf meine Arme. „Vertrau auf Gott und bete. Besinne dich und fasse Mut. Sprich mit deinen Eltern. Tu es, unbedingt! Sie müssen es wissen. Und sie werden dich verstehen, werden dir helfen. Nur das kann ich dir raten. Bedenke es gut und sprich, so, wie du es eben hier getan hast. Tu' es! Unbedingt. Das allein wird dir helfen."
Sein Rat machte mich einen Moment lang sprachlos. Ich zerrte an meinem Jackenärmel, setzte nochmals an: „Es geht nicht. Nein, das geht einfach nicht. Ich würde es bereuen, so hatte er gedroht. Und meine Mutter – diese Aufregung!" Ich hielt inne. „Nein, es geht nicht."
Er senkte seinen Blick auf seine gefalteten Hände. Ich wartete, bis er seine Augen auf mich richtete.
„Ich verstehe dich gut. Noch bist du unsicher. Aber bedenke richtig, und tu was ich dir geraten habe. Ich bin sicher, du wirst dich schließlich richtig entscheiden. Die Kraft dazu gibt dir Gott."
Er sprach es ruhig und gelassen, wägte seine Worte ab. Ich spürte es deutlich. Etwas in seinem Tonfall traf mich tief in meinem Inneren.
Er schaute mich jetzt an, ohne dass seine Züge irgendein Gefühl verrieten.
Ich brütete vor mich hin. Mein Blick ging durch den Raum und heftete sich an einen fernen Punkt. Plötzlich überfiel mich ein heftiges Zittern. Ich krümmte mich und schlug die Hände vors Gesicht und ein trockenes Schluchzen erschütterte meinen Körper. Da spürte ich seine Hand auf meinem Kopf. Ich richtete mich auf.
„Nun geh zu deinen Eltern und sprich mit ihnen. Wirst du es tun? Versprich es."
Dabei sah er mich so eindringlich an, dass ich nicht in der Lage war, seinen Augen auszuweichen. Schließlich senkte ich den Blick, nickte unmerklich.

Er entfernte sich so leise, wie er gekommen war. Nahezu lautlos, mit aufrechtem Gang. Dabei bewegte sich sein Gewand, als spielte der Wind mit ihm. Er wandte sich noch einmal um, nur kurz, schickte mir ein Lächeln nach.
Langsam erhob ich mich, als trüge ich eine schwere Last auf meinen Schultern. Diese Last war wieder da und mir schien, als wollte sie mich aufs Neue erdrücken.
Draußen war die Luft jetzt kühler. Der klare Sternenhimmel wölbte sich über die Häuser. Dunkelheit verschluckte mich. Mechanisch setzte ich meine Schritte, mit gesenktem Kopf. Ein leichter Wind wehte Blätter vor mir her, als wollten sie mir den Weg weisen.
Wie kam es? Ich konnte es mir nicht erklären. Plötzlich war etwas Seltsames geschehen. Ich stand vor unserer Haustür. Unsicher legte ich die Hand auf die Klinke, und spürte ihren kühlen Widerstand.
Wie war ich hierher zurückgekommen? Wie war das geschehen?, fragte ich mich. Ich konnte mich nicht erinnern.
Eine seltsame Mischung aus Lachen und Schluchzen entrang sich meinem Mund und ich drückte die Faust dagegen.

Ich wachte mitten in der Nacht auf, weil ich einen Albtraum hatte. Ich konnte mich nicht sofort erinnern, worum es gegangen war, aber ich war nass am ganzen Körper, mein Herz galoppierte und in mir war ein eigentümliches Zittern. Ich lag auf dem Rücken und starrte in die Dunkelheit. Plötzlich drängten sich die Bilder des Traums in mein Gedächtnis, und ich stöhnte leise auf.
Ich erhob mich und ging zum Fenster, öffnete es. Jedoch schon nach wenigen Sekunden fröstelte ich. Deshalb lehnte ich die Fensterflügel wieder an, nahm die Wolldecke vom Sessel und hüllte mich darin ein. Die Decke empfand ich abermals wie eine schützende Hülle, in die ich mich ängstlich verkroch.
Jenseits der schräggestellten Jalousie verriet noch kein Lichtschein die Nähe des Morgens. Die Nacht war schwarz

und tief, von der ich wusste, dass sie nach Feuchtigkeit roch, nach Laub, das bald fallen würde. Nach Abschied und nach Kälte, die lange dauern würde. Ich zitterte immer noch in der dicken, weichen Wolle der Decke, ein inneres Zittern, das aus dem Gefühl tiefsten Alleinseins rührte, und panischen Ängsten um die Mutter. Sie stiegen unaufhaltsam in mir hoch, überschwemmten mich förmlich.
Mit Wucht meldete sich der Gedanke an den Priester zurück, an seine mahnenden Worte, an seinen eindringlichen Rat. Doch ich hatte mein Versprechen noch nicht gehalten. Hatte die Wahrheit in meinen Inneren versteckt. Für mich schien alles sinnlos. Ich war nahe daran, den Verstand zu verlieren.

Allmählich dämmerte ein trüber Morgen herauf.
Es musste noch sehr früh gewesen sein, als das Telefon klingelte. Ich hatte es gleich gehört, denn ich war schon lange wach. Es war nur ein kurzer Schlaf gewesen, in dem ich mich unruhig herumgeworfen hatte.
Schon nach einer kurzen Weile schlug die Haustür zu. Ich sprang aus dem Bett, stürzte zum Fenster. Mein Vater schloss die Garage auf. Wenig später hörte ich das Auto davonfahren. So früh fährt er weg?, schoss es mir sofort durch den Kopf. Was hat er vor?
Finstere Vorahnungen überfielen mich augenblicklich.
Ich schlüpfte in die Hose und das Oberteil. Schlüpfte auch in die Hoffnung, die zwar nur eine hauchdünne war. Aber dennoch zu spüren.
Nur wenige Minuten waren vergangen. Schon überfielen mich wieder finstere Ahnungen. Ich wusste nicht wohin mit mir. Wusste nicht was ich tun sollte, griff nach irgendwelchen Dingen, trug sie wieder zurück.
Nur eine knappe Stunde danach, in der ich mich wie in Trance in meinem Zimmer und im Bad bewegt hatte und in meinem Kopf alles durcheinandergestürzt war, vernahm ich Schritte in der Diele. Eine Tür ging.

Geräuschlos schlich ich die Treppe hinunter. Hielt inne bis aufs Äußerste angespannt. Nagte am Daumen. Meine Blicke hefteten sich auf die Wohnzimmertür. Ich hielt den Atem an. Lauschte. Angst kam über mich, wie ein plötzlicher Schmerz. Ich fühlte mich elend und schwach. Ich griff haltsuchend nach dem Treppengeländer.
In dem Moment wurde die Tür geöffnet. Mein Vater winkte mich mit einer stummen Geste hinein.
Ich bemerkte Verzweiflung in seinem Gesicht.
Als ich ihn so vor mir sah, schien mein finsterer Verdacht zur Gewissheit zu werden, und einen Augenblick lang blieb mir das Herz stehen.
    Er fuhr sich mit der Zunge über die Lippen, atmete schwer.
„Ellen, Beate ist", sagte er mit heiserem Stöhnen, das mich erschauern ließ, „sie ist vor einer halben Stunde ... "
Ich taumelte, warf mich gegen seine Brust. Stieß einen gurgelnden Laut aus.
Stockend setzte er wieder an:
    „Ich kam gerade noch rechtzeitig. War bei ihr. Habe ihre Hand gehalten", er hielt inne und fuhr sich mit der flachen Hand über sein fahles Gesicht, „bis ihr Herz aufhörte zu schlagen", brachte er mühsam hervor. Ein heftiges Schluchzen schüttelte seinen Körper. Noch einmal sprach er die fürchterliche Wahrheit aus, so als müsste er sie sich begreifbar machen. „Sie ist gestorben, Ellen, hörst du, sie ist gestorben. Beate kommt nicht wieder. Nie wieder."
Mein Schrei durchschnitt die Luft. Mir war erschreckend bewusst, mein Schweigen war meiner Mutter zum Verhängnis geworden. Und der Knacks in meinem Inneren wurde unendlich tief. Mir war, als liefe ich blindlings in den dunklen Tunnel, aus dem ich nicht mehr herausfinden würde. Meine Augen waren trocken. Ich war leergeweint.
Wir klammerten uns aneinander
Noch immer hörte ich die Worte, die mein Herz aussetzen ließen. Diese Worte, so grausam, so endgültig. Ich war wie

taub, wie gelähmt und ohne Halt. Spürte nichts. Auch nicht Vaters Arme, die mich festhielten.
Wie lange ich wie betäubt und abwesend im Raum stand, wusste ich nicht. Plötzlich war ich allein. Als ich zum Fenster ging, sah ich meinen Vater, wie er über den Rasen schritt. Meine Blicke folgten ihm. Er schlug mit der Faust aufs Autodach und stützte sich dann für einen Moment auf den Wagen, verbarg den Kopf. Schließlich löste er sich wieder, stieg ein und fuhr davon.
Ich lehnte noch eine geraume Zeit am Schrank, den Blick zum Fenster gerichtet. Es war kein Licht am Himmel, nur schwere graue Wolken. Ein Tag, der nicht hell wurde. Ich presste die Stirn gegen das kühle Holz, unfähig, mich zu bewegen.
Ein Geräusch im Haus ließ mich zu mir kommen. Ich verschränkte die Arme, presste sie an den Körper, ging aus dem Zimmer und schlich nach oben. Ich spürte, das Haus wirkte eigenartig verlassen. Eine Leere, eine Stille, als hielte das ganze Haus den Atem an.

*

Der Himmel ist bleigrau und liegt schwer auf den Giebeln und Türmen der Stadt.
Wäre das Licht stärker, so hätte sie die Veränderung seines Gesichtes deutlich erkennen können. Frank greift nach ihrer Hand, sieht sie nur stumm an. Ellen erwidert den Druck seiner Hand. Dann steht er abrupt auf, die Hände fest geballt in den Taschen, das Gesicht vom matten Schein der Tischlampe umrandet.
Er sieht sie einen Moment mit zusammengepressten Lippen an, als suche er nach Worten. Um Klarheit zu gewinnen, bemüht er sich nun, die auseinanderlaufenden Gedanken zu ordnen.

„Nun kenne ich es endgültig, dein dunkles Geheimnis", beginnt er mit heiserer Stimme. Mit langsamen Schritten bewegt er sich vor ihr auf und ab. Versinkt wieder in Schweigen, grübelt vom Drang beherrscht, Ellens Inneres zu begreifen. Dann stellt er ihr erstmals die Frage. Die Frage, deren Antwort ihm unendlich viel bedeutet.

„Sage mir bloß, bitte, wie bist du damit fertig geworden. Du warst verantwortlich für ihren Tod." Seine Stimme klingt jetzt gemessen, kühl und hat einen leisen, warnenden Unterton. Sie spürt es deutlich. Und ihr ist klar, was in ihm vorgeht. Trotzdem überraschen sie nun seine Worte. Eine Anklage ist es. Sie beantwortet seine Frage, indem sie eine ganze Weile aus dem Fenster schaut. Dann fasst sie sich.

„Meine Mutter war tot. Und ich war schuldig. Und ich konnte sie nicht wieder lebendig machen. Lange Zeit war auch ich tot gewesen", setzt sie seufzend an. Ihre Gedanken toben wie Wellen auf hoher See. Doch ihr Hirn weigert sich jetzt, weiter im Vergangenen zu stöbern.

„Ich bin nicht damit fertig geworden. Das war es ja", sagt sie leise und eindringlich. Sie lässt sich schweratmend zurücksinken. Spürt, wie der Tag sich verdüstert. Sie sucht seine Augen und sie starren sich wortlos an.

Frank wartet ab, den Blick forschend auf sie gerichtet. Ellen kostet es jetzt einige Kraft, sich aus dem Sessel zu erheben.

Sie dreht sich zur Kommode um, öffnet die obere Schublade und nimmt den Brief aus dem Tagebuch heraus.

„Von diesen Jahren und den anderen Jahren davor, die so unbeschreiblich schwer zu ertragen waren, möchte ich nichts erzählen. Jahre, in denen ich die Welt fast vergessen hätte. Gitter, Riegel und Schlösser hatten mein Leben eingegrenzt. Wie du dann in meinem Buch erfahren wirst, gewährte man mir eine Ausbildung zur Bibliothekarin. Von nun an lebte ich in Büchern. Die Welt, an die ich glaubte, existierte für mich nur in Büchern. Ich glaube, ich wollte mir einfach keine Gefühle mehr erlauben. Arbeitete wie wild."

Ein Seufzer befreit sich aus seiner Brust. Er hat Ellen immer geliebt, und jetzt drohen seine Gefühle zu zerschellen. Auf eine Weise, die ihn kopflos macht. Ellens Bild, wie er sie immer vor sich sah, nun so grausam zerstört. Und doch ahnt er, dass er dem Schicksal, sie zu lieben, nicht entrinnen kann. Er greift nach ihrer Hand. Ellen lässt es zu. Auf seltsame Weise wandern beider Blicke zum Foto im Bücherregal. Schließlich hält er ihren Brief in seinen Händen. Nach Ellens auffordernder Nicken vertieft er sich schweigend in ihre Zeilen.

In jener Nacht hatte es pausenlos geregnet. Ein Wasserfall stürzte vom Himmel herab, als wollte er die Welt reinwaschen. Bei Tagesanbruch hörte der Regen auf, doch die Landschaft schien noch von seiner Nässe verschleiert.

Ellen ist immer noch beeindruckt von ihrem Traum. Begreift es nicht. So ein Traum, ausgerechnet nach diesem Abend, an dem Frank die finstere Wahrheit erfahren hatte.

Als sie im Bad vor dem Spiegel steht, schaut sie in ein glücklich lächelndes Gesicht. Dieser Traum – er war einfach fantastisch – geistert es in ihrem Kopf.

Noch am selben Tag beschließt sie, diesen Traum, den sie nicht vergessen möchte, aufzuschreiben.

So, wie sie es früher in ihrem Tagebuch oft getan hatte.

Wir hielten uns an den Händen. Mit leichten Schritten liefen wir über eine Wiese, in einem Meer von Blumen. „Hier können wir verweilen", sagte Frank zu mir, als wir uns einer riesigen Eiche näherten.
Die herabfallenden Zweige bildeten eine schattige Hütte. An den dicken, knotigen Stamm gelehnt, saßen wir schweigend. Noch immer bestürzt, jeder in seine Gedanken versunken.
Doch der laue Wind, der Geruch der Erde, die Gräser, die sich wiegten, umschmeichelten uns.
„Hier bleiben wir", flüsterte Frank, legte seinen Arm um mich.
„Wir müssten nun eigentlich zurückgehen", erwiderte ich.
„Müssten wir", lachte er. Aber wir bewegten uns nicht. Plötzlich zog er mich an sich, suchte meinen Mund. Das war ein keuscher Kuss, lau und leicht. Ich spürte seine Haut nah, ganz nah.
Wie nie zuvor.

*

# #

Als mein Vater abends wieder im Haus war, ließen meine Augen nicht von ihm ab. Ich forschte in seinem Gesicht. Sah seine Trauer, seine Verzweiflung. Es war für mich eine bittere Anklage. Eine grausame immerwährende Anklage.
Seine müden Augen beunruhigten mich. Er wird doch nicht auch krank werden, dachte ich dann. Wird seine Kraft ausreichen, die Trauer zu ertragen? fragte ich mich mit Sorge. Die gemeinsamen Abendstunden sollten helfen. Sollten dem Vater Trostlosigkeit und Kummer ein wenig nehmen. Meine eigene Trauer und meinen Kummer würgte ich mit Mühe herunter. So gelang es mir, ihm mit Anteilnahme zuzuhören, wenn er von seinem Arbeitstag in der Apotheke erzählte. Ich fragte interessiert nach allem und jedem. Auch nach den kleinen Dingen, die sich ereignet hatten. So wollte ich zum Beispiel erfahren, ob er bald eine zweite Apothekerin einstellen kann. Wollte auch wissen, ob Frau Wagner in der Apotheke war. Und ob sie immer noch ihre starken Schmerztabletten brauchte. Ich versuchte sogar manchmal, ihm einen Rat zu geben. Das sollte es ihm leichter machen. Und es tat ihm auch sichtlich wohl, die kleinen und großen Geschehnisse, manchen Ärger, aber auch Erfreuliches mir anzuvertrauen. Wir saßen dann dicht nebeneinander, die Arme um die Schultern gelegt. Und mir war es, als huschte dann das Lächeln einer schwachen Hoffnung über mein Gesicht.
Das vertrauensvolle Miteinander stärkte mich, gab mir Mut und Zuversicht. Es sollte zu einem Ritual werden. Insgeheim wünschte ich mir nichts sehnlicher.
Oft trug ich seine Erzählungen in mein Tagebuch ein, seine Gedanken und seine Gefühle. Auch an jenem Tag.
Nachdenklich saß ich am Schreibtisch. Es dunkelte schon. Wie so manches Mal zündete ich auch heute die Kerze an. Ihr warmes Licht sollte mir das Schreiben erleichtern. Nach einer Weile des Nachdenkens schlug ich mein Tagebuch auf.

Das Fenster war noch angelehnt. Sanft blähte sich der Vorhang. Ich beugte mich über die Seiten und begann die Worte zu formulieren. Es waren seine Worte.

Vater erzählte mir:

"Heute war es für mich in den Räumen der Apotheke besonders düster, ohne Beate.

Die vertrauten Geräusche, wenn sie in der Rezeptur hantierte, am Schubladenregal beschäftigt war oder im Offizin mit den Kunden sprach, ich vermisse es so schmerzlich.

Oh, Ellen! Aber was klage ich. Nein, das hilft uns nicht. – Ellen, eben hatte ich eine

vage Idee. Vielleicht gefällt sie dir auch. Wie wäre es, wenn du irgendwann in der nächsten Zeit ein kleines Konzert vorbereiten würdest. Ein Konzert mit deinen Lieblingsstücken. Nur für uns. Ich bin überzeugt, das würde uns beiden gut tun. ..."

Unter seine Erzählung fügte ich noch an:

Eine wunderbare Idee ist das. Wie schön Vater es formuliert hat: „Ein kleines Konzert". Ja, gern will ich für ihn spielen. Eine unbeschreibliche Freude wäre es für mich, wenn ich ihm damit ein wenig von seiner Trauer nehmen könnte.

Lange blickte ich auf die Zeilen. Las mir die Sätze mit verhaltener Stimme vor.

Von der Straße waren übermütige Kinderstimmen zu hören. Ich schreckte auf. Verwundert sah ich zu meinem Buch herunter, das mir aus den Händen gefallen war. Ich bückte mich, hob es auf. Ich musste wohl für einen Moment eingenickt sein. Den ganzen Tag quälte mich bleierne Müdigkeit. In der endlosen schwarzen Nacht hatte ich keinen Schlaf gefunden. Ich versuchte zu lesen. Aber es war ein mühsames Lesen. Es gelang mir nicht, die Gedanken beim Text zu halten. Dann ließ ich das Buch sinken und hörte auf den Stepp-Tanz des Regens auf dem Vordach.
Ich räkelte mich, stand auf und schob den weißen Schwingsessel zurück.
Mir blieb noch genügend Zeit für das Tagebuch. Vaters Erlebnis, das er mir gestern Abend erzählte, wollte ich wieder dem Papier anvertrauen.
„Ich muss dir heute Abend erzählen, was mir wieder passiert ist", hatte er mir am Telefon angekündigt.
An diesem Abend gönnte sich Vater endlich ein wenig Zeit. Wir saßen aneinander gelehnt dicht vor dem Fenster und schauten schon eine lange Weile gedankenversunken hinaus. Ich wandte mich ihm zu und bemerkte, dass seine Hände unruhig über die Sessellehne strichen.
Er blickte zum blau-violetten Himmel der Abenddämmerung hinauf. Dachte wohl dabei an Mutter. Wie hatte sie doch solche Stimmungen geliebt.
Er legte den Kopf in den Nacken. Schloss für einen Moment die Augen. Ich vermutete, er musste erst Ordnung in seine Gedanken bringen. Plötzlich riss er seine Hände von der Sessellehne.
„Das darf mir nicht noch mal passieren. Ich bekomme jetzt noch eine Gänsehaut, wenn ich daran denke, was hätte passieren können bei diesem dichten Verkehr." Seine Hände bewegten sich fahrig. „Ich war unkonzentriert. Völlig abwesend. Mit den Gedanken woanders."
Ich sah ihn mit stummer Neugier an und legte meine Hand auf seine Hand. Meine Finger schlossen sich um seine. Er begann

zu erzählen. Seine Stimme klang abwesend, während er vor sich hin sprach. Ich merkte, wie ihm das Sprechen schwer fiel. Immer wieder fuhr er sich mit den Händen durchs Haar, schüttelte merklich den Kopf. Ich wusste nicht, wo ich meine Augen lassen sollte.
Noch immer in Gedanken bei meinem Vater begann ich sein Erlebnis niederzuschreiben.

... Als sein Hintermann ihn durch wildes Hupen darauf aufmerksam machte, dass er eine rote Ampel überfahren hatte, lenkte er den Wagen in eine Parkbucht am Straßenrand, ließ die Fensterscheibe herunter und schaltete den Motor ab. Seine Hände waren nass. Er wischte sie an seinen Hosenbeinen ab. Der stechende Schmerz in den Schläfen ließ nicht nach.

Er legte beide Hände an die Stirn. Seine Finger waren kalt. Er schloss die Augen. Verharrte so, während der pulsierende Verkehr an ihm vorbeirauschte.

„Kann ich ihnen helfen?" Die junge Frau beugte sich zum Fenster. Er schrak zusammen, sah sie mit abwesendem Blick an.

„Entschuldigen sie, aber ich dachte, sie brauchen vielleicht Hilfe. Es sah so aus", begann sie von Neuem.

Er sammelte sich, lächelte.

„Danke, ist nett von ihnen. Es geht schon. Ich war nur etwas abgespannt. Na dann, nochmals vielen Dank. Es ist alles in Ordnung."

„Dann ist es ja gut." Sie winkte kurz und ging auf den Fußweg zurück.
Er atmete noch einmal tief, ließ den Motor an und fädelte sich wieder in den Verkehr ein.

Während ich schrieb, empfand ich schmerzend, wie sehr mein Vater litt. Er fand kaum Zeit zum Trauern, musste weiter funktionieren, arbeiten. Die Apotheke forderte jetzt seine ganze Kraft. Er tat mir unsäglich leid. Und wenn ich ihn so leiden sah, legte sich ein zentnerschwerer Brocken auf meine Brust, und erbarmungslos folterte mich die Furcht, dass auch ihm etwas zustoßen könnte.

# #

Die kleine Gruppe, gekleidet in tiefem Schwarz, setzte sich dichtgedrängt in Bewegung. Die Gesichter ergriffen, die Blicke voll Trauer.
Ich lief apathisch mit gesenktem Kopf. Bei jedem Schritt hämmerte es hinter meiner Stirn. Der ständige Mahner meldete sich. Marterte mich, schlug auf mich ein. Mir war, als würde die kalte Trauer mein Herz lähmen. Es war ein Schmerz, der sich dumpf über meinem Körper ausbreitete.
Wie verloren fühlte ich mich zwischen den Trauernden. Und um mich herum empfand ich Anklage.
Gern wäre ich jetzt mit meiner Trauer allein gewesen. In Gedanken ganz nah bei meiner Mutter. Den schlichten Sarg aus Eichenholz, an dem ich vor wenigen Minuten noch wie betäubt gestanden hatte, sah ich ganz nah vor mir. Wie eine wärmende Decke lagen die zartgelben Rosen darauf. Einige rankten mit dem Efeu an den Seiten herunter. Sie flossen wie Tränen. Als ich mich auf den Boden kniete, und meinen Strauß dicht an den Sarg lehnte, sagte ich mir im Inneren wieder: „Gott gibt es nicht, nein, es gibt keinen Gott. Es gibt

ihn nicht." Dabei dachte ich an die wohlmeinenden Worte des jungen Priesters, als ich in die Kirche geflüchtet war.
Ich blieb einen langen Moment neben dem Sarg stehen. Strich sanft über das kühle glatte Holz. Dabei hatte ich das Gefühl, als könnte ich mich von hier nie wegbewegen.
Wie gern wäre ich jetzt mit meiner Trauer allein. Jedoch, ich schleppte mich in dem Trauerzug mit. Hörte im Inneren noch die Geräusche der Erde, spürte den Geruch der feuchten Erde. Plötzlich lief ein eisiger Schauer über meinen Rücken. Ich fühlte mich kalt und tot. Auch mich hatten sie beerdigt.
Jetzt drangen Tante Elviras Worte an mein Ohr, Worte, die mich unbarmherzig stachen.
„Ich kann es einfach nicht glauben. Wie war das nur möglich, mein Gott. Meine Schwester war doch früher immer so gesund." Ein heftiges Schluchzen. Sie holte mehrmals tief Luft, um sich zu beruhigen. „Sie war lebenslustig, tüchtig und immer für alle da. Nein, einfach unfassbar", sagte sie mit erstickter Stimme.
Ich sah verstohlen zu ihr hin. Elvira war groß und hatte eine schlanke, sportliche Figur. Doch jetzt lief sie neben Vater leicht gebeugt. Das enganliegende schwarze Kostüm ließ sie noch schlanker erscheinen. Vater legte seine Hand auf ihren Arm. Nickte stumm.
Jetzt hob sie ihren Kopf, sah ihn an.
„Man müsste nachforschen, was genau ..." Die anderen Worte verschwammen. Ich konnte nicht ahnen, was sich hinter ihnen verbarg. Mir wurde sogleich schwindlig. Ich drohte zusammenzubrechen.
Elviras Mann Rolf drehte sich zu uns um.
„Ich finde, der Pfarrer hat sehr einfühlsam gesprochen", murmelte er. Seine Stimme war ein tiefes Rasseln. „So menschlich und schlicht: Liebevoll und fürsorglich ihren Nächsten gegenüber. Treusorgend und aufopferungsvoll. So sagte er doch." Nach einer Pause: „Das waren die richtigen Worte für Beate. Da musste ich zurückdenken. Damals, als unser Michael geboren wurde und sie zu uns kam und den

Haushalt und die Kinder versorgt hatte. Und damals war sie selbst schwanger." Dabei schaute er zu Elvira. „Das war großartig." Er hob die Arme, zuckte mit den Schultern und wandte sich wieder um.
Neben ihm lief der Großvater mit staksigen Schritten. Er blickte geradeaus und wirkte teilnahmslos.
Jetzt verlangsamte Elvira ihre Schritte und wandte sich wieder Vater zu.
„Für mich ist das alles rätselhaft", begann sie von neuem mit leiser Stimme. „Warum konnte man ihr im Krankenhaus nicht helfen? Sie war doch immer gesund", betonte sie noch einmal. „Aber gelitten hat sie in euerm Haus. Das weiß ich. Ja, sehr gelitten", fügte sie merklich lauter an.
Ich spürte das warme Fließen meiner Tränen, lief schneller, beinahe hastig. Ich bemerkte, dass mein Vater hatte sich umgedreht, mich mit seinen Blicken suchte. Als ich mit wenigen Schritten neben ihm anlangte, wischte ich mit einer kurzen Handbewegung die Tränen weg und sah zu ihm auf. Ich unterdrückte das Zittern in meiner Stimme, als ich mit Entschiedenheit sagte, ich fahre nicht mit dem Auto zurück, ich wolle lieber zu Fuß gehen.
Mit einer raschen Bewegung fuhr ich mit dem Handrücken über meine feuchte Stirn. In den schwarzen Sachen, die ich trug, eine schwarze Hose und eine schwarze Leinenjacke, spürte ich auf einmal die Wärme erbarmungslos.
Schon nach wenigen Schritten bog ich in einen Seitenweg ein. Die Luft roch hier modrig. Die Äste hingen über dem Weg. Schatten legten sich tröstend um mich, wie eine Decke. Ich atmete Ruhe. Die Grabsteine der sehr alten Gräber hier, zogen meine Blicke an. Sie waren besonders aufwendig verziert, mit goldenen Kreuzen, trauernden Engeln in Stein gehauen, mit geneigtem Kopf, einen Rosenkranz in der Hand haltend.
Ich hielt inne. An diesem Grab rankten sich Rosen in der Farbe von zartem Gelb. Der Geruch der Blüten hing stark in der Luft. Aber der Platzregen am vorigen Tag hatte viele der

weichen Blütenblätter übel zugerichtet, ihre Ränder braun gefärbt und sie auf dem Grab und dem Weg zerstreut.
Da schreckte mich ein Geräusch auf. Ich fuhr herum. Der alte Mann schlürfte auf mich zu. Er hatte sich wohl am Grab gegenüber zu schaffen gemacht. Ich hatte ihn gar nicht bemerkt. Dicht neben mir blieb er stehen, stellte die Gießkanne und einen Korb ab, in dem eine Harke und eine Schaufel lagen.
Sein Atem ging etwas keuchend. Er richtete seine hagere Gestalt auf und blickte mich mit dunklen, tiefliegenden Augen an. In seinen eingefallenen Wangen hingen Schweißtröpfchen. Er versuchte ein mattes Lächeln, bewegte die Lippen, die von einem Kronenkranz aus Falten umgeben waren. Seine Stimme war tief.
„Ich bin jeden Tag hier. Dort ist meine Frau."
Ich folgte seinem Blick, und sah an dem schlichten Grabstein gegenüber einen frischen Strauß bunter Sommerblumen. Er nickte mir zu.
„Die Dahlien hat sie besonders geliebt. Sie sind aus unserem Garten." Er holte keuchend Atem, schloss für einen Moment die Augen.
Er tat mir leid in seiner kaum getarnten Traurigkeit. Obwohl mich selbst der Kummer zu erdrücken drohte, hatte ich unsagbares Mitgefühl für den Alten, wie er so hilflos vor mir stand. Und für einen Moment vergaß ich meinen eigenen Schmerz.
Er blickte mich wieder an.
„Hier ist es immer still. Manche gehen hier nur spazieren. Du wohl auch?" Wieder war in seinem Gesicht ein schwaches Lächeln. Doch seine Frage wirkte auf mich wie ein kalter Guss.
„Ich komme", ich sprach stockend, „ich komme von einer Beerdigung." Nur mit aller Mühe bekam ich die Worte über meine Lippen. Hatte er das Zittern in meiner Stimme bemerkt? Ich blickte zur Seite.

„Ach. Ja, ja." Er suchte meine Augen. Sein Blick wich keinen Augenblick von meinem Gesicht.

„Du bist noch jung. Ja, aber einmal wirst du es vielleicht auch erfahren, wie schwer es ist, einen Menschen zu verlieren, der einem sehr nahestand. Mit dem man fast sein ganzes Leben geteilt hat. Aber das Leben geht eben weiter, irgendwie, ja, ja." Seine Stimme hatte jetzt etwas seltsam Würdevolles. Er rieb sich das Kinn und schien sich Erinnerungen ins Gedächtnis zu rufen.

Seine Worte rührten etwas in mir an. Ganz tief. Mir war, als hätte ich sie schon einmal vernommen. In dem Moment dachte ich an Ömchen.

Erschauernd holte ich Atem, war den Tränen wieder ganz nahe. Worte fand ich nicht. Und doch hatte das Gespräch mit dem Alten, der das gleiche Leid trug, mich gleichermaßen erschüttert und mir dennoch ein klein wenig wohlgetan.

Der Alte bückte sich und griff nach der Kanne und dem Korb. Beim Aufrichten streifte ein Sonnenstrahl sein Gesicht. Ließ es lächelnd erscheinen. Noch einmal seufzte er tief. Er verabschiedete sich mit einem Nicken, die Augen fast von den zusammengezogenen Brauen verborgen, drehte sich um und schlurfte in die andere Richtung davon.

Ich sah ihm lange nach, so lange, bis er in einem Seitenweg verschwand.

Dann wandte ich mich um und ging weiter. Dachte aber noch immer an die Worte des Alten. Die Worte, die mich noch Stunden später beschäftigten. Ich sollte mich auch in der nächsten Zeit noch oft an sie erinnern.

Jetzt lichtete sich der Weg. Zu meiner Linken wurde eine Mauer aus Natursteinen sichtbar. Ich blickte an der Mauer hoch, die dicht mit Efeu bewachsen war. Wolken zogen auf.

#

In den nächsten Wochen zeigte die Sonne sich selten. Der Himmel war meist trüb, der Wind kalt. Seit Tagen wirbelten Windböen die Blätter durcheinander.
Trostlos war es auch im Haus. Das Haus schien schrecklich leer, eine Leere, die sich von Raum zu Raum zog.
Ich verschanzte mich meist in meinem Zimmer, sobald ich mit der Hausarbeit fertig war. Wann immer es möglich war vermied ich es, dem Großvater zu begegnen. Nur die gemeinsamen Mahlzeiten konnte ich nicht umgehen. Vater zuliebe setzte ich mich mit an den Tisch. Anders hätte er es gewiss nicht verstanden. Nein, ich wollte es ihm nicht noch schwerer machen.
Wenn ich in sein Gesicht blickte, litt ich noch mehr. Seine Trauer und seine Verzweiflung ertrug ich kaum. Jedoch ihn zu trösten, mit gutgemeinten Worten, brachte ich nicht übers Herz. Wie sollte gerade ich? Aber wie eine zentnerschwere Last schleppte ich meine Schuldgefühle mit mir herum. Diese grausamen Schuldgefühle, die mir immer mehr zusetzten.
Ich suchte die Einsamkeit. Und ich versuchte, einen recht stabilen Panzer um mich zu errichten. Er sollte allem standhalten, was von außen herandrängte. Er sollte mich schützen vor neugierigen Blicken, von denen ich mich verfolgt fühlte, verfolgt und ertappt. Doch er zerbröckelte immer wieder.

Mit einem Ruck setzte ich mich im Bett auf. Hatte ich überhaupt geschlafen? Ich vergrub mein Gesicht in den Händen. Doch, ich hatte wohl geschlafen. Jetzt fiel mir auch der Traum ein. Dieser entsetzliche Traum. Ich wollte ihn verdrängen, wegschieben. Aber die Erinnerung war da. Kälte kroch in meine Glieder.
Mit einem Satz sprang ich auf, durchkreuzte das Zimmer zwischen Bett und Fenster. Die Beklemmung legte sich wie

ein Bleigewicht auf meine Brust. Meine Augen irrten suchend durch den Raum.
Ich blickte hinaus. Da stand der Mond am Himmel. Durch einen Riss in den Wolken konnte ich ihn sehen. Sein Licht hob die Straße silbern leuchtend hervor. Wie ein glitzernder Fluss, dachte ich. Und gerade als ich das dachte, schoben sich wieder Wolken vor den Mond und das Licht war verschwunden. Doch nicht lange. Dann rissen die Wolken erneut auf, und ich verfolgte den Mond, wie in jener Nacht damals. Ich spürte plötzlich das Kästchen in meiner Hand. Mit aller Kraft presste ich die Handflächen aneinander und sah mit starrem Blick hinaus. Während ich den Mond durch das spärliche Laub der Bäume beobachtete, glitt er hinter einen Nebelstreifen und kam endlich leuchtend wieder zum Vorschein.
So lange es ging, vermied ich es, mich wieder hinzulegen Ich ahnte, dass ich bis zum Morgen wachliegen würde, umgeben von Gespenstern und einer schrecklichen Stille. Jedoch in der Dunkelheit wurden die Minuten zu Stunden. Schließlich ließ die Müdigkeit die Augen wieder schwer werden. Ich sank auf den Bettrand, beugte mich hinunter und vergrub den Kopf unter dem Kissen.
Augenblicklich war ich wieder hellwach. Im Kopf spürte ich das dumpfe Dröhnen. Wie in Trance erhob ich mich, griff nach meiner Jacke.
Während ich lautlos meine Zimmertür öffnete, den Gang entlang schlich und mich vorsichtig die Treppe hinunter bewegte, wagte ich kaum zu atmen.
An der Gartentür wandte ich mich noch einmal um. Hatte mein Verschwinden auch keiner bemerkt? Ich lauschte angespannt. Meine Augen glitten über die Hauswand. Da! Hatte sich da eben nicht ein Schatten am Fenster bewegt? Ich schrak zusammen. Versuchte, das Angstgefühl zu ignorieren. Doch es verging nicht. Es wurde noch intensiver. Noch einmal riskierte ich einen kurzen Blick über die Schulter. Nun merkte ich, es war der Schatten eines Astes, der sich im leichten Wind bewegte.

Die Dunkelheit verschluckte mich. Als ich das Gartentor wieder schloss, hielt ich inne, bis sich mein Herzschlag beruhigt hatte. Doch dann, von wilder Verzweiflung getrieben, lief ich los. Ich hetzte durch die nächtlichen Straßen, ohne zu wissen wohin. Den Mund offen, die Augen starr. Nur fort, fort! Die Traumbilder verfolgten mich.
Große Schweißtropfen rannen über mein kaltes Gesicht, mein Herz pochte vom raschen Laufen und das gab einen schmerzenden Widerhall in meinem Kopf.
Die Straßen waren menschenleer. In der Ferne bellte ein Hund. Wie lange ich schon so davonrannte – ich wusste es nicht. Auf einmal war mir, als wollten meine Beine mich nicht mehr tragen. Ich stützte mich an der Hauswand ab. Ich keuchte und rang nach Luft. Ein beklemmendes Gefühl der Sinnlosigkeit überwältigte mich. Und in der Tiefe regten sich Zweifel. „Was zum Teufel tue ich hier eigentlich? Warum laufe ich weg? Was soll das? Wohin will ich denn? Nirgendwohin kann ich." Ich wusste in dem Augenblick nicht, wann ich jemals, als ich allein mit mir war, laut gesprochen habe.
Ich lief ohne Ziel. Häuser verschwanden hinter mir.
Auf einmal war mir, als ob meine Beine mir nicht mehr gehorchten.
Vor Müdigkeit lehnte ich den Kopf gegen die Wand. Kühlte die heiße Wange. So verharrte ich wenige Minuten.
Dann riss ich die Augen auf. Bewegte sich hinter mir ein Lichtschein? Ich fuhr herum und sah, es war die Straßenlaterne, die hinter mir flackerte.
Es war schon weit nach Mitternacht. Mühsam setzte ich meine Schritte allmählich schneller.
Die mächtigen Platanen, die die Straße säumten, blickten düster, vorwurfsvoll. So schien es. Sie bewegten ihre Zweige, als wollten sie drohen. Ich schlich an ihnen vorbei. Leichter Wind war aufgekommen. Ein einzelnes Platanenblatt taumelte über den Weg.
Die Laterne zwinkerte, flammte auf, verschwand wieder, lockte. Mein Blick klammerte sich an diesen Lichtpunkt.

An der Ampel verharrte ich. Die Ampel stand auf Rot. Noch nie war eine Ampel so rot gewesen. Die dunkle menschenleere Stille auf der Straße machte das Rot hart und bedrohlich.
Als ich schließlich nach langem Umherirren an meinem Haus anlangte, merkte ich, wie erschöpft ich war. In meinen Seiten stach es. Ich war am ganzen Körper nassgeschwitzt.
Nur gut, ich kam ungesehen ins Haus und in mein Zimmer hinauf. Aber erst als ich die Tür hinter mir geschlossen hatte, konnte ich ruhiger atmen. Sogleich schälte ich mich aus meinen Kleidern, die sich feucht anfühlten vom Schweiß. Dann kroch ich unter die Bettdecke und krümmte mich zusammen, krank vor Erschöpfung. Ich schloss die Augen in der Sehnsucht nach Schlaf. Meine Lider zitterten.

An diesem Morgen war der Traum noch so lebhaft nah, dass ich überzeugt davon war, meiner Mutter in der Küche zu begegnen. Doch dann nur Leere.
Lange Zeit saß ich tief in trübe Gedanken versunken an meinem Schreibtisch, bevor ich das Tagebuch öffnete. Meine Worte sollten hineinfallen, wie in einen stillen Teich und Kreise ziehen. Und plötzlich begann ich mit meiner Mutter zu sprechen.

Mam, wie sehr du mir fehlst! Das Haus ist leer ohne dich. Meine Augen suchen dich, doch du bist nicht da. Erinnerst du dich noch an jenen Tag, als wir zum Reiterhof gingen?
Das war unser letzter gemeinsamer Spaziergang.
Mam, wie oft wollte ich dir sagen, was mich bedrückte, was mich zerfraß.
Ich schaffte es nie. Als ich geschunden und zerstört zu euch geflüchtet bin, hast du nicht bemerkt, was mit mir geschehen ist? Ich weiß, ich hätte erzählen müssen. Doch Großvater hatte gedroht. Und ich schwieg.

Wie falsch von mir. Und so verschloss sich alles in mir. Ich erstarrte und wurde hart wie Stein. Und ich stand an einer Schlucht und kam nicht hinüber.

Ich weiß, und ich sehe es noch immer ganz deutlich, wie auch du gelitten hast. Wie Kummer und Ärger dich quälten und du vor Schmerzen zum Herzen gegriffen hast.
Ich fürchtete um dich.
Ich hatte Angst, dein Herz könnte dich eines Tages im Stich lassen. Ich wollte auch dich vor Großvaters Grausamkeiten bewahren. Und dann passierte es so schrecklich anders.
　　Liebe Mam, verzeih mir. Bitte, verzeih mir. Großvater ist für mich wie zu einem Geist geworden. Ich höre seine Stimme ständig in allen Winkeln des Hauses.

Wieder und wieder beugte ich mich über die Seiten. Füllte sie mit meinen Gedanken aus dem tiefsten Inneren.

　　Der Nachmittag war trüb. Graue Nebelschleier ließen die Häuser und Bäume unwirklich erscheinen.
Ich bemerkte, dass Pia mich unentwegt musterte.
　　„Sag mal, wie siehst du denn wieder aus? Hast du Schmerzen?"
Ich schlug das Englischbuch zu, schob es zur Seite.
　　„Nee, Schmerzen hab ich nicht. Aber schlecht geht's mir trotzdem. Etwas ganz Schreckliches habe ich wieder erlebt. Ich hatte wieder so einen fürchterlichen Traum. Diesmal war er einfach zu grausig. Wieder hatte ich von meiner Mutter geträumt." Ich atmete tief mit einem Seufzer. Pia richtete sich abrupt auf und sah mich mit aufgerissenen Augen an. Ich entdeckte Neugier in ihrem Blick.
　　„Na, erzähl doch", drängte Pia.

„Du, es war furchtbar. Richtiger Horror", stöhnte ich und hielt noch einen Moment inne. Dann begann ich leise und stockend.
„Ich bin in meinem Zimmer. - Plötzlich geht die Tür auf. - Sie ist ganz schwarz. Der Flur ist auch schwarz. - Meine Mutter steht in der geöffneten Tür." Ich konnte nicht weiter sprechen. Ich flüsterte nur noch. Pia rückte näher heran, um mich zu verstehen. „Meine Mutter steht reglos und stumm in der geöffneten Tür. Um sie herum alles schwarz. Ihre Augen sind starr auf mich gerichtet. – Ihr bleiches Gesicht schwebt in dem schwarzen Türrechteck. Und auf einmal sehe ich die Träne. Du erinnerst dich, wie damals im Krankenhaus. Die Träne schimmerte rötlich wie Blut. - Ich gehe hin und will meine Mutter drücken. Hebe die Arme – aber – ich greife ins Leere. Will schreien, aber kein Ton kommt hervor."
Ich schlug die Hände vors Gesicht. Mit langem Stöhnen fiel ich wieder ins Bodenlose.
„Grausam war das! Diese blutige Träne! Das war das Schlimmste. Wenn doch meine Mutter bloß wieder... Ach Pia, was soll ich bloß machen", schrie ich fast. „Nein, ich will es einfach immer noch nicht fassen. Wie soll ich nur damit fertig werden."
Ich krallte mich in Pias Arm. Schluchzte. Dann fielen meine Hände kraftlos in den Schoß. Feuchte Strähnen klebten an meinem Gesicht. Keiner von uns beiden sprach.
Die Wanduhr tickte. Die Dämmerung schlich herein.
Wir saßen noch eine ganze Weile reglos und in Gedanken nebeneinander. Brüteten vor uns hin. Scheinwerferlicht blitzte plötzlich herein und riss uns aus unserer Versunkenheit. Dann wandten wir uns wieder einander zu.
Pia löste die Erstarrung. Sie legte ihre Hand auf meinen Arm. Öffnete die Lippen. Jedoch es kam kein Wort aus ihrem Mund. Was sollte sie auch sagen? Sie hatte mich in der letzten Zeit schon so oft getröstet. Gut gemeinte Ratschläge halfen nicht, das war ihr längst klar. Sie bewegte wieder ihre Lippen, als probiere sie. Sah mich mit einem winzigen Lächeln an.

Neigte den Kopf zur Seite. Und es schien als wollte sie abwägen, was sie sagen könnte.
„Das wird schon wieder, Ellen. Du wirst es überwinden, allmählich, mit der Zeit. Du wirst es sehen. Das sagen doch alle, die ein schweres Schicksal getroffen hat." Sie drückte meinen Arm. „Ach Mensch, Ellen, glaube nur, es geht doch irgendwie weiter, ja? Bestimmt."
Sie nickte mir dabei aufmunternd zu, aber mit einem kleinen versteckten Seufzer. Darauf erhob sie sich und schaltete die Stehlampe an. Augenblicklich füllte ein warmer, goldener Schein das Zimmer.
Mich erreichte diese Behaglichkeit nicht. Die schwarzen Bilder in meinem Kopf wollten nicht verschwinden. Ich lief zum Fenster. Das tat ich immer, wenn ich mit einer Sache nicht fertig wurde. Als wollte ich flüchten. Pia kannte es. Sie holte mich auf den Boden zurück.

„So, machen wir jetzt weiter?" Auffordernd winkte sie mit der Hand und setzte sich wieder an den Tisch. „Viel ist es ja nicht mehr. Wir haben doch die Übersetzung fast geschafft."
Wir beugten uns über unsere Hefte. Nur hin und wieder fiel ein Wort, verständigten wir uns über schwierige Vokabeln.
Ich sah auf.
„Wie übersetzt man denn, Oxford ist wesentlich bedeutender als Eton?"
„Oh, das weiß ich auch nicht. Da bin ich mir nicht sicher. Wie müsste der Satzbau sein?" Pia kaute bedächtig auf ihrem Kugelschreiber herum. Ich sah sie ratlos an. Zog die Stirn kraus. Ich stöberte in meinem Gedächtnis. Und hatte die Lösung.
„Ich frage heute Abend meinen Vater. Er wird es wissen. Dann rufe ich dich an."

Im Haus war es öd. Das Klavier setzte Staub an. Trauer nistete in den Räumen. Mein Vater zog sich abends meist nur ins Arbeitszimmer zurück. Oft fuhr er auch bis in die späten Stunden zum Arbeiten noch einmal in die Apotheke. An seinen freien Stunden am Wochenende war er im Haus wie ein lautloser Schatten unterwegs. Das Wohnzimmer mied er. Dort standen jetzt die Möbel leblos im Raum, wie Requisiten. Jedoch an starken Tagen schaffte er es, die Tür zu öffnen und über die Schwelle zu treten.

Dann kam der Abend, an dem er es zum ersten Mal wagte, nicht nur stumm im Raum zu stehen, sondern die gemütliche Beleuchtung anzuschalten, die meine Mutter so mochte. Es waren sechs kleine Lämpchen, die strahlenförmig in den Raum leuchteten. Er ließ sich auf eins der kleinen ledernen Sofas sinken. Mechanisch schaltete er den CD-Player ein und augenblicklich strömte aus den Lautsprechern weiche, soulige Musik. Er schloss die Augen. So verweilte er eine gute halbe Stunde.

Ich verhielt mich still.

Auch mir gefiel diese CD von Elton John. Ich sah von meinem Buch auf, beobachtete meinen Vater und empfand ein wenig Freude, als ich sah, wie entspannt er der Musik lauschte.

In der folgenden Zeit gelang es ihm öfter, sich wieder in diesem Raum aufzuhalten. An manchen Abenden nahm er sogar eines von Mutters Büchern, die sie besonders gern las, aus dem Schrank und setzte sich damit in den breiten Sessel neben der Stehlampe. Er legte den Kopf in den Nacken, schloss für Sekunden die Augen, bevor er es aufschlug.

An langen Herbstabenden kam es sogar vor, dass er mir aus diesen Büchern vorlas. Wir saßen dann dicht nebeneinander in dem breiten Sessel. Es erinnerte mich an meine Kinderzeit, wenn meine Mutter mir abends aus den Märchenbüchern vorgelesen hatte. Jedes Mal versetzte es mich in eine sonderbare Stimmung.

Als er mir aus „Rheinsberg" vorlas, „Ein Bilderbuch für Verliebte" von Kurt Tucholsky, wurde seine Stimme bei manchen Sätzen brüchig. Und die Worte wurden undeutlich.

Dann legte ich meine Hand auf seinen Arm. Röte schoss mir ins Gesicht. Mir wurde heiß und kalt zugleich. Unendliches Mitleid war es.

Nur die Fotoalben in der untersten Reihe des Bücherschrankes jagten ihm noch eine lange Zeit einen Schauder über den Rücken, wenn er davorstand, die farbigen Rücken der Alben betrachtend. Das offenbarte er mir hin und wieder. Die Fotoalben in die Hände zu nehmen, hineinzuschauen, ging über seine Kraft. Ich wusste es. Er fürchtete sich geradezu, die Bilder vor Augen zu haben, die Zeugnisse waren für die glücklichen Jahre mit seiner Beate. Es kam vor, dass er schon nach einem Album griff, es dann aber sogleich wieder zurückstellte.

Der Regulator schlug gemächlich acht Mal, als ich die Diele durchquerte.
Ich wusste, dass ich Vater im Arbeitszimmer finden würde. Er hatte sich für heute viel Arbeit mitgebracht.
Das Englischbuch unter den Arm geklemmt, schlich ich hinein. Verweilte noch einen Moment an der Tür. Überlegte, stör ich ihn vielleicht?
Er arbeitete am Computer. Der Bildschirm reflektierte einen hellen Schein auf sein Gesicht. Ich ging auf leisen Sohlen auf ihn zu, legte meine Hand auf seine Schulter.
„Erschrick nicht. Kann ich dich kurz stören? Ich muss dich was fragen, es ist wichtig. Wir hatten heute ein Problem beim Lösen der Englischaufgabe."
Mein Vater nahm seine Brille ab, kniff die Augen zusammen, rieb seine Augen. Ich stand jetzt dicht neben ihm. Er legte seinen Arm um mich, hob den Kopf, und sah mir fragend ins Gesicht.
„Ach, Ellenkind", sagte er und schob sich eine Strähne aus der Stirn.
Hatte ich richtig gehört?, wunderte ich mich. So hatte er mich schon seit einer Ewigkeit nicht mehr genannt, dachte ich ganz glücklich im Stillen. „Na, was ist denn? Was hast du denn auf den Herzen? Aber warte einen ganz kleinen Moment. Ich möchte nur noch schnell diese Webseite herunterladen." Ich schaute ihm über die Schulter.

„Und worum geht es, meine Schlaue? Hoffentlich kann ich dir helfen."

„Ganz bestimmt", sagte ich lachend. „Für dich ist das sicherlich nur eine lächerliche kleine Sache." Ich schlug mein Buch auf, zeigte auf den Text. „Weißt du wie man das übersetzt?"

Er überlegte nur kurz.

„Na, das ist ganz einfach: Oxford is much more important than Eton".

„Sag's mal bitte etwas langsamer." Ich griff nach dem Kugelschreiber. Er wiederholte den Satz nun extra betont langsam. Nickte bei jedem Wort.

„So, das habe ich. Hast mir sehr geholfen. Danke." Ich gab ihm einen Kuss auf die Wange. „Und du? Hast du noch viel zu erledigen?"

Er fuhr sich mit der Hand über die Stirn. Atmete langsam aus.

„Ja, es wird spät werden. Hoffentlich schaffe ich überhaupt diesen ganzen Kram hier."

„Hm", seufzte ich kurz, strich ihm über die Schulter. „Siehst du, ich kann dir dabei leider nicht helfen."

Ein paar Augenblicke später drückte er meine Hand: „Mach dir keine Sorgen. Ich werde es schon schaffen."

Und dass er es schaffen würde, daran konnte es keinen Zweifel geben, das wusste ich. Mein Vater war äußerst gründlich und perfekt. Jedoch ich wusste auch, seitdem er die Apotheke allein führte, denn es dauerte noch eine Zeit, bis er einen neuen Mitarbeiter einstellen konnte, erdrückte ihn oft die Arbeit. Ich musste mich schnell abwenden, damit er meine bedrückte Miene nicht bemerkte.

An der Tür wartete ich noch einen Augenblick. Ich hatte Großvaters Schritte in der Diele vernommen. Nun hörte ich, wie er die Kellertür öffnete und hinunterstieg.

Darauf huschte ich durch die Tür und verschwand nach oben.

# #

Der Kies knirschte unter meinen Joggingschuhen. Ich hielt den kleinen lilafarbenen Asternstrauß fest in der Hand. Das Sträußchen hatte ich gleich am frühen Nachmittag im Garten geschnitten. Die Asternbüsche blühten über und über. Einige im hellen Lila, manche dazwischen dunkelfarbig. Mutter gefiel dieser Kontrast. Im Sommer hatte sie oft zu mir gesagt: „Gieß die Astern besonders gut, damit im Herbst Farben im Garten sind."
An diese Worte dachte ich, und meine Augen schwammen, als ich den Strauß band. Wehmut und Trauer waren mit hinein geflossen.
An riesigen alten Bäumen kletterte Efeu empor. Vor dem Krematorium bog ich in den Weg nach rechts ab. Hohe Rhododendrenbüsche säumten den breiten Weg. Meine Schritte wurden langsamer. Und wie jedes Mal, wenn ich hier anlangte, spürte ich den Kloß im Hals und meinte, nicht mehr atmen zu können. Ich schaute mich um. Nirgends eine Menschenseele. Eigentlich war es mir ganz recht, an diesem Ort niemandem zu begegnen. – Der alte Mann? Ich hatte ihn nie wieder gesehen. Doch ich erinnerte mich noch oft an ihn.
Der Grabstein war aus dunklem poliertem Granit. Ich starrte auf den Grabstein, als sehe ich in ihm die ganze Trostlosigkeit verkörpert, die das Leben bereithalten konnte. Die in goldener Schrift geprägten Worte darauf stachen erbarmungslos in meine Augen. Ich strich sanft über die erhabenen Buchstaben. Wieder und wieder streichelte ich sie. Dann verschwammen sie durch den Vorhang meiner Tränen. Das Sträußchen fiel hinunter auf das Grab.
Wie betäubt verharrte ich, presste mich gegen den kalten Stein, umklammerte ihn, unfähig mich zu lösen. Bilder blitzten auf. Quälten. Ich sah meine Mutter mit bleichem Gesicht am Frühstückstisch, sah sie im weißen Krankenhausbett, sah die rote Träne. Ich schrie auf.

Die Bäume in der Nähe rauschten. Blätter fielen herab. Ich begann zu frösteln. Ich fröstelte so stark, dass meine Zähne aufeinander schlugen.
Erschrocken fuhr ich hoch. Zwei Amseln flatterten zeternd vorbei und verschwanden unter einem breiten Buchsbaum. Als ich den Amseln hinterher blickte, huschte dort dicht neben dem Strauch ein Schatten vorüber. Glaubte ich. Oder trogen mich meine Sinne? Es ist zum Verrücktwerden, dachte ich. Habe ich mich wieder von meinen eigenen Ängsten narren lassen?
Schließlich erhob ich mich, griff nach dem Strauß, holte hinter dem Grabstein die kleine graue Blumenvase hervor, die mit Regenwasser gefüllt war, und stellte die Blumen hinein. Ich rückte die Vase dicht an die Schrift heran. Vor dem dunklen Stein leuchteten mir die Blüten im freundlichen Lilaton entgegen, als wollten sie meine trübe Stimmung aufhellen. Lange Minuten schaute ich darauf, im Inneren nah bei meiner Mutter.
Nach einem letzten scheuen Blick auf den Grabstein wandte ich mich um und lief, meine Schritte wurden schneller und schneller, dem Ausgang entgegen. Die Düsternis in mir, konnte ich nicht zurücklassen. Sie schlich mit. Ich schaute kein einziges Mal zurück.
Auf der Straße hatte ich das Gefühl, die Leute würden mich anstarren aus dunklen Fenstern und finsteren Ecken. Ich hörte meine Schritte auf dem Pflaster, und als ich auf ihr leises Echo horchte, stellte sich in mir eine sonderbare Ruhe ein.

*

Die kleine Laterne vor ihnen auf dem Tisch, Ellen hatte sie vor wenigen Tagen im Antiquitätengeschäft günstig erstanden, verbreitet ein warmes, romantisches Licht.
Sie lehnt sich zurück ins Halbdunkel.
Frank schließt das Buch, lässt es in den Schoß sinken und mustert sie. Seine Kiefer spannen sich. Er legt den Kopf in den Nacken, schließt für einen Moment die Augen. Er muss erst Ordnung in seine Gedanken bringen. Dann wendet er sich zu Ellen.
„Ellen", stößt er gepresst hervor, „wenn es ginge", dabei tippt er an seinen Kugelschreiber, „würde ich jetzt gern meine Gedanken auf die Buchseiten bannen. Bisher war ich beim Lesen immer in ein Netz von Rätseln und Geheimnissen verfangen. Nun sind sie gelöst und ich kann klarer denken. Eines möchte ich gern wissen. Wie ist es herausgekommen? Wer hat gesprochen?" Ellen hebt die Hand, legt den Zeigefinger an den Mund. Er lässt sich nicht unterbrechen. „Dein Großvater?"
Sie legt ihre Hand auf das Buch. Sieht ihn ein paar Augenblicke eindringlich an.
„Du wirst es bald erfahren. Nun hab noch ein bisschen Geduld."
„Wie furchtbar muss diese Tragödie für dich gewesen sein. Und du hattest nicht den Mut, deinem Vater alles zu offenbaren? Wäre für dich besser gewesen." Beim Sprechen schreitet er jetzt aufgebracht durchs Zimmer, die Arme verschränkt.
Sie schüttelt stumm den Kopf. Er nimmt die Arme herunter, bleibt vor ihr stehen.
„Vielleicht hätte er dich doch verstanden. Hätte ein wenig Mitgefühl für dich aufgebracht. Und ..." Mit seinen Händen betont er jedes Wort. Er beugt sich zu ihr. Schaut ihr eindringlich in die Augen. „Vielleicht hätte er es doch versucht. Schließlich wolltest du nicht, dass sich alles so tragisch entwickelte. Ich kann mir gut vorstellen, wie schwer es für ihn gewesen wäre, solche Gefühle für dich nach diesem

Schock aufzubringen. Und doch Ellen, du hättest den Mut zur Wahrheit aufbringen müssen." Er kreuzt wieder durch den Raum.
Sie schüttelt jetzt ganz energisch den Kopf, hebt die Hände abwehrend.
„Nein, das konnte ich einfach nicht. Ich konnte es nicht. Mir fehlte der Mut dazu, und auch die Kraft. Willst du etwa behaupten, ich hätte es zu leicht genommen? Ich lebte ständig unter dem Zwang, sprechen zu müssen. Weißt du, wie viel Überwindung mich dieser Schritt gekostet hätte? Ich konnte sie einfach nicht aufbringen", erklärt sie nachdrücklich. „Es gab Tage, da wollte ich mich zur Wahrheit zwingen. War wild entschlossen. Ja, ich wollte mit aller Energie an meinen Vorsätzen festhalten. Und doch fiel jedes Mal mein ganzer Mut plötzlich wieder in sich zusammen. Nach vielen gescheiterten Versuchen, konnte ich mich schließlich nicht mehr überwinden, ihm die Wahrheit zu sagen. Und dann fürchtete ich, auf dem besten Weg zu sein, den Verstand zu verlieren. Ich fahndete nicht mehr nach neuen Versuchen."
Frank kommt an den Tisch zurück, umklammert ihr Buch fest mit seinen Händen.
„Ich kann mir schon vorstellen", beginnt er wieder, „wenn man so eine Ungeheuerlichkeit ewig mit sich herumschleppt, frisst es einen doch irgendwann auf. Aber trotzdem, Ellen... ."
„Das ist richtig. So war es auch. Und es endete schlimm. Ich hatte das Gefühl, ich müsste sterben. Jeden Tag ein bisschen." Sie bewegt unruhig ihre Hände über die Tischplatte. Tränen wollen aufsteigen. Sie kämpft dagegen an.
„Es blieb eben mein finsteres Geheimnis." Sie sieht mit einem Seitenblick, wie zweifelnd er darauf reagiert. Zweimal, damit er es ja nicht überhört, flüstert sie: „Ich wollte nur leben. Ja, so war es damals. Ich wollte nur leben." Sie senkt den Kopf, braucht einige Sekunden, bevor sie weitersprechen kann. „Aber das war nicht leicht. Am Abend fürchtete ich mich vor dem nächsten Tag. Jedes Mal, wenn ich von daheim geflohen war, hatte ich das Gefühl, dass mein Verstand noch

einen tieferen Knacks bekommen hatte. Nachts ließ ich unaufhörlich die schwarzen Tage der Vergangenheit in mir vorüberziehen. Das half mir aber nicht. Das machte es nicht leichter."

Sie richtet ihren Blick wieder auf Frank und in die Gegenwart. Stille umgibt sie. Nur ein Rascheln draußen in den Bäumen, ein fernes Auto.

Er reibt mit der Faust über die Stirn, bemüht sich, einen klaren Gedanken zu fassen. Nach kurzem Zögern beginnt er: „Ellen, im Leben lauern manchmal teuflische Fallen und Abgründe. So sagt man doch. Das ist schon wahr. Es sind Herausforderungen, denen man oft nicht gewachsen ist." Ellen stöhnt auf. „Ja, und ist man in so eine Falle geraten, dann hilft es nur, sich mit aller Willenskraft aus ihr zu befreien. Vor allem ... " Sie öffnet den Mund, will etwas entgegnen. Er streicht mit der Hand über ihre Lippen und fährt fort: „Ja, vor allem muss man es schaffen, Zweifel und Selbstzweifel zu verdrängen. Verstehst du? Das ist wichtig. Denn die Zweifel zermürben."

„Ich verstehe schon, aber verstehst du denn? Für mich war plötzlich alles kaputt. Mein ganzes bisheriges Leben war von einer Sekunde auf die nächste zu Staub zerfallen. Du kannst das gar nicht verstehen. Du warst doch nie in so einer Lage. Man windet sich und windet sich und kommt doch nicht heraus. Das ist teuflisch!", sagt sie so betont laut, dass es fast wie ein Schrei ist, und springt erregt auf. Sie stößt dabei wie blind gegen den Tisch. Die Laterne wackelt bedrohlich. Ellens Hand schnellt nach vorn, jedoch bevor sie zufassen kann, kippt die Laterne um. Der Glasbehälter zerbricht in viele Scherben und das Lampenöl fließt über den Tisch in alle Richtungen. Rasend schnell lodern Flammen vor ihnen auf und greifen um sich.

Ein kleines Inferno plötzlich.

„Schnell, eine Decke!", ruft Frank.

„Neben dir!", schreit Ellen aufgeregt. Er greift rasch nach der Decke und wirft sie über den Tisch.

Winzige Rauchschwaden winden sich. Die Flammen sind erstickt. Brenzliger Geruch breitet sich im Raum aus. Rußflöckchen wirbeln. Mit drei Schritten ist Ellen am Fenster und öffnet es.

„Das war schon eine recht heikle Situation", meint Frank, verzieht die Mundwinkel zu einem leichten Grienen, während sie dabei sind, die Schäden zu beseitigen. Darauf balanciert Ellen die Reste der Laterne mit ausgestreckten Armen in die Küche.

„Nur recht weit weg damit."

Mittlerweile haben beide sich von dem Schrecken wieder beruhigt. Er beugt sich zu ihr, nimmt ihren Kopf in seine Hände.

„Siehst du, dieses Übel haben wir ganz schnell beseitigt." Ellen sieht in sein breites Lächeln.

Nachdem sie den Tisch gesäubert hat, setzt sie sich wieder zu ihm. Versöhnlich legt sie ihre Hand auf seine.

Er sieht ihr unverwandt in die Augen. Seine Augen funkeln wieder einmal Weisheit, empfindet sie. Immer offen und aufmerksam. Sie kennt genau die mannigfaltigen Ausdrucksmöglichkeiten seiner blauen Augen. In dem Moment hätte Ellen sie gern geküsst.

Wieder kommt er auf ihr Gespräch zurück.

„Und noch etwas möchte ich dir sagen. Darf ich?" Ellen nickt auffordernd.

„Es ist doch eine Tatsache, das Leben hält auch viel Wunderbares bereit. Man darf nur nicht daran vorbeigehen und muss auch daran glauben. Das zu wissen, gibt Kraft und Lebensmut."

Sie unterbricht ihn, indem sie die Hand hebt.

„Wie schön du das wieder sagst. Jedes Mal findest du gleich die richtigen Worte." Und tatsächlich sind seine Worte wieder wie ein Pflaster auf ihrer Seele.

Plötzlich prustet er los.

„Mit dem Wunderbaren habe ich natürlich nicht unser Tischfeuerwerk gemeint." Er zupft sie an ihrer Nase. Beide lachen wie befreit aus vollem Hals.
Doch Frank wird sogleich wieder ernst. Seine Gedanken wandern immer noch weiter.
„Ich sehe, du hast es doch geschafft, mit dem Leben wieder in Einklang zu kommen. Vor allem weißt du, dass du nicht allein bist. Lass dir helfen. Stärke dein Selbstvertrauen. Das ist wichtig. So, nun weißt du's." Er sieht sie kritisch, dann wieder schmunzelnd an, lehnt sich zurück.
Ellen hebt den Kopf, atmet hörbar, zwingt ihre Gedanken zu seinen hin.
„Das war es ja. Und ich glaube, ich hatte überhaupt kein Selbstvertrauen mehr, vielleicht auch jetzt noch nicht. Hatte an mich nicht mehr geglaubt. In mir war alles dunkel und leer."
Sie sehen einander an, schweigend, als versuchten sie zu ergründen, was in dem anderen vorgeht.
„Selbstvertrauen kann man wiedererlernen. Glaube mir. Fast jeder Mensch verliert es irgendwann einmal in einer Phase seines Lebens. Das ist ganz normal."
Sie zieht zweifelnd die Brauen zusammen. Hebt die Schultern - und lässt sie fallen. Seinen Optimismus kann sie noch nicht teilen. Doch ein geheimnisvolles Lächeln huscht über ihr Gesicht. Sie neigt sich zu ihm, sucht seinen Mund und küsst ihn zärtlich, wieder und wieder.
Ellens Buch bleibt an diesem Abend unberührt auf dem Tisch liegen.
Später, als er zur Jacke greift und sich zur Tür wendet, hält er noch einmal inne und streicht ihr übers Haar. Sein Blick ist besorgt, den er in ihren Augen zurücklässt.

*

#

Mit wachen Augen lag ich im Bett. Schon eine Ewigkeit starrte ich in die Dunkelheit.
Nimm doch die Schlaftabletten, riet die innere Stimme. Ich entschloss mich nun endlich. Das ist der Ausweg, flimmerte es durch meinen Kopf.
In dem Moment vernahm ich das Schlagen des Regulators, leise, wie aus weiter Ferne. Ich lauschte gespannt, zählte. Elf. Bei jedem einzelnen Schlag dachte ich, es wäre der letzte, aber dann folgte doch noch einer.
Ich ging auf Zehenspitzen zum Badezimmer. Sacht schloss ich die Tür und schaltete das Licht an. Sogleich erschrak ich. Aus dem Spiegel sah mir eine starre Maske entgegen. Entsetzt wandte ich mich ab.
Meine Blicke wanderten suchend umher. Ich entsann mich gut, es war eine kleine blaue Packung, die meine Mutter hier manchmal in der Hand hielt. Nur, wo konnte ich sie finden? Beherrscht von einer überwältigenden Entschlossenheit begann ich stirnrunzelnd zu stöbern. Meine Hände hantierten wild. Gleichwohl bemühte ich mich, keinen Lärm zu verursachen. Ich öffnete den breiten weißen Spiegelschrank, schob Fläschchen und Tuben zur Seite. Musterte verstohlen Mutters Dosen und Schächtelchen, nahm eins nach dem anderen heraus, stellte sie wieder enttäuscht zurück. Ich gab nicht auf. Untersuchte nun das verchromte Regal, nahm alles genau in Augenschein. Doch auch hier - nichts.
„Hm, verdammt noch mal. Wo kann die verflixte Schachtel bloß stecken?", hauchte ich, die Hand auf die Stirn gelegt. Im Spiegel sah ich, mein Gesicht war von Enttäuschung überschattet.
Mit einem Anflug von Verzweiflung zwang ich mich weiterzusuchen, nun schon fast mit zorniger Energie. Irgendwo musste doch hier die blaue Packung zu finden sein. Noch einmal begann ich mit Konzentration zu suchen. Ich reckte mich, um zu tasten, ob auf dem Spiegelschrank etwas

lag. Dann trat ich einen Schritt zurück, verschränkte die Arme, schaute mich nachdenklich im Raum um. Doch aufgeben? Noch überlegte ich.
Schwache Geräusche vernahm ich jetzt. Kamen sie von draußen, oder aus dem Haus? Und gleich wurde ich unruhig. Die Unruhe war immer da.
Schon mutlos beugte ich mich nach unten. Hoffnung flackerte noch immer. Und tatsächlich, auf der untersten Glasplatte des Regals entdeckte ich neben der weinroten Kosmetiktasche eine bläuliche Schachtel. „Da ist sie doch", flüsterte ich in mich hinein. Sofort war ich hellwach. Meine Hand schnellte nach vorn, griff danach. Wieder Enttäuschung. Die Schlaftabletten waren es nicht. Mit einem Seufzer legte ich die Schachtel zurück. Ein böser Spuk war es, der mich genarrt hatte. Meine Hoffnung nahm ab wie ein Puls, der schwächer wird.
Nach einigen Sekunden des Zögerns schaute ich mich noch einmal im Raum prüfend um, bevor ich die Tür vorsichtig schloss und auf Zehenspitzen zurückschlich.

Lange Zeit saß ich noch im Bett, die Beine angezogen, die ich mit den Armen umschloss. Den Kopf hatte ich auf die Knie gelegt und überlegte fieberhaft. Wo könnten die verflixten Tabletten nur liegen. Sie mussten doch zu finden sein. Ich überdachte noch einmal alle Möglichkeiten. Ging in Gedanken durch alle Räume. Plötzlich hatte ich eine Idee: Das Nachtschränkchen meiner Mutter! Ja, das war es wohl. Dass ich daran nicht gleich gedacht hatte, wunderte ich mich jetzt. „Gleich morgen, bei einer günstigen Gelegenheit, werde ich die Tabletten holen", murmelte ich, obwohl es mir widerstrebte, in Mutters Sachen zu stöbern. Bei dem Gedanken fühlte ich mich nicht gut. Aber ich muss es doch tun, sagte ich mir. Die Schlaftabletten würden mir endlich helfen, ja, sehr helfen. Oh, wie wünschte ich mir das.
Darauf löste ich die Arme und sank mit schwerem Kopf ins Kissen.

# #

Die letzten Töne verklangen.
Frau Wagner klappte das Notenheft zu und strich noch einmal mit der Hand darüber. Dann schaute sie mich nachdenklich an. Meine Wangen glühten. Ich spürte es deutlich. Etwas war anders als sonst. Es musste wohl an mir liegen.
Frau Wagner reichte mir das Notenheft, erhob sich, ging zum CD-Player und schaltete ihn an. Die Klänge der Bach-Fuge erfüllten den Raum.
„Diese CD ist meine neueste Errungenschaft, weißt du." Sie kam wieder zurück, stellte sich hinter mich und legte ihre Hände auf meine Schultern. Wie tröstend. Ich hob den Kopf.
„Ich weiß, ich habe nicht gut gespielt." Ich seufzte leise.
„Nein, Ellen, es ging eigentlich recht gut, obwohl du zu Hause nicht geübt hast, wie du erzähltest. Aber, was meinst du", sie strich über meine Schultern, „wäre es nicht besser, auch für dich Ellen, wenn du zu Hause wieder spielen würdest? Ich bin überzeugt, das würde dir gut tun. Versuch es doch einfach."
Ich nickte stumm.
„Gut, Ellen", stimmte Frau Wagner mir zu und wandte sich ab. Sie öffnete das Vertiko. Der große dunkelrote Rosenstrauß darauf zog meinen Blick an. Dann beobachtete ich, dass Frau Wagner ein dickes ledernes Album aus dem oberen Fach herausholte.
„Das möchte ich dir gern einmal zeigen. Meine Familie." Sie griff nach ihrer Brille und setzte sich neben mich.
Bedächtig blätterte sie Seite für Seite und erklärte die Fotos.
„Und hier, Ellen, das war meine Hochzeit", sagte sie etwas gedehnt. Ich sah ein strahlendes Brautpaar vor einem riesigen Fliederstrauch voller Blüten. Die Braut, in einem fließenden weißen Kleid, hielt einen Strauß dunkelroter Rosen und weißer Nelken, deren Blüten weit hinunterrankten.
„Wenige Jahre danach ist mein Mann verstorben. Ein entsetzlicher Schlag war das für mich." Frau Wagners Stimme

war sanft, aber die Anspannung darin war deutlich zu erkennen.

„Ich glaubte damals, nicht mehr leben zu können. Und doch – es ging. Es musste gehen. Und wenn ich es mir recht überlege, hat mir die Musik sehr geholfen." Dabei sah sie mir fest in die Augen. Eindringlich, mit einem bedeutungsvollen Blick.

Will sie mich damit trösten, dachte ich. Ja, ganz bestimmt. So ist sie.

Frau Wagner blätterte weiter. Das glänzende Seidenpapier raschelte. Sie deutete auf das nächste große Foto. Ich erstarrte augenblicklich. Hielt den Atem an. War das möglich? Meine Augen blickten auf das Bild einer Frau mit kurzen blonden Haaren und sanften braunen Augen. Ich starrte auf das Foto, das mein Herz für einen Moment aussetzen ließ. Und plötzlich war die ganze Welt verstummt. Meine Augen hafteten wie angewurzelt an dem Bild.

Oh Gott, wie Mam!, hätte ich beinahe laut geschrieen. Ich drückte die Hand auf meinen Mund. Riss meinen Blick los. Doch das Gesicht zog mich mit solcher Gewalt an, dass ich wieder hinschauen musste. Es ließ mich nicht los. Und ich fühlte trostlose schwarze Kälte.

„Siehst du, das ist meine jüngere Schwester", begann Frau Wagner lächelnd. „Von ihr besitze ich eine Unmenge Fotos. Wir verstehen uns einfach fantastisch. Nur schade, dass wir uns so selten sehen können." Sie blätterte weiter.

Ich schaute nicht mehr in das Album, sondern blickte verstohlen beiseite. Vielleicht würde die Frau wieder auftauchen, fürchtete ich. Nach einer kurzen Weile stand ich abrupt auf, schob den Hocker zurück und griff nach meiner Tasche. Weg wollte ich, jetzt nur schnell weg. Bloß nicht noch einmal diese Frau sehen müssen, beschwor ich mich.

„Ich muss nun gehen", stieß ich hervor, obgleich es mir leid tat. Frau Wagner fuhr erschrocken herum, griff fest nach meiner Hand.

„Was denn, Ellen, auf einmal? So plötzlich? Ach, komm doch, setz dich wieder zu mir. Ich möchte dir das Album noch zu Ende zeigen." Ich verharrte nun doch zögernd neben ihr, die Tasche noch in der Hand. Frau Wagner nickte mir zu. „Nun komm schon, setz dich wieder."
Ich stellte meine Tasche ab. Rückte den Hocker heran und setzte mich zu ihr.
Sie hielt das Album noch in den Händen, griff schon nach der nächsten Seite. Dann aber wandte sie sich mir zu.
„Nun sag doch mal, warum wolltest du so plötzlich auf und davon?" Ich seufzte. Wollte mir schon eine Antwort verkneifen. Als ich jedoch Frau Wagners mitfühlenden Blick sah, zwang ich mich zu antworten.
„Es ist vielleicht dumm von mir." Ich zögerte noch. „Es kam durch das Bild. Ihre Schwester", ich holte tief Luft, „sie sieht meiner Mutter unglaublich ähnlich." Bei den letzten Worten spürte ich einen Kloß im Hals, dass es schmerzte. Frau Wagner sah mir forschend ins Gesicht. Dabei rutschte ihr das Album aus den Händen. Schnell griff sie wieder danach.
„Tatsächlich? Ach so ist das. Ja, das verstehe ich. Hm - Aber ich würde dir noch gern meine Kinder zeigen. Na Ellen, was meinst du?" Ich lächelte, nickte kurz.
Allmählich kam in mein Gesicht wieder Leben.
Als Frau Wagner später das Fotoalbum zuklappte, sagte sie ganz beiläufig:
„Bring doch beim nächsten Mal auch ein paar Fotos von deiner Familie mit. Ich würde mich darüber freuen. Ja, Ellen, machst du es?"
„Klar Frau Wagner. Mach ich gern. Ihnen kann ich doch nichts abschlagen", erwiderte ich tapfer.
„Üb auch zu Hause. Versprichst du mir das?" Mit diesen Worten begleitete sie mich zur Tür.
Ich verließ das Haus und versuchte, nicht loszurennen. Dunkelheit umfing mich. Um die Baumwipfel schwebte eine große Wolke Krähen. Mit viel Spektakel ließen sie sich nieder und kämpften um ihre Schlafplätze.

Die frische Luft tat mir gut. Ich atmete tief, versuchte, die Beklemmung, die mich noch immer drückte, abzuschütteln. Doch es war wie verteufelt. Wo ich auch hinschaute, überall tauchte das Gesicht dieser Frau auf. Es verfolgte mich geradezu. Ich beschleunigte meine Schritte, entfernte mich immer rascher von Frau Wagners Haus.

Ich muss kurz innehalten, um mich zu erinnern. Bin ich damals Frau Wagners Wunsch nachgekommen? Ich muss weit zurück denken. Doch ich entsinne mich jetzt. Ich hatte kurze Zeit später ein Fotoalbum mit zu ihr genommen.

Nur die Stimme des Nachrichtensprechers war zu hören. Mein Vater nahm sich Salat aus der großen Glasschüssel, füllte auch Großvaters und meine Schüssel. Er nickte uns dabei auffordernd zu.
„Ellen, dein Salat sieht lecker aus. Dann lasst es euch schmecken!"
Doch ich stierte auf meinen Teller. Konnte es einfach nicht fassen. Das Gesicht dieser Frau war wieder da. Es ließ mich einfach nicht los. Wie heimtückisch. Plötzlich bemerkte ich, dass ich das Brot zerkrümelte. Großvater sah über den Teller hinweg zu mir. Seine Augen stachen in mein Gesicht. Ich spürte es und hielt meinen Blick gesenkt.
„Wie war's heute in der Klavierstunde?" Vater schob seinen Teller zurück, legte seine Hand auf meine Hand. „Na, wie war's?"
Ich schreckte auf. Sah meinen Vater groß an, als käme ich plötzlich von weit her. Sekunden verstrichen, bevor ich antwortete.
„Ja, ich habe die letzten Stücke alle gespielt. Es klappte ganz gut, meinte Frau Wagner. Ich soll nun zu Hause wieder üben, riet sie mir", erwiderte ich. „Sie macht mir immer so viel Mut", setzte ich noch an. Doch augenblicklich verstummte ich wieder und versank in meine Gedanken.

War mir das Klavier spielen in diesem Haus noch möglich? Ich war mir nicht sicher.
Um meinen Mund zuckte es und ich fixierte über Vaters Schulter hinweg irgendeinen Punkt. In diesem Haus Klavier zu spielen, wo mir überall Vorwürfe begegneten, gleichermaßen auch Erinnerungen an die Mutter, war für mich immer noch eine unmögliche Vorstellung. Es war für mich erneut wieder in weite Ferne gerückt. Die ständige Last der Schuldgefühle ließ es sicher nicht zu. Und sie ließen sich auch nicht verbannen.
Ich stoppte meinen inneren Monolog.
Vater forschte in meinem Gesicht. Ich bemerkte es. Er würde jetzt gern meine Gedanken lesen, dachte ich, als ich in seine Augen blickte.
Er erhob sich abrupt und griff nach dem Tablett, legte es jedoch wieder ab.
„Frau Wagner hat ganz recht. Fang wieder zu spielen an. Du würdest mir eine Freude bereiten, wie neulich, glaube mir." Dabei klopfte er mir auffordernd auf die Schulter. Ich sah zu ihm auf, nickte hoffnungsvoll. Ich war durch seine gutgemeinten Worte ein wenig erleichtert.
Er streichelte meine Wange.
„Na, siehst du, Ellen, nun blickst du schon ein bisschen zuversichtlicher."
Der Großvater räusperte sich. Er zeigte deutlich, er hatte die Unterhaltung mit verächtlichem Interesse verfolgt. Er lehnte sich zurück, verschränkte die Arme. Sah uns herausfordernd an, die Mundwinkel heruntergezogen.
„Klavier spielen, natürlich Klavier spielen! Muss ja sein!" Und gleich noch ein geballter Angriff. Seine Stimme vibrierte vor Zorn. „Es gibt ja nichts anderes zu tun. Nichts Wichtigeres. Ist ja klar." Seine Handflächen knallten auf die Tischplatte. „Die große Künstlerin muss doch Klavier spielen", waren seine Worte, wie Giftpfeile abgeschossen. Mit höhnischem Grinsen. Geräuschvoll legte er sein Besteck ab. Schnaufte und verließ mit energischen Schritten die Küche.

Wütend presste ich meine Lippen zusammen. Sicher hat er mich jetzt mit seiner Schwester verglichen, blitzte es im Hinterkopf.
Wir schauten dem Großvater stumm hinterher. Als sich die Tür hinter ihm geschlossen hatte, atmeten wir auf. Über Vaters Gesicht glitt ein Schatten. Eine kleine Weile verharrten wir noch nebeneinander. Vater schüttelte den Kopf. Griff nach meinem Arm und versuchte ein Lächeln. Es wollte ihm nicht gelingen. Er nickte mir apathisch zu und schloss für einen Sekundenbruchteil die Augen.
„So, und nun wollen wir den Tisch abräumen, bevor mich der Schreibtisch ruft. Heute wird es sehr spät werden, vermute ich."
Ich hantierte mechanisch. War aber dabei wieder wie üblich mit meinen Gedanken beschäftigt. Aus der Tiefe drangen sie hervor. Ich sah meine Mutter. Wie sehr vermisste ich sie doch. Überall. Bei jeder Gelegenheit. Wie schön war es, wenn wir nach dem Abendessen zu dritt in der Küche beschäftigt waren. Ich war total in diese Vision versunken. Es fiel mir schwer, mich aus diesen Erinnerungen herauszufinden.
Beinahe wäre mir die Salatschüssel aus den Händen gerutscht, wenn Vater nicht blitzschnell zugefasst hätte. Verwundert beobachtete er mich, als ich mich schweigend umwandte und leise die Tür hinter mir schloss.

Die Stille in meinem Zimmer war schwer und unheimlich. Ich stieg aus meinen Jeans und legte sie über die Sessellehne. In diesem Moment hörte ich einen Laster vorbeifahren. Ich schaute noch einmal zur Uhr und ging dann ins Bad. Mit raschen Handgriffen stellte ich die Dusche an. Es tat mir wohl, als das warme Wasser an meiner Haut herunterrann. Ich hob mit geschlossenen Augen das Gesicht in den Wasserstrahl, spürte die Wärme und wünschte mir, alles Belastende und Bedrückende von meinem Körper spülen zu können.
In meinem Zimmer schaltete ich das Licht nicht an, frottierte das Haar im dunklen Raum. Aber selbst aus der Dunkelheit

tauchte wieder das Bild jener Frau auf. Wieso jetzt? Verrückt! Einfach verrückt, dass es mich immer noch verfolgt, dachte ich. Ich bekomme es einfach nicht aus meinem Kopf heraus. Bei diesem Gedanken schlug ich mit den Fäusten an meine Schläfen.

Am späten Abend warf ich einen Blick auf die Straße hinaus, die wie ausgestorben da lag. Konnte mich nicht entschließen, mich hinzulegen. Der Horror vor der langen dunklen Nacht überfiel mich. Wie jeden Abend. Schon lange plagten mich die Nächte ohne Schlaf. In dem Moment meldete sich der Gedanke: Die Schlaftabletten! Unbedingt. Jetzt.

Ich wünschte mir so sehr, tief zu schlafen. Ewig zu schlafen.

Vater war noch im Arbeitszimmer. Das wusste ich. Und gewiss noch für längere Zeit.

Ich drückte auf den Schalter der kleinen Lampe am Bett.

Die Schranktür quietschte leicht. Ich zog ein Flanellhemd mit Disney-Figuren heraus und streifte es mir über. Leise ging ich den Flur entlang.

Beim Öffnen der Schlafzimmertür klapperte das angelehnte Fenster. Noch stand ich unschlüssig vor dem Schränkchen. Schließlich zog ich den oberen Kasten heraus. Suchte zwischen seidenen Tüchern und zusammengerollten Gürteln. Enttäuscht schüttelte ich den Kopf. Nein, hier konnten die Tabletten unmöglich zu finden sein. Ich schob den Kasten wieder zu. Dann wird die Schachtel wahrscheinlich im unteren sein, überlegte ich. Mit fahrigen Bewegungen kramte ich jetzt. Verfiel nun schon in Hast.

Das matte Licht der Nachttischlampe warf gespenstische Schatten an die Decke.

Die weißen Söckchen fielen mir aus der Hand. Ich bückte mich, hielt inne, griff mir an die schweißnasse Stirn. Dann durchsuchte ich noch einmal dasselbe Schubfach. Doch die kleine blaue Packung fand ich auch hier nicht.

Wo, zum Teufel, kann sie bloß sein, hämmerte es beim Verlassen des Raumes in meinem Kopf. Als ich dann völlig geknickt in mein Zimmer zurückschlich, traten Tränen der

Enttäuschung in meine Augen. Mein Blick ging zum Treppenfenster. Der Mond stand nur als schmale Sichel am Himmel. Es war weit nach Mitternacht.
Ich muss sie finden, auf jeden Fall, nahm ich mir, nun noch mehr aufgewühlt, vor. Denn mir graute entsetzlich vor den langen schlaflosen Stunden. Vor den immer währenden Vorwürfen, die sich dann bohrend einschlichen, die ich nicht zu verdrängen vermochte.
In der Dunkelheit meines Zimmers wusste ich: Ich musste schlafen. Endlich nur schlafen. Ich sehnte mich nach einem tiefen traumlosen Schlaf. Und ich wünschte mir, dass die Welt, in die ich erwachen würde, noch die alte wäre.
Ich ließ mich in mein Bett fallen. Jedoch, wie ich geahnt hatte, die Stimmen in meinem Inneren bedrängten mich sofort wieder, und die Bilder, die auftauchten, ließen mich nicht zur Ruhe kommen. Ich fürchtete mich vor der langen finsteren Nacht. Ich lag da mit trockenem Mund, ein hohles Gefühl im Magen. Meine Stirn war feucht.
So verging Stunde um Stunde.

# #

Die Wochenenden waren schlimme Tage. Sie dehnten sich entsetzlich. Meist verkroch ich mich. Ich bemerkte aber, dass Vater es mit Sorge sah. Ich merkte es an seinen ernsten Blicken, die mir folgten, wenn ich leise verschwand. Dann tat es mir leid, unsagbar leid, und ich schämte mich zuweilen auch. Wollte ich doch Vater helfen, wollte ihm Sorgen abnehmen. Nie und nimmer wollte ich ihm noch zusätzliche aufbürden. Aber die Wochenenden, diese unendlich langen Stunden ohne meine Mutter, waren für mich eine unerträgliche Last, die ich mit mir herumschleppen musste.
„Wir müssen etwas unternehmen, so kann es nicht weitergehen", sagte er oft zu mir. Er machte Vorschläge. Ich vernahm sie aber jedes Mal ohne rechte Begeisterung. Ein

Spaziergang ohne meine Mutter? Nein, dachte ich, unmöglich. Da fehlt etwas. Da wäre eine dunkle Lücke. Das war für mich unvorstellbar. Und das Unbehagen, das ich dabei empfinden würde, wäre wie ein Martyrium.

Es war ein heller freundlicher Tag und völlig windstill. Er ließ die Zeitung sinken.
„Ellen, jetzt hab ich's. Wir könnten einen Bummel in die Stadt unternehmen und bei der Gelegenheit über den Trödelmarkt gehen. Was meinst du? Das Wetter ist doch dafür geradezu wie geschaffen. Meinst du nicht auch?"
Ich stellte die kleine verchromte Gießkanne auf die Fensterbank, drehte mich um. Ich rang noch mit mir. Die üblichen Bedenken schlichen wieder heran, doch es gelang mir, sie beiseite zu schieben.
„Ja", sagte ich aufatmend und sah ihm dabei fest in die Augen. „Ja, können wir machen." Mir war wohl dabei. Hatte ich es doch endlich geschafft zuzustimmen. Nun zupfte ich geschickt die welken Blätter vom Hibiskus ab. Als ich mich zu ihm umwandte, lächelte mein Vater erleichtert.
„Vielleicht entdecken wir etwas Interessantes auf dem Markt." Freude klang in seiner Stimme.

Die ganze Stadt schien auf den Beinen zu sein.
Wir drängelten uns durch das Menschengewimmel in der engen Straße. Vater war bemüht, mich nicht aus den Augen zu verlieren. Eine Gruppe Jugendlicher steuerte direkt auf uns zu. Er nahm mich bei der Hand, damit wir nicht voneinander getrennt wurden. Und zusammen kämpften wir uns durch das Gedränge. Als wir den Marktplatz in der Nähe der Kirche erreichten, wurde es lichter um uns. Wir schlenderten jetzt gemächlich, beobachteten das Treiben um uns herum, die tausendfachen Geräusche, die uns erreichten.
Fröhliche Kinderstimmen vernahmen wir. Die Erwachsenen richteten ihre Schritte zielstrebig auf die bunten Stände zu. Gleichfalls kamen uns viele entgegen, erworbene Sachen

tragend, verpackt in Beuteln und Paketen. Von einem mit Partylichtern geschmückten Stand, der vollgestopft war mit Büchern, Langspielplatten und CDs, schallte Musik herüber. Die Sonne, die hinter Wolkenschleiern verschwunden war, kam wieder hervor und brachte den Himmel zum Leuchten.
Meine Schritte stockten plötzlich. Ich spürte Stiche. Die Frau links neben mir, mit kurzem blondem Haar war es, die mir den Schreck einjagte. Auch sie - wie Mam, durchzuckte es mich. Mir wurde es siedend heiß. Noch einmal wagte ich einen scheuen Blick. Unglaublich, wieder diese Ähnlichkeit. Unheimlich und kaum zu ertragen, ständig meinte ich, meine Mutter zu sehen. Ich hatte den Verdacht, dass ich mich selbst strafen wollte.
Ich musste weg von hier. Blitzartig ergriff ich Vaters Arm, drängte mich mit ihm zu den Ständen auf der anderen Seite des Marktes.
Meine Augen glitten an den Ständen vorbei, ohne wirklich zu sehen. Aber am nächsten, mit einer Vielzahl von kleinen und großen antiken Waren, war es plötzlich ein Spiegel, der meine Aufmerksamkeit erregte. Er zog mich magisch an. Ich steuerte auf den Stand zu und drängelte mich nach vorn. Völlig selbstvergessen bewunderte ich den mit Holzschnitzereien verzierten Spiegel. Er zog mich in seinen Bann. Hatte ich ihn schon einmal gesehen? Er erinnerte mich an etwas. Ich wusste nur nicht woran. Wo hatte ich ihn bloß gesehen, fragte ich mich. Es ließ mir keine Ruhe. Ich kramte in meinem Gedächtnis. Dann auf einmal dämmerte es mir. Natürlich, so war es. Großmutter fiel mir in dem Moment ein. „Ömchen hatte so einen Spiegel", murmelte ich leise vor mich hin.
Ich beugte mich weit nach vorn und strich mit der flachen Hand sacht über den Rahmen.
Die Verkäuferin beobachtete mich schon eine geraume Weile.
„Das ist ein schönes Stück, nicht? Zwar sehr alt, aber gut erhalten", sagte sie in freundlichem Ton und musterte mich eindringlich. Ich nickte lächelnd. Jetzt stieß mich jemand an. Ich drehte mich um.

„Ach, Paps, du bist es. Ich habe mir eben diesen hübschen Spiegel angesehen. Schau doch mal."
„Aha, ja, der gefällt mir auch gut. Würde in dein Zimmer passen. Neben dem Klavier. Das ist das gleiche dunkle Holz. Na, möchtest du ihn?" Ich zuckte mit den Achseln.
„Ist das nicht Großmutters Spiegel? Sieh mal genau hin." Ich zog ihn am Ärmel näher heran. „Das ist er ganz bestimmt. Du musst ihn doch kennen."
Mein Vater stutzte nun auch, strich ebenfalls mit der Hand leicht über den Rahmen. Überlegte. Kräuselte die Stirn, spitzte den Mund. Ich hörte einen leisen Pfiff. Das tat Vater gern, wenn ihn etwas stutzig machte.
„Könnte sein. Großvater hat vor Jahren vieles von seiner Einrichtung verkauft, als Großmutter gestorben war und er nur noch einen Raum bewohnen wollte. Ja, Ellen, so wird es sein. Er hat ihn verkauft." Er strich sich mit einer langsamen Bewegung über die Nase, überlegte noch. Ich musste schmunzeln, als ich diese Geste sah.
„Und nun ist er hier gelandet. Ja, direkt vor unseren Augen. Das ist ja ein sonderbarer Zufall", jubelte ich. Mein Vater sah mich augenzwinkernd an.
„Ich glaube fast, du möchtest, dass wir ihn wieder zurückkaufen. Oder irre ich mich?"
„Das wäre einfach ganz wunderbar." Doch sogleich wurde ich wieder ernst. „Aber was wird Großvater dazu sagen." Ich verzog skeptisch das Gesicht. „Ich glaube, die Idee ist doch nicht so gut." Ich war schon im Begriff mich abzuwenden, doch Vater hielt mich fest.
Er wiegte den Kopf und sah noch einmal überlegend zum Spiegel hin.
„Ich denke, da wird er wohl nichts dagegen einwenden. Warum auch. Und wir hängen den Spiegel in dein Zimmer. Natürlich, so machen wir es. Du hast ihn schließlich entdeckt." Mein Vater war jetzt geradezu in euphorischer Stimmung.
Noch einmal musterte ich den Spiegel. Steckte die Hände in die Jackentaschen. Bedenken kamen mir nun doch wieder.

„Ach nein, ich habe doch schon einen Spiegel an meiner Schranktür", wandte ich ein und blickte zum nächsten Stand hin. Ich stellte mir vor, was passieren würde, wenn Großvater den Spiegel ausgerechnet in meinem Zimmer entdecken würde.
Aber Vater schüttelte den Kopf. Zog mich wieder lächelnd heran.
„Also, jetzt kaufen wir den Spiegel. Basta!", sagte er betont energisch und setzte ein ermunterndes Lächeln auf. Und schon wandte er sich der Verkäuferin zu.
Danach arbeiteten wir uns durch das Gedränge ein paar Schritte weiter voran. Jetzt zogen die Bilder am nächsten Stand meine Blicke an. Besonders ein kleines mit schwarzem Rahmen, das zwischen zwei großen goldgerahmten hing. Es verzauberte mich geradezu, je länger ich es betrachtete. Ich fand es wahrhaftig sehr beeindruckend.
Die kühle Schneelandschaft. Die dunklen Bäume mit den filigranen Zweigen, die in der Kälte erstarrt zu sein schienen. Der blutrote Abendhimmel, durchzogen von finsteren Wolkenbänken. Ich konnte meine Augen nicht davon lösen. Das Bild verzauberte mich, ich versank darin.
Nach eingehendem Betrachten entschied ich mich für dieses Gemälde mit der romantischen Winterlandschaft, das wohl meine Sehnsucht nach Kühle, Stille und Alleinsein verriet. Ich hielt Vaters Arm fest. Deutete zu dem kleinen Gemälde. Er nahm das Paket mit dem Spiegel in die andere Hand. Umfasste mich, sah mir neugierig ins Gesicht.
Als er mich ansprach, schreckte ich aus meiner Versunkenheit heraus.
„Ich merke schon, du kannst dich gar nicht von dem Bild trennen."
Meine Hand griff blitzartig nach dem Bild, als fürchtete ich, es könnte mir jemand zuvorkommen.
„Ja, das gefällt mir wirklich sehr. In diesem Bild steckt etwas Besonderes. Etwas, das mich gar nicht loslässt. Ist das nicht eigenartig? Ich finde es einfach fantastisch", betonte ich

noch einmal schwärmerisch. „Ich würde es gern mitnehmen. Und ich bezahle es auch selbst", betonte ich mit erhobenem Zeigefinger. Schon fasste ich in meine Jackentasche. Doch Vater wehrte energisch mit der Hand ab, rückte ein Stück zur Seite und griff nach seinem Portemonnaie.
„Nein, nein, das kaufe ich dir, wenn es dir so gut gefällt. Ich hatte dir doch versprochen, falls du etwas Interessantes findest, es zu kaufen. Ich freue mich doch dann ebenfalls darüber."
„Aber wir haben doch schon den Spiegel gekauft", wandte ich ein.
„Nun lass es mal gut sein. Und außerdem ist das Bild gar nicht teuer."
Vater war geradezu in Hochstimmung.
Der Markt hatte sich inzwischen schon etwas gelichtet. Ich trug das Bild, das die Händlerin mir sorgsam verschnürt hatte, unter dem Arm, und ein wenig glücklich drückte ich es fest an mich. Ich sah es in Gedanken schon in meinem Zimmer an der Wand neben dem Fenster hängen.
Mein Vater lächelte mich sichtlich zufrieden von der Seite an, erfreut über den gelungenen Nachmittag. Auch ich war froh, ihn nach langer Zeit in so heiterer Stimmung zu erleben. So gingen wir mit leichten Schritten heimwärts.
Wir genossen die letzten warmen Sonnenstrahlen, die sich wie wärmende Fühler nach uns ausstreckten.

# #

Den Morgen verbrachte ich damit, die Bücher und CDs auf meinem Regal neu zu ordnen.
Ich starrte mit zunehmender Verzweiflung auf das große Foto: Mein Cäsar mit Sattel und Zaumzeug vor dem weißgetünchten Stall. Immer wieder kochte mein Zorn über, wenn ich darüber nachdachte. Ich hatte damals keine Gelegenheit, mich zu

wehren, keine Gelegenheit zu Protest. Großvater hatte einfach gehandelt. Kalt, berechnend, endgültig. Über mich hinweg.
Hatte ich ihn damals empört angeschrieen, mich gewehrt, ihm meinen Zorn und meine Wut entgegengeschleudert? Nein, ich hatte geschwiegen. Hatte es mir widerwillig gefallen lassen, und mich nur stumm in mich verschlossen. Wie meist.
Aber die Befürchtung, ich könnte meinen Braunen nicht zurückbekommen, diese Ungewissheit, quälte mich über die Maßen. Das macht mich noch rasend, hatte ich oft zu Pia gesagt. Ihre Reaktion, „Nu mach mal nicht die Pferde scheu. Das regelt sich bestimmt wieder", überhörte ich.
Ich rieb mir die Stirn, um die aufkommenden Kopfschmerzen zu vertreiben. Dieses eigenartige Dröhnen, das ich seit langer Zeit oft verspürte.
Mit Wehmut nahm ich das gerahmte Foto herunter, strich mit der Hand darüber. Ich hatte es vor wenigen Wochen auf die Kommode gestellt, neben die beiden Bilder, auf denen meine Mutter während einer Bergwanderung zu sehen war: Mit einem glücklichen Lachen öffnet sie ihren Rucksack. Auf dem anderen Foto bedeckt sie ihre Augen, schaut in die Ferne. Auch meine geliebte Spieluhr hatte ihren Platz wieder auf der Kommode gefunden.
Lange rang ich mit mir. Ich ertappte mich bei dem Gedanken, meinen Vorsatz zu verwerfen, nicht zum Reiterhof zu gehen. Cäsars leerer Stall! Ich durfte gar nicht daran denken. Bei dieser Vorstellung empfand ich ein Gefühl bitterster Kälte. Die leere Box war für mich Symbol von Hass und Demütigung.
Jedoch, es blieb mir nichts anderes übrig. Ich musste unbedingt noch zum Reiterhof fahren und den Ponystall versorgen.
Mit einem Seufzer stellte ich das Bild zurück.
Bevor ich losging, verspürte ich auf einmal den Drang, meinem Tagebuch noch etwas anzuvertrauen. Ich formulierte schon die ersten Sätze, da erstarrte ich. Ich hörte Schritte vor meiner Tür. Dann sogar Schlüsselgeräusche. Doch die Tür

ging nicht auf. Die Schritte entfernten sich. Ich atmete erleichtert aus, schrieb weiter.

Diese Sätze würde ich ihm gern ins Gesicht schleudern:
Es macht dir Spaß, mich zu quälen. Ja, Großvater,
unwahrscheinliches Vergnügen bereitet es dir. Ich weiß es.
Haben die Quälereien bisher noch nicht gereicht?
Musste nun auch das noch dazu kommen? Mein Pferd
einfach wegbringen. Einfach so.
Warum machst du so etwas? Verabscheust du mich so sehr?
Warum? W a r u m ! ?
Kannst du nicht auch anders sein?
Ich wünschte es mir.

Die Fragen sanken schwer auf die Zeilen. Eine Antwort konnte ich nicht erhalten. Doch mein Tagebuch nahm die Worte wieder geduldig auf. Ein guter Freund.

# #

Es war ein grauer Tag, stürmisch und nasskalt.
Das Bügelbrett stand dicht am Fenster, so dass ich während des Bügelns ab und zu hinausschauen konnte. Der Wind hatte beträchtlich zugenommen. Die Wipfel der Bäume schlugen wild um sich.
Ich nahm ein Wäschestück nach dem anderen aus dem Korb, bügelte es, faltete es und legte es auf den Tisch. Die Handgriffe mit denen ich das Bügeleisen aufnahm, entlang strich und wieder absetzte, waren langsam und konzentriert.
Ich stellte die Skala des Bügeleisens auf die niedrigste Wärmestufe und griff nach der blauen Jeansbluse, die ich mir vor wenigen Tagen von meinem ersparten Taschengeld

gekauft hatte. Sorgsam legte ich die Bluse auf das Bügelbrett und zog den Kragen glatt. Da! – Ein Plauz! Ich schreckte zusammen. Das Bügeleisen glitt mir aus der Hand. Blitzschnell griff ich gleich wieder danach. Das Krachen kam wohl aus dem Garten, überlegte ich, sprang zum Fenster und sah: Ein dicker Ast war vom Kirschbaum abgebrochen. Lag wie tot auf dem Rasen neben der Rabatte. Im Stamm ein großer heller Fleck. Eine klaffende Wunde.

Wie gut, dass er nicht auf mein Mandelbäumchen gestürzt ist, stellte ich erleichtert fest. Das Bäumchen, das meine Mutter mir vor Jahren zum Geburtstag geschenkt hatte, lag mir sehr am Herzen. Es stand ganz besonders unter meiner Obhut.

Ganz deutlich stiegen die Bilder von damals wieder in mir auf. Und ich erinnerte mich genau, mit wie viel Vergnügen wir gemeinsam den kleinen Baum eingepflanzt hatten. Danach hielten wir uns fest an den Händen. Ich erinnerte mich auch an die würdevolle Rede meines Vaters. Gutes Wachsen und Gedeihen wünschte er dem Bäumchen. Um die Wünsche zu bekräftigen, klatschten wir begeistert.

Ich hörte im Inneren noch seine Worte, sah deutlich Mutters strahlende Augen. Auf meiner Kehle drückte etwas.

Stunden später war es inzwischen. Ich schaute erneut in den Garten hinunter. Das Mandelbäumchen bog sich jetzt sanft im leichten Wind.

Am folgenden Tag lehnte ich versonnen am Sessel im Arbeitszimmer und beobachtete das Spiel der Sonnenstrahlen am Fenster. Eine Amsel flatterte vorbei. Die blitzartige Bewegung des Schattens ließ mich aus meinen Gedanken erwachen.

Ich legte das Staubtuch beiseite. Dabei fiel mir ein, dass mein Vater mir am Morgen etwas aufgetragen hatte. Was war es nur?, überlegte ich. Meine Blicke glitten über die Akten und den Schreibblock. Dann fiel es mir endlich ein. Richtig, ich griff mir an die Stirn. Den Terminkalender sollte ich aus dem Schreibtisch nehmen und zur Apotheke bringen. Ganz wichtig, hatte er extra betont, bevor er den Hörer aufgelegt hatte.

Eigentlich kann der Kalender nur im mittleren Fach liegen, vermutete ich und ging über den weichen Teppich zum Schreibtisch hin.
Ein Geräusch ließ mich aufhorchen. Wenn Vater nicht im Haus war, versetzte mich jede plötzliche Bewegung im Haus in Panik. Jetzt vernahm ich es deutlich. Großvater! Dieser stampfende Gang löste ein wildes Hämmern in meiner Brust aus. Wohin gingen seine Schritte? Kommen sie näher? Richtig, so vermutete ich. Ich blickte mit Entsetzen zur Tür, und mir war, als würde das helle Tageslicht ausgeknipst.
Wieder zuckte mein Kopf zur Tür hin. Ich spannte. Jetzt vernahm ich ein eigenartiges dumpfes Poltern im Haus. Was hat er nur wieder vor? Meine Hände glitten unruhig über die Schreibtischplatte. Ich war zum Zerreißen angespannt. Und wie stets, wenn ich allein im Haus war und er sich in meiner Nähe bewegte, wurde mir siedend heiß. Den Blick zur Tür gerichtet, lauschte ich. Jetzt auf einmal Stille. Nichts. - Ich fragte mich, ob ich mir die Stille oder die Geräusche eingebildet hatte.
Schließlich beugte ich mich wieder über den Schreibtisch. Suchte zwischen Heften und Blöcken und fand den Kalender. Schon wollte ich das Fach wieder schließen, da stutzte ich und konnte es kaum glauben. Die kleine Schachtel neben dem Brillenetui – ich erkannte sie gleich. Ich zog das Fach noch ein Stück heraus und griff hinein. Natürlich, das war sie doch. Meine Augen leuchteten wie ein Feuerwerk auf, und mein Herz machte einen freudigen Satz. Ich hatte die kleine blaue Packung entdeckt. Endlich, die Schlaftabletten, jubelte es in meinem Kopf. Gierig nahm ich die Schachtel heraus und steckte sie in meine Tasche, schob das Fach zu, stürmte aus dem Zimmer und raste die Treppe hinauf, Kalender und Schlaftabletten in meiner Hand haltend.
    Den kostbaren Schatz verwahrte ich vorläufig tief in meinem Kommodenkasten.
Mein Zimmer blieb mein ständiger Zufluchtsort. Dann aber atmete ich erleichtert auf, wenn sich endlich der vertraute Ton

des Wagens dem Haus näherte und kurz darauf das Licht der Scheinwerfer an den Fenstern entlang strich, das Garagentor quietschte und der Motor abgestellt wurde und sich dann der Schlüssel im Schloss drehte.

„Ach, endlich, Paps ist da", flüsterte ich auch an diesem Abend leise vor mich hin, froh und erleichtert.

„Ellen!", hörte ich ihn nach wenigen Sekunden rufen. „Ellen, komm doch mal!"

Ich bemerkte überrascht, dass seine Stimme freudig klang. Außerdem, überlegte ich, er ruft doch sonst nicht so schallend durchs Haus. Ich schloss meine Schultasche und rannte zu ihm hinunter.

Er hängte seinen Mantel in den Dielenschrank und drehte sich irgendwie seltsam bedacht zu mir um. Ich schaute ihn mit gespannter Miene an, erstaunt und erwartungsvoll. Er hatte eine Neuigkeit. Es war wohl eine gute. Ich spürte es. Und ich hatte plötzlich eine vage Eingebung.

„Ellen", er breitete die Arme aus und kam auf mich zu. „Ellen", wiederholte er noch einmal mit besonderem Nachdruck, „eine gute Nachricht habe ich für dich." Er nahm mein Gesicht in seine Hände. „Dein Pferd – ist – wieder – da", sagte er betont, geradezu dramatisch. „Na, was sagst du nun?" Er sah mir auffordernd in die Augen. „Na, Ellen?" Fast im selben Moment platzte ich heraus:

„Wirklich?" Ich riss die Augen auf. „Ist das wahr? Cäsar ist wieder da?" Ich strahlte und gleichzeitig traten Freudentränen in meine Augen. Ich schlang die Arme um seinen Hals.

„Ja, Ellen, wirklich, seit heute. Aber es war ein langes hartes Ringen. Das kannst du mir glauben. Schon seit Wochen sprach ich mit Großvater darüber. Doch er hatte tausend Gründe dagegen: ‚Wie du dir das vorstellst. Kommt gar nicht in Frage. Sie schafft doch so schon ihre Arbeit kaum. Sie wird im Haus dringend gebraucht. Das weißt du so gut wie ich. Wir reden ein andermal darüber. Punktum!" Vaters Stimme wurde leiser. „So tat er es jedes Mal ab. Aber endlich, an einem verregneten Sonntag, ich weiß es noch genau, rang er sich

ganz allmählich durch und erwiderte mürrisch: Na ja, später, später vielleicht. Werden sehen. Aber wenn sie ihre Pflichten im Haus und natürlich auch im Garten und im Reiterhof vernachlässigt, dann... , dabei hob er drohend seine Arme. Na Ellen, du kennst ihn ja."
Er nahm mich am Arm und führte mich in die Küche. Dabei zwinkerte er mir mit einem verschmitzten Lächeln zu.
„Siehst du, und so passierte es Tag für Tag. Aber ich ließ nicht locker. Der Kampf hat sich doch einmal gelohnt." Ich schmiegte mich mit dankbarem Lächeln an seine Schulter.
„Das hast du toll gemacht. Wirklich. Einfach große Klasse!" Ich sprang wie ein Kind und klatschte in die Hände. Ich wusste mich vor lauter Begeisterung kaum zu fassen. Dann ging mein Blick zur Uhr.
„Ich decke jetzt den Tisch. Soll ich dir ein Bier holen?", fragte ich geradezu beflügelt.
„Ja, das kannst du machen. Zur Feier des Tages." Er ließ sich in den Korbsessel fallen, lehnte sich schmunzelnd zurück.
„Ich habe noch eine kleine Überraschung."
„Was denn, noch eine?"
Er beobachtete genau mein Mienenspiel, in dem er wohl Neugier und Freude entdeckte. Beobachtete es stillschweigend mit zurückgelehntem Kopf. Nach einem kurzen Augenblick beugte er sich wieder nach vorn. Sanft und nachdrücklich, wie jemand, der schon sehr lange etwas weiß, aber erst jetzt die Worte dafür findet, verriet er mir: „Frank hat dafür gesorgt, dass dein Cäsar auch wieder in seine alte Box kam. Das war zunächst ebenso mit Hindernissen verbunden. Aber auch Frank gelang es, sich durchzusetzen." Er nickte mit einem warmen zufriedenen Lächeln. Mir tat seine Wärme gut. Es tat mir vor allem auch unendlich gut, das erste glückliche Lächeln seit langem in seinen Augen zu entdecken.
„Ich kann es immer noch gar nicht fassen, mein Brauner ist wieder da!", begann ich wieder jubelnd. Dann fuhr ich flüsternd fort: „Und ich darf wieder reiten? Ach, als hätte ich es geahnt. Ausgerechnet heute wollte ich mich durchringen, zu

Cäsars Box zu gehen. Ich wollte nachsehen, ob dort ein anderes Pferd untergebracht worden ist. Aber die Vorstellung, eine leere Box vorzufinden, hat mich davon abgehalten. Aber morgen, Paps! Oh, ich kann es kaum erwarten!"
Obgleich ich mich so über alle Maßen freute, ging dennoch ein Ruck durch meinen Körper. Diese gelungene Überraschung, die Vater mir bereitet hat, dachte ich. Ich kann mich freuen. Aber er? Mein Gott, wenn er wüsste! Er bemüht sich mit aller Anstrengung, mir eine Freude zu bereiten. Und ich? Oh, wenn er ahnte! Wenn er die Wahrheit wüsste! Ein eiskalter Schauer ging durch meinen Körper. Die freudigen Wogen ebbten plötzlich ab. Am liebsten hätte ich herausgeschrien: Ich schäme mich so! Verzeih mir!
Und sofort war ich wieder aus dem Gleichgewicht geraten.
Augenblicke von endloser Dauer vergingen. Vater holte mich aus meinen Gedanken.

„Hallo, hast du's vergessen? Du wolltest mir doch ein Bier holen."

„Hab ich nicht vergessen", erwiderte ich rasch, und verließ im Eiltempo den Raum.

An diesem Abend sank ich ganz leicht in den Schlaf. Und es mag seltsam klingen – ich schlief tief und traumlos. Verwunderlich, denn Träume, besonders aufregende, stellten sich bei mir ständig ein.

*

Sonnenlicht erfüllt den Raum. Durch das halbgeöffnete Fenster dringen nur noch wenige Geräusche von der Straße herein.
Frank sieht auf seine Uhr, schließt das Buch. Ellen greift danach, doch er hält es noch nachdenklich fest in der Hand, bevor er es auf den Tisch neben das Holzschälchen mit den japanischen Reiscrackern legt. Er fährt sich mit den Händen durch die Haare.
„Jetzt muss ich eine Verschnaufpause einlegen." Er schaut zu Ellen, dann wieder auf das Buch. „Wie immer geht mir so einiges durch den Kopf. Die Gedanken lassen eben einfach nicht locker. Du kennst es nun schon", fügt er an und tippt dabei auf das Buch. „Alles im Haus hat dich an deine Mutter erinnert. Wenn ich mir das vorstelle! Es muss eine Tortur gewesen sein. Ich frage mich, wie du das verkraftet hast?" Er macht eine vage, schwer zu erklärende Gebärde. Sie reagiert mit tiefem Schweigen.
„Wirklich Ellen, das ist mir ein Rätsel. Wie hast du das nur verkraftet?"
Er hebt seine Hände, lässt sie wieder fallen und schüttelt unmerklich den Kopf. Er hätte gern noch weiter nachgefragt, aber er ist sich nicht sicher, dass er die Antwort hören möchte.
Sie schaut mit ausdrucksloser Miene in ihr Glas. Fährt nachdenklich mit dem Finger den Rand des Glases entlang. Dann blickt sie zu ihrem Buch, als suche sie von dort eine Antwort. Sekunden dehnen sich. Ihre Augen gleiten jetzt über seine blonden Haare und über sein Gesicht. Dann lehnt sie sich zurück, schließt die Augen, presst die Hände zu Fäusten, reißt die Augen wieder auf, kneift sie fest zusammen, holt tief Atem und starrt vor sich hin. Sie bewegt die Lippen, doch es kommt kein Ton heraus. Es herrscht betroffenes Schweigen.
Auf Franks Stirn erscheint die senkrecht Falte. Er weiß recht gut, worüber sie reden konnten, und worüber sie besser schweigen mussten. Seine Finger trommeln einen nervösen Takt auf die Sessellehne.

„Ach, wenn ich bedenke, Ellen, es ist zum Verzweifeln. Ich kann mich noch gut erinnern, wie du damals auf dem Reiterhof in dieser Zeit gehetzt wirktest, manchmal kopflos. Oft bist du einfach davongerast. In deinem Gesicht war manchmal etwas Wirres. Wenn ich dich forschend ansah, wich dein Blick aus. Hätte ich doch bloß etwas geahnt! Vielleicht hätte sich die Tragödie verhindern lassen." Zum wiederholten Mal kommt er darauf zurück. Es sind immer die gleichen Gedanken und die gleichen Vorwürfe, die ihn bewegen. Er greift sich an den Kopf, streicht seine Haare mit einer forschen Bewegung zurück.

Als käme sie von weit her, beginnt Ellen: „Ach Frank, warum musst du wieder Salz in die Wunde streuen. Du weißt, wie es jedes Mal schmerzt. Ich möchte dir nur sagen, ich begriff damals nur schwer, dass ich an der Stelle angekommen war, die in einen Abgrund führte." Sie ist machtlos gegen die Bitterkeit in ihrer Stimme. „Später, nachdem ich diese endlos trostlosen Jahre, weggesperrt vom Leben, überstanden hatte, war ich nie wieder in dem Haus, habe es nie wieder betreten," sagt sie mit leiser Stimme. Dabei gibt sie sich die größte Mühe, nicht verzweifelt zu klingen. „Und erst seit zwei Jahren treffe ich mich mit meinem Vater. Unsere Geburtstage verbringen wir gemeinsam. Wir treffen uns dann irgendwo in der Stadt. Nur dann sehen wir uns. Aber ich bin unendlich froh darüber."

Als suche er etwas, blättert er noch einmal in den Seiten.

„Und dein Großvater?"

„Ach ja", sagt sie. - Es ist eine seltsam unbestimmte Antwort.

Sie lässt eine ganze Minute verstreichen.

„Ich erinnere mich nicht gern an ihn", beginnt sie ausweichend. „Er ist vor drei Jahren gestorben. Vom Sturz von einer Leiter hatte er sich nicht wieder erholt. Mein Vater erzählte es mir später. An einem Abend meinte der Großvater, dass von der alten Robinie hinter dem Haus ein Ast abgesägt werden müsste. Mein Vater wollte sich am Wochenende dafür

Zeit nehmen. Dauert mir zu lange, muss gleich gemacht werden, hatte der Großvater in seinem Starrsinn geantwortet. Vaters Warnung schlug er in den Wind. Schließlich ist er ausgerechnet an diesem regnerischen Tag selbst in den Baum hinaufgestiegen. Der morsche Ast befand sich weit oben. Er hatte gerade die Säge angesetzt, da rutschte er ab und stürzte mit der Leiter hinunter. Eine Sprosse bohrte sich in seine Brust. Er war noch wenige Meter zum Haus hin gekrochen." Frank verzieht das Gesicht, schüttelt ungläubig den Kopf.

„Nachbarn hörten sein Stöhnen", erzählt Ellen weiter. „Sie eilten herbei, und als sie ihn so grausam verletzt liegen sahen, holten sie Hilfe. Die Nachbarn erzählten mir später, sein Hemd sei total blutdurchtränkt gewesen. Er verbrachte noch einige Wochen im Krankenhaus. Die Wunde heilte nur langsam. Hinzu kam eine Lungenentzündung". Sie atmet tief. „Ich hatte ihn nie wieder gesehen." Sie presst die Hände gegen die Schläfen. Auf einmal spürt sie wieder wie früher dieses dumpfe Dröhnen im Kopf. „Und so entging er seiner Verurteilung, die nur kurze Zeit danach erfolgen sollte."

Frank hebt die Augenbrauen und stützt den Kopf in die Hände. Ellen wirft ihm einen abwesenden Blick zu, lächelt, aber nur mit den Lippen. Die Augen sind voller Ernst.

Er neigt den Kopf zur Seite, um einen Blick aus dem Fenster werfen zu können und sieht etwas, was seine Aufmerksamkeit erregt, so wirkt es jedenfalls, denn er bleibt eine ganze Weile abgewandt. Ganz unvermittelt schaut er wieder zu ihr.

„Ich kann gut verstehen, dass es dir sehr geholfen hat, das Vergangene aufzuschreiben. Ich finde, es ist ungeheuer wichtig, wenn man etwas besitzt, woran man glauben und was man verstehen kann." Dabei legt er seine Hand auf ihr Buch. Er bemerkt ein Aufleuchten in ihren Augen. Ihre Wangen bekamen einen Anflug von Farbe. Sie bewundert seine Worte insgeheim, wie so oft.

„Meine Mutter hat immer gesagt... ", sie zögert, biegt den Kopf zur Seite. Tränen wollen aufsteigen. „Entschuldige bitte", seufzt sie.

„Was hatte sie immer gesagt?", hakt er nach, streichelt ihre Hand.

„Dass man seinem Glauben vertrauen soll.", sagt sie gedehnt. „Dass Glauben stark macht. Doch woran sollte ich glauben?" Sie zuckt mit den Schultern. Verstummt. Nach einem kurzen Moment öffnet sie die Lippen. „Vor allem musste ich einen Weg suchen, mit der Schuld weiter leben zu können. Doch immer wieder meldeten sich Zweifel, dann fühlte ich mich erneut besiegt, zerschlagen von einem grausamen Schicksal."

Sie späht angestrengt nach draußen. Der Himmel ist jetzt grau. Irgendwo dahinter lugt ein kleiner Fleck hellen gelben Sonnenlichts hervor.

In ihrem Kopf rasen die Gedanken. Dennoch versucht sie ruhig zu bleiben.

„Dann gab ich jedes Mal wieder alle Hoffnungen auf. Sah keine Zukunft für mich. Sah mich zurückgezogen altern, verkümmern, ohne Kinder, ohne Familie. Ich hatte das Gefühl, ich müsse das Leben für mich ganz neu erfinden, jede Bewegung darin, jedes Empfinden, jedes Lachen - alles." Sie macht eine hilflose Geste.

Die Zeit verstreicht. Schweigen und ein bisschen Verlegenheit decken sich über sie. Beide hängen ihren Gedanken nach. Dann berührt Frank ihren Arm.

„Ellen, für mich ist diese Tragödie noch immer unfassbar. Und wieder muss ich dir sagen, hättest du dich mir damals nur anvertraut. Vielleicht wäre alles anders gekommen. Je mehr ich darüber nachdenke, desto mehr erschüttert mich das furchtbare Geschehen in deiner Familie." Er verstummt, sucht ihren Blick und hält ihn fest. Ellen hebt die Hände zu einer beschwörenden Geste.

„Ich wollte es doch. Ich wollte dir doch von dem Gift erzählen, als ich damals zu dir gekommen bin. Hatte den festen Entschluss." Sie senkt die Stimme. „Aber ich schaffte es nicht. Ich bekam die Worte einfach nicht über die Lippen." Augenblicklich stürzen die Erinnerungen auf sie ein. Die alten

Wunden. Und sie empfindet sie immer noch so heftig, dass es weh tut. „Später ertappte ich mich dabei, dass ich manchmal laut mit mir sprach. Mir die bittersten Vorwürfe machte. Immer und immer wieder. Doch das machte es nicht leichter."
Er steht jetzt hinter ihr. Sie spürt seinen Atem.
„Ellen, das war eben dumm von mir, das Vergangene wieder heraufzubeschwören. Worte helfen nicht mehr. Aber es fällt mir einfach zu schwer, es zu begreifen. Verstehst du das?" Dann hat er sie nur noch gehalten, ihr über den Rücken gestreichelt, mit seinem warmen Atem an ihrem Ohr.
In diesem Moment ist für Ellen das Gefühl von Geborgenheit überwältigend. Sie neigt sich zu ihm. Sekunden verrinnen, bevor sie zu sprechen beginnt in der Tonlage der fernen Erinnerung.
„In all den Jahren hatte es in meinem Kopf herumgespukt, was ich hätte tun oder lassen oder anders machen sollen, um das Fürchterliche zu verhindern. Aber... " Sie hebt die Schultern und seufzt vernehmlich. „Es war für mich damals wie ein Sturz in einen dunklen Abgrund, aus dem ich nicht mehr herausfand. In dem ich gefangen war."
Sie schrickt zum tausendsten Mal vor dieser Erinnerung zurück.
Die Leere in ihrem Blick trifft ihn tief.

Sie lenken ihre Schritte in den nahe gelegenen Park. Die Sonne verschwindet allmählich hinter den Bäumen. Die Luft ist mild.
Ellen dreht in Gedanken verloren einen Grashalm zwischen den Fingern, schaut den Schmetterlingen hinterher, die leicht wie im Tanz umherflattern.
„Hier bin ich gern, wenn ich die Stille hören will. Beobachte die Vögel und Schmetterlinge", sagt sie leichthin und lächelt, als sei eine Erinnerung aus weiter Ferne wiedergekehrt.

Frank legt seinen Arm um ihre Schultern. Sie schlendern nun, jeder in seine Gedanken vertieft. Nur ein leises Knirschen auf dem Kiesweg ist zu hören.
„Oh, tut die Ruhe gut. Ich möchte ewig mit dir so gehen. Nur so dahingehen, ohne Ziel." Ellen lehnt ihren Kopf an seine Schulter. „Sieh mal, da drüben." Sie zeigt zu einer Libelle hin. Die schwirrenden, durchsichtigen Flügel glitzern in der Sonne, und ihr langer zarter Leib sieht mit seiner blaugrün gemusterten Zeichnung wie gemalt aus. „Ein kleines Kunstwerk, findest du nicht auch?"
Nach wenigen Schritten entdecken sie eine weiße, gusseiserne Bank unter einer riesigen Weide. Ellen weicht einen Schritt zurück.
„Beweg dich nicht", flüstert sie und zeigt nach unten. Gerade als sie sich setzen wollen, huscht dicht an der Bank ein Feuersalamander vorbei und entwischt unter einen Wacholderbusch. Sie hebt den Zeigefinger.
„Meine Großmutter hätte jetzt gesagt: Ein Feuersalamander im Abendsonnenlicht bedeutet Glück für den nächsten Tag. Für fast jede Gelegenheit hatte sie ein Sprichwort bereit. Und sie hatte auch sonst für alles stets ein gutes Wort, hatte immer für alles Verständnis. Eine richtige gute Seele. Ja, das war Ömchen. Zwischen uns bestand ein tiefes Einvernehmen. Ich habe sie sehr geliebt. Und später sehr vermisst."
Sie setzt sich und breitet die Arme auf der Lehne aus, lehnt den Kopf zurück und lässt die letzten Sonnenstrahlen ihr Gesicht wärmen.
Frank betrachtet ihr Gesicht, das jetzt entspannt und zufrieden wirkt. Er legt seine Hand auf ihre Hand und beugt sich zu ihr hin.
„Diese idyllische Pause hier im Grünen tut uns beiden gut, merke ich schon. Deine Geschichte werde ich heute doch mitnehmen. Bist du einverstanden? Es sind nur noch wenige Seiten bis zum Ende".
Ellen schließt die Augen und nickt.

„Ja, das stimmt, bis zum Ende", sagt sie mit bedeutsamem Ton in der Stimme.
Sie steht jetzt dicht vor ihm. Ihre Lippen spiegeln sich in seiner Sonnenbrille. In dem Moment spielt sie mit dem Gedanken ihn zu küssen. Er scheint es zu ahnen, lächelt in ihre Augen und zieht sie an sich. Sie versinken in einem langen Kuss.
Ein Schwarm Spatzen fliegt über ihre Köpfe hinweg, erst in den einen Baum, dann in einen anderen. In die Sonne blinzelnd, blickt Ellen ihnen nach.

Der Himmel hat sich von fahlblau zu dunkelblau verfärbt und nun überzieht ein rosiges Glühen den Horizont, während die Sonne immer tiefer sinkt. Dämmriges Licht ergießt sich langsam über die Dächer. Der Abend sinkt herab.

Der Mond ist fast voll, eine asymmetrische Scheibe, umgeben von einem hellen Hof. Der Polarstern ist schon zu sehen. Die einsetzende Dunkelheit wirft lange seidige Schatten auf die Wände des Raumes, während das Flüstern der abendlichen Brise an ihren Ohren klingt. Sie legen den Kopf zurück, sehen zu, wie die Sterne aufgehen. Geräusche der Nacht dringen ins Zimmer.
Schweigend haben sie das fantastische Schauspiel am Abendhimmel auf sich einwirken lassen. Es weckt Träume und beide hängen ihren Gedanken nach.
Ellen lehnt an Franks Schulter. Seine Arme umfangen sie. So verharren sie noch eine lange Weile, bis er schließlich seine Arme löst, sie an die Hand nimmt und sie zum Sofa führt.
„Ich habe in den langen vergangenen Jahren viel an dich gedacht. Ständig tauchte dein Bild vor mir auf, und die Ungewissheit, was mit dir geschehen war, ließ mich nicht los. Und jedes Mal schmerzte es, wenn ich dich in Gedanken vor mir sah.", haucht er ihr ins Ohr. „Oh Ellen, ich möchte so gern mit meinen Gefühlen für dich endlich alles Schwarze und Schmerzliche in dir auslöschen."

Die Zärtlichkeit in seiner Stimme hat einen bewegten Unterton und löst einen Sturm der Leidenschaft in ihr aus. In diesem Augenblick der Wahrheit weiß sie, dass sie ihn liebt. Jedoch, sie erschauert, ja erschrickt bei dem Gedanken, wie sie seine Nähe, seine Berührungen empfinden würde. Müsste sie an Großvaters brutale Gewalt denken? Würden diese Bilder jäh auftauchen? Sie versucht, den Gedanken beiseite zu schieben.
Musik schwebt durch den dämmrigen Raum.
Ihre Blicke begegnen sich. Als sie schweigt, lässt er den Blick von ihrem Gesicht herunterwandern, streift den Hals, die Brüste, gleitet über den Bauch, an den Oberschenkeln entlang bis zu den Füßen. Sie empfindet seine Blicke wie ein zärtliches Streicheln. Er wühlt sich durch ihr Haar und küsst sie auf den Hals. Sie schmiegt sich eng an ihn.

„Bei dir habe ich wieder gelernt zu fühlen."
„Was für Gefühle?", flüstert er.
„Zu lieben", sagt sie zaghaft.

Auf einmal liegt sie in seinen Armen. Mehr als alles andere wünscht sie sich, dieser Augenblick, geborgen in seinen Armen, würde nie vergehen. Er fühlt ihren Körper unter seinen Händen. Sie ist schmal und zerbrechlich. Er zieht sie näher zu sich heran, bis nur ein Atemhauch seinen Mund von ihrem trennt. Sie spürt seine Hände, seine einfühlsamen Blicke, mit denen er seine Zärtlichkeiten begleitet. Drängende Blicke, begehrend und sinnlich. Sie fühlt sich eingehüllt von Liebe und Wärme.

In diesem Augenblick ist sie wieder sie selbst, nach Jahren ist sie wieder Ellen.

Als er sie verlangend küsst, wehrt sie sich nicht. Ihr Körper ist weich und warm. Voll Hingabe. Er küsst sie wieder und wieder, fährt mit den Fingern durch ihr Haar und hält ihren Kopf fest, während ihr schmaler warmer Leib auf seinem ruht. Er küsst ihren Mund, ihre Augen, ihren Hals.

Dann fasst er sie bei den Schultern und dreht sie auf den Rücken. Sie umklammern sich wie zwei Ertrinkende. Sie drückt sich an ihn. Für eine Weile bleibt die Zeit stehen und

mit den Gefühlen, die er in ihr weckt, gibt es in dem Augenblick nichts mehr auf der Welt außer ihm.
Seine forschenden Hände erregen ihren Körper. Ihr Herz klopft viel zu schnell. Jetzt ist die Sehnsucht, in dieses Feuer zu sinken und sich verzehren zu lassen, unwiderstehlich.
Langsam zieht er ihr die Bluse und den BH aus.
Sie küssen sich in der Dunkelheit, und ihre Körper wiegen sich in zärtlichen Bewegungen wie zu lautloser Musik. Allmählich geraten ihre Bewegungen in befreiende Ekstase. Sie lieben sich in einem hitzigen Strudel, in einer Hingabe, von der sie nicht genug bekommen in ihrem wahnsinnigen Verlangen, mit dem anderen zu verschmelzen.
Und am Morgen, als sie aufwacht, ist er immer noch da.
 Später verharrt sie lange Zeit mit einem winzigen Lächeln nahe am Fenster.
Die Glut seiner Küsse hält sich viele Tage und erfüllt ihre Nächte mit zärtlichen Träumen. Das Glück dieses Erlebnisses macht, dass sie schwebend über die Straßen wandelt.

*

#

In den folgenden Wochen besuchte ich so oft es die Zeit zuließ meinen Cäsar, wenn ich die Arbeiten im Ponystall erledigt hatte. Mit aller Gründlichkeit und mit Hingabe striegelte ich sein Fell, bürstete mit der Kardätsche die lange schwarze Mähne und den Schweif, säuberte die Hufe. Wenn ich schließlich mit der Pflege fertig war, musterte ich ihn mit kritischem Blick und tätschelte den glänzenden kräftigen Nacken. Mein Brauner sollte der Schönste sein. Auch die Box säuberte ich meist selbst, wenn es die Zeit erlaubte.

Der Reiterhof war wieder ein willkommener Zufluchtsort für mich. Hier war ich meist frei von dunklen Gedanken. Hier hatte ich nichts zu fürchten. Musste nicht wachsam sein.

Auch an diesem trüben Mittwochnachmittag hatte ich mich wieder mal einige Zeit in der Box aufgehalten. Mit aller Gründlichkeit hatte ich Cäsars Augen, Nüstern und Maul mit dem Schwamm gewaschen. Geduldig ließ er die Pflege über sich ergehen. Dabei schnaubte er wohlig, scharrte hin und wieder mit dem Vorderbein.

Jetzt erschien Frank in der offenen Stalltür.

„Ich glaube, du kannst dich wieder mal gar nicht von Cäsar trennen. Hab ich recht?" Mit langsamen Schritten kam er auf die Box zu. Ich versetzte dem Pferd noch einen Klaps, dann verschloss ich die Tür der Box.

Wir gingen beide zurück auf den Hof. Ich half ihm beim Wegtragen der leeren Futtereimer. Lächelnd sah ich zu ihm auf.

„Heute habe ich ein bisschen Zeit. Du weißt ja, meist fehlen in meinen Tagen Stunden, um allem nachzukommen. Heute konnte ich mich, Gott sei Dank, etwas früher von zu Hause loseisen. Siehst du, deswegen habe ich mich mal etwas gründlicher mit Cäsar beschäftigten können. Und was glaubst du, wie es mich gefreut hat, dass ich ihm sogar Rübenschnitzel füttern konnte. Diese Seltenheit. Ich entdeckte den Eimer mit dem Futter zufällig in der Sattelkammer. Du hättest mal sehen

sollen, wie er sich darauf gestürzt hat." Ich zupfte mir ein paar Strohhalme vom Ärmel. Mit heiterer Miene wandte ich mich wieder zu Frank um. „Du glaubst gar nicht, wie sehr ich mich auf meinen ersten Ritt freue. Ach, das wird ein Festtag." Dabei hob ich die Arme, als wollte ich in die Hände klatschen. „Meine Reitsachen passen noch. Ich habe sie vor ein paar Tagen anprobiert."
Frank musterte mich.
„Du, ich sehe ja direkt wieder ein Leuchten in deinen Augen. Und die Grübchen in deinen Wangen", sagte er mit schelmischem Blick und hob dabei den Zeigefinger. Ich glaubte, ich wurde ein bisschen rot.
„Ja, weil ich mich total freue."
„Doch, das glaube ich dir schon, dass du dich auf das Reiten freust. Ohne Zweifel. Und wann wird es sein?"
„Ich warte auf freundliches Wetter. Vielleicht habe ich Glück und es klappt sogar an meinem Geburtstag. Ist ja nicht mehr lange bis dahin."
Am Stall gegenüber war Uwe mit seinem Komet beschäftigt. Unter seinem Shirt zeichneten sich kräftige Muskelpakete ab. Ich wandte mich zu Frank um.
„Ist denn das Sprunggelenk von Komet wieder in Ordnung?" Ich wies mit der Hand hinüber. Frank nickte, wiegte aber mit dem Kopf. Wir beobachteten, wie Uwe seinem schwarzen Rappen den Sattel überlegte und ihn bis an den Widerrist schob. Als er den Sattelgurt unter dem Bauch durchzog, entdeckte er uns.
„Ach, hallo, ihr seid es ja. Na, Ellen, lange nicht gesehen. Ich will's heute mal wieder mit Komet versuchen." Mit einem Schwung saß er auf und trabte zum Reitplatz hin.
Ich zupfte Frank am Arm.
„Wie geht's eigentlich Linda? Ist sie noch in Ordnung? Und ihr Fohlen?"
Frank wunderte sich gewiss, dass ich darauf plötzlich zu sprechen kam.

„Freilich, keine Sorge, beiden geht es bestens. Übrigens, dein Großvater lässt sich jetzt öfter auf dem Reiterhof blicken. Bleibt auch länger."

Ich sah ihn groß an und biss mir auf die Lippen.

„Hm, aha, das ist gut so." Dann ist er nicht so oft zu Hause, ging es mir sogleich erleichtert durch den Kopf. Ich strich mir mit der Hand über die Stirn. „Warte mal, ich hole nur mein Fahrrad", sagte ich und eilte zur Mauer gegenüber. Als ich zurückkam, berührte ich Frank am Arm.

„So, dann fahre ich jetzt los." Ich rückte meinen Rucksack auf dem Gepäckträger zurecht.

Frank begleitete mich bis zum Hoftor. Ich strich über den Fahrradlenker.

„Schade, dass ich schon gehen muss. Die Zeit vergeht hier bei den Pferden immer viel zu schnell. Leider. Am besten wäre es, ich könnte mich hier einquartieren." Ich sah ein belustigtes Funkeln in seinen Augen.

„Richtig Ellen, und immer zur Stelle, wenn's nötig ist."

„Ach, da fällt mir ein, dass morgen doch wieder der Tag ist, an dem du dich vor Arbeit nicht retten kannst. Na, ich denke doch, Uwe wird dir wieder helfen." Ich hatte das seltsame Gefühl, dass er eben an etwas völlig anderes dachte.

Die Zeit drängte. Nun musste ich endlich losfahren. Nach Hause. Und auf einmal fühlte ich mich wieder wie umgewandelt. Etwas lastete plötzlich. Ich schwang mich auf das Rad, hob den rechten Arm zu einem kurzen Winken. Als ich mich noch einmal umschaute, bemerkte ich, dass Frank noch immer am Hoftor stand und mir hinterher schaute.

# #

Nachdem es eine Woche lang fast ununterbrochen geregnet hatte, versprach der Tag schön zu werden.

Es war mein 16. Geburtstag. Schon am frühen Morgen lugten vereinzelte Sonnenstrahlen durch die tief hängenden Wolkenbänke.
Der Nachmittag war sonnig. Für mich das schönste Geschenk, so wie ich es mir gewünscht hatte. Bei gutem Wetter konnte ich nun zum ersten Mal wieder reiten.
Ich zog meine Stiefel glatt und setzte die Reitkappe auf, griff nach der Gerte.
„Frank, ich bin direkt ein bisschen aufgeregt. Kannst du dir das vorstellen?"
Frank nickte nur lächelnd und half mir beim Satteln.
„Und vor allem Ellen, reite nicht zu weit. Übertreibe es nicht, heute beim ersten Ritt nach so langer Zeit." Mit ernster Miene sah er mir zu, als ich aufstieg. „Nicht zu weit und auch nicht zu schnell. Auch das Pferd muss sich erst wieder an dich gewöhnen", betonte er noch einmal ausdrücklich. Ein Hauch von Sorge klang in seiner Stimme.
Ich beugte mich nach vorn, tätschelte Cäsars kräftigen Nacken.
„Wir werden schon wieder miteinander klarkommen, ja Cäsar?" Noch einmal ein kurzes Streicheln und Klopfen, dann ritt ich los.
„Denke auch wirklich dran", rief Frank mir zu.
Ich hielt meinen Rücken aufrecht, die Zügel fest in den Händen. Atmete die kühle Luft tief ein. Wie wohl mir war. So gut hatte ich mich schon lange nicht gefühlt. Mein Blick schweifte in die Weite. Ich fühlte mich frei und unbeschwert.
„Ich bin frei, Cäsar! Ich bin frei, frei!", rief ich dem Wind entgegen. Mir war, als wäre ich durch eine unsichtbare Pforte getreten.
Als ich plötzlich laut juchzte, schmiss mein Brauner den Kopf hoch, stürmte los in wildem Galopp. Ich straffte die Zügel wieder.
„Ja Cäsar, jetzt reiten wir bis ans Ende der Welt. Einverstanden?" Ach, wäre das schön, dachte ich dabei und

presste die Schenkel noch fester an die Flanken. Doch ich erinnerte mich auch an Franks mahnende Worte.
Bündel von Sonnenstrahlen trafen mein Gesicht. Sie blendeten mich. Ich zog die Reitkappe etwas tiefer in die Stirn.
Auf schmalen Wegen ritt ich entlang zwischen saftigen Wiesen, vorbei an Bäumen, die schon das Grünen ahnen ließen. Mein Ziel war eine kleine Brücke hinter dem nahenden Wäldchen. Nur noch bis dahin, nahm ich mir vor und klopfte aufmunternd Cäsars Nacken.
Schon nach wenigen Minuten ritt ich an den letzten Bäumen des Wäldchens vorbei und erblickte von Weitem die Brücke. Schade. Eigentlich müsste ich umkehren. Ob ich doch noch ein Stück weiterreite?, ging es mir durch den Kopf. Ich ließ die Zügel locker, ritt langsamer, war noch immer unschlüssig. Der mit dichtem Schilf umwachsene kleine See wäre auch ein lohnendes Ziel, und gewiss nicht mehr allzu weit, war jetzt mein nächster Gedanke. Dabei tätschelte ich Cäsars Nacken.
Wie sehr wünschte ich mir, meinen Ritt ausdehnen zu können, über den Horizont hinaus. Müsste fantastisch sein. Von allem unendlich weit weg, malte ich mir aus.
Ich hielt die Zügel locker in der Hand. Träumte weiter vor mich hin. Ein leiser Windhauch fuhr mir durch die Haare und wehte mir sanft eine Strähne ins Gesicht. Cäsar trabte gemächlich. Schnaubte hin und wieder. Ihm schien der ruhige Trab zu behagen. In der Nähe regte sich ein Reiher. Als wir uns näherten, flog er auf, die langen schlanken Beine hinter sich her ziehend.
Versunken ließ ich meine Blicke über die weite Landschaft gleiten. Die kleine Brücke lag bereits hinter uns. Irgendetwas zog mich fort. Ich konnte meinen Blick nicht vom Horizont lösen. So ritt ich weiter und weiter. An nichts denkend. Ich fühlte mich unendlich wohl. So leicht und endlich einmal unbeschwert.
In der Ferne bewegte sich das Schilf im leichten Wind. Winzige Wolken zogen wie auf eine Schnur aufgereiht.

Plötzlich zuckte es in meinem Kopf. Ich besann mich und wurde hellwach. Energisch zog ich den linken Zügel straff an und wandte mich mit dem Pferd zurück.

# #

Es war schon später Nachmittag, aber die Sonne meinte es noch gut.
Wir trafen uns am Eiscafé.
„Du bist ja super pünktlich." Ich ging auf Pia zu. In dem Moment schlug die Rathausuhr fünfmal. Ein paar Tauben flatterten vom Dach herunter.
Pia umarmte mich.
„Herzlichen Glückwunsch!" Sie drückte mir ein flaches Päckchen in die Hand, das mit einem blauen Seidenband sorgsam verschnürt war.
„Danke, Pia. Da bin ich aber mächtig gespannt", sagte ich mit einem Augenzwinkern, als ich es in meinen Händen hielt.
Zielstrebig huschten wir ins Café hinein. Einige der kleinen runden Tische waren besetzt. Leise Musik und Stimmengemurmel füllten den Raum. Gemütlichkeit umgab uns sofort. Gleich hinter der gläsernen Eingangstür zupfte Pia mich am Jackenärmel.
„Du, wir haben Glück. Der kleine Tisch in der Ecke am Fenster ist frei. Unser Tisch. Dort haben wir doch schon mal gesessen. Woll'n wir?" Sie wies mit dem Kopf hinüber. Ich wandte mich um.
„Na klar, können wir machen." Wir steuerten auf den Tisch zu. In dieser mit einigen Grünpflanzen abgegrenzten Nische würden wir uns wieder wohlfühlen. Hier konnten wir ungestört das Treiben draußen auf dem Bürgersteig gut beobachten. Das war für uns stets eine interessante und reizvolle Beschäftigung.

Jetzt holte ich das flache Päckchen hervor, blickte Pia schmunzelnd an und öffnete es. Ich stellte fest, dass meine Vermutung richtig war.

„Oh, Pia, ich glaub es nicht."

„Was du dir mal gewünscht hast. Weißt du's noch?"

„Na klar, Bon Jovi! Hab ich nicht vergessen. Danke, ich freue mich wahnsinnig. Die CD hat mir ja damals bei dir so gut gefallen." Fasziniert betrachtete ich das Bild auf dem Cover und überflog die Titel auf der Rückseite, bevor ich die CD wieder in das Geschenkpapier einpackte.

In der nächsten halben Stunde waren wir mit dem Verzehr eines riesigen Schoko-Eisbechers beschäftigt, vergaßen dabei jedoch nicht, weiter unsere Beobachtungen zu machen. Auf einmal deutete Pia blitzartig mit ihrem Löffel zum Fenster hin.

„Guck doch mal schnell, der mit dem schwarzen Anorak dort. Der sieht doch aus wie unsere Fettbacke." Ich sah hinaus, suchte.

„Stimmt, hast recht, wie zum Verwechseln." Dann musste ich lächeln. Ich wusste, Pia konnte den Geografielehrer nicht ausstehen. Und als ich mich wieder zu ihr umwandte, bemerkte ich, wie sie ihr Gesicht in alle Richtungen verzog.

„Bei dem muss ich doch am Dienstag einen Vortrag über die Wirtschaft in Frankreich halten. Ich darf gar nicht daran denken." Kopfschüttelnd und mit gekrauster Stirn ließ sie wieder ihren Löffel in den Eisbecher gleiten.

Dann aber war auf einmal plötzliches Schweigen. Es lag wohl an mir, denn ich war abwesend und mit meinen Gedanken beschäftigt. Ich hatte eben Pia völlig überhört und das passierte mir noch ein paar Mal. Ihr fiel es natürlich gleich auf. Sie stutzte und warf mir einen prüfenden Blick zu und sagte in forschem Ton: „Was denn, du bist ja total abwesend. Na sag mal, was starrst du denn so vor dich hin? Bin ich nicht mehr da?" Sie klopfte mit ihrem Löffel an meinen Eisbecher.

Ich blickte auf, aber meine Gedanken balancierten weiter. Ich suchte nach einem Entschluss. Eigentlich könnte ich es ihr doch jetzt erzählen, alles aus mir heraus lassen. Vielleicht wäre es gerade jetzt eine günstige Gelegenheit. Ob sie schweigen kann? Ich versuchte mir vorzustellen, wie Pia meine Geschichte aufnehmen würde. Ob ich... ? Ich war mir nicht sicher und geriet in einen Zustand eigentümlicher Unruhe. Gleich war ich wieder unschlüssig. Schließlich verwarf ich die Idee. Unsinn, doch nicht heute. Vielleicht später, sagte mir die innere Stimme.

„Ey, Ellen, biste wieder da?" Pias aufmunternde Stimme durchbrach mein inneres Durcheinander. Ich fiel aus meiner Erstarrung, legte meinen Löffel ab, den ich die ganze Zeit gedankenverloren in der Hand gehalten hatte. Eigentlich wollte ich doch auf gar keinen Fall hier mit Pia an das Vergangene denken. Jetzt war es aber doch über mich hereingebrochen. Ich versuchte, diese Gedanken endgültig zu vertreiben.

Aber Pia bohrte weiter. So war sie nun mal.

„Ist was? Etwa wieder mit deinem Großvater?", fragte sie mit hochgezogenen Augenbrauen. Sofort verspürte ich einen mächtigen Stich. Ich wollte ihr ausweichen, sie sah mir jedoch zwingend in die Augen. Ich hob abwehrend die Hände.

„Großvater?" Ich winkte mit der Hand ab. Meine Blicke flüchteten zum Fenster. Ich rieb mir die Augen, als wollte ich das Bild verscheuchen.

Nun arbeitete es aber doch weiter in meinen Kopf. Nicht auszudenken, wenn Pia die ganze Wahrheit wüsste, dachte ich. Sie würde es nicht fassen können. Es würde sie glattweg umwerfen. In Sekundenschnelle fing ich mich wieder. Versuchte Gleichmütigkeit, verzog den Mund und lehnte mich zurück.

„Mit dem? Ach, na da ist ständig was. Gestern Abend gab's erst wieder Krach, weil ich nicht pünktlich um sieben das Abendbrot fertig hatte. Als ich ihn fünfzehn Minuten später zum Essen aufforderte, schnauzte er: Das ist vielleicht ne Sauwirtschaft! Keinerlei Pünktlichkeit! Jetzt ist mir der Appetit vergangen! Pünktlichkeit in Zukunft! Merke dir das. Dann krachte er vor meiner Nase die Tür zu. Nach zehn

Minuten kam er dann aber doch herunter in die Küche. Mit wutverzerrtem Gesicht, versteht sich."
Ich wusste genau, dass mein Ton nicht sehr überzeugend war. Und es war sonnenklar, dass Pia deshalb weiterdrängte.
„Ist irgendwas anderes?"
„Ach nein, weiß selbst nicht", wich ich aus. Ich atmete tief und hielt es für besser, das Thema wieder zu verlassen. Aber es war verrückt, die Gedanken zerrten weiter an mir. Nun wollte ich es mir wieder anders überlegen, hielt für Sekunden inne, wollte schon reden, verkniff es mir aber schließlich doch.
„Lass mal", brachte ich nur hervor. Ein kurzer Augenblick verstrich. Es war zum Verzweifeln. Hinter meiner Stirn fing es wieder an zu rumoren. Eigentlich hätte ich ihr jetzt doch gern alles gebeichtet. Ich beugte mich über den Tisch, flüsterte: „Weißt du ... Ich wollte dir schon die ganze Zeit ... Ich weiß gar nicht wie ich ... Ach, Mensch, Pia", unterbrach ich mich wieder. Mein Hirn war aus den Gleisen gesprungen. Beinahe hätte ich nun doch meinen Vorsatz, heute nicht über das Vergangene zu sprechen, zunichte gemacht.
Pia ist meine Unsicherheit nicht entgangen. Und ihre Neugier konnte sie nur schwer bezwingen.
„Was wolltest du denn nun eigentlich erklären? Dann schieß doch los."
„Ich hatte eben vor, dir – hm, - etwas zu erzählen. Passt aber jetzt nicht richtig. Mach ich besser andermal. Bei dir zu Hause vielleicht", endete ich rasch.

Augenblicke später blickte ich auf meine Uhr. Viertel nach sechs. Ich tippte auf die Zeiger.
„Ich glaube, jetzt wird es Zeit, dass wir gehen."
Wir brachen auf. Pia plapperte munter, während wir die Straße entlang zum Kino liefen. Ich sah wieder, nun schon unruhig, auf meine Uhr.
„Nur gut, dass die Plätze nummeriert sind. Ich glaube, es wird voll werden. Guck mal, die Massen, die dort stehen." Ich deutete nach vorn.

Die Frau, die am Eingang unsere Karten entwertete, musterte uns. Ich hatte den Eindruck, sie wollte etwas sagen, schien es sich dann aber doch anders zu überlegen, und wies uns hinein. Die Platzanweiserin begleitete uns mit einem Strahlenbündel in der Hand haltend.
Wir ließen uns in die weichen Sitze fallen. Die Reihen vor uns waren fast besetzt. Etliche Besucher drängten noch hindurch. Pia drehte sich nach allen Seiten um, als suchte sie jemanden. Dann zog sie ihr Programm aus der Jackentasche und hielt es mir hin.
„Sieben Jahre in Tibet", sagte sie gedehnt, „klingt schon mal vielversprechend, ja? Der Held macht so allerhand durch. Er will den Nanga Parbat besteigen und landet aber im Kriegsgefangenenlager."
Ich hob beschwörend die Hand.
„Nun verrate mir bloß nicht alles. Weißt du wie ich mich auf den Film freue?" Ich heftete meinen Blick auf das Programm. Pia deutete auf das Bild in der Innenseite.
„Hier sieht Brad Pitt besonders cool aus. Findest du nicht auch?"
„Ja, super, finde ich auch. Was meinst du denn, warum wir uns diesen Film ansehen." Ich kniff Pia in den Schenkel. Ein leises Quieken folgte. Links und rechts neben uns knisterte und raschelte es. Pia stieß mich an.
„Hoffentlich sind die Popcorntüten bald leergegessen. Das Geraschel und Geknabber nervt. Würde mich während des Films total stören."
Eine kleine Ewigkeit dauerte es noch, dann verlosch nach und nach das Licht. Derweil drängelten noch immer Zuschauer durch die Reihen. Nach der lauttönenden Werbung stellte sich endlich Ruhe ein. Wir rückten dicht zusammen. Unsere Schultern berührten sich. Nun erwarteten wir den Film mit höchster Spannung. In den Szenen mit Brad Pitt stießen wir uns an, lächelten hingerissen.
Für uns begann es viel zu schnell im Saal wieder hell zu werden. „Schade", sagten wir fast gleichzeitig und räkelten

uns aus den Sitzen. Es wurde unruhig. Sessel klappten. Stimmen wurden lauter.
„Den Film könnte ich mir glatt noch mal ansehen", meinte Pia völlig aufgekratzt. Ich nickte beifällig.
„Kannst du doch", meinte ich gelassen.
„Ich hätte darauf wetten können, dass es in dem Film kein Happy End gibt. Ich habe da meistens die richtige Ahnung."
Pias Augen weiteten sich, als gäbe sie eine große Weisheit von sich.
Wir schlossen uns dem Menschenstrom an. Hinter uns plötzlich lautes Lachen. Die Menschen drängten nach draußen. Es war bereits fast dunkel, als wir ins Freie traten. Die Häuser verloren sich am Ende der Straße. Die Luft war jetzt bedeutend kühler. Unsere Gedanken kreisten immer noch um den Film, als wir schweigsam zurück zum Marktplatz liefen. Die Bürgersteige waren voll, die bummelnden Paare vermischten sich mit den letzten Einkäufern.

# #

Die Sommermonate und der frühe Herbst zeigten sich in jenem Jahr von ihrer schönsten Seite. Sie verwöhnten mit angenehmer Wärme, hin und wieder mit warmem Regen, ließen nur leichte Gewitter aufkommen. Die Natur glich einem Füllhorn.
Der Winter hatte einige Tücken geboten.
Die Tage dämmerten trüb und frostig. Schneidender Wind trieb schwarzgraue Schneewolken über den Himmel.
So war es verständlich, dass auch ich den nahenden Frühling herbeisehnte. Sehnte mich nach Sonne und Wärme.
Es vergingen trostlose Tage und schreckliche Nächte, die ich krank im Bett verbrachte. Dann spukten irre Geister in meinem Kopf. Ich dämmerte vor mich hin: Sehe eine Fratze. Erst wirkt sie teilnahmslos, dann kommt sie immer dichter an mein Gesicht heran. Und ich erschrecke und reiße die Augen

auf. – Plötzlich sehe ich den Regulator vor mir, riesig, höre ihn schlagen, mich überfällt panische Angst, er könnte nicht mehr aufhören zu schlagen. - Dann spürte ich, wie es in meinem Kopf hämmerte. – Ich hatte die Augen geschlossen: Eine wilde Brandung schäumt vor mir auf. Plötzlich schwimme ich. Um mich herum ist alles tiefschwarz.
Das Atmen fiel mir schwer. Es stach in der Brust, wenn ich versuchte, tiefer zu atmen.
Wenn ich morgens zum Bad schlich, suchte ich an den Wänden Halt. Schaute ich in den Spiegel, erschrak ich. Meine Augen, die noch dunkler waren, wie zwei schwarze Höhlen, hatten blaue Ringe, waren trocken.

Die ersten Sonnenstrahlen stahlen sich an diesem frühen Apriltag durch die Jalousie.
Mir war, als bewegte sich jemand leise ganz nah an mir vorbei. Als wehte mich etwas an. Ganz deutlich spürte ich einen raschen Luftzug. Ich öffnete die Augen und warf einen argwöhnischen Blick auf die Tür. Rasselnde Geräusche. Die Jalousie wurde nach oben gezogen und plötzlich war es taghell. Schritte im Zimmer.
Mein Vater beugte sich zu mir. Ich nahm es wie durch einen Nebelschleier wahr. Dann wanderten ovale Tabletten mit kaltem Wasser durch mich hindurch, und alles wurde ruhig, dunkel und gut.

Die Tage zogen sich endlos hin.
Ich erwachte in dem Bewusstsein, nicht allein in meinem Zimmer zu sein. Empfand fahles graues Licht. Es musste noch sehr früh sein. Blinzelnd öffnete ich die Augen.
„Ach, du bist schon wach." Mein Vater stand dicht vor meinem Bett. Lächelte, streichelte mich und befühlte meine Stirn. „Wie geht es dir heute? Etwas besser?" Sein Gesicht war blass. Aber das mochte daran liegen, dass das Licht von draußen alle Farben des frühen Morgens schluckte.

„Es wird heute wohl wieder ein schöner Tag. Das richtige Wetter zum Gesundwerden." Er beugte sich zu mir und gab mir einen Kuss auf die Wange. „Ich habe dir dein Frühstück gebracht. Stärke dich ordentlich, damit du bald auf die Beine kommst."

„Mach ich", flüsterte ich, als er sich schon zum Gehen umwandte. Nachdem er die Tür hinter sich geschlossen hatte, schlug ich die Decke zurück und stand auf. Zum Fenster wollte ich. Endlich mal wieder hinausschauen, hinaus in das Leben, in das Licht. Nach wenigen Schritten musste ich mich auf den Boden setzen, das Zimmer drehte sich.

Die Außenwelt drang nur mit gedämpften Geräuschen ins Krankenzimmer. Ich fühlte mich eingesponnen, wie in einem Netz. Andere Geister meldeten sich wieder: Schuld und Reue und Ängste. Sie stürzten sich wild auf mich. Nichts konnte mich vor ihnen schützen.

Manchmal kam es mir vor, als kämen meine Kräfte langsam tropfend zurück. Dann beschloss ich, endlich wieder in meine Bücher zu schauen.

Pia hatte hin und wieder vorbeigeschaut, aber sie konnte die Brücke zwischen ihrem und meinem Alltag nicht schlagen. Gleichwohl, sie versuchte es immer wieder, wenn sie in mein ernstes Gesicht schaute.

„Mensch, siehst du wieder ernst und traurig aus. So wird das nichts mit dir. Von Gesundwerden bemerke ich noch keine Spur. Denk doch einfach an was Schönes! Da will ich dir mal auf den Sprung helfen. Du weißt doch, dass ich mir schon seit Monaten ein Handy wünsche. Und soll ich dir was sagen? Meine Eltern haben mir nun endlich eins geschenkt. Aber nicht einfach so, denke das nicht. Erst nachdem ich die dritte Eins in Mathe erreicht hatte. Das Fantastische ist, nun können wir uns immer mal eine SMS schicken. Toll, was?"

Pia war ein Mensch, der keine gedrückte Stimmung, keine Gesprächspausen aufkommen ließ. Wie in einem heiteren Monolog sprach sie unentwegt. Ich versuchte nun wenigstens, mir ein Lächeln abzuringen.

Sie schoss wie ein Windstoß herein. Als sie auf mich zustürmte, gab ich mir alle Mühe, sie unbefangen heiter zu empfangen. Jedoch ich spürte sofort, Pia gab sich heute anders. Total anders. Ihre Bewegungen waren hastig, in ihren Augen Unruhe.

„Hallo! Na, wie geht's? Wie siehst du heute aus?" Sie stand jetzt dicht vor mir. Ich hatte es mir im Sessel bequem gemacht. Pia nahm meinen Kopf und drehte ihn ein wenig seitwärts zum Fenster hin. „Ich finde, heute hast du schon ein bisschen mehr Farbe. Es geht also aufwärts mit dir", trällerte sie, ließ sich auf die Sessellehne fallen, beugte sich herunter und kramte in ihrer Tasche. Ich machte einen langen Hals.

„Suchst du was?"

Sie bedeutete mir lächelnd, ihrem Blick zu folgen. Endlich angelte sie eine Pralinenschachtel hervor und reichte sie mir mit einer pathetischen Gebärde.

„Da, für dich. Damit du wieder auf die Beine kommst. Auch mit einem schönen Gruß von meiner Mutter. Ich hab noch was mitgebracht. Ist allerdings nicht so süß." Sie griff abermals in die Tasche und zog einen roten Hefter heraus. „Die Mathe-Aufgaben hab ich hier. Wolltest du doch, nicht? Sind vielleicht gut gegen die Langeweile, oder?", fügte sie mit einem Grienen an. Sie blätterte und hielt mir den aufgeschlagenen Hefter hin. „Hier sind sie. Wirst du damit klarkommen?" Es klang, als wäre sie über die Maßen in Eile. Ich starrte auf die Seiten, zog die Augenbrauen zusammen, nickte.

„Hm, ich denke schon."

Pia schloss ihre Tasche wieder.

„Eigentlich habe ich gar nicht viel Zeit." Dabei blickte sie verstohlen auf ihre Uhr. „Hab nämlich eine Verabredung, weißt du?" Mit einem Satz rutschte sie von der Sessellehne, schwenkte herum und ließ sich auf die Bettkante fallen.

Der geheimnisvolle Tonfall in ihrer Stimme entging mir nicht. Ließ mich an etwas Außergewöhnliches denken. Ich musterte sie.

„Eine Verabredung? Klingt echt geheimnisvoll. Erzähle."
Pia wand sich, neigte den Kopf und zögerte noch. Ich merkte ihr an, sie wollte mit der Sprache nicht so recht heraus. Doch nun hob sie den Kopf, sah zur Decke, als stünde dort, was sie mir sagen wollte. Als sie die Augen wieder sinken ließ, suchte sie meinen Blick und zwinkerte mir verschwörerisch zu.
„Na, ja, ein Treffen eben. Mit Lukas. Entsinn dich mal. Das ist der vom Schulfest, den wir beide so cool fanden." Euphorisch hob sie die Hände. Ihr „Klunkerring" funkelte. Mir entging es nicht.
„Aha." Ich stieß die Luft aus. War verblüfft. „Ach der", gab ich zurück. „Na dann. Ich halte dich nicht auf. Dann mach dich auf den Sprung."
Ich gönnte Pia ihre Freude, konnte indes Enttäuschung und ein bisschen Unzufriedenheit nicht ganz verhehlen. Ich hoffte, sie würde es mir nicht ansehen. Ich versuchte ein Lächeln. Ob es mir gelang?
„Kannst mir ja dann am Samstag alles berichten. Machst du das?"
Daraufhin war es kurz still geblieben, während wir beide bereits wussten, die Antwort würde „Ja" lauten. Wir schienen jetzt den Faden verloren zu haben.
Pia verschwand kurz darauf in großer Eile, beinahe so überstürzt, wie sie hereingeschossen kam.
Als ich wieder allein war, blieb ich noch lange Minuten reglos im Sessel sitzen. Der Gedanke, dass Pia mit diesem coolen Lukas herumspazierte, alberte, lachte, während ich krank an mein Zimmer gefesselt war, machte mich schon etwas verdrießlich, obwohl ich wusste, dass das denkbar ungerecht war.
Ich hielt die Hände vor das Gesicht. Wollte mich in mein Inneres zurückziehen. Ich fühlte mich ein wenig im Stich gelassen, zumal ich vermutete, dass es mit meiner Genesung wohl noch dauern könnte.
In mir arbeitete es. Und mein Leben?, so sinnierte ich. Es war schwer geworden, drückend, wie eine Strafe. Und ich versank

wieder in einem Meer von Kummer. Ich nahm mit einem Seufzer die Hände vom Gesicht. Knabberte am Daumen. Vom Fenster aus sah ich Pia hinterher. Sie lief, vom Wind getrieben, ihre Haare mit beiden Händen festhaltend.

# #

Der Frühling in diesem Jahr war besonders mild. In den Gärten zeigten sich die Frühlingsblumen in üppiger Pracht. Die Osterglocken, Hyazinthen und Tulpen waren voll erblüht. Bienen summten schon an den Weidenkätzchen. Vor dem geöffneten Fenster vernahm ich das lustige Schmettern der Finken in den Bäumen. Die Sonne lockte. Gern wäre ich hinausgegangen. Hinaus ins Freie, ins Sonnige. Nachdem ich lange Wochen mein Zimmer nicht verlassen konnte, fühlte ich mich heute schon etwas wohler, ein bisschen kräftiger. Ich verspürte sogar schon wieder Lust, mich in mein Buch „Die Seherin von Avignon" zu vertiefen. Ich mochte das Buch. Ich liebte die mysteriösen Geheimnisse darin. Dunkle verwobene Geheimnisse wie in meinem Leben.

Ständige Furcht und bange Schuldgefühle hatten mich ein Jahr lang grausam und unerbittlich gepeinigt, hatten an meiner Gesundheit genagt. Oft hatte ich das Gefühl, nie wieder in gesunden Schlaf fallen zu können. Auf die beruhigende Wirkung von Valium konnte ich noch nicht verzichten. Der Arzt riet mir dringend, meinen Körper wieder zu stabilisieren.

„Du brauchst viel Bewegung an frischer Luft. Treibe Sport", hatte er ausdrücklich betont.

Seitdem joggte ich in meiner Freizeit. Manchmal sogar zweimal in der Woche. Es waren zunächst nur sehr kurze Strecken. Doch ich freute mich über kleinste Fortschritte.

„Versuch es. Das ist sehr wichtig für dich. Natürlich musst du dabei beachten, dass du dich nicht verkühlst", meinte Vater vor einiger Zeit, als er mir eine Tasse mit würziger Brühe in mein Zimmer brachte. Seine große Hand sank auf meine

Schulter. „Du bist noch geschwächt und musst vorsichtig sein. Monate kränkelst du nun schon herum. So kann das unmöglich weiter gehen." Sorge stand in seinem Gesicht. Er griff nach meinem Arm. „Wie dünn du geworden bist", seufzte er mit einem unmerklichen Kopfschütteln. Er nahm mir die leere Tasse wieder ab. „Und sobald du gesund und bei Kräften bist, kannst du auch wieder reiten", fügte er mit einem verschmitzten Lächeln an. Ich betrachtete ihn skeptisch.

„Ach, ja, möchte ich eigentlich sehr gern", stimmte ich ihm mit einem kleinen Seufzer zu.

An der Tür drehte er sich noch einmal um.

„Du wirst sehen, dann geht es wieder bergauf, glaub mir. Wäre doch gelacht, mein tapferes Mädchen."

Doch so stark und zuversichtlich wie mein Vater sich zeigte, war er nicht. Noch immer plagten ihn Sorgen um mich und machten ihn unsicher. Ich spürte es deutlich. Wenn ich ihn ansah, las ich Kummer in seinen Augen. Ich konnte dann in seinen Kopf hineinsehen. Und er tat mir unendlich leid. Ich verdiene es gar nicht, dass du dich um mich sorgst, hätte ich gern herausgeschrien.

Das sommerlich warme Wetter hielt an. Endlich konnte ich wieder einmal im Garten sitzen, in einem bequemen Korbstuhl, den Vater mir extra unter den Kirschbaum gestellt hatte. Wie sehr hatte ich mich danach gesehnt, inmitten des Grünens und Blühens verweilen zu können. Ich lehnte mich zurück, atmete tief die milde Luft. Ich schloss für einen Moment die Augen und verharrte so einen langen Augenblick. Noch immer hielt ich das Buch „Die Seherin von Avignon" in den Händen. Jedoch meine Gedanken schweiften ständig ab. Ich versuchte, mich auf die Zeilen zu konzentrieren. Es gelang mir nicht. Ich hatte das zwingende Bedürfnis nachzudenken.

Wie schon so oft formulierte ich jetzt die Worte, flüsterte sie sogar leise vor mich hin. Die Worte, mit denen ich Pia mein ganzes Elend anvertrauen wollte. Ich war bereit, alle Vorsicht in den Wind zu schlagen. Ja, ich wollte nun endlich sprechen. Bald, entschied ich. Ich sah aber auch dabei im Inneren ihr entsetztes Gesicht, ihre weit geöffneten Augen. Und sogleich breitete sich Unsicherheit aus und mischte die Gedanken wie Spielkarten durcheinander.

An diesem sonnigen Sonntagvormittag lief ich im nahegelegenen Park nicht allein, wie an den anderen Tagen. Auf allen Wegen, die ich einschlug, begegneten mir ebenfalls Jogger.
Heute lief ich länger, bis mir die Lunge brannte. Als ich zurückkehrte, trugen meine zitternden Beine mich kaum die Stufen hoch, aber im Kopf fühlte ich mich endlich einmal frei und ohne Last.
Ich duschte ausgiebig und zog andere Sachen an. Dann sprang ich die Treppe hinunter und trank in der Küche ein Glas Orangensaft.
In meinem Zimmer wanderte ich ruhelos zwischen Tisch und Schrank hin und her. Bald darauf hatte ich mich entschlossen. Nachdem ich den Kommodenkasten nach einem Halstuch durchwühlt hatte, stand es für mich fest. Zunächst wollte ich nach langer Zeit zum Reiterhof fahren, um in der Box nach dem Rechten zu sehen. Danach würde ich heute Pia besuchen. Heute sollte sie die Wahrheit erfahren. Es brannte mir schon zu lange auf der Seele. Immer wieder hatte ich es verdrängt, zurückgeschoben, keinen Mut gehabt, mich nicht getraut. Doch nun sollte sie alles erfahren. Endgültig. Und ich war mir sicher, Pia würde das Geheimnis bewahren. Daran bestand für mich kein Zweifel.

Die Sonne hing als feuerrote Kugel am Horizont und tauchte die Landschaft in ein überirdisch schönes Licht. Die Wolken, die am Himmel entlang zogen, wurden rotgolden angestrahlt.
Die Stallwand leuchtete im Abendlicht rosafarben. Ich lehnte mein Rad dagegen. Im Stall duftete es nach frischem Heu. In der Box war alles in bester Ordnung, stellte ich beruhigt fest. Als ich die Box betrat, drängte Cäsar zur Tür.

„Nein Cäsar, heute reiten wir nicht. Aber bald."
Ich tätschelte seinen Nacken, schmiegte mich an seinen Kopf. Mit einem Lächeln beobachtete ich, wie er die Ohren bei meinen Worten vor und zurück bewegte. „Ja, du hast ganz richtig verstanden. Heute nicht." Ich gab ihm noch einmal einen Klaps auf den Nacken.
Daraufhin schloss ich die Tür, verließ den Stall und lief zu Franks Büro hinüber.
Ich legte ihm von hinten die Hände über die Augen.
„Rate mal, wer da ist", sagte ich im Flüsterton.
„Werde ich nie erraten." Er berührte sanft meine Hände und drehte sich erstaunt zu mir um.
„Na und, willst du heute wieder reiten? Oder gibt es einen anderen Grund?" Sichtlich verblüfft schaute er auf. Sein forschender Blick irritierte mich.
Ich schüttelte den Kopf, zupfte einen Strohhalm von meinem Ärmel.
„Nein, heute leider noch nicht. Aber ich hoffe bald."
„Klar, komm erst wieder richtig zu Kräften. Cäsar war heute den ganzen Tag draußen auf der Koppel. Da hatte er genug Bewegung."
Meine Augen wanderten durch den Raum. Als ich im Tresor den Schlüssel stecken sah, stieg mir das Blut in die Wangen, meine Stirn wurde feucht. Der Schlüssel und das Tresorschränkchen - Signale, die mich erinnerten. Hier kam mir damals die Idee. Und ich fühlte mich wie ertappt. Augenblicklich überfiel mich quälendes Unbehagen. Als Frank auf mich zukam, senkte ich den Kopf, wich, nun wieder ängstlich geworden, seinem Blick aus.
„Na, Ellen, so richtig fit bist du wohl noch nicht. Komm doch mit auf die Koppel. Die frische Luft tut dir bestimmt gut. Du könntest die Trabstangen vom Reitplatz einsammeln." Er sah mich abwartend an, krempelte die Ärmel nach oben, sodass ich seine blondbehaarten muskulösen Arme bewundern konnte, die Kraft und Energie verrieten.

„Ich gehe jetzt besser, Frank, es wird Zeit. Zu Hause wartet eine Menge Arbeit auf mich. Also dann, bis bald." Ich nickte ihm lächelnd zu, boxte ihn leicht an den Arm und schwenkte ab.

Wenige Minuten verweilte ich noch auf dem Hof mit dem Blick zur Koppel. Mir fiel ein Reiter auf. Gespannt beobachtete ich ihn. Er zügelte sein Pferd so energisch, dass es sich aufbäumte und nur mit Mühe behielt er die Gewalt über das Tier, als es sich mit angelegten Ohren zur Seite warf. Ruckartig riss er sein Pferd wieder herum, stieß ihm die Fersen in die Flanken und ritt davon.

Um meinen Mund zuckte es. Wie lieblos, ging es mir durch den Kopf. Dabei dachte ich an meinen Braunen. Nein, so habe ich ihn Gott sei Dank noch nie erlebt, sagte ich mir zufrieden. Am Tor schaute ich mich noch einmal um. Reiter und Pferd waren verschwunden.

Während ich kräftig in die Pedalen trat, führte ich in Gedanken das Gespräch mit Pia. Zum wiederholten Mal. Ich musste mir Mut machen. Dabei sah ich wieder vor meinem inneren Auge, wie Pia mich schockiert und sprachlos anschaut. Und gleich überfiel mich Unsicherheit. In der Tiefe regte sich wieder der Wurm des Zweifels. - Doch, Pia kann ich es anvertrauen, sprach ich in mich hinein. Pia, meiner besten Freundin. Sie wird mich verstehen. Auf jeden Fall, machte ich mir Mut. Musste ich mir nun doch endlich die erdrückende Last von der Seele herunterreden.

Energisch schloss ich die Gartentür. Ich fuhr zusammen, als in dem Moment eine Katze wie ein Schatten zwischen den Berberitzensträuchern davon sauste. Eilig brachte ich mein Rad in die Garage und hastete auf das Haus zu. In der Diele nahm ich den Hörer ab, zögerte aber eine Sekunde, bevor ich wählte.

„Pia, hier Ellen. Hast du etwas Zeit? Ich muss zu dir kommen. Weißt du, nichts mit Lernen. Äh, ich,..., weißt du", stotterte ich, „ich muss mit dir reden. Bei dir. Gleich jetzt."

„Heute?", sagte Pia gedehnt. „Heute ist Mittwoch. Ich muss doch zum Sport."
„Doch, bitte. Es ist einfach wichtig für mich. Wirklich, sehr wichtig", fuhr ich mit zunehmender Energie fort. „Ich komme sofort, dann schaffst du's auch noch zum Sport."
Im Hörer war ein Klicken. Ich hörte ihr tiefes Einatmen. Dann Pias Stimme.
„Na gut, wenn es nicht so lange dauert. Aber sag mal, du machst mich ja richtig neugierig."
Ich schreckte herum. Großvater kam mit polternden Schritten die Treppe herunter.
„Was denn, wieder rumtelefonieren! Nischt zu tun?" Er baute sich breitbeinig vor mir auf, stemmte die Fäuste in die Hüften und sah mich lauernd an. Obwohl ich mich fürchtete, hielt ich seinem Blick stand.
„Moment", flüsterte ich ins Telefon. Daraufhin drehte ich mich um, sah ihm fest in die Augen. „Das waren nur wenige Sekunden. Ich vergesse schon meine Arbeiten nicht. Keine Sorge", schoss es aus mir heraus. In diesem Moment stürzte der Großvater auf mich zu und riss mir den Hörer aus der Hand, knallte ihn auf den Apparat.
„Aus, Schluss jetzt!"
„Mensch, lass das. Du kannst doch nicht einfach ...", schrie ich ihn an.
In Sekundenschnelle drehte er sich um.
„Auch noch frech werden? Unterstehe dich!" Schon holte er mit dem Arm aus. Ich konnte gerade noch zurückspringen. Meine Hand zuckte an den Kopf. Ich duckte mich.
„Das nächste Mal sitzt es, darauf kannst du dich verlassen. Und nun mach dich in die Küche!" Er ruderte mit den Armen, warf mir einen drohenden Blick zu, bevor er zur Kellertür stampfte, um in seine Werkstatt zu gehen.
Ich verharrte hinter der Küchentür. Als ich im Keller die Werkstatttür knarren hörte, schlich ich zurück zum Telefon. Wählte hastig und presste den Hörer ans Ohr.

„Pia, ich bin's noch mal. Eben gab's wieder Rabatz. Du hast es ja gehört. Ich fahre sofort los. Also bis gleich", sagte ich mit gedämpfter Stimme. Ich wollte noch etwas anfügen, doch die Leitung war schon tot. Ich legte den Hörer auf. Meine Hände waren feucht.

Pia öffnete die Tür, als hätte sie schon dahinter gewartet. Sie trug eine abgeschnittene Jeans und ein weißes T-Shirt. Ihre Haare waren zu einem Pferdeschwanz zusammengebunden. Sie räumte mit raschen Griffen die Hefte und Bücher vom Tisch weg und setzte sich zu mir auf das kleine Sofa.

„Na, dann schieß mal los. Ich bin schon gespannt wie ein Regenschirm. Um was geht's denn?" Sie lachte mich auffordernd an. Ihr Lachen verschwand aber, als sie in mein ernstes Gesicht sah.

„Schließ doch erst mal das Fenster."

„Wie, das Fenster soll ich extra zumachen? Na, wenn du meinst." Sie hob die Schultern, verzog den Mund. Begriff in dem Moment wohl gar nichts.

Dann stand sie, mit dem Rücken zum Fenster, sah zu mir hin und verharrte abwartend, die Hände in den Hosentaschen vergraben. Sie warf einen kurzen Blick auf ihre Uhr und kam wieder zurück zu mir. Ihr Gesicht verriet Spannung.

Ich hielt die Hände verkrampft zusammen, starrte Pia an und schwieg noch. Überlegte fieberhaft, wie ich beginnen sollte. Pia sah, nun schon ungeduldig, erneut zur Uhr. Mich übermannten die unterschiedlichsten Gefühle. Ich brauchte noch eine kurze Zeit. Den Blick auf meine Hände gerichtet, holte ich tief Luft. Dann begann ich schließlich mit kläglich kleiner Stimme.

„Ach Pia, das wird eine schwierige Sache. Kannst du ein Geheimnis für dich behalten? Ich frage dich ganz ernsthaft, kannst du schweigen, egal was es ist. Ja? Pia, überleg es dir gut. Es hängt verdammt viel für mich davon ab." Dabei legte ich meine Hand auf Pias Schulter, und mein Blick bohrte sich fest in ihre Augen. Sie grinste mich an.

„Wieder eine deiner Geheimniskrämereien? In welcher Klemme steckst du denn diesmal? Na, du kennst mich doch. Was soll das. Wir haben doch immer zusammengehalten wie Pech und Schwefel, auch wenn mal was Schlimmes passiert war. Wie damals, weißt du noch, als ich mein Geld verloren hatte, und wir uns eine passende Ausrede einfallen lassen mussten? Also, nun komm schon zur Sache und spann mich nicht so auf die Folter!"
Sie stellte den Recorder leise und setzte sich in den Sessel, mir gegenüber. Sie legte die Arme hinter den Kopf, konzentrierte sich sichtlich und hörte zu, wie ich stockend zu reden begann. Und nach und nach ließ ich alles aus mir heraus.
Mir entging nicht, dass Pias Augen immer größer wurden. Ihre Lippen waren geöffnet, als wollten sie die Worte mitformen, die sie hörte.
Ich erzählte mit hämmerndem Herzen und stoßweise atmend. Erzählte schonungslos alles, haargenau so, wie mir damals das Ungeheuerliche passiert war. Dabei sprach ich mehr zu mir selbst.
Als Pia von dem Gift im Pflaumenmus erfuhr, erschrak sie so gewaltig, dass sie ihren Körper nach vorn warf. Ihre Hand schnellte zum Mund.
„Großer Gott", hauchte sie, ließ sich zurückfallen. Ihre Augen wanderten im Zimmer umher, als suchten sie Halt. „Du meinst das doch nicht ernst. Gift - in das Pflaumenmus hinein?" Ich legte den Finger auf den Mund und deutete zur Tür. Pia winkte ab. „Ich kann's nicht glauben." Sie griff sich an den Kopf, pustete die Luft hörbar aus. „Aber dann hast du es dir wohl anders überlegt", sagte sie in leisem Ton. „Denn deinem Großvater ist ja wohl nichts passiert."
Ich schnitt ihr das Wort ab.
„Es kam alles ganz anders. Oh Pia, viel schlimmer", betonte ich stöhnend. Wir verstummten augenblicklich.
Ich musste erst wieder Mut fassen. Pia starrte mich nur unentwegt an. Ihre Augen glühten in dem Verlangen, nun auch das Ende zu hören. Aber sie wartete geduldig. Noch immer

zog sich die unheimliche Stille in die Länge. Schließlich brach ich das Schweigen.

„Das ist nämlich erst die halbe Wahrheit", brachte ich mühsam heraus. Ich schluckte.

„Was denn nun noch?"

„Pia, das ist ganz entsetzlich", ich rang nach Luft, ließ einige Sekunden verstreichen. „Meine Mutter", stöhnte ich, „hat damals", abermals verstummte ich, schüttelte den Kopf, knetete wieder meine Finger. Es war eine Qual für mich, die nächsten Worte zu formen. „Meine Mutter hat damals wahrscheinlich von dem Pflaumenmus gegessen." Die Worte waren heraus! Ich presste meine Hände ans Gesicht. „Das hatte sie noch nie gemacht", schluchzte ich durch meine Finger hindurch. „Keiner von uns hat jemals von seinem Pflaumenmus gegessen. Das war ein eisernes Gesetz. Warum meine Mutter dann ... " Ich hob die Arme, ließ sie wieder fallen. Knabberte am Daumennagel.

Lange Zeit saß Pia wie versteinert, sagte gar nichts. Ihr Blick huschte an mir vorbei. Sie biss sich auf die Unterlippe und strich sich die Haare zurück. Ihr Gesichtsausdruck war unergründlich. Jedes einzelne Wort hatte sie wie ein Keulenschlag getroffen, dessen war ich mir gewiss. Plötzlich warf sie die Arme nach vorn.

„Na, Hilfe! Sag mal, hab ich dich jetzt richtig verstanden? Dann ist etwa deine Mutter", sie stockte, hielt die Hand an den Mund – „durch dich gestorben? Du hast sie vergiftet!" Sie presste die Lippen zusammen, starrte mich entgeistert an. „Ermordet!", stieß sie mit ersticktem Schrei heraus. „Ellen!!" Sie warf sich im Sessel zurück und starrte an die Decke. Sprang sogleich wieder auf. Ihre Worte nahm ich in mich auf zwischen zwei Herzschlägen, die so heftig waren, dass ich glaubte, sie zerreißen mir die Brust.

„Nein!", schrie ich. Schluchzte auf. „Nein Pia! So war es nicht. Das wollte ich doch nicht!", brach es aus mir heraus. „Das kann eigentlich gar nicht sein ... es war doch nur wenig ... und die Ärzte ... nichts haben sie festgestellt. Aber trotzdem", ich hielt inne, sah sie beschwörend an, „sag's niemandem! Keinem Menschen! Pia, versprich es mir! Du bist die Einzige, der ich das erzählt habe. Niemals und niemandem!", beschwor ich sie noch einmal, und sah sie dabei an, als wollte ich ihr mit meinem Blick die Lippen für immer versiegeln.

Pia stöhnte, schüttelte den Kopf und fast vorwurfsvoll rief sie: „Warum hast du's mir gesagt! Warum, warum, Ellen?" Ihre Stimme klang jetzt frostig. Ich sah etwas Düsteres auf ihrem Gesicht. Sie sprang auf, lief zum Fenster, stützte sich auf das Fensterbrett und sah auf die andere Straßenseite hinüber.

Ich fühlte mich jetzt völlig kraftlos. Hinter ihrem Rücken hauchte ich: „Ich bin froh, dass ich nach der langen Zeit nun doch zu dir darüber gesprochen habe. Jetzt bin ich es los." Ich fuhr mir fahrig über die Stirn, sank zusammen.

„Nein!", stöhnte Pia laut und ließ sich wieder in den Sessel fallen.

Ich sah, dass sie völlig aufgewühlt war. Das hatte ich geahnt. Es tat mit leid.

Die Zeit dehnte sich. Ich knetete den Baumwollstoff meiner Bluse. Wir sahen uns nur schweigend an.

Abrupt sprang Pia auf, wandte sich zum Schrank und holte ihren Sportbeutel heraus. Ich rührte mich noch immer nicht. Wie hypnotisiert beobachtete ich sie.

„Für mich wird es Zeit", mahnte sie mit dünner Stimme. In ihrem Gesicht stand noch Entsetzen, bemerkte ich schuldbewusst.

„Dann werde ich jetzt gehen. Und danke, dass du mir zugehört hast." Pia erwiderte einfach nur in mattem Ton: „Schon gut." Danach, um etwas Tröstliches für uns beide zu sagen: „Ich weiß ja, du hattest es nicht leicht." Ihre Worte klangen ausdruckslos.

Wir trennten uns zum ersten Mal stumm. Sie umarmte mich kurz. Eine Andeutung war es nur.

Die Nachmittagssonne funkelte auf den Fenstern. Draußen atmete ich erst einmal tief durch, lief dann los, noch völlig in Gedanken.
Für den Heimweg entschied ich mich, einen Umweg zu machen, durch einen Stadtteil, der mir wenig bekannt war. Ich brauchte noch etwas Zeit. Doch ich verdrängte die Neigung, noch einmal zurückzudenken. Es gelang mir.
Ein paar Regentropfen überraschten mich jetzt.
Ich lief mitten hinein in die Reihen abweisender Backsteinhäuser mit Vordächern, an denen die Farbe abblätterte, mit Bäumen, die zu dicht vor den Fenstern standen. Häuser mit Nylonvorhängen, die in den unteren Fenstern zugezogen waren. Ich ließ mich durch die Straßen treiben.
Als ich an den Häuserwänden entlang schlich, bemerkte ich ein leichtes Zittern in den Beinen. Ich fühlte mich kraftlos. Hatte ich mir doch mit großer Mühe Ungeheuerliches abgerungen. Aber ich glaubte, dass ich die entsetzliche Bürde nun ein wenig besser ertragen könnte. Und auf Pia konnte ich mich verlassen. Das wusste ich. Und ahnte nichts Böses.

# #

Mein Vater hatte gerade die Garage geschlossen und griff nach seiner Tasche, als ich auf ihn zukam.
„Hallo, Paps, du bist schon da?"
„Ja, heute habe ich schon früher die Flucht ergriffen und ein bisschen Zeit mitgebracht." Er nahm mich am Arm. Wir gingen an der Ligusterhecke entlang zum Haus.
„Was könnten wir heute Abend unternehmen? Was meinst du, Ellen?"
Ich drückte kurz seinen Arm. Mir war eine Idee gekommen, die er sicher mit Freude aufnehmen würde.
„Ach weißt du, vielleicht spiele ich mal wieder Klavier. Danach können wir ja gern noch – hm." – Ich überlegte.

„Vielleicht Schach spielen. Oder?", lächelte ich und sah ihn fragend an.
„Toll Ellen, eine gute Idee ist das. Wirklich. Erlaubst du mir, dass ich dir beim Üben zuhöre?"
„Klar, aber lass mich erst mal eine Weile allein spielen. Wer weiß, vielleicht hab ich es inzwischen verlernt."
Er schloss hinter uns die Haustür, stellte seine Tasche ab, bevor er zur Zeitung griff, die noch im Schaukelstuhl lag.
„Wenn ich die Zeitung gelesen habe, komme ich nach oben", strahlte er mich an. Dann verschwand er ins Arbeitszimmer.
Ich holte mir aus dem Kühlschrank einen Erdbeerjoghurt, dann eilte ich hinauf. Ich hatte das Fenster offen gelassen, sodass ich jetzt von frischer Luft empfangen wurde, die nach Blumen duftete. Ich beugte mich hinaus und erinnerte mich an das alte Ehepaar, das damals am Zaun meinem Spiel gelauscht hatte. Wie mag es ihnen gehen? Ob sie immer noch gemeinsam spazieren gehen, dachte ich. Die beiden Alten hatte ich nie wieder gesehen.

Eine knappe halbe Stunde hatte ich schon gespielt, als sich die Tür öffnete. Dann Schritte. Sofort war die übliche Beklemmung da, wie immer, wenn ich glaubte, dass sich der Großvater näherte, denn meine Tür war nicht verschlossen, wenn Vater im Haus war. Eine Alarmglocke schrillte in meinem Inneren. Ich wagte nicht, mich umzudrehen. War er es etwa? Nein, die Schritte hörten sich anders an. Jetzt wurde der Sessel herumgerückt. Nun wusste ich, Vater war es.
Meine Finger glitten wieder entspannt über die Tasten. Nach jedem Stück drehte ich mich zu ihm um, blickte ihn dabei an, als wollte ich treuherzig fragen: Na, wie war's? wie findest du es? Und jedes Mal nickte er aufmunternd. Er saß entspannt im Sessel, die Hände hinter dem Kopf verschränkt. Es tat mir wohl, als ich bemerkte, wie zufrieden er aussah; entspannt wie schon lange nicht. Ich fühlte mich in dem Moment wieder ein klein wenig glücklich und etwas leichter. Insgeheim nahm ich

mir vor, nun doch bald wieder mit dem Klavierunterricht zu beginnen.

Nur wenige Tage danach hatte ich ein denkwürdiges Erlebnis.
Die Tür zum Garten stand offen. Die Sonne schien auf das helle Grün des Rasens.
Mir war bei der Arbeit heiß geworden. Ich lehnte die Hacke an das Gartenhäuschen und streifte meine Jacke ab. Prüfend überschaute ich den Garten und musste mir eingestehen, dass mein Vater recht hatte, als er am Tag davor sagte, mit dem Garten müsste etwas geschehen. Es stimmte, die Pflanzen sahen müde aus, die Büsche hatten aufgehört zu wachsen, aber das Unkraut machte sich breit. Scheinbar grundlos war die Klematis, die an der Westwand hochgeklettert war, gestorben. Vogelnester waren gebaut, aber nicht bezogen worden. Auch die Vögel haben sich hier nicht mehr wohlgefühlt, sagte ich mir.
Heute wollte ich mich gründlich und mit viel Zeit dem Garten widmen. Das hatte ich mir vor Tagen fest vorgenommen. Das Wetter machte es mir leicht.
Zunächst jätete ich die Blumenbeete, befreite auch die schmalen Wege dazwischen vom Unkraut. Dann nahm ich mir die Berberitzen - und Deutziensträucher am Gartenzaun vor. Sie waren in langen Wochen üppig ineinander gewachsen. Hier musste geschnitten werden.
Lichtbündel, die zwischen dichten Wolkengebilden herabschienen, ließen die Blätter leuchten. Sie tanzten auf dem Erdboden.
Hin und wieder richtete ich mich auf und blickte kurz zur Straße hin, wenn ich Schritte vernahm.
Gerade, als ich mich wieder aufgerichtet hatte, blickte ich mich prüfend zwischen den Beeten um. Dann schaute ich zum Haus hinüber. Die Rabatte dort, mit den leuchtenden Dahlien, brauchte auch dringend Pflege.

So beschloss ich, vom Gartenhäuschen noch die Hacke zu holen. Doch wie ungern begab ich mich dahin. Jedes Mal kostete es mich Überwindung, dort hineinzugehen. Die Tür ließ ich dann sperrangelweit offen stehen. In Windeseile griff ich nach den Geräten und flüchtete wieder hinaus. Heute kam es mir vor, als hätte ich aus dem Augenwinkel Großvater an seinem Fenster gesehen.

Als ich den schmalen Weg zwischen den Rosmarinbüschen entlangging, kam eine Frau mit klickernden Absätzen am Zaun vorbei. Ich richtete meinen Blick zu ihr hin. Es war eine Nachbarin, die oft am Zaun stehen geblieben war, wenn meine Mutter mit mir im Garten arbeitete. Sie hatte auch stets etwas Wichtiges zu berichten. Heute verlangsamte sie ihre Schritte nur etwas. Ich sah noch immer zu ihr hin, wollte grüßen. Doch die Blicke der Nachbarin streiften nur den Garten und als sie mich erblickte, schmiss sie abrupt den Kopf wieder herum und stakste weiter. Ich schaute ihr noch eine Weile nach.

Wieso?, dachte ich. Warum hat sie sich einfach abgewandt? Sie muss mich doch gesehen haben. Und je mehr ich darüber nachdachte, desto mehr hatte ich das unangenehme Gefühl, die Frau wollte mich nicht sehen. Aber warum? Ich verharrte noch, kaute am Daumennagel. In meinem Inneren wuchsen auf einmal Unruhe und ein unbestimmter Verdacht. Hinter meiner Stirn kreisten sofort dunkle Gedanken. Hatte sie etwa irgendetwas erfahren? Das war doch gar nicht möglich. Jedoch, sie hatte sich eigenartig verhalten. Ich konnte es mir nicht erklären. Meine Gedanken ließen mir keine Ruhe, während ich mit energischen Bewegungen den Boden der Rabatte lockerte. Dann wieder stützte ich mich grübelnd auf die Hacke. Sann nach. Dieses abrupte Abwenden der Frau ließ mich einfach nicht los. Was hatte es nur zu bedeuten? Es war mir ein Rätsel. Doch das Grübeln war sinnlos. Ich gab mir einen Ruck und setzte meine Arbeit fort. Trotzdem beschäftigte mich das seltsame Verhalten der Nachbarin weiter, bis hinein in den Abend.

# #

Das Blatt fiel tanzend zu Boden und blieb vor meinen Füßen liegen. Ich bückte mich, hob es auf und hielt es zwischen Daumen und Zeigefinger. Auch ein Baum muss sterben, dachte ich. Das Blatt war noch grün.
Ich hörte das Läuten einer Kirchturmuhr. Vier Schläge zählte ich. Meine Schritte wurden schneller. „Komm heute zwischen 16 und 17 Uhr zu uns", hatte Pia zu mir gesagt, bevor wir uns trennten. Als ich sie fragend ansah, verriet sie mir nur kurz: „Mein Vater möchte dir etwas sagen."

Als ich den Raum betrat, stellte Herr Neubert das Radio leiser. Dann kam er auf mich zu, nahm mich an die Hand und trat mit mir ans Fenster heran.
Pias Vater hatte fast die Größe meines Vaters, nur war er kräftiger, hatte außergewöhnlich breite Schultern. Seine hohen Wangenknochen und seine weit auseinander stehenden Augen verliehen seinem Gesicht ein Lächeln.
Er nahm mich bei den Schultern und schaute mir, hier im hellen Licht, eindringlich in die Augen. Mit solchem Ernst hatte ich ihn noch nie erlebt. Ich wich seinem Blick aus.
Er rüttelte mich leicht an den Schultern.

„Ellen, sieh mich an und hör mir gut zu. Pia hat uns deine Geschichte erzählt. Und wir fanden es richtig von ihr. Ich rate dir ganz dringend, sprich mit deinem Vater, ehrlich und aufrichtig. Das musst du unbedingt tun. Nun endlich. Es ist schon viel zu viel Zeit verstrichen. Bedenke, zwei Jahre! Sage ihm jetzt endlich die Wahrheit. Vielleicht erleichtert es dich auch etwas."

Trotz der Sanftheit seiner Worte hatte ich das Gefühl, dass hinter ihnen eine stählerne Härte und Entschlossenheit aufblitzte. Ich versuchte, einen Schritt zurückzugehen. Er hielt mich fest.

„Das kann ich nicht, nein, das kann ich nicht", flüsterte ich und wagte nicht, ihn dabei anzusehen. Bei seinen Worten war mir grausam klar geworden: Pia hatte also mein Geheimnis

preisgegeben. Sie hatte mich verraten. Meine beste Freundin hatte mein Vertrauen missbraucht.
Pias Vater fasste meine Schultern noch fester.
„Ellen, dein Vater muss die Wahrheit erfahren", hielt er mir entgegen. Er biss sich auf die Unterlippe und betrachtete mich mit offener Neugier. Wie festgenagelt stand ich vor ihm. Ich war zu keiner Regung fähig.
„Soll ich mit deinem Vater sprechen?", fügte er zwingend an.
Ich schüttelte energisch den Kopf. Meine Augen irrten durch den Raum. Ich zuckte mit den Achseln. Und ich wusste sogleich, dass mein Achselzucken wenig überzeugend wirkte. Doch ich bekam keinen Ton heraus. Schließlich nickte ich zögerlich. Dann sah ich nach unten auf meine Hände, die zitterten und ich verschränkte die Hände fest ineinander. Als ich dann in der Lage war, den Blick zu heben, war mir, als fülle sich mein Brustkorb mit Blei.
Er nahm die Hände von meinen Schultern.
„Gut Ellen, dann werde ich bald zu deinem Vater kommen und mit ihm sprechen." Die Worte sprach er in ruhigem bedeutsamem Ton.
Ich würgte die Tränen herunter und stürmte ohne ein Wort, ohne mich noch einmal umzublicken, hinaus.

#

Die Tage verflogen. Der Garten nahm mich voll in Anspruch, so dass ich meine Zeit genau planen musste. Klavier spielen wurde so manches Mal vertagt.
Das sonnige Wetter hielt an, tat mir wohl, ließ mich weiter gesunden.
Gerade, als das Leben sich mir ein winziges Stück geöffnet hatte, klappte es wieder zu.
An einem späten Nachmittag des letzten Maitages schreckte mich das Telefon auf. Ich sprang hinunter und griff zum Hörer.

„Hier ist Ellen."
„Ja, Ellen, ich will heute mit deinem Vater sprechen. Wann ist er zu Hause?"
Ich zuckte zusammen und hatte Mühe den Hörer ans Ohr zu halten.
Erst bei den letzten Worten hatte ich bemerkt, dass Pias Vater mit mir sprach. Ich vernahm ein kurzes Rascheln im Hörer, dann ein kurzes Räuspern.
Ich meinte, meine Stimme würde versagen und war versucht, den Hörer aufzulegen. In meinem Inneren war finsterste Grabesstimmung. Schließlich überwand ich mich.
„Mein Vater, ja, er will versuchen, um sechs zu kommen. Das hat er heute früh zu mir..."
„Ist gut. Um diese Zeit werde ich mich noch einmal melden. Sage es bitte deinem Vater."
Ein Klicken. Er hatte aufgelegt.
Mit langsamen Schritten ging ich durch die Diele zur Treppe. Auf dem Treppenabsatz blieb ich stehen, mit dem Blick zum Telefon, überlegte.
In meinem Zimmer verweilte ich einen langen Moment hinter der Tür. Blickte vor mich hin, ohne zu sehen. Unheimlich wurde es mir. Und Unruhe überfiel mich, wie ein dunkler Schatten. Doch ich versuchte, sie zu verdrängen. Aber aus dem Vokabel lernen wurde nichts mehr. Ich wollte mich zwingen, jedoch sprangen die Wörter vor meinen Augen wild durcheinander. Ich schloss das Heft mit einem Seufzer und steckte es in die Tasche hinein.
Das Räderwerk in meinem Kopf surrte.
Jetzt, da ich mir vorkam, als würde ich meinen Verstand verlieren, wandte ich mich meinem Tagebuch zu, um meine innere Ruhe wiederzufinden.
Meine Angewohnheit, aufzuschreiben, was geschah, musste helfen, mich zu beruhigen.
Zittrige Buchstaben füllten die Zeilen:

Alles ist so entsetzlich. So fürchterlich. Wie wird mein Vater die grausame Wahrheit aufnehmen? Was wird er dann tun? Kann ich ihm denn überhaupt noch unter die Augen treten? Verachten wird er mich. Hassen wird er mich. Der Gedanke daran bringt mich um. Und mein Leben? Es hat keinen Sinn mehr. Alles hat keinen Sinn mehr. Alles, alles.

Ich schloss das Buch und presste es an mich.

Mein Vater stellte das Radio an, nahm die Zeitung und setzte sich in den Korbsessel ans Fenster. Leise Klänge füllten den Raum. Ich leerte noch mit schnellen Griffen die Geschirrspülmaschine. Als ich die Schranktür öffnete, um die Teller hineinzustapeln, wandte ich mich um.

„Übrigens", ich zögerte, „heute hat Pias Vater angerufen. Er möchte dich sprechen". Ich hatte Mühe, die Worte ruhig und gleichmütig zu formulieren. „Sicher wird er sich bald wieder melden."

„So, Pias Vater? Nanu." Vater strich sich durch das Haar, setzte die Brille wieder auf und blätterte die Zeitung um. Ich holte die Tassen und brachte sie zum geöffneten Schrank. In diesem Moment läutete das Telefon.

„Das wird er wohl sein." Er legte die Zeitung in den Sessel und ging in die Diele.

Ich hielt die Tasse so krampfhaft fest, als wollte ich sie zerdrücken und sah ihm hinterher.

Der plötzliche Luftzug wehte die Zeitung auf den Boden. Vater kam zurück. Ich erschrak. Auf seinem ernsten Gesicht stand Ratlosigkeit.

„Versteh ich gar nicht", sagte er und setzte sich wieder in den Korbsessel. „Herr Neubert tat irgendwie geheimnisvoll. Er hätte mir etwas Wichtiges zu sagen, so meinte er. Aber am

Telefon ginge das nicht. Rätselhaft." Er schüttelte merklich den Kopf, griff wieder zur Zeitung.
Ich hatte das Gefühl, ins Leere zu fallen. Irgendetwas flackerte in meinem Hinterkopf auf. Ich suchte danach, doch es ließ sich nicht fassen.
Blitzschnell wandte ich mich ab, ich befürchtete, mein Vater könnte mir meinen inneren Aufruhr am Gesicht ablesen.
Ich beugte mich zum Geschirrspüler. Das Besteck in meinen Händen spürte ich nicht.

# #

Es war Abendbrotzeit. Die Getränke wollte ich noch nach oben holen.
Ich schaltete das Kellerlicht an und eilte die Kellertreppe hinunter. Die Tür hatte ich angelehnt gelassen. Auch der Keller war mir nicht geheuer. Ich musste mich jedes Mal mit aller Macht zwingen, da hinunter zu gehen.
Im Keller roch es nach frischem Obst. Ich liebte diesen kühlen fruchtigen Geruch. In einem der Nebenräume lagen auf Regalen sortiert die frisch geernteten Äpfel.
Auf der linken Seite des Kellerganges befand sich Großvaters Werkstatt, in die er sich in letzter Zeit noch öfter zurückzog.
Ich steuerte auf den Raum gegenüber zu, in dem die Konserven und Flaschen gelagert waren. Dort stellte ich den Flaschenkorb neben das Gestell, in dem die Stapelboxen mit den Flaschen hingen. Mit schnellen Bewegungen griff ich nach Cola, Apfelsaft und Mineralwasser und stellte die Flaschen in den Korb hinein. Ich beeilte mich. Bald würde der Vater heimkommen. Dann sollte das Abendbrot vorbereitet sein.
Ich war mir nicht sicher, wann das Unbehagen einsetzte. Es war eher ein ungutes Gefühl, als ich auf die Tür zuging.
Kaum hatte ich den Kellergang wieder betreten, stellte Großvater sich mir in den Weg. Er war plötzlich da, wie aus dem Boden geschossen. Der Schreck fuhr mir wie ein

Stromstoß in die Glieder. Beinahe wäre ich gestürzt. Die Flaschen im Korb klapperten.
Mit einer ruppigen Bewegung wollte er mir den Korb entreißen. Doch ich klammerte mich an ihn, hielt ihn mit beiden Händen krampfhaft fest. Ein Schutzwall zwischen uns. Schon griffen seine Hände nach mir. Doch mir gelang die Flucht. Mit einer blitzschnellen Bewegung riss ich mich herum, stürzte die Treppe hinauf.
Von unten kam ein verächtliches Schnauben. Mit einem kurzen Blick schaute ich über die Schulter nach unten. Er grinste von einem Ohr zum anderen. Plötzlich machte er einen Satz nach vorn.
„Was haste dich so affig. Wenn ich das schon sehe. Wie deine Mutter. Ja, genau wie deine Mutter!", bellte er mit scharfer Stimme. Und aus seinen zusammengekniffenen Augen kam ein Blick, der alles, was er traf, zu zerschneiden schien.
Ich hatte die Tür schon erreicht. Doch bei diesen letzten Worten blieb ich wie angewurzelt stehen.
„Was denn, Mutter!", schrie ich mit schriller Stimme. „Nein, nicht Mam! Nicht meine Mutter!" Wilden Hass schleuderte ich ihm entgegen. Ich hielt mich an der Kellertür fest, um nicht vor Ekel und Abscheu hinunterzustürmen. Seine Worte nahmen mir die Luft zum Atmen, brannten wie Feuer.
„So, deine Mutter nicht? Warum denn nicht", rief er mit einem verächtlichen Lachen.
Einige Sekunden lang herrschte gespenstische Stille. Ich stand da, wie zur Säule erstarrt. Nur Blicke wie spitze Pfeile schossen zwischen uns. Ich spürte meinen Herzschlag wild hämmernd. Ballte die Hände zu Fäusten, presste sie gegen die Brust. Ich wusste in meiner Wut nicht, was ich tun sollte. Völlig außer mir riss ich an dem Flaschenkorb und zerrte ihn hoch.
„Nein!" „Nein! Nicht meine Mutter. Sie nicht!", schrie ich. Meine Stimme war eher ein heiseres Keuchen. In meinem Kopf herrschte Chaos.

Jetzt stürzte ich wie wild die Kellertreppe hinunter und auf ihn zu. Der Flaschenkorb, den ich in meiner Raserei noch hielt, entglitt meiner Hand. Die Flaschen schepperten auf den Steinfußboden. Völlig außer mir schrie ich ihm ins Gesicht: „Du, du elendes, mieses Dreckschwein, du Verbrecher!", tobte ich. Ganz tief aus meinem Inneren holte ich die Schimpfwörter hervor, die sich wieder angestaut hatten. „Warum bist du nicht tot!" Ich warf mich ihm entgegen, schlug mit den Fäusten auf ihn ein.

„Du verdammtes Ekel!" Meine Stimme versagte. „Ich bringe dich um!", stieß ich noch mühsam heraus. Meine Knie zitterten.

Er kniff die Augen zusammen. Sein Gesicht war wutverzerrt, eine Fratze.

Er packte mich. „Halt dein verdammtes Maul!" Mit Gewalt drehte er mir die Arme auf den Rücken. Ich schrie auf vor Schmerz und krümmte mich.

Sein Kopf wirbelte herum. Das Kellerfenster war nur angelehnt, und von draußen tönte Motorengeräusch herein. Abrupt ließ er mich los, blieb aber drohend dicht vor mir stehen.

„Das Eine sag ich dir: Du hältst dein verdammtes Maul! Das rat ich dir! Du weißt Bescheid", zischte er. Speichel spritzte mir ins Gesicht. „Wage es ja nicht!"

Damit stampfte er davon, wuchtete sich die Kellertreppe hinauf und schlug hinter sich die Kellertür mit einem lauten Krachen zu.

Lange Minuten vergingen, bis sich mein Atem beruhigt hatte. Ich rieb mir die Arme. Wie betäubt stand ich inmitten der Scherben. Doch jetzt vernahm ich das Schließen der Haustür.

„Bloß gut, Vater ist da", hauchte ich.

Mit apathischen Bewegungen sammelte ich die Scherben auf. Dabei tobte es noch in meinem Kopf.

„Das ist doch nicht möglich. Nein, um Himmels willen. Nein, nicht Mam! Nicht Mam!", stieß ich wieder und wieder hervor, als übten die Worte eine geheime Macht aus.

Ich erlebte wieder eine schwarze, endlose Nacht, in der düstere Gedanken mich plagten. Ein erschreckendes Bild erschien in meinem Inneren, und wollte nicht weichen: Meine Mutter? - Großvater! Was hat er ihr bloß angetan? Was?! Es begann bereits zu dämmern, als ich schließlich einschlief und in eine Flut von wirren Traumbildern eintauchte.

Der Himmel war von einem tiefen Enzianblau. In einem nahen Magnolienstrauch trällerte eine Singdrossel, als wollte sie einen Rekord brechen.

Obwohl ich eigentlich gar keine Lust dazu hatte, zog ich meine Laufsachen an und ging nach draußen. Ich lief in den Park, vorbei an blühenden Sträuchern, dann an einem schmalen Bach entlang. Eine Schar Entenküken schwamm in Reih und Glied ihrer Mutter hinterher. Ihr Schnattern wehte durch die sonntagmorgendliche Stille.

Meine Gedanken blieben wirr und ziellos. Ich versuchte mich auf den Rhythmus meiner Laufschuhe zu konzentrieren, den Rhythmus meines Atems. Ich durchquerte den Park, lief am Gymnasium vorbei, weiter durch die schmalen Straßen an makellosen Gärten entlang.

Als ich zu Hause anlangte, war ich schweißnass. Die Haare hingen in feuchten Strähnen herunter.

Ich schloss die Haustür und stutzte sofort. Ich hörte erregte Stimmen. Woher kamen sie? Ich verharrte noch. Dann war ich mir sicher: Die Stimmen drangen aus dem Wohnzimmer. Ich schlich am Schaukelstuhl vorbei und postierte mich hinter die Wohnzimmertür. In starrer Haltung spannte ich. Jetzt vernahm ich Vaters Stimme und nun – oh Gott – hörte ich Pias Vater. Aber so sehr ich auch spannte, ich verstand nichts, worüber drinnen gesprochen wurde. Ich presste mein Ohr an die Tür. Nun vernahm ich einige Brocken. Für mich wurde es zu einer unumstößlichen Gewissheit, dass es nun so weit war. Und ich spürte die Gefahr.

Wie ein Stich ging es durch meine Brust. Ja, jetzt hörte ich es deutlich. Die Worte kamen von Herrn Neubert, Pias Vater. Seine Stimme wurde heftiger. Ich lauschte mit angehaltenem Atem. Plötzlich traf mich das entsetzliche Wort „Gift" wie ein spitzer tödlicher Hieb.
Augenblicklich wurde mir schwindlig, es stach in der Brust. Mit Entsetzen vernahm ich nun deutlich die verhängnisvollen Worte, die meine Welt zusammenstürzen ließen.
Ich stand am Pranger.
In mir brach alles zusammen. Mir war, als fiele ich noch tiefer in den dunklen Abgrund, aus dem es für mich kein Entkommen gab. Pia hatte mich verraten, noch immer wollte ich es nicht glauben. Ich unterdrückte den Schrei, der aus mir herausbrechen wollte. Wie inständig und flehentlich hatte ich sie doch gebeten zu schweigen. Und ich fragte mich wieder voller Verzweiflung: Warum? Warum hatte sie mir das angetan? Meine beste Freundin. Warum hatte sie mein Vertrauen so schändlich missbraucht? Ich fühlte mich ausgestoßen, wie eine Aussätzige. Verlassen und hilflos. Ich bäumte mich, als würde ich gegen einen Sturm ankämpfen. Und ich wusste, dieser Sturm würde toben und mich vernichten, jetzt, da die Wahrheit kein Geheimnis mehr war.
Ich lehnte an der Tür und harrte aus in der Gewissheit, dass das entsetzliche Ende noch nicht erreicht war.
In dem Moment vernahm ich meinen Vater ganz deutlich. Seine Stimme klang ausdruckslos, gebrochen. Mir war, als hielte eine riesige Faust mein Herz umklammert und drückte zu, bis es zu zittern begann. Ich taumelte zurück, hielt mich am Treppengeländer fest. Aus dem Wohnzimmer drangen jetzt energische Schritte. Ich schwankte. Kalter Schweiß bedeckte meine Haut.
Als die Tür geöffnet wurde, blieb mir vor Entsetzen der Mund offen stehen. Starre anklagende Augen trafen mich.
Mein Vater kam mit schweren Schritten auf mich zu. Ich erschauerte, erkannte ihn nicht wieder. Er war von Harm gezeichnet. Sein Gesicht, leer und ausdruckslos, war jetzt von

tiefen Falten und trüben Augen gezeichnet. Dieser Anblick entsetzte mich. Ich wünschte mir, in den Erdboden zu versinken. Meine Knie wurden weich. Nur einen Sekundenbruchteil vermochte ich ihm ins Gesicht zu sehen.
Er atmete schwer. Dann setzte er an, mühsam, als müsste er seine ganze Kraft aufbieten: „Warum hast du das getan? Warum! Warum nur!" Er hob die Arme, ließ sie wieder kraftlos fallen. „Du – meine Tochter – so eine teuflische", er rang nach Worten, „so eine grausame, so eine entsetzlich grausame Tat", stammelte er. Sein Kopf sank herunter. „Warum bloß. Warum?", murmelte er tonlos vor sich hin. Seine Lippen bewegten sich weiter, obwohl kein Ton mehr kam. Er stand wie zerschmettert vor mir, mit bleichem Gesicht, hob den Kopf und sah mir in die Augen. Er suchte nach einer Antwort. Ich wich seinem Blick aus. Krallte mich noch fester an das Geländer und schaffte es gerade noch hervorzubringen: „Ich wollte es nicht! Nie! Nie!"
Er sah mich an, als wäre ich eine Zeugin, von der er wusste, dass sie log. In seinem Blick erkannte ich hoffnungsloses Misstrauen. Feindseligkeit? Ich schlug die Hände vor das Gesicht.
Was ich dann empfand, glich einem Horrortraum. Und ich spürte sogleich, mir stand ein schreckliches Unheil bevor, wie ein bösartiger Schatten, der mein Leben verdüstern würde.
Von nun an ging ich durch ein Tränental.
Ich schleppte mich in mein Zimmer hinauf, stürzte mich auf mein Bett, presste das Gesicht in das Kissen und schrie. Schrie, bis nur noch ein schmerzliches Stöhnen aus meiner Kehle drang. Ich fühlte mich eingesperrt in meine Ängste wie in einen Käfig.
Der Rest des Tages war nur ein ewiges Taumeln von einer Beschäftigung zur anderen.
Apathisch saß ich vor dem Fenster und sah zu, wie die Schatten länger wurden. Unbewusst faltete ich die Hände, murmelte flehend: „Oh, Gott, vergib mir, was ich getan habe, ich war ein hilfloses, geschundenes Kind. Aber nein, ich war

kein Kind, ich war alt genug, um zu wissen was ich tat. Ich hab es auch gewusst, und ich will meine Schuld nicht kleiner machen."

Meine Gefühle rissen und zerrten an mir. Mit panischem Schrecken war mir bewusst: Es gab keinen Ausweg.

Ich starrte nach draußen. Eine Taube ließ sich auf der Straßenlaterne vor dem Haus nieder. Doch im selben Moment flog sie wieder davon und strebte mit raschen flatternden Flügelschlägen himmelwärts.

Das Zittern in meinem Inneren ließ nicht nach und bei jedem Geräusch schreckte ich hoch. Mit Grauen dachte ich an die Dunkelheit, an die endlos lange schwarze Nacht. Wenn doch alles nur ein verworrener Traum wäre, schrie es in meinem Inneren. Und mein Kopf drohte zu zerspringen. Dröhnte dumpf und schmerzhaft.

Mit Einbruch der Dunkelheit kam böiger Wind auf. Er riss an der Gardine.

Ich schloss das Fenster, zog mich aus und kroch unter die Decke. Ich biss in das Kissen, meine Arme krampften sich hinein. In meinem Inneren schrie es: So kann ich nicht mehr leben!

Wenige Stunden später saß ich aufrecht im Bett. Der Vollmond erhellte das Zimmer silbern. Mein Herz raste und mein Kopf versuchte verzweifelt herauszufinden, warum. Was war mir im Traum erschienen? Etwas hatte mich bedroht. Es war dunkel. Es griff nach mir. Hielt mich fest, bis es schmerzte.

Ich drückte die Decke an die Brust. Lange Sekunden verharrte ich verschreckt.

So passierte es fast jede Nacht. Was sollte ich tun, um aus dem Teufelskreis der Ängste zu fliehen? Gleichwohl wusste ich, fliehen konnte ich nicht. Ich war machtlos.

Als ich mich Tage später wieder schlaflos im Bett wälzte, aufgeregt atmend die Decke fest an mich presste, flackerte in meinem Hinterkopf etwas auf. Plötzlich wusste ich es. Ja, die Tabletten werden mir helfen. Ich kroch aus dem Bett, torkelte zur Kommode, zog den Kasten heraus und tastete darin herum, bis ich die kleine Packung in der Hand hielt. Ich öffnete sie und stellte fest, dass noch keine Tablette fehlte. Behutsam schloss ich die Schachtel wieder und legte sie unter mein Kopfkissen. So war sie schnell erreichbar. Das zu wissen, beruhigte mich ein wenig.

Der Tag darauf verlief zäh und schleppend.
Aus der Diele drangen Pieptöne herauf. Mein Vater verschickte Faxe. Ich konzentrierte mich auf die Töne. Nach einer Weile hörten sie auf.
Ich stand auf dem Treppenabsatz am Fenster. Reckte den Hals und erblickte in dem Augenblick Pia. Kommt sie zu mir?, zuckte es hinter meiner Stirn. Sie radelte die Straße entlang. Ich sah, wie sie mit steifem Rücken und heftig in die Pedalen tretend, an unserem Haus vorbeifuhr. Mir wurde schmerzlich klar, dass ich meine Freundin verloren hatte.
Ich trommelte mit meinen Fingern auf das schmale Fensterbrett. Mit einem etwas lauterem Flüsterton wiederholte ich: „Ich habe ihr so vertraut. So sehr vertraut. Und was nun? Weiß sie, was sie mir angetan hat?"
Auch die nächsten Tage versuchte ich herauszufinden, warum sie mein Geheimnis verraten hatte. Ich fand keine Antwort.

# #

Der Wind hatte nach Osten gedreht und brachte eine Ahnung des kommenden Winters mit sich.
Ich quälte mich durch die düsteren Tage. Doch mit jedem Tag wurden für mich die Stunden im Haus unerträglicher. Ich flüchtete in mein Zimmer, so oft es ging. Mein Vater wechselte kaum ein Wort mit mir. Seine Blicke, seine Stimme, seine Gesten behandelten mich als ungewollten Eindringling.
Ich fühlte mich unsichtbar, ausgeschlossen aus der normalen Welt, in der die Menschen wohnen, arbeiten, lieben. Ich wurde

schweigsam und verschlossen und versank in Schwermut. Jeden Morgen dachte ich mit Grauen an den neuen Tag. Der Großvater verfolgte mich mit finsterem Gesicht. Er beobachtete mich noch argwöhnischer als bisher. Ich fürchtete seine Augen. Er wurde mir täglich unheimlicher. Wusste er etwa von allem, fragte ich mich oft.
Ich hatte das Gefühl, dass in dem Haus etwas vorging, an dem ich nicht teilhaben sollte. Es kam mir vor, als sprächen sie über mich hinweg, durch mich hindurch. Ich hatte ein Stadium der völligen Resignation erreicht. In diesem dunklen Raum gab es kein Mitleid für mich.

Ich habe gleich beim Aufstehen Licht anmachen müssen, so dunkel war mein Zimmer. Als ich das Fenster öffnete, steckte ich den Kopf in dichten Nebel. Ich erkannte nicht einmal das Gartentor unter mir. Ich dachte an die Leute, die draußen gingen in diesem grauen Meer.
An diesem Nachmittag blieb der Himmel bleigrau und lag schwer auf den Giebeln und Dächern.
Argwöhnisch stellte ich fest, dass sich auf dem Schreibtisch im Arbeitszimmer die Briefe häuften. Ich wagte nicht, einen Blick hinzuwerfen und schlich vorbei. Ich schloss die Fenster und verließ den Raum.
Als ich durch die Diele ging, blinkte der Anrufbeantworter wie eine Warnlampe. Ich reagierte nicht. Doch mein Blick irrte unstet umher. Auf der Treppe blieb ich stehen, rannte wieder hinunter zum Telefon. War das Blinken vielleicht eine Aufforderung? Ich griff zum Hörer. Sollte ich doch Pia anrufen? Sie fragen, warum? Warum hast du das getan? Oder sollte es für mich für immer ein Geheimnis bleiben?
Noch hielt ich den Hörer, kaute am Daumennagel. Legte schließlich auf.
„Willst du nun endlich im Garten weitermachen!" Plötzlich stand der Großvater hinter mir. Ich schreckte zusammen. Woher kam er auf einmal? Er packte mich gewaltsam am Arm. Dieser Griff erinnerte mich grausam. Ich riss den Arm

zurück, als hätte ich mich an seiner Hand verbrannt. Dennoch bäumte ich mich energisch auf.

„Ich bin mit meinen Hausaufgaben noch nicht fertig. Das ist schließlich wichtiger", stieß ich hervor. Mir wurde schwindlig dabei.

Drohend holte er mit dem Arm aus. Seine Augen wurden schmal. Ich zuckte zurück. Mit wuchtigen Schritten kam er dicht auf mich zu, maß mich wieder mit diesen widerlichen Blicken, die ich fürchtete, vor denen ich mich ekelte.

„Wage ja nicht so einen Ton, das rat ich dir. Keine Frechheiten. Du hast es gerade nötig. Ausgerechnet du!", betonte er ausdrücklich. „Ich warne dich! Jetzt raus und arbeite, du..." Seine Blicke stachen. Er steigerte sich, wurde krebsrot. „Du verdammtes Miststück, pass mir bloß auf! Raus jetzt!", blaffte er verächtlich und holte dabei wieder weit mit dem Arm aus, als scheuche er einen bellenden Köter fort.

Ich wich zurück und stürzte zur Haustür. Mir folgte eine Flut von boshaften Verwünschungen. Und ich fürchtete schon, dass er hinter mir her stampfte. Immer und immer wieder wandte ich mich zwischen den Rabatten zum Haus um. Ich holte Flüche hervor und schleuderte sie in seine Richtung, bevor ich die Tür zum Gartenhäuschen aufschloss.

Ich saß am Fenster. Die Wolkendecke war aufgerissen, und vor dem Stückchen Himmelsblau zog ein Falke seine Bahn.

Ich starrte in das matte Licht des frühen Abends. Kaute am Daumennagel.

Mir wurde bewusst, dass ich hier nichts mehr verloren hatte. Hier in diesem Haus, wo ich nur noch geduldet wurde, eine Eingebung, die zur Gewissheit wurde. Ohne es zu wollen, gab ich meinen Gedanken laut Ausdruck: „Was will ich hier noch? Was um Himmels willen will ich hier?" Ich begriff, in kurzer Zeit kann man sich meilenweit voneinander entfernen.

Beim Abendessen musste ich mich zwingen, ein paar Bissen herunterzuwürgen. Danach sprang ich auf, räumte ab. Vater schob den Stuhl zurück, wandte sich um zum Gehen. An der

Tür sah er zurück und warf mir einen dunklen bitteren Blick zu. Ich wusste, was seine anklagenden Blicke mir sagen wollten. Sie waren für mich eine Folter. Und die Schmerzen, die ich dabei empfand, waren unerträglich.
Als ich auf ihn zuging und schon zu sprechen ansetzte, schüttelte er als stille Warnung den Kopf. Eine quälend lange Minute verging, bevor Vater die Tür hinter sich schloss.
Ich ließ mich mit geschlossenen Augen auf den Stuhl sinken. Mich beschlich der Verdacht, dass mein Vater sich ganz und gar von mir entfernt hatte. Dass ich keinen Weg mehr zu ihm finden würde. Diese Erkenntnis ließ mich völlig verzweifeln.

#

Ich wich Pia aus. Ich wusste, unsere Freundschaft war verblasst und würde wohl völlig zerbrechen. Nein, sie war bereits schon zerbrochen, sagte ich mir, als ich an Pia wortlos vorbeilief, und mit gesenktem Kopf auf den Schulhof schlich. Ich suchte eine entlegene Ecke, in die ich mich verkriechen konnte, denn ich verspürte den Wunsch, allein zu sein. Auch die Tage davor hielt ich mich abseits, überließ es Pia, Mittelpunkt zu sein.
Für mich war die Welt leer. Bedeutungslos. Starr vor mich hinblickend, drückte ich mich gegen die Mauer. Von der belebten Straße drang lautes Hupen herüber. Ich hob den Kopf, sah in die Richtung.
Da entdeckte ich sie. Pia kam auf mich zu. Je näher sie herankam, desto schneller wurden ihre Schritte. Argwöhnisch sah ich ihr entgegen. Ich wollte ihr ausweichen, so, wie ich ihr schon den ganzen Vormittag und auch die Tage davor, aus dem Weg gegangen war. Doch ehe ich mich zum Gehen wenden konnte, hatte sie mich erreicht, packte mich fest an beiden Armen und zwang mich, ihr ins Gesicht zu sehen. Ihr Blick verriet ehrliches Mitgefühl.
„Ellen, jetzt hörst du mir zu." Meine Augen waren starr auf den Boden gerichtet. Ich drehte mich von ihr weg. Doch sie

hielt mich mit kräftigem Griff fest. „Ja, ich habe es erzählt. Ich weiß, wie schrecklich es für dich ist. Und es tut mir auch sehr leid. Doch ich musste es tun. Ich musste es meinen Eltern anvertrauen, um zu hören, wie sie über das Schreckliche denken, und Ellen, vor allem, wie dir geholfen werden kann." Ich riss mich los.

„Du hattest es mir versprochen. Weißt du es nicht mehr? Ich hatte dich angefleht, mit niemandem darüber zu sprechen. Nie hätte ich dir sonst dieses Geheimnis anvertraut. Nur dir hatte ich es erzählt." Zorn und zugleich Enttäuschung schwangen in meiner Stimme. „Und nun? Du hast ja keine Ahnung, was du mir angetan hast." Ich wollte mich mit einem Ruck von ihr losreißen.

Mit einem blitzschnellen Griff hielt sie wieder meine Hand, ließ sie nicht los, zog mich mit langsamen Schritten über den Hof der breiten Tür unseres Gymnasiums zu.

„Ja, ich weiß es noch genau, dass du mich gebeten hast, nichts zu verraten." Sie reckte ihre Arme theatralisch zum Himmel. „Ich habe es nicht vergessen und habe tausend Mal darüber nachgedacht", erwiderte sie jetzt betroffen. „Ich wollte dir nicht weh tun. Ganz bestimmt nicht. Das musst du mir glauben. Aber ich habe doch gesehen, dass du an diesem schrecklichen Geheimnis kaputtgehst. Das lag mir schwer auf der Seele. Da musste ich reden." Ihr Gesicht war in dem Moment sanft und voller Überzeugung. „Ich war ständig im Zweifel und es fiel mir nicht leicht, den Entschluss zu fassen. Es tut mir wirklich schrecklich leid, das kannst du mir glauben. Aber, so fürchterlich es für dich ist, die Wahrheit musste heraus. Das fanden meine Eltern auch." Ihre Worte drangen jetzt weich und warm aus ihrem Mund.

Nach Pias beschwörenden Worten überkam mich eine Traurigkeit, dass mir schwindlig wurde. Mein Körper fühlte sich unendlich schwer an. Sie sah mir noch immer fest in die Augen. Ich lächelte verletzt. Mit ein wenig Ironie und einem Seufzer fügte ich an: „Also zahlt Ehrlichkeit sich doch nicht aus."

Wir blieben an der geöffneten Tür stehen, tasteten uns mit den Blicken ab. Als sich zwei Lehrer näherten, liefen wir langsam ins Gebäude hinein. Pia kam dicht an mein Ohr heran.

„Eines will ich dir sagen, anders kommst du aus dem Dilemma nie heraus. Deine Schuld würde dich mit der Zeit erdrücken. Du kannst dich nicht ewig verkriechen. Und glaube mir, irgendwann kommt es doch ans Tageslicht", fügte sie flüsternd an.

In dem Augenblick wusste ich noch nicht, wie bald es sich bewahrheiten würde.

Ich sah sie eine Weile mit ausdruckslosen Augen an, dann griff ich nach dem Treppengeländer. Als das Schwindelgefühl verschwunden war, nickte ich kaum merklich. Wir sahen einander schweigend an. Versuchten zu ergründen, was in dem anderen vorging. Unsere Schritte wurden langsamer, als wir nebeneinander die Treppe hinaufstiegen. Einige Mädchen der Parallelklasse drängten an uns vorbei nach oben, lachend und fröhlich plaudernd.

Wir wichen zur Seite aus, blieben noch immer dicht nebeneinander, tauschten wieder prüfende Blicke.

„Trotzdem hättest du nicht ...", begann ich von Neuem. Doch meine Worte versiegten. Ich wollte nicht weiter sprechen. Gleichwohl war mir bewusst, Pia lag nicht ganz falsch mit ihrer Sicht. Dennoch wollte ich mich nicht davon abbringen lassen, dass sie mein Geheimnis hätte bewahren müssen.

Sicher vernahm Pia jetzt mein schmerzliches Stöhnen.

Rückblickend jedoch dachte ich später, dass Pia vermutlich recht hatte.

# #

Nach dem milden Herbst war der Winter lang und erbarmungslos kalt. Die Tage wurden kürzer und die Nächte hatten kein Ende nehmen wollen. Hinter dem Haus sah es aus wie in einem Zaubergarten. Bäume und Sträucher glichen

Gebilden aus gesponnenem Glas. Eisige Gespinste hingen von Dachrinnen und Mauern.

An diesem Wochenende überraschten uns zwei klirrend kalte Tage. Eine dünne Schneeschicht lag über Wiesen und Dächern, und am Himmel stand glutrot die Sonne. Die Kälte stach wie Nadeln.

Schon seit Wochen verbot mir der Winter das Joggen.

Am frühen Nachmittag ergoss sich jetzt diffuses, dämmriges Licht über die Landschaft. Ich war allein im Haus und ich genoss das Alleinsein. Ich konnte so leichter atmen.

Vater und Großvater kümmerten sich auf dem Reiterhof jetzt besonders um die Pferde.

„Und vor allem die Ställe", hatte der Großvater am Abend zuvor betont. „Bei dieser Kälte muss alles in bester Ordnung sein", sagte er mit strenger Miene, klopfte dabei mit der flachen Hand energisch auf die Tischplatte, wie jedes Mal, wenn er meinte, dass er etwas Entscheidendes zu sagen hatte.

Wenn Großvater das Haus verließ, war sein Gesicht fast verdeckt von einer riesigen Wollmütze, flaschengrün, grobmaschig, aus dicker Wolle, von Großmutter gestrickt.

Der Himmel war jetzt wie von einem grauen Schleier zugezogen. Ich beobachtete, wie dicke Schneeflocken sich lautlos auf die Scheiben setzten und verloschen.

Die Hausarbeit hatte ich erledigt. Ich war noch einmal prüfend durch alle Räume gegangen. Dabei war mir abermals aufgefallen, dass sich auf Vaters Schreibtisch Briefe und Unterlagen türmten. Der amtliche Stempel auf dem obersten Kuvert ließ mich erschrecken. Solche Briefe hatte ich früher nie auf seinem Schreibtisch entdeckt. Nur einen flüchtigen Blick hatte ich darüber geworfen, und sogleich tauchten dunkle Vermutungen auf. Ich wandte mich schnell ab. Flüchtete in mein Zimmer.

Wenige Sekunden verharrte ich vor dem Klavier. Nach kurzem Zögern entschied ich mich, nicht zu spielen. Die Noten lagen schon seit einer langen Zeit wieder vergraben in der Kommode, zwischen Büchern und Zeitschriften. Noch

immer hauste eine warnende Stimme in mir, die mir vorhielt, etwas zu tun, was mir Freude bereitete.
Wie kam es auf einmal? Ich konnte es mir später nicht erklären. Urplötzlich zog ich ein Bild aus meinem Gedächtnis. Die Truhe in der Bodenkammer!
Dieser Gedanke geisterte schon seit langem in meinem Hinterkopf. Jetzt wäre eine Gelegenheit. Mit schnellen Handgriffen zog ich mir meinen wärmsten Rollkragenpullover über, bändigte meine Haare mit einer bernsteinfarbenen Spange zum Pferdeschwanz.
Die letzten Stufen der Holztreppe knarrten kläglich. Mit der Taschenlampe in der Hand betrat ich den Boden. Und augenblicklich umfing mich eine samtweiche Luft, die nach altem Holz roch. Ich fand es unglaublich romantisch.
Der Dachboden hatte für mich stets etwas Geheimnisvolles, manchmal auch Schauriges, wenn die Dielenbretter knarrten und ächzten. Wenn Spinnweben mein Gesicht streiften.
Nach ein paar Schritten blieb ich vor der Bodenkammertür stehen und angelte den Schlüssel hervor. Der Schlüssel ließ sich in dem Türschloss nur schwer bewegen. Ich setzte mit zusammengepressten Lippen ein paar Mal an. Endlich sprang die Tür mit einem rostigen Quietschen auf. Wie in einem Gruselfilm, so empfand ich es.
Ich entsann mich, dass ich schon seit einigen Jahren nicht mehr hier drin war. Kühle und eine dämmrig gespenstische Atmosphäre umfingen mich. Die kleine Lampe am schrägen Balken spendete nur schwaches Licht. Überall hatte sich Staub angesetzt. Ich trat an das kleine Dachfenster heran. Am Himmel waren jetzt blauschwarze Wolken aufgezogen. Die Türme in der Ferne verschwammen.
Eine dunkelbraune mit Holzschnitzereien verzierte Kommode stand neben dem Fenster. Ich hatte sie noch nie geöffnet. Was mochte darin sein? Beim Öffnen des oberen Kastens musste ich all meine Kraft anwenden. Schnarrend und ächzend bewegte sich der Kasten. Es war ein toter Laut, wie der Wind im Inneren eines hohlen Baumes. Neugierig beugte ich mich

hinunter. Ich entdeckte hier nur altes Werkzeug, mit Rost beschlagen.
Ich stemmte mich gegen den Kasten und schob ihn wieder zu. Das untere Schubfach öffnete ich nicht.
Mein Blick tastete sich in die äußerste Ecke. Dort stand sie, Mutters kostbare Zedernholztruhe. Sie hatte mir oft von ihr erzählt. Es war ein uraltes Sammlerstück ihrer Eltern. Ich schaltete die Taschenlampe an. Ein Lichtkegel breitete sich aus und ließ das Holz noch heller erscheinen. Die bronzenen Beschläge glänzten matt. Vielleicht birgt die Truhe Altes, längst Vergessenes, vielleicht Geheimnisse. Sicher, so dachte ich, ganz eingesponnen in meiner Fantasie. Denn um die Truhe wob sich immer ein großes Geheimnis, ging es mir beim Näherkommen durch den Kopf.
Ich kniete mich davor, probierte und stellte erstaunt fest, die Truhe war nicht verschlossen. Merkwürdig, dachte ich verwundert.
Vorsichtig hob ich den Deckel, lehnte ihn an die Wand. Ich hatte Staub aufgewirbelt. Die feinen Partikel tanzten im Schein der Taschenlampe. Ein starker eigentümlicher Geruch strömte aus der Truhe, herb und aromatisch.
Ich beugte mich hinein und sah in zwei braune glänzende Augen. Der Teddybär war schon stellenweise abgescheuert. Ich hielt ihn in den Schein der Taschenlampe und betrachtete ihn zärtlich. Dann legte ich ihn vorsichtig zurück.
Eine große Menge alter Bücher füllten die Truhe, sorgsam übereinandergestapelt. Auf dem linken Stapel lagen drei lederne Fotoalben. Ich legte die Taschenlampe ab und griff nach dem oberen Album. Das Leder fühlte sich kühl an. Ich strich sanft über die goldene Prägung, bevor ich es aufschlug. Für einen langen Augenblick vergaß ich zu atmen. Kindergesichter schauten mich an. Meine Mutter in ihren Kinderjahren. Ich erkannte sie ganz deutlich. Die blonden Haare, die sanften braunen Augen. Voller Spannung schlug ich Seite für Seite um.

Die nächste Seite. Ein Kind sitzt am Tisch und hält ein geöffnetes Buch in der Hand. Es lächelt und blickt den Betrachter voller Freude und Zuversicht an. Und dieses Kind ist meine Mutter. Ich hob das Album und drückte meine Lippen auf das Kindergesicht. Lange Minuten betrachtete ich das Bild. Das Kind macht seine Hausaufgaben, lernt fleißig und ernsthaft. Es entdeckt die Welt, und die Welt flößt ihm keine Angst ein. Ich las in dem Kindergesicht, vertiefte mich in seinen Blick. Es trägt ein Kleid mit kleinen Blümchen und einem schmalen weißen Kragen. Behutsam legte ich das Album zurück
Jetzt nahm ich das kleinere, goldverzierte Album in die Hand. Darin vermutete ich etwas Besonderes. Mit angehaltenem Atem öffnete ich es.
Ich war wie betäubt. Mein Verstand arbeitete fieberhaft. Eine junge Frau blickte mich an. Es ist eine Schönheit mit schmalem Gesicht, weichen verträumten Augen, einem vollen Mund und ihr dichtes blondes Haar fällt wie ein schimmernder Umhang auf ihre Schultern.
„Mam", flüsterte ich.
Ich presste das kleine Album an meine Brust, bis sich meine Augen mit Tränen füllten und um mich alles verschwamm.
Meine Hände wurden klamm vor Kälte. Noch immer umklammerte ich das Album so fest, als wollte ich es nie wieder hergeben. So verharrte ich noch eine endlose Weile. Schweren Herzens entschied ich mich endlich, das Album wieder zurückzulegen. Wie gern hätte ich es mitgenommen.
In der dunklen Bodenkammer kam es mir jetzt unheimlich vor. Das kleine Bodenfenster war ein schwarzes Viereck. Der Lichtkegel meiner Taschenlampe zuckte noch greller. Sollte ich die Truhe wieder schließen und hinunter gehen?, überlegte ich.
Doch die Neugier hatte mich gepackt. Meine Augen forschten weiter. Ich suchte in der Truhe noch weiter nach etwas Geheimnisvollem. Noch hatte ich keine Vermutung, was es sein könnte.

Ich schob die Bücherstapel dicht zusammen. Noch fester presste ich sie gegeneinander, denn seitlich entdeckte ich etwas mit rotem Stoff Verhülltes. Vorsichtig nahm ich dieses Bündel heraus. Das glänzende weiche Seidentuch fiel in meinen Händen auseinander und gab zwei Tagebücher preis. Sind sie etwa das Geheimnis?, fragte ich mich.
Ich holte mehrmals tief Luft, um mich zu beruhigen. In den Händen hielt ich zwei Tagebücher meiner Mutter. Auf beiden waren ihre Initialen golden eingeprägt. An der Seite funkelte jeweils ein kleines silbernes Schloss. Das dunkelrote Leder war an den Rändern etwas heller, abgegriffen. Ich wiegte die Tagebücher wie einen Schatz in meinen Händen. Versonnen senkte ich meine Gedanken hinein. Was schwieg in den Tagebüchern? Was verbarg sich darin? Zu gern hätte ich es erfahren. Doch die Tagebücher waren verschlossen, und konnten mir nichts erzählen. Denk nicht darüber nach, sagte ich mir. Ich hielt eine lange Weile die kleinen Bücher in meinen Händen, umschloss sie mit meinen Händen, als wollte ich sie wärmen, sie schützen. Mit einer zärtlichen Bewegung umhüllte ich sie wieder mit dem roten Seidentuch und legte sie in die Truhe zurück.
Rasch griff ich nach der Taschenlampe. Ihr Strahl zuckte an der Wand entlang, dann glitt er zur Truhe.
Ich klappte gedankenversunken den Deckel herunter. Sah in meinem Inneren noch immer das Gesicht des kleinen Mädchens und das Bild der jungen blonden Frau deutlich vor mir. Ich schloss die Bilder fest in mein Gedächtnis ein. Sie sollten nie verloren gehen.
So verharrte ich noch in Gedanken. Nun endlich kannte ich die Truhe und was sie verbarg. Nun wusste ich von dem letzten Unbekannten in dem Haus. Nur das Innere der Tagebücher blieb mir verborgen. Vielleicht ist es gut so. Es soll Mutters Geheimnis bleiben, dachte ich, als ich hinter mir die Bodentür schloss.

# #

Für mich lebte es sich in diesem Haus immer schwerer. Meine Gedanken wurden mit jedem Tag düsterer. Die dunkle Wolke in meinem Hinterkopf ließ sich nicht vertreiben. Meine Gedanken tasteten sich durch die Dunkelheit. Und der Drang zu fliehen nahm ständig zu.
Es war schon nach elf, als ich mich sicher genug fühlte.
Ich hielt den Atem an, während ich lautlos meine Tür öffnete, den Gang auf Zehenspitzen entlangging und mich vorsichtig die Treppe hinunter bewegte. Bei jedem Schritt spürte ich einen Anflug von Verunsicherung.
Unten verweilte ich noch einen kurzen Moment vor dem Schaukelstuhl. Dann blickte ich zur Tür. Überlegte noch einmal und entschloss mich: Doch, ich mache es!
Vor der Haustür verharrte ich kurze Zeit, bis sich mein Herzschlag beruhigt hatte.
Der Regen hatte zugenommen. Ein kalter, seelenloser Winterregen, der erbarmungslos in den Mantelkragen kroch. Ich zog die Kapuze über den Kopf, lief hinein in die Dunkelheit, den Blick nach unten, die Hände tief in den Taschen vergraben. Mit der Rechten umklammerte ich die Taschenlampe. Als ich mich weit genug vom Haus entfernt hatte, nahm ich sie heraus.
Die Taschenlampe malte einen hellen Lichtkegel vor mir. Meine Blicke huschten hin und her. Ich stolperte vorwärts. Doch wohin? Wohin zum Teufel wollte ich? Und schon war da wieder das dumpfe Gefühl im Kopf, wurde der Hals eng. Ich schien mich zwischen Schatten zu bewegen. Schatten, die mir keinen Weg wiesen.
Von tiefer Dunkelheit umhüllt hastete ich weiter durch menschenleere Straßen. In dem Häuserspalier zu beiden Seiten waren nur noch wenige Fenster erleuchtet.
Wind war aufgekommen. Er peitschte mir den Regen ins Gesicht. Es trieb mich trotzdem weiter. Nasse, tote Blätter lagen auf dem Pflaster der Straße.

Die eiskalten Hände hatte ich wieder in die Manteltaschen gesteckt.
Der Regen floss in Strömen. Der Wind zerrte an mir an allen Seiten.
Die kahlen Gerippe der Bäume bogen sich tief und schwankten willenlos hin und her. Der Park, in dem ich oft gejoggt hatte, war mir vertraut. Ich hielt die Taschenlampe wieder in der Hand. Meine Augen suchten. Unter mächtigen Buchsbäumen entdeckte ich die Bank. Hier suchte ich Schutz vor dem eiskalten Regen.
Ich sank auf die Bank, krümmte mich zusammen und verbarg mein Gesicht in den Händen. Unendliche Trostlosigkeit überfiel mich. Ein beklemmendes Gefühl der Sinnlosigkeit machte sich breit. Ich fühlte mich elend. Vielleicht werde ich gar nicht mehr lange leben, dachte ich. Es war ein schöner, tröstlicher Gedanke.
Wie lange ich so verharrt hatte, wusste ich nicht. Ich war vor Kälte erstarrt. Den Kopf hob ich erst, als mich Hundegebell aufschreckte. Der Schäferhund sprang heran, blieb dicht vor mir stehen, seine Augen wachsam auf mich gerichtet. Lähmende Angst ließ mich erstarren.
Auf dem Kiesweg knirschten Schritte. Der Hundebesitzer näherte sich, in der Hand einen riesigen schwarzen Schirm tragend. Die Hundeleine baumelte aus seiner Jackentasche. Vor der Bank blieb er stehen. Musterte mich abschätzend mit zusammengezogenen Augenbrauen.
„Was machst du hier, mitten in der Nacht und bei dem Sauwetter? Ganz allein?" Ich starrte ihn nur an. Reglos.
„Willst du nicht nach Hause gehen?" Ich schüttelte den Kopf. Knetete meine Hände.
„Geht's dir nicht gut?", setzte er wieder an. „Brauchst du Hilfe?" Ich schüttelte wieder nur stumm den Kopf.
Er nahm den Schirm in die andere Hand, sah auf seine Uhr, dann wieder zu mir. „Was ist denn mit dir los? Kannst du nicht reden?" Seine Augen begegneten meinem leeren Blick.

Er bückte sich, nahm den Hund an die Leine und wandte sich um. „Was ist mit der bloß los?", murmelte er und nahm sein Handy heraus, wählte kurz und sprach ein paar Worte hinein.
Ich sank wieder in mich zusammen.
Wenig später wurde die Stille von Motorengeräusch zerrissen.
Mit forschen Schritten kamen die beiden Polizisten heran.
Ich blickte teilnahmslos auf. In meinem Kopf spürte ich wieder dieses dumpfe Dröhnen und ein Gefühl der Leere. Lichter kreisten vor meinen Augen. Dann versank alles in Dunkelheit.

Eine junge freundliche Krankenschwester sagte mir am nächsten Morgen, dass mich mein Vater besuchen würde.
„Irgendwann am Vormittag will er kommen", meinte sie und nahm mir das Fieberthermometer aus den Händen.
Ich saß auf dem Gang in einem honiggelben Korbsessel vor einem breiten Fenster mit weißen Sprossen, während draußen der Wind sein konstantes Heulen wahrte.
Ich musste nicht allzu lange warten. Als mein Vater schließlich den Gang entlang kam, stand ich auf und sah ihm mit klopfendem Herzen entgegen.
Er näherte sich mit raschen Schritten. In der Hand hielt er meine blaue Sporttasche mit dem Nötigsten, was ich brauchte. Er kam energisch auf mich zu, als wollte er durch mich hindurch gehen.
„Ellen!" Mehr brachte er nicht heraus, als er jetzt vor mir stand. Seine Stimme klang eigenartig belegt. Er setzte sich mir gegenüber. Ich verkroch mich in meinen Sessel, saß starr, knetete die Finger, versuchte ein Lächeln, das aber sofort wieder erlosch. Mein Vater sah mir forschend ins Gesicht, als suchte er etwas. Nach wenigen Sekunden holte er tief Luft. Schon öffnete er die Lippen, wollte mir etwas sagen, doch das Sprechen fiel ihm schwer. Ich spürte es.
„Ellen, ich habe dein Tagebuch gefunden."
Ich konnte mich nicht erinnern, jemals so erschrocken zu sein.
Eine unsägliche Spannung lag nach seinen Worten zwischen

uns. Ich versuchte, diese Worte noch einmal aus meinem Bewusstsein zu filtern.

„Mein Tagebuch?", stöhnte ich. Ich riss den Mund auf, presste die Hand dagegen.

„Ja, und ich habe es gelesen. Habe alles darin gelesen."
Ich schloss für einen Moment die Augen.

„Alles?", hauchte ich tonlos vor mich hin. „Wirklich alles?" Ich wollte es immer noch nicht glauben.

„Und wo ist es jetzt?", setzte ich leise hinzu. Ich hatte den Eindruck, dass er mir gar nicht zuhörte. Er sah an mir vorbei und sprach weiter.

„Ja, alles. Viele Male. Schreckliches habe ich erfahren." Er fuhr mit der Hand über seine Stirn, sah mich dabei gebannt an. „Ich weiß, wir haben vieles falsch gemacht, alles, Ellen, alles."
Oh, diese Worte. Sie wühlten in mir. Schmerzten. Waren unerträglich für mich. Mein Mund zuckte. Mühsam begann ich zu stammeln.

„Ich habe doch Schuld, ich, nur ich. Ich habe an dem Schrecklichen Schuld", schluchzte ich und griff nach seinen Armen. Es lag etwas Flehendes in meinen Bewegungen. *Verstoße mich nicht gänzlich.* Ich sprach die Worte nicht aus.
Er erwiderte nichts, erhob sich, als trüge er eine Zentnerlast auf den Schultern. Seine letzten Worte waren nur kurz und knapp.

„In ein paar Tagen, wenn du alle Untersuchungen überstanden hast, hole ich dich." Er hob die Hand. Es war nur eine matte Geste.

Langsam hob ich den Kopf, nickte, war zu keinem Wort mehr fähig. Ich fühlte mich wie in Nebel eingehüllt.

Die Tür gegenüber wurde geöffnet. Die große korpulente Krankenschwester kam mit energischen Schritten auf mich zu.

„So, dann wollen wir mal anfangen", forderte sie mich mit einer energischen Handbewegung auf.

An der Zwischentür drehte ich mich um. Mein Vater strebte schon dem Ausgang zu. Es schmerzte mich zu sehen, wie er mich verließ. Ich spürte, wie die Anstrengung in mir nachhallte, die es mich gekostet hatte, ihm nicht nachzulaufen. Als ich mich nach wenigen Schritten noch einmal umsah, war er schon verschwunden.

Die Zeit im Krankenhaus war mir endlos erschienen. Die fürsorgliche Pflege und Zuwendung taten mir jedoch wohl. Dennoch blieb es in meinem Inneren düster.
Ich schlief kaum. Meist fiel ich erst gegen Morgen in einen bleiernen totähnlichen Schlaf. Wenn die junge freundliche Krankenschwester im frühen Morgengrauen mit einem munteren „Guten Morgen" in das Zimmer kam, beladen mit Fieberthermometern, fiel es mir unendlich schwer, mich aus meinem Schlaf herauszufinden.

„Gut geschlafen?", fragte sie mich dann an meinem Bett, den Blick fest auf mich gerichtet.
Ich wusste nicht, was ich darauf sagen sollte und lächelte nur müde.
Die Tage vergingen schleppend. Ich hatte viel Zeit zum Nachdenken.

Als ich nach einer Woche mit meinem Vater unser Haus betrat, hätte ich mir gewünscht, wieder an einem anderen Ort sein zu können. Ich hatte mir vorgenommen, stark zu sein. Wollte das Haus und die Erinnerungen ertragen. Aber nun spürte ich jedoch, wie meine Entschlossenheit zu bröckeln begann. Jeder Schritt im Haus kostete mich Überwindung und ich glaubte, ersticken zu müssen.
Ich schleppte mich widerwillig nach oben. Nur zögernd betrat ich mein Zimmer. Ich griff an den Hals, schluckte, spürte eine fiebrige Trockenheit im Mund. Der Raum begann zu verschwimmen. Ich suchte Halt, tastete nach der Wand. Aber da war es schon zu spät. Ich fiel, ohne es wahrzunehmen.
Ein Geräusch von irgendwoher ließ mich wieder zu mir kommen. Ich öffnete die Augen, rappelte mich, immer noch benommen, hoch. Dabei fiel mein Blick auf das Klavier. Ach, wie lange schon habe ich nicht mehr darauf gespielt, ging es

mir durch den Kopf. Schwarze Traurigkeit senkte sich auf mich.
Minuten später stand ich davor. Strich sacht mit der flachen Hand über das glatte, glänzende Holz. Gern hätte ich jetzt den Klavierdeckel geöffnet. Trost in den Tönen gesucht. Mir war, als müsste ich an dem Kloß in meinem Hals ersticken. Auf einmal bemerkte ich, wie meine Hände schmerzten. Ich hatte sie verkrampft an mich gepresst.

# #

Jeder Tag erschien mir wie ein Albtraum, dessen Schrecken vor allem darin bestand, dass ich wusste, er würde am nächsten Tag immer noch da sein und an den kommenden Tagen auch noch. Ich durchlitt Höllenqualen. Und sie steigerten sich ins Unermessliche, wenn ich die Worte Gericht, Prozess, Verhör von irgendwoher vernahm. Sie versetzten mein Inneres in Aufruhr. Denn ich war mir bewusst, dass das Verhängnisvolle schon seinen Lauf genommen hatte. Unerbittlich und unausweichlich. Ich fürchtete mich vor jenem Ort, an den ich nicht zu denken wagte.
Ich versuchte, in meinem Inneren diesem Ort aus dem Weg zu gehen. Ich versuchte es mit aller Zähigkeit. Es gelang mir nicht. Er tauchte immer wieder auf, war einfach da. Groß und drohend war es, dieses alte, mächtige Gemäuer, das so viel Energie ausstrahlte. Ein kompaktes Schemen.
Fast konnte ich mir vorstellen, wie ich mich dann im Inneren dieses Gebäudes bewegen würde. Ich sah mich deutlich, sah meine ängstlichen Augen in einem blassen Gesicht, sah meine unsicheren Schritte, meine fahrigen Bewegungen. Ich sah, wie ich alles Unbekannte verstohlen mit den Augen abtastete.
Wenn ich es schaffte, schob ich diese Gedanken wieder weg. Noch ist ja Zeit, noch ist es nicht so weit, versuchte ich mich zu beruhigen.

Jedes Mal, wenn es sich nicht verhindern ließ und ich tatsächlich an jenem unseligen Gebäude vorüberlaufen musste, klopfte mein Herz zum Zerspringen. Verstohlen sah ich dann auf die breite Eingangstür des Gerichtsgebäudes. Nur kurz. Einen Wimpernschlag lang. Ich biss die Zähne zusammen und wünschte, es würde etwas geschehen, und ich müsste nie diesen Ort betreten. Wenn es ging, benutzte ich Umwege.

Es war Punkt halb fünf. Gerade wollte ich nach langem Überlegen zu den Noten greifen, das Klavier hatte schon zu lange geschwiegen, da ließ mich ein Türenplauzen zusammenzucken. Woher kam es? Ich runzelte die Stirn. Meine Augen wanderten zur Tür, dann zum Fenster. Es war nur angelehnt. Ich trat heran. Mit der rechten Hand umklammerte ich den Fenstergriff und verharrte regungslos. Die Zweige des Forsythienstrauches kratzten an der Fassade, als wollte irgendetwas an der Hauswand emporklettern.
Plötzlich zerriss die Stille. Die bellende Stimme erschreckte mich und die Worte, scharf und schneidend, die zu mir heraufdrangen, ließen das Blut in meinen Adern erstarren. Sie reden zweifellos über mich, schoss es mir durch den Kopf. Mir wurde heiß. Ich war zum Zerreißen angespannt, wagte kaum zu atmen und versuchte aus dem Wortgewirr etwas zu entnehmen. Doch es waren nur Wortfetzen, die aus dem hitzigen, wütenden Wortgefecht zu mir drangen.
Klang es etwa eben wie Tagebuch? „Tagebuch", murmelte ich gedehnt in mich hinein. Ich war mir nicht sicher, presste das Ohr gegen den Fensterspalt. Nicht fähig, einen klaren Gedanken zu fassen, spannte ich weiter mit äußerster Konzentration.
Aus dem Wortgefecht in der Küche entwickelte sich ein höllisches Geschrei. Der Großvater tobte, als wollte er sich die Despotenseele aus dem Leib schreien. Jetzt verstand ich jedes Wort. Und die Worte brannten.

„Blödsinn! Kein Wort davon ist wahr! Die lügt doch! Alles ist Lüge! Die hat sich das alles nur zusammengesponnen! Die will mir was anhängen! Aber mit mir nicht!"
Ich sah im Geist Großvater deutlich vor mir: im Gesicht krebsrot, die Halsadern geschwollen, mit den Armen wild rudernd.
Dann war auf einmal unheimliche Ruhe. Die Stille dehnte sich. Mein Herz klopfte bis zum Hals. Wie Fangarme hatten sich die Worte nach mir ausgestreckt. Ich umklammerte den Fenstergriff noch fester. Horchte. Schon donnerte es weiter.
„Aber da hat sie sich verrechnet, gehörig. Mit mir nicht! Der werd ich's zeigen!", brüllte der Großvater aus voller Lunge. Hustete, schnaubte, hustete. Eine schallende Salve von Flüchen folgte. Die nächsten Worte donnerte er betont langsam heraus.
„Glaubst du etwa einer ... einer ... die mich umbringen wollte, so einer mehr!?"
Ich hatte das Gefühl, einen Schlag in den Nacken bekommen zu haben. Plötzlich begannen meine Kräfte zu schwinden. Ich hatte Mühe, mich auf den Beinen zu halten. Ich machte einen Schritt auf den Sessel zu. Das Zimmer kippte nach vorn. Ich klammerte mich an die Sessellehne. Mein Innerstes weigerte sich zu glauben, was ich eben vernommen hatte.
Mein Tagebuch, in das ich so oft mein Herz voller Verzweiflung ausgeschüttet hatte, war kein Geheimnis mehr. Nun auch nicht mehr für den Großvater. Alles, was ich meinem Tagebuch anvertraut hatte, war ans Licht gezerrt worden. Ich kaute an den Nägeln.
Und mein Vater? Ich lehnte mich wieder ans Fenster und wartete fieberhaft auf seine Reaktion.
Jetzt vernahm ich ihn. Ich hielt den Atem an, beugte mich zum Fenster hinaus. Kein Wort sollte mir entgehen.
„Eins steht jedenfalls fest", vernahm ich ihn, seine Stimme klang hart und energisch. Eine Stimme, die mir fremd war. „Sollte sich herausstellen, dass es wahr ist, dieses abscheulich Verbrecherische, das du Ellen angetan hast, wovon ich nun

überzeugt bin, dann ..." – eine lange Pause – „was einfach unbegreiflich ist" – wieder verging ein langer Augenblick – „dann wird das für dich Konsequenzen haben. Dafür werde ich sorgen. Dann wirst auch du dich ..." So sehr ich spannte, die folgenden Worte versickerten.

„Zum Donnerwetter! Ist doch alles nicht wahr, alles gelogen, heimtückisch gelogen!", schnürte er Vaters Worte ab. Jedoch, mein Vater konterte energisch.

„Jetzt hörst du mir zu. Lass mich aussprechen", vernahm ich ihn. Ich beugte mich noch weiter hinaus. „Ich wünschte mir sehr, du hättest recht. Aber aus jeder Seite ihres Tagebuches schreit die Angst und die Verzweiflung und ungeheurer Schmerz. Ich glaube ihr. Ja, du hast richtig gehört, ich glaube ihr", schloss er eisig.

Ich saugte die Worte auf, trank sie mit gierigen Schlucken, ging zurück und sank in den Sessel. Mit einem tiefen Stoßseufzer presste ich die Hände an den Kopf. Tränen rannen.

An diesem Sonntagabend legte sich die einbrechende Dämmerung schon früh über die Stadt.
Ich starrte hinaus und begegnete im Fensterglas meinem Spiegelbild. Meine Augen glänzten fiebrig. Die Ängste in mir schienen sich wie eine Spirale zu steigern. Nach dem Großvater die Wahrheit kannte, drohte mich die Furcht vor ihm noch mehr zu erdrücken. Die Furcht vor ihm und meine Schuldgefühle stiegen ins Unermessliche. Ich war mir bewusst, dass ich diese Last nicht länger ertrug.
Ein Funke raste hinter meiner Stirn. Die blaue Schachtel mit den Schlaftabletten war es. Die Versuchung war schon viele Male da. Dann gelang es mir jedoch bisher immer wieder, sie zu verdrängen. Doch jetzt war ich nur noch von diesem Gedanken beherrscht. Wie ein Schlafwandler taumelte ich durchs Zimmer.
Mit einer energischen Bewegung zog ich den untersten Kommodenkasten auf, hielt einen Moment inne, biss in meine

Nägel. Dann begann ich, hastig zu wühlen. Seit einiger Zeit hatte ich die Packung wieder tief unten in der Kommode versteckt. Ich wusste es genau. Meine Hände stöberten wild und panisch. In der Aufregung warf ich sämtliche Bücher und Zeitschriften, Hefte und Fotoalben heraus.
Dann – Leere.
Verzweifelt riss ich den nächsten Kasten auf, warf Wäschestücke durcheinander. Schleuderte sie auf den Boden. Die Enttäuschung warf mich um. Ich sank nieder und barg den Kopf in meinen Händen. Schluchzte. Meine Gedanken rasten, bis ich zu der Gewissheit gelangte, dass mein Vater die Schlaftabletten entdeckt hatte, als er meine Sachen für das Krankenhaus aus dem Kasten herausgenommen hatte.
Mir wurde übel. Ich krümmte mich inmitten von dem angerichteten Chaos auf dem Fußboden. Ich war am Ende.
Inzwischen hatte sich Dunkelheit im Raum ausgebreitet. Es kostete mich Überwindung, die Lampe anzuschalten.
Meine Gedanken kreisten nur um die Schlaftabletten. Sie sollten helfen. Sie wären der Ausweg. Doch nun? Sollte ich wieder nach ihnen suchen? In welchen Schränken und Kästen sollte ich jetzt wühlen? Und wenn ich es nicht tun würde? Die Qualen der Schlaflosigkeit und die endlos dunklen Nächte würden mich weiter beherrschen. Dieser Gedanke trieb mich fast in den Wahnsinn.

# #

Ich versuchte mir immer wieder vorzustellen, was auf mich zukommen würde.
Es waren Wochen voller Beklemmungen und Unruhe. Die Zeit bis zu jenem gefürchteten ersten Verhandlungstag glich allmählich immer mehr einem Albtraum. In meiner Fantasie malte ich diesen Tag in den schwärzesten Farben, sah nur Schatten, die mich verfolgten. Nachts wurden die Schatten lebendig, und ich träumte Schlimmes. Einmal träumte ich

sogar, dass ich über dunkle Friedhöfe wanderte. Am Morgen fühlte ich mich krank.
Wie sollte ich all dem entrinnen? Es gab kein Entrinnen. Das war mir grausam klar.
Wie sehr wünschte ich mir, etwas würde passieren, etwas Gewaltiges, und ich müsste diesen Tag an jenem Ort nicht erleben.
Es bereitete mir die größte Mühe, mich auf die alltäglichen Dinge zu konzentrieren.
Manchmal ertappte ich mich dabei, dass ich mich zu Großmutter träumte. Ich versuchte zu ihr zu sprechen. Doch ich sah nur ihre großen gütigen Augen, ihr sanftes Lächeln. Dann entschwand sie mir. Und ich fühlte mich noch einsamer, noch hilfloser.
So erging es mir auch an diesem späten Abend. Ich litt wieder einmal unter düsterer Verzweiflung. Wie Effi, dachte ich. Ja, ich war ebenso machtlos wie sie.
Ich zog die Lampe dichter heran, griff nach meinem Lieblingsroman „Effi Briest". In den letzten Wochen hatte ich oft darin gelesen, ich war förmlich in diese Geschichte geflüchtet. Effis Schicksal ging mir nah und ich verstand sie jetzt besser als zuvor. So manche Seite las ich wieder und wieder. Sätze, die mich ergriffen, versah ich mit einem dünnen Strich am Rand, damit ich sie schneller wiederfand.
So vertiefte ich mich jetzt erneut in jene Zeilen:

Minuten vergingen. Als Effi sich wieder erholt hatte, setzte sie sich auf einen am Fenster stehenden Stuhl und sah auf die Straße hinaus. Wenn doch Lärm und Streit gewesen wäre, aber nur der Sonnenschein lag auf dem chaussierten Wege und da zwischen die Schatten, die das Gitter und die Bäume warfen. Das Gefühl des Alleinseins in der Welt überkam sie mit seiner ganzen Schwere. Wohin? Sie hatte keine Antwort darauf, und doch war sie voll tiefer Sehnsucht, aus dem heraus zukommen, was sie hier umgab.

Zum ersten Mal saß ich ihr gegenüber. Die Helferin vom Jugendgericht, Frau Schubert, saß dicht vor dem Fenster, ihres kleinen, freundlich eingerichteten Büros. Sie schlug die Beine übereinander, lehnte sich zurück. In dem hellen Lichtschein schimmerte ihr kurzgeschnittenes Haar rötlich. Flott sieht sie aus, fand ich. Ich schätzte sie Ende zwanzig.
Sie verschränkte die Arme, schaute mich freundlich an. Dabei fielen mir ihre hellen glitzernden Augen auf. Ich fand es merkwürdig, aber ich hatte gleich Vertrauen zu ihr.
Mit ausgestrecktem Arm schob sie einen Schreibblock vor sich hin, legte den Kugelschreiber daneben. Dann beugte sie sich nach vorn und sah mir in die Augen. Als sie mich bat, ihr von meiner Familie zu erzählen, nickte sie mir mit einem warmen Lächeln zu und griff nach ihrem Kugelschreiber. Sie hörte mir konzentriert zu, wobei sie unaufhörlich den Kugelschreiber in ihren Fingern drehte.
Ich begann etwas vage. Sie unterbrach mich nicht, ließ mir Zeit, half mir jedoch, Erinnerungen einzufangen. Allmählich fielen die Beklemmungen von mir ab und das Erzählen gelang mir leichter.
Sie verstand es gut, die Wahrheiten aus mir heraus zu locken. Meine Befürchtungen, sie könnte kein Verständnis für mich aufbringen, zerrannen.
   „Ich hätte mich damals meinen Eltern anvertrauen müssen. Den Gedanken trage ich seitdem immer mit mir herum", sagte ich mit gedämpfter resignierter Stimme, als sie mir eine gute dreiviertel Stunde zugehört hatte, in der ihre Miene von Minute zu Minute ernster geworden war.
Zum Schluss fand sie jedoch wieder zu ihrem freundlichen Gesichtsausdruck zurück.
   „Ich hoffe, dass Sie ein wenig erleichtert sind, nachdem Sie sich Ihre Not von der Seele gesprochen haben". Ich nickte dankbar, denn ich fühlte mich in dem Moment wirklich etwas erleichtert.
   „Danke", erwiderte ich leise. „Und bitte sagen Sie du zu mir".

An der Tür legte sie ihre Hand auf meinen Arm.
„Ich werde dich nun in Zukunft bei allen Verhandlungen begleiten. Bin immer neben dir."
Dabei sah sie mich eindringlich an. „Wir sehen uns dann in einer Woche zur ersten Verhandlung", sagte sie noch, dann schloss sie hinter mir die Tür.
Mit welcher Selbstverständlichkeit sie diese Worte sprach. Mir wurde es danach heiß und kalt.

Der Termin der ersten Verhandlung rückte näher, bedrohlich und durch nichts aufzuhalten.
Und schließlich hatte er mich erreicht.
Ich zitterte diesem Tag entgegen. Kämpfte gegen die Nacht an, die so schwer auf mir lastete. Den Rest der Nacht war ich träumend damit beschäftigt, mich gegen eine hoffnungslose Übermacht von Vorwürfen zu wehren.
Die Augen, die mir am Morgen im Spiegel begegneten, dunkel umschattet, verrieten mir Angst. Alles erschien mir verschwommen und unwirklich.
Die Abstände, in denen ich zur Uhr sah, wurden immer kürzer. Die Zeiger mahnten unerbittlich. Doch ich wollte in aller Eile meine Gedanken niederschreiben. Noch einmal musste ich mit dem Tagebuch sprechen. Ich legte all meine Gefühle und meinen Kummer in die Feder.
Doch Hast trieb mich und die Worte irrten durch die Zeilen, wurden unleserlich. In den letzten Zeilen sagte ich verzweifelt:

Ich habe furchtbare Angst. - Angst. Angst. Angst.
Ich habe sogar Angst vor dem Denken.
Ich glaube, ich überlebe es nicht.

Mit einem Seufzer schlug ich das Tagebuch zu und verstaute es tief in der Kommode, wo es wieder seinen Platz gefunden hatte.

Eine Stunde später stand ich in der Diele, kämpfte mit den Jackenärmeln. Nichts wollte klappen. Mein Herz klopfte so wild, dass ich meinte, es zu hören.

„Du willst schon gehen?", hörte ich plötzlich die Stimme meines Vaters. Ich wandte mich um.

„Ja, ich möchte lieber zu Fuß ... dahin." Das Wort Gericht brachte ich nicht über meine Lippen. „Ich möchte gern allein gehen. Ist es dir recht? Du kannst dich auf mich verlassen." Zusammen mit meinem Vater dorthin? Nein, das ging einfach nicht. Das hatte ich mir schon am Abend zuvor überlegt.

Die Verhandlung war für 9.30 Uhr angesetzt.

Der fast wolkenlose Himmel schimmerte milchig weiß mit ein paar blauen Flecken am Horizont.

Irgendwoher schlug eine Uhr neunmal.

Ich lief durch die Straßen, als trüge ich Scheuklappen.

Der neue Brunnen vor dem Gerichtsgebäude ließ flimmernde Wasserschleier fallen. Kühle Tröpfchen sprühten in mein glühendes Gesicht. Als ich die Stufen hinaufstieg, wischte ich es mit dem Ärmel ab.

Das Gebäude war vor einigen Monaten modernisiert worden, wobei man allerdings die Fassade unverändert gelassen hatte. Es war ein zweistöckiges Gebäude aus rotem Backstein.

Mit zögernden Schritten ging ich hinein, und mir war augenblicklich so kalt, dass ich glaubte, nie mehr warm werden zu können. Ich spürte das Gewicht des Gebäudes im Körper, als lasteten die Mauern mit doppelter Schwerkraft auf mir.

Der lange Weg von der Eingangstür bis hin zur Tür des Sitzungssaales schüchterte mich noch mehr ein, als ich es ohnehin war. Hier war mir alles unheimlich fremd. Ich bewegte mich vorwärts, wie in einem endlosen Albtraum. Meine Beklemmung wuchs mit jedem Schritt.

Der breite Gang war lichtdurchflutet. Die Schritte hallten auf den Fliesen wie das Dröhnen von Glocken. Ich lief an milchiggläsernen Trennwänden vorbei, die abgeteilte Flächen schufen, in denen verchromte Stühle standen.

Da entdeckte ich die Jugendgerichtshelferin. Frau Schubert, kam sofort auf mich zu.
„Hallo, schön, dass du schon da bist. Und dein Vater?" Sie gab mir die Hand.
„Ich wollte allein gehen. Das war mir einfach ein Bedürfnis."
„Na gut", antwortete Frau Schubert leichthin. „Dann setzen wir uns jetzt in Bewegung." Dabei richtete sich ihr Blick auf die Uhr am Ende des Ganges. „Es ist aber noch genügend Zeit", fügte sie betont an, wie um mich zu beruhigen. Zusammen gingen wir weiter den Gang entlang. Sie berührte mich leicht am Arm, schaute sich um.
„Mit dem Anwalt habe ich mich schon verständigt. Er wird gleich hier sein."
Anthrazitgraue Türen mit goldenen Nummern, die ich genau verfolgte, unterbrachen die helle Wand.
„Hier sind wir richtig." Frau Schubert deutete mit der Hand zur Tür, mit der Nummer 25. Dabei strich sie den Ärmel zurück, schaute auf ihre Uhr.
In dem Moment kam mein Anwalt gemessenen Schrittes auf mich zu. In seiner Robe wirkte er mächtig. Er streckte mir mit einem kurzen Lächeln die Hand entgegen.
Als ich später auf den Stuhl sank, wanderten meine Blicke einen kurzen Augenblick durch den Raum. Meine Gedanken zuckten wie Blitze. Hier also wurde beschuldigt, gestanden, verurteilt. Ich musterte den leicht geschwungenen grauen Richtertisch mit den sechs breiten ledernen Lehnstühlen dahinter. Das hellbraune Holzpaneel an der Wand verlieh dem Raum ein wenig Wärme.
Die Vorsitzende betrat den Raum, mit ihr die Beisitzerin und die Schöffen.
Ich starrte ungläubig. Die Richterin hatte ich mir gänzlich anders vorgestellt. In meinem Inneren war es eine etwas ältere Frau mit kühlem, strengem Blick, die dunklen Haare zu einem makellosen Knoten zusammengefasst. Nun sah ich eine

jüngere Frau mit schulterlangem blondem Haar, das sich zu der schwarzen Robe gut ausnahm.
Meine Augen folgten der Richterin, während sie ihren Platz auf dem hohen Lehnstuhl einnahm. Sie ließ ihren Blick über die Anwesenden schweifen, und als sie schließlich ein „Bitte setzen" murmelte, vielleicht fünf Sekunden nachdem wir aufgestanden waren, war es gerade so, als hätte ich mich keinen Augenblick länger auf den Beinen halten können. Und ich erschrak. In meinen Ohren war plötzlich dieses eigenartige Rauschen, genau wie damals, als ich mit hohem Fieber krank im Bett lag. Ich presste die Hände an den Kopf, und blickte mich erschrocken um, als hätte ich gerade festgestellt, dass die Wände sich immer enger um mich zusammenzogen.

Nur wenige der leisen einleitenden Worte der Richterin erreichten mich. Aber ich musterte sie jetzt eingehender. Stutzte. Kannte ich sie etwa? An wen erinnerte sie mich? Schließlich entsann ich mich und hatte eine Vision. Die Richterin hatte eine unheimliche Ähnlichkeit, sowohl in ihrer Erscheinung, sowie auch in ihrer Stimme, mit meiner Musiklehrerin in der vierten Klasse. An diese Lehrerin erinnerte ich mich gern und ich hatte sie gut im Gedächtnis. War sie es doch, die mich zum Klavier spielen ermuntert hatte.

Atemlos verfolgte ich jede Bewegung der Richterin. Sie breitete die Unterlagen vor sich aus, senkte den Kopf, blätterte in den Akten.
Ein langer Moment verging. Die Stille ließ den Atem der Anwesenden hören. Ich bemerkte jetzt, dass alle Blicke auf mich gerichtet waren.

Mein Anwalt atmete tief, schob seine Brille zurück.
Die Richterin gestikulierte mit den Händen. Forderte sie mich etwa zum Sprechen auf? Ich hörte nichts. In meinem Kopf war es taub und still. Doch ein Stich ging durch mein Inneres. Ich kam mir vor, als würde ich aufs Rad geflochten. Ich ließ meine Hände fallen.
Mir schien, als verstrichen ewig lange Minuten. Jetzt erreichte mich die Stimme der Vorsitzenden. Doch ich hatte mich

verschlossen, geradezu verbarrikadiert. Niemand sollte an mich herankommen.
Ich wandte mich zur Seite. Frau Schubert neben mir nickte mir auffordernd zu. Hilflos richtete ich meinen Blick zu meinem Anwalt. Er holte gerade einen Notizblock aus seinem Aktenkoffer. Noch in etwas gebeugter Haltung wandte er sich mir zu.
„Beginnen Sie. Erzählen Sie Ihre Geschichte." Dabei schob er seine Brille nach oben, eine Brille mit so dicken Gläsern, dass sie ständig herunterrutschte. Noch einmal nickte er mir auffordernd zu. Jedoch schwieg ich. Wo sollte ich beginnen? Ratlos sah ich vor mich hin.
Die Richterin sah mir fest in die Augen. Ihre Worte hallten jetzt in die Stille. Es fiel ein Schwall von Fragen:
„Ihre Freunde?" – „Ihre Hobbys?" – „Die Schule. Ihre Lieblingsfächer?" – „Ihr Zuhause?"
Ich beantwortete Frage für Frage und fürchtete mich schon vor der nächsten.
„Ihre Eltern?" – „Ihr Großvater?"
Hatte sie diese Frage eben besonders betont? Ich zuckte augenblicklich zusammen. Ich ließ den Kopf fallen, sah auf meine Schuhe. Und es wurde finster in mir. Ich richtete mich schließlich auf.
„Mein Großvater", antwortete ich mit erstickter Stimme. „Mein Großvater? Der..." Ich stöhnte nur. Ich war nicht in der Lage weiterzusprechen. Zu viel passierte jetzt hinter meiner Stirn. Und es war mir, als stocherte ich im Dunkeln. Dann weinte ich. Aber ich wischte die Tränen mit wilder Entschlossenheit ab.
Und Ömchen?, dachte ich. Von ihr hätte ich erzählen können. Doch nach ihr hat keiner gefragt. Nur die schwarzen Tage zählten. Von nun an hatte ich das Gefühl, in einem Sturzbach zu stehen, der alles mitriss, das mir einmal etwas bedeutet hatte. Zeitweilig verschwamm um mich herum alles, wie in einem dichten Nebel. Zu den weiteren Fragen hauchte ich nur ein kaum hörbares „Ja".

„Könnten Sie bitte die Frage wiederholen?", hörte ich mich plötzlich sagen.
„Warum?", vernahm ich. Und wieder. „Warum? Erzählen sie genau."
Die Worte stachen. Quälten mich.
Sie wissen es doch. Nein, Sie wissen es nicht? Doch, Sie wissen es. Sie müssen meinen Großvater fragen. Er weiß warum. Er weiß es ganz genau. Er sollte es sagen.
Ich bewegte die Lippen, doch es kam kein Ton heraus.
Nach und nach gelang es der Vorsitzenden doch, Stück für Stück aus mir herauszulocken, was sie erfahren wollte. Dabei spürte ich allmählich, sie wollte mich nicht in die Falle treiben, sondern mich ohne Verletzungen zu einem Geständnis bewegen. Ein aus tausend verstreuten Teilen bestehendes Durcheinander setzte sich in meinem Gedächtnis nach und nach zusammen. Und ich sprach, langsam, zunächst immer noch suchend, dann schneller.
Danach war ich am Ende meiner Kraft. Ich fühlte mich schweißgebadet. Und ich hatte nur den einen Wunsch: Wenn sie mich doch in Ruhe lassen würden und alles vorbei wäre! Endlich alles!
Was sollte ich hier noch? Es war doch alles gesagt. Ich kaute am Daumennagel. Verbarg mein Gesicht und fing an' zu schluchzen, nur kurz, nur leise, keiner sollte es bemerken.
Für wenige Augenblicke schwieg die Vorsitzende, senkte den Blick noch einmal in die Akten. Mir war, als sei ich schutzlos und mutterseelenallein. Betäubende Stille umschloss mich, die mich zu erdrücken drohte.
Und jetzt, dachte ich, was kommt jetzt noch? Ich hatte es gerade gedacht, da drang die Vorsitzende wieder in mich. Sie sah mich an, ohne dass ihre Augen irgendein Gefühl verrieten.
„Das genügt mir noch nicht. Sie beschuldigen andere. So ist es aber nicht. Auch wenn Sie sich das einzureden versuchen. Sie zeigen keine Reue."
Etwas Messerscharfes vibrierte in der Luft. Der Raum wurde kalt.

Ich hob den Kopf, warf mein Haar mit Schwung zurück. Meine Gedanken rasten wild. Ich formulierte Worte. Dann brach es aus mir heraus.
„Natürlich bereue ich. Oft war es mir, als könnte ich nicht mehr leben. Ich habe das doch so nicht gewollt. Um Himmels willen, ich wollte doch meine Mutter nicht töten! Doch nicht meine Mutter! Nie sollte es so kommen! Nie!", entgegnete ich jetzt schroff, voll Bitterkeit. Meine Lippen bebten derart, dass ich die Hände dagegen presste.
Als ich mich wieder gesammelt hatte, stammelte ich noch einige Sätze, verstrickte mich. Was war mit meinem Kopf? Ich konnte nicht mehr klar denken. In meinem Inneren schrie es bloß noch: Was wissen die schon, wie es damals in mir aussah. Nichts wissen sie!
Die Richterin maß mich mit einem grüblerischen Blick, in dem auch eine Spur Misstrauen mitschwang, so schien es mir. Ihre Hand deutete zu mir.
„Es ist völlig unverständlich. Sie haben ein Lebensmittel vergiftet und damit die ganze Familie in Gefahr gebracht."
Darauf war ich gefasst gewesen und ich hatte die Antwort parat.
„Nein! Eben nicht. Davon hat doch stets nur Großvater gegessen", sagte ich mit Bestimmtheit. „Ich war mir sicher", setzte ich noch hinzu. Ich atmete tief. Sag's, sag's doch, befahl mir die innere Stimme. „Er hat auch meine Mutter gequält, beleidigt, schikaniert, vielleicht sogar ... " Ich erschrak und brach abrupt ab. „Er hat ihr das Leben schwer gemacht, und ihrer Gesundheit geschadet. Ich konnte es nicht mehr mit ansehen, wie sie darunter litt." Ich strich eine Haarsträhne aus meiner feuchten Stirn. „Etwas muss geschehen, dachte ich ständig. Mein Vater ..." Ich hob die Schultern, ließ sie wieder fallen. Meine Augen irrten suchend. Als mein Blick an der schwarzen Robe der Richterin hängen blieb, fiel mir der eindringliche Rat des Priesters ein, mich unbedingt meinem Vater anzuvertrauen. Doch ich hatte mein Versprechen nicht gehalten. Und nun – es war zu spät.

Mein Verteidiger sah mich forschend an. Dabei flackerte ein Anflug von Erkenntnis über sein Gesicht. Er hob jedoch seine Hand und gab mir zu verstehen, nun nicht weiterzusprechen. Die Richterin beugte sich nach vorn, sah mich eindringlich an und schüttelte unmerklich den Kopf.

„Entscheidend ist, durch Ihr verhängnisvolles Schweigen haben Sie in Kauf genommen, dass Ihre Mutter nicht überlebte. So haben Sie ihren Tod verschuldet."

Diese grausame Wahrheit! – Sie hallte noch wie ein Echo im Raum. Vernichtend. Ich wusste mit mir nicht wohin. Und wieder senkte sich die Stille wie ein bleischweres Tuch herab. Ich ballte meine Hände. Alles bäumte sich in mir auf.

„Ich habe es doch nicht gewollt! Warum versteht mich denn keiner!" Ich erhob mich ein wenig, hielt mich mit einer Hand an der Stuhllehne fest. „Lassen Sie mich endlich in Ruhe!", presste ich mit gesenktem Kopf zwischen den Zähnen hervor. Ich hatte das Gefühl, meine Stimme klang fern und dünn in der Luft des Raumes. Ich sank erschöpft in meinen Stuhl zurück. Ich biss in die Nägel und spürte, wie meine Augen flatterten.

Für einen kurzen Moment legte mein Anwalt seine Hand beschwichtigend auf meinen Arm, und sah mich eindringlich an. In seinem Blick lag eine stumme Mahnung. Von nun an hatte ich mich wieder verschlossen.

Neben mir war Blättergeraschel. Der Anwalt blätterte derweil seine Unterlagen durch, als ginge ihm etwas durch den Kopf. Ich vermutete, dass er nach Notizen oder Einträgen suchte, die er herausnehmen wollte.

Die Stimme der Richterin schreckte mich auf.

„So kommen wir nicht weiter, Ellen!" Wie Hammerschlagen empfand ich ihre Stimme. „Sie müssen schon Einsicht zeigen", ermahnte sie mich jetzt vertrauensvoll in leisem Ton, gewissermaßen wie von Frau zu Frau.

Ich musterte sie mit scharfem Blick. Und als ich sie so betrachtete, vermutete ich in dem Moment, dass sie wie die meisten Menschen irgendwo auch eine dunkle Seite hat. Aber

sicherlich versteht sie es, sie geheim zu halten. Und plötzlich hatte ich mich ein wenig entfernt. Aber nur für wenige Sekunden. Dann kam die Unsicherheit wieder zurück und ich wich ihrem Blick aus. Ich knetete die Finger, sprach leise und doch eindringlich.
„Wie soll ein Mensch so leben? Ich wusste mir keinen Rat. Diese Ängste, diese Bedrohungen. Ich konnte so nicht mehr leben. Nein!" Ich atmete durch. Meine Beklemmung war in dem Moment ein wenig verflogen.
Die Minuten dehnten sich. Von der Seite des Saales vernahm ich Stuhlrücken. Ein Fenster wurde geöffnet.
Die Richterin schloss ihre Akte, während ihr Blick sich prüfend in meine Augen vertiefte.
Was jetzt noch, mein Gott, was will sie jetzt noch? Sie soll mich endlich in Ruhe lassen!, tobte es in mir. Sie hat gut reden. Wie sie da sitzt, in ihrer Ruhe. Sie hat doch keine Ahnung. Aber Macht hat sie. Und die wird sie mir zeigen.
So wühlte es in meinem Inneren, bis ich plötzlich die Stimme meines Vaters vernahm, und ich erschrak bis aufs Blut. In seiner Stimme lag eine derartige Traurigkeit, die mir den Magen zusammenschnürte. Um mich herum versank alles. Ich hörte nichts, sah nichts. Aber diese Stimme, diese verzweifelte Stimme! Ein Schauer lief mir über den Rücken, und ich war wieder von Vorwürfen und Reue überwältigt.

Den Rest des Tages überstand ich, indem ich mich in alle nur erdenklichen Arbeiten stürzte. Selbst danach dauerte es noch etliche Stunden, bis ich mich wieder beruhigt hatte und wieder klarer denken konnte.
Ich öffnete das Fenster, reckte mich, sah nach unten. Dort entdeckte ich die Katze vor dem Oleanderstrauch. Natürlich, Nachbars Katze war es wieder. Zu gern schlich sie in unserem Garten durch die Sträucher und Beete. Wie wohlig sie sich dehnte und streckte. Ach ja, ihr geht es gut, dachte ich so bei mir. In dem Moment sprang sie auf und sauste davon.

Ich schlug mein Tagebuch auf und bemerkte, dass nur noch wenige Seiten unbeschrieben waren. Ja, ich muss mir unbedingt ein neues kaufen, nahm ich mir vor. Vielleicht gleich morgen. Denn vieles, so ahnte ich, musste ich mir gewiss in den nächsten Tagen und Wochen von der Seele schreiben. Ich umklammerte den Kugelschreiber. Dabei tauchten die Stunden des Nachmittags auf. Sofort folgte ein Gedanke dem anderen, wie Welle auf Welle im Meer. Und sie flossen in mein Tagebuch.

Als ich vor wenigen Stunden von der Verhandlung nach Hause kam, hatte ich mir vorgenommen, nicht alles schwarzzumalen. Aber nun sehe ich vor meinem inneren Auge wieder meinen Vater, wie er in einer unendlich müden Bewegung den Kopf zurücklehnte, wie er schließlich um Beherrschung ringend die Sätze formulierte.

Dann klang seine Stimme bitter, nur noch bitter. – Meine Helferin schien den Eindruck zu haben, dass die Worte an meinem Ohr vorüberrauschten, denn sie sah mich an und wies mit einer Geste zu meinem Vater hin. Seine Miene verriet, dass seine Gedanken jetzt abschweiften. Er schwieg.

– Ich glaube, mein Atem klang laut und heftig in dieser eigentümlichen Stille. Eigentümlich, weil sie beängstigend war. –

Die Richterin, wie gleichmütig sie

Ich strich die letzten Worte wieder durch, kritzelte sie so lange durch, bis nichts mehr davon zu sehen war. Ich schob mein Tagebuch zur Seite. Tastete nach dem Buch, das neben der Lampe lag und zog es heran. „Effi Briest" hatte jetzt ständig auf meinem Schreibtisch seinen Platz. Effi war mir so nahe. Ich blätterte, versenkte mich in ihre Welt. Suchte. Und endlich strich ich mit einer dünnen Bleistiftlinie die Stelle an, die mir so wichtig war.

...Sagen sie Freund, was halten sie vom Leben?" „Ach, liebe Effi, mit solchen Doktorfragen darfst du mir nicht kommen. Da musst du dich an einen Philosophen wenden oder ein Ausschreiben an eine Fakultät machen. Was ich vom Leben halte? Viel und wenig. Mitunter ist es recht wenig." „Das ist recht, Freund, das gefällt mir, mehr brauche ich nicht zu wissen.

Ich verstand Effi gut. Sie sprach mir wieder aus der Seele.

Man ließ mich nicht zur Ruhe kommen. Hatten sie sich denn alle gegen mich verschworen? Alle, die mir Gesetz und Recht und Ordnung beweisen wollten. Ein Verhandlungstermin jagte den nächsten. Mir war das schleierhaft. Es war doch alles schon gesagt worden. Ich geriet in einen seltsamen Zustand von Ratlosigkeit. Meine Gedanken umkreisen immer wieder die Frage: Was denn nun noch?
So auch an diesem trüben Vormittag.
Der Wind peitschte die Regentropfen unablässig gegen die riesigen Fensterscheiben des Sitzungssaales. Mein Anwalt sah mit besorgter Miene zu den Scheiben, an denen das Wasser in Bächen herunterfloss.
Ich folgte gleichsam seinem Blick. Doch im selben Moment riss ich den Kopf wieder herum und horchte auf. Pia wurde hereingerufen. Gleich schossen wirre Gedanken durch meinen Kopf. Du lieber Himmel, das ist doch nicht möglich. Meine beste Freundin Pia als Zeugin! Pia, der ich mein Geheimnis in bestem Glauben anvertraut hatte. Tausende Male hatte ich diese Situation in Gedanken durchgespielt. Und dennoch war es nun für mich einfach unvorstellbar.

Dass Pia hier in meiner Nähe war, hier an diesem unseligen Ort, entmutigte mich noch mehr.
Vor dieser Begegnung graute es mir. Als sie einmal zu mir herschaute, nur kurz, nur wenige Sekunden, zuckte ich zusammen. Ich ließ sie jedoch von nun an keinen Moment aus den Augen, obwohl ich zusammengesunken wie ein Häufchen Unglück dasaß.
Jetzt straffte sie sich, richtete ihre Augen nach vorn. Und es begann das Frage-und-Antwort-Spiel, das ich schon gut kannte. Pia antwortete zögernd und mit etwas heiserer Stimme auf die Fragen der Richterin. Sie vermied dabei, zu mir zu blicken. Einige Male, so beobachtete ich, wandte sie ihren Kopf in meine Richtung, drehte sich aber sofort wieder um. Warum tut sie das, überlegte ich. War es Unsicherheit? Hatte sie vielleicht ein schlechtes Gewissen?
Sie begann, in abgehackten Sätzen zu erzählen. Ich merkte wohl, dass es sie Überwindung kostete. Sie wusste ja alles. All meine schrecklichen Erlebnisse. Einfach alles, was sonst niemand gewusst hatte. Soll sie doch erzählen, dachte ich jetzt, sogar ein wenig erleichtert. Jetzt hielt Pia inne, atmete tief und fuhr dann langsam und bedächtig, aber ohne großen Nachdruck fort. Mitunter berichtete sie stockend, als suche sie nach einem treffenden Ausdruck und gelegentlich durch einen Seufzer andeutend, dass ihr die Erinnerung schmerzlich oder unklar sei.
„Und trotzdem tut mir Ellen leid. Sie hat so Furchtbares erlebt. Schlimmer ging es nicht", waren ihre letzten Worte, leise aber vernehmlich, in einem Ton der jeden Zweifel ausschloss.
Für mich war es nur ein schaler Trost.
Pia verließ mit raschen Schritten den Saal, die Hände in den Taschen, den Kopf gesenkt.
Von der Richterin wurde eine Pause angesetzt.
Ich blieb wie angewurzelt sitzen. In meinem Inneren tobte es. Trotz Pias gutgemeinten Sätzen war ich aufgewühlt und fühlte mich verraten, ausgestoßen und unverstanden. Keinen

Menschen wusste ich an meiner Seite. Niemand würde mir Halt gewähren. Und meine beste Freundin? Wie war das möglich? Ich fand es seltsam, denn in diesem Augenblick der Niedergeschlagenheit tauchte Großmutter in meinem Innern auf, wie sie oft auf mich zukam, die Arme ausgebreitet, damit ich hineinspringen konnte.
Meine Augen wanderten zu den Fenstern. Es hatte aufgehört zu regnen.
Mein Blick schweifte geistesabwesend in die Ferne, als suchte ich in der Ferne der Welt eine verlorene Harmonie. Und ich empfand plötzlich den Drang davonzulaufen.

Inzwischen waren einige Wochen vergangen. Erneut stand mir eine zermürbende Verhandlung bevor. Nun endlich die Vorletzte, wie ich von Frau Schubert erfuhr. Die vorletzte Verhandlung vor der entsetzlichsten, in der ich erfahren würde, was das Schicksal für mich bereithielt. Woran ich nicht zu denken wagte. Jedoch aus dem Hinterhalt tauchte der Gedanke daran immer wieder tückisch auf und machte alles schwer. Hatte mich dann dieser Gedanke gepackt und ließ mich nicht mehr los, sah ich verrückte Bilder.

Frau Schubert bemühte sich, mir meine Ängste zu nehmen. Sie versuchte bei jedem Gespräch mir Mut zu machen. Stark zu sein.

„Sie spielen wieder Klavier, treiben wieder Sport, schaffen es doch gelegentlich schon, sich selbst Mut zuzusprechen und versuchen Furcht und Beklemmungen zu vertreiben, indem sie jetzt offener reagieren. Sie sollten stolz darauf sein. Was sie einmal geschafft haben, schaffen sie immer wieder. Denken sie daran", betonte sie am Ende eines langen Gesprächs. Doch ich spürte, dazu langte meine Kraft nun nicht mehr. Wenn sie versucht war, mit mir eindringlich zu sprechen, auch Forderungen zu stellen, kam es jetzt häufig vor, dass ich fast apathisch reagierte.

Ebenso apathisch saß ich an meinem Schreibtisch vor dem geöffneten Tagebuch. Drehte geistesabwesend den Kugelschreiber zwischen den Fingern.

Ich will dort um nichts auf der Welt wieder hin.
Wenn doch etwas passieren würde. Etwas
Schreckliches. Und alles müsste aus und vorbei sein.

Ich schrieb die Sätze mit zittriger Hand. In meinem Inneren formte ich noch etliche Sätze. Jedoch ich behielt sie im Kopf.

Heute wollte ich mutig und gefasst sein, hatte ich mir fest vorgenommen. Doch als ich jetzt diesen Raum betrat, waren meine Vorsätze wie weggepustet.
Benommen und wie abwesend saß ich da. Meine Augen starrten in einen fernen Nebel.
Ich schrak auf. Mit einem hallenden Klappen war die Tür geschlossen worden.
Nachdem die Richterin die Sitzung eröffnet hatte, wandte sie sich dem Staatsanwalt zu.
Ich riss mit offenem Mund den Kopf hoch und starrte hinüber.
Der Staatsanwalt erhob sich von seinem Stuhl, legte die Fingerspitzen an den Rand des Tisches, nickte zum Richtertisch hin, nahm sich ein paar Sekunden Zeit, um direkt in jedes der Augenpaare zu schauen, die ihrerseits erwartungsvoll auf ihn gerichtet waren. Sein schmales kantiges Gesicht war konzentriert. Seine Hand verweilte noch einen langen Moment auf dem tiefblauen Aktendeckel.
Er maß mich mit derart eindringlichen Blicken, dass es auch dem Mutigsten beklommen ums Herz geworden wäre.
Ich wich diesem Blick aus, sah krampfhaft auf seine schwarzglänzenden Schuhe. Meine Hände krochen an den Sitz meines Stuhles, klammerten sich fest. Ich spürte, wie meine Helferin, Frau Schubert, mich von der Seite beobachtete. Doch ich vermochte nicht, mich zu ihr hinzuwenden. Stattdessen saß

ich in starrer Haltung da. Und in meinem Kopf hämmerte es: Was jetzt? Aus meinen Ärmeln kroch die Gänsehaut und ließ mich frösteln.
Währenddessen füllten die Worte des Staatsanwaltes den Raum. Es waren anklagende Worte, hart und schneidend, die sich mir einbrannten. Er formulierte die Sätze mit Leichtigkeit, wie gut geübt. Ein Satz zog den anderen nach sich. Er sah mich dabei von Zeit zu Zeit mit zwingenden Augen an, die unerbittlich den Blickkontakt zu mir suchten.
„Hohes Gericht, Frau Vorsitzende" .Bedeutungsvolle Pause. Auch wenn der Tatablauf, mit dem wir hier konfrontiert worden sind, außergewöhnlich ist, und auch, wenn die Angeklagte zum Tatzeitpunkt erst fünfzehn Jahre alt war, sind wir es dem Opfer schuldig, uns mit der schweren Schuld, die die Angeklagte hier auf sich geladen hat, intensiv auseinanderzusetzen. – Die Einsichtsfähigkeit in das Unrecht, das Gift dem Pflaumenmus beigesetzt zu haben und schweigend zugesehen zu haben, wie ihre Mutter im Krankenhaus tagelang mit dem Tode kämpfte, ... "
Ich biss die Zähne zusammen, presste die Hände gegen den Mund.
„... muss auch von einer Fünfzehnjährigen erwartet werden können. Auch wenn die Angeklagte nicht gewollt hat, dass letztlich ihre eigene Mutter zum Tatopfer wird, so hat sie sich doch wissentlich oder willentlich zur Herrscherin über Leben und Tod erhoben."
Vor meinen Augen verschwamm alles. Ich hatte Mühe, mich aufrecht auf dem Stuhl halten zu können. Nach qualvollen Sekunden vernahm ich nun wieder seine Stimme.
„Der Angeklagten war zu jeder Zeit bewusst, dass die Beimischung des Giftes in das Pflaumenmus geeignet war, den Tod eines Menschen herbeizuführen."
Ich sank zur Seite und drohte, ohnmächtig zu werden. Ich spürte Frau Schuberts festen Griff an meiner Schulter. Nur einzelne Brocken der Sätze des Staatsanwaltes erreichten mich noch.

„... durchaus vorhersehbar, dass nicht nur der Großvater ... von schwerer Schuld nicht freizusprechen ... so beantrage ich... "
Hinter mir ein schmerzliches Stöhnen. Mein Vater. Er litt sicher ebenso wie ich. Wie gern hätte ich mich jetzt zu ihm gesetzt, mich an ihn gelehnt und ihn um Verzeihung gebeten.
Als die Worte „ ... so erhebe ich Anklage ..." auf mich einstachen, wurde es für einen Moment dunkel.
„ ... viereinhalb Jahre Jugendhaft!", echote es mir aus allen Richtungen entgegen.
Der Staatsanwalt rückte seinen Stuhl zurecht, setzte sich und schloss seine Akte.
Ich sah ihn an, nur kurz, ein Wimpernschlag.
Mir war übel. Ich sah alles verzerrt. Die Bilder begannen, ihre Konturen zu verlieren. Bloß nicht ohnmächtig werden, dachte ich. Meine Augen wanderten durch den Raum, suchten Halt. Jedoch, ich fand mich nicht mehr zurecht, und fühlte mich mutterseelenallein.
Die Richterin unterbrach jetzt für wenige Minuten die Verhandlung.
Die Tür zum Gang wurde geöffnet. Ich verließ den Saal mit unsicheren Schritten.
Frau Schubert stellte sich zu mir an das Fenster. Wir sprachen nur wenig. Dann trennte ich mich von ihr und ging den Gang weiter entlang. Suchte, suchte, suchte. – Fand endlich das „D" an der Tür.
Hier war ich so abgeschieden von allem. War das nicht eine günstige Gelegenheit? Es müsste etwas passieren, so hatte ich es doch in mein Tagebuch geschrieben.
Vor dem Spiegel stehend, grübelte ich ernsthaft. Ich blickte unbeteiligt auf mein Bild. Zurück blickten braune, dunkelumrandete Augen aus einem Gesicht, das unter dem grellen Oberlicht noch farbloser wirkte. Ich konnte meinen Anblick im Spiegel nicht ertragen und wandte mich ab. Ich schloss mich in eine Kabine ein und setzte mich auf den Klodeckel, den Kopf in den Armen vergraben, eingezwängt zwischen den

engen Kabinenwänden. Ich überlegte angestrengt, während draußen die Fahrstuhlglocke klingelte.
Meine Augen hefteten sich auf alles Mögliche: auf den verchromten Riegel an der Kabinentür, auf das Muster der Bodenfliesen, auf meine Hände, die kraftlos auf meinen Schenkeln lagen und wieder auf den verchromten Riegel. Ich hatte ihn Minuten lang angestarrt. Noch immer kam mir keine Idee, so sehr ich auch nachdachte.
Ich schloss die Augen, als könne ich mich damit entfernen, aussperren.
Plötzlich schreckten mich Schritte und Stimmengewirr auf. Die Stimmen wurden lauter. Ein kleiner Aufruhr entstand. Wieso gönnte die Welt mir keine Ruhe? Jetzt wurde die Tür nach draußen mit einem Ruck geöffnet. Klackende Schritte auf den Fliesen näherten sich.
„Ellen?" „Ellen, sind Sie hier?" Das war Frau Schuberts Stimme. Ich verhielt mich reglos.
Die Kabinentüren wurden nacheinander geöffnet. Jetzt das Fenster. Autohupen. Straßenlärm.
Ich schrak zusammen. Ein heftiges Rütteln an meiner Tür.
„Ellen, sind Sie hier? Antworten Sie doch. Geht es Ihnen nicht gut?"
Nun war mein Mund völlig verschlossen, und ich verharrte noch still.
„Ellen, geben Sie doch endlich eine Antwort!" Frau Schuberts Stimme klang jetzt schroff.
Andere Stimmen schwirrten durcheinander. „Den Hausmeister holen." „Tür aufbrechen."
Jetzt wieder Schritte.
Langsam, sehr langsam drehte ich den Chromriegel zurück. Öffnete. Frau Schubert stand vor mir.
„Dann kommen Sie jetzt!", sagte sie in einem Ton, der keinen Widerspruch duldete. Dabei blickte sie mich so scharf an, dass mir unbehaglich wurde.
„Sie haben uns in helle Aufregung versetzt." Ihre Schritte wurden dabei immer schneller. Ich bemühte mich, ihr zu

folgen. Bevor wir wieder in den Saal hinein gingen, wandte sie sich mir zu. „Was war los? Ist es Ihnen schlecht geworden?" Ich hob die Schultern und blickte zur Seite. Ich fühlte mich ertappt.

„Sind Sie für das Schlussplädoyer bereit? Dann beginnen Sie bitte", hörte ich die Richterin und mit einem Schlag war sie für mich wieder gegenwärtig. Sie schaute auffordernd zu meinem Anwalt. Ich wandte mich zu ihm hin. Unsere Blicke begegneten sich.
Ich presste meine Hände aneinander, versuchte mich zusammenzunehmen. Nahm mir fest vor, mich auf seine Sätze zu konzentrieren. Ich holte ein paar Mal tief Luft, kämpfte mit aller Energie gegen meine Benommenheit an, indem ich immer noch die Hände presste, dass sie schmerzten, um mich hellwach zu halten.

Der Anwalt legte seine Hand auf seine Akte, zögerte einen kurzen Moment, schob sie zur Seite. Danach erhob er sich mit einer überraschend geschmeidigen Bewegung von seinem Stuhl, schaute kurz auf seine Unterlagen, schob die Brille zurück.
Er war mit einem Mal größer, als mir bisher aufgefallen war. Ich schaute ihm wartend ins Gesicht. Doch es folgte zunächst eine schon fast unangenehm lange Stille. So schien es mir, denn ich war gierig auf seine Worte. Er blinzelte in das Neonlicht, dann endlich setzte er an.

„Hohes Gericht, verehrte Frau Vorsitzende, ich denke, uns allen, die wir dieses Verfahren seit dem ersten Verhandlungstag begleitet haben, ist nachhaltig klar geworden, dass wir es hier mit einem Fall zu tun haben, der an persönlicher Tragik seinesgleichen sucht."
Meine Augen glitten zu seiner Akte, dann zu seinem Mund. Ein winziges Fünkchen Hoffnung flammte in mir auf. Und ich griff danach.

„Tragik, sowohl in Bezug auf das Opfer, als auch in Bezug auf die Person meiner Mandantin. Dies macht es allen

Beteiligten schwer, das zutiefst erschütternde Geschehen real zu messen."
Meine Schultern sanken nach vorn. Jetzt kam sie doch wieder, die Angst, als hätte sie nur eine Pause gemacht, um nun mit umso größerer Wucht über mich herzufallen. Wieder verschwamm alles im Nebel. Nur einzelne Satzfetzen erreichten mich:
„Tötungsabsicht ...Verminderte Schuldfähigkeit oder gar Schuldunfähigkeit ... kann meiner Mandantin Tötungsvorsatz ... nicht unterstellt werden ... das Pflaumenmus ausschließlich vom Großvater ... noch nie eine andere Person, noch nie ihre Mutter ... ungewollter, versehentlicher Eintritt des Verletzungserfolges … nur eine Fahrlässigkeitstat in Betracht ... deshalb ...", mein Kopf schnellte nach oben, „ Freispruch".
Hatte ich es richtig vernommen? Mir stockte der Atem. War es nur ein Tagtraum?
Nachdem er sich wieder gesetzt hatte, nahm er kurz seine Brille ab, blätterte jedoch noch einmal in seinen Unterlagen, bevor er sie in seine Tasche schob.
„Möchten Sie noch etwas sagen?", hörte ich wie aus weiter Ferne. Die Vorsitzende wiederholte: „Möchten Sie sich äußern?"
„Nein", ich zögerte, „nein, möchte ich nicht", presste ich heraus.
Später verließ ich mit Frau Schubert das Gerichtsgebäude wie in Trance.
„Ich begleite Sie?" Ich nickte dankbar und lief stumm mit schleppenden Schritten neben ihr. Plötzlich hielt sie einen Moment inne, lächelte und begann spontan wie aus dem Nichts von einer besonders schwierigen Wanderung auf den Langkofel, einen markanten Berg in den Dolomiten, zu erzählen. Sie beschrieb in allen Einzelheiten, warum die Wanderung zwar sehr schön, aber doch auch recht gefährlich war. Dass sie gern Bergtouren unternimmt, hatte sie mir bereits schon einmal gesagt. Aber wie kam sie nur

ausgerechnet jetzt darauf? Wir verlangsamten unsere Schritte. Sie erzählte begeistert von ihren Erlebnissen weiter. Allmählich hörte ich ihr gespannt zu. Sie erzählte interessant und beschrieb den Wanderweg und die Bergwelt so genau, dass ich alles deutlich zu sehen glaubte.

„Man muss sich manchmal schon recht quälen, um bis hinauf ans Ziel zu gelangen." Dabei betrachtete sie mich mit scharfem Blick und hochgezogenen Augenbrauen. „Aber man schafft es schließlich, wenn man es unbedingt will. Der Wille ist wichtig", fügte sie noch an. Wir hatten schon den Marktplatz erreicht. Auf einmal blieb sie abrupt stehen.

„Ich könnte jetzt einen Kaffee vertragen. Sie auch? Was meinen Sie?" Ich sah sie unschlüssig an. „Machen wir's also", schlug sie vor. Ihre Augen glitzerten.

Ich nickte zustimmend und bemerkte erst jetzt, dass wir gerade vor „unserem Café" angelangt waren. Sie ergriff resolut meinen Arm. Drinnen wanderte mein Blick sofort zu dem Tisch in der gemütlichen Fensterecke hin. Und ich musste an Pia denken und an meinen Geburtstag, damals, als ich Pia mein Geheimnis doch noch nicht erzählen wollte. An diesem Tisch hätte ich jetzt auf keinen Fall sitzen mögen. Er war glücklicherweise besetzt.

Frau Schubert steuerte auf die gegenüberliegende Seite zu. Mit der Hand winkend, wandte sie sich zu mir um.

„Komm, Ellen. Setzen wir uns dort an den kleinen Tisch neben der Palme. Da sind wir etwas abseits und können ungestört plaudern", murmelte sie noch.

Plaudern? Was soll ich plaudern dachte ich, während ich meinen Stuhl zurechtrückte. Mir war nicht danach zumute. So war es schließlich Frau Schubert, die munter plauderte. Mir dabei immer wieder aufmunternd zunickte, dann innehielt und wartete, bis ich schließlich lächelnd etwas erwiderte.

Stunden später vertraute ich meinem Tagebuch wieder mein Inneres an:

Ich war Frau Schubert sehr dankbar, dass sie mich mit ihrem freundlichen Wesen aus meiner Starrheit löste.
Die Stunden zuvor hatten mir wieder unsägliche Qualen verursacht. Und ich stürzte von einem zum anderen Mal in schwarze Verzweiflung. Der Staatsanwalt hatte kein gutes Haar an mir gelassen. Eigenartig. Der Klang seiner Stimme erinnerte mich an den Gutachter, der sich während der Verhandlung in der vorigen Woche ausführlich zu meinem Entwicklungsstand geäußert hatte. Er zerpflückte mich förmlich.
Liebes Tagebuch, das hatte ich dir noch gar nicht erzählt, wie er meinen gesundheitlichen Zustand beschrieb, bis ins Kleinste meine Persönlichkeit auseinandernahm. Auseinandernahm und wieder zusammensetzte, wie ein Puzzle. Da hörte ich: krankhaft ängstlich, höchst sensibel, traumatisiert, Schlafstörungen, Untergewicht, geistig gut entwickelt. Und vor allem, und das war wohl besonders wichtig, schätzte er meinen moralischen Entwicklungsstand ein. – Ja, wie steht es nun mit meiner Moral? Als ich sagte, dass ich vor lauter Hass und Verzweiflung nur von dem einen Gedanken beherrscht war, wie ich ihn umbringen könnte, wurden Blicke getauscht. Die Richterin musterte mich fragend. Ich wusste, es klang nicht eben reumütig. Aber es war doch die Wahrheit.

Es wäre gut, sie würden sich um die Moral des Großvaters kümmern. Aber das tun sie wohl noch, hatte die Richterin in einer der Verhandlungen angekündigt. – Ich hatte heute versucht, alles, was in den Plädoyers gesagt wurde, deutlich in mich aufzunehmen. Doch einige Male war es schwierig. Da ging es mir wieder schlecht. Mein Kopf. Immer dieses Dröhnen. Dann hörte ich nur noch einzelne Worte wie durch Watte aus weiter Ferne.

Der Tag ging zu Ende. Die Farben verblichen.
Es war der Donnerstag darauf, der düstere Vorabend der Urteilsverkündung.
Auf die letzte Zeile meines Tagebuches schrieb ich noch:

Morgen ist der Tag meiner „Hinrichtung". Irrsinn. Einfach Irrsinn. Was sonst. Diesen Tag dürfte es nicht geben. Wer lässt so etwas zu. Ich möchte sterben.

So haderte ich in meinem Tagebuch mit meinem Schicksal.
Ich strich über die Seite, die nasse Flecke hatte.
Der Gedanke an Verurteilung war grauenhaft, zog mir die Haut vom Leibe. Ich war nicht mehr ich selbst.
„Wo finde ich Hilfe? Nirgends. Nein, Hilfe bekomme ich nicht." Ich sprach es laut, als erwartete ich eine Antwort. Sprach es ins Leere. Niemand war da.
Ruhelos und wie aufgescheucht lief ich in meinem Zimmer auf und ab. Schließlich sank ich auf meinen Stuhl vor meinem Schreibtisch, stützte die Arme auf, presste mein Gesicht in die Hände und murmelte wieder und wieder mit tonloser Stimme:
„Was wird morgen sein? Was wird man mit mir machen?

Wenn doch bloß endlich etwas passieren würde und ich den Tag nicht erleben müsste, dachte ich zum wiederholten Mal. Ja, das wäre es. Etwas müsste passieren. Etwas Schlimmes." So zogen sich die Stunden hin. Quälend, endlos lang. Plötzlich spürte ich Kälte und ich flüchtete mich in mein Bett. Erst gegen Morgen fielen mir die Augen zu. Ich stürzte in den Schlaf, einer Ohnmacht gleich. Als ich aufwachte, fühlte ich mich elend. Mein Magen war in Aufruhr.

Ich füllte den Wasserkocher, schaltete ihn an und wartete, den Blick zur Uhr gerichtet. Nicht dass ich jetzt unbedingt noch einmal eine Tasse Tee brauchte, aber diese schauerlich leeren Stunden zwischen sieben und neun mussten irgendwie gefüllt werden. Vor allem, ich war beschäftigt. Ich hätte sonst nicht gewusst, wie ich die Zeit überstehen sollte.

Mit kleinen Schlucken schlürfte ich den Tee und wärmte meine Hände an der Tasse. Meine Hände waren immer kalt. Dabei schaute ich nach draußen, dämmerte vor mich hin. Eigentlich hätte es ein schöner Tag werden können. Hell und freundlich, denn die Sonne war gerade im Begriff aufzugehen, weißer Dunst lag wie ein Schleier über den Häusern und Gärten. In den Spinnweben am Fenster fingen die Tautropfen die ersten Sonnenstrahlen ein und blitzten wie kleine Kristalle. Doch über allem würde bald ein Schatten liegen, dunkel und undurchdringlich.

Der Anwalt kam trotz seiner Massigkeit mit flinken Schritten auf mich zu. Bevor er die Tür zum Sitzungssaal öffnete, hielt er kurz inne und lächelte mich auf eine Art und Weise an, die entweder ein Ausdruck von Freundlichkeit oder nur eine geübte Maske war.

Ich versuchte, meinen Blick auf seinem Gesicht verweilen zu lassen. Jedoch waren meine Augen ruhelos.

Die Tür wurde wieder mit hallendem Klacken geschlossen. Ich empfand diesen hallenden Ton heute besonders resolut und eindringlich. Endgültig.

Der Himmel hatte sich wieder zugezogen. Mattes Licht sickerte durch die Fenster und trübte die Stimmung im Raum. Die Platane draußen vor dem Fenster wiegte sich im leichten Wind. Die sanfte Bewegung der Zweige ließ beim Betrachten Ruhe erahnen.
Doch in mir war keine Ruhe. Meine Finger zerrten und zogen an den Jackenärmeln. Ich vergrub sie in den Taschen.
Die Zeit wurde zur Ewigkeit. Jede Sekunde erschien mir endlos. Die Zeiger der Uhr an der gegenüberliegenden Wand rückten jedoch im gleichmäßigen Takt der Entscheidung über mein zukünftiges Leben entgegen. Die Luft im Raum war jetzt spannungsgeladen.
Die Beisitzerin verlas mit monotoner Stimme eine Unzahl von Paragrafen. Es klang, als würde sie die Worte vom Teleprompter ablesen.
Ich schaute derweil hinaus. Über den Dächern und Bäumen hatte sich der Himmel aufgeklart. Ein leichtes Leuchten breitete sich aus. Gab es eine größere Zuversicht als Licht und Sonne? Für einen Moment träumte ich mich in das Leuchten hinein. Ich versuchte mir vorzustellen, wie ich mit meinem Vater im nahen Park spazieren gehe. Es wollte mir absolut nicht gelingen. Dann wagte ich einen kurzen Blick zu ihm. Er hatte sich mit geschlossenen Augen zurückgelehnt, als würde er einer inneren Stimme lauschen.

„Bitte erheben Sie sich von ihren Plätzen!", prallte es an mein Ohr. Als ich mich erhob, hatte ich das Gefühl, dass der Boden unter meinen Füßen davon glitt.
Dann passierte das Unabänderliche. Der letzte grausame Schritt: Das Urteil.
Nachdem wir uns erhoben hatten, blickte die Richterin zu den Anwälten, hielt einen kurzen Moment inne, bevor sie das Urteil verkündete.

„Im Namen des Volkes ergeht folgendes Urteil: Die Angeklagte wird zu einer Jugendhaft von dreieinhalb Jahren verurteilt."

Kalte scharfe Worte. Ich hatte mit starrer Haltung und angehaltenem Atem gehorcht. Und diese Worte der Richterin hallten noch für einen langen Augenblick als eisiger Lufthauch im Raum. Mich trafen sie wie ein Faustschlag. Die Welt blieb für mich einen Moment stehen. Ich verstand nichts mehr von dem, was die Richterin noch sprach. Ich sah nur, wie sie für die Urteilsbegründung mit schnellen Bewegungen ihre Akten aufschlug, hin und her blätterte, Zettel entnahm.

Ich empfand nur noch Kälte, heimtückischen Frost. Meine Augen irrten Hilfe suchend. Meine Hände lagen zu Fäusten geballt auf meinen Knien. Das war es nun also, sagte ich mir. Und mir wurde grausam bewusst, in den nächsten Jahren würde für mich nichts Lebenswertes mehr existieren. Mir legten sich Bleigewichte auf die Brust und ich konnte nicht mehr richtig atmen.

Gern hätte ich jetzt meine Gefühle getarnt. Jedoch, das schaffte ich nicht. Vermochte nicht, Stärke zu zeigen, so sehr ich es mir vorgenommen hatte. Ich konnte mich selbst nicht ausstehen.

Benommen lehnte ich mich zurück und wusste für Sekunden nicht mehr, wo ich war. Wie blind starrte ich vor mich hin. Und ohne, dass ich es recht bemerkt hatte, waren meine Gedanken plötzlich bei meiner Großmutter. Erinnerungen zuckten wie Blitze. Ich sah Großmutter deutlich vor mir. Auch die Spieluhr. Weihnachten tauchte auf – damals. Ich sah Großmutter, wie sie in ihrem Sessel saß und strickte. Den Sessel mochte ich besonders. Als ich klein war, waren die Sessellehnen für mich zu weit auseinander gewesen. Ich konnte meine Arme nur auf eine Sessellehne aufstützen.

Später konnte ich nie verstehen, warum ich ausgerechnet in diesem Moment, hier, an diesem unseligen Ort, an meine Großmutter denken musste. Doch es geschah wie so oft. Wenn ich verzweifelt war und Hilfe brauchte, flüchtete ich mich zu ihr. Dann waren die Erinnerungen stark und ich sank tief in sie hinein.

Frau Schubert berührte meinen Arm. Sie hatte meine Abwesenheit bemerkt.
Als ich später aufstehen wollte, gehorchten meine Beine nicht. Aber ich schüttelte energisch den Kopf, schob den dargebotenen Arm zur Seite.
Draußen auf dem Gang spürte ich neugierige Blicke. Ich entdeckte Pia neben ihren Eltern. Sie sahen zu mir, zögerten und wandten sich schließlich ab. Ich blickte mich um, wartete auf irgendetwas. Da entdeckte ich meinen Vater am Ende des Ganges. Er sprach in sein Handy. Es war wohl ein sehr ernstes Gespräch. Seine Stirn war zusammengezogen, mit tiefen Furchen. Frau Wagner verharrte in seiner Nähe. Sie schien ihn aufmerksam zu beobachten. Als sie mich entdeckte, kam sie eilig auf mich zu. Ich wollte schon einen Schritt auf sie zugehen, doch in dem Moment spürte ich einen festen Griff am Arm, der mich durch den Gang dirigierte.

„Sie können mit mir fahren." Frau Schubert führte mich energisch hinaus. Ich floh mit geschlossenen Augen. Lief wie in Trance hinaus auf die Straße. Bei den letzten Schritten zum Auto hin schienen meine Beine nicht mehr zu meinem Körper zu gehören. Die Autotür schlug zu. Von nun an fühlte ich mich wie abgeschnitten von der Welt. Ich gehörte nicht mehr in diese Welt.

Mein Blick irrte wirr und verständnislos umher. Ich presste die Hände an den Kopf. Doch gleich im nächsten Moment riss ich den Kopf zur Seite. Ich hatte Blicke gespürt, und ich sah meinen Vater mit erstarrtem Gesicht auf dem Bürgersteig. Seine Haltung gebeugt, seine Lippen ein Strich. Jetzt wandte er sich ab, schaute ziellos in die Ferne. Für mich hatte er keinen Blick mehr.

Ich riss die Wagentür auf. Wie ein Hilfeschrei drang meine Stimme durch den Verkehrslärm. Mein Herz hat gedroht, still zu stehen.

Ellen

*

Allmählich dämmerte ein trockener, aber trüber Morgen herauf. Später lichtete sich der graue Himmel zu einem durchsichtig weißen Dunstschleier, hinter dem vielleicht auch die Sonne hervor- kommen mochte.
Er schiebt die Hände tiefer in die Jackentaschen und läuft mit raschen Schritten auf seinen Wagen zu.
Für heute hatten sie sich früh verabredet. Sie wollten den ganzen Tag gemeinsam verbringen, nachdem Frank ihr Buch zu Ende gelesen hatte. Nun war es doch einige Tage in seinem Besitz gewesen.
Jetzt liegt es neben ihm auf dem Autositz. Er parkt auf dem üblichen Platz unter dem dichten Blätterdach einer Linde.

Bei leiser Musik frühstücken sie gedankenversunken in einträchtigem Schweigen. Die Augen begegnen sich über gebuttertem Toast, dem Marmeladenglas, einem blauen Krug mit Orangensaft, Kaffeetassen.
Frank legt sein Messer auf den Teller, blickt in ihr blasses Gesicht.
„Wie wäre es, wenn wir heute mal ausgiebig frische Luft tanken würden? Ich glaube, dir würde es gut tun." Ellen unterdrückt ein Gähnen. In der langen Minute, die der Radiowecker braucht, um zur nächsten Ziffer zu springen, schickt sie ihm ihr warmes Lächeln hinüber.
„Gern. Ja, ist eine gute Idee. Geradezu eine fantastische Idee", entgegnet sie mit heiterer Miene, den Mund gespitzt und blinzelt ihm zu. „Hatte ich auch schon gedacht." Sie schaut zum Fenster hin. „Und wie es scheint, wagt sich sogar die Sonne bald hervor." Ihre Worte entlocken ihm sein breites Lächeln.
„Dann schlage ich eine Fahrt ins Blaue vor. Einfach irgendwohin, wo es uns gefällt. Na?" Er sieht sie mit hochgezogenen Brauen fragend an. „Moment mal, da fällt mir jetzt sogar ein ganz besonderes Ziel ein. Vielleicht ist es für dich noch unbekannt. Ich werde es dir nicht verraten. Also, einverstanden?" Ellen stellt ihre Tasse ab und beißt in das

Brötchen. Sie kaut bedächtig, dann nickt sie begeistert und erneut blüht ihr Lächeln auf. Überraschungen liebt sie, waren sie doch so selten.

„Natürlich bin ich einverstanden, Frank. Dein Vorschlag ist geradezu genial". Sie schnalzt mit der Zunge, springt auf, gibt ihm einen Kuss auf die Wange.

Katzenhaft flink beginnt sie den Tisch abzudecken. Dabei trällert sie den Song „Eiszeit" von Peter Maffay, den sie vor wenigen Minuten beim Frühstücken gehört haben. Eine ihrer Lieblings-CDs.

Er fährt zügig durch die wenig belebten Straßen. Sie wendet sich ihm zu, verspürt Lust, ihn zu berühren, mit den Fingern über seine Schulter, seine Wange zu streichen. Gerade in dem Moment biegt Frank ausgerechnet in die Straße, die sie seit Jahren gemieden hatte und auch nie wieder betreten wollte. Und sie sieht augenblicklich vor ihrem inneren Auge ihr Haus. Dieser Ort, der von ihren eigenen Gespenstern heimgesucht worden war. Nie wieder würde sie hier zurückkehren können.

„Frank, wieso hier?" Ihre Stimme ist dünn und klingt erschreckt. Er runzelt die Stirn und zeigt sich überrascht. Seine Augen halten verwirrt in alle Richtungen Ausschau. Dann schlägt er mit der Hand aufs Lenkrad.

„Ach Ellen, wie dumm. Tut mir leid. Daran habe ich nicht gedacht."

„Macht nichts", sagt sie, doch es klingt nicht ganz ehrlich. Eigentlich möchte sie die Augen schließen, nichts sehen. Doch wie von einem Magneten angezogen, von dem sie sich nicht lösen kann, muss sie nach draußen schauen. Und da nähern sie sich schon dem Haus. Dem Haus ihrer ewigen Ängste.

Für einen Moment reißt sie den Kopf herum und riskiert einen raschen Blick. Sie sieht ihr Haus noch so, wie sie es kannte, nur über der Haustür hat die Kletterrose ein dichtes Dach aus Blüten und Blättern gebildet.

Ihr gehen augenblicklich Bilderfetzen durch den Kopf, splitterhafte Erinnerungen. Sie sieht ihr Kätzchen durch den Garten springen, die bunten Schmetterlinge, Großmutters Dahlien, die Rosen, die ihre Mutter so liebte. Auch das Gartenhäuschen. Und ihr wird augenblicklich kalt. Dann verschwindet alles hinter ihr.
Sie hängt ihren Gedanken nach. Er greift nach ihrer Hand.
„Ist alles wieder in Ordnung mit dir? Du hast eine eiskalte Hand. Ist wirklich alles okay?" Seine Stimme klingt warm und beruhigend. Sie ist merklich blasser geworden und bringt nur mit Mühe ein zustimmendes Nicken zustande. Gleichzeitig zuckt sie mit den Achseln, eine schlaffe, kaum erkennbare Bewegung. Mit einem tiefen Seufzen löst sie sich von diesen Erinnerungen. Für eine Sekunde fühlt sie sich flau im Magen. Doch dann schnellt ihre Hand zum Autoradio hin. Sie versucht sichtlich, ihre düstere Stimmung abzuschütteln. Nach einer kurzen Weile hat sie sich wieder gefangen. Neigt ihren Kopf ein wenig zur Seite.
„Doch, doch, ist schon alles in Ordnung." Dabei verklärt sich ihr Gesicht zu einem kleinen Lächeln. Es ist ihr noch immer wichtig, Gefühle zu tarnen.
Sie entfernen sich aus dem Häusermeer, fahren in die grüne sonnendurchflutete Landschaft hinein. Sie öffnet das Fenster, atmet tief, verschränkt die Arme hinter dem Kopf und lauscht den Klängen aus dem Radio. Sie tippt ihm auf die Schulter.
„Hörst du? Candle in the Wind. Ich stelle mal etwas lauter."
„Ja, wollte ich auch eben". Leise pfeift er ein paar Takte der Melodie von Elton John mit.
Der Serpentinenweg windet sich hinauf. Durch die Bäume fällt gedämpftes Licht.
Ellen bleibt stehen und blickt durch die Lücke im leuchtenden Buchengrün auf das Land hinunter. Das Land, so weit, so endlos. Sie genießt den Anblick. Etwas Tröstliches liegt darin. Sie fühlt sich leicht und frei. Fühlt sich von allem Bedrückenden weit entfernt. Dabei erinnert sie sich an ihren

ersten Ritt mit Cäsar nach ihrer Krankheit. Sie lehnt sich mit verträumtem Lächeln an Franks Schulter.

„Wann bin ich das letzte Mal gewandert, gar auf einen Berg gestiegen? Mein Gott, hm, ich weiß es nicht mehr. Es ist wohl endlos lange her."

Sie schaut zu ihm auf. Mit ihren Blicken streichelt sie sein Gesicht. Er umfasst ihre Schulter. Drückt sie fest an sich.

„Dann wurde es ja höchste Zeit mit unserem Ausflug."

In dem Moment krächzt über ihnen ein Eichelhäher warnend. Dann ein zweiter. „Meinen die uns?" Ellens Augen suchen. Bei der nächsten Biegung deutet Frank nach oben.

„Schau mal hinauf. Siehst du, wir haben es bald geschafft." Das letzte Stück des Weges wird schmaler und steiler. Sie balancieren und steigen über kantige Steine.

Er fasst sie an der Hand. „Es sind nur noch wenige Schritte. Von dort oben haben wir dann eine fantastische Sicht. Du wirst staunen."

Wie er vorausgesagt hatte, nähern sie sich jetzt dem Ziel. Das Blätterdach lichtet sich. Plötzlich gelangen sie hinter einem Felsbrocken an eine eiserne Stiege, die durch eine schmale Schlucht hinauf zum Plateau führt.

„Die Himmelsleiter", erklärt Frank, sieht hinauf, seine Augen mit der Hand bedeckend.

In den Felsspalten zu beiden Seiten wachsen kleine Kiefern. Ihre Wurzeln krallen sich an den Felsen fest. Stellenweise schimmern gelblichgrüne Flechten. Ellen streift beim Hinaufsteigen mit der flachen Hand darüber hinweg. Er schaut zu ihr hin und nimmt die Pose eines Bergführers ein. „Man nennt sie Landkartenflechten."

Auf der Bergkuppe ist es nur wenigen Bäumen gelungen, Wind und Wetter stand zu halten. Ein Bussard kreist langsam in nicht allzu großer Höhe am Himmel.

Ellen lehnt sich an das Geländer der Aussichtsplattform. Ihre Augen folgen dem Flug des Vogels. Dann neigt sie sich zurück. Er umfasst sie zärtlich. Sie spürt seine Wärme, die

schützenden Arme um ihren Körper. Sie genießt seine Zärtlichkeit, fühlt sich wie berauscht. Er raunt ihr ins Ohr.
„Der Blick von hier oben, gleicht er nicht dem auf einem Gemälde? Bunt und fast unwirklich, zauberhaft schön, zu vollkommen. Hab ich recht?"
Sonnenstrahlen vergolden den See, weiße Mauern, Birkenstämme. Ein leichter warmer Wind weht. Ellen streicht ihre Haare zurück.
„Frank, wie recht du hast. Der Blick von hier ist einzigartig schön." Sie deutet mit dem Arm hinunter. „Schau doch mal! Sieht das nicht fantastisch aus? Die gelben und grünen Felder bilden ein wunderschönes Muster bis zu den leichten Hügeln am Horizont und dem schwarzgezackten Wald."
Sie beschattet ihre Augen mit der flachen Hand. „Dazwischen die Dörfchen mit den Kirchtürmen, wie Spielzeug. Die kleinen Baumgruppen gleichen grüne Inseln. Ach Frank, wie viel Wunderbares es doch gibt!" Sie reckt sich zu ihm. Ihre Lippen streifen sein Gesicht. „Glaub mir, ich fühle mich heute so frei und leicht, wie schon lange nicht. Am liebsten würde ich jetzt die Flügel ausbreiten und hinunter schweben." Sie lacht überschwänglich und will ihre Arme ausbreiten. Doch er legt seine Arme noch fester um sie, wie um sie festzuhalten.
„Bleib besser hier. Das wäre mir schon lieber."
Er dreht sie zu sich herum. Sie schließt die Augen. Er küsst sie auf die Wangen, auf die Stirn, auf den Mund. Eng umschlungen genießen sie diesen Moment.

Beim Abstieg versucht sie immer wieder zwischen den Bäumen einen Blick hinunter auf das Land zu erhaschen. Sie will den Augenblick festhalten wie in einem Bernsteintropfen.

„Ich wusste gar nicht, dass die Gegend hier so reizvoll ist", sagt sie in schwärmerischem Ton. „Danke Frank, das ist wirklich ein wundervoller Tag. Die Überraschung ist dir total gelungen."
Ob ich noch mehr solcher Tage mit Frank erleben werde, geht es ihr in dem Moment durch den Kopf. Ihr Gesicht wird nachdenklich. Gern hätte sie ihn gefragt. Was würde er

antworten? Sogleich überfällt sie Unsicherheit. Sie löst sich von ihm. Noch immer nachdenklich lehnt sie sich an einen Ahornbaum. Ihr Blick verweilt einen langen Moment auf seinem Gesicht.
Sie bewegen sich unter schattenspendenden Bäumen abwärts. Zu ihrer Linken senkt sich der Abhang steil ins Tal. In der Tiefe plätschert ein Bach. An einem breiten knorrigen Baumstumpf bleibt sie unvermittelt stehen.
„Komm, setzen wir uns einen Moment." Sie lehnt sich an ihn. Die leichte Brise spielt mit ihrem Haar. Gedankenlos lässt sie eine Fußspitze in dem weichen Boden kreisen. Frank legt seine Hand auf ihre.
„Sag mal", beginnt er unvermittelt. Er zögert noch einen Moment. In seinen Augen funkelt Neugier. Ellen stutzt. Auch der fremde Ton in seiner Stimme ist ihr sofort aufgefallen.
„Hattest du in all den Jahren einen Freund? Ich meine einen Menschen, der dir sehr nahestand?" Er wartet. Sekunden verstreichen. „Ich wollte es dich immer schon fragen. Siehst du, jetzt endlich ist es mir gelungen."
Warum, ruft es in ihr. Warum ausgerechnet jetzt. Seine Frage hat sie kalt erwischt. Sie schaut an ihm vorbei. Ihr sinkt das Herz. Das ist der Augenblick, in dem für sie plötzlich der Vogelgesang und das Plätschern des Baches verstummen. Doch mit fester Stimme antwortet sie ihm: „Wenn du es genau wissen willst, ja, es gab einen Menschen, der mir nahestand. Er war verheiratet." Ihre Antwort kommt zu schnell, als ob sie etwas verdrängen, ungeschehen machen will.
Irgendetwas muss sie jetzt tun. Sie springt auf und läuft auf den Abhang zu. Stolpert hinunter, springt, hält sich an Sträuchern fest, rutscht, springt weiter. Stachlige Sträucher und Dornen ritzen ihre Haut. Sie achtet nicht darauf.
„Ellen, was soll das! Bleib stehen!", ruft Frank außer sich. „Bleib doch stehen! Unten wird es sumpfig."
Sie reagiert nicht, stolpert und springt ziellos hinunter.

Während sie weiterhastet, hört sie hinter sich ein Knacken von Zweigen, kleine Steine rollen. Folgt er mir? Er hat Angst um mich? Der Gedanke tut ihr wohl. Wenige Augenblicke später packt er sie mit festem Griff und klettert mit ihr den steilen Hang hinauf. Oben angelangt keuchen beide außer Atem. Frank hält ihre Hand noch immer fest. Sein leichtes Kopfschütteln entgeht ihr nicht.

Auf dem Weg zum Auto sprechen sie nur wenig. Sie hat Mühe, Schritt zu halten.
Wenig später erreichen sie im Tal die schmale Holzbrücke. Die Bohlen rumpeln unter den Rädern.
Leuchtend grüne Felder wechseln sich ab mit dunklen Wäldern, Weiden, auf denen braune Kühe grasen, endlosen Blumenwiesen.
Ein Strahl der tiefstehenden Sonne scheint in den Wagen und beleuchtet sein Gesicht unter dem Mund. Es sieht aus, als trüge er einen Bart aus Licht. Ellen unterdrückt ihr Lachen. Doch er bemerkt es, wirft ihr einen fragenden Blick zu, und konzentriert sich dann wieder auf die Straße.

Wieder wendet er sich kurz zu ihr um. Jetzt hat Ellen die Augen geschlossen. Sie will die Eindrücke des Tages tief in ihrem Inneren bewahren.
Eine kurze Weile danach schaut sie wieder nach draußen. Die sonnenüberflutete Landschaft zieht an den Fenstern vorbei.

„Es ist ein Sonnenuntergang, der an die Seele rührt", sagt sie unvermittelt und legt ihre Hand auf seinen Arm. Frank zieht bewundernd die Stirn nach oben. Sie nickt. „Ja, so habe ich es mal gelesen."

Ellen schaltet die Lampe in der dämmrigen Küche an. Eine Zeit lang schneiden sie schweigend das Gemüse am Küchentisch. Sie sitzen sich gegenüber. Frank hält mit dem Messer in der Hand inne.

„Mach ich alles richtig? Bist du zufrieden mit meinem Ergebnis?" Dabei zeigt er auf das Häufchen Tomatenscheiben. Sie wendet sich zu ihm hin. Lächelnd beobachtet sie, wie er, die Zunge in den Mundwinkel geklemmt, die Tomaten mit Sorgfalt zerschnitten. Ihr Gesicht nimmt einen verschmitzten Ausdruck an.

„Bestens, Frank, wirklich." Beide schmunzeln. Mit einem Augenzwinkern fügt sie an: „Man merkt, du kannst gut mit dem Messer umgehen." Dann beugt sie sich über die Schüssel, vermischt die Salatblätter, die sie zerschnitten hat, mit den Tomatenscheiben.

„Ich brauche noch einige Kräuter dort vom Regal." Frank wendet sich um, greift nach einem Gläschen.

„Was steht auf dem Schildchen?"

„Basilikum."

„Gut, dann gib es mir." Sie mischt den Salat noch einmal. Als sie danach den Lachs grillt, lehnt er mit verschränkten Armen an der Schranktür, sieht ihr aufmerksam zu.

Eine halbe Stunde später stellt er die große Schüssel mit Salat, der mit Kirschtomaten und winzig kleinen Radieschen garniert ist, auf den Wohnzimmertisch. Ellen bringt mit dem Tablett den Lachs und den Reis.

„Nach unserer fantastischen Wanderung und der Bergbesteigung habe ich jetzt einen mächtigen Appetit. Du wohl auch, ja?" Er nickt zustimmend, lacht vergnügt. Es ist ein volles, herzliches Lachen.

„Natürlich. Das haben wir uns rechtschaffen verdient."

Allmählich setzt die Abenddämmerung ein. Die Uhr auf der Kommode zeigt Viertel nach neun.

Als sie nach dem Duschen wieder in das Zimmer kommt, beobachten sie das Wechselspiel des Lichtes in den gläsernen Türmen der Hochhäuser. Dann legt sie die CD von Schubert ein. Mit einem Lächeln vernimmt er die Melodie und sieht ihr Gesicht, wie es mit den geschlossenen Augen hinter dem frottierenden Handtuch langsam hervorkommt. Ellen lässt das Handtuch auf den Sessel fallen. Das goldene Lampenlicht liegt auf ihrem Gesicht und ihrem Haar. Sie schmiegt sich an ihn.

Gleich mit den ersten leisen Klängen der Sonate tauchen Erinnerungen auf. Erinnerungen an jene Nacht, an die Stunden

voller Zauber mit ihm. Sie rühren sie an und sie empfindet die Leidenschaft, die sie beide in jener Nacht vereinte. Diesen Augenblick würde sie für nichts in der Welt eintauschen. Die Musik ist warm, verträumt und in dem Moment rückt alles ringsumher von ihr ab. Sie überlässt sich den Klängen, schließt die Augen und lässt sich von der Musik davontragen. Sie spürt, wie sein Blick ihr Gesicht und ihren Körper berührt.
„Frank, unsere Musik. Erkennst du sie wieder?" Er nimmt sie in die Arme. Sie spürt Hitze über ihre Haut rasen, öffnet leicht den Mund und gibt sich ihren Empfindungen hin. Als sie die Augen wieder öffnet, schaut er sie noch immer an. Sie küsst ihn sanft. Er erwidert ihren Kuss, umarmt sie noch fester.
„Wie könnte ich diese Melodie vergessen. Nie! Und soll ich dir etwas sagen?", haucht er ihr ins Ohr. „Schön, dass wir uns wiedergefunden haben."
Er füllt die Gläser und greift nach ihrer Hand.
Über den Rand seines Weinglases bemerkt sie ein Funkeln in seinen Augen, das ihr Herz schneller schlagen lässt.
Sie stellen ihre Gläser ab, bewegen sich zu den leisen Klängen. Sie genießt den verträumten Taumel. Gleichwohl wühlen in ihr die Gedanken. Es fällt ihr schwer, die Worte hervorzubringen, die sie jetzt bewegen. Sie stoßen in ihrem Kopf zusammen ebenso wie die Gefühle. Sie stellt sich auf die Zehenspitzen, umfasst ihn zärtlich und schaut eindringlich in seine Augen. Nach kurzem Bedenken fasst sie sich ein Herz.
„Frank, was wird aus uns, sag's mir, was meinst du, was wird aus uns?", flüstert sie, den Kopf an seine Schulter gelehnt. „Sieh mir in die Augen, bitte sag mir, haben wir eine Chance?"
Sie wünscht sich so sehr, dass es nicht schmerzlich enden würde und ist erfüllt von dem Wunsch, dass das Leben sein Versprechen endlich hält.
Frank füllt noch einmal die Gläser, wendet sich um. Er streicht ihr zärtlich über die Lippen. Seine Miene verrät nichts. Jedoch, er sieht ihr tief in die Augen, als wolle er in ihre innere

Welt eindringen, bis in den hintersten Winkel hinein. Noch schweigt er.

Ihre Augen hängen an seinen Lippen. Ihr wird erneut bewusst, dass sie noch immer zwischen Hoffnung und Zweifeln lebt, wie schon lange zuvor. Ein winziger Schatten der Resignation huscht über ihr Gesicht. Sie neigt den Kopf zur Seite, spielt an ihrem Ohrring.

Die Musik wogt sanft durch den Raum. Sie greift zum Glas, stürzt den Wein hinunter. Sie staunt, wie leicht es ihr mit dem Alkohol fällt, sich aus der Umklammerung ihres Gemütes zu befreien.

Die Sonne wirft noch für einige Augenblicke ihr Licht durch die Fenster und verschwindet. Ellen blickt kurz auf ihre Uhr, dann wieder hinaus auf das letzte Leuchten über den Dächern.

Während ganz allmählich die Dämmerung hereinschleicht, verharren sie schweigend am geöffneten Fenster. Sie sind gänzlich von ihren Gedanken gefangengenommen. Ellen atmet hastig. Voll Ungeduld wartet sie auf seine Reaktion. Wartet sehnsüchtig darauf und schließlich beginnt die Hoffnung wieder zu zerbröckeln.

Plötzlich reißt sie sich herum. Ihre Augen sprühen.

„Warum antwortest du nicht? Bin ich es nicht wert?", fragt sie drängend. Und gleich plagen sie wieder die ewigen Selbstzweifel. Im gleichen Atemzug steigen Zorn und Enttäuschung in ihr auf. Immer schätzte sie sein gerades offenes Wesen. Jetzt sucht sie seine Offenheit vergebens. In diesem Augenblick kann sie einfach nicht mehr an die Aufrichtigkeit seiner Gefühle glauben, wenn alles, was in seinen Augen stand, so von einem Moment zum anderen erloschen sein sollte. Und plötzlich erscheint ihr der Raum kalt und leer. Sie sucht in seinen Augen. Versucht herauszufinden, was er denkt. Es gelingt ihr nicht.

Sie füllt sich ihr Glas, trinkt hastig und stellt es mit einer schroffen Gebärde wieder ab.

„Ich glaube – ein Feigling bist du. Ja, ein Feigling. Jetzt sehe ich es." Mit wütendem Gesicht wirft sie ihm die Worte vor die Füße, greift erneut zu ihrem Glas, stürzt es hinunter. Sie spürt, wie ihr der Alkohol in den Kopf steigt.
Man hätte Nägel in ihn schlagen können, ihn mit Messern ritzen – er hätte nichts gespürt. Er sieht sie nur unverwandt an, ist sprachlos. Sie hört das Knirschen seiner Backenzähne. Ihre Stimme wird schärfer, aggressiver.
„Macht es dir Spaß, mich zu quälen? Hast du die ganze Zeit mit mir nur gespielt? Mir etwas vorgetäuscht? Oder? Ich dachte, wir schaffen es. Ich dachte, dass wir beide es wollten."
Die Worte hängen schwer in der Luft. Es scheint, als würde die Kraft ihrer Worte ausreichen. Für einen winzigen Augenblick wirkt Frank wie besiegt. Doch er gibt nichts von sich preis. Nicht mal ein dünnes Lächeln.
Mit zitternder Hand greift sie wieder zum Glas. Er nimmt es ihr jedoch aus der Hand. Während sie ihm den Rücken zukehrt, lässt er sich in den Sessel nieder und stützt den Kopf in seine Hände.
Ellen fühlt sich jetzt flatterig, als hätte sie zu viel Kaffee getrunken. Sie sinkt auf das Sofa und zupft gedankenverloren an den Fransen der Decke. Dann schaut sie zu ihm, spürt seine Anspannung. Sie forscht in sich hinein. War ich ungerecht?, fragt sie sich. War ich zu heftig? Aber ich will keine Halbherzigkeiten. Lange ruht ihr Blick auf seinem Gesicht. Er hebt seinen Kopf, bemerkt ihren Blick.
„Du bedeutest mir viel, Ellen. Das weißt du. Aber es steht etwas zwischen uns, das weißt du so gut wie ich." Dabei macht er eine ausladende Armbewegung, dann lässt er die Arme wieder sinken. „Ich bemühe mich seit vielen Wochen, dich zu verstehen. Und ich mache es mir nicht leicht. Das müsstest du erkannt haben", sagt er mit Nachdruck. „Und Ellen, es ist wichtig, wir wollen kein Gericht über unsere Gefühle halten, du hast ein Recht auf deine Gefühle, ich auf

meine. Entscheidend ist nur, ob sich unsere Gefühle miteinander vertragen."
Er spricht es mit einer Selbstverständlichkeit, die ihm eigen ist.
Ellen springt mit einem Satz auf.
Ihr Buch liegt auf der Fensterbank. Er hat es am Morgen dort hingelegt. Sie lässt den Blick über den blauen Einband gleiten, streicht mit der Hand darüber, und erst nach ein paar Atemzügen nimmt sie das Buch, hält es einen Moment wie prüfend in der Hand und presst es an sich.

„Du hast sie nun also zu Ende gelesen, meine Geschichte", sagt sie mit einem versöhnlichen Lächeln. In ihrer Stimme klingt Milde. Und ihr Gesicht nimmt die vertrauten Züge an, ihre Missstimmung scheint sich aufzulösen.
Sie hält das Buch mit festem Griff, als wollte sie das Unumstößliche krampfhaft bewahren. Er atmet tief und stößt die Luft langsam wieder aus.

„Natürlich, Ellen, und ich kenne nun alles. Kenne nun endlich die ganze Tragödie deiner Familie, bis zum Ende." In seiner Stimme liegt eine unendliche Traurigkeit, die ihr das Herz zuschnürt. „Und nachdem wir uns endlich wieder begegnet waren, damals auf der Rolltreppe, habe ich mir viel Zeit zum Nachdenken genommen."
Ihr Blick weicht nicht von seinem Gesicht und sie fragt sich, was in ihm vorgeht. Sie scheint seine Gedanken zu ahnen.
Er hält den Kopf gesenkt, starrt gebannt nach unten, als vertiefe er sich in irgendetwas. Als er den Kopf wieder hebt, haben seine Augen einen Ausdruck, den sie nicht deuten kann. Schließlich wendet er sich ab und geht zielgerichtet zum Bücherregal hin. Dann hält er das Foto nachdenklich in der Hand. Dieses Bild: Ellen mit ihrem Cäsar auf dem Reiterhof. Die wirren Haare, ihr strahlendes Gesicht, die Hände fest am Zügel. Die Erinnerung bewegt ihn tief. Und grenzenlose Wehmut überfällt ihn. Er durchforscht sein Gedächtnis nach der Ursache dieses Gefühls. Kein Zweifel. Mit einer

plötzlichen Wucht spürt er, wie sehr er sie trotz allem liebt und wie sehr er sie vermissen würde.
Mit einer heftigen Bewegung stellt er das Bild zurück.
In ihm arbeitet es wild. Sie sieht, wie er mit angespannter Miene, unverwandt mit der Hand über die Fensterbank streicht. Sein Gesicht wirkt abwesend. Die Stille ist jetzt greifbar. Um diese Stille nicht zu stören, wagt sie kaum zu atmen. Wie von fern vernimmt er ihre Stimme, die jetzt zaghaft, fast scheu klingt.
„Ich verstehe dich, Frank. Glaub mir, ich verstehe dich gut."
Er wendet sich zu ihr um. Sie blickt jetzt nach draußen über die Dächer hinweg zum violettfarbenen Abendhimmel. Je länger Frank schweigt, desto stärker hat sie wieder das bange Gefühl, dass ihre Hoffnungen, die für kurze Zeit aufgeflackert waren, zerrinnen, die Türen, die sich schon zu öffnen schienen, sich wieder schließen. Und ihr ist, als ob sie, die Hand schon auf dem Türgriff, sich nicht zu öffnen traut. Auf einmal fühlt Ellen sich wie damals vor Jahren, fühlt sich weggeschlossen, als stünde sie vor dem vergitterten Fenster, hört, wie sich der Schlüssel hinter ihr im Schloss herumdreht. Augenblicklich blickt sie in diese Jahre zurück. Dann bricht es aus ihrem Innersten heraus.
„In den vergangenen Jahren sehnte ich mich nach Geborgenheit und Liebe, nach unbeschwerten Stunden, nach einer Arbeit, die mich erfüllt. Vielleicht sogar ein bisschen Erfolg. Nichts davon hatte mehr Platz in meinem Leben." Ihre Stimme klingt merkwürdig gepresst. „Doch dann wieder zweifelte ich. Habe ich überhaupt ein Recht darauf?" Ganz unvermittelt sagt sie vor sich hin: „ ... denn am Ende, wenn man ins Wasser fiel, war da nichts, an dem man sich festhalten konnte. Auch das las ich kürzlich. Und es stimmt."
Plötzlich überflutet sie Trauer und Selbstmitleid. Sie greift hastig zu ihrem Glas, leert es mit großen Schlucken und stellt es energisch ab. „Ich verbringe mein Leben noch immer mit den Schatten der Vergangenheit. Sie werden mich wohl nie

verlassen, obwohl sich Ärzte und Therapeuten Jahre bemüht haben, mich von ihnen zu befreien." Sie verzieht das Gesicht zu einer verächtlichen Grimasse. „Das Schuldgefühl, das mich immer wieder überfällt, sogar an diesem wundervollen Tag heute, wird mich ewig verfolgen." seufzt sie. „Ich fürchte, es wird mich ständig bedrängen, nicht von mir lassen, im Gegenteil, mich mit den Jahren immer grausamer bedrohen." Sie macht eine hilflose Gebärde. Ihre Blicke bohren sich in den Fußboden.

Nur ein kurzer Augenblick vergeht, da schnellen ihre Hände nach oben. „Wenn ich doch wieder Klavier spielen könnte. Das würde mir helfen. So wie früher, wenn ich mich in meinem Kummer zu meinem Klavier flüchtete."
Sie fasst seine Hände und sieht ihm beschwörend in die Augen.

„Frank, sag mir, was kann ich tun, um von dem dumpfen Druck loszukommen und von den Bildern, die mir nicht aus dem Kopf gehen. Die ich wohl nie auszulöschen vermag. Und ich muss dir sagen, das ist eine bittere Erkenntnis, die unerträglich ist. Du weißt es. Das hatte ich dir schon oft gesagt. Mein Leben wurde plötzlich sinnlos. Es war, als wäre mein Leben in die Tiefe gestürzt. Und ich finde mich auch jetzt noch nicht aus dieser Tiefe heraus. Doch ich muss endlich wieder ein Leben führen können, in dem nicht jeder Tag durch Schuldgefühle und Erinnerungen verdüstert wird. Rate mir, was kann ich tun?" Ein Taumel überfällt sie. Sie schwankt, tastet nach seinem Arm. „Manchmal weiß ich einfach nicht, was aus meinem Leben werden soll." Sie greift sich an die Schläfen, ihre Stimme versagt.

Er legt seine Hände auf ihre Schultern, hält sie mit festem Griff. Sein Blick ruht lange Sekunden auf ihr. Sie hält still, als er mit einem besänftigenden Lächeln über ihr Haar streicht.

„Versuche ich das nicht schon die ganze Zeit? Und es gibt Vieles, was ich dir noch sagen möchte. Doch ich habe den Eindruck, du bist oft nicht in der Verfassung, die Worte richtig aufzunehmen. Beruhige dich, und bringe mehr Geduld auf."

Einen kurzen Moment verharrt er, blickt zum Fenster hinaus, als suche er etwas. Die Idee ist ihm ganz plötzlich gekommen. Mit einem Ruck wendet er sich zu ihr um.
„Übrigens, sag mal, was ist eigentlich aus deinem Klavier geworden?"
Ellen sieht ihn erstaunt an. Sie presst ihre Hände zusammen und scheint zu überlegen. Er hat den Eindruck, als müsse sie sich weit zurückversetzen.
„Ich vermute, es steht noch in meinem Zimmer. Warum fragst du?"
„Meinst du nicht, dass es gut wäre, wenn du dein Klavier hier hättest? Du hast recht, Klavier spielen würde dir sicher gut tun. Denn wenn du dich nur in deine Gedanken und in Bücher vergräbst, kommst du aus dieser Sackgasse nicht heraus und von deinen Schuldkomplexen nicht weg."
Ellen hebt abwehrend die Hände.
„Nein, nein, auf diesem Klavier möchte ich nie wieder spielen. Jeder Ton, jeder Akkord, glaub mir, wäre eine böse Erinnerung. Nein, dieses Klavier auf keinen Fall. Aber du kannst dir nicht vorstellen, wie glücklich ich war, als mein Vater mir bei einem unserer Geburtstagstreffen den Spiegel, du weißt diesen von meiner Großmutter, und das kleine Winterbild mitgebracht hatte.
„Kann ich mir gut vorstellen", sagt er unerwartet ernst. Sein Blick wandert zu dem Bild über der Kommode. Er zieht sie an sich. Riecht den Duft ihres Haares, ihr Körper fühlt sich warm und weich an. Er hebt mit einer zarten Bewegung ihr Kinn.
„Hör zu, Ellen, vielleicht ist das ein guter Rat für dich: Du musst dir sagen, dass der Schmerz zum Leben gehört, dass Schmerz zu empfinden, lebendig sein bedeutet." In seinen Mundwinkeln deutet sich ein kleines Lächeln an. „Richte dir dein Leben so ein, dass es dich ausfüllt und sich wieder eine Ruhe in dir einstellt." Er haucht ihr einen Kuss auf die Lippen, fährt mit den Fingern durch ihr Haar und hält ihren Kopf in seinen Händen. „Die Zeit wird dir dabei helfen. Auch ich

hoffe darauf. Ja, ich auch, was meinst du wohl." Er betrachtet sie mit einem Ausdruck, der Liebe verrät. „Komme zu einem Ergebnis und halte es in einer Entscheidung fest. Nur so wirst du dich der Zukunft anvertrauen können."
Sie schaut zu ihm auf. Sie lächeln einander an.
„Mann, bist du weise. Immer hast du noch ein Ass im Ärmel. Aber ich weiß, es ist richtig was du sagst."
Ellen hebt die Schultern, lässt sie mit einem Seufzer fallen. Sein hoffnungsvoller Tonfall ist ihr dennoch nicht entgangen. Sie empfindet seine Worte wie eine Botschaft.
Sie lehnt sich an ihn und streicht mit der flachen Hand über sein Gesicht. Sie fühlt nach seinen Worten wieder eine Spur von Zuversicht.
„Deine ehrlichen Worte tun mir gut. Und ich bin überzeugt, sie werden mir helfen. Halte mich nur fest, dann schaffe ich es auch."
Sie blickt in sein breites Lächeln. Ein wenig erleichtert lehnt sie sich auf dem Sofa zurück und legt den Arm auf seine Schulter.
„Du wolltest einen Rat von mir." Er kneift die Augen zusammen, als wäge er alle Möglichkeiten ab. Plötzlich schnellt er hoch, wie eine gespannte Uhrfeder. Es sprudelt aus ihm heraus.
„Ellen, jetzt hab ich's! Ganz klar. Wir kaufen dir ein Klavier. Beschlossene Sache", unterstreicht er mit einer entschiedenen Handbewegung. Es hätte beinahe in Ellen eine Explosion ausgelöst. Sie hat Hitze auf den Wangen, auf der Stirn, überall. Dann fängt sie sich, dreht die Handflächen nach oben, hebt die Schultern.
„Frank, um Himmels willen, wie stellst du dir das vor? Das kann ich doch nie im Leben bezahlen!" Sie geht zum Fenster, öffnet es weit. Augenblicke von endloser Dauer vergehen. Dann aber steigert er im Rhythmus von Ravels „Bolero" das Geschehen.
„Gleich morgen kaufen wir es." Er redete sich mehr und mehr in Begeisterung. „Wir ziehen los. Schauen uns Klaviere

an. Testen und begutachten so lange, bis wir das richtige finden. Und nun guck' nicht so entgeistert." Er kneift die Lippen zusammen, nickt energisch, um die Worte zu unterstreichen.
Ellen lacht. Es ist wieder ihr helles Lachen. Sie neigt den Kopf, schaut ihn dabei schelmisch an. Sie sagt nichts, doch ihre Augen scheinen förmlich nach ihm zu greifen. Er gibt ihr einen warmen Blick zurück.
Sie fühlt sich wie auf einer Schwelle zu einer anderen Welt. In ihrem Bewusstsein öffnet sich eine Tür, nur einen Spalt breit, und lässt sie einen flüchtigen Blick in die Zukunft wagen.
Die Nacht ist so mild, und die frische Luft, die durch das geöffnete Fenster hereindringt, riecht nach Sommer.
Beide möchten es nicht anders als wach bleiben, miteinander reden und ihre Herzen schlagen hören.

*

Epilog

Es ist ein Tag wie jeder andere, wenige Monate danach.
Mit großen Sprüngen eilt Frank zu Ellens Wohnung hinauf, in der Erwartung sie anzutreffen, nachdem er Tage nichts von ihr gehört hat.
Nach mehrmaligem Läuten holt er ihren Schlüssel aus seiner Tasche hervor, öffnet und betritt die Wohnung. Er stellt den regennassen Schirm ab, legt den Schlüssel neben das Telefon. Totenstille empfängt ihn. Er geht zielstrebig ins Wohnzimmer hinein. Seine Blicke schweifen suchend. Da entdeckt er Ellens Tagebuch auf dem Tisch, daneben einen kleinen Zettel:

Bitte lies die letzte Seite. Es tut mir leid.

Frank greift nach dem Tagebuch, schlägt es auf, blättert bis er zu den letzten Zeilen gelangt, die mit zittrigen Buchstaben geschrieben sind. Seine Augen gleiten über die Worte, die von Tränen benetzt aussehen.

Lieber Frank, ich hatte nach dem Leben gehungert. Doch ich spüre immer mehr, meine Zukunft versinkt in der Trostlosigkeit.
Ich bin kraftlos, mutlos, leer. Ich schaffe es nicht, jede Stunde, jeden Tag mein Leben neu zu erringen.
Ich fühle wie mein Leben von mir abfällt, mein Leben mit seinen Erinnerungen, seiner Schuld.
Und ich will es nicht mehr leben.
Als ich fünfzehn war und vor Furcht und Schmerz schrie, verfolgte mich schon in meinen Gedanken der Tod.

*Ich habe mich nun entschieden,
Frank, und wir beide? Ich erkenne immer deutlicher
und ich täusche mich nicht, wir waren nicht im
Einklang. Ich weiß, zu oft habe ich meine Wünsche
und Vorstellungen für Realitäten gehalten. Habe
Hoffnungen gehegt, die nicht erfüllbar waren. – Ich
weiß nicht mehr, warum ich lebe. Der Gedanke an den
Tod ängstigt mich nicht. Im Gegenteil, er verhilft mir
zur Ruhe, denn er ist der einzige Ausweg.
Alle deine Bemühungen mich aufzurichten waren
vergeblich und du trägst keine Schuld.
Verzeih mir!
Deine Ellen*

Das Tagebuch entgleitet seiner Hand.
Völlig in Aufruhr stürmt er aus der Wohnung. Die wenigen Worte der Nachbarin, die jetzt an ihrer geöffneten Tür lehnt, versetzen ihm einen Schlag.
Von Panik getrieben stolpert er ins Freie, hetzt zu seinem Auto und fährt wie durch dunkle Nebel zum Krankenhaus.
Wie von schweren Gewichten niedergedrückt sinkt er auf die Bettkante.
„Oh, Ellen, Ellen", flüstert er, hält ihre Hand fest in der seinen. Sein Blick ruht auf ihrem Gesicht. Ihre Augen sind geschlossen.
„Ellen, nicht nur du trägst Schuld. Alle waren wir schuldig. Wir haben nicht in dich hineingeschaut. Haben dich nicht wirklich wahrgenommen. Du bist das Opfer."
Er streicht ihr die feuchte Strähne aus der Stirn, streichelt ihr bleiches Gesicht. Schweiß rinnt ihre Schläfen herab. Er hofft und wünscht mit ganzer Energie, dass sie nicht mehr in Gefahr

schwebe. Nach ein paar tiefen Atemzügen beugt er sich zu ihr, nimmt ihren Kopf in seine Hände, jedoch er spürt keine Reaktion. Nur ihr ruhiges und gleichmäßiges Atmen beobachtet er. Er umfasst ihre Hand, die schlaff auf der Decke liegt.

„Du schaffst es, Ellen. Wir schaffen es. Wir beide, das verspreche ich dir", spricht Frank wie beschwörend. Dabei blickt er so intensiv auf ihre Augen, die noch immer geschlossen sind, auf ihre Stirn, als wolle er seine Gedanken in sie hinein senken.

*

Dank

Mein erster Dank gilt allen, die mir beim Nachdenken, Recherchieren und Überarbeiten geholfen haben.

Ein besonderer Dank geht an meine Lektorin Frau Ursula Hensel. Sie schärfte meinen Blick mit großer Geduld für das Wesentliche, und ihre Vorschläge waren stets treffend. Auch danke ich ihrem Team für die hilfreichen Anmerkungen.

Ausdrücklich danke ich dem Anwalt Herrn Martin Geissler für seine Unterstützung. Durch ihn erlangte ich Einsicht in rechtliche Fragen.

Danken möchte ich Frau Petra Isenhut dafür, dass sie sich die Zeit genommen hat, mir Kenntnisse und Fakten über die Apotheke zu vermitteln.

Ebenso danke ich den Mitgliedern der Literaturwerkstatt Magdeburg, unter der Leitung von Torsten Olle, für ihre kritischen und hilfreichen Anregungen.

Ein ganz besonderer Dank gilt meiner Familie. Während der Jahre, die ich mit der Arbeit an diesem Roman zubrachte, habe ich die Unterstützung meiner Kinder und Enkel kennengelernt.
Von meinem Mann genoss ich jahrelang viel Verständnis und unermüdliche Unterstützung.
Ihm gebührt mein größter Dank.

Christine Liebsch Waldbach

wurde 1939 in Freital bei Dresden geboren. Ihre Kindheit und Jugend verbrachte sie in Dresden. Nach dem Schulabschluss absolvierte sie ein Lehrerstudium am Institut für Lehrerbildung in Dresden-Wachwitz und war danach als Lehrerin tätig.
Während der Studienzeit erhielt sie eine Gesangsausbildung bei einer Dresdner Konzertsängerin. In dieser Zeit schrieb sie auch Theaterstücke.
Die Kurzprosa, die sie nach ihrer Lehrertätigkeit schrieb, wurde in Anthologien veröffentlicht.
Im Jahr 2005 erschien ihr erstes Buch „Flügelschlagen".

Impressum:

Die Deutsche Bibliothek – CIP-Einheitsaufnahme

Christine Liebsch Waldbach
Bitteres Schweigen

1. Auflage 2010
© 2010 by SichVerlag
ISBN: 978-3-942503-03-7

Verlag Klotz GmbH und SichVerlag in der
SichVerlagsgruppe
Eschborn bei Frankfurt am Main/Magdeburg
Geschäftsstelle: Liebknechtstraße 51, 39108 Magdeburg
Telefon: +49-(0)391 – 73 46 927
Fax: +49-(0)391 – 73 13 980
E-Mail: info@sich-verlag.de
www.verlag-dietmar-klotz.de
www.sich-verlag.de

Umschlagsgestaltung: agentur frische ideen
Foto: Siméon Levaillant
Satz: Kurt Liebsch

Das gesamte Werk ist im Rahmen des Urheberrechtsgesetzes geschützt. Jegliche vom SichVerlag nicht genehmigte Verwertung ist unzulässig. Dies gilt insbesondere für die Verbreitung durch Film, Funk, Fernsehen und elektronische Medien sowie den auszugsweisen Nachdruck und die Übersetzung.